O QUINTO EVANGELHO

IAN CALDWELL

O QUINTO EVANGELHO

Tradução de
EVANDRO FERREIRA E SILVA

1ª edição

EDITORA RECORD
RIO DE JANEIRO • SÃO PAULO
2016

CIP-BRASIL. CATALOGAÇÃO NA PUBLICAÇÃO
SINDICATO NACIONAL DOS EDITORES DE LIVROS, RJ

C151q Caldwell, Ian, 1976-
O quinto evangelho / Ian Caldwell; tradução de Evandro Ferreira e Silva. – 1ª ed. – Rio de Janeiro: Record, 2016.

Tradução de: The fifth gospel
ISBN 978-85-01-10691-9

1. Ficção americana. I. Silva, Evandro Ferreira e. II. Título.

15-29219

CDD: 813
CDU: 821.111(73)-3

Título original:
THE FIFTH GOSPEL

Copyright © Ian Caldwell 2015
Proibida a venda em Portugal.

Texto revisado segundo o novo Acordo Ortográfico da Língua Portuguesa.

Todos os direitos reservados. Proibida a reprodução, no todo ou em parte, através de quaisquer meios. Os direitos morais do autor foram assegurados.

Direitos exclusivos de publicação em língua portuguesa somente para o Brasil adquiridos pela
EDITORA RECORD LTDA.
Rua Argentina, 171 – Rio de Janeiro, RJ – 20921-380 – Tel.: (21) 2585-2000, que se reserva a propriedade literária desta tradução.

Impresso no Brasil

ISBN 978-85-01-10691-9

Seja um leitor preferencial Record.
Cadastre-se no site www.record.com.br e receba informações sobre nossos lançamentos e nossas promoções.

EDITORA AFILIADA

Atendimento e venda direta ao leitor:
mdireto@record.com.br ou (21) 2585-2002.

Para Meredith.
Finalmente.

Nota Histórica

Há dois mil anos, dois irmãos partiram da Terra Santa para propagar o Evangelho de Cristo. São Pedro viajou até Roma e tornou-se o fundador simbólico do cristianismo ocidental. Seu irmão, Santo André, viajou até a Grécia e se tornou o fundador simbólico do cristianismo oriental. Por séculos, a igreja que eles ajudaram a criar permaneceu uma única instituição. Há mil anos, porém, houve uma separação. Os cristãos ocidentais passaram a ser denominados católicos, guiados pelo sucessor de São Pedro, o papa. Os cristãos orientais tornaram-se os ortodoxos, liderados pelos sucessores de Santo André e outros apóstolos, conhecidos como patriarcas. Hoje, estas são as maiores comunidades cristãs do mundo. Entre as duas existe um pequeno grupo, os chamados católicos orientais, que segue as tradições orientais e, ao mesmo tempo, obedece ao papa, confundindo assim todas as definições.

Este romance se passa em 2004, quando o papa João Paulo II, pouco antes de morrer, expressou um último desejo: reunificar as igrejas Católica e Ortodoxa. Esta é a história de dois irmãos, ambos sacerdotes da Igreja Católica, mas um da igreja ocidental, e o outro, da oriental.

Prólogo

Meu filho é jovem demais para entender o perdão. A infância passada em Roma deixou nele a impressão de que esse ato é fácil demais: filas de desconhecidos em frente aos confessionários da Basílica de São Pedro, aguardando a vez de se confessar, a luz vermelha das cabines acendendo e apagando para avisar que o padre terminou com um pecador e está pronto para o próximo. As consciências se sujam menos que quartos e pratos, pensa meu filho, já que levam muito menos tempo para limpar. Assim, sempre que enche demais a banheira, ou deixa brinquedos espalhados pelo chão, ou chega da escola com a calça enlameada, Peter pede perdão. Ele distribui pedidos de desculpas como um papa distribui bênçãos. Ainda faltam dois anos para sua primeira confissão. E por um bom motivo.

Nenhuma criança pequena é capaz de compreender o que é o pecado. A culpa. A absolvição. Um padre pode perdoar um estranho com tanta rapidez que um garoto não consegue imaginar como será difícil perdoar seus próprios inimigos um dia. Ou mesmo aqueles que ele ama. Nem passa pela cabeça dele que um homem bom possa, por vezes, julgar impossível perdoar a si mesmo. Os erros mais abomináveis são passíveis de perdão, mas jamais serão desfeitos. Espero que meu filho se conserve sempre alheio a esse tipo de pecado, muito mais do que eu e meu irmão nos conservamos.

Nasci para ser padre. Meu tio é padre, assim como meu irmão mais velho, Simon; e um dia, espero, Peter será também. Já não consigo me lembrar de quando vivia fora do Vaticano. E, para Peter, isso nunca aconteceu.

Existem dois Vaticanos aos olhos do mundo. Um deles é o lugar mais belo do mundo: templo da arte e museu da fé. O outro é a instituição essencialmente masculina do catolicismo, um país de velhos sacerdotes que mantêm o dedo eternamente em riste. Parece impossível um garoto ter sido criado em um desses dois lugares. No entanto, nosso país sempre esteve repleto de crianças. Todos têm filhos: os jardineiros do papa, os operários do papa, os oficiais da Guarda Suíça. Quando eu era criança, João Paulo era defensor do salário mínimo, então concedia um aumento para cada nova boca que uma família tivesse de alimentar. Nós brincávamos de esconde-esconde em seus jardins, jogávamos futebol com seus coroinhas e pinball na sala que ficava em cima da sacristia de sua basílica. Contra a nossa vontade, íamos ao supermercado e à loja de departamentos do Vaticano com nossas mães, e ao posto de gasolina e ao banco do Vaticano com nossos pais. Nosso país era pouco maior que um campo de golfe, mas fazíamos tudo o que a maioria das crianças fazia. Simon e eu éramos felizes. Normais. Não nos diferenciávamos dos outros garotos do Vaticano, exceto por um ponto: *nosso pai* era um sacerdote.

Papai era integrante da Igreja Católica Grega, não da Apostólica Romana, por isso tinha uma longa barba, vestia uma batina diferente, celebrava algo chamado divina liturgia em vez de missa e teve permissão para se casar antes da ordenação. Ele gostava de dizer que nós, católicos orientais, éramos os embaixadores de Deus, intermediários capazes de ajudar a unir novamente os católicos e os ortodoxos. Na realidade, porém, ser um católico oriental era como ser um refugiado na fronteira entre duas superpotências inimigas. Nosso pai procurava ocultar o fardo que isso era para ele. A Igreja Católica tem um bilhão de fiéis mundo afora, mas os gregos, como nós, são apenas alguns milhares. Logo, ele era o único sacerdote casado em um país comandado por celibatários. Por trinta anos, os demais sacerdotes olhavam-no de nariz empinado enquanto ele trabalhava arduamente. Apenas no fim de sua carreira foi que ele conseguiu uma promoção, e do tipo que vinha com um par de asas e uma harpa.

Minha mãe morreu pouco depois. Câncer, disseram os médicos, mas eles não entendiam. Meus pais se conheceram nos anos 1960, naquele piscar de olhos em que tudo parecia possível. Os dois dançavam no nosso apartamento. Tendo sobrevivido a tempos irreverentes, ainda rezavam juntos com fervor. A família da minha mãe era católica romana e, por mais de um século, produzira padres que galgaram os degraus do poder no Vaticano. Assim, quando ela se casou com um católico oriental, seus familiares a renegaram. Depois da morte de papai, ela me disse que era estranho continuar tendo mãos quando não havia mais ninguém para segurá-las. Eu e Simon a enterramos ao lado do nosso pai, atrás da igreja paroquial do Vaticano. Não me lembro de quase nada dessa época, apenas de matar aula todos os dias para ficar sentado no cemitério com os braços em torno dos joelhos, chorando. Depois, Simon aparecia e me levava para casa.

Como ainda éramos adolescentes, fomos deixados aos cuidados do nosso tio, um cardeal. A melhor maneira de descrever o tio Lucio é dizer que ele tinha um coração de menino, o qual conservava num pote de vidro ao lado da dentadura. Como um dos cardeais-presidentes do Vaticano, Lucio havia dedicado os melhores anos de sua vida ao esforço de equilibrar o orçamento do país e de evitar que os funcionários públicos formassem um sindicato. Em matéria de economia, opunha-se à ideia de recompensar as famílias por terem mais filhos; assim, mesmo ele tendo tido tempo de criar os filhos órfãos da irmã, provavelmente teria votado contra essa proposta por questão de princípios. Dessa forma, ele não apresentou objeção quando Simon e eu nos mudamos de volta para a casa dos nossos pais e decidimos cuidar de nós mesmos.

Como eu era jovem demais para trabalhar, Simon trancou a faculdade por um ano e arranjou um emprego. Nenhum de nós sabia cozinhar, costurar ou consertar o encanamento do banheiro, então Simon aprendeu a fazer tudo isso sozinho. Era ele quem me acordava para ir à escola e me dava dinheiro para o almoço. Também comprava roupas e fazia comida para mim. Foi graças a ele, exclusivamente, que aprendi a arte de ser coroinha. Todo menino católico, nas piores noites de sua vida, vai dormir pensando se animais como nós são verdadeiramente dignos do barro com que Deus nos fez. Mas para a minha vida, para o meu vale das sombras, Deus enviou Simon. Nós não sobrevivemos à infância juntos. *Ele* sobreviveu e me carregou nas costas. Nunca deixei de sentir que a minha dívida com meu irmão era tão grande que nunca poderia ser paga, apenas perdoada. Qualquer coisa que eu pudesse ter feito por ele, eu teria feito.

Qualquer coisa.

Capítulo 1

— O tio Simon está atrasado? — pergunta Peter.

Nossa governanta, a irmã Helena, deve estar se perguntando a mesma coisa ao observar na frigideira o peixe do jantar passar do ponto. Já se passaram dez minutos da hora que meu irmão disse que chegaria.

— Não se preocupe com isso — respondo. — Me ajude a colocar a mesa.

Peter me ignora. Depois sobe na cadeira e, de joelhos, anuncia:

— Vou ver um filme com o Simon, depois vou mostrar pra ele o elefante no Bioparco, e depois ele vai me ensinar a dar um giro 360.

Diante do fogão, irmã Helena improvisa um movimento com os pés, achando que o tal giro 360 é algum passo de dança. Peter fica horrorizado. Levantando uma das mãos, assume a postura de um mago que realiza um feitiço e retruca:

— Não! É um drible! Como o do *Ronaldo*.

Simon vem da Turquia para Roma de avião, para visitar uma exposição de arte cujo curador é um dos nossos amigos em comum, Ugo Nogara. Eu não teria conseguido convite para a noite de abertura do evento, daqui a quase uma semana, se não tivesse trabalhado com Ugo. Neste instante, porém, vivemos no mundo de um garoto de 5 anos, e o tio Simon veio para casa dar aulas de futebol.

— Há mais coisas na vida do que chutar uma bola — observa a irmã Helena.

Ser a voz feminina da razão é uma das responsabilidades que ela assumiu. Quando Peter tinha 11 meses, minha mulher, Mona, nos deixou. Desde então, essa admirável freira idosa tornou-se o motor que me faz funcionar como pai. Trata-se de um empréstimo do tio Lucio, que conta com um exército de freiras à sua disposição, e mal consigo imaginar o que faria sem ela, pois não tenho como pagar nem o salário que uma adolescente sensata esperaria receber. Para minha sorte, a irmã Helena não abandonaria Peter por nada nesse mundo.

Meu filho entra em seu quarto, volta segurando o despertador digital e, com a franqueza que puxou da mãe, coloca o aparelho em cima da mesa, diante de mim, e aponta.

— Querido, o trem do padre Simon deve estar atrasado, só isso — garante a irmã Helena.

O trem. Não o tio. Pois Peter teria problemas para entender que Simon, às vezes, esquece o dinheiro da passagem ou perde a noção do tempo ao conversar com estranhos. Mona não concordou em dar o nome dele ao nosso filho porque o considerava imprevisível. E, embora meu irmão tenha o cargo mais prestigioso com que um jovem padre poderia sonhar — diplomata da Secretaria de Estado da Santa Sé, a elite da burocracia católica —, a verdade é que o trabalho extenuante, para ele, é uma necessidade. Assim como os outros homens do lado materno da nossa família, Simon é sacerdote da Igreja Católica Apostólica Romana. Isso quer dizer que jamais se casará ou terá filhos. Porém, ao contrário de muitos clérigos do Vaticano que nasceram para o estudo e o sedentarismo, ele tem uma alma inquieta. Mona queria que nosso filho tivesse o temperamento leal, tranquilo e agradável do pai. Então, fizemos um acordo para escolher o nome: nos evangelhos, Jesus encontra um pescador chamado Simão e muda o nome dele para Pedro. E assim decidimos mudar de Simon para Peter.

Pego o celular e envio uma mensagem de texto a Simon: *Você está chegando?* Enquanto isso, Peter inspeciona o conteúdo da frigideira da irmã Helena.

— Pescada é um peixe — comenta sem motivo aparente. Ele está na fase de classificar as coisas. Além disso, detesta peixe.

— Simon adora pescada — retruco. — Comíamos muito quando éramos crianças.

Na verdade, quando Simon e eu comíamos peixe, era bacalhau, mas o rendimento de um sacerdote solteiro só permite que ele compre pescada. Além do mais, como Mona frequentemente me lembrava ao planejar refeições como esta, meu irmão é muito maior que qualquer outro sacerdote do Vaticano e come por dois.

Mona tem habitado meus pensamentos com mais frequência que o normal. A chegada do meu irmão sempre parece trazer o fantasma da partida da minha mulher. Os dois são os polos magnéticos da minha vida, um sempre à sombra do outro. Mona e eu nos conhecemos ainda crianças dentro dos muros do Vaticano. Quando nos reencontramos em Roma, aquilo pareceu a vontade de Deus. Vimo-nos, porém, diante de um problema operacional — os padres da Igreja Católica Oriental precisam se casar antes da ordenação, de outro modo não podem mais contrair matrimônio —, e hoje, olhando em retrospectiva, acho que ela precisava de mais tempo para se preparar. Se a vida de uma mulher no Vaticano já é difícil, a de mulher de sacerdote é ainda mais complicada. Mona continuou trabalhando em tempo integral até quase o dia em que deu à luz o nosso bebê de olhos azuis, que tinha uma fome de tubarão e dormia menos que um. Mona amamentava com tanta frequência que eu sempre encontrava a geladeira vazia, após ela atacá-la para repor as energias.

Só depois as coisas começaram a ficar mais claras. A geladeira ficava vazia porque Mona tinha parado de ir ao supermercado. Eu não percebi isso porque ela também havia desistido de se alimentar em horários regulares. Já não rezava tanto. E cantava ainda menos para Peter. Então, três semanas antes do primeiro aniversário do nosso filho, Mona desapareceu. Encontrei um frasco de comprimidos escondido embaixo de uma caneca no fundo de um armário. Um médico do Serviço de Saúde do Vaticano me disse que ela vinha tentando se livrar sozinha de uma depressão e que não devíamos perder as esperanças. Então, Peter e eu ficamos esperando sua volta. Esperamos e esperamos.

Hoje, meu filho jura de pés juntos que se lembra da mãe. Suas recordações, no entanto, foram construídas com base em fotografias espalhadas pelo apartamento. Ele completa os detalhes com informações colhidas em programas de TV e anúncios de revistas. Ainda não notou que as mulheres da nossa igreja católica oriental não usam batom nem perfume. Lamentavelmente, sua experiência eclesial é quase idêntica à de um católico romano: quando olha para mim, o que ele vê é um padre solteiro, solitário e celibatário. As contradições de sua identidade ainda estão por vir. Mas Peter sempre inclui o nome da mãe em suas orações, e as pessoas me contam que João Paulo se comportava de maneira semelhante depois que perdeu a sua, ainda novo. Esse pensamento me conforta.

O telefone toca, finalmente. Irmã Helena sorri, e eu corro para atendê-lo.

— Alô.

Peter me observa, ansioso.

Espero ouvir os sons de uma estação de metrô ou, no pior dos cenários, de um aeroporto. Mas não é isso que escuto. A voz do outro lado da linha é débil. Distante.

— Sy? — pergunto. — É você?

Ele não parece escutar. A ligação está horrível. Tomo isso como indício de que ele está mais perto de casa do que eu esperava. É difícil conseguir sinal no Vaticano.

— Alex — ouço-o dizer.

— Sim?

Ele fala novamente, mas a estática toma conta de tudo. Ocorre-me que, em vez de vir direto, ele pode ter passado pelos Museus do Vaticano para ver Ugo Nogara, que está sob enorme pressão para terminar os preparativos de sua grande exposição. Eu jamais diria isso a Peter, mas seria típico do meu irmão arranjar uma alma para confortar a caminho de casa.

— Sy — repito —, você está nos museus?

Na mesa de jantar, o suspense está matando Peter.

— Ele está com o Sr. Nogara? — cochicha com a irmã Helena.

Mas, do outro lado da linha, alguma coisa muda. Ouço um silvo repentino que me parece um sopro de vento. Ele está ao ar livre. E, pelo menos aqui em Roma, está caindo uma tempestade.

Por um momento, a ligação melhora.

— Alex, preciso que você venha me buscar.

Seu tom de voz me faz sentir um formigamento desconfortável na nuca.

— O que foi? — pergunto.

— Estou em Castel Gandolfo. Nos jardins.

— Não entendi. Por que você está aí?

O vento sopra novamente, e o telefone emite um som estranho. Parece meu irmão gemendo.

— Por favor, Alex. Venha agora. Estou... Estou perto do portão leste, abaixo da residência de veraneio do papa. Você precisa chegar aqui antes da polícia.

Meu filho, imóvel, me fita com olhos arregalados. Observo o guardanapo de papel cair do colo dele e voar pelos ares como o solidéu do papa levado por uma rajada de vento. Irmã Helena também assiste à cena.

— Não saia daí — digo a Simon.

Viro-me e saio rapidamente para Peter não ver a expressão que eu, sem dúvida, trago nos olhos. Porque na voz de meu irmão há algo que eu não me lembro de ter ouvido antes. Medo.

Capítulo 2

Dirijo até Castel Gandolfo em meio à tempestade que vem do sul. Ao cair, a chuva, furiosa, salta das pedras de cascalho como pulgas. Quando chego à autoestrada, o para-brisa é como um tambor que o céu percute. Os carros reduzem a velocidade e param no acostamento. À medida que a constelação de luzes vermelhas fenece, volto a pensar em meu irmão.

Na juventude, Simon era o tipo de garoto que subiria em uma árvore durante uma tempestade de raios para resgatar um gato. Certa noite, quando estávamos em uma praia da região da Campânia, vi-o mergulhar num cardume de águas-vivas brilhantes para salvar uma menina que havia sido puxada pela correnteza. No inverno daquele ano, quando Simon tinha 15 anos e eu, 11, fui encontrá-lo na sacristia da Basílica de São Pedro, onde ele servia como coroinha. Ele deveria me levar para cortar o cabelo na cidade, mas, quando saíamos da basílica, um pássaro entrou voando por uma das janelas da cúpula, sessenta metros acima de nós, e ouvimos o baque surdo da ave caindo na sacada. Alguma coisa dentro de Simon lhe disse que ele precisava ver aquilo. Então, subimos aqueles 6 milhões de degraus e, lá no topo, chegamos a um estreitíssimo ressalto de mármore que se estendia em um círculo sobre o altar-mor. Entre nós e o vão, havia apenas um parapeito. E, estirada naquela faixa estreita de piso estava a pomba, debatendo-se e regurgitando sangue. Simon andou até ela e tomou-a nas mãos. Foi então que alguém gritou:

— Pare! Não chegue mais perto!

Do outro lado da cúpula, debruçado sobre o parapeito, um homem nos fitava com os olhos vermelhos. De repente, Simon começou a correr em sua direção.

— Não, *signore*! — gritou ele. — Não faça isso!

O homem ergueu uma das pernas sobre o parapeito.

— *Signore*!

Ainda que Deus tivesse dado asas a Simon ele não teria chegado a tempo. O homem inclinou-se para a frente e caiu. Assistimos ao corpo despencar pela Basílica de São Pedro como uma pedra. Ele ainda caía, já menor do que uma formiga, quando escutei um guia turístico lá embaixo dizendo *bronze roubado do Panteão*. Finalmente, ouviu-se um grito e vi uma pequena mancha de sangue no chão. Sentei. Minhas pernas estavam bambas. Não me lembro de ter feito qualquer movimento até Simon vir ao meu encontro.

Em toda a minha vida, jamais compreendi por que Deus enviou um pássaro por aquela janela. Talvez fosse para ensinar a Simon a sensação de ter algo escapando entre os dedos. Nosso pai morreu no ano seguinte, de modo que talvez aquilo fosse uma lição que não podia esperar. De qualquer forma, a última imagem daquele dia que eu guardo na memória, antes de os funcionários evacuarem a igreja, é a de Simon debruçado no parapeito de mármore, os braços estendidos, paralisado, como se tentasse devolver o pássaro ao céu. Como se colocasse um vaso de plantas de volta em uma prateleira.

Naquela tarde, os sacerdotes reconsagraram a basílica, como fazem toda vez que um peregrino se joga lá de cima. Mas não é possível fazer o mesmo com uma criança. Duas semanas depois, o mestre do nosso coro deu um tapa em um garoto que estava desafinando. Simon, ao ver aquilo, saiu de seu lugar e estapeou o mestre. Por três dias os ensaios do coro foram cancelados, e meus pais tentaram forçar Simon a se desculpar — logo ele, que sempre tinha sido a obediência em pessoa. Mas Simon dizia que preferia largar o coro a pedir desculpas. Na planta baixa de como nos tornamos os homens que somos, é aí que situo nossas fundações. Todas as coisas que sei sobre ele ergueram-se inexoravelmente a partir desse ponto.

Os dez anos da vida de Simon entre o início da faculdade e o começo de sua carreira diplomática foram um período difícil para a Itália. Os atentados a bomba e os assassinatos dos nossos tempos de infância praticamente não existiam mais, porém, em Roma, ocorriam protestos violentos contra um governo falido que desabava sob o peso da própria corrupção. Durante os anos de faculdade, Simon marchava com os estudantes. Na época do seminário, marchava com os trabalhadores, em solidariedade. Quando foi convidado a integrar o corpo diplomático, pensei que aqueles tempos tinham ficado para trás. Então, há três anos, em maio de 2001, João Paulo decidiu ir à Grécia.

Era a primeira vez em treze séculos que um papa visitava nossa terra natal, e nossos compatriotas não estavam felizes em vê-lo. Quase todos os gregos são ortodoxos, e João Paulo desejava pôr fim ao cisma entre as igrejas. Simon foi até lá para testemunhar o acontecimento. Mas o ódio é algo que meu irmão jamais compreendeu. Ele herdou do nosso pai uma imunidade quase protestante ao veredito da história. Os ortodoxos culpam os católicos pelos ataques que sofreram em praticamente todas as guerras, desde as Cruzadas até a Segunda Guerra Mundial. Eles culpam os católicos por afastá-los de sua igreja ancestral e por atraírem-nos para uma forma nova e híbrida de catolicismo. A simples existência dos católicos orientais representa uma provocação para alguns ortodoxos. Mesmo assim, Simon não conseguia entender por que seu próprio irmão, um sacerdote da Igreja Católica Grega, não queria se juntar a ele em sua viagem a Atenas.

Os problemas despontaram já antes da chegada de Simon. Quando foi anunciado que João Paulo pisaria em solo helênico, os sinos dos mosteiros ortodoxos gregos soaram toques fúnebres. Centenas de ortodoxos foram às ruas protestar, carregando faixas onde lia-se ARQUI-HEREGE e MONSTRO CHIFRUDO DE ROMA. Os jornais publicaram matérias sobre imagens sagradas que começaram a chorar sangue. Proclamou-se luto oficial por um dia. Ao chegar lá, Simon, que tinha planejado dormir na casa paroquial da antiga igreja de papai, viu que reacionários ortodoxos haviam pichado as portas. Ele disse que a polícia se recusava a ajudar. Meu irmão tinha finalmente encontrado o oprimido que nascera para defender.

Naquela noite, um pequeno grupo de ortodoxos radicais invadiu a igreja e interrompeu a liturgia. Cometeram o grave erro de arrancar a batina do sacerdote e pisotear a antemesa, o pano sagrado que transforma uma mesa comum em altar.

Meu irmão mede quase dois metros de altura. A consciência de ser maior e mais forte do que todas as pessoas que encontra pela frente intensifica nele o senso de dever para com os mais fracos e desamparados. Ele se lembra vagamente de ter empurrado um ortodoxo para fora do altar, na tentativa de salvar o padre. O ortodoxo afirmou ter sido derrubado por Simon. A polícia grega prendeu meu irmão, dizendo que ele tinha quebrado o braço do sujeito. A Secretaria de Estado da Santa Sé, para a qual Simon começara a trabalhar recentemente, teve de negociar seu retorno imediato a Roma. E foi assim que meu irmão não chegou a ver de perto como João Paulo enfrentou com muito mais êxito hostilidades semelhantes.

Os bispos da Igreja Ortodoxa Grega fizeram questão de esnobar João Paulo. Ele não se queixou. Insultaram-no, mas ele não revidou. Exigiram que se desculpasse pelos pecados cometidos pela Igreja Católica muitos séculos atrás. Pronunciando-se em nome de um bilhão de almas vivas e dos incontáveis fiéis católicos mortos, João Paulo pediu desculpas. Os ortodoxos ficaram tão perplexos que concordaram em fazer algo a que até então tinham se recusado: rezar ao seu lado.

Sempre torci para que o desempenho de João Paulo em Atenas servisse de corretivo para o comportamento de Simon. Que fosse outra lição enviada dos céus. Desde então, ele é um homem diferente. É isso que digo a mim mesmo repetidas vezes ao me afastar de Roma dirigindo rumo ao sul, ao coração da tempestade.

A DISTÂNCIA, CASTEL Gandolfo surge diante dos meus olhos: uma longa colina que irrompe na estranha planície formada por campos de golfe e lojas de carros usados que se estende ao sul da periferia de Roma. Há dois mil anos, a região era o playground dos imperadores. Só há alguns séculos os papas começaram a passar o verão ali. Tempo suficiente, contudo, para definir a área como extensão oficial do Vaticano.

Ao contornar a colina, vejo uma viatura ao pé do rochedo; policiais italianos do posto próximo aos limites da propriedade dividem um cigarro enquanto a tempestade cai furiosamente. As leis italianas, no entanto, não têm vigência no lugar para onde estou indo. Não há sinal da polícia do Vaticano em meio à chuva forte, e essa ausência alivia um pouco o aperto que trago no peito.

Estaciono meu Fiat no ponto em que a encosta mergulha no lago Albano e, antes de sair na chuva, digito um número no telefone. No quinto toque, uma voz rouca atende.

— Pronto.

— Guido, o jovem? — pergunto.

— Quem é? — retruca o dono da voz, pigarreando.

— Alex Andreou.

Guido Canali é um antigo colega de infância, filho de um mecânico de turbinas do Vaticano. Em um país onde o único critério de seleção para a maior parte dos postos de trabalho é o parentesco com alguém que tenha um emprego, Guido não conseguiu nada melhor do que revirar estrume na fábrica de laticínios pontifícia, aqui nesta colina. Ele sempre precisa de ajuda. E ainda que não seja por acaso que nossos caminhos não se cruzam mais, hoje eu também estou precisando de ajuda.

— Não sou mais Guido, o jovem. Meu velho morreu ano passado.

— Sinto muito.

— Somos dois, então. A que devo esse telefonema?

— Estou nas redondezas e preciso de um favor. Você poderia abrir o portão para mim?

Pelo tom de surpresa em sua voz, ele não sabe nada sobre Simon. Outra notícia boa. Fazemos um trato: dois convites para a exposição, pois Guido sabe que eu consigo obtê-los com tio Lucio. Até a criatura que mais tem orgulho de ser preguiçosa no nosso país quer prestigiar o trabalho do meu amigo Ugo. Desligo o telefone e sigo pela trilha escura, colina acima, até o nosso ponto de encontro, onde o vento se torna mais intenso e adquire o assobio agudo que se ouvia por trás da voz de Simon ao telefone.

Fico surpreso — e, num primeiro momento, aliviado — por não ver sinais de confusão. Todas as vezes que livrei meu irmão das garras da polícia foi porque ele estava participando de algum tipo de tumulto. Mas não há cidadãos protestando na praça aqui, nem empregados do Vaticano pedindo aumento de salário. Na extremidade norte do vilarejo, o palácio de veraneio do papa parece abandonado. As duas cúpulas do Observatório do Vaticano erguem-se no topo da construção como os galos que crescem na cabeça dos personagens de desenho animado que Peter vê na TV. Nada está fora do lugar. Nada parece sequer ter vida.

Uma passarela particular liga o palácio aos jardins pontifícios, e no portão do jardim vejo a luz etérea de um cigarro aceso flutuando em um punho negro.

— Guido?

— Que bela hora para uma visita — responde o cigarro, que logo em seguida cai numa poça e morre. — Siga-me.

Meus olhos se ajustam à escuridão, e vejo que ele é a imagem exata do falecido Guido, o velho: cara de pug, as costas largas semelhantes à carapaça de um besouro. O trabalho braçal fez dele um homem. A lista telefônica do Vaticano está repleta de pessoas que eu e Simon conhecíamos na infância, mas nós somos praticamente os únicos que se tornaram sacerdotes. Vivemos num sistema de castas onde os homens assumem orgulhosamente as mesmas funções de seus pais e seus avôs, que enceravam o chão ou consertavam móveis antes deles. Pode ser difícil, no entanto, ver antigos colegas de infância ascenderem a postos mais altos, e percebo um tom familiar na voz de Guido quando ele abre o cadeado, aponta para a sua caminhonete e diz:

— Entre, *padre*.

Os portões aqui servem para manter o populacho do lado de fora, enquanto as cercas vivas são para deter seus olhares curiosos. Nosso território fica incrustado em um vilarejo italiano, mas ninguém nunca diria isso. O topo do monte, com seus oitocentos metros de extensão, é um paraíso particular para o papa. A propriedade em Castel Gandolfo é maior que o Vaticano inteiro, mas ninguém vive aqui, exceto alguns jardineiros, serventes e o velho astrônomo jesuíta que dorme durante o dia. Os verdadeiros habitantes do lugar são as árvores frutíferas plantadas em vasos, as alamedas margeadas por pinheiros-mansos, os canteiros de flores e as estátuas de mármore legadas por imperadores pagãos, hoje distribuídas pelos jardins para alegrar João Paulo em suas caminhadas de verão. Daqui de cima, avista-se do lago ao mar. À medida que descemos o caminho de terra que atravessa o jardim, não vejo nenhum sinal de vida.

— Aonde você quer ir? — pergunta Guido.

— Pode me deixar nos jardins.

— No meio *disso*? — retruca ele, arqueando uma sobrancelha.

A tempestade continua, estrondosa. Com a curiosidade aguçada pela estranheza do meu pedido, Guido liga o rádio PX para ver se escuta alguma conversa. Mas o rádio também está em silêncio.

— Minha namorada trabalha lá embaixo — comenta, levantando um dedo do volante para apontar. — Nos olivais.

Não digo nada. Costumo fazer excursões neste lugar com alunos novos do velho seminário, de modo que conheço bem a paisagem à luz do dia. Mas na escuridão, e com essa chuva torrencial, tudo que consigo discernir é a faixa de estrada iluminada pelos faróis. Aproximamo-nos dos jardins. Nada de caminhonetes, carros de polícia nem jardineiros com os feixes de luz das lanternas atravessando a chuva.

— Ela me enche o saco — continua Guido, balançando a cabeça. — Mas, Alex, que traseiro a garota tem! — E completa com um assovio.

Quanto mais adentramos a escuridão, mais tenho a sensação de que algo está muito errado. Simon deve estar sozinho na chuva. Pela primeira vez, considero a possibilidade de ele estar ferido, de ter sofrido um acidente. No telefone, entretanto, ele mencionou a polícia e não uma ambulância. Então, relembro a conversa, procurando por algo que eu tenha interpretado mal.

Aos trancos, a caminhonete de Guido sobe pelos jardins, e chegamos a uma clareira.

— Aqui está bom — eu digo. — Vou descer aqui mesmo.

Guido olha em volta.

— Aqui?

Já estou descendo.

— Não se esqueça do nosso acordo, Alex. Dois convites para a noite de abertura.

Mas estou preocupado demais para responder. Quando Guido vai embora, pego o celular e ligo para Simon. A cobertura aqui em cima é falha, o sinal fica oscilando. Por um breve instante, porém, escuto outro celular tocando.

Caminho na direção do som, vasculhando a área com a luz da lanterna. Na encosta, esculpiu-se uma grande escadaria dividida em três terraços de pedra que descem um após o outro e dão no mar, bem lá embaixo. Em cada centímetro de terra há flores plantadas, dispostas em círculos dentro de octógonos; estes, por sua vez, são inseridos em quadrados, com todas as pétalas no lugar. O espaço aqui em cima é infinito, e isso me deixa muito ansioso.

Quando estou prestes a gritar o nome de Simon ao vento, vejo uma coisa. Daqui de cima, do terraço mais alto, enxergo uma cerca, a fronteira leste da propriedade papal. Bem em frente ao portão, o feixe de luz de minha lanterna atinge algo escuro. É a silhueta de alguém vestido todo de preto.

Corro em direção ao vulto, o vento agitando a bainha da minha batina. O terreno é desnivelado. Há torrões de lama revolvida, e as raízes expostas lembram pernas de aranhas.

— Simon! — chamo na direção dele. — Você está bem?

Ele não responde. Nem se mexe.

Continuo, já cambaleante, tentando não escorregar nas poças de lama. A distância entre nós diminui. Mesmo assim, ele não fala.

Enfim, alcanço-o. Meu irmão. Pouso as mãos nele e pergunto:

— Você está bem? Diga que está bem.

Simon está ensopado e pálido. O cabelo molhado está grudado na testa como se fosse o cabelo pintado de um boneco, e a batina negra aderiu aos seus fortes músculos como o couro de um cavalo de corrida. A batina, hoje antiquada, é o paramento que todos os sacerdotes católicos usavam antes de as calças e os paletós pretos virarem moda. Nessa escuridão, a vestimenta ganha um aspecto quase fantasmagórico na figura corpulenta do meu irmão.

— O que houve? — pergunto, porque ele ainda não me respondeu nada.

Seu olhar é inexpressivo, distante. Dirige-se a algo no chão.

Um grande casaco preto jaz sobre a lama. O sobretudo que cobre a batina de um padre católico. Trata-se de uma greca, cujo nome vem da semelhança que guarda com a batina dos padres gregos. Há um volume embaixo dela.

Em nenhuma das vezes que imaginei esse encontro concebi algo parecido com isso. Na extremidade do volume sob o casaco, vejo um par de sapatos.

— Meu Deus — murmuro. — Quem é esse?

A voz de Simon está tão rouca que falha.

— Eu poderia ter salvado ele — lamenta-se.

— Sy, não entendi. Diga o que está acontecendo?

Meus olhos estão fixos no par de mocassins. A sola de um deles está furada. Sou tomado por uma sensação ruim, incômoda, como se alguém arranhasse o quadro-negro dos meus pensamentos. O vento espalhou papéis contra a cerca alta que separa a propriedade papal da estrada adjacente. A chuva colou-os aos elos de metal, dando a eles o aspecto de papel machê.

— Ele me telefonou — murmura Simon. — Eu sabia que ele estava em apuros e vim o mais rápido que pude.

— *Quem* telefonou para você?

Mas aos poucos o significado dessas palavras ficava claro. Agora sei de onde vinha a sensação ruim. O furo na sola do mocassim me é familiar.

Dou um passo para trás. Sinto o estômago embrulhado. Minhas mãos se fecham.

— C... como...? — pergunto, gaguejando.

De repente, vejo luzes movendo-se em nossa direção vindas do jardim. Surgem em pares, do tamanho de bolinhas de gude. Ao se aproximarem, ganham a forma de viaturas da polícia.

Gendarmaria do Vaticano.

Eu me ajoelho, minhas mãos tremem. No chão, ao lado do corpo, há uma maleta aberta. O vento continua arrancando os papéis de dentro dela.

Os gendarmes começam a correr em nossa direção, vociferando para nos afastarmos do corpo. No entanto, estico-me e faço o que todos os meus instintos me mandam fazer: preciso ver.

Quando levanto a greca de Simon, vejo um homem morto de olhos arregalados, boquiaberto, a língua estufando a bochecha por dentro. O rosto está contorcido. Em uma das têmporas, um buraco negro expele uma massa rosada de carne.

A chuva aperta. Sinto a mão de Simon me puxando para trás. *Afaste-se*, ouço-o dizer.

Mas não consigo tirar os olhos do cadáver. Vejo os bolsos do paletó virados para fora e uma faixa de pele mais branca em um dos pulsos, de onde um relógio foi tirado.

— Afaste-se, padre — diz um dos oficiais.

Por fim eu me viro. O gendarme tem a pele do rosto enrugada como uma luva de couro gasta. Pelos olhos amendoados e o cabelo branco, reconheço o inspetor Falcone, chefe da polícia do Vaticano. O homem que escolta o carro de João Paulo.

— Qual dos senhores é o padre Andreou? — pergunta.

Simon dá um passo à frente e diz:

— Os dois. Mas fui eu que chamei vocês.

Fito meu irmão, tentando entender a situação.

Falcone aponta para um de seus homens.

— Vá com o agente especial Bracco. Conte a ele tudo o que viu.

Simon obedece. Põe a mão no bolso da greca, pega a carteira, o celular, o passaporte, mas mantém o sobretudo estirado sobre o cadáver. Antes de seguir o policial, ele diz:

— Este homem não tem parentes próximos. Preciso me certificar de que receberá um funeral adequado.

Falcone fita-o com os olhos semicerrados. A observação é inusitada, mas, come é vinda de um padre, ele assente.

— Padre, o senhor conhecia esse homem? — pergunta Falcone.

Simon responde quase sussurrando:

— Era meu amigo. Chamava-se Ugolino Nogara.

Capítulo 3

O policial conduz Simon até um local onde não possam ser ouvidos para fazer perguntas, e eu observo os outros oficiais passarem fitas de isolamento ao redor da clareira. Um deles analisa a cerca de dois metros e meio paralela à estrada, tentando entender como um invasor entrou nesses jardins. Outro olha para uma câmera de segurança instalada no alto. A maioria dos gendarmes já foi policial no passado. Departamento de Polícia de Roma. Podem ver que o relógio de pulso de Ugo foi roubado, que sua carteira sumiu e que sua pasta foi arrombada. Mesmo assim, ficam repassando os detalhes como se algo não se encaixasse.

Nessa região, é grande o amor das pessoas pelo Santo Padre. Elas contam histórias de papas batendo à porta das casas para se certificarem de que todas as famílias tinham o que comer. Muitos dos mais velhos foram batizados com o nome do papa Pio, que protegeu suas famílias do perigo durante a guerra. Não são os muros que guardam este lugar, mas os habitantes. Um assalto parece algo impossível.

— Arma! — escuto um dos policiais dizer.

Ele está de pé à entrada de um túnel, uma enorme passagem coberta construída por um imperador romano para fazer caminhadas após as refeições. Mais dois gendarmes correm até o local, guiados por dois jardineiros. Ouço murmúrios. Algo grande cai. Porém, o que quer que tenham encontrado, não é a arma.

— Alarme falso — berra um deles.

Meu peito estremece. Fecho os olhos. Sou tomado por uma onda de tristeza. Já vi gente morrer antes. Eu ungia os enfermos no hospital onde Mona era enfermeira. Rezava pelos que estavam prestes a morrer. Ainda assim, é com grande esforço que controlo minhas emoções.

Um gendarme se aproxima e tira fotos de pegadas na lama. Há policiais por todos os cantos do jardim agora. Mas meus olhos voltam-se para Ugo.

Por que sua visão me comove? A iminente exposição o tornará, agora em caráter póstumo, um dos homens mais falados de Roma, e eu poderei dizer que tive participação nisso. O que me atraía nele, no entanto, eram suas cicatrizes de guerra. Os óculos que nunca tinha tempo de consertar. Os furos na sola dos sapatos. O ar desajeitado que se evaporava logo que ele começava a falar de seu grande projeto. Até seu vício neurótico e incurável pela bebida. Nada no mundo lhe importava, exceto sua exposição, e a esta dedicava todos os seus pensamentos. Ugo existia em função dela. Percebo agora que essa é a fonte do que estou sentindo. Para essa exposição, Ugo era um pai.

Simon retorna acompanhado do gendarme que o interrogou. Os olhos de meu irmão, cheios de lágrimas, são inexpressivos. Espero que ele diga alguma coisa. Em vez disso, é o policial quem fala.

— Podem ir agora, padres.

O saco onde o cadáver será transportado acaba de chegar. Não saímos do lugar. Dois policiais levantam Ugo e colocam-no dentro do saco, estendendo as laterais em torno do corpo. O som do zíper parece o de veludo se rasgando. Começam, então, a carregá-lo quando Simon os interrompe:

— Parem.

Os policiais se viram.

— Ó Senhor, inclina os Teus ouvidos.

Os dois gendarmes pousam o saco no chão. Todos ao alcance da voz de Simon — policiais, jardineiros, homens de todas as castas — aproximam-se, tirando o chapéu.

— Suplico-Te humildemente que tenhas misericórdia da alma de Teu servo Ugolino Nogara, a quem fizeste, segundo Tua vontade, passar desta vida ao mundo da paz e da luz. Concede-lhe partilhar da glória dos Teus santos. Por Cristo Nosso Senhor, amém.

Em meu coração, acrescento aquelas duas palavras gregas essenciais, a mais sucinta e poderosa de todas as orações.

Kyrie, eleison.

Senhor, tende piedade.

Os chapéus voltam às cabeças. O saco é erguido novamente e se vai. Sabe-se lá para onde.

Sinto uma quietude dolorosa no peito.

Ugo Nogara se foi.

Quando chegamos ao Fiat, Simon abre o porta-luvas e tateia o interior. Com uma voz débil, pergunta:

— Onde está meu maço de cigarros?

— Joguei fora.

Na tela do meu celular, vejo duas chamadas perdidas da irmã Helena. Peter já deve estar desesperado de preocupação. Mas aqui o sinal é fraco demais para fazer uma ligação.

Simon coça o pescoço em um gesto de ansiedade.

— Na volta compraremos um maço — digo. — O que foi aquilo, afinal?

Vejo-o bufar, como se liberasse uma nuvem invisível de fumaça do cigarro. Percebo que sua mão direita pressiona a parte de cima da coxa direita.

— Está machucado? — pergunto.

Ele faz que não com a cabeça, mas se ajeita para deixar a perna mais confortável. A mão esquerda alcança a outra manga da batina e se embrenha no punho francês que os padres usam como bolso. Está procurando cigarros de novo.

Viro a chave. Quando o Fiat dá partida, inclino-me para a frente e beijo o terço que Mona pendurou no retrovisor tanto tempo atrás.

— Logo chegaremos em casa. Quando estiver pronto para falar, me diga.

Ele assente, mas não diz uma palavra. Tamborilando os dedos nos lábios, ele fita a clareira onde Ugo perdeu a vida.

CHEGARÍAMOS A ROMA mais rápido se fôssemos de elefante pelos Alpes. Só resta um cilindro no velho Fiat do papai, dos dois que tinha originalmente. Hoje em dia, existem cortadores de grama mais potentes que ele. O sintonizador do rádio enferrujou na 105 FM, a Rádio Vaticano, que no momento transmite o rosário. Simon pega o terço do retrovisor e começa a percorrer as contas com os dedos. A voz no rádio diz: *Então, Pôncio Pilatos, querendo satisfazer o povo, ordenou que açoitassem Jesus e o entregou para ser crucificado.* Essas palavras dão a deixa para as orações — um Pai-Nosso, dez Ave-Marias e um Glória ao Pai —, que fazem Simon mergulhar em profunda contemplação.

— Por que alguém o roubaria? — pergunto, incapaz de suportar o silêncio.

Ugo não tinha praticamente nada de valor. Usava um relógio de pulso barato. Portava uma carteira cujo conteúdo mal daria para pagar a passagem de trem de volta a Roma.

— Não sei — responde Simon.

A única vez que o vi com um maço de notas foi quando trocou dinheiro em uma casa de câmbio no aeroporto depois de uma viagem de negócios.

— Vocês voltaram no mesmo avião?

Ambos estavam na Turquia a trabalho.

— Não — responde Simon, alheio. — Ele embarcou duas noites atrás.

— O que ele estava fazendo aqui?

Meu irmão me encara, como quem procura extrair algum sentido de palavras incompreensíveis.

— Organizando a exposição — responde Simon.

— Por que estaria caminhando pelos jardins?

— Não sei.

Há alguns museus e sítios arqueológicos nessas colinas, no território italiano que circunda a propriedade do papa. Ugo poderia estar realizando pesquisas por ali ou ter marcado um encontro com outro curador. Os sítios, entretanto, teriam sido fechados com a tempestade, e Ugo se veria forçado a buscar abrigo.

— A casa nos jardins — digo. — Talvez ele estivesse indo para lá.

Simon assente com a cabeça. A voz no rádio diz: *Trançaram uma coroa de espinhos, meteram-na na cabeça de Jesus e puseram-lhe na mão uma vara. Dobrando os joelhos diante dele, diziam com escárnio: Salve, rei dos judeus!* Inicia-se a próxima dezena, e Simon a acompanha, sujando de terra as contas sob seus dedos. Ele nunca foi um padre meticuloso, mas sempre se preocupou com a limpeza e a aparência. À medida que a lama seca sobre sua pele, ele observa as rachaduras que se formam e os fragmentos de terra arrancados pelo terço.

Lembro-me de nós dois sentados lado a lado exatamente assim, pouco depois do nascimento de Peter, na noite em que levei Simon ao aeroporto para sua primeira missão no exterior. Escutávamos o rádio e observávamos os aviões deixando rastros de fumaça no céu, como anjos. Meu irmão acreditava que a diplomacia era o serviço divino por excelência, que era nas mesas de negociação que morriam os ódios religiosos. Quando Simon aceitou um posto de trabalho na reles Bulgária, onde menos de um por cento da população é católica, o tio Lucio apertou as mãos dele e disse-lhe que seria o mesmo que trabalhar para promover o consumo de carne de porco em Israel. Mas 75 por cento da população búlgara é ortodoxa, e, desde sua viagem a Atenas, um dos planos de meu irmão era promover a reunificação das duas maiores igrejas do mundo. Esse tipo de idealismo sempre foi seu calcanhar de aquiles. Na Secretaria de Estado do Vaticano, os sacerdotes são promovidos segundo um cronograma: bispo em dez anos, arcebispo em vinte. Isso explica por que tantos, dentre os cinquenta cardeais mundo afora, são membros da Secretaria. Os que ficam para trás, porém, geralmente são aqueles que se deixam deter por boas intenções. Como o advertia o tio Lucio, um marajá tem de escolher entre liderar seu povo e limpar o rastro de sujeira de seu elefante. Nessa metáfora, Mona, Peter e eu éramos o elefante. Simon precisava desvencilhar-se de nós, antes que seu senso de dever o prejudicasse.

Nessa época, porém, Simon foi designado para um posto na Turquia, e Deus lhe deu uma nova oportunidade de fazer caridade: Ugo Nogara. Uma ovelha perdida. Uma alma frágil às voltas com a obra-prima de sua carreira. Posso imaginar o que meu irmão deve estar sentindo neste momento. Uma agonia não muito diferente da que eu sentiria se algo tivesse acontecido a Peter.

— Ugo foi para um lugar melhor — garanto-lhe.

Foi essa convicção que ajudou dois garotos a superar a morte de seus pais. A vida está além da morte; a paz está além do sofrimento. Mas Simon ainda está abalado demais para assimilar a morte de Ugo. Em vez de percorrer as contas do terço com o polegar, ele o aperta.

— O que o gendarme perguntou a você? — indago.

Vejo rugas embaixo de seus olhos. Não sei se ele está estreitando-os para enxergar a distância ou se alguns anos de trabalho na Secretaria de Estado já deixaram marcas em um homem de pouco mais de 30 anos.

— Sobre o meu celular.

— Por quê?

— Para ver a que horas Ugo me telefonou.

— E o que mais?

Olhando fixamente para o telefone que traz na mão, ele responde:

— Se eu vi mais alguém nos jardins.

— E viu?

Sua mente deve estar mergulhada na escuridão. Sua única resposta é um enigmático "ninguém".

Pensamentos soltos formam um emaranhado em minha mente. Castel Gandolfo torna-se um lugar tranquilo no outono. O papa deixa sua residência de veraneio e retorna ao Vaticano; dessa forma, os soldados da Guarda Suíça e os gendarmes dispensam os destacamentos que mantêm no território. Os pontos turísticos ficam desertos no fim da tarde, pois o último trem diário para Roma parte antes das cinco, e, se os assaltantes locais forem como os de Roma, certamente ficam mais agressivos com a ausência de presas fáceis. Por um instante, sou assombrado pela imagem de Ugo na chuva, atravessando o pátio ermo, sendo perseguido por um desses assaltantes.

— Há um posto da polícia militar bem do outro lado da estrada — comento. — Por que Ugo não telefonou para lá?

— Não sei.

Talvez ele *tenha* chegado a telefonar, mas os policiais se recusaram a cruzar a fronteira. E duvido que o 112, o número de emergência do Vaticano, tenha funcionado aqui.

— O que ele disse a você no telefone? — pergunto.

Simon levanta a mão.

— Por favor, Alex, preciso de um tempo.

Simon se retrai, como se a recordação da chamada telefônica fosse particularmente penosa. Ele devia estar no trajeto do aeroporto até em casa quando recebeu a ligação. Talvez tenha dito ao taxista para mudar de rota imediatamente, mas era tarde demais.

Lembro-me de ele pegar o avião para casa quando eu telefonei dizendo que Mona tinha me abandonado. Prometeu morar comigo o tempo que fosse necessário para eu voltar a me sentir um ser humano. Isso levou seis semanas. Lucio implorou que ele retomasse o serviço diplomático. Em vez disso, Simon me ajudou a vasculhar os recantos de Roma, a espalhar folhetos e a telefonar para parentes e amigos; ele ajudou a cuidar de Peter enquanto eu vagava pela cidade com pena de mim mesmo, visitando os lugares onde havia me apaixonado por minha mulher. Mais tarde, quando Simon voltou para a Bulgária, inundou nossa caixa de correio de envelopes endereçados a Peter, todos com fotografias que havia tirado pela capital: um homem perdendo a peruca numa ventania, um acordeonista com um macaco, um esquilo sobre uma montanha de castanhas. As fotos viraram o papel de parede do quarto do meu filho. A leitura das cartas transformou-se num ritual que deu vida nova ao meu relacionamento com Peter. Foi então que compreendi a atitude de Lucio. Enquanto Simon batia fotos, padres menos importantes galgavam os degraus do Vaticano. Por fim, informei-lhe que eu e Peter já tínhamos virado a página. Chega de cartas. Por favor.

As luzes da cidade começam a nos banhar com suas cores. Os olhos de Simon estão inquietos, avaliando o panorama do outro lado do para-brisa. Faz mais de um mês que ele não vê essa paisagem urbana, mais de um mês que não respira o ar de Roma. Era para a noite ser de alegria, de retorno ao lar.

— Você viu se algum dos portões do jardim estava destrancado? — pergunto, baixinho.

Mas ele parece não me ouvir.

O PRÉDIO ONDE eu e Simon crescemos no Vaticano, e onde ainda moro com Peter, chama-se Palácio Belvedere, porque na Itália as pessoas chamam qualquer coisa de palácio. Trata-se de um caixote de tijolos que o Papa mandou construir há cem anos, quando se cansou de ver donas de casa e crianças nas suas escadarias particulares. *Belvedere* significa "bela vista", mas também não temos isso; só o supermercado de um lado e o estacionamento do Vaticano do outro. Alojamento para funcionários: é isso que o prédio é.

Moramos no último andar, de frente para os irmãos da Ordem de São João de Deus, que administram a Farmácia do Vaticano situada no térreo. De algumas janelas, é possível ver a parte de trás dos aposentos de João Paulo no Palácio Apostólico — este, sim, um *pallazzo* de verdade, sob todos os aspectos. No pequeno estacionamento nos fundos, um gendarme faz o que Deus ordenou que os gendarmes fizessem: verifica se os carros têm permissão para estacionar ali. Estamos em casa.

— Quer que eu peça ao irmão Samuel um maço de cigarros para você? — pergunto ao subirmos as escadas.

As mãos dele tremem.

— Não, não precisa acordá-lo. Eu tenho um maço escondido em algum lugar lá dentro.

Um segundo gendarme cruza conosco nas escadas e não consegue disfarçar a surpresa quando vê Simon todo sujo de lama. Por respeito, porém, desvia o olhar.

Detenho-me.

— Policial — chamo-o abruptamente, dando meia-volta no degrau —, o que faz aqui?

Do pé da escadaria, ele olha para cima. É um cadete, e tem um olhar infantil.

— Padres... houve uma ocorrência — responde, retirando a boina e retorcendo-a.

Simon franze o cenho e pergunta:

— Como assim, "uma ocorrência"?

Mas eu já estou disparando escada acima.

A PORTA DO meu apartamento está aberta. Três homens amontoam-se na sala de estar. Na cozinha, vê-se uma cadeira caída e um prato de comida quebrado no chão.

— Onde está Peter? — pergunto, gritando. — Onde está o meu filho?

Os homens se viram. São irmãos da Ordem Hospitaleira, vizinhos da porta ao lado, e ainda estão de jalecos brancos de laboratório sobre a batina depois de um dia de trabalho na farmácia. Um deles aponta para os quartos no fim do corredor. Mas não diz nada.

Sinto-me desorientado. No corredor, vejo um aparador tombado. O piso de madeira está coberto de papéis espalhados. Caída no chão, a imagem do menino Jesus que pertencia ao papai me encara, inocente e frágil. A moldura de cerâmica vermelha quebrou-se com a queda. De trás da porta do quarto vem o som de uma mulher soluçando.

Irmã Helena.

Abro a porta do quarto. Estão os dois ali, aninhados na cama, Peter sentado no colo de Helena, envolto em seus braços. Do outro lado, sentado na cama em que Simon dormia quando era garoto, um gendarme faz anotações.

— ... mais alto, eu acho, mas não cheguei a vê-lo direito — diz irmã Helena.

O policial olha assombrado para a figura grandalhona e ensopada de Simon, que chegou atrás de mim.

— O que aconteceu? — Dou um passo à frente. — Vocês se machucaram?

— *Babbo!* — responde Peter, desvencilhando-se dos braços dela para vir até mim.

Seu rosto está vermelho e inchado. Assim que se joga em meus braços, começa a chorar de novo.

— Graças aos céus! — exclama a irmã Helena, levantando-se da cama para me cumprimentar.

Peter está trêmulo em meus braços. Apalpo-o, procurando por ferimentos.

— Ileso — murmura ela.

— O que está acontecendo?

Helena cobre a boca com a mão. As bolsas sob seus olhos se tornam mais suaves.

— Um homem. Entrou aqui.

— O quê? Quando?

— Estávamos na cozinha. Jantando.

— Não entendo. Como ele entrou?

— Não sei. Ouvimos um barulho na porta, então ele apareceu.

Viro-me para o gendarme:

— Você o pegou?

— Não, mas estamos abordando todos que tentam cruzar a fronteira.

Abraço Peter mais forte. Então, o policial no estacionamento não estava fiscalizando os carros.

— O que ele queria? — pergunto.

— Estamos investigando — responde o gendarme.

— Entraram em outros apartamentos?

— Até onde sabemos, não.

Nunca ouvi falar de assaltos nesse prédio. Crimes comuns praticamente não existem na Cidade do Vaticano.

Peter se aconchega em meu pescoço e sussurra:

— Eu tive que me esconder no closet.

Enquanto faço carinho nas costas do meu filho, pergunto a Helena:

— Ele parecia familiar?

A cidade é pequena. A irmã Helena mora em um convento, mas Peter e eu conhecemos quase todo mundo que mora dentro desses muros.

— Não cheguei a vê-lo, padre — responde a irmã. — Ele batia na porta com tanta força que eu tirei Peter da cadeira e o carreguei aqui para dentro.

Hesito por um momento.

— Batia na porta?

— E gritava e forçava a maçaneta. Entrou quando eu ainda estava trazendo Peter para o quarto. Foi um milagre termos chegado aqui a tempo.

Meu coração bate forte. Viro-me para o gendarme:

— Então não foi assalto?

— Não sabemos, padre.

— Ele tentou machucar vocês dois? — pergunto a Helena.

— Nós trancamos a porta do quarto e nos escondemos no closet.

Olho para baixo e percebo que meu filho encara o tio pálido e enlameado. Ambos têm uma expressão desconcertada no rosto, como em estado de choque.

— Peter, está tudo bem — digo, afagando suas costas tensas. — Você está seguro. Nada de mau vai acontecer.

Mas ele e Simon continuam se encarando. É assustador. Os olhos azuis dos dois estão fixos um no outro. Há um quê de animalesco no olhar de Simon, algo que ele tenta controlar, mas não consegue.

— Irmã Helena, ele tentou machucar algum de vocês dois? — pergunto, sussurrando.

— Não. Ele nos ignorou. Ficamos ouvindo-o andar pelo apartamento.

— O que ele fez?

— Parece que foi para o seu quarto. Ficou chamando vocês.

Abraço Peter ainda mais forte, protegendo seu rosto com o ombro.

— Vocês quem? — pergunto.

— O senhor e o padre Simon.

Sinto um calafrio. Percebo que o gendarme me observa, avaliando minha reação.

— Padre, o senhor poderia nos esclarecer algo sobre isso?

— Não. Claro que não. — Volto-me para Simon. — Você sabe algo sobre isso? — pergunto-lhe.

O olhar dele é distante. Tudo que diz é:

— A que horas isso aconteceu?

Há um tom inquietante em sua voz. Sugere algo que me parece irracional num primeiro momento, mas que se espalha como tinta em meus pensamentos. Pergunto-me se o ataque pode ter relação com o que aconteceu a Ugo, se a pessoa que o matou teria vindo até aqui depois.

— Foi poucos minutos depois que o padre Alex saiu — responde Helena.

Castel Gandolfo fica a trinta quilômetros daqui. Quarenta e cinco minutos de carro. Seria quase impossível a mesma pessoa cometer ambos os crimes. Tampouco consigo pensar em um motivo para ela fazer isso. A única coisa que nos liga a Ugo é o trabalho que realizamos para organizar sua exposição.

Simon aponta para o closet.

— Quanto tempo vocês ficaram ali dentro?

— Um tempão — responde Peter, satisfeito. Até que enfim alguém se concentrou no seu sofrimento.

Mas Simon desvia o olhar para a janela.

— Mais de cinco minutos? — pergunto, pressentindo o que meu irmão realmente quer saber.

— Muito mais.

O gendarme, então, não estava sendo honesto. Da porta do apartamento, chega-se às fronteiras do Vaticano em um minuto de caminhada rápida. Ninguém será pego nos portões hoje à noite.

O oficial fecha o bloco de anotações e põe-se de pé.

— Há um carro à sua espera lá embaixo, irmã. É melhor a senhora não voltar para casa a pé no escuro.

— Obrigada — responde Helena —, mas vou passar a noite aqui. Para cuidar do menino.

O policial então abre um pouco mais a porta e insiste:

— A madre superiora está à sua espera. Um motorista a aguarda no hall, pronto para acompanhá-la.

Irmã Helena é uma freira velhinha e obstinada, mas não deixará que Peter a veja discutir com a polícia. Ela lhe dá um beijo de boa-noite e, quando segura o rosto dele, vejo que suas mãos manchadas estão trêmulas.

— Depois eu ligo para você — digo. — Tenho mais algumas perguntas.

Ela acena com a cabeça, mas sem dizer nada. Peter se aninha ainda mais nos meus braços ao vê-la sair. Seus dedos apertam com força a bainha da camisa de futebol que ele sempre usa. O colete de treino vermelho exibe manchas de lágrimas ainda úmidas. Enquanto o embalo nos braços, avisto o baú empurrado contra a porta do closet. Irmã Helena deve ter saído primeiro, para telefonar à polícia. Deve ter dito a Peter que ficasse lá, por segurança. Meu filho, portanto, ficou sozinho no closet escuro.

Sentindo-o ofegar no meu pescoço, percebo que já se passaram uns trinta minutos do horário em que ele normalmente vai dormir. Sinto que ele está exausto só pelo peso do seu corpo.

— Quer tomar alguma coisa? — sussurro em seu ouvido.

Saímos em direção à cozinha, e ele aponta para o prato quebrado no chão.

— Fui eu — diz. — Sem querer.

Levanto a cadeira caída. Helena deve ter arrancado meu filho dali de repente, dezoito quilos de uma só vez. Pego a Fanta Laranja na prateleira, bebida reservada para ocasiões especiais. É o refrigerante favorito de Peter desde que viu o cardeal Ratzinger bebendo-o na Cantina Tirolese, aqui perto. Enquanto ele enterra o rosto no copo de plástico, observo, por cima de seus ombros, a bagunça no corredor até o meu quarto. Por algum motivo, a desordem não chega ao quarto de Peter. Isso parece confirmar a reconstituição dos acontecimentos feita por irmã Helena.

— Está chovendo muito lá fora — comenta Peter, emergindo da lagoa alaranjada.

Assinto com a cabeça, distraído. Talvez ele esteja pensando no homem lá fora, o intruso à solta. Observo o gendarme voltando de uma inspeção no meu quarto. Ele passa pela porta do quarto de Peter, e então Simon aparece logo atrás. O policial pergunta mais alguma coisa, mas meu irmão responde:

— Não. Meu sobrinho já sofreu o bastante por uma noite.

— *Babbo* — diz Peter.

Viro-me. Ele aguarda ansioso.

— Diga.

— Eu perguntei se o carro quebrou na chuva.

Levo um segundo para entender. Ele quer saber por que eu e Simon demoramos para chegar em casa. Por que ele e a irmã Helena estavam sozinhos quando o homem apareceu.

— Nós... tivemos que trocar um pneu furado.

O Fiat dá problema toda hora. Peter tornou-se um especialista em vazamento de óleo e alternadores com defeito. Às vezes temo que ele esteja se transformando em uma enciclopédia de infortúnios.

— Tudo bem — diz ele, observando o tio fechar a porta após a saída do policial.

Agora o apartamento é nosso novamente. Quando Simon se senta ao lado do sobrinho, seu porte físico tranquiliza meu filho, que se aproxima da beirada da cadeira como uma borboleta que toma sol em um galho.

— Vão voltar amanhã — é tudo o que Simon diz.

Meneio a cabeça em resposta. O que de fato precisamos discutir agora não podemos fazê-lo na frente de Peter.

Meu irmão mexe no cabelo do sobrinho e o desarruma com sua mão gigantesca. Sua batina solta uma poeira de lama seca que se espalha por todo o lado.

— Vocês tiveram que levantar o carro?

— O quê?

— Para trocar o pneu — explica Peter.

Simon e eu trocamos olhares.

Meio confuso, Simon responde:

— Eu usei um... — E estala os dedos.

— Macaco? — completa Peter.

Simon faz que sim com a cabeça e se levanta de repente.

— Peter, preciso me limpar, está bem? — Olhando para mim, acrescenta: — *Ubi dormiemus?*

É latim. Para evitar que Peter entenda. Significa "Onde vamos dormir?"

Então concordamos. Talvez não seja seguro ficar aqui.

— O alojamento da Guarda Suíça? — sugiro. O lugar mais seguro do Vaticano depois dos aposentos de João Paulo.

Simon assente e segue com dificuldade até o banheiro, esforçando-se ao máximo para disfarçar que está mancando um pouco.

Quando ficamos sozinhos, peço a Peter que vá pegar seu pijama preferido. Ligo o computador e aguardo impaciente até que o velho processador busque em meus e-mails o nome de Ugo. Meus pensamentos ficam inquietos. Meus ouvidos estão atentos aos sons lá de fora, no corredor.

Aparecem umas vinte mensagens, todas escritas esse verão. A última, de duas semanas atrás, é a que eu quero. Releio-a e me pergunto se meus olhos não estão me pregando uma peça. Provavelmente não estou em meu perfeito juízo neste momento, mas, ao ouvir o ruído familiar do chuveiro sendo fechado, imprimo a mensagem, enfio o papel no bolso da batina e sigo Simon até o quarto que eu e Mona um dia dividimos.

Encontro-o colocando a batina no saco de roupa suja em que nossa mãe bordou as palavras Gênesis 1,4: Deus separou a luz das trevas. Ele parece ainda mais aflito que antes. Eu também. Finalmente me dou conta de que Peter correu perigo. De que a irmã Helena pode ter salvado a vida dele.

— Quem poderia ter feito isso? — murmuro.

Simon tira uma das gavetas da cômoda e procura, no vão, seus cigarros de emergência. Sobre esse mesmo móvel, nosso pai deixava dois cinzeiros, pois um só não bastava. O fumo era um hábito nacional, até que João Paulo o proibiu. A expressão de Simon não se tranquiliza quando ele encontra o que procurava. A gaveta não quer se encaixar de volta, então ele a força aos solavancos, e a cômoda inteira balança.

— Por que viriam atrás de *nós*? — pergunto.

Simon levanta a toalha e veste a cueca. Agora vejo por que ele estava mancando: há um hematoma na perna. Alguma coisa foi cingida ao redor do músculo da coxa.

— Não faça perguntas — protesta ao perceber que notei o machucado.

Quando entram para o mundo dos coquetéis e jantares de gala, muitos funcionários da Secretaria de Estado sentem que traíram o espírito do sacerdócio. Então, recorrem às velhas soluções. Alguns se açoitam, outros vestem túnicas de pelo de cabra ou correntes. Outros fazem o mesmo que Simon: atam um cilício em volta da coxa. São antídotos para os prazeres do ofício diplomático. Mas ele deveria ter bom senso para não fazer isso. Nosso pai nos ensinou o método grego: jejum, oração, dormir no chão frio.

— Quando foi que você...?

— *Sem* perguntas — interrompe ele. — Deixe eu me vestir em paz. Chega de enrolação. Precisamos sair daqui.

Peter surge na porta do quarto segurando uma montanha de pijamas com estampa de dinossauros.

— Isso aqui está bom? — pergunta.

Simon entra às pressas no closet.

— Venha, Peter — digo a ele, levando-o de volta para a cozinha. — Vamos esperar o tio Simon aqui fora.

Capítulo 4

O alojamento da Guarda Suíça fica no fim da nossa rua. É proibida a entrada de estranhos, mas eu e Simon já passamos muitas noites ali depois da morte de nossos pais. Os recrutas nos deixavam correr com eles, usar a academia e entrar de penetra nas festas para comermos *fondue*. Minha primeira ressaca foi ali. A maior parte de nossos velhos amigos voltou para a Suíça em busca de novas aventuras, mas alguns se tornaram soldados. Ao nos verem, os cadetes na entrada telefonam a um superior, e logo recebemos o aval para entrar.

A aparência juvenil dos novos alabardeiros chama minha atenção. Embora precisem cumprir o serviço militar na Suíça antes de servir aqui, parece que acabaram de sair do colegial. Antigamente, estes eram os homens que eu mais admirava em nosso país. Hoje não passam de garotos musculosos, dez anos mais novos que eu.

Três edifícios compridos compõem o alojamento, cada um deles separado do outro por um pátio estreito como uma viela. Os novatos dormem em beliches no prédio que dá para a fronteira com a cidade de Roma. O prédio dos oficiais, para onde vamos, é o mais interno, com os fundos voltados para o palácio do papa. Subimos de elevador e batemos à porta do apartamento de meu melhor amigo na Guarda, Leo Keller. Sua mulher, Sofia, é quem nos atende.

— Ah, Alex, que horror — lamenta ela. — Não acredito no que aconteceu. Entrem, entrem.

As notícias se espalham rápido nesse alojamento.

— Posso tocar no bebê? — pergunta Peter, e antes que ela consiga responder, ele põe as mãos na sua barriga de grávida.

Começo a puxá-lo para trás, mas ela sorri e põe as mãos sobre as dele.

— O bebê está com soluço. Consegue sentir?

É uma mulher bela, com silhueta esguia como era a de Mona e postura semelhante. Até os cabelos lembram os da minha mulher: têm a cor da argila clareada pelo sol de Roma, de modo que às vezes os fios emolduram seu rosto numa aura avermelhada, semelhante à palha de aço prestes a se abrasar. Já faz um ano que ela e Leo se casaram, mas ainda me flagro observando-a, enxergando nela algo que não existe. As lembranças de Mona que ela desperta em mim, os anseios de um homem por sua mulher, fazem-me corar. Também me conscientizam de uma solidão que, na maior parte do tempo, consigo manter enterrada.

— Sentem-se, os três — diz ela. — Vou trazer alguma coisa para vocês comerem. — Mas então parece mudar de ideia. — Ah, entendi, não. — Ela está olhando por cima do meu ombro, para Simon. — Eu fico com Peter aqui. Vocês, padres, vão beber alguma coisa lá embaixo.

Ela viu algo no olhar de Simon.

— Obrigado, Sofia. — Em seguida me ajoelho diante de Peter. — Volto logo para botá-lo na cama. Comporte-se, viu?

— Venha — sussurra Simon para mim, puxando-me pela batina.

— Vamos.

A CANTINA DA Guarda Suíça fica no térreo do alojamento. É um lugar escuro, com jeito de masmorra, onde candelabros sinistros irrompem aqui e ali em meio a uma bruma permanente. As paredes, decoradas com murais que exibem, em tamanho natural, esse exército de quinhentos anos em seus antigos dias de glória, na verdade foram pintadas durante o papado de João Paulo. São tão vergonhosamente caricaturais que para um artista tê-los criado à sombra da Capela Sistina seria preciso que ele acreditasse na existência do purgatório.

Simon e eu nos esgueiramos até uma mesa vazia num canto em busca de algo mais forte que vinho. Por causa do seu tamanho, ele tem que pegar pesado na bebida para sentir algum efeito. No entanto, vinho é a mais forte que eles têm por aqui, então Simon já acabou de beber a primeira taça quando eu pergunto:

— Por que alguém viria atrás de nós?

Ele esfrega o polegar no espesso vidro canelado da taça; parece uma granada prestes a explodir. Sua voz é sombria.

— Se eu descobrir quem fez aquilo com Peter...

— Acha mesmo que isso pode ter a ver com o que aconteceu com Ugo?

Seu corpo está trêmulo de agitação.

— Não sei.

Retiro do bolso a folha impressa e deslizo-a sobre a mesa.

— Alguma vez ele disse algo assim a você?

Ele leva apenas alguns segundos para ler. Então empurra o papel de volta para mim, franzindo o cenho.

— Não.

— Acha que isso quer dizer alguma coisa?

Recostando-se, ele vira outra taça.

— Provavelmente não. — Seu dedo gigante pousa sobre a folha, apontando para a data da mensagem. Duas semanas atrás.

Leio-a pela segunda vez.

Caro Ugo,

Lamento por isso. De agora em diante, porém, acho que você deveria pedir ajuda a outra pessoa. Posso recomendar vários estudiosos das Escrituras mais do que capacitados para responder às suas perguntas. Caso tenha interesse, basta me dizer. Boa sorte com a exposição.

Alex

Abaixo, lê-se a mensagem original de Ugo. Aquela a que eu respondi. Estas foram as últimas palavras que ele escreveu para mim:

Pe. Alex, descobri uma coisa. Urgente. Telefonei para você, mas ninguém atendeu. Por favor, entre em contato comigo imediatamente, antes que a informação vaze.

Ugo

— Ele nunca disse nada sobre isso a você? — pergunto.

Pesaroso, Simon balança a cabeça negativamente.

— Mas, pode acreditar — diz. — Vou descobrir o que está acontecendo.

Há, no seu tom de voz, o leve ar de superioridade típico de quem trabalha na Secretaria de Estado. Relaxe enquanto nós salvamos o mundo.

— Quem poderia saber que você estaria lá em casa esta noite?

— Todos na nunciatura sabiam que eu ia pegar um voo para vir à exposição. — Nunciatura: a embaixada da Santa Sé. — Mas eu não disse a eles onde ficaria hospedado.

Pelo seu tom de voz, percebo que isso também o perturba. O Vaticano possui uma pequena lista com os telefones residencial e comercial da maioria dos empregados, inclusive os meus. Mas ela não fornece o endereço.

— E como alguém conseguiria vir de Castel Gandolfo até aqui tão rápido?

Simon demora a responder. Gira a taça entre as palmas das mãos. Finalmente, diz:

— Provavelmente você está certo. Ninguém conseguiria fazer isso.

Mas diz isso sem demonstrar qualquer alívio, como se quisesse apenas me acalmar.

Os sinos dobram ao longe, marcando dez da noite. Começa a troca de turnos. Observamos os patrulheiros surgirem em suas fardas noturnas, retornando do trabalho, invadindo o recinto como a maré que sobe. Fica claro que este lugar não é um bom refúgio das agruras da noite. Durante o turno, esses homens ouviram as notícias que foram chegando aos poucos de Castel Gandolfo. Eu e Simon nos tornamos celebridades de um modo imprevisto.

O primeiro a se sentar ao nosso lado é meu velho amigo Leo. Conhecemo-nos na primavera do meu terceiro ano de seminário, no funeral da única outra vítima de assassinato do qual me lembro no Vaticano. Um soldado da Guarda Suíça matou seu superior e depois se suicidou. Leo foi o primeiro a chegar à cena do crime naquela noite. Eu e Mona cuidamos dele por mais de um ano até que se recuperasse, inclusive acompanhando-o em jantares com mulheres que não viam nada de atraente em um estrangeiro mal remunerado que fizera o juramento de não falar das recordações que o assombravam. Quando Mona me abandonou, foi Leo quem ajudou Simon a cuidar de *mim*. Seu casamento, na primavera passada, teria sido celebrado por mim, mas o cardeal Ratzinger os honrou oferecendo-se para celebrá-lo. Agora, depois de anos de tormentos, ele será pai de um menino, como eu. Estou contente em vê-lo esta noite. Nossa amizade é de sobreviventes.

Simon ergue ligeiramente a taça para saudar a chegada de Leo. Alguns cadetes seguem seu oficial até nossa mesa. Logo o vinho e a cerveja circulam. Copos e taças tilintam. Depois de horas de imobilidade compulsória, braços e bocas movem-se com gosto. Os homens aqui geralmente conversam em alemão, mas hoje falam em italiano para podermos participar. Sem perceberem que somos mais que simples amigos de seu superior, começam a fazer entre si perguntas de péssimo gosto.

De que calibre era a bala?

Na testa ou na têmpora?

Um disparo tem poder de parada suficiente?

Mas, quando Leo explica quem são seus amigos, tudo muda de figura.

— Foi o seu apartamento que foi roubado? — pergunta um deles, empolgado.

Começo a perceber como essas histórias se espalharão pela Cidade do Vaticano. Meus instintos me dizem que isso será ruim para Simon. Funcionários da Secretaria de Estado devem evitar escândalos.

— Os gendarmes pegaram alguém? — indago.

Os homens ficam um pouco confusos quanto a que evento estou me referindo, até que Leo responde:

— Nem de um caso nem de outro.

— Algum dos meus vizinhos viu alguma coisa?

Leo faz que não com a cabeça.

O assassinato de Ugo, porém, é o que fascina esses rapazes.

— Ouvi dizer que não deixaram ninguém ver o corpo — comenta um deles.

— Ouvi falar que tinha algo errado com o corpo — acrescenta outro. — Alguma coisa nas mãos ou nos pés.

Estão equivocados. Eu vi o corpo de Ugo com meus próprios olhos. Antes que eu consiga falar, entretanto, alguns fazem piadas infames sobre estigmas. Simon, então, dá um murro na mesa.

— Chega! — vocifera.

O silêncio é imediato. No universo deles, Simon é a própria imagem da autoridade: alto, imperativo, eclesiástico. Dou-me conta de que, com 33 anos, aos olhos deles parece um velho também.

— Os gendarmes sabem como alguém poderia ter entrado nos jardins? — pergunto.

Eles tagarelam entre si. O consenso: não.

— Então ninguém viu nada? — insisto.

Por fim, é Leo quem responde:

— *Eu* vi uma coisa.

Um silêncio se instaura na mesa.

— Semana passada, quando eu cobria o terceiro turno na Porta Sant'Anna, um veículo parou, pedindo para entrar.

A Porta Sant'Anna é o portão adjacente ao alojamento onde estamos. A Guarda Suíça fica ali o dia inteiro, fiscalizando a entrada de veículos vindos de Roma. Depois da terceira troca de turno, entretanto, os portões da fronteira são fechados. Ninguém pode entrar no Vaticano à noite.

— Eram três horas da manhã — prossegue Leo —, e um caminhão começou a piscar os faróis para mim. Gesticulei para que ele fosse embora, mas o motorista desceu da boleia.

Os guardas se entreolham. O procedimento não é esse. Os motoristas devem abaixar o vidro e mostrar a identidade.

— Eu me aproximei enquanto o cabo Frei permaneceu em posição de apoio. A habilitação do motorista era italiana. Mas, vejam só, ele tinha autorização para entrar. Adivinhem de quem era a assinatura nessa autorização.

Ele faz uma pausa. Os guardas ainda são novos o bastante para ficarem agitados diante das possibilidades.

— Estava assinada pelo arcebispo Nowak — revela Leo.

Ouvem-se assobios. Antoni Nowak é o mais eminente secretário particular do mundo. Braço direito do papa João Paulo.

— Então, mandei o cabo Frei telefonar lá para cima, para confirmar a assinatura. Enquanto isso, dei uma olhada na carroceria do caminhão. — Ele se curva para a frente. — E vi um *caixão* lá atrás. Coberto por um pano, com palavras em latim escritas nele. Não faço ideia do significado delas. Mas embaixo do pano tinha um grande caixão de metal. Realmente *grande*.

Por toda a mesa, os alabardeiros fazem o sinal da cruz. Todos os guardas aqui, quando ouvem falar de caixões de metal, pensam a mesma coisa. Quando um papa morre, é sepultado em um caixão triplo. O primeiro caixão é de cipreste, e o terceiro, mais externo, de carvalho. O do meio, porém, é de chumbo.

A saúde de João Paulo tem se revelado uma questão extremamente preocupante. Ele está fraco. Não consegue mais andar. Seu semblante é a expressão da dor. O cardeal-secretário de Estado, o segundo homem mais poderoso da Santa Sé, quebrou o código de sigilo ao dizer que a aposentadoria é uma possibilidade, que, se a saúde do papa o impedir de exercer o pontificado, sua permanência ou renúncia deverá ser uma questão de consciência. Os jornalistas rondam como abutres, e alguns oferecem aos cidadãos do Vaticano dinheiro por qualquer informação. Fico imaginando por que Leo assumiu o risco de revelar uma história dessas diante de uma audiência tão imatura.

Mas ele responde à minha pergunta, ao dizer:

— E quem eu vejo sentado em um banco ao lado do caixão? No documento de identidade, lia-se: "Nogara, Ugolino". — Leo tamborila de leve na mesa. — Um minuto depois, recebemos o telefonema de resposta. O arcebispo Nowak confirmou a autorização. O caminhão entrou, e essa foi a última vez que vi o caixão *ou* Nogara. Agora, alguém me diga o que *isso* significa.

Parece uma história de terror. Uma alucinação que invadiu a noite. Os guardas são supersticiosos.

Antes que alguém tenha tempo de reagir, Simon se levanta. Murmura algo que soa como *estou farto*, ou talvez *estou farto disso*, e, sem pedir licença ou se despedir, vai embora da cantina.

Então eu me levanto e o sigo desajeitadamente. A história de Leo acrescentou um fato novo de enormes proporções ao enigma da morte de Ugo. Os guardas suíços não se deram conta disso, porque foram-se os dias em que qualquer católico romano com alguma escolaridade sabia latim. Mas meu pai educou seus filhos para que soubessem ler tanto o grego quanto o latim, de modo que eu conheço as palavras lidas por Leo naquele manto funerário. Elas compõem uma prece:

Tuam Sindonem veneramur, Domine, et Tuam recolimus Passionem.

Na escuridão, Leo provavelmente só conseguiu ter uma vaga ideia das dimensões da urna, pois esse caixão era grande demais para um papa. Sei disso porque o vi uma vez com meus próprios olhos.

Eu sei o que Ugo estava escondendo.

Capítulo 5

Há setecentos anos, em um vilarejo na França, uma relíquia cristã apareceu pela primeira vez na história do Ocidente. Ninguém sabe de onde veio nem como foi parar lá. Com o tempo, porém, como todas as relíquias, ela foi passando para mãos mais nobres. Acabou se tornando propriedade da família real que governava a região. Esta a transferiu, tempos depois, para a capital, nos Alpes.

Turim.

O Sudário de Turim, ou Santo Sudário, é supostamente o manto em que Jesus Cristo foi envolvido para ser sepultado. Em sua superfície, vê-se uma imagem misteriosa, quase fotográfica, de um homem crucificado. Por cinco séculos, foi conservado em uma capela lateral da Catedral de Turim, tão bem-cuidado e protegido que só é exibido ao público praticamente uma vez a cada século. Foi removido da cidade apenas duas vezes em quinhentos anos: primeiro quando a família real fugiu de Napoleão; depois, durante a Segunda Guerra Mundial. A segunda viagem o levou a um mosteiro localizado nas montanhas perto de Nápoles, onde foi conservado em segredo. Foi a caminho desse mosteiro que o sudário, pela única vez na história, passou por Roma.

A única vez até agora.

A maioria das relíquias é mantida em receptáculos próprios, chamados de relicários. Há sete anos, em 1997, um incêndio na Catedral de Turim quase destruiu o sudário, que jazia em seu relicário de prata.

Depois disso, fabricou-se um novo receptáculo: uma caixa hermética feita de uma liga metálica aeronáutica, projetada para proteger o precioso manto de qualquer coisa. A nova caixa, não por coincidência, lembra um enorme caixão, coberto por um manto dourado bordado com a prece tradicional em latim recitada para o sudário: *Tuam Sindonem veneramur, Domine, et Tuam recolimus Passionem.*

Veneramos o Teu Sudário, ó Senhor, e meditamos na Tua Paixão.

O que Leo viu na carroceria daquele caminhão, tenho certeza quase absoluta, foi o ícone mais famoso de nossa religião. O ápice da exposição histórica que Ugo Nogara concebeu em homenagem ao sudário.

Conheci Ugo Nogara porque assumi comigo mesmo o compromisso de tentar conhecer todos os amigos de Simon. Em geral, padres são bons juízes do caráter alheio, mas meu irmão tinha o hábito de convidar mendigos para jantar conosco. Namorava garotas que roubavam ainda mais talheres que os mendigos. Uma noite, quando ele ajudava as freiras na cozinha do Vaticano a preparar comida para os pobres, dois bêbados começaram a brigar e um deles sacou uma faca. Simon interveio, agarrou a lâmina com a mão e se recusou a soltá-la até os gendarmes chegarem.

Na manhã seguinte, mamãe decidiu que era hora de levá-lo a um terapeuta. O psiquiatra era um velho jesuíta cujo consultório cheirava a livros mofados e cigarro de Bali. Em sua mesa havia uma fotografia autografada de Pio XII, o papa que disse que Freud era um pervertido e que os jesuítas não deviam fumar. Minha mãe perguntou se eu deveria esperar do lado de fora, mas ele disse que era apenas uma avaliação informal e que, se Simon fosse precisar de tratamento, ela também teria de esperar lá fora. Então, minha mãe, aos prantos, aproveitou a única oportunidade que teria para perguntar-lhe se havia um termo médico para o problema de Simon. Porque o termo que figurava em todas as revistas era "desejo de morte".

O jesuíta fez algumas perguntas a Simon, depois pediu para ver o corte que ia do meio do polegar até a palma da mão. Por fim, disse a minha mãe:

— *Signora*, já ouviu falar de um homem chamado Maximiliano Kolbe?

— É um especialista?

— Era um padre que foi para Auschwitz. Os nazistas o deixaram passar fome por dezesseis dias e depois o envenenaram. Kolbe ofereceu a vida em troca da de um completo estranho que teria sido morto em seu lugar. Você diria que esse é o tipo de comportamento que a preocupa?

— Sim, padre. Exatamente. Existe uma definição, nessa profissão, para pessoas como Kolbe?

Quando o jesuíta assentiu com a cabeça, minha mãe abriu um sorriso esperançoso, porque qualquer coisa que tenha nome talvez também tenha cura.

Então o psiquiatra disse:

— Em minha profissão, *signora*, chamamos essas pessoas de mártires. E, no caso de Maximiliano Kolbe, de santo do nosso século. Desejo de morrer não é o mesmo que disposição para morrer. Anime-se. Seu filho é apenas um cristão melhor que o normal.

Um ano depois, mamãe escapou daquilo que mais temia: viver mais do que Simon. E a última coisa que ela me disse antes de morrer, além de "eu te amo", foi: *Por favor, Alex, cuide de seu irmão.*

Quando Simon terminou o seminário, ele não parecia precisar de cuidados especiais. Convidaram-no para ser diplomata do Vaticano, uma oferta que apenas dez padres católicos, dentre os 400 mil do mundo inteiro, recebem a cada ano. Isso significava que ele iria estudar no mais exclusivo endereço da Igreja Católica fora do Vaticano — a Pontifícia Academia Eclesiástica. Seis dos oito papas anteriores a João Paulo foram diplomatas do Vaticano, e quatro estudaram na Academia, de modo que, com exceção da Capela Sistina durante um conclave, não há nenhum lugar no mundo onde seja mais provável encontrar um futuro papa. Se Simon permanecesse no serviço diplomático, o céu seria o limite. Tudo que tinha de fazer era não abrir mão de seus valores.

Ainda assim, pareceu uma escolha surpreendente para meu irmão. Há vários departamentos na burocracia da Santa Sé. Caso Simon tivesse escolhido um emprego em praticamente qualquer outro, poderia ter continuado em casa. Todos o teriam acolhido no velho refúgio de papai, o Conselho para a Promoção da Unidade dos Cristãos; ou então ele poderia ter se posicionado a favor de uma causa, ingressando na Congregação para as Igrejas Orientais, que defende os direitos dos católicos orientais. O tio Lucio, a exemplo da maioria dos cardeais, havia recebido a incumbência de indicar alguns nomes para cargos fora de sua alçada, de modo que tinha suas sugestões: a Congregação para o Clero ou a Congregação para as Causas dos Santos, onde poderia ajudar na ascensão hierárquica de Simon. E, de todos os motivos que meu irmão tinha para recusar o cargo na Secretaria de Estado, o maior era o histórico de nossa família com o chefe da instituição, o cardeal-secretário de Estado Domenico Boia, segundo homem mais importante no comando do Vaticano.

Boia assumiu o cargo na época em que o comunismo entrava em colapso no Leste Europeu. A Igreja Ortodoxa reerguia-se depois de anos de ateísmo forçado atrás da Cortina de Ferro, e João Paulo tentou oferecer uma reconciliação — mas descobriu que seu novo secretário de Estado era um obstáculo. O cardeal Boia desconfiava da Igreja Ortodoxa, que rompera com o catolicismo mil anos antes, em parte devido a discordâncias relativas ao poder do papa. Os ortodoxos consideram o papa, assim como os nove patriarcas que lideram sua Igreja, um bispo dignitário — primeiro entre iguais —, mas não alguém dotado de poderes absolutos, muito menos de infalibilidade. Essa ideia parecia perigosamente radical a Boia. Com isso, iniciou-se uma luta silenciosa em que o segundo homem mais poderoso do Vaticano tentava resguardar o papa de suas próprias boas intenções.

Sua Eminência deu início a uma campanha de afrontas diplomáticas contra os ortodoxos que causaria um retrocesso de anos nas relações entre as igrejas. Um dos mais fervorosos ajudantes dele era um padre norte-americano chamado Michael Black, que um dia tinha sido protegido de meu pai. Aos olhos de Simon, nenhum departamento seria capaz de incorporar a hostilidade aos ideais de papai com mais afinco que a Secretaria de Estado. Mesmo assim, em vez de recusar o convite, ele pareceu tê-lo tomado como um sinal. Deus queria que ele assumisse o trabalho de nosso pai de reunificar as igrejas. E a Secretaria de Estado era o lugar onde Ele queria que isso fosse feito.

Na Academia, enquanto outros alunos estudavam espanhol, inglês ou português, Simon estudava as línguas eslavas da Igreja Ortodoxa. Abriu mão de Washington para poder ir a Sófia, capital da ortodoxa Bulgária. Lá, esperou pacientemente até que aparecesse alguma oportunidade em Ancara, a mesma nunciatura onde então trabalhava Michael Black.

Eu sabia que Simon havia assumido o legado de meu pai, mas o que pretendia fazer com isso, acho que nem ele próprio sabia. Então, uma semana antes de eu encontrar Ugo pela primeira vez, tio Lucio telefonou.

— Alexander, você sabia que seu irmão tem faltado ao trabalho?

Eu não sabia.

Lucio estalou a língua.

— Sofreu uma reprimenda por ter desaparecido sem motivo. E, como ele não quer falar *comigo* sobre o assunto, eu ficaria agradecido se *você* conseguisse descobrir a razão disso.

A desculpa de Simon foi que era tudo politicagem: Michael Black o havia denunciado por pura maldade. Uma semana depois, porém, meu irmão apareceu em Roma inesperadamente.

— Estou aqui com um amigo — disse ele.

— Que amigo?

— O nome dele é Ugo. Nós nos conhecemos na Turquia. Venha jantar com a gente na casa dele esta noite. Ele gostaria de conhecê-lo.

Em toda a minha vida, eu nunca tinha estado em um apartamento como o de Ugolino Nogara. A maior parte das famílias que trabalham para o papa aluga apartamentos da Igreja Católica em Roma. Meus pais, com a ajuda de Lucio, tiveram a sorte de conseguir um pequeno apartamento dentro do Vaticano, no gueto dos funcionários. Ali, porém, eu tive a oportunidade de ver com meus próprios olhos como vivia a outra parte. A residência de Nogara ficava dentro do Palácio Apostólico, bem na esquina dos museus com a Biblioteca do Vaticano. Quando Simon abriu a porta, Peter correu entusiasmado para os braços do tio, mas meus olhos vagaram pelo vasto espaço atrás deles. Não havia afrescos nas paredes nem adornos dourados no teto, mas o aposento era tão grande que divisórias repartiam o apartamento em cômodos menores, como os cardeais faziam antigamente nos conclaves. A vista oeste dava para o pátio e para o reservado café onde os estudiosos que frequentavam a Biblioteca do Vaticano se sentavam para bebericar alguma coisa. Ao sul, onde as copas das árvores se abriam, os telhados formavam um caminho direto à cúpula da Basílica de São Pedro.

Dos fundos do apartamento veio uma voz estrondosa.

— A-rá! Vocês devem ser o padre Alex e Peter! Entrem, entrem!

Um homem caminhou a passos largos em nossa direção, os braços abertos. Logo que o viu, Peter se enfiou entre as minhas pernas para se proteger.

Ugolino Nogara tinha as dimensões de um pequeno urso, a pele tão queimada de sol que parecia fosforescente. Seus óculos, quebrados, mantinham-se inteiros graças a uma grossa camada de fita adesiva. Uma de suas mãos segurava uma taça de vinho, e, depois de beijar minhas bochechas, a primeira coisa que disse foi:

— Deixe eu pegar uma bebida para você.

Aquelas palavras se revelariam significativas.

Simon tomou Peter delicadamente pela mão, disse que tinha para ele um presente da Turquia e desapareceu. Eu e meu anfitrião ficamos a sós.

— O senhor trabalha na nunciatura com meu irmão, Dr. Nogara? — perguntei enquanto ele servia a bebida.

— Não, não — respondeu ele, rindo. Depois, apontou para o prédio do outro lado do pátio. — Trabalho nos museus. Acabei de voltar da Turquia para cuidar dos últimos detalhes da minha exposição.

— Sua exposição?

— A que estreia em agosto.

Então, ele piscou para mim, supondo que Simon certamente havia me contado sobre o evento. No entanto, naquela ocasião, ninguém ainda sabia de nada. Os boatos sobre a noite de abertura com a recepção de gala na Capela Sistina ainda não haviam começado a circular.

— Então, como vocês se conheceram?

Nogara afrouxou a gravata.

— Uns turcos encontraram um pobre coitado no deserto, desmaiado depois de sofrer insolação. — Ele retirou os óculos para me mostrar a fita adesiva e completou: — Com o rosto virado para baixo.

— Acharam o passaporte de Ugo e viram que era do Vaticano — emendou Simon enquanto voltava. — Então telefonaram para mim na nunciatura. Tive de dirigir por seiscentos e cinquenta quilômetros para buscá-lo. Estava em uma cidade chamada Urfa.

Ao perceber que a conversa era sobre coisas de adultos, Peter acomodou-se num canto, onde, com um olhar nebuloso, ficou observando o gibi de Átila, o Huno, que Simon tinha trazido para ele de Ancara.

O rosto de Nogara se iluminou.

— Padre Alex, imagine só: eu estava no deserto, em território muçulmano, e seu irmão, que Deus o abençoe, apareceu no hospital de batina para me visitar, trazendo uma cesta com o jantar e uma garrafa de Barolo!

Reparei que Simon não sorriu.

— Não me dei conta de que bebida alcoólica era a pior coisa para insolação. Embora certo alguém soubesse *muito bem* disso.

— Não deu tempo de avisar porque, depois de algumas doses daquele Barolo, eu desmaiei — explicou Nogara com um sorriso amplo.

Sem achar graça, meu irmão passava o dedo pela borda da taça. Um pensamento começou a me atormentar; uma explicação para aquilo que eu estava vendo. Nogara era curador, portanto tinha um incentivo a mais para fazer amizade com Simon. O superior dele era o diretor dos museus, diretamente subordinado ao tio Lucio. O contato com o tio Lucio talvez explicasse como Nogara conseguira um apartamento como aquele.

— E o que você estava fazendo lá no deserto com um apartamento tão bonito como esse? — perguntei. — Peter e eu daríamos tudo por um lugar como esse.

Quanto mais eu examinava o lugar, entretanto, mais estranho ele me parecia. A cozinha não passava de um frigobar, um fogareiro elétrico de duas bocas e um bebedouro de água mineral. Havia um varal de roupas estendido no cômodo, mas não vi máquina de lavar nem tanque onde se pudesse lavá-las. Parecia tudo improvisado, como se ele tivesse acabado de se mudar. Como se a amizade com Simon estivesse lhe rendendo dividendos mais rápido que o esperado.

— Vou contar um segredo — disse Nogara. — Eles me deram esse espaço aqui em cima por causa da minha exposição. E ela é o motivo de eu ter pedido ao seu irmão que o convidasse a vir aqui hoje.

O timer tocou, e ele foi ver a comida que cozinhava no fogareiro. Fitei Simon, mas ele desviou o olhar.

— Agora — continuou Nogara, estampando um sorriso dissimulado —, deixe-me preparar a cena. — E levantou sua colher de pau como quem ostenta uma batuta de maestro. — Quero que vocês imaginem a exposição mais famosa do mundo. No ano passado, foi a de Leonardo em Nova York. Foi visitada por 7 mil pessoas por dia, em média. Sete *mil*; a população de uma pequena cidade deslocou-se por aquelas galerias a cada vinte e quatro horas. — Nogara fez uma pausa dramática. — Agora, padre, imagine algo maior. Muito maior. Porque minha exposição vai ter o *dobro* desse público.

— Como?

— Ao revelar uma informação sobre a mais famosa imagem do mundo. Uma imagem tão famosa que supera Leonardo e Michelangelo juntos. Uma imagem que supera em importância *museus* inteiros. Refiro-me ao Santo Sudário.

Ainda bem que Peter não viu minha reação.

— Bem, eu sei o que vocês estão pensando — disse Nogara. — Nós submetemos o sudário a testes de datação por carbono que revelaram que ele é falso.

Eu sabia disso com muito mais detalhes do que ele poderia imaginar.

— Mas, mesmo depois disso — continuou —, quando exibimos o sudário, ele atrai milhões de peregrinos. Em uma exposição recente, ele atraiu 2 milhões de pessoas em oito semanas. Oito *semanas*. Tudo para ver uma relíquia cuja legitimidade foi contestada. Pense bem: o sudário atrai cinco vezes mais visitantes do que a mais popular das exposições. Imagine, então, quantas pessoas virão vê-lo se eu provar que sua datação por carbono estava errada.

Diante disso, eu hesitei.

— Doutor, você está brincando comigo.

— Absolutamente não. Minha exposição mostrará que o sudário é, de fato, o manto que envolveu o corpo de Jesus Cristo ao ser sepultado.

Virei-me para Simon, esperando que ele dissesse alguma coisa. Diante de seu silêncio, porém, não pude ficar calado. A datação por carbono havia chocado nossa Igreja e arrasado papai, que tinha depositado todas as esperanças na autenticação científica do sudário como elo entre católicos e ortodoxos. Papai havia passado toda a carreira tentando fazer amigos entre os ortodoxos e, antes do anúncio do veredito sobre a datação, ele e seu assistente, Michael Black, conclamaram, imploraram e tentaram persuadir com lisonjas os padres ortodoxos de toda a Itália a se unirem a eles na coletiva de imprensa em Turim. Apesar do risco de desagradar seu bispo, alguns desses sacerdotes compareceram. Seria um marco, se não tivesse sido uma catástrofe. Os testes de carbono-14 apontaram que o tecido de linho era da Idade Média.

— Doutor, as pessoas ficaram de coração partido há dezesseis anos — digo. — Por favor, não as faça passar por tudo isso de novo.

Mas ele não se deixou intimidar. Serviu-nos o jantar em silêncio, depois lavou as mãos com água mineral.

— Por favor, continuem comendo. Volto em um instante. É importante que vejam isso com os próprios olhos.

Quando ele desapareceu atrás de um biombo para pegar alguma coisa, sussurrei para Simon:

— Foi para isso que você me trouxe aqui? Para ouvir isso?

— Sim.

— Simon, o sujeito é um bêbado.

Meu irmão assentiu.

— Quando ele desmaiou no deserto, não foi por insolação — informou Simon.

— Então, o que estou fazendo aqui?

— Ele precisa da sua ajuda.

Passei a mão pela barba.

— Conheço um padre no Trastevere que coordena um programa de doze passos para alcoólatras.

Simon bateu o dedo na cabeça.

— O problema é aqui. Ugo está com medo de não conseguir terminar a tempo os preparativos da exposição.

— Como você pode ter entrado nessa? Você quer mesmo reviver o que aconteceu com papai?

Todos os canais de TV do país transmitiram a coletiva de imprensa que anunciou os resultados dos testes de laboratório. Naquela noite, o único som que se ouvia no Vaticano era o de crianças brincando no jardim, porque os pais precisavam de um tempo sozinhos. A experiência foi tão dolorosa para o meu pai que ele jamais viria a se recuperar. Michael Black o abandonou. Os telefonemas de velhos amigos — amigos ortodoxos — cessaram. O infarto veio dois meses depois.

— Isso não é problema seu — sussurrei.

Simon estreitou os olhos, me encarando.

— Meu voo para Ancara sai em quatro horas. O voo dele para Urfa é só na semana que vem. Preciso que você fique de olho nele até lá.

Fiquei aguardando. Havia mais alguma coisa em seus olhos.

— Ugo vai pedir um favor a você — alertou ele. — Se não quiser atendê-lo por ele, então quero que o faça por mim.

Observei a sombra de Nogara aproximando-se de nós, vinda do corredor. Ele ainda estava fora do alcance da nossa vista quando parou e, como um ator que preparasse sua entrada no palco, fez o sinal da cruz. Na outra mão, havia algo comprido e fino.

— Tenha fé — sussurrou Simon. — Quando Ugo contar o que ele descobriu, você vai acreditar nele também.

NOGARA ENTROU CARREGANDO uma bobina de tecido. Desenrolou-a ao longo do varal estendido no cômodo e então disse, em tom reverente:

— Acho que isso dispensa apresentações.

Fiquei paralisado. Estava ali, diante de mim, aquela imagem que havia jazido intocada em minha memória por anos: duas silhuetas cor de ferrugem unidas pela cabeça no topo, uma da frente e outra das costas de um homem. Na parte de cima, viam-se marcas de sangue: na cabeça, desciam de uma coroa de espinhos; nas costas, provinham de açoites; e, em uma das costelas, de uma lança que havia perfurado a lateral do corpo.

— Uma reprodução exata do Santo Sudário — informou Nogara, apontando para o tecido, sem tocá-lo. — Quatro metros de comprimento por um de largura.

A imagem suscitou uma estranha tensão dentro de mim. Reza a antiga tradição cristã oriental, tanto católica quanto ortodoxa, que as imagens sagradas são retratos de santos e apóstolos reproduzidos com precisão ao longo dos séculos. Dentre todas elas, o Santo Sudário reina absoluto, figura no coração de nossa fé.

Além disso, é nossa maior relíquia. Na Bíblia, diz-se que os ossos de Eliseu trouxeram um homem de volta à vida e que pessoas doentes curavam-se ao tocar as vestes de Jesus, de modo que, até hoje, todo altar católico e toda antemesa ortodoxa contam com uma relíquia. Mas quase nenhuma delas foi tocada por Nosso Senhor, e apenas uma — o sudário — apresenta-se como seu autorretrato. Nenhum outro objeto sacro tão importante já foi descoberto.

Mesmo depois da datação por carbono-14, a Igreja nunca transferiu o sudário para um museu nem o varreu para debaixo do tapete. O cardeal de Turim declarou que não era mais correto chamá-lo de relíquia, mas não ordenou que o manto fosse retirado da catedral. João Paulo só o visitou novamente uma década depois dos testes. Quando o fez, porém, chamou-o de presente de Deus e exortou os cientistas a continuarem estudando-o. Foi esse o lugar ocupado pelo sudário em nosso coração — em meu coração — desde então. Não tínhamos como explicar os resultados dos testes de carbono, mas acreditávamos ainda não ter ouvido um veredito definitivo sobre o manto e, até que isso acontecesse, não o abandonaríamos ao léu. Não abandonaríamos aquele que foi abandonado na cruz.

Minha agitação aumentou quando vi que Peter também estava prestando atenção. Eu nunca tinha falado com ele sobre o sudário. Seria injusto depositar sobre uma criança a complexidade de meus sentimentos quanto ao manto sagrado.

— A primeira coisa que vocês precisam saber é como o sudário cobriu o corpo de Jesus — disse Nogara. — Não foi estirado por cima dele, como um lençol. Foi colocado *embaixo* dele e depois dobrado *sobre* ele, como uma bandagem. Por isso temos uma imagem frontal e outra de costas.

Ele apontou para alguns buracos em forma de cuia no pano. Todos seguiam um padrão que coincidia com as dobras no linho.

— Mas as marcas para as quais quero chamar atenção são essas. As de queimadura.

— Quem queimou? — perguntou Peter.

— Houve um incêndio — respondeu Ugo. — Em 1532, o sudário era guardado em um relicário de prata. O fogo derreteu parte dele.

Uma gota de prata derretida pingou no manto e trespassou todas as camadas do tecido, que estava dobrado. O linho danificado teve de ser reparado por freiras clarissas; eis aonde quero chegar.

Nogara arrancou da prateleira uma revista especializada e a passou a mim. Na capa, lia-se *Thermochimica Acta*.

— Em janeiro próximo — continuou ele —, um químico norte-americano do Laboratório Nacional de Los Alamos vai publicar um artigo nessa revista científica. Um amigo meu da Pontifícia Academia de Ciências me enviou um exemplar antecipado. Veja por si mesmo.

Folheei as páginas. Poderiam muito bem estar escritas em chinês. "Entalpias de diluição da glicina." "Estudos térmicos de poliésteres contendo silício ou germânio na cadeia principal."

— Pule para o final — disse Nogara. — O último artigo antes do índice remissivo.

E lá estava: "Estudos acerca da amostra de datação radiométrica por carbono do Sudário de Turim."

O artigo continha fotos do que pareciam minhocas em imagens de microscópio, além de gráficos que eu não compreendia. No entanto, no resumo no início do texto havia duas frases que compreendi em linhas gerais:

> Os resultados da pirólise combinada à espectometria de massa da área da amostra, juntamente com exames microscópicos e microquímicos, comprovam que a amostra usada na datação radiométrica não pertence ao tecido original do Sudário de Turim. A datação radiométrica obtida, portanto, não se revela válida para a determinação da verdadeira idade do sudário.

— A amostra não pertencia ao sudário? — perguntei. — Como é possível?

Nogara suspirou.

— Não tínhamos noção do trabalho realizado pelas irmãs clarissas pobres. Sabíamos que elas haviam costurado pedaços de tecido novo sobre os furos. O que não sabíamos, porque não podíamos ver, era que elas também tinham *embutido* fios de tecido no sudário para fortalecê-lo. Só com um microscópio foi possível distingui-los. Portanto, sem saber, testou-se um pedaço de tecido no qual se misturavam fios do linho original com fios enxertados pelas freiras. Esse químico norte-americano foi o primeiro a descobrir o erro. Um dos colegas dele me contou que algumas partes da amostra nem eram de linho. As freiras usaram algodão para fazer os reparos.

A tensão se espalhou pela sala. Nos olhos de Nogara via-se um sentimento de êxtase que ele mantinha sob controle.

— Alex — sussurrou Simon —, é isso. Finalmente, é isso.

Pousei o dedo sobre a revista científica.

— A exposição será sobre essas análises científicas? — perguntei.

Ugo não conteve o sorriso.

— As análises são apenas o começo. Se o sudário for realmente de 33 d.C., o que aconteceu com ele pelos mil anos seguintes? Passei meses investigando a fundo essa história, tentando responder ao maior mistério de seu passado: onde ele ficou escondido por treze séculos antes de reaparecer de repente na França? E tenho excelentes notícias. — Ele hesitou. — Se me permitirem interromper a refeição de vocês, gostaria que todos viessem comigo a um lugar.

De uma gaveta, Nogara retirou um grosso molho de chaves para abrir os ferrolhos e cadeados que trancavam a porta da frente. Depois, pegou um saco plástico na geladeira e o enfiou no bolso.

— Onde? — perguntou Peter.

Ugo deu uma piscadela.

— Acho que você vai gostar.

A NOITE CAÍA à medida que o seguíamos pelos salões do palácio até os portões dos fundos da Basílica de São Pedro. Os *sampietrini*, zeladores da basílica, começavam a forçar a saída dos turistas, mas reconheceram Ugo e não nos incomodaram.

Não importa quantas vezes eu tenha entrado nessa igreja: eu sempre fiquei arrepiado. Quando eu era criança, papai me contava que a Basílica de São Pedro era tão alta que dentro dela cabiam três baleias, uma em cima da outra, montadas em um monociclo como numa apresentação circense, e ainda sobrava espaço para que usassem o Coliseu como coroa. No piso, veem-se as medidas de outras igrejas famosas gravadas em letras douradas, como lápides de peixinhos na barriga do leviatã. É um lugar feito por mãos humanas, mas não em proporções humanas.

Ugo nos conduziu em direção ao altar embaixo do domo de Michelangelo e apontou para os quatro cantos à nossa volta. Em cada um havia uma torre de mármore.

— Vocês sabem o que há dentro desses pilares? — perguntou.

Fiz que sim com a cabeça. Os pilares, cada um deles quase tão grande quanto o Arco do Triunfo, pareciam montanhas de concreto e pedra, construídas para sustentar o imenso domo. Dentro de cada um havia um nicho estreito, um buraco do tamanho de um homem, que subia até uma sala oculta. Em ocasiões especiais, os cônegos da basílica exibiam o magnífico conteúdo dessas salas.

Relíquias.

Há quinhentos anos, quando deram início à reconstrução da maior igreja da história da humanidade, os papas da Renascença depositaram quatro dos mais gloriosos artefatos da cristandade nos relicários desses pilares. Então, foram construídas quatro estátuas de nove metros de altura para sinalizar as relíquias que jaziam no interior deles.

— Santo André — identificou Ugo, apontando para o primeiro. — Irmão de São Pedro. O primeiro a ser chamado dentre os apóstolos. Seu crânio foi posto nesse pilar.

Ugo girou e apontou para a estátua de uma mulher carregando uma cruz gigantesca.

— Santa Helena. Mãe de Constantino, o primeiro imperador cristão. Visitou Jerusalém e voltou trazendo a Vera Cruz. Os papas puseram pedaços de madeira da cruz nesse pilar.

A terceira estátua era de uma mulher inclinada para a frente, de braços abertos. Nas mãos dela estava talvez a mais mística das relíquias da basílica.

— Santa Verônica. A mulher que limpou o rosto de Jesus quando ele carregava a cruz em direção ao Gólgota. No tecido ficou impressa uma misteriosa imagem de sua face. Os papas o colocaram nesse pilar.

Por fim, Ugo se virou para a quarta estátua.

— São Longuinho. O soldado que perfurou Jesus na cruz, ferindo-o na lateral com sua lança. Nesse pilar os papas depositaram a lança.

Nogara virou-se para nós.

— Como vocês devem saber, apenas *três* dessas relíquias continuam aqui. Em um gesto de boa vontade, nós demos o crânio de Santo André à Igreja Ortodoxa. De qualquer modo, aqui nunca foi o lugar apropriado para a cabeça de Santo André. As relíquias desta basílica devem contar a história mais importante do cristianismo. — Nogara começou a falar com a voz trêmula. — A Vera Cruz, o véu e a lança são, todas elas, relíquias da morte de Nosso Senhor. O que pertence de direito ao quarto pilar é uma relíquia da Ressurreição. Quando João Paulo herdou o sudário, pretendia colocá-lo aqui. Mas os testes radiométricos criaram um clima de dúvida que inviabilizou sua transferência de Turim para cá. Agora, finalmente, vamos consertar isso. Minha exposição vai trazer o sudário de volta para casa.

Ele então abaixou a voz, de modo que eu e Simon tivemos de nos inclinar para ouvi-lo.

— Encontrei textos antigos que descrevem uma imagem de Jesus conservada em uma cidade chamada Edessa séculos antes de o sudário aparecer na França. Essa cidade turca hoje se chama Urfa. Foi onde seu irmão me resgatou do hospital. Seguindo as pistas, verifiquei que o Sudário de Turim já estava nesse local desde, pelo menos, o século V. Agora quero ir além: quero provar, no encerramento da minha exposição, que a chamada Imagem de Edessa veio de Jerusalém nas mãos dos próprios discípulos de Jesus. E, padre Alex, é aqui que meu trabalho envolve *você*.

Antes de continuar, ele enfiou a mão no bolso em busca do saco plástico que havia pegado no apartamento. De dentro dele, retirou uma coisa estranha: uma colher de plástico semelhante a uma baqueta de baterista. Então agachou-se para falar com meu filho:

— Peter, preciso conversar com seu pai sozinho por um momento e por isso eu trouxe uma coisa para você.

A cabeça da colher estava coberta de uma substância sem cor e rugosa.

— O que é *isso*? — perguntou Peter.

— Sebo. E ele tem poderes mágicos dentro dessa basílica. — Ugo conduziu Peter até um espaço aberto próximo do altar. — Segure desse jeito e finja que é uma estátua. Não mexa um músculo.

Instantes depois, uma pomba desceu do domo. Ela pousou no sebo e começou a comer. Peter ficou tão surpreso que quase deixou a colher cair.

— Agora, vá aonde quiser — sussurrou Ugo. — Leve sua nova amiga para dar um passeio. Descobri que os pássaros aqui são bem mansinhos.

Peter estava encantado. Com a pomba a apenas centímetros da mão, começou a caminhar pela nave vazia da igreja com tanto cuidado que parecia segurar uma vela. Ficamos todos em silêncio por um momento, observando-o.

Depois, Ugo voltou-se de novo para mim.

— Como eu dizia, espero provar que o sudário foi levado de Jerusalém a Edessa pelos discípulos de Jesus. Está difícil encontrar provas disso, é claro. Mas acho que já estou no caminho certo. Veja bem, Edessa foi uma das primeiras capitais do cristianismo, e, em meados do século II, um evangelho foi escrito lá. Esse evangelho ficou conhecido como Diatessarão. Como você deve saber, essa palavra, em grego, significa "feito de quatro partes", porque o texto era uma fusão dos quatro evangelhos existentes em um único documento. Como o sudário estaria em Edessa na mesma época em que o evangelho foi redigido, acredito que o autor o tenha mencionado no texto.

Quis interrompê-lo, mas ele ergueu a mão.

— O obstáculo à confirmação disso, obviamente, é que o Diatessarão é raríssimo. Os únicos exemplares que chegaram até nós são de traduções feitas séculos mais tarde. Todos os originais foram destruídos pelos próprios bispos de Edessa quando decidiram em favor dos quatro evangelhos separados. Pelo menos é isso que se diz. Mas recentemente descobri que a coisa não foi bem assim.

Não me contive.

— Você encontrou um manuscrito do Diatessarão? Em que língua?

— É bilíngue. Siríaco e grego arcaico.

Fiquei entusiasmado.

— Mas isso seria o texto original.

O Diatessarão foi escrito em uma dessas línguas e traduzido para a outra tão depressa que ninguém sabe, atualmente, qual delas é a original.

— Infelizmente — continuou Ugo —, não leio direito em nenhuma das duas línguas. De acordo com o padre Simon, porém, *você* lê uma delas fluentemente. Então pensei que poderia me ajudar a...

— Certamente. Você tem fotografias?

— Ah, digamos que o livro é... difícil de ser fotografado. Eu o descobri em um lugar onde não deveria estar procurando, de modo que não posso trazer o livro até você, padre. O que preciso fazer é levar *você* até o *livro*.

— Não entendi.

Ele demonstrou certo constrangimento.

— A única outra pessoa a quem contei isso é o padre Simon. Se algo vazar, vou perder o emprego. Seu irmão me garantiu que você guardará o segredo, certo?

Por um único passar de olhos naquele livro, eu prometeria a Ugo praticamente qualquer coisa. Desde o seminário eu vinha me dedicando a dar aulas sobre os evangelhos, e o princípio fundamental da minha profissão é que, de um punhado de manuscritos antigos, a humanidade havia recebido todo o texto dos evangelhos. A vida de Jesus Cristo, tal como a maioria dos cristãos atuais a conhece, é uma fusão de diversos textos, cada um deles um pouco diferente dos outros, todos antiquíssimos, alinhavados em uma versão única por estudiosos modernos que, ainda hoje, continuam fazendo alterações com base em novas descobertas. O Diatessarão, por ter sido composto mediante esse mesmo processo de fusão de textos mais antigos, poderia revelar o conteúdo dos evangelhos tal como se exibiam no primeiro século, muito tempo antes de os manuscritos completos mais recentes chegarem até nós. O documento poderia trazer à luz novas informações sobre a vida de Jesus e nos levar a questionar os fatos que supomos conhecer.

— Posso pegar um avião para a Turquia na semana que vem — disse a ele. — Até antes, se for preciso.

Senti o coração bater fraco. Era junho; eu só teria de dar aulas no outono. Em minha poupança, havia dinheiro suficiente para duas passagens de avião. Peter e eu poderíamos ficar na casa de Simon.

Mas Ugo franziu o cenho.

— Acho que você não entendeu. Não estou pedindo que volte para a Turquia comigo. O livro está *aqui*, padre.

Capítulo 6

Enquanto sigo Simon para fora da cantina em direção ao apartamento de Leo, minha mente se concentra em um único pensamento: o sudário está aqui. O manto funerário de Cristo está dentro dos muros da cidade. Fico pensando se já não está encerrado em um dos pilares da Basílica de São Pedro. Talvez a notícia venha a público em breve.

A chegada do sudário confere à exposição de Ugo um novo significado. A autorização para a entrada do caminhão foi assinada pelo arcebispo Nowak, o que significa que foi João Paulo quem requisitou a transferência do manto. Por dezesseis anos, desde os testes de datação por carbono, a Igreja não realizou nenhum pronunciamento oficial sobre o sudário. De repente, isso parece prestes a mudar. Meus pensamentos sobre a morte de Ugo e o intruso em meu apartamento começam a apontar para novas direções. Seria isso que Ugo estava tentando me dizer no e-mail? Que ele finalmente tinha conseguido trazer o sudário para cá, mas havia se deparado com algum problema?

Descobri uma coisa. Urgente.

Relíquias cristãs são capazes de trazer à tona os mais recônditos sentimentos. No Natal do ano passado, Peter e eu assistimos a uma reportagem na TV que mostrava uma briga séria entre padres e monges em Belém sobre qual parte da Igreja da Natividade cada grupo tinha o direito de limpar. No início do ano, um guarda armado teve de ser destacado para trabalhar em uma conferência sobre o sudário, e o sacerdote responsável por cuidar da relíquia precisou fugir às pressas do auditório, tudo porque a decisão de limpar delicadamente a superfície do manto provocou violentas reações. Se a notícia da transferência do sudário vazasse, sem dúvida a maioria das pessoas em Turim ficaria radiante ao saber dos planos de Ugo para afirmar sua autenticidade e prestar à relíquia as devidas honras. Uma pequena minoria, entretanto, talvez reagisse de forma diferente. Até onde me lembro, o único outro caso de violência em Castel Gandolfo foi inspirado por estranhas alucinações religiosas: quando eu tinha 10 anos, um homem com problemas mentais tentou atacar João Paulo nos jardins. Depois disso, fez a polícia italiana persegui-lo na estrada de volta a Roma e investiu contra os policiais com um machado. Em seus bolsos, foram encontradas anotações delirantes sobre imitar os deuses. Isso me faz pensar que a transferência do sudário pode ter desencadeado algo semelhante. Se eu estiver certo, agradeço a Deus por Peter e Helena não terem se ferido.

Apresso o passo para alcançar Simon, tentando adivinhar o que ele está pensando. Mas meu irmão já desapareceu. Quando chego no apartamento, Sofia surge do quarto do bebê e diz:

— Ele foi lá para cima.

Ela aponta para o terraço. O lugar mais isolado do prédio.

Começo a ir para lá, mas ela pousa a mão em meu braço e sussurra:

— Peter está precisando de você.

Sigo em direção ao quarto do bebê. Lá dentro, encontro meu filho sentado em sua cama improvisada. A iluminação é fraca, e o chão está repleto de livros e bichos de pelúcia do berço. Sua respiração é tão ofegante que é como se ele tivesse acabado de correr.

— Qual é o problema? — pergunto.

O ar é úmido e quente. Meu filho estende os braços para mim.

— Pesadelo? — indago novamente.

É nessa idade que começam os terrores noturnos e o sonambulismo. Simon sofreu com ambos. Ergo então seu corpo desengonçado, coloco-o no meu colo e afago sua cabeça.

— A gente pode ler sobre o Totti de novo? — sussurra ele, meio delirante.

Totti. O atacante titular do Roma.

— Claro.

Ele se inclina para a frente e tateia o chão escuro em busca do livro. Mas toma o cuidado de não sair do meu colo. Afinal, eu já o deixei para trás uma vez.

— Acabou, Peter — prometo, beijando a parte de trás de sua cabeça, um pouco úmida. — Não precisa mais ter medo de nada. Você está seguro aqui.

Continuo ao seu lado por um tempo, só por precaução, depois que ele cai no sono novamente. Quando consigo sair, Leo já voltou e Sofia está esquentando um prato de comida para ele. Na cozinha, vejo-o acariciar a barriga da esposa e se inclinar para beijá-la. Antes que me convidem para me juntar a eles à mesa, peço licença e vou procurar Simon no terraço.

O CABELO DELE está revolto e desgrenhado por causa do vento. A expressão é de abatimento. Ele olha fixamente para baixo, para as luzes de Roma, da maneira que imagino que a viúva de um marinheiro fitaria o mar.

— Você está bem? — pergunto.

Quando ele apalpa o bolso em busca de seu maço de cigarros de emergência, percebo que sua mão está trêmula.

— Não sei direito o que fazer — murmura ele, sem me olhar.

— Nem eu.

— Ele morreu.

— Eu sei.

— Telefonei para ele esta tarde. Conversamos sobre a exposição. Ele não pode ter morrido.

— Eu sei.

A voz de Simon fica mais fraca.

— Sentei ao lado do corpo dele e tentei reanimá-lo.

Sinto uma pontada incômoda no peito.

— Ugo se empenhou muito nessa exposição — continua meu irmão. — Deu tudo de si.

Ele acende um cigarro. Uma expressão de extremo desgosto passa por seu rosto.

— Por que deixá-lo morrer uma semana antes da noite de abertura? Por que deixá-lo morrer bem na linha de chegada?

— Foram mãos humanas que fizeram isso — observo, lembrando-o de para onde deveria direcionar sua raiva.

— E por que *me* levar até lá? — continua ele, sem me ouvir.

— Pare com isso. Nada disso foi culpa sua.

Ele solta uma longa nuvem de fumaça na escuridão e retruca:

— Claro que *foi* culpa minha. Eu devia ter salvado ele.

— Você teve sorte de não estar lá. Poderia ter acontecido o mesmo com você.

Ele fita o céu com amargura, depois olha para o chão, para o espaço vazio onde brincávamos quando crianças. A família de um dos guardas suíços costumava trazer uma piscina de plástico e a armava no terraço. Tudo o que se vê agora é a marca da água na laje.

Abaixo um pouco o tom de voz:

— Acha que isso pode ter a ver com o sudário? Com a transferência dele de Turim para cá?

Espirais de fumaça saem de suas narinas. Não sei se ele está pensando no que eu disse.

— É impossível alguém saber dessa transferência para cá — responde ele, taxativo.

— Pode ter vazado alguma coisa. As pessoas escutam boatos. Do mesmo jeito que escutamos a história de Leo.

Certamente foram necessários vários homens para depositar no caminhão o novo relicário do sudário. Padres para abrir a capela. Depois, mais padres e mais homens para descarregá-lo aqui. Se apenas um deles tivesse contado a novidade à mulher, a um amigo, a um vizinho...

— Ugo estava no caminhão naquela noite — continuo. — Qualquer outra pessoa envolvida nisso o teria visto. Talvez por isso tenham ido atrás dele.

— Mas nem você nem eu fomos vistos. Por que alguém viria atrás de nós?

— O que você acha que aconteceu, então?

Simon bate a cinza e observa a brasa cair em meio à escuridão.

— Ugo foi roubado. Para mim, o que quer que tenha acontecido no apartamento foi por outro motivo.

Sinto um leve tom de hesitação em sua voz.

Meu telefone toca. Dou uma olhada na tela.

— É o tio. Atendo?

Ele faz que sim com a cabeça.

Do outro lado da linha, uma voz cavernosa e pausada diz:

— Alexander?

Tio Lucio parece sempre se incomodar com pessoas que atendem seus próprios telefones. É incapaz de compreender por que nós, reles mortais, não temos secretários particulares.

— Sim — respondo.

— Onde você está? Simon e Peter estão em segurança?

Ele já deve estar sabendo da invasão.

— Estamos bem. Obrigado por perguntar.

— Ouvi dizer que vocês dois estavam em Castel Gandolfo no início da noite.

— Isso.

— Devem estar muito chateados. Mandei preparar os quartos de hóspedes para vocês três passarem a noite aqui, então me diga onde estão e enviarei um carro para buscá-los.

Não sei o que dizer. Simon já meneia a cabeça e sussurra:

— Não. Não vamos.

— Obrigado, tio, mas vamos ficar na casa de um amigo no alojamento da Guarda Suíça.

Nenhuma reação, só o silêncio familiar, sinal de que meu tio está descontente.

— Então vamos nos encontrar no palácio amanhã — diz ele, finalmente. — Bem cedo. Para discutir a situação.

— A que horas?

— Às oito. Fale com Simon. Espero que ele venha também.

— Estaremos lá.

— Fico feliz. Boa noite, Alexander.

Sem cerimônia, o telefone fica mudo.

Volto-me para Simon.

— Ele quer nos encontrar às oito. — Nenhuma resposta. — Então, acho melhor dormirmos um pouco.

— Pode ir. Eu vou dormir aqui mesmo.

Aqui, ao ar livre, ao pé da janela do papa.

— Deixa disso — insisto. — Vamos lá para dentro.

Mas é inútil. A recusa a dormir em uma cama é um ato de autoprivação comum entre os padres e uma prática mais saudável do que cingir uma corrente de metal ao redor da coxa. Por fim, desisto e digo-lhe que virei buscá-lo pela manhã. Meu irmão precisa ficar sozinho. Vou orar por ele esta noite.

LEO E SOFIA já se recolheram quando retorno. Este é o jeito deles de me deixarem à vontade no apartamento. Eu esperava conversar com Leo sobre o que ele ouviu na cantina depois que fomos embora, mas isso terá de ficar para depois. Um jogo de roupa de cama foi deixado sobre meu velho companheiro, o sofá-cama, veterano de antigas bebedeiras. A aparência anterior do tecido, com sua topografia repleta de manchas, não existe mais, graças ao toque feminino. Pela distante porta do quarto de casal chegam-me sons que não consigo distinguir. De todo modo, não podem ser de relações sexuais; meus amigos são discretos demais para isso. Como a maioria dos padres, porém, não sou do tipo que põe a mão no fogo pela natureza humana.

Vou ver Peter no quarto do bebê. Está envolto nas cobertas. Sua cruz grega, que por algum motivo resolveu tirar do pescoço, escorregou da sua mão e foi parar no chão. Recolho-a, coloco-a em nossa bolsa de viagem e me ajoelho junto à janela. Pego a Bíblia, a edição em grego que eu trouxe na bolsa e que uso para ensinar a meu filho o significado das palavras. Seguro-a entre as mãos e tento sepultar minhas emoções. Dominar o medo que me espreita na escuridão e a raiva que me queima por dentro quando penso em Peter se sentindo ameaçado em seu próprio lar. A ira está enraizada no coração dos gregos. Mas o que estou prestes a fazer já fiz centenas de vezes por Mona.

Senhor, rezo a Ti pelo perdão dos meus pecados, assim como pelo perdão dos pecados deles. Rogo a Ti que me perdoes, assim como os perdoo. Assim como eles são pecadores, também eu o sou. Kyrie, eleison. Kyrie, eleison.

Repito a prece duas vezes, na esperança de gravá-la em minha memória, mas estou confuso. Sei que há uma boa razão para a Guarda Suíça ter destacado mais homens para a entrada do alojamento. E para Lucio ter nos chamado para dormir em seu apartamento. Quando eu disse a Peter que estávamos em segurança, não estava sendo otimista. Estava mentindo.

Quando meus olhos se ajustam à escuridão, vejo os bichinhos que Sofia pintou nas paredes do quarto. Pendurados em um gancho na porta, vejo cabides de roupas de bebê que ela mesma fez. A ausência de Mona dói ainda mais. A família dela ainda vive aqui. Primos e tios, a maioria encanadores, acostumados a ameaçar namorados que não aprovam com pedaços de cano. Se eu pedisse a proteção deles, provavelmente se revezariam em turnos para tomar conta de mim e de Peter. Mas eu preferiria abandonar a cidade levando meu filho a nos pôr em dívida com eles.

No escuro, desabotoo a batina e dobro-a. Deitado ao lado de meu filho, tento imaginar um jeito de distraí-lo amanhã. De apagar da memória dele o que se passou hoje. Acaricio seu ombro no escuro, me perguntando se ele está realmente dormindo, esperando que perceba meu gesto tranquilizador. Desde que Mona se foi, minhas noites não se tornaram menos solitárias. Apenas menos dolorosas, fato que também encerra uma tristeza própria. Sinto falta da minha mulher.

Espero o sono vir. Espero e espero, mas sinto que, por toda a minha vida, só fiz esperar.

Os evangelhos contam que Jesus preparou seus seguidores para sua Segunda Vinda por meio de uma parábola. Ele se comparou a um senhor que abandona sua propriedade para ir a um banquete de casamento. Nós, seus servos, não sabemos quando o senhor retornará. Portanto, temos de esperá-lo à porta, com as lamparinas acesas. *Bem-aventurados os servos a quem o Senhor achar vigiando, quando vier.* Digo a mim mesmo que, se tiver de esperar a vida inteira pela volta da minha mulher, não será mais do que qualquer outro cristão esperou nos últimos 2 mil anos.

Mas a espera, em noites como essa, é como uma dor que irrompe de um vazio infinito. Mona era tímida, recatada e sombria. Refletia a incerteza que havia dentro de mim sobre quem eu era e por que precisava existir, se meus pais já tinham Simon. Não prestei muita atenção nela quando éramos crianças, porque eu era dois anos mais velho. Além disso, ela era acanhada demais para eu notá-la. O fato de ser menina no Vaticano provavelmente contribuiu para isso. As fotografias no apartamento de seus pais mostram uma criança alegre, de rosto arredondado, que se tornava mais atraente a cada ano. Aos 10, ela não desperta interesse: cabelos negros despenteados, olhos verdes lacrimosos, bochechas rechonchudas. Aos 13, isso já havia mudado; já era evidente que um dia seria bonita. Aos 15, exatamente na época em que eu me preparava para entrar na faculdade, a metamorfose começou. E ela soube disso: pelos três anos seguintes, é possível ver nas fotos novos cortes de cabelo e experimentações com a maquiagem. É como se tivesse espreitado Roma por cima do muro e visto como é a aparência de uma mulher moderna. Seus pais recortaram as fotos cuidadosamente, mas ela mesma me mostrou, certa vez, os decotes ousados e as saias curtas ainda visíveis em algumas delas. Também me contou das escapadelas secretas a Roma para comprar sapatos de salto alto e joias, durante as quais descobriu que os assobios que ouvia não eram para as outras mulheres.

Muitas vezes eu me perguntei se ela não teria tido algum trauma de que nunca me falou. Restou apenas uma foto de Mona quando estava no curso de enfermagem, e nesta ela aparece bem magra e com olheiras. Ela me explicou que o trabalho foi um choque para ela, depois da tranquilidade dos tempos de escola. Sempre entendi isso como um pedido para que eu não me intrometesse. Não fui o primeiro homem com quem ela dormiu, mas mesmo assim nossa noite de núpcias foi esquisita. Eu tinha subestimado a carga psicológica de se fazer amor com um futuro padre. Acostumado à companhia de outros homens, nunca senti vergonha de ficar nu ou de andar pela casa com pouca roupa. Achei que a batina se desmistificaria para Mona quando ela visse que, por baixo dela, havia um ser humano. No entanto, levou quase uma semana até que consumássemos o casamento. Comecei a temer, após dias e dias de tentativas frustradas, que nosso amor seria mecânico e tenso.

Mas não foi. Depois que baixou a guarda, ela passou a me querer com avidez. Meus lábios sangravam com suas mordidas. Pela maneira como certos vizinhos evitavam olhar para mim, eu percebia que se sentiam ofendidos pelos sons que vinham do andar de cima. Ambos ansiávamos por nos encontrar de novo a cada noite. Em uma vida de disciplina, aquilo representava uma oportunidade de desfrutar de liberdade e prazer.

Uma vida de disciplina. Era *isso* que deveria ter me preocupado. Alguns de nossos vizinhos viam com reservas o fato de um padre se casar, independentemente do que fizéssemos na cama. Mona sentiu na pele a desaprovação deles. A cada evento social surgiam novos problemas. Quando padres se encontram, homens solteiros e celibatários se cercam de outros homens solteiros e celibatários. Padres bebem e comem juntos, jogam futebol e fumam juntos, visitam museus e sítios arqueológicos juntos. Levar uma mulher atraente a um encontro de padres é um deslize cruel. Por outro lado, se eu recusasse convites por ser casado certamente pararia de recebê-los. Mona e eu combinamos, então, que eu precisava ir a alguns poucos eventos, só para continuar nas listas de convidados. Incentivei-a a passar essas noites visitando amigos em Roma ou na companhia de outras donas de casa do Vaticano. Depois de um tempo, porém, descobri que ela as passava sozinha.

Seria injusto culpar a cultura de nosso país. Poderíamos ter ido morar fora do Vaticano, em um apartamento da Igreja em Roma. Certamente não tínhamos ilusões quanto às implicações de viver ali. Mas havia uma coisa que nos diferenciava: meus pais estavam mortos, e os dela fingiam não estar.

O *signor* e a *signora* Falceri moravam na rua ao lado, em um prédio próximo ao alojamento dos gendarmes. Apoiaram nosso casamento e não se opuseram quando Mona trocou a Igreja Católica Apostólica Romana pela Igreja Católica Grega. Mas eu não sabia, pelo menos não até depois do casamento e do fim dos simulacros, como a mãe de Mona era infeliz. Meu sogro era técnico da Rádio Vaticano e havia cometido o erro de se casar com uma mulher que ele não respeitava. A *signora* Falceri era uma cozinheira razoável, tinha um senso de humor relativamente apurado, e seus defeitos não se revelaram a mim de imediato. Somente mais tarde Mona me explicou que meu sogro vinha de uma família grande e queria ter muitos filhos. A mãe dela quase tinha morrido durante o parto, e os médicos diagnosticaram um problema no útero que tornava perigosa uma segunda gravidez. Quando eles nos visitavam, nunca apareciam juntos. Mona não estimava a presença do pai, mas eram as visitas de sua querida mãe que deixavam minha mulher em frangalhos.

Um grego sempre sabe que a tragédia passa de geração para geração. Eu sabia que Mona nutria certo medo de ser como sua mãe. Quando ela estava esperando Peter e os dois primeiros trimestres de gravidez correram bem, tomamos isso como prova de que a maldição não havia se estendido. Mas então, no último trimestre, quase o perdemos duas vezes. Os médicos nos garantiram que a gestação estava suficientemente adiantada para que Peter sobrevivesse, mas parecia que o corpo de Mona tinha começado a rejeitá-lo. Por fim, ela teve de ir às pressas para a sala de parto porque o cordão umbilical estava estrangulando nosso filho. Quando ela finalmente deu à luz, o obstetra chamou-o de Hércules, pois ele sobrevivera a duas voltas do cordão no pescoço. Tempos depois, Mona diria, aos prantos, que havia tentado matar o próprio filho.

Após alguns meses, a mulher com quem eu havia me casado desapareceu. Tenho mais recordações de minha sogra dando mamadeira a Peter do que de Mona dando-lhe de mamar no seio. A *signora* Falceri fazia companhia a Mona enquanto eu estava no trabalho, e até hoje não consigo vê-la sem pensar em como ela torturava minha mulher. Enquanto Mona, sentada no sofá, dava sobrevida a algum resquício desesperado de felicidade em meio à confusão em sua cabeça, a mãe, com ares de quem oferece amáveis conselhos, anunciava que nossa luta não era nada comparada ao que viria depois. Que não deveríamos nos iludir. Que a tristeza era uma flor. Vasculhei bibliotecas inteiras em busca desse provérbio — *a tristeza é uma flor* — e, em todo o mundo, não há glosa rabínica capaz de explicá-lo. Ela queria dizer, creio eu, que o novo temperamento de Mona revelava uma beleza sombria com a qual deveríamos conviver. E que, com o tempo, ela só se enraizaria. Fico louco ao pensar em todo o tempo que deixei mãe e filha assistindo à televisão sentadas no sofá, enquanto aquela mulher infeliz via a própria filha morrer lentamente, envenenando-a ainda mais. Peter não vê mais os avós. Ele sempre me pergunta o porquê. Eu minto e digo a mim mesmo que um dia lhe explicarei.

Quando se espalhou a notícia de que Mona tinha nos deixado, as famílias de nossa paróquia vieram nos ajudar. Cozinhavam para nós. Organizaram um revezamento para tomar conta de Peter, permitindo que eu voltasse ao trabalho. Irmã Helena acabou assumindo a maior parte dessas tarefas. Mas, até hoje, nenhum outro padre da nossa Igreja recebe presentes de Natal tão generosos quanto os que eu recebo, e os tesouros que Peter ganha em seu Dia do Nome deixariam desconcertado o mais durão dos piratas. Sempre enxerguei um fundo de comiseração e fatalismo nesses atos de delicadeza, como se um rapaz grego, ao casar-se com uma garota romana, estivesse correndo certo risco, e minha vida fosse agora apenas o honroso rescaldo de tudo isso. Os paroquianos não querem, com isso, acusar-me de nada. Todos os cristãos acreditam que a vida humana consiste em pagar pelos pecados do passado. Essas pessoas de bom coração me ajudaram e apoiaram até o dia em que eu fosse capaz de arcar com minha dívida sozinho.

No passado, eu tinha uma fantasia e pensava que a levaria comigo para sempre. Imaginava o retorno da minha mulher. Eu a encorajaria a fazer plantões no hospital novamente. Tomaria conta de Peter em tempo integral até ela estar pronta para conhecê-lo melhor. Assim, Mona descobriria que nosso filho não é um mau agouro nem um símbolo dos fracassos dela. É precoce, consciencioso e tem bom coração. Os professores o elogiam. Ele recebe muitos convites para festas de aniversário. Tem o meu nariz e os olhos de Simon, mas o cabelo, escuro e denso, é de Mona; assim como o rosto arredondado e o sorriso divertido. Um dia ele será grato por se parecer mais com a mãe do que com o pai. Em meus sonhos, ao olhar para ele, Mona descobriria que jamais havia nos abandonado completamente. Que poderíamos reconstruir aquilo que tivemos um dia, uma vez que o alicerce que fundamos juntos continua se fortalecendo.

Mas essa fantasia eu perdi, assim como deixei minha antiga vida para trás. Para minha surpresa, descobri que sou capaz de me sentir pleno sem ela. Apenas uma parte dela persiste inflexível: quero que Peter compreenda que o amor da mãe por ele não é uma ficção criada por mim. Quero que entenda que parte dele não vem de mim. É de Mona que vem sua capacidade de intuir verdades dolorosas, seu apreço por piadas e enigmas, seu amor mágico pelos animais. A mãe o deixaria fascinado. Não quero nada além de compartilhá-los um com o outro.

Onde quer que Mona esteja hoje, imagino-a arrependida da vida que levávamos, ou de sua decisão de pôr um fim nela. Eu teria ficado arrasado se sentisse esse nível de arrependimento. Mas nunca senti. Toda vez que eu olhava para trás, Peter me fazia seguir adiante. Ainda estou no meio da jornada que iniciei com minha mulher. Toda noite agradeço a Deus por meu filho.

Capítulo 7

Quando acordo, o chão ao meu lado está vazio. Peter não está ali.

Atravesso o corredor cambaleando e encontro Leo e Sofia à mesa, olhando-me enquanto tomam o café da manhã. Leo aponta para a sacada, onde um corpinho, agachado e inclinado para a frente, como se fosse um grilo, colore com um giz de cera.

— Está fazendo um cartão para Simon — explica Leo.

Dou um sorriso.

— Vou levá-lo até o terraço.

— Padre Simon não está lá — sussurra Sofia.

A expressão no rosto de Leo diz o resto. Eles não sabem para onde meu irmão foi.

Ligo para o celular de Simon, que atende no quarto toque.

— Onde você está? — pergunto.

— No apartamento.

— Você está bem?

— Não conseguia dormir. Quando eu voltar, vou levar você e Peter para tomar café da manhã.

Leo e Sofia me observam. Ela deve estar cuidando de Peter desde a hora em que ele acordou. A pobrezinha ainda está de roupão.

— Não — digo a ele. — Fique onde está. Nós vamos para aí.

À LUZ DO dia, parece meio sinistro que o apartamento esteja da mesma forma. A bagunça não desapareceu junto com a escuridão. A mão de Peter se agarra à minha quando entramos. Ele desvia dos brinquedos como se fossem cogumelos venenosos. Na cozinha, o prato quebrado e a comida foram recolhidos, e o chão está limpo. Todas as janelas estão abertas. Sentado sozinho à mesa, Simon finge que não estava fumando.

Peter se afasta correndo de mim para dar o cartão ao tio. Nele, veem-se quatro pessoas desenhadas em palitinhos, de mãos dadas: Mona, eu, Peter e Simon. Olhando mais de perto, porém, vê-se que Mona está vestindo um hábito. Sinto um aperto no coração. É a irmã Helena.

Simon põe Peter no colo e o abraça apertado. Depois de admirar o cartão, dá um beijo no cabelo desgrenhado do sobrinho.

— Eu te amo — ouço-o sussurrar. — Seu *babbo* e eu não vamos deixar que nada aconteça a você.

A pia está vazia. A louça, lavada. A esponja está tão seca que parece ter sido espremida por alguma engrenagem industrial. Estou surpreso por Simon ter conseguido resistir a limpar o apartamento inteiro.

— A que horas a irmã Helena chega com a roupa da lavanderia? — pergunta ele.

Estou distraído demais para responder. Agora que a cozinha foi arrumada, a bagunça que restou se tornou mais evidente.

— Terra para Alex — diz Simon.

— Peter, antes de a gente tomar café, vá lavar as mãos, por favor — peço.

Aflito, ele segue relutante para o corredor.

— Qual é o problema? — pergunta Simon.

É claro que ele também percebeu. Aponto para as áreas onde o estrago é maior. O aparador perto da porta, as estantes de livros, a mesa de canto onde fica o telefone.

Simon dá de ombros.

— Ele estava procurando algo — comento. — Abriu todos os móveis. Exceto *aquele*.

Os cristãos orientais mantêm em casa um cantinho especial onde os ícones são dispostos em torno de um evangeliário. Em nosso apartamento, esse cantinho é bem modesto — apenas um pequeno armário em frente ao qual eu e Peter rezamos. Mas o invasor não encostou nele.

— Ele devia saber o que era — afirmo.

Só objetos sagrados ficam nesse canto. O intruso sabia que não precisava procurar ali pelo que quer que fosse. Praticamente nenhum cidadão leigo italiano saberia tanto sobre nossos rituais. A hipótese da noite anterior, de que o apartamento fora invadido por alguém com problemas mentais motivado por algum fanatismo religioso, já parece impossível.

Antes que Peter volte do banheiro, faço uma reconstituição rápida dos passos do intruso. Irmã Helena ouviu-o chamar Simon do corredor, em frente ao quarto de Peter. O corredor leva ao banheiro e, do outro lado, ao meu quarto. O banheiro está intacto, assim como o quarto de Peter. Um formigamento percorre meu corpo. Ao que parece, o intruso foi direto ao quarto principal.

Minha cama não está desfeita. Se as gavetas da cômoda foram reviradas, então Simon apagou quaisquer indícios disso quando foi se vestir no quarto depois do banho, ontem à noite. Olhando com mais atenção, no entanto, vejo que uma prateleira foi revistada: aquela onde deixo meus guias de viagem dos países onde Simon vai morar a trabalho. O guia da Turquia está no chão. Na prateleira de baixo, há um espaço estranho entre os livros. Falta alguma coisa ali.

— Alli, venha aqui um segundo — chama Simon da sala.

Meus livros sobre o sudário. Foram levados, junto com minhas anotações da pesquisa para Ugo.

Meu coração bate forte. Meu primeiro instinto estava correto. A invasão e o assassinato de Ugo devem estar relacionados. É claro que tudo isso tem a ver com a exposição de Ugo.

— Alex! — chama Simon outra vez, agora mais alto.

Quando volto à sala, ele está apontando para algo no chão. Vejo em seu olhar que ele está refletindo sobre um fato inteiramente novo.

— Olhei para isso a manhã inteira, mas agora me veio uma luz — diz, sereno.

— Simon, quem quer que tenha feito isso devia saber que estávamos ajudando Ugo com a exposição — murmuro.

No entanto, ele está distraído demais para processar a informação.

— Sentiu falta de alguma coisa? — pergunta ele, os dentes cerrados.

Ajoelho-me ao lado de meu irmão em meio aos brinquedos e às agendas telefônicas espalhados pelo chão.

Ele aponta para a minha agenda pessoal. Está aberta na data de ontem. Só quando a folheio é que entendo.

As folhas de hoje e de amanhã foram arrancadas.

Fico atônito. A explicação borbulha em minha mente como lava de um vulcão em erupção.

— O que tinha nessas páginas? — pergunta Simon.

Tudo. Um recorte de nossa vida. O segundo semestre começa na próxima semana, de modo que eu havia registrado ali meu cronograma de aulas. Todos os nossos planos com relação a Simon também estavam ali.

Murmurando, digo o que meu irmão já deduziu.

— Ele ainda está procurando por nós.

Simon começa a digitar um número em seu celular.

— Vou reservar um quarto na Casa para você e Peter.

A Casa. Nosso hotel no Vaticano. Extremamente reservado. É um resumo da nossa situação: Peter e eu não estamos mais seguros em nosso próprio lar.

Enquanto Simon conversa com a recepcionista, alguém bate forte à porta. Imediatamente, Peter volta correndo do banheiro, aterrorizado. Com meu filho agarrado às minhas pernas, dou um passo adiante e viro a maçaneta.

É um gendarme. O mesmo da noite passada.

— Policial, prendeu alguém? — pergunto, ansioso.

— Infelizmente, não, padre. Só preciso de mais algumas informações.

Convido-o a entrar, mas ele resolve permanecer na soleira da porta, abaixando-se para inspecionar o batente.

Peter puxa minha roupa. Não quer que o policial fique. Ou talvez seja ele quem não quer ficar.

Ainda abaixado, o policial olha para mim.

— Padre, a irmã disse que a porta estava trancada quando o homem entrou.

— Isso mesmo. Quando saio, sempre tranco a porta.

— Mesmo ontem à noite?

— Verifiquei duas vezes antes de ir a Castel Gandolfo.

Ele olha fixo para o batente. Com um dedo, percorre a madeira de cima a baixo. Depois, testa a maçaneta. Levo um segundo para entender. Não há sinal de dano na porta nem no batente.

— Vou precisar tirar algumas fotos — avisa ele. — Telefono mais tarde para discutir algumas coisas.

PETER SE RECUSA a ficar no apartamento enquanto o policial está lá, portanto passamos uma hora na rua antes do encontro com tio Lucio. Nós nos limitamos aos caminhos bem-vigiados e visitamos as fontes nos jardins do papa, que eu e Simon conhecemos por apelidos carinhosos de infância. Fonte do sapo morto. Fonte da enguia estranha. Fonte da noite em que Caterina Fiori bebeu demais e ficou dançando. Acabamos chegando ao parquinho ao lado da quadra de tênis do Vaticano, onde Peter pede ao tio que o empurre cada vez mais alto no balanço. Lá do alto, ele grita:

— Simon! Sabe por que as folhas mudam de cor? Por causa da clorofila!

Seu hobby mais recente.

Simon está fitando outro lugar, ao longe. Quando se dá conta do próprio silêncio, pergunta:

— Por que as árvores não mudam de cor por inteiro?

Simon nunca foi um excelente aluno, mas, depois de quatro anos de faculdade, quatro de seminário e mais três de Academia, ele se tornou um instrumento de propaganda da obsessão constitutiva da nossa Igreja pelo ensino. João Paulo tem doutorados em teologia e em filosofia. Incentivamos Peter a aprender de tudo, qualquer coisa.

— Porque a clorofila só fica nas folhas — responde Peter em alto e bom som.

Simon e eu trocamos olhares e decidimos que ele parece estar certo.

— Sabe sobre o que *eu* estou lendo? — indaga Simon.

— Tigres? — pergunta Peter, ainda falando alto.

— Você se lembra do Dr. Nogara?

Lanço-lhe um olhar arregalado, mas ele me ignora.

— Ele me deixa dar comida para os pássaros — lembra Peter.

Por um brevíssimo instante, Simon sorri.

— Há um tempão, perto da cidade onde o Dr. Nogara e eu nos conhecemos, havia um santo que se chamava Simeão Estilita. Ele ficou sentado no alto de um pilar por quase quarenta anos. Nunca descia de lá. Inclusive morreu lá em cima.

Sua voz parece vir de longe, como se ele visse algo de fascinante nesse desapego, nessa ideia de recolher-se como um monge em vez de abraçar o mundo como um padre.

— E como ele fazia xixi? — pergunta Peter.

A pergunta que não quer calar.

Simon solta uma gargalhada.

— Peter — chamo-o, tentando lhe dirigir um olhar sério —, não repita isso na escola.

Ele abre um sorriso e balança ainda mais alto. Poucas coisas deixam meu filho tão alegre quanto fazer o tio feliz.

Aos poucos, a hora passa. Não vemos nenhum conhecido, não ouvimos nenhuma notícia. A nítida impressão, ao espreitarmos além dos muros do Vaticano, é a de que ninguém em Roma está prestando atenção ao que acontece em nossa vida nesta manhã.

Quando estamos quase à porta do palácio de Lucio, irmã Helena telefona para dizer que não poderá cuidar de Peter logo mais. Em seguida, aparentemente quase chorando, desliga o telefone às pressas. Eu me pergunto se ela deixou de me contar alguma coisa. Algo que ela talvez nem tenha percebido até chegar em casa ontem à noite. Às vezes, ela leva Peter para visitar algum vizinho lá no prédio. A porta pode ter ficado destrancada.

O PALÁCIO DO Governo é um prédio novo para os padrões locais, mais novo que João Paulo. Data de 1929, quando a Itália concedeu ao Vaticano o estatuto de país independente. O projeto era para um seminário, mas, diante da necessidade de criar um governo nacional, o papa converteu-o em um prédio público. Hoje, é ali que os burocratas do Vaticano andam de um lado para outro, planejando o lançamento de selos postais com imagens da obra de Michelangelo. É chamado de Palácio do Governo em memória dos tempos em que a cidade era governada por um leigo, mas não há mais governadores aqui. O novo líder usa colarinho romano. Lucio mora em uma série de aposentos privativos no último andar com seu secretário particular, dom Diego, que atende à porta quando chegamos.

— Entrem, padres — diz. — E filho.

Ele se abaixa para dar as boas-vindas a Peter e, sobretudo, para não ter de olhar para Simon. Eles têm a mesma idade, dois padres em rápida ascensão na carreira, e para Diego isso significa concorrência. Uma música clássica lúgubre ecoa pelo ambiente. Lucio era um pianista talentoso antes da artrite e exibia na parede de casa um artigo de jornal emoldurado que falava de uma apresentação de Mozart que ele fez na juventude. Hoje, o piano permanece em silêncio, e a trilha sonora é de sombrios compositores da Rússia e da Escandinávia. Esta obra de Grieg, especificamente, soa como um hino ao calvinismo.

Diego nos conduz até o escritório particular de meu tio. Em vez de ficarem de frente para a Basílica de São Pedro, as janelas são voltadas para o norte, o que deixa o ambiente frio e úmido. Um dos antecessores de Lucio foi um arcebispo americano sem papas na língua que mantinha no chão um tapete de pele de urso e deixava a TV ligada passando filmes de faroeste. *Aquele*, sim, era um apartamento que Peter teria gostado de visitar. Mas o gosto do meu tio é por tapetes orientais e cadeiras estilo Luís XIV, pois estão disponíveis de graça nos depósitos do Vaticano, cujo estoque de mobiliário barroco aumenta a cada vez que um prelado falece.

— Perdoem-me por não poder levantar e dar as boas-vindas — diz Lucio, erguendo os braços.

Esta passou a ser sua saudação desde que sofreu um pequeno derrame no ano passado. Depois disso, parou de usar o solidéu e a batina escarlates de cardeal, porque às vezes perde o equilíbrio e suas mãos não conseguem fechar os botões e amarrar a faixa. Em vez disso, portanto, ele usa uma veste folgada de padre, e uma freira cinge seu pescoço com uma cruz peitoral toda manhã. Simon e eu nos adiantamos para apertar suas mãos, que já estão estendidas; meu irmão, como sempre, recebe um cumprimento mais demorado que o meu. O aperto de mãos mais demorado de todos, no entanto, está reservado a Peter.

— Venha aqui, meu garoto — diz Lucio, batendo na mesa as palmas das mãos, ansioso.

O derrame paralisou parte de seu rosto, mas ele se empenhou muito durante o tratamento para que sua aparência não assustasse Peter. Enquanto os dois se abraçam, fito os papéis sobre a mesa em busca de relatórios policiais sobre Ugo e nosso apartamento. Mas só vejo os relatórios financeiros que são o oxigênio da vida de Lucio. Ele é prefeito de uma pequena cidade que sempre precisa de reformas prediais e novos estacionamentos; ministro da Cultura que administra a maior coleção de arte clássica e renascentista do mundo; empregador de mais de mil funcionários que gozam de assistência médica gratuita, consumo isento de impostos e auxílio-alimentação, tudo isso sem pagar um centavo de imposto de renda;

e responsável por gerir as delicadas relações com a Roma secular, cidade à qual nosso isolado país deve todas as remessas de combustível que recebe, bem como a coleta de lixo e a eletricidade. Toda vez que reflito sobre como eu e Simon fomos negligenciados por Lucio, tento me lembrar de que ele estava ocupado honrando a promessa que fez a João Paulo.

— Você quer beber alguma coisa? — pergunta ele a Peter, esforçando-se para mover os lábios normalmente. — Temos suco de laranja.

Os olhos de Peter brilham. Ele quase pula do colo do meu tio para acompanhar Diego até a cozinha e pegar o suco.

— Presumo que não tenha havido nenhum outro incidente ontem à noite? — acrescenta meu tio em voz baixa.

A pergunta parece ser uma simples formalidade. Nada acontece neste país sem que ele saiba.

— Não — confirmo. — Não houve mais nada.

Mas Simon interfere.

— Os gendarmes não têm informação alguma. E, enquanto isso, Alex e Peter não podem nem dormir debaixo do próprio teto.

Seu tom de voz me surpreende.

Lucio fita-o demoradamente com um olhar enigmático.

— Alexander e Peter são bem-vindos debaixo *deste* teto. E você está errado: recebi um telefonema dos gendarmes há vinte e cinco minutos. Disseram que talvez tenham conseguido uma imagem de um suspeito em uma das câmeras de segurança.

— Mas que ótima notícia, tio — digo.

— Quanto tempo até terem algo definitivo? — questiona Simon.

— Tenho certeza de que estão trabalhando o mais rápido que podem — responde Lucio. — O que vocês têm a me dizer sobre tudo isso?

Lanço um olhar a Simon.

— Descobrimos algumas coisas em meu apartamento esta manhã que sugerem que os dois... incidentes... estão relacionados.

Lucio endireita uma caneta sobre a mesa.

— Os gendarmes estão investigando essa possibilidade. Obviamente, isso é muito preocupante. Você contou a eles sobre essas coisas que descobriu?

— Ainda não.

— Vou pedir que entrem em contato com você de novo. — Ele se volta para Simon. — Há mais alguma coisa que eu deveria saber?

Meu irmão balança a cabeça negativamente.

Lucio franze o cenho.

— Por exemplo, o que você estava fazendo em Castel Gandolfo, para começo de conversa?

— Ugo me telefonou pedindo ajuda.

— Como você chegou lá?

— Um motorista do serviço pontifício de automóveis me levou.

Lucio estala a língua. O serviço de automóveis é subordinado a ele, mas sacerdotes comuns não têm autorização para pedir carros, e espera-se que os sobrinhos do chefe deem o exemplo.

— Tio, o senhor já ouviu falar de algum intruso que tenha conseguido passar pelos portões em Castel Gandolfo ou aqui? — pergunto.

— Certamente não.

— Como alguém poderia ter descoberto o número de nosso apartamento?

— Eu ia perguntar a mesma coisa a vocês.

Através da porta aberta, observo Diego servir a Peter o suco de laranja em um copo de cristal. Peter recua, lembrando-se de ter quebrado um desses no ano passado. As freiras cataram os estilhaços por meia hora, de joelhos. Encaro Diego com os olhos arregalados para adverti-lo de seu esquecimento.

— Bem, há outro assunto que quero discutir com vocês — afirma o tio Lucio. — Infelizmente, a exposição de Nogara precisa ser alterada.

Simon explode.

— *O quê?*

— Meu curador morreu, Simon. Não tenho como montar a exposição sem ele. Em algumas galerias, nem se sabe o que deve ser pendurado e onde.

Meu irmão se levanta da cadeira e grita, em tom quase histérico:

— Você não pode fazer isso. Ele deu a *vida* por essa exposição.

Murmurando, digo a Simon que, depois do que aconteceu na noite passada, mudar ou adiar a exposição pode ser uma boa ideia.

Lucio pousa o dedo indicador ossudo em uma folha de orçamento.

— Já foram enviados quatrocentos convites para a noite de abertura. Adiar está fora de cogitação. E, na atual conjuntura, uma vez que Nogara não chegou a definir a organização das últimas galerias, não se trata exatamente de fazer *mudanças* na exposição, mas, antes, de montá-la. Portanto, gostaria de discutir especialmente com você, Alexander, a possibilidade de tomar como ponto central da exposição o manuscrito, em vez do sudário.

Simon e eu ficamos atônitos.

— O senhor quer dizer o Diatessarão? — pergunto.

— Não — opina Simon. — De jeito nenhum.

Lucio ignora-o. Pela primeira vez, só a minha opinião conta.

— Mas como isso seria possível? — pergunto.

— Os restauradores terminaram o serviço — explica Lucio. — As pessoas querem ver o livro. Ele pode ser exibido em uma caixa de vidro. Os detalhes ficariam a seu encargo.

— Tio, não podemos encher dez galerias com um manuscrito.

Lucio bufa.

— Se tirarmos a lombada, podemos, sim. Cada página pode ser exibida separadamente. Além disso, já fizemos algumas reproduções fotográficas ampliadas para colar nas paredes. Quantas páginas tem o livro? Cinquenta? Cem?

— Tio, provavelmente essa é a mais antiga encadernação intacta de um evangelho já descoberta.

Lucio faz um gesto de desdém.

— O pessoal do laboratório de manuscritos sabe cuidar dessas coisas. Eles vão fazer o que for necessário.

Antes que eu possa recusar, Simon dá uma pancada forte na mesa de Lucio.

— *Não* — insiste com firmeza.

Todos ficam paralisados. Com um olhar, peço a Simon que se sente. Lucio ergue a sobrancelha.

— Tio, me perdoe — diz Simon, passando a mão no cabelo. — Eu... estou em luto. Se o senhor precisa de ajuda para finalizar a exposição, posso dar todas as informações necessárias. Ugo me contou tudo.

— Tudo?

— Isso é muito importante para mim, tio.

Houve um tempo em que esses rompantes imprevisíveis comprometiam a imagem de Simon aos olhos do meu tio. Eram um atributo da personalidade grega, dizia Lucio, não da romana. Hoje, porém, ele acha que isso é o que distingue meu irmão. O que levará Simon a lugares onde nem meu tio esteve.

— Entendo — comenta Lucio. — Alegra-me ouvir isso. Então, você precisará gerenciar os outros curadores, porque temos muito a fazer nos próximos cinco dias.

— Tio, o senhor sabe que Simon e eu estamos lidando também com um problema pessoal nesse momento?

Ele vira páginas a esmo sobre a mesa.

— Sei. E, como precaução, vou providenciar que o comandante Falcone destaque um oficial que sirva de guarda para vocês. — Ele se vira para Simon. — Quanto a você, dormirá aqui, debaixo deste teto, até que a organização da exposição esteja acabada. Combinado?

Simon preferiria dormir em uma esquina da estação Termini, mas esse é o preço que precisa pagar. Ele mostrou a Lucio quem tem as cartas na mão.

Meu irmão meneia a cabeça, e Lucio dá duas leves batidas na mesa. Acabou. Dom Diego volta para nos conduzir até o elevador.

— Devo mandar alguém para buscar suas malas? — alfineta Diego.

Nas próximas cinco noites, eles serão colegas de quarto. Carcereiro e prisioneiro. Mas há um breve sinal de consolo nos olhos de Simon. Alívio. Ele não aceita a provocação. Quando a porta metálica se abre, Peter corre para dentro, ansioso para apertar o botão do elevador. Antes que Diego encontre outra maneira de alfinetar Simon, Peter e eu já estamos descendo.

Capítulo 8

Foi pouco depois do meu jantar no apartamento de Ugo que eu o ajudei a invadir a Biblioteca do Vaticano para ver o Diatessarão.

— Apareça no meu apartamento às quatro e meia — disse ele. — E traga um par de luvas.

Às quatro e meia eu estava lá. Ugo chegou quinze minutos depois. Carregava duas sacolas plásticas do Annona, a mercearia do Vaticano. Uma delas revelava os inconfundíveis contornos de uma garrafa de bebida alcoólica.

— Para acalmar os nervos — justificou, piscando um olho. Mas sua testa estava suada, e os olhos, inquietos.

Já em seu apartamento, ele bebeu uma dose atrás da outra de grapa Julia.

— Diga uma coisa: você sabe para onde ir lá embaixo? — perguntou.

Lá embaixo: no andar inferior, na biblioteca.

— Como eu poderia saber? — respondi, mal-humorado. Ele tinha me dado a impressão de já ter feito aquilo antes. De que eu apenas o seguiria. Afinal de contas, só para chegar à porta de entrada da biblioteca já era preciso apresentar um requerimento e referências dadas por estudiosos reconhecidos. Para ter acesso a um livro, era necessária toda uma papelada. Buscá-lo era tarefa exclusiva de bibliotecários, pois nenhum dos patronos jamais foi autorizado a entrar na área das estantes. — Se já sabemos onde o manuscrito está, não podemos simplesmente retirá-lo da prateleira e lê-lo?

A outra sacola de supermercado continha vários objetos úteis. Duas lanternas, um lampião elétrico, uma caixa de luvas de látex, um saco de pinhões, um par de chinelos, um caderno de anotações e o que parecia ser um rolo de arame do tamanho de uma raquete de tênis para crianças. Ugo enfiava tudo isso em uma bolsa de viagem.

— Ah, podemos tirá-lo da prateleira, sim — disse ele. — Não é *esse* o problema. — Conferiu o relógio. — Agora vamos logo, padre Alex. Precisamos nos apressar.

Apontei para a bolsa.

— Não vamos passar pelos guardas no balcão de entrada com isso.

— Não diga besteira. Há um duto de ventilação que passa junto a uma janela no segundo andar. Está inoperante há anos — comentou em tom de zombaria.

Eu o encarei.

Ugo deu uma risadinha e me pegou pelo braço.

— Brincadeirinha, brincadeirinha. Agora pare de se preocupar e vamos.

ELE TINHA UM amigo lá dentro. Um velho padre francês que ocupava um escritório num canto esquecido do edifício. A biblioteca fecharia em dez minutos, mas o apartamento de Ugo era tão perto que chegamos ao escritório de seu amigo em dois.

Do lado de fora do escritório, Ugo me deteve e pediu:

— Espere aqui um momento.

Ele entrou sozinho, mas não fechou a porta completamente.

— Ugolino — ouvi o homem falar ansioso, com sotaque francês —, eles descobriram você.

— Duvido — retrucou Ugo.

— Os seguranças passaram de porta em porta hoje, advertindo de que devemos relatar a presença de quaisquer desconhecidos.

Ugo não respondeu.

— O padre que veio com eles sabia o seu nome.

Ugo pigarreou.

— O sistema novo ainda está em fase de testes?

— Sim.

— Então a porta ainda está aberta?

— Está. Mas não é uma boa ideia você ficar lá embaixo sozinho.

— Concordo. — Ugo foi até a porta e me pediu para entrar. — Este é o padre Alexander Andreou. Vai se juntar a mim esta noite.

O francês era um belo padre grisalho. Tinha uma barba hirsuta que quase ocultou a nítida expressão de contrariedade em seu rosto quando ele me viu.

— Mas Ugolino... — começou.

Ugo pegou o chapéu e o guarda-chuva do amigo, que estavam no porta-chapéus.

— Você está perdendo seu tempo. E eles vão perceber minha presença se você não sair no horário de sempre. Conversaremos amanhã.

O padre fechou a persiana da porta envidraçada do escritório.

— Isso não é muito inteligente. O menor ruído se propaga com facilidade por esses salões. Com *ele* aqui, vocês vão acabar falando. E atraindo atenção.

Mas Ugo apenas o empurrou porta afora com delicadeza. O relógio acima da porta marcava cinco e doze. Nas salas de leitura, os pesquisadores já tinham guardado seus cadernos e laptops. Retornavam ao balcão principal em busca das chaves de seus armários, e em alguns minutos já teriam ido embora. A partir desse instante, seria impossível explicar nossa presença ali.

— Ele estava advertindo você contra o quê? — perguntei quando Ugo fechou a porta.

— Nada — respondeu ele, espreitando entre as frestas da persiana.

— Então, por que você está olhando para o corredor?

— Porque eu queria que seu tio contratasse algumas curadoras que se parecessem com a *signorina* de Santis, que está ali no escritório ao lado.

Abaixei-me rapidamente junto à parede. Solidarizando-se, Ugo fez o mesmo, retirou o pedaço de pão de sua bolsa e deu um sorriso melancólico.

— Você compreende que não poderá contar a ninguém o que vir aqui esta noite, certo? Nem mesmo aos seus alunos.

Pela fresta inferior da porta, via-se que as luzes do salão começavam a ser apagadas.

— Não estou fazendo isso por meus alunos.

— O padre Simon me contou que seu pai ensinou vocês dois a ler o Novo Testamento em grego.

Assenti com a cabeça.

— Disse também que você era o filho estudioso, e ele, o preguiçoso.

— Os evangelhos eram meu tema favorito no seminário.

Para qualquer professor especializado nos evangelhos — mesmo para um professor que dava aulas para coroinhas no curso preparatório para o seminário, como eu —, era estimulante saber que nossa compreensão da Bíblia era imperfeita. Que manuscritos bíblicos mais antigos, melhores e mais completos estavam sempre prestes a ser descobertos. Naquela noite, eu teria uma oportunidade de ter em mãos um desses manuscritos, antes que ele fosse trancado a sete chaves como todos os outros.

Ugo limpou os óculos em um lenço e me encarou com olhos surpreendentemente lúcidos.

— E por acaso contamos ao padre Simon o que iríamos fazer essa noite?

— Não. Não consigo falar com ele há dois dias.

— Nem eu — disse Ugo depois de um suspiro. — Às vezes, seu irmão desaparece. Bom saber que não é pessoal. — Olhou o relógio novamente e se levantou. — Escute. Há algo que você precisa saber antes de irmos. Não podemos deixar rastros, porque parece que alguém está me seguindo.

Lembrei-me de sua conversa com o padre francês e perguntei:

— Quem?

— Não sei, mas, depois de hoje, espero que ele não tenha outra oportunidade de me encontrar. — Ugo, então, tirou os sapatos e calçou os chinelos que havia trazido na bolsa. — É só me seguir. Aqui vamos nós.

Os SALÕES DA biblioteca estavam escuros, mas Ugo sabia se orientar. Para um homem de seu tamanho, ele era surpreendentemente silencioso, mesmo quando adentramos os primeiros corredores monstruosos de estantes.

Eu esperara ver estantes de madeira antigas erguendo-se até o teto e rodeadas por arcos ornados de afrescos. Em vez disso, vi túneis baixos e mais compridos que um transatlântico, raiados pela fiação elétrica. No frio piso metálico, meus sapatos emitiam um ruído que ecoava pelos corredores, e eu tinha que me curvar para não bater a cabeça nas lâmpadas gradeadas. Ugo, porém, movia-se com destreza, como se a bebida tivesse lhe dado agilidade.

As estantes de aço nos cercavam — à esquerda e à direita, em cima e embaixo —, os andares conectados por aberturas semelhantes a sótãos e escadas tipo marinheiro bem estreitas. Ugo valia-se do lampião elétrico que tinha levado, pois as lâmpadas do teto eram controladas por temporizadores. Descemos e descemos. Enfim, chegamos a um elevador.

— Onde isso dá? — perguntei.

Minha voz, exatamente como havia advertido o padre francês, ressoou pelo piso de mármore, cortando a escuridão nebulosa.

— No andar mais inferior — sussurrou Ugo.

As portas se fecharam atrás de nós e, imediatamente, tudo ficou escuro. A luz do lampião elétrico de Ugo apontou direto para o painel de controle. Antes mesmo de eu conseguir ler o que estava escrito, ele já nos lançara em uma descida lenta.

As portas se abriram para uma área de paredes amareladas e luzes fluorescentes. Não havia estantes. Aqui e ali, apenas os costumeiros crucifixos e as imagens de sempre, separados por detectores de incêndio e caixas com luzes de emergência. Todo o ambiente tinha o odor químico e incomum de coisa nova.

— Estamos abaixo do solo? — sussurrei.

Ugo fez que sim com a cabeça e me conduziu por um corredor, então murmurou:

— Agora, vejamos se ele estava certo.

Quando viramos o corredor, chegamos a uma imensa porta toda de aço. Na parede adjacente, havia um painel de segurança com um teclado.

Em vez de digitar uma senha, Ugo enfiou os dedos no espaço entre a parede e a beirada da porta e inclinou-se para trás.

O bloco de aço começou a se deslocar lentamente. Atrás dele, a escuridão total.

— Excelente — balbuciou Ugo. Depois, voltou-se para mim. — Não toque em absolutamente nada até que eu explique por que essa porta estava destrancada.

Ele entrou para ligar o temporizador de luz. Quando as lâmpadas se acenderam, minhas pernas ficaram bambas.

Há vinte anos, João Paulo inovou ao dar início a um ambicioso projeto. A Biblioteca do Vaticano havia ficado sem espaço nas estantes, então, em um pequeno pátio ao norte de suas instalações, onde os funcionários cultivavam hortaliças em tempos de guerra e onde o tio Lucio abriu um café para tirar dinheiro dos acadêmicos que visitavam o local, João Paulo ordenou uma escavação. Ali lançou a fundação de uma câmara de concreto à prova de bombas, projetada para abrigar seus pertences mais valiosos. Quando os estudiosos paravam para beber alguma coisa no café de Lucio, ficavam em cima de uma fina camada de grama que esconde a cripta de aço reforçado contendo os tesouros de João Paulo.

Quando eu era criança, imaginava o lugar. Em meus sonhos, era grande como um cofre de banco. Mas a sala que se revelava à minha frente naquele momento era do tamanho de um pequeno campo de pouso. O corredor principal tinha metade do comprimento de um campo de futebol, e cada um dos corredores laterais tinha largura suficiente para estacionar um ônibus de turismo.

— Contemple a maior coleção de manuscritos do mundo — sussurrou Ugo.

Há dois tipos de livros. Desde os tempos de Gutenberg, os livros impressos têm se multiplicado aos milhões. Produzidos em massa por máquinas, eles riscaram do mapa a espécie mais antiga: os manuscritos. Um empresário analfabeto da Renascença que possuísse uma prensa móvel era capaz de produzir dez livros em menos tempo do que uma equipe de monges letrados levaria para escrever uma única página. Considerando-se quão poucos manuscritos foram produzidos e todos os maus-tratos aos quais foram submetidos ao longo dos séculos, a mera sobrevivência de alguns deles já é um milagre. Mas, desde que os livros foram inventados, eles contaram com um poderoso aliado: sempre houve uma igreja cristã para fabricá-los e um papa em Roma para reuni-los. De todas as grandes bibliotecas da história da humanidade, apenas uma ainda existe. E, pela graça de Deus, era no coração dela que eu pisava naquele momento.

— Tome — disse Ugo, entregando-me outro lampião elétrico. — O temporizador dura apenas vinte minutos. Agora, vou mostrar com o que estamos lidando.

Ele sincronizou a contagem regressiva com seu relógio digital, acionou-o e depois retirou o rolo de arame da sacola de supermercado. Pela primeira vez, pude dar uma olhada naquilo: era um aparelho eletrônico portátil conectado a uma estrutura oval de metal semelhante a uma resistência de forno. Quando ele o ligou, letras vermelhas surgiram em seu visor.

— Estão instalando um novo sistema de controle de acervo em que não seja necessário fechar a biblioteca um mês por ano para fazer isso manualmente. Sabe o que é isso?

Parecia o cruzamento de uma antena de TV com um toalheiro térmico.

— É um rastreador de radiofrequência — continuou. — Foram implantadas etiquetas nas lombadas dos manuscritos, e este rastreador é capaz de ler cinquenta delas de uma só vez, sem a necessidade de qualquer fio.

Ele me conduziu pela primeira estante, demonstrando o funcionamento do aparelho à medida que passávamos. Linhas de texto rolavam pela tela tão rápido que não dava tempo de lê-las. Números de registro. Títulos. Autores.

— Mesmo com esta varinha de condão precisei de duas semanas de busca para me dar conta de que o manuscrito devia estar aqui — continuou ele. — Duas semanas e um pouco de sorte. — Então, ele indicou com a cabeça uma caixa plástica branca instalada no teto. — São rastreadores fixos. Por alguma razão, eles interferem no sistema de segurança, portanto a porta de aço tem de ficar destrancada até solucionarem o problema. — Ele olhou para mim por um instante. — Para nós, isso é bom. O ruim é que essa tecnologia de radiofrequência torna a porta de aço irrelevante. Na primeira vez em que eu visitei essa câmara, cometi o erro de levar um livro até uma prateleira diferente, do outro lado. Os rastreadores detectaram o deslocamento. Em cinco minutos, um segurança estava aqui.

— O que você fez?

— Eu me escondi e rezei. Felizmente, o guarda achou que era apenas uma falha no sistema. Desde então, sigo duas regras. Primeira: leio *in situ*. Segunda: Uso *isso*.

Ugo retirou da sacola os pares de luvas de látex.

— Para não deixar impressões digitais? — perguntei.

— Não do tipo que você está pensando — respondeu Ugo com um brilho nos olhos. — Agora, venha comigo.

À medida que caminhávamos entre as estantes, a precisão do aparelho aumentava. Ugo deixou a mochila encostada no fim de um dos corredores, pegou um vidro de chumaços de algodão cirúrgico embebidos em álcool e limpou as mãos antes de calçar as luvas.

— É aqui? — perguntei, ao ver que o aparelho em suas mãos registrava uma coleção de manuscritos em siríaco, a língua antiga de Edessa nos tempos do Diatessarão. E, também, a língua mais próxima do aramaico que Jesus falava.

Mas Ugo fez sinal negativo e prosseguiu no corredor.

— Agora, sim — concluiu. — É *aqui*.

Na tela do aparelho, havia aparecido algo estranho. Onde deveriam estar os números de catalogação, havia uma palavra em latim: CORRUPTAE.

Danificado.

— Essa prateleira é onde se acumula o material usado nas oficinas de restauração — informou, apontando para uma pilha com mais de cem manuscritos. — Parece que nem perceberam que ele está aqui.

— Como você encontrou o manuscrito certo?

Ugo não sabia grego, e era muito mais raro encontrar alguém que conhecesse o siríaco.

— Padre Alex, tenho vindo aqui todas as noites desde que voltei da Turquia. Durmo apenas durante o dia. Isso aqui se tornou a minha vida. Só falta *isso* — ele aproximou o indicador do polegar — para eu conseguir provar que o sudário estava em Edessa no século II. Se necessário, eu teria examinado cada um dos manuscritos desse palácio com minhas próprias mãos. — Ugo abriu um largo sorriso. — Felizmente, as informações de catalogação de todos os manuscritos dessa prateleira ainda estão no sistema *antigo*, escritas no bom e velho latim.

Semicerrando os olhos, ele espreitou as prateleiras, e seu dedo enluvado percorreu o ar a uma distância mínima das lombadas dos livros. Quando chegou ao que procurava, ergueu a cabeça e fitou o rastreador mais próximo na parede, como que tentando estimar a eficiência do detector ao movimento. Finalmente, disse:

— Coloque as luvas.

O tremor que essas palavras me provocaram foi mais intenso do que eu esperava.

— Eu vou poder tocá-lo? — perguntei. — Só por um segundo. Vou ser muito cuidadoso.

Ele não respondeu. Em vez disso, num movimento bem ensaiado, removeu o volume da prateleira, abriu a capa de couro folheada a ouro e tirou dela um objeto rugoso, de aparência terrível. Não era maior que a caixa de um colar, e arranhões cor de ferrugem formavam uma trama sobre a superfície negra e corroída da capa. Os bibliotecários não haviam chegado a remover a encadernação original para trocá-la pelas capas papais.

— Tem uma coisa que você precisa saber antes de tocar nisso — disse Ugo. — Uma coisa que eu só pude averiguar depois de descobrir o manuscrito. Há trezentos anos, o papa enviou muitos padres mundo afora à procura dos manuscritos mais antigos do mundo. Um deles se deparou com uma biblioteca no Deserto da Nítria, no Egito, dentro do Mosteiro dos Sírios, onde um abade tinha reunido uma coleção de textos nos anos 900 da Era Cristã. Mesmo nos tempos desse abade, os textos eram extremamente antigos. Hoje, são os livros mais antigos de que se tem notícia. O abade imprimiu um aviso dentro deles: *Aquele que tirar estes livros do mosteiro será amaldiçoado por Deus.* Assemani, o padre, ignorou a advertência e, no caminho de volta a Roma, o barco dele virou no Nilo. Um dos monges se afogou. O padre então pagou alguns homens para resgatar os manuscritos do rio, mas os livros precisavam de restauração devido aos danos causados pela água, e esse é um dos motivos por que este exemplar veio parar em uma prateleira esquecida.

"O outro motivo é que, quando o primo de Assemani tentou catalogar esses manuscritos, ele morreu. Um terceiro membro da família assumiu o projeto, mas um incêndio destruiu seu apartamento, que ficava ao lado da biblioteca. O trabalho de catalogação foi inteiramente destruído, e, desde então, ninguém o retomou. É por isso que não existem registros desses manuscritos e ninguém parece saber que eles estão aqui."

— Ugo, por que você está me dizendo isso?

— Porque eu me considero acima de superstições e um sortudo por ter encontrado esse livro, mas você tem o direito de decidir por si mesmo.

— Não seja ridículo. — Eu era professor de metodologias modernas aplicadas ao estudo dos evangelhos. A interpretação científica, racional, da Bíblia. Nem hesitei.

Ugo acomodou o manuscrito em suas mãos enluvadas, de modo que o volume permanecesse sobre a palma de uma delas enquanto ele erguia ligeiramente a outra para eu vê-lo. O látex da luva adquiria uma coloração castanho-avermelhada ao entrar em contato com a capa.

— A capa libera uma substância quase impossível de retirar. Levei dias para conseguir tirar as manchas da pele. Por favor, ponha as luvas.

Ele esperou que eu as colocasse; então, delicadamente, como o médico que pôs Peter em meus braços, entregou-me o manuscrito.

Eu nunca havia visto um livro como aquele. Como uma criatura pré-histórica encontrada no fundo do mar, a semelhança com seus primos modernos era mínima. A capa era feita de uma espécie de faixa de pele, projetada para envolver as páginas várias vezes, a fim de protegê-las. O que parecia ser uma cinta de couro se pendurava dela e cingia o livro quando fechado.

Desenrolei a faixa e o cinto com o mesmo cuidado com que arrumaria fios de cabelo na cabeça de um bebê. No interior, as páginas eram acinzentadas e macias. Revelavam letras cursivas escritas em traços longos e suaves, sem bordas arredondadas: siríaco. Ao lado delas, escrito a tinta bem ali na página, via-se um registro em latim deixado por algum bibliotecário do Vaticano morto há tempos.

Anteriormente Livro VIII da coleção siríaca de Nítria.

E abaixo, em letras bem legíveis:

Evangelho Harmônico de Taciano (Diatessarão).

Senti um arrepio. Ali, em minhas mãos, estava a criação de um dos gigantes do cristianismo primitivo. A vida canônica de Jesus de Nazaré em um único livro. Mateus, Marcos, Lucas e João reunidos para formar o superevangelho da igreja síria primitiva.

Não se ouvia som algum ali embaixo, exceto o que vinha dos gigantescos dutos de ar que mais pareciam minhocas gigantes no teto, ventilados por um remoto pulmão mecânico. Mas eu conseguia escutar o sangue sendo bombeado em meu peito.

— Pele de cabra tingida sobre pranchas de papiro — murmurou Ugo, aflito. — Páginas feitas de pergaminho.

Com uma ferramenta que não reconheci, ele virou a primeira página.

Respirei fundo. A página estava muito manchada de água para que se pudesse ler seu conteúdo. Na seguinte, porém, as manchas diminuíram. E na terceira, a escrita tornou-se visível.

— Você acertou — sussurrei. — É bilíngue.

Havia duas colunas na página: a da esquerda, em siríaco; a da direita, em grego. Quando Ugo virou a página seguinte, foi como se a nuvem de estragos começasse a se dispersar. Ali estava, inteiramente em letras maiúsculas e sem espaços entre as palavras, uma linha escrita em grego que eu era capaz de transformar em algo familiar.

ΕΓΕΝΕΤΟΡΗΜΑΘΕΟΥΕΠΙΙΙΩΑΝΝΗΝΤΟΝΤΟΥΖΑΧΑΡΙΟΥ.

— "Veio a palavra de Deus a João, filho de Zacarias" — li. — É do evangelho de Lucas.

Ugo me encarou e depois voltou os olhos para a página. Estavam flamejantes.

— Mas veja a próxima linha! — continuei. — "Confirmou sem hesitar: 'Eu não sou o Cristo.'" Esse versículo consta apenas no evangelho de João.

Ugo procurou por alguma coisa nos bolsos, mas não conseguia encontrar. Então, correu até a mochila e voltou, ofegante, com um caderno de anotações.

— Padre Alex, essa é a lista. São as menções do sudário que precisamos conferir. A primeira está em Mateus 27, 59. Os versículos paralelos são de Marcos...

Antes que eu conseguisse examinar a página, porém, ele franziu as sobrancelhas e se deteve. Por um momento, virou-se e fitou o rastreador.

— O que foi?

Ugo tentou escutar algo em meio ao silêncio. Ao longe, ouvia-se um som quase imperceptível.

Depois, meneou a cabeça e disse:

— Corrente de ar. Prossiga.

Fiquei admirado com sua capacidade de se concentrar naquela pequena lista de versículos — ou mesmo no sudário —, quando tínhamos diante de nós um evangelho inteiro. Eu teria permanecido ali um mês, um ano, até ter aprendido siríaco o suficiente para ler as duas colunas ao mesmo tempo, cada palavra delas.

Mesmo assim, o rosto de Ugo estava retesado. Não havia mais traço algum de bom humor jovial.

— Leia, padre. Por favor.

A lista tinha oito versículos. Eu os sabia de cor. Em todos os quatro evangelhos — Mateus, Marcos, Lucas e João — diz-se que o corpo de Jesus foi envolto em um lençol depois da crucificação. Dois dos evangelistas — Lucas e João — dizem também que os discípulos voltaram após a Ressurreição e viram o lençol no sepulcro vazio. Mas, ao fundir os evangelhos em uma mesma história, o Diatessarão condensava todas essas referências em apenas dois momentos: o sepultamento e a reabertura do sepulcro.

— Ugo, há um problema — comentei ao encontrar a primeira das citações. — A página está muito deteriorada. Não consigo distinguir algumas palavras.

Manchas negras esfumaçadas pontilhavam a página, tornando algumas palavras ilegíveis. Eu já havia lido a respeito de manuscritos destruídos por fungos, mas nunca tinha visto um deles pessoalmente.

Ugo se recompôs e, com toda a calma, disse:

— Muito bem, então raspe.

Minha reação foi de reprovação.

— Não posso. Isso danificaria a página.

Ugo se aproximou.

— Então me mostre a palavra, e *eu* raspo.

Afastei o livro dele.

Isso o fez perder a calma.

— Padre, você sabe o quanto essa palavra é importante, especificamente.

— Que palavra?

Ele fechou os olhos e respirou fundo.

— Em três dos evangelhos, diz-se que Jesus foi envolto em um *pano de linho*. Mas, em João, diz-se *panos*. Plural.

— Não entendi.

Ugo parecia incrédulo.

— Singular significa que temos um sudário. Plural significa outra coisa qualquer. Se João estava certo, então tudo isso foi um grande equívoco, não foi? O autor do Diatessarão teve que escolher. E, se ele realmente viu o sudário em Edessa, então escolheu *pano*, no singular.

Essa empolgação imprevista me desagradou.

— Você me disse que estávamos aqui para provar que o sudário estava em Edessa quando o Diatessarão foi escrito.

Ele agitou a lista de versículos bíblicos.

— *Oito* menções ao sudário. Oito. Quatro de Marcos, Mateus e Lucas. Quatro de João. — E apontou para o manuscrito. — O sujeito que escreveu este livro...

— Taciano.

— ... teve que decidir. Não podia usar *ambas* as palavras, então qual delas escolheu? A batalha começa aqui, padre. Vamos enfrentá-la.

Por mais que eu forçasse a vista, porém, não dava para ver através das manchas.

— Vou verificar a outra menção — sugeri. — O sepulcro vazio.

Mas também nesse trecho a palavra estava oculta por borrões pretos.

Ugo tirou do bolso da camisa uma pequena embalagem plástica com um kit.

— Eu trouxe cotonetes e solvente. Vamos começar pela saliva. As enzimas devem bastar.

Segurei seu braço.

— Pare. Não.

— *Padre, eu não o trouxe aqui...*

— Por favor, conte ao cardeal-bibliotecário o que encontrou. Os restauradores vão fazer isso da maneira correta. Não precisamos correr o risco de danificá-lo.

Ele se inflamou de raiva.

— O *cardeal-bibliotecário*? Você disse que eu podia confiar em você! Deu a sua palavra!

— Ugo, se danificar essas páginas, não terá nada. Nem você nem qualquer outra pessoa. Nunca mais.

— Não vim aqui para ouvir sermão. O padre Simon me disse que você tinha experiência com...

Ergui o manuscrito.

— Pare! — gritou. — Vai acionar o alarme desse jeito!

Quando o livro chegou à altura dos meus olhos, eu disse:

— Posicione o lampião na perpendicular. Talvez eu consiga ver as marcas da pena no papel.

Ele fixou os olhos em mim, depois apalpou os bolsos e tirou de um deles uma pequena lupa.

— Sim. Certo, tudo bem. Use isso.

Há cem anos, um livro perdido de Arquimedes apareceu em um convento ortodoxo grego, escondido bem à vista de todos. Um monge da Idade Média tinha apagado o conteúdo raspando a tinta do pergaminho e, em seu lugar, escrevera um texto litúrgico nas páginas em branco. Entretanto, sob a luz correta e um ângulo específico, ainda era possível enxergar as antigas marcas, os sulcos deixados pela pena.

— Espere — pedi. — Segure a luz bem aí.

— O que você está vendo?

Pisquei e olhei de novo.

— O que é? — repetiu ele.

— Ugo...

— Fale! Por favor!

— Isso não está deteriorado.

— Então está o quê?

Semicerrei os olhos.

— São pinceladas.

— O quê?

— Essas manchas são de *tinta*. Alguém já encontrou esse livro. E o censurou.

Os borrões estavam por toda parte. Engoliam palavras, frases, versículos inteiros. Era impossível ler o texto sob eles.

Chocado, Ugo murmurou:

— Você está dizendo que alguém achou o livro antes de nós?
— Mas não há pouco tempo. Essa tinta parece muito antiga. Examinei o texto, tentando compreender o que via.

E José tirou o corpo de Jesus. ▇▇ e o levaram envolto em ▇▇▇▇▇▇▇▇▇▇▇▇▇▇▇▇▇▇▇▇▇▇▇▇ um sepulcro novo aberto em uma rocha, onde ainda ninguém havia sido posto. Era o dia da preparação ▇▇▇▇▇▇▇ para a Páscoa, e já raiava o sábado, então ▇▇▇▇▇▇▇▇▇▇▇▇▇▇▇▇▇▇ depositaram-no ali dentro, rolaram uma grande pedra à entrada e partiram.

— Quem fez isso? — perguntou Ugo.
Fechei os olhos. Eu sabia esses versículos de cor e salteado. A fusão dos testemunhos dos quatro evangelhos seria:

E José tirou o corpo de Jesus. <u>Nicodemos, o que havia ido à noite ao encontro de Jesus, veio trazendo quase cem libras de mirra e aloés. Tomaram o corpo de Jesus</u> e o levaram envolto em <u>pano/ panos de linho. No lugar onde Jesus fora crucificado havia um jardim, e neste jardim</u> um sepulcro novo aberto em uma rocha, onde ainda ninguém havia sido posto. Era o dia da preparação <u>dos judeus</u> para a Páscoa, e já raiava o sábado, então, <u>visto que este sepulcro estava perto,</u> depositaram-no ali dentro, rolaram uma grande pedra à entrada e partiram.

As partes censuradas eram sobre os aromas funerários, o sudário, o homem chamado Nicodemos e — o mais estranho de tudo — as palavras *dos judeus*. A única incógnita era se o termo para o manto funerário estaria no singular ou no plural: três dos quatro evangelhos usam a palavra grega *sindon*, que significa "pano", ou "sudário"; o outro usa *othonia*, que significa "panos", no plural.

Eu só conseguia pensar em uma coisa que conectava esses trechos censurados. Para me certificar, verifiquei o restante do texto daquela coluna.

— Ugo, você tem ideia da idade desse manuscrito? — sussurrei.

— Século IV ou V, calculo.

Balancei a cabeça.

— Acho que é mais antigo que isso.

Um sorriso nervoso passou pelo seu rosto.

— Quanto?

Tentei conter o tremor nas mãos.

— Nicodemos é mencionado somente no evangelho de João. Assim como os aromas. E também há a referência aos judeus, na última frase. Tudo o que esse censor suprimiu era do evangelho de João.

— E o que isso quer dizer?

— Havia um grupo de cristãos conhecidos como alogianos. Eles queriam que o evangelho de João fosse rejeitado. Podem ter censurado esse manuscrito.

— Isso é bom ou ruim?

— Os alogianos são do fim do século II. Isso aqui provavelmente é o mais antigo evangelho completo do mundo.

Ele parecia desanimado.

— Então a palavra censurada deve ser *panos*. A palavra usada por João. — Naquele instante ele pareceu se dar conta de outra informação que eu tinha dado. — Desculpe, pode repetir?

— Eu disse: *provavelmente é o mais antigo...*

Só então, quando ele me interrompeu, foi que entendi a profundidade de sua obsessão.

— Não. Antes disso. Você disse que essas pessoas queriam que o evangelho de João fosse rejeitado. Por quê?

— Porque os alogianos sabiam que o evangelho de João não era como os outros. É mais teológico. Menos histórico.

— O que você quer dizer com menos histórico?

— É complicado, mas Ugo...

— João diz *panos*, mas todos os outros evangelhos dizem *pano*. Está me dizendo que João não é confiável?

— Ugo, nós temos que contar ao cardeal-bibliotecário sobre este livro. Ele não pode ficar escondido aqui embaixo.

— Responda! Se João não é confiável, toda a natureza do testemunho evangélico sobre o sudário muda. Correto?

Hesitando, eu respondi:

— Talvez, mas não é tão simples assim. Há regras. A leitura dos evangelhos demanda aprendizado.

— Tudo bem. Então me ensine as regras.

Levantei a mão, tentando acalmá-lo.

— Diga que este manuscrito ficará em segurança.

Ele suspirou.

— Padre, é claro que ficará em segurança. Mas *eu* encontrei esse livro. *Eu* preciso dele. E não posso perdê-lo para bibliotecários neuróticos e superprotetores. Você sabe que eles vão apenas...

De repente, ele parou. Virou a cabeça na direção da porta de aço e fixou os olhos nela, alarmado.

— O que foi? — sussurrei.

Ele estava tenso demais para falar. Apenas seus olhos se moviam. Fitaram o relógio e depois espreitaram o fundo do corredor.

Finalmente, distingui um zunido mecânico. Um motor funcionando e emitindo um som mais baixo que o da ventilação ao longe.

Era o elevador.

— Será que eu acionei o alarme? — perguntei.

Mas ele só olhava fixo para o relógio, como se este o tivesse enganado.

— O que vamos fazer? — perguntei. — Existe outra saída?

— Não se mexa.

Espreitei pelos espaços vazios entre as prateleiras. Um instante depois, meus olhos detectaram um movimento perto da porta.

Ugo deu um passo para trás.

— *Aonde você vai?* — perguntei, fazendo apenas o movimento com os lábios.

Em silêncio, ele guardou tudo de volta na mochila e a ergueu sobre o ombro, sem tirar os olhos da porta principal.

Logo depois, uma voz soou na câmara.

— Dr. Nogara, por favor, apareça.

A mão de Ugo agarrou a mochila. Ele se ajoelhou e apontou para o rastreador na parede, advertindo-me para que não me mexesse. Depois, começou a andar discretamente.

— Não estou aqui para fazer mal a você — disse a voz. — Fui enviado pela Secretaria de Estado. Preciso saber o que está fazendo aqui.

A voz se aproximava. Ugo ergueu três dedos, mas eu não sabia que sinal era aquele. Fechei o manuscrito e me preparei para devolvê-lo à prateleira.

— Sabemos que você esteve trabalhando na Turquia — continuou a voz, já a apenas algumas estantes de distância. — Sabemos que o padre Andreou o ajudou. Eu mesmo o segui até o Aeroporto de Esenboğa várias vezes. Ele trabalha para nós, portanto temos o direito de saber aonde vai.

Os olhos de Ugo estavam arregalados de medo. Ele gesticulou desesperadamente para que eu não pusesse o livro na estante de novo. Ergueu a mão de novo, mas desta vez levantou apenas dois dedos.

Eu já conseguia ver a silhueta do homem. Passou pelo início do corredor, acompanhada pelo sombrio arrastar de uma batina.

Dei um passo em direção à porta de aço, mas Ugo me mandou voltar. Olhou para o relógio e levantou apenas um dedo.

Meu medo me venceu. Sem esperar, coloquei o Diatessarão de volta na estante e segui para a porta.

Assim que me viu andando, Ugo voltou e disparou na direção do livro.

— O livro! — gritou, estridente. — *O livro!*

O som ecoou pela câmara. A silhueta se virou. Nesse momento, o temporizador no relógio de Ugo desligou. Instantaneamente, as luzes se apagaram. A câmara ficou completamente escura.

— *Corra!* — gritou Ugo no breu.

Fugi em meio à escuridão, seguindo na direção de um fio da luz de emergência visível por uma fresta abaixo da porta de aço. Atrás de mim, algo cambaleou. Ouvi o ruído de passos e, depois, um som agudo, mecânico e lancinante.

O alarme.

— *Vai!* — ordenou Ugo. — *Estou com ele!*

Irrompi pelo corredor e corri para o elevador. Enquanto eu apertava o botão freneticamente, Ugo apareceu com o Diatessarão.

— Rápido! Ele está vindo!

As portas se abriram, e nós corremos para dentro. Enquanto elas se fechavam, olhei para fora, paralisado pela ansiedade, esperando vislumbrar o rosto daquele homem.

Mas tudo permaneceu em silêncio. Ele não apareceu.

Enquanto o elevador subia, Ugo fechou os olhos e protegeu o livro com as mãos.

— Quem era aquele homem? — perguntei.

— Não sei.

— Precisamos contar ao meu tio.

Quando o elevador chegou, os gendarmes estavam esperando por nós. Ugo e eu fomos levados em custódia. Uma hora depois, dom Diego chegou para nos libertar.

— O que vocês encontraram lá embaixo? — perguntou tio Lucio quando voltamos ao palácio dele.

Pensando agora, a resposta de Ugo provavelmente salvou sua pele.

— Vossa Eminência — começou ele, pousando o manuscrito na mesa de Lucio —, eu descobri o quinto evangelho. E vou usá-lo para provar a legitimidade do Sudário de Turim.

Eu nunca tinha visto meu tio esquecer a raiva tão rápido.

— Fale mais sobre isso.

Só mais tarde teríamos a segunda surpresa da noite: os gendarmes não encontraram o outro homem que estava na câmara.

— Quem era ele? — perguntei a Ugo.

— Eu também gostaria de saber. Não cheguei a ver o rosto dele.

— E a voz? Achou familiar?

Ugo franziu o cenho.

— Estranho. Agora que você falou, lembrei que eu tinha pensado em perguntar a mesma coisa a você.

Capítulo 9

No elevador, depois de sair do apartamento de Lucio, não consigo parar de pensar no padre que nos surpreendeu na câmara subterrânea da biblioteca. Por que meu tio não pode terminar os preparativos da exposição de Ugo sem a ajuda de Simon? Fico me perguntando por que Ugo queria manter a parte final em segredo. Deve haver algo que ele não queria que ninguém descobrisse.

Peter me puxa pela batina.

— Quando o tio Simon vai voltar? — balbucia meu filho.

— Não sei. Ele tem que ajudar *prozio* Lucio agora. E nós temos que ir para a Casa.

— Por quê?

Abaixo-me para falar com ele.

— Peter, não podemos voltar para casa.

— Porque a polícia está lá?

— As coisas vão ser diferentes por alguns dias. Só isso. Tudo bem?

Diferentes. Ele conhece essa palavra. Um sinônimo ardiloso para *piores.*

A CASA SANTA Marta é o único hotel em solo vaticano. É onde o Santo Padre acomoda seus visitantes oficiais e onde os bispos se hospedam durante a visita obrigatória que têm de fazer ao papa a cada cinco anos. Também funciona como morada provisória para os padres da

Secretaria de Estado em suas idas e vindas. Simon se hospedaria aqui se não tivesse familiares na cidade.

O edifício é quase tão simples quanto a casa de um *amish*, com seis fileiras de janelas idênticas e, em seu interior, cento e tantos quartos pouco maiores que celas monásticas. De um lado, a vista que se tem das janelas é do posto de gasolina do Vaticano. Do outro, os hóspedes podem contemplar o altíssimo muro da fronteira, que fica a poucos metros do hotel. Todos os projetos arquitetônicos de João Paulo são assim. Para um papa que foi forçado pelos nazistas a revolver calcário na Polônia, os únicos luxos que interessam são quatro paredes e um telhado.

A freira da recepção pede mil desculpas e explica que ainda não pode nos dar nosso quarto porque a parte do hotel reservada para nós está sendo arrumada. Ao que parece, ela não ficou sabendo que a prática de manter minorias religiosas em guetos saiu de moda na época em que João Paulo revolvia calcário na Polônia. Explico que só queremos um quarto disponível, mas sua resposta, depois de uma avaliação completa de minha batina e de minha barba, é:

— Padre, seu italiano é muito bom!

Saio pela porta principal empurrando Peter antes que eu diga algo de que venha a me arrepender depois.

— Aonde a gente vai agora? — pergunta ele. — A gente pode comer alguma coisa?

Não cheguei a dar um café da manhã de verdade a meu filho. Sua única refeição do dia, se é que posso chamá-la assim, foi alguma bobagem que Sofia deve ter oferecido a ele mais cedo, no apartamento de Leo.

— Daqui a pouco. Tem uma coisa importante que a gente precisa fazer antes.

JÁ SE PASSARAM algumas semanas desde a última vez que vim ao apartamento de Ugo. De pé em frente à porta, permaneço mudo e estático enquanto Peter me encara, sem entender por que não batemos à porta. Ele não vê o que estou vendo. Há sinais de arrombamento na porta.

Alguém tentou entrar à força, mas Ugo usava dois cadeados. Ao contrário da porta do nosso apartamento, esta não cedeu.

Destranco-a com as chaves que Ugo me deu para cuidar do lugar quando ele estivesse na Turquia. Peter dispara para dentro e eu corro atrás dele, mas não há ninguém aqui. O lugar continua exatamente como da última vez que o vi.

— Dr. Nogara? — chama Peter, monótono.

— Ele não está aqui. Viemos apenas procurar uma coisa dele.

Haverá tempo para explicar depois. Peço-lhe que fique na sala de estar até eu voltar. Não sei ainda que emoções estão por vir.

O modesto espaço onde Ugo Nogara dormia fica atrás de um biombo de temática oriental. O quarto improvisado está carregado de uma tristeza que parece peculiar a este país. Os padres são encorajados a não acumular bens, de modo que mesmo o mais sofisticado dos clérigos geralmente vive em um quarto simples, decorado com móveis emprestados. No caso dos padres romanos, é até pior. Não há mulheres ou filhos nas fotografias nas paredes. Não há brinquedos e calçados do tamanho de um punho espalhados pelo chão. Os guarda-roupas parecem vazios sem agasalhos coloridos e guarda-chuvas pequenos impedindo o fechamento das portas. No lugar deles, os padres católicos romanos conservam recortes de jornal e cartões-postais dos lugares famosos que visitam e das peregrinações que realizam durante as férias obrigatórias. Não deveria ter sido assim com Ugo; ele era um cidadão leigo. Mas nunca se sabe, a julgar por este quarto.

Garrafas de grapa Julia se acumulam na lata de lixo. Não há nem aquela aparente felicidade nas fotos pregadas na parede, apenas monumentos de Edessa, sem nenhum sinal de Ugo em primeiro plano. O único indício de que um ser vivo dormiu aqui um dia é a bagunça de livros sobre a escrivaninha, com a cadeira ainda afastada. É como se, absorto em seu trabalho, ele tivesse se levantado para atender à porta e pudesse retornar a qualquer momento. Embaixo da mesa, enxergo as bordas enviesadas do cofre de ferro de Ugo. Mas, antes de me abaixar para abri-lo, fecho os olhos e sinto a força irresistível de uma emoção familiar. Papai deixou para trás uma vida como essa, plena de projetos inacabados.

Abro os olhos novamente e passo a analisar o quadro de cortiça que Ugo mantinha na parede. Há um diagrama feito por ele pregado ali. Parece um caduceu: duas linhas enroscadas como serpentes. Uma delas está nomeada como BOM PASTOR, e a outra, como CORDEIRO DE DEUS. Ao lado de cada espiral, há citações dos evangelhos.

Essas palavras talham um vazio em mim. Na primeira vez que aparece no evangelho de João, Jesus é chamado de "Cordeiro de Deus". Em nenhum outro evangelho Jesus é chamado assim, mas o significado é óbvio. No tempo de Moisés, depois que o Egito foi assolado pelas dez pragas, Deus, para proteger os judeus do Anjo da Morte, ordenou que sacrificassem um cordeiro e marcassem com o sangue do animal toda porta pela qual o anjo não deveria entrar. Assim, Deus salvava Seu povo através de um novo Cordeiro: Jesus. Jesus nos salvou, espiritualmente, com sua morte. A isso João acrescenta uma segunda metáfora: em sua narrativa, Jesus diz: "Eu sou o bom pastor; o bom pastor expõe a sua vida pelas ovelhas." Há um pastor nos outros evangelhos, uma figura simbólica que se alegra em salvar ovelhas perdidas, mas o Bom Pastor de João é diferente: salvará seu rebanho *com a própria morte*. Esse diagrama é mórbido. Arrepiante. O Cordeiro e o Pastor se encontram na morte. Um homem morre para que os outros vivam. Parece sinistro que Ugo tenha pensado nisso pouco antes de sua morte. Isso me traz à memória o e-mail que ele me enviou. Ugo me pediu ajuda. Eu o decepcionei.

Ouço Peter na cozinha, vasculhando a geladeira em busca de comida, mas não encontro ânimo para pedir que pare. Lembro-me de Mona, há alguns anos, voltando da ala geriátrica do hospital depois que um homem idoso tinha morrido. Ela estava angustiada. Por alguma razão, culpava a si mesma. Um remédio errado, uma cirurgia malsucedida. Mas nenhum homem jamais havia morrido durante o turno da minha mulher por ter pedido ajuda a ela e recebido um não como resposta.

Reclino-me na cadeira de Ugo. Então, ouço alguma coisa. É Peter gritando.

— O que foi? — pergunto, irrompendo na cozinha.

Ele não está ali.

— *Peter!* — urro. — *Cadê você?*

A cabeça dele aparece ao lado de outro biombo de temática oriental mais distante.

— Olha isso! — diz ele.

Vou até ele, desorientado. Ali, atrás da divisória, está uma das janelas voltadas para oeste, pela qual se avista o pátio da biblioteca lá embaixo. De pé em frente a ela, Peter segura um pouco do sebo de Ugo.

— Olha o quê?

Ele aponta para o chão, onde um pequeno pássaro belisca o sebo que Peter tirou da geladeira. É um estorninho.

— Ele voou sozinho aqui para dentro! — exclama Peter, exultante.

Mas é mentira. A trava da janela está levantada. Foi ele quem a abriu.

— Tranque isso — ordeno com firmeza, sentindo que, por pouco, algo terrível não aconteceu. — Nunca mais faça isso.

A queda até o pátio de pedra é de nove metros. Só de pensar, fico trêmulo.

— *Não fui eu* — alega Peter, mal-humorado. Para provar, põe-se na ponta dos pés e levanta o braço. Sua mão fica a vários centímetros da trava da janela.

Então percebo. Há cacos de vidro no chão atrás dele. A vidraça atrás da trava da janela está quebrada.

— Foi o pássaro que fez isso?

Mas já sei a resposta.

— Não — responde Peter, com raiva. — Já estava quebrado.

A porta da frente resistiu à tentativa de arrombamento. Então alguém entrou no apartamento pela janela.

Fito novamente o pátio lá embaixo. Nove metros. Nem sei como alguém pode ter feito isso.

— Fique paradinho aí — digo a meu filho. — Não mexa em *nada*.

De volta ao quarto de Ugo, entendo o que aconteceu. Ugo não deixou a mesa bagunçada. Nem a cadeira afastada.

Ao me ajoelhar, enxergo as marcas de arrombamento no cofre de ferro.

Contra esse cofre, porém, nenhum pé de cabra tinha a menor chance. Pesa mais que um homem e foi aparafusado no chão.

A combinação para abri-lo é o versículo da Bíblia no qual Jesus institui o papado: primeiro evangelho, décimo sexto capítulo, décimo oitavo versículo. *Tu és Pedro, e sobre esta pedra edificarei a minha Igreja; as portas do inferno não prevalecerão contra ela.* Apesar da tentativa de arrombamento, o mecanismo funciona perfeitamente, e as dobradiças sequer rangem. Ugo comprou este cofre para proteger os manuscritos para sua exposição, e protegidos eles ficaram.

Tudo que ele contém me é familiar. Há dois meses, quando estava abandonado na Turquia, Ugo me pediu que trancasse no cofre os manuscritos de que ele não precisaria. Os restos; os inúteis. Entre eles, porém, há uma nova joia: um caderno de anotações barato, de couro ecológico, que vi Ugo carregar por toda parte. Fico pensando se não foi isso que o invasor veio buscar: o diário de pesquisa que contém as anotações de Nogara.

Quando eu o abro, uma foto cai. Sinto um frio na barriga quando a vejo. O homem na foto está deitado sobre um piso de cerâmica. Parece estar morto.

É um padre. Um sacerdote da Igreja Católica Romana de meia-idade, cabelos negros e um olho verde cristalino. O nariz está quebrado. Onde deveria estar o olho esquerdo há uma saliência preta com uma abertura que mais lembra uma bolsinha de modas. O maxilar está coberto de sangue. Atrás de seu corpo, como se tivesse sido colocado ali de propósito, há uma placa escrita em uma língua que não compreendo. **PRELUARE BAGAJE**. Apenas uma centelha de vida no olho verde indica que ele não está morto, apenas gravemente ferido. No verso da fotografia, alguém escreveu:

Cuidado ao confiar em qualquer um.

Fico tonto. Sinto a tensão no ar.

— Peter! — grito.

Coloco a foto de volta no diário e fecho-o. Arranco do quadro de cortiça o diagrama que Ugo fez.

— Peter, vamos embora!

Fecho o cofre. Tranco-o, mas o diário vai comigo na batina. Não voltaremos mais aqui.

Peter me espera do outro lado do biombo.

— O que foi, *babbo*? — pergunta ele, ainda segurando o sebo.

Pego-o no colo e o carrego para fora. Não conto a ele sobre a foto. Não conto que reconheci o padre ensanguentado.

UM HOMEM QUE nunca vi antes conversa com um gendarme no hall de entrada. Ele olha para cima ao me ouvir trancar a porta do apartamento de Ugo, e descemos por outra escadaria. As alas mais antigas do palácio são repletas dessas passagens pouco conhecidas.

— O que a gente está fazendo? — pergunta Peter.

Ele é novo demais para conhecer essas escadarias nos fundos do edifício, mas sabe que algo está errado.

— Já vamos sair.

A escada em espiral é estreita e não tem iluminação. Na escuridão, a imagem do padre ensanguentado volta à minha mente. Não o vejo há anos. Michael Black, o antigo assistente de meu pai. Outro funcionário da Secretaria de Estado.

Peter murmura alguma coisa. Estou tão perdido em meus pensamentos que nem peço que ele repita.

Ugo *não* foi o primeiro a ser atacado. Será que Michael sobreviveu? Peter cutuca meu peito com impaciência.

— *O que foi?* — pergunto em tom severo.

— Eu disse: por que aquele homem está seguindo a gente?

Estaco. No apertado espaço da escada, ouço passos.

Capítulo 10

Começo a descer dois degraus por vez, mas os passos se apressam. Com um garoto nos braços, não tenho como andar mais rápido. Sinto Peter se agarrar à minha nuca e pressionar o rosto na curva do meu pescoço.

Da escuridão, surge uma figura. Um vulto quase tão alto quanto Simon. Ele veste roupas laicas.

— Quem é você? — pergunto, recuando.

No escuro, os olhos do homem reluzem como prata.

— Padre, o que estava fazendo lá em cima? — pergunta ele com voz rouca.

Seu rosto não me é familiar.

— Por que você está nos seguindo?

— Recebi ordens para isso.

Dou outro passo para trás. Mais três metros e estaremos na rua. O homem apoia o braço na parede da escadaria.

— Padre Andreou?

O corpo de Peter está tenso em meus braços. Não respondo.

O homem busca algo no bolso. Começo a recuar. Então vejo o que é: duas folhas de louro metálicas circunscrevendo a bandeira amarela e branca do Vaticano.

Um distintivo.

— Sou seu guarda-costas — explica.

— Há quanto tempo está nos seguindo?

— Desde que saíram da Casa.

— Por que não está de uniforme?

— Porque foram essas as ordens que recebi de Sua Eminência.

Pergunto-me se Lucio teria feito isso por causa de Peter. Para assustá-lo menos.

— Diga o seu nome.

— Agente Martelli.

— Agente Martelli, da próxima vez que nos seguir, use o uniforme.

— Sim, padre — responde ele, dando um sorriso forçado.

— Você será nosso guarda-costas de noite também?

— Outra pessoa cobrirá o turno da noite, padre.

— Quem?

— Não sei dizer.

— Diga a ele para vestir uniforme também.

— Sim, padre.

Ele aguarda, como se eu estivesse adiando minha resposta à sua pergunta: por que eu e Peter estávamos no apartamento de Ugo? Mas dentro dessas muralhas os padres não respondem a policiais. Eu e Peter nos viramos e descemos de encontro à luz.

Nosso quarto na Casa é uma suíte no quarto andar. Peter, que nunca se hospedou num hotel antes, pergunta:

— Cadê o resto?

Nada de cozinha, nada de sala, nada de brinquedos. Os outros meninos que moram no nosso prédio disseram a ele que hotéis são como o Paraíso. Mas isso aqui não pode ser o paraíso. Não há televisão.

Um modesto crucifixo está pregado acima da estreita cabeceira de metal da cama. O piso de tacos, reluzente como os sapatos de um padre da Secretaria de Estado, reflete as paredes brancas e sem ornamentos. Além de um criado-mudo e de um cabideiro que parece projetado para receber um terno de padre católico romano em vez de qualquer veste tradicional, vê-se apenas um aquecedor embaixo de uma janela. Esta, porém, abre-se para o pequeno pátio interno desse edifício de formas estranhas, e, abaixo de nós, há flores em vasos de cerâmica e uma árvore cujos fantásticos galhos de densas folhagens reluzem como estrelas de Natal esverdeadas. O ar rescende a lavanda.

— Quem era aquele moço? — pergunta Peter, deitando na cama ainda de sapatos para testar o travesseiro solitário.

— Um policial. Ele vai ajudar a gente a ficar em segurança.

Não há mais por que evitar o assunto. O guarda-costas nos seguirá o dia inteiro.

— Aqui é seguro? — indaga Peter, remexendo o conteúdo do criado-mudo.

— O posto dos gendarmes é bem aqui do lado, e o agente Martelli vai ficar de guarda ali fora. Além disso, todos aqui são muito atenciosos com os hóspedes. Estamos *completamente* seguros.

Ele franze o cenho ao ver a Bíblia na primeira gaveta. É a Vulgata, a tradução feita no século IV que os católicos romanos consideram a versão oficial. Escrita em latim, dirige-se a homens de todas as nações. Mas Peter suspira. Ele sabe que os evangelistas escreveram em grego, a primeira língua universal. A contribuição do nosso povo é sempre depreciada.

— Vou ligar para o Leo e pedir para ele trazer comida — comento. Assim teremos mais privacidade do que no refeitório, e vai ser bom ter companhia. — O que você quer?

— Pizza marguerita do Ivo.

— Talvez ele não compre comida fora.

Peter dá de ombros.

— Qualquer coisa, então.

Deixo-o ocupado com a Bíblia, incompreensível para ele, e vou até a pequena escrivaninha no cômodo adjacente. Depois de ligar para Leo, preparo-me para o próximo telefonema. É para Simon.

— Alex? — atende meu irmão.

— O que aconteceu com Michael Black? — pergunto sem perder tempo.

— O quê?

— Encontrei uma foto no escritório de Ugo. Ele ainda está vivo?

— Sim, claro.

— O que fizeram com ele?

— Você não deveria ter ido até lá, Alex. Precisa se resguardar.

— Havia uma advertência no verso da fotografia. Por que alguém mandaria uma advertência a Ugo? Por causa da exposição?

— Não sei.

— Ele nunca comentou isso com você?

— Não.

— Acho que ele não foi assaltado ontem à noite, Simon. Acho que tudo está ligado. O que aconteceu com Michael, o que aconteceu com Ugo e o que aconteceu no nosso apartamento. Como você pôde me esconder que Michael tinha sido atacado?

Dessa vez seu silêncio se prolonga.

— Ontem à noite, na cantina, quando eu mostrei a você aquele e-mail de Ugo, você disse que não era nada.

— Porque não *é* nada.

— Ugo estava com problemas, Sy. Ele estava com medo.

Simon hesita.

— Eu não falei nada sobre Michael porque declarei, sob juramento, que não falaria disso. Quanto ao que aconteceu no apartamento, passei cada minuto da noite passada pensando nisso e não vejo explicação. Então, por favor, estou pedindo que você fique fora disso. Não quero que se envolva.

Sinto meu cérebro latejar. Cofio a barba com a mão.

— Você sabia que ele corria perigo?

— Pare, Alex.

Estou a ponto de dar um grito. Para evitar isso, decido desligar.

Um juramento. Ele não disse nada por causa de um juramento.

FURIOSO, DIGITO O número da nunciatura na Turquia. É uma ligação cara, mas serei breve.

Quando a freira telefonista atende, pergunto por Michael Black.

— Está de licença — responde ela.

— Estou ligando do Vaticano, e o assunto é importante. Você poderia me passar o número do celular dele, por favor?

Ela me dá o número prontamente.

Antes de telefonar, procuro clarear as ideias. Já se passou mais de uma década desde que falei com Michael pela última vez, e estamos separados por um abismo de hostilidades. Ele virou as costas ao papai após o desastre da datação do sudário. Além disso, denunciou Simon por se ausentar do trabalho sem permissão. Mas, apesar de tudo, houve um tempo em que eu o conhecia melhor que qualquer outro padre depois de meu pai. Um tempo em que eu confiava nele mais que em qualquer outra pessoa. É nesse Michael que tento pensar ao digitar os números no telefone.

— Pronto — atende a voz do outro lado da linha.

— É você, Michael?

— Quem é?

— Alex Andreou.

O silêncio é tão prolongado que chego a temer que ele desligue.

— Michael, preciso falar com você sobre uma coisa. Pessoalmente, se possível. Onde você está?

— Não é da sua conta.

Sua voz não mudou quase nada. Seca, mordaz, impaciente. Mas o típico sotaque americano, antes tão marcante, foi suavizado por uma década falando outro idioma. Agora é mais fácil perceber, por trás de suas palavras, o tom de voz de quem está na defensiva. De quem está tentando descobrir o motivo da ligação.

Quando lhe explico sobre a foto, ele nada responde.

— Por favor — insisto. — Preciso saber quem atacou você.

— Não. É. Da. Sua. Conta.

Por fim, digo que um homem foi morto.

— Do que você está falando?

É inexplicavelmente difícil falar de Ugo. Tento ser conciso — dizer que se tratava de um curador do Vaticano, que era responsável pela exposição que está prestes a estrear —, mas Michael percebe a torrente de emoções que flui de minha voz. Ele espera.

— Era meu amigo — concluo.

Por um instante apenas, o coração de Michael amolece.

— Deus queira que quem fez isso seja pego — responde. Então, a aspereza retorna. — Mas não vou falar sobre o que aconteceu comigo. Você vai ter de perguntar a outra pessoa.

Não sei bem se ele está insinuando alguma coisa.

— Já perguntei ao meu irmão. Simon se comprometeu por juramento a não falar sobre o assunto.

Michael ri com escárnio. Ainda deve haver discórdia entre os dois. Ou talvez seja resquício de algo mais antigo, da forma como as coisas terminaram entre ele e papai.

— Por favor — digo. — Eu não me importo com o que aconteceu no passado...

Ele solta uma gargalhada sarcástica.

— *Você não se importa?* Quebraram minha órbita ocular. Tiveram que reconstituir meu nariz.

— Eu me referia a qualquer desavença que tenha ocorrido entre você e Simon. Ou entre você e papai. Só quero saber quem fez isso.

— Vocês são inacreditáveis! Parece que estou *falando* com seu pai. Vocês, gregos, são sempre as vítimas. Foi *ele* quem arruinou a *minha* carreira.

Vocês, gregos. Procuro evitar que a raiva transpareça em minha voz.

— Por favor, só me diga o que aconteceu.

Ouço sua respiração pesada.

— Não posso. Estou sob juramento também.

Sinto que estou prestes a explodir.

— Meu filho de 5 anos não pode dormir na própria cama porque você prestou um *juramento*?

Juramento. O melhor amigo dos burocratas. A maneira como um bispo burocrata enterra os próprios erros: forçando seus subordinados a jurar segredo.

— Quer saber? Esquece. Aproveite suas férias.

Estou prestes a desligar quando ele grita:

— Seu imbecil! Meu núncio apostólico já infernizou minha vida porque não pude responder as perguntas dele. Não tenho que aguentar isso de você também. Se quiser saber o que aconteceu, vá perguntar ao Santo Padre.

Hesito por um momento.

— Ao Santo Padre?

— Isso mesmo. Foi *ele* quem deu a ordem.

Sou pego de surpresa. Então é por isso que Simon não pode me contar nada. Há juramentos e juramentos.

Mas sou tomado por um sentimento desagradável. João Paulo não teria nenhum motivo para esconder algo assim.

— Michael, eu...

Antes que eu consiga dizer outra palavra, porém, a linha fica muda.

As batidas na porta soam um instante depois. É Leo, trazendo uma cesta com comida.

— Quem é a múmia? — murmura, já entrando, fazendo sinal em direção ao agente Martelli, que está de sentinela a alguns passos de distância da porta.

— O segurança que meu tio nos enviou.

Leo quer fazer algum comentário sarcástico — os guardas suíços e os gendarmes são rivais de longa data —, mas acaba segurando a língua. Em vez disso, tira da cesta um prato de cerâmica e diz:

— Presente da patroa.

Imaginei que ele pegaria alguma comida da cozinha do hotel. Entretanto, Sofia cozinhou algo para nós.

— Como o pequeno Peter está se virando? — pergunta ele.

— Está com medo.

— Ainda? Eu pensava que as crianças se adaptavam rápido.

A paternidade guarda muitas surpresas para ele.

Entro no quarto com a comida de Peter, mas o encontro dormindo. Fecho as venezianas de madeira para deixar o cômodo bem escuro. Embora a tarde de outono esteja quente, estendo a colcha sobre ele.

— Vem — sussurra Leo, entregando-me um prato de comida. — Vamos conversar.

Mas, assim que nos sentamos, meu celular toca. A voz do outro lado é ríspida.

— Alex, é Michael de novo. Pensei no que você disse.

Sua voz está com um tom diferente. Mais tenso.

— Não sabia que você tinha um filho — continua. — Há algumas coisas que você tem o direito de saber.

— Então me diga.

— Vá até o orelhão do lado de fora do Vaticano, próximo à estação de trem.

— Esta linha é segura. É o meu celular.

No meu país, todos têm medo de estar falando em uma linha grampeada. Alguns funcionários da Secretaria de Estado sequer usam telefone, a não ser para marcar encontros.

— Não confio na sua ideia de segurança — responde ele. — Vá até o telefone público na Via della Stazione Vaticana. Fica perto do outdoor, do lado do posto de gasolina. Vou telefonar para lá em vinte minutos.

O lugar que ele descreveu fica logo atrás do hotel. Posso chegar lá em cinco minutos. Volto-me para Leo e pergunto, apenas movendo os lábios:

— Pode ficar com Peter por alguns minutos?

Ele faz que sim com a cabeça, e eu digo, ao telefone:

— Tudo bem. Estarei esperando.

O POSTO É uma espelunca com as paredes pichadas e grades de metal nas janelas de escotilha. No outdoor, uma mulher com os seios do tamanho de bolas de futebol estrela o anúncio de uma companhia telefônica. Do outro lado da rua, o contêiner de lixo a observa, boquiaberto. Daqui consigo enxergar os fundos do hotel por sobre os muros do Vaticano e, erguendo-se por trás dele, a cúpula da Basílica de São Pedro. O que chama minha atenção, porém, são os trilhos da ferrovia ao longe.

Eu e Simon adorávamos ver os trens de carga chegando e partindo da estação do Vaticano. Em vez de carvão ou cereais, os vagões traziam ternos para nossa loja de departamentos, ou mármore para os projetos arquitetônicos de Lucio, ou, ainda, vacinas para os missionários de países distantes. Quando eu tinha 12 anos, Guido Canali tentou roubar uma caixa de relógios de pulso de um vagão e acabou derrubando duas pilhas de caixotes sobre si. RESERVADO A SUA SANTIDADE, lia-se nos caixotes, de modo que os outros meninos não queriam tocar neles, nem mesmo para tirá-los de cima de Guido. Somente Simon se dignou a removê-los. Pesavam quase cinquenta quilos cada um. Por fim, eram laranjas-de-sangue, que acabaram espalhadas pela plataforma da estação — esmagadas como ovos de Páscoa. Laranjas-de-sangue enviadas a João Paulo por algum mosteiro na Sicília. Guido quase tinha morrido por causa delas.

Pergunto-me se, hoje, o Simon daquela noite vive apenas em minha imaginação. Se o trabalho na Secretaria de Estado não o transformou em uma máquina. Um juramento é uma coisa séria para qualquer católico; seu rompimento pode implicar penas severas no âmbito do direito canônico. Mas até Michael Black tem um coração bom o bastante para abrir uma exceção.

Michael é o Judas de nossa família — pelo menos aos olhos de Simon. Há dezesseis anos, ele e papai viajaram juntos a Turim para presenciar a divulgação dos resultados da datação radiométrica do sudário. Papai deixou a cidade arrasado. Morreu oito semanas depois, e, nesse ínterim, Michael já tinha abandonado seu cargo e escrito uma carta à minha família, na qual dizia que nossa ideia de reunificar as igrejas era risível. Era óbvio que os ortodoxos não queriam nada de nós além de desculpas para alimentar velhos rancores, novas razões para nos culpar de tudo. Michael exigia que lhe explicássemos por que papai insistia em nos reunificar com 300 milhões de ortodoxos que tratavam os católicos orientais — muitos de nós minorias em países majoritariamente ortodoxos — como hereges ou traidores. Logo depois, Michael voltou a trabalhar, dessa vez para o segundo homem mais importante do Vaticano, o cardeal Boia.

Na época, Boia começava a atravancar as tentativas de João Paulo de estender as mãos aos ortodoxos, e Michael se adequava aos seus planos como um quasímodo — um homem enviado para assustar os demais, para criar enormes mal-entendidos e arruinar os esforços diplomáticos. O quasímodo é o instrumento da discórdia em uma burocracia na qual ninguém pode desafiar abertamente o papa. Michael se envolveu em discussões verborrágicas com bispos ortodoxos, deu declarações insultuosas em público, fez das entrevistas bombásticas uma arte. Para Simon, essa era a pior das traições. Meu irmão jamais aceitou o fato de que, às vezes, a fé enseja a mudanças radicais no íntimo das pessoas e que um homem que dá as costas a alguma coisa não raro se tornará o oposto dela. *Vade retro*, Satanás.

O Michael de que me recordo é diferente. Em um mundo de padres romanos, austeros em suas batinas, ele era um jovem americano de camisa clerical de mangas curtas e colarinho barato. Usava relógio digital e tênis pretos de cano médio da Nike, pois preto é a cor dos padres. Dois anos antes do fiasco da datação radiométrica, levou a mim e a Simon até as escadarias da Piazza di Spagna para a inauguração do primeiro McDonald's de Roma. Escandalizava os italianos bebendo Coca-Cola no café da manhã. Antes de conhecer Michael, eu jamais tinha concebido a possibilidade de ser diferente e, ainda assim, bem-sucedido. De ser feliz e completamente alheio à sociedade. É triste pensar que a Secretaria de Estado tomou nas mãos aquela matéria bruta maravilhosa e a transformou em algo pior que um burocrata comum. Na tristeza de meu pai, percebi a vaga convicção de que o mundo um dia se curvaria. Que lhe faria concessões. Nunca soube por que Michael mudou de ideia tão radicalmente, mas suspeito de que tenha sido culpa de meu pai, por tê-lo contaminado com seu excesso de otimismo. Um grego carrega nas costas uma história de vinte e cinco séculos de dor que o ajuda a refrear os próprios sonhos, mas não há nada mais perigoso que dar esperanças a um americano.

O telefone começa a tocar e eu me viro para atendê-lo. Só então percebo que há um homem me observando da esquina mais próxima.

Dou um passo para trás, mas o homem ergue a mão.

É o agente Martelli. Nem notei que ele estava me seguindo do hotel até aqui. Michael estava certo. Minha ideia de segurança deixa muito a desejar.

Tiro o telefone do gancho.

— Michael?

— Você está sozinho?

Hesito.

— Estou.

— De cara, quero deixar algo bem claro. Se você contar a alguém que nós conversamos, eles vão me encontrar de novo.

Penso na fotografia que achei no diário de Ugo.

— Já entendi. Só quero proteger meu filho.

Ele abaixa o tom de voz e lança um longo suspiro.

— Mal consigo acreditar que você tem um filho. Você tinha 7 anos quando comecei a trabalhar com seu pai.

Não *com ele*, penso. *Para ele*. Mas há algo de comovente na maneira como ele fala. Quando papai o levou para casa pela primeira vez e o apresentou a nós, Michael me deu um presente, uma Bíblia com meu nome gravado. Ele tinha pensado, de forma equivocada, que os católicos gregos celebravam a primeira comunhão aos 7 anos, como os romanos.

— Deu a ele o nome de seu pai?

— Não, fiz uma homenagem a Simon.

A informação apaga da voz dele todo sinal de afeto. A conversa toma outro rumo.

— Bem, vamos ao que interessa — diz ele. — O que quero dizer é que conheci aquele curador. O que foi morto.

Sou pego de surpresa.

— Ugo?

— Ele visitava seu irmão com frequência na nunciatura. Só conversei com ele uma ou duas vezes, mas as pessoas que quebraram o meu nariz pensavam que eu o conhecia. Eles me ameaçaram. Queriam saber em que ele estava trabalhando.

— Isso é... impossível.

Segue-se um silêncio ofendido, como se ele tomasse minha frase como sinal de ceticismo.

Então, pergunto:

— O que disseram a você?

— Que ele estava trabalhando em uma exposição sobre o Santo Sudário. Isso é verdade?

— É.

Michael se cala. Talvez esteja surpreso de ouvir que o sudário realmente foi ressuscitado depois de tantos anos. Ou talvez, como qualquer um que tenha lido os jornais no último verão, tenha imaginado que a exposição de Ugo fosse sobre o Diatessarão.

— O que eles disseram a você sobre isso? — pergunto.

— Que Nogara estava escondendo uma descoberta e que queriam saber o que era.

— Ele não estava escondendo nada. O que você respondeu?

— Disse que perguntassem ao seu irmão. Que, se alguém sabia, era ele.

Cerro os dentes.

— Você contou a eles sobre Simon?

— Ele e Nogara eram unha e carne.

— Michael, eu trabalhei pessoalmente com Ugo. Simon não sabe de nada. Quem fez isso com você?

— Padres.

— *Padres?*

Nunca acreditei de fato que um sacerdote pudesse fazer algo assim.

— Católicos romanos, não barbudos. Pois tenho certeza de que seria essa sua próxima pergunta. Devem ter me seguido desde a nunciatura.

Tudo começa a escapar por entre meus dedos. A trama que eu tentava decifrar. A lógica do que aconteceu em Castel Gandolfo. Mesmo em Roma, quase ninguém sabia o que Ugo estava planejando. Não sei como isso pode ter começado a quase 2 mil quilômetros de distância daqui, e com padres.

— Alguém foi pego? — pergunto.

— A Secretaria de Estado conduziu uma pequena investigação, mas não deu em nada.

Eu havia pressuposto que a invasão ao meu apartamento e o assassinato tinham sido cometidos pela mesma pessoa, se é que estavam relacionados. Agora, pergunto-me se um grupo não estaria agindo de forma coordenada. Os fatos até parecem sugerir isso, já que tão pouco tempo se passou entre os ataques.

— Como sabiam onde encontrá-lo?

Michael hesita.

— Provavelmente da mesma forma que sabiam onde encontrar *você*. Ameaçando alguém até descobrir onde procurar.

— O que você quer dizer?

— Acho que você sabe — responde ele, num tom mais seco.

Sinto um calafrio.

— *Você disse a eles onde eu moro?*

— Alex, veja...

— Meu filho podia estar morto!

— *Eu* podia estar morto! — vocifera ele.

— Então você os deixou ir à caça de Simon? E até disse a eles onde encontrá-lo?

— Até parece. Eles já sabiam do seu irmão. Foram as viagenzinhas de fim de semana que ele fazia que os conduziram a Nogara, para começo de conversa.

Sinto náuseas. A lógica da conversa está mais clara para mim agora. Há um motivo para Michael ter ligado depois de bater o telefone na minha cara. Está se sentindo culpado. Foi ele quem denunciou Simon por se ausentar do serviço e, com isso, deixou uma série de pistas que qualquer um poderia seguir.

— Deixe Simon fora disso — digo, esforçando-me para manter um tom de voz equilibrado. Meu pai sempre dizia que Michael tinha um temperamento explosivo. — Ele só estava ajudando Ugo.

Não parece ocorrer a Michael que provavelmente foi ele próprio o responsável pelo que sofreu. Ao dedurar Simon, fez de si um ponto de referência para quem quisesse ir atrás de Ugo.

Mas ele protesta:

— Ajudando Nogara? Simon disse que estava fazendo isso? — pergunta, soltando uma risada sarcástica. — Que profissional, esse sujeito. Tem um futuro promissor. Alex, seu irmão está mentindo para você. E para todo o mundo. Ele vem trabalhando por baixo dos panos, convidando alguns de seus amigos do Oriente à Itália para a exposição sobre o sudário.

Sou pego de surpresa.

— Não é verdade. Como você pode pensar uma coisa dessas?

— Escute — resmunga Michael, pigarreando. — Já disse mais do que queria dizer. Vá falar com seu irmão. Faça com que *ele* responda algumas perguntas.

Estou irritado demais para reagir.

— E proteja seu filho — acrescenta. — Tenho a impressão de que essas pessoas não vão desistir enquanto não conseguirem o que querem.

— Está bem. Obrigado. Por me ligar de volta.

— É. Tudo bem. Você tem meu número?

— Tenho.

— Se Simon disser alguma coisa a você, me ligue. Tenho direito a umas respostas também.

Fico calado.

— Ah, e telefone se precisar de alguma coisa — completa.

Ele parece realmente acreditar que Simon não é confiável.

— Michael, vai ficar tudo bem.

— É. Assim espero.

Capítulo 11

A primeira coisa que Leo diz quando retorno à Casa é:

— Seu tio não estava de brincadeira. — Ele aponta para a porta. — Enviaram um policial substituto assim que o agente Martelli saiu atrás de você.

No corredor, os dois gendarmes conversam com uma freira que veio do andar de baixo.

Saio do quarto.

— Está tudo bem? — pergunto.

— Sim — responde Martelli. — Este é o agente Fontana. Veio cobrir o turno da noite.

Mas a freira me olha de cima a baixo.

— Padre, não podemos permitir que cada hóspede traga dois guarda-costas. O senhor estará em segurança aqui sem eles.

— Minha situação é diferente da dos outros hóspedes — explico.

— Estou a par da situação. Já tomamos todas as precauções.

Não sei o que dizer, mas Martelli sabe:

— Converse com nosso comandante, se quiser, irmã. Nós vamos ficar aqui até segunda ordem.

De volta ao quarto, encontro Leo recolhendo às pressas os pratos que trouxe.

— Sofia acabou de me enviar uma mensagem. A consulta do pré--natal é daqui a uma hora. Como foi a ligação?

— Bem.

— Quer falar algo sobre isso?

Quero contar tudo a ele, mas fiz uma promessa a Michael.

— Não agora.

— Então, voltarei pela manhã. Precisando de algo antes disso, é só telefonar.

Agradeço, tranco a porta quando ele vai embora e caminho até o quarto para me sentar ao lado de Peter.

Ele dorme como uma pedra; na verdade, mais parece carvão em brasa. Sua testa está rosada, e a franja, molhada de suor. A boca ligeiramente aberta, todas as suas energias concentradas no ato de respirar. Está exausto. Acho que subestimei o quanto tudo isso o está afetando.

Reflito sobre o que Michael disse ao telefone: que os homens que o atacaram eram padres. Parece absurdo. A violência no universo clerical envolve sempre outros grupos, outras crenças. A rixa em Belém no Natal do ano passado foi entre armênios e gregos. Na Turquia, os padres católicos já foram vítimas de atos de brutalidade, mas sempre nas mãos dos muçulmanos.

Por outro lado, sacerdotes católicos teriam tido muito mais chances de passar pela segurança aqui e em Castel Gandolfo. Muito mais chances de entrar no meu prédio sem chamar a atenção. Os padres de Turim, particularmente, poderiam ter notado que o sudário fora removido de sua capela e saído em busca de respostas. A coisa mais reveladora dita por Michael foi que os padres que o atacaram estavam atrás de informações sobre a exposição, porque afirmavam que Ugo estava escondendo algo. Há uma forma simples de verificar isso: o diário de pesquisas de Ugo.

Há algo colado no verso da capa do caderno: uma carta enviada a todos os curadores dos Museus do Vaticano.

TENDO EM VISTA A IMPORTÂNCIA DA RENDA PROVENIENTE DA VENDA DE INGRESSOS DOS MUSEUS DA CIDADE-ESTADO, SUA EMINÊNCIA SOLICITA QUE TODOS OS INTEGRANTES DO CORPO DE CURADORES APRESENTEM PROPOSTAS PARA TRÊS NOVAS EXPOSIÇÕES, INCLUINDO O ORÇAMENTO PREVISTO, AO GABINETE DA DIRETORIA, E COM CÓPIA PARA SUA EMINÊNCIA, NO PRAZO DE SESSENTA DIAS.

A carta é datada de dezoito meses atrás. Depois dela, o diário de Ugo inicia-se com uma lista de "Ideias para Exposições" escrita à mão. Nela, mencionam-se manuscritos da Alta Idade Média, inscrições cristãs da Antiguidade Tardia e a evolução dos retratos de Jesus no Império Bizantino. Não há menção ao Santo Sudário. Somente duas semanas mais tarde ele assinala um estudo científico em estágio inicial que questiona os testes radiométricos. Sua reação vem em três palavras sublinhadas no pé da página: *Ressuscitar o sudário?*

Na página seguinte está representada a própria relíquia. É um esboço feito às pressas, mas as feridas no corpo estão circuladas, e os versículos correspondentes, anotados: espancamento, flagelação, coroa de espinhos, perfuração da lança. Uma semana depois, Ugo propõe a exposição pessoalmente ao tio Lucio. O encontro parece ter exercido um efeito estimulante sobre os esforços de pesquisa de Ugo. Meu tio, pior orador motivacional do mundo, de algum modo inspirou Nogara. As entradas do diário tornam-se mais extensas, mais científicas. Então, da noite para o dia, algo estranho acontece.

Sem explicação alguma, Ugo dedica duas páginas a outros livros. *Evangelho de Tomé. Evangelho de Filipe. Livro Secreto de Tiago.* São textos apócrifos, que os cristãos não reconhecem como integrantes das Escrituras. Embora ele não apresente nenhum motivo para essa inclusão, posso ler nas entrelinhas. Justamente quando meu tio se mostra interessado na ideia de Ugo, os evangelhos canônicos conduzem-no a um beco sem saída. As referências ao sudário contidas ali não levam a lugar algum. Então, Ugo amplia seu campo de pesquisa, na tentativa de traçar todos os possíveis caminhos que levaram o sudário para longe de Jerusalém a partir de 33 d.C. Por dez dias, não há novas anotações. Então, para a minha surpresa, encontro isso:

Hoje fui posto em contato com um estudioso ortodoxo que afirma saber para onde o sudário foi levado após a crucificação. Segundo ele, há uma tradição antiga envolvendo um ícone místico, semelhante ao sudário, em uma cidade bizantina chamada Edessa. Apesar do meu ceticismo, vou me encontrar amanhã com o padre que nos pôs em contato. Não posso recusar o encontro, já que ele é sobrinho de S.E.

Sobrinho de Sua Eminência.
Simon.
Ergo os olhos da página. Uma sensação desagradável e estranha começa a tomar conta de mim, insistente como o zumbido de uma mosca presa do lado de dentro de uma janela. Alguma coisa não está certa.
Na anotação seguinte, a descrição é inconfundível.

Ele é a imagem por excelência de um padre da Secretaria de Estado: bonito, de olhos azuis e elegante. Muito alto e esbelto. Mostra-se tão solícito em relação a minha exposição que claramente tem seus próprios interesses. Quer que almocemos amanhã. Não vejo como escapar.

O improvável primeiro encontro de dois futuros amigos.
Todavia, no dia da minha primeira visita ao apartamento de Ugo, ele e Simon me contaram a história de um curador do Vaticano que desmaiou no deserto na Turquia e foi salvo por um jovem padre da embaixada. A anotação no diário foi feita nove meses antes do suposto encontro.
Ugo e Simon mentiram para mim sobre como se conheceram.
Apoio o diário no peito, nervoso. Eles não tinham motivo para esconder nada de mim.

Devo admitir, no entanto, que sempre achei aquela história um pouco estranha. Simon pareceu retraído enquanto Ugo a contava. Os detalhes eram bem verossímeis — a insolação de Ugo, seus óculos quebrados —, mas, se o encontro deles no deserto realmente ocorreu, pode não ter sido o primeiro. Então, por que a memória seletiva? O que eles queriam esconder de mim?

Abro o diário novamente. Na próxima anotação, toda a lógica da exposição de Ugo vem à tona pela primeira vez.

Os discípulos descobriram o sudário e o levaram para Edessa, cujo rei um dia havia convidado Jesus a visitá-lo.

Ugo, no entanto, se mostra cheio de dúvidas.

Será que esses ortodoxos não são capazes de reconhecer uma lenda medieval? Eles acreditam mesmo que nossa mais preciosa relíquia foi mantida por séculos em uma modesta cidade bizantina na fronteira?

Ele parece não ter percebido a ironia de sua própria pergunta. Há mais de mil anos, o sudário apareceu pela primeira vez na Europa ocidental em um vilarejo francês totalmente desconhecido. Assim como o homem que deixou suas marcas no tecido, a relíquia nunca teve pressa de visitar grandes cidades.

Mas Ugo continua:

Jantei com Andreou novamente. Apresentei-lhe minhas suspeitas. Nenhuma surpresa: trata-se de uma questão política. Ele nem se deu ao trabalho de negar. Não tem interesse em saber de onde o sudário veio, apenas de que modo pusemos as mãos nele. Se o passado da relíquia for desvendado, diz ele, o acontecimento será um apelo à reunião de todos os cristãos, um grande impulso em nossas relações com outras igrejas.

Estou chocado. Essas poucas frases resumem a essência de Simon: os projetos da família, a falta de tato, a certeza inabalável de que o futuro do cristianismo pode estar em jogo. Meu irmão é retratado aqui como uma figura absolutamente ingênua — o que dificulta ainda mais entender como ele e Ugo conseguiram esconder de mim essas informações durante meses. *Um grande impulso em nossas relações com outras igrejas.* É claro que meu irmão se referia aos ortodoxos, e nesse caso Michael teria razão. Para Simon, deve ter sido impossível resistir ao desejo de terminar o trabalho que nosso pai deixou inacabado em Turim há dezesseis anos.

Mas a frase que mais me salta aos olhos é:

Não tem interesse em saber de onde o sudário veio, apenas de que modo pusemos as mãos nele.

Segundo Michael Black, os padres que o atacaram acreditavam que Ugo tinha descoberto algo. Queriam saber o que era. Folheio as páginas seguintes à procura de anotações feitas próximas à data em que Ugo me escreveu seu último e-mail.

Estão perto do fim do diário, onde seus registros se tornam mais curtos e impessoais. O Diatessarão parece preocupá-lo. Então, uma semana antes do e-mail, surge um diagrama que me é familiar. O caduceu de versículos bíblicos entrelaçados. Abaixo dele, está a pista inquietante pela qual procuro.

Pe. Simon deve ter contado a novidade ao Pe. Alex. Ambos se recusam a me responder. Estou completamente só agora. Suponho que estejam felizes de ver que a mostra acabará com as Cruzadas.

O diário termina com essas palavras. As páginas seguintes estão em branco. Mas a palavra final — *Cruzadas* — é o bastante. No contexto do Diatessarão, ela só pode significar uma coisa.

O sudário apareceu na Europa ocidental pela primeira vez logo após as Cruzadas, surgindo na França medieval de maneira inexplicável. De onde tinha vindo? A resposta estava bem embaixo do nariz de Ugo: Edessa. A cidade que, desde o início, ele acreditava ter hospedado o sudário e o Diatessarão. Por séculos, os cristãos orientais e os muçulmanos lutaram pelo controle de Edessa — ao fim da Primeira Cruzada, porém, algo sem precedentes aconteceu: a cidade caiu nas mãos de cavaleiros católicos do Ocidente. Edessa tornou-se o primeiro Estado cruzado da cristandade. O experimento durou menos de cinquenta anos, até que os muçulmanos reconquistaram a cidade. Nesse meio-tempo, porém, os cavaleiros católicos teriam enviado para casa todos os objetos de valor que encontraram pela frente — e isso significa que o Diatessarão e o sudário poderiam ter sido companheiros de jornada na viagem para a Europa. Se Ugo encontrou registros da chegada do Diatessarão na nossa biblioteca, então também poderia ter encontrado registros de uma relíquia vinda no mesmo carregamento. Nesse caso, estaria explicado o repentino aparecimento do sudário na França medieval: a relíquia veio de Edessa durante as Cruzadas.

Todavia, enquanto penso entusiasmado nessa possibilidade — uma solução simples e eficaz para um dos maiores mistérios que cercam o sudário —, algo dentro de mim se agita. Vislumbro um problema novo e mais sinistro, que Ugo talvez nem tenha compreendido quando fez a descoberta.

Se ele conseguisse provar que o sudário veio para o Ocidente após as Cruzadas, estaria entrando em um antigo conflito religioso. Na época em que os muçulmanos tomaram Edessa da cristandade pela primeira vez, os católicos e os ortodoxos ainda formavam uma só religião. No tempo das Cruzadas, entretanto, já tínhamos nos separado. Isso significa que perdemos o sudário juntos, mas os cavaleiros que reconquistaram Edessa eram católicos, portanto o sudário acabou indo parar na França. A reivindicação dos ortodoxos de que o sudário pertence a eles é tão justificada quanto a nossa — no entanto, acabaram com as mãos abanando.

Pela primeira vez desde a morte de Ugo, sinto que o motivo de seu assassinato pode ser dolorosamente familiar. As relíquias são um assunto crítico nas relações eclesiais. João Paulo já tentou aplacar a ira dos ortodoxos mais de uma vez devolvendo-lhes ossadas de santos supostamente roubadas por católicos. Mas, se a minha hipótese estiver correta, a descoberta de Ugo poderia ter gerado uma guerra pela custódia de nossa maior relíquia e alimentado o ressentimento de longa data dos ortodoxos, para quem nós, católicos, somos opressores que nos metemos onde não somos chamados e tomamos o que não nos pertence. Os missionários que converteram tantos ortodoxos ao catolicismo oriental estariam apenas seguindo os passos desses cruzados que levaram para casa o sudário e o Diatessarão — todos eles seriam apenas tentáculos que alimentam essa grande boca faminta que é Roma. Alguns católicos certamente teriam sido contrários à divulgação de uma descoberta como essa. Ainda mais à exposição nos museus do papa.

Talvez Ugo tivesse um motivo para me contar uma história diferente: ele me disse que o Diatessarão chegou ao Vaticano em uma coleção de manuscritos amaldiçoados de um mosteiro egípcio. Pergunto-me agora se essa história — como a de seu primeiro encontro com Simon no deserto — não teria sido inventada para me afastar de uma verdade que, segundo ele, eu talvez não fosse capaz de aceitar.

Fecho o diário e o enfio na batina. Lá embaixo, no pequeno pátio do hotel, um padre católico oriental está sentado sozinho em um banco. Três padres romanos passam por ele apressados, conversando distraidamente, sem prestar mais atenção nele do que nos vasos de plantas. Observo-o por um momento e depois fecho a janela. Recordando-me da maneira como invadiram o apartamento de Ugo, resolvo trancá-las. Sintonizo a Radio Uno para ouvir a retransmissão do jogo de ontem da Supercopa da Itália. Depois, espremendo-me no minúsculo espaço que Peter deixou de um lado da cama, fecho os olhos e escuto, tentando me afastar do burburinho de vozes e sons familiares. Procuro aplacar a sensação de que tudo de repente me é desconhecido. De que me tornei um estranho no ninho.

NA ESCURIDÃO DA noite, um grito me acorda.

Peter está paralisado. Sentado. Olhando para alguma coisa no escuro.

— O que foi? — grito. — O que houve?

Ouço algo. Não sei dizer o que é.

— Ele está aqui! — grita Peter. — Ele está aqui!

Com um braço, aperto-o contra o peito para protegê-lo. Com o outro, tento tatear a escuridão.

— Onde?

— Eu vi o rosto dele! Eu vi!

O som vem do outro lado da porta. Do outro cômodo.

— Shhh — sussurro, acomodando o rosto de Peter em meu ombro.

As travas das janelas ainda estão trancadas, e a porta, fechada.

— Padre! — diz uma voz. — O que está acontecendo aí dentro?

— Está tudo bem — murmuro. — Foi só um pesadelo, Peter. Só um pesadelo. Não tem ninguém aqui.

Mas ele está tremendo. O medo é tão intenso que seu corpo está rígido.

— Vou mostrar a você — digo, acendendo a luminária no criado-mudo.

O quarto está intocado. O agente Fontana bate à porta novamente.

— Padre! Abra!

Cambaleio rumo à porta, com Peter agarrado a mim. Quando a abro, Fontana, num rápido movimento, afasta as mãos do coldre atado à cintura.

— Pesadelo — explico. — Foi só um pesadelo.

Mas Fontana não está olhando para mim. Olha por sobre meu ombro. Primeiro, dirige-se ao quarto, e depois volta à saleta conferindo todo o ambiente. Só depois de examinar tudo ele diz algo que tranquiliza Peter.

— Parece que está tudo em ordem, padre. Perfeitamente em ordem.

Beijo Peter na testa. Quando fechamos a porta, porém, ouço Fontana dizer no rádio:

— Mandem alguém aqui para checar o pátio novamente.

Peter só consegue dormir outra vez depois de meia hora. Ele se apoia em mim enquanto acaricio sua cabeça. Deixamos as luzes acesas. Lá em casa, há um livro que lemos para afugentar os pesadelos. É sobre uma tartaruga que sobrevive a uma tempestade. Mas a tartaruga não está aqui, então faço carinho em seu nariz e canto uma música, enquanto fico pensando se Michael Black não estava certo.

— Talvez devêssemos tirar umas férias — penso em voz alta.

Peter assente com a cabeça.

— Estados Unidos — diz ele com voz de sono.

— Que tal Anzio?

É uma cidade de praia cinquenta quilômetros ao sul de Roma. Guardei dinheiro suficiente para que dois ou três dias lá não nos deixem endividados. Já estava mesmo pensando em uma viagem especial. Logo meu filho começará a frequentar a escola.

— Quero ir pra casa — diz Peter.

A luz de uma lanterna vinda do pátio atravessa a persiana e invade o quarto. Ouço o chiado distante do rádio de um policial.

— Eu sei, Peter — murmuro. — Eu sei.

Capítulo 12

Meus sonhos também são inquietantes. Ugo está em todos eles.

Depois da noite que passamos no subterrâneo da Biblioteca do Vaticano, trabalhamos tão próximos por um tempo que acabei confundindo nossa colaboração com amizade. Na manhã seguinte à aventura na cripta da biblioteca, fomos explicar a descoberta ao tio Lucio. Deveríamos ter nos reportado ao cardeal-bibliotecário, mas Sua Eminência jamais permitiria que Ugo continuasse no cargo, muito menos que mantivesse o manuscrito. Todos os funcionários leigos têm de assinar um documento com noventa e cinco cláusulas sobre ética no trabalho, e os bibliotecários costumam respeitar rigorosamente aquelas relativas às propriedades do papa. Lucio, porém, tinha uma exposição com fins lucrativos sob sua responsabilidade, portanto poderíamos contar com ele para proteger a galinha dos ovos de ouro. O que eu não tinha previsto era o que ele faria *além* disso.

Nunca se chegou a fazer nenhum anúncio público sobre o Diatessarão, pois Ugo se opunha fortemente a isso. Mas, quarenta e oito horas depois de nosso encontro com meu tio, um jornal de Roma publicou o seguinte artigo: Quinto evangelho é descoberto na biblioteca do Vaticano. Na sexta-feira seguinte, três jornais diários abordaram o assunto. Foi então que os canais de TV começaram a telefonar.

Os padres subestimam o apetite dos leigos por notícias sensacionalistas sobre Jesus. A maioria de nós revira os olhos diante da perspectiva de novos evangelhos. Cada gruta de Israel parece conter um deles, e quase todos — descobre-se mais tarde — foram escritos séculos depois de Cristo por pequenas seitas cristãs heréticas, ou foram forjados por alguém que queria ganhar publicidade. Mas o Diatessarão era diferente. Ali estava uma manchete que a Igreja poderia legitimar. Um texto autêntico e famoso, descoberto em um manuscrito extremamente antigo, preservado graças à devoção secular dos papas pelos livros. Lucio havia previsto que essa seria uma história que todos no Vaticano desejariam contar. Portanto, certificou-se de que ninguém além de Ugo pudesse fazê-lo.

Alguém próximo a João Paulo deve ter autorizado a decisão de Lucio de dar a Ugo a custódia do Diatessarão, pois o arranjo enfureceu o cardeal-bibliotecário. Ugo guardou o manuscrito a sete chaves no laboratório de restauração, onde uma equipe de restauradores sob seu comando começou a remover os misteriosos borrões. Assim, ninguém teve permissão para ver o livro sobre o qual todos queriam saber. Funcionários da biblioteca deram declarações informais aos meios de comunicação questionando a própria existência do manuscrito e afirmando que a história toda seria uma encenação. Em retaliação, Ugo divulgou uma foto do Diatessarão. Especialistas analisaram prontamente o estilo da caligrafia e o declararam autêntico. Os principais jornais da Europa reproduziram a foto, e então as perguntas se multiplicaram.

O excesso de notoriedade amedrontou Ugo. Ele sabia que o manuscrito poderia ser a chave para a autenticação do sudário, um dos pilares de sua exposição. Mas, com tudo aquilo, o Diatessarão corria o risco de se tornar o centro da mostra. O sudário, que havia esperado dezesseis anos para a sua redenção, estava sendo ofuscado por um coadjuvante. Arrependido de ter falado sobre o manuscrito como fizera com o restante da exposição, Ugo decidiu corrigir o erro. A partir de então, seria um túmulo. Abafaria o caso. A decisão deve ter lhe parecido razoável naquele momento. Mas ele se esquecera de uma coisa: nada alimenta mais o delírio religioso que o silêncio do Vaticano.

Ao caminhar pelas ruas de Roma durante o verão, eu e Peter vimos leigos discutindo o Diatessarão. Estava certo o Vaticano negar-se a dar informações? O patrimônio cristão não pertencia a todos nós? Afinal, o que havia para esconder? Os tabloides esquerdistas aproveitaram a oportunidade. Repisaram as teorias conspiratórias de praxe, na pretensão de conjecturar sobre qual seria o segredo do Diatessarão: Jesus era casado. Era gay. Era uma mulher. Citou-se um professor de uma universidade laica, para quem o manuscrito não mencionava nenhuma aparição de Jesus após sua morte. Mais tarde, o professor esclareceu que estava falando do evangelho de Marcos, não do Diatessarão, já que os manuscritos mais antigos desse evangelho de fato não mencionam a ressurreição.

Dia após dia, a confusão aumentava. Por fim, uma junta de quarenta estudiosos acadêmicos da Bíblia emitiu uma carta aberta a João Paulo, requerendo o manuscrito para que pudessem estudá-lo. Foi então que tio Lucio, depois de distribuir todas as cartas, mostrou o ás que trazia na manga. Em resposta às pressões da opinião pública, anunciou que o Diatessarão seria exibido em público pela primeira vez — na exposição de Ugo. Da noite para o dia, a venda de ingressos quadruplicou.

Ugo estava fora de si. Eu disse a ele que não havia nada de errado em deixar que um novo evangelho dividisse com o sudário as atenções do público — afinal, eram antigos irmãos, ambos nos remetiam à Jerusalém do século I. Mas eu tinha me deixado levar por meu entusiasmo com o Diatessarão. Ugo se enfureceu. Gritou que o Diatessarão não era um novo evangelho e que eu obviamente não compreendia o objetivo de sua exposição, que era não apenas resgatar o prestígio do sudário, mas mostrar ao mundo seu verdadeiro lugar na hierarquia dos relatos do cristianismo primitivo. "Os evangelhos não foram escritos por Jesus", dizia ele, os ânimos alterados. "Não são o testemunho de Cristo sobre si mesmo. Somente o sudário detém essa honra, de modo que, se todas as igrejas da Terra têm uma cópia dos evangelhos, todas também deveriam ter uma imagem do sudário, e essa imagem deveria ser *mais* reverenciada que os evangelhos. Estou surpreso com você, padre Alex. É um insulto a Deus deixar que um evangelho de segunda ordem, uma coisa feita pelas mãos do homem, seja celebrado em pé de igualdade com um presente de Nosso Senhor!"

Percebi, então, que ele estava obcecado por essa ideia. Não conseguia se perdoar por ter deixado que o sudário fosse desprezado. Só então compreendi o sentimento paterno de proteção que ele nutria pela relíquia. Embora não sentisse o mesmo, eu me identificava com a força de seu entusiasmo. Infelizmente, ele também revelava um lado de Ugo que me era desconhecido. Aos seus olhos, minha admiração pelo Diatessarão me tornara um traidor. Por isso, aproximou-se de mim um dia no refeitório e me puxou pela batina.

— Se você não tivesse me forçado a contar ao seu tio sobre o manuscrito, nada disso estaria acontecendo — disse ele em tom de hostilidade.

— Fizemos a escolha certa — retruquei.

Mas ele virou as costas para mim.

— Acho que não podemos mais trabalhar juntos. Vou procurar outra pessoa para me ensinar os evangelhos.

Eu me deparei com eles por acidente. Professor e pupilo, debruçados sobre uma Bíblia em uma sala de estudos ao lado do laboratório de restauração de manuscritos. O novo instrutor de Ugo era um velho padre chamado Popa. Tinha um sotaque carregado e vestia uma batina oriental. Não o reconheci. *Popa* é um nome romeno, e há 50 mil romenos em Roma. Deduzi que era um católico oriental, mas me equivoquei: ele era ortodoxo. E, no estudo dos evangelhos, isso fazia toda a diferença.

— Padre, por favor — ouvi Ugo dizer —, precisamos chegar ao *sepultamento*. Ao pano de linho. Eu sei que essas partes iniciais são importantes, mas o que me interessa é o sudário.

— Você não entende? — retrucou Popa. — As duas coisas estão ligadas. O nascimento de Jesus é uma prefiguração de seu renascimento, de sua ressurreição. A liturgia e os Padres da Igreja concordam que...

— Com todo o respeito, padre — interrompeu Ugo —, a liturgia e os Padres da Igreja não me interessam. Apenas os fatos concretos que se passaram em 33 d.C.

Popa era uma figura cativante, que tinha algo de místico. Sua barba branca e lisa ganhava um aspecto jovial quando ele sorria. Mas nem ele nem Ugo pareciam compreender o que os separava.

— Lembre-se de uma coisa, meu filho — alertou Popa. — A Bíblia não criou a Igreja. A Igreja foi que criou a Bíblia. A liturgia é *mais antiga* que os evangelhos. Agora, por favor, vamos começar pelo começo. Para entender o sepulcro, temos que entender a manjedoura.

Não pude me conter.

— Ugo, Jesus não nasceu em uma manjedoura, se nos ativermos aos fatos — comentei.

De repente, Popa adquiriu uma feição um pouco menos jovial.

— Não sabemos nem em que cidade Jesus nasceu, se nos ativermos aos fatos — continuei.

— Padre, isso não é verdade — protestou Popa. — Os evangelhos são unânimes quanto a Belém.

— Mostre dois evangelhos que dizem isso, e eu mostrarei ao senhor dois que não dizem.

Popa franziu o cenho, mas permaneceu em silêncio; apenas esperou que eu terminasse o que eu tinha a fazer e fosse embora.

Mas eu atraí a atenção de Ugo.

— Padre Alex, explique, por favor.

Pousei minha pilha de livros na mesa deles.

— Jesus cresceu em Nazaré, não em Belém. Os quatro evangelhos concordam quanto a isso.

— A questão é onde ele nasceu — objetou Popa —, não onde cresceu.

Levantei a mão, pedindo que ele esperasse.

— Dois evangelhos não dizem nada sobre o lugar onde ele nasceu. Os outros dois contam histórias diferentes sobre o nascimento. Tirem suas próprias conclusões.

Ugo tinha a mesma expressão de surpresa que vejo em tantos seminaristas no primeiro dia de aula sobre as Escrituras.

— Você está dizendo que essas histórias são fictícias?

— Estou dizendo que elas devem ser lidas com atenção.

— Eu fiz isso.

— Então, qual delas diz que Jesus nasceu em uma manjedoura?

— Lucas.

— E em qual se diz que Jesus foi visitado por três reis magos?

— Em Mateus.

— Então, por que Lucas *não* menciona os reis magos e Mateus *não* menciona a manjedoura?

Ugo deu de ombros.

— Porque ambos estão tentando explicar como Jesus poderia ter nascido em Belém e crescido em Nazaré. E recorrem a explicações completamente diferentes. Mateus conta a história de um rei mau chamado Herodes, que deseja matar o menino Jesus. Como os reis magos não dizem a ele onde Jesus está, Herodes mata todos os bebês da região. Por isso, Maria e José fogem, e é assim que vão parar em Nazaré. Lucas, por outro lado, diz que a família de Jesus *era* de Nazaré. Mas o imperador romano proclamou um grande recenseamento, e, por alguma razão, todos tiveram de voltar à cidade natal para serem registrados. Maria e José foram para Belém, pois a família de José é de lá, e *por isso* Jesus nasce em uma manjedoura: porque não havia vagas na estalagem. As duas histórias são completamente diferentes. E, como não há provas de que Herodes tenha mesmo matado todos os bebês *nem* de que César Augusto realmente tenha ordenado a realização desse recenseamento, é provável que nenhuma das duas histórias tenha acontecido de fato.

Popa olhou para mim com grande tristeza nos olhos. Depois perguntou, como se Ugo nem estivesse na sala:

— É nisso mesmo que o senhor acredita, padre? Que os evangelhos são discordantes? Que mentem para nós?

— Os evangelhos *não* são unânimes. Isso não quer dizer que estejam mentindo. — Tomei novamente a pilha de livros nos braços. — Ugo, voltarei mais tarde, em uma hora que...

Mas nós três sabíamos, mesmo antes de Ugo me interromper, que estava decidido. A maior parte dos ortodoxos se atém à maneira tradicional de ler os evangelhos: há poucas informações novas; o que prevalece é a fé nas antigas. No passado, nós, católicos, partilhávamos dessa crença. Até reconhecermos o poder do estudo científico da Bíblia.

— Padre Alex, espere — pediu Ugo. — Fique mais um pouco, por favor.

Não era preciso dizer mais nada. Eu e Popa sabíamos que caminho Ugo havia escolhido.

FOI COMO SE as acusações de Ugo no refeitório nunca tivessem sido proferidas. De início, as aulas foram abrangentes. Como a maioria dos leigos, ele tinha apenas noções rudimentares de como ler os evangelhos e não sabia muito bem como aplicá-las. Por isso, começamos do início.

Mas, para mim, diferentemente do que seria para o padre Popa, o início significava os fatos concretos. Os fatos mais antigos e inalterados. Os livros.

Antes do Diatessarão e dos alogianos, surgiram os nossos quatro evangelhos, que levam os nomes daqueles que acreditamos ser seus autores: Mateus, Marcos, Lucas e João. Mateus e João eram apóstolos, os seguidores mais próximos de Jesus. Segundo a tradição, Marcos escreveu o que foi ditado por Pedro, o líder dos apóstolos. Já Lucas nos conta que, para escrever seu evangelho, reuniu as informações que ouviu de pessoas que viram Jesus. Isso significa que, considerando-se que tenham sido realmente escritos por esses quatro homens, os evangelhos nos fornecem um retrato da vida de Jesus baseado quase inteiramente no testemunho direto.

Mas não é tão simples assim. Três dos quatro evangelhos são tão semelhantes que mais parecem réplicas um do outro do que relatos independentes. Marcos, Mateus e Lucas não apenas trazem registros praticamente idênticos das palavras de Cristo como também as *traduzem* de forma quase idêntica do aramaico que Jesus falava para o grego evangélico. As descrições superficiais dos personagens secundários coincidem, e, em certos momentos, os três evangelhos se interrompem no mesmo ponto da mesma frase para relatar cenas e tecer digressões idênticas:

MATEUS 9,6:	MARCOS 2,10-11:	LUCAS 5,24:
"Ora, para que saibais que o Filho do homem tem na terra o poder de perdoar os pecados: — Levanta-te — disse ele ao paralítico —, toma a tua maca e volta para a tua casa."	"Ora, para que conheçais o poder concedido ao Filho do homem sobre a terra (disse ao paralítico), eu te ordeno: levanta-te, toma o teu leito e vai para a casa."	"Ora, para que saibais que o Filho do homem tem na terra poder de perdoar pecados (disse ele ao paralítico), eu te ordeno: levanta-te, toma o teu leito e vai para tua casa."

Não é de se admirar que Taciano, o autor do Diatessarão, quisesse combinar os evangelhos em um único texto. Em muitas passagens, eles *já* partilham de um único texto. Mas por quê? Quarenta por cento do evangelho de Marcos aparece integralmente em Mateus: as mesmas palavras, na mesma ordem. Isso sugere que uma testemunha direta como Mateus copiou de outra fonte grande parte de seu testemunho. Por quê?

A ciência bíblica fornece uma resposta surpreendente: ele *não* copiou o texto, porque o evangelho atribuído a Mateus, na verdade, não foi escrito por ele. Na realidade, nenhum dos quatro evangelhos foi escrito por testemunhas diretas.

Os estudiosos reuniram os manuscritos mais antigos dos evangelhos que chegaram até nós e descobriram que, neles, os quatro relatos *não* são atribuídos a Mateus, Marcos, Lucas e João. São anônimos. Somente nas reproduções posteriores os nomes dos supostos autores aparecem, como se tivessem sido acrescentados pela tradição ou por conjectura. A comparação minuciosa dos textos revela como realmente foram escritos. Um deles — aquele que atribuímos a Marcos — é bruto e não foi aprimorado. Apresenta um Jesus que às vezes se enraivece, às vezes realiza encantos mágicos, e sua própria família o considera fora de si. Dois outros — os que chamamos de Mateus e de Lucas — encobrem esses detalhes constrangedores. Também corrigem os pequenos erros de gramática e ortografia de Marcos. Tomam emprestadas passagens inteiras, palavra por palavra, mas consertam sistematicamente suas falhas. Isso leva à conclusão quase definitiva de que Mateus e Lucas não são testemunhos independentes, mas *versões revisadas de Marcos*.

O evangelho de Marcos, por sua vez, é uma miscelânea de histórias individuais aparentemente provenientes de diversas fontes, mais antigas. Por isso, a maior parte dos estudiosos acredita — e a maioria dos padres católicos aprende no seminário — que os quatro evangelhos não são as lembranças dos homens que os nomeiam. Sustenta-se, em vez disso, que foram organizados décadas após o ministério de Jesus, a partir de documentos antigos que registravam histórias sobre Cristo transmitidas de forma oral. Somente nesse nível mais primordial e profundo dos testemunhos seria possível encontrar as lembranças efetivas dos discípulos.

Isso significa que os evangelhos remontam, *sim*, à vida de Jesus, mas não diretamente e não sem adições e subtrações. A compreensão desse processo de edição é crucial para quem deseja pesquisar os fatos históricos concretos da vida de Jesus. Isso porque as alterações eram, muitas vezes, teológicas ou espirituais: refletiam a *crença* dos cristãos a respeito do Messias, e não o que realmente sabiam sobre Jesus, o homem. Por exemplo, os evangelhos de Lucas e Mateus não coincidem a respeito dos detalhes do nascimento de Jesus, e há motivos para acreditar que nenhum dos dois relatos reproduza os fatos. Mas ambos os autores — quem quer que fossem — acreditavam que Jesus era o salvador, portanto Ele *deve* ter nascido em Belém, como prediz o Antigo Testamento.

Essa capacidade de separar a teologia dos fatos é crucial, sobretudo no último e mais estranho dos evangelhos — aquele que se tornaria o foco do trabalho de Ugo em torno do Diatessarão: João.

— Portanto, os alogianos não concordam com o evangelho de João — disse Ugo, puxando os fios de sua rala cabeleira.

— Isso. E *somente* com o evangelho de João.

— Tentaram apagar João do Diatessarão.

— Exato.

— Por quê?

Expliquei-lhe que João foi o último dos evangelhos a ser escrito — sessenta anos após a crucificação, trinta anos depois de Marcos — e se propôs a responder novas perguntas sobre a religião cristã recém-nascida, e nesse processo acabou revolucionando a figura de Jesus. Desapareceu o filho de carpinteiro humilde que cura os doentes e exorciza demônios, que conta parábolas simplórias em uma linguagem acessível, sem nunca revelar muito sobre a própria identidade. No lugar dele, João apresenta um novo Jesus: um filósofo de princípios elevados que jamais pratica exorcismos, não se comunica por parábolas e que fala constantemente de si e de sua missão. Hoje, a maioria dos estudiosos acredita que os outros três evangelhos têm raízes comuns em um estrato original de memórias factuais — eventos históricos registrados em um primeiro momento e editados ao longo do tempo. Mas o quarto evangelho é diferente.

João pinta um retrato mais divino que humano, suprimindo fatos e substituindo-os por símbolos. O evangelho chega a deixar pistas que indicam o que está fazendo: João diz que o pão que comemos não é o pão verdadeiro; Jesus é o pão verdadeiro. A luz que vemos não é a luz verdadeira; Jesus é a luz verdadeira. A palavra *verdadeiro*, em

João, quase sempre se refere ao reino invisível da eternidade. Em outras palavras, o quarto evangelho é teológico, não histórico. E, para muitos leitores, essa teologia é perturbadora. Depois de lermos três evangelhos mais históricos, é perigosamente fácil lermos o quarto e não enxergarmos como esses fatos foram transformados em símbolos.

Por esse motivo, João sempre foi a ovelha negra dos evangelhos. Antes de Taciano, somente um estudioso cristão tentou escrever um evangelho harmônico como o Diatessarão, e não incluiu João nele. Nenhum outro grupo, entretanto, opôs-se tão claramente a João quanto os alogianos.

— Então, você está me dizendo que, para os nossos propósitos, os alogianos estavam certos — concluiu Ugo. — Se o que me interessa é apenas a história, o fato, devo excluir João.

— Depende. Existem regras.

— Padre Alex, eu sou um bom católico. Não estou tentando cortar a Bíblia com uma tesoura. Mas os outros três evangelhos dizem que Jesus foi sepultado em um lençol. João diz lençóis. Os dois não podem ter razão. Portanto, João está fora?

Era como se ele nem quisesse ver as palavras que sua equipe de restauradores estava tentando desenterrar por trás dos borrões do Diatessarão. Eu deveria ter percebido a pressão a que ele estava sendo submetido, a ansiedade que estava sentindo.

— Ou, para tomar outro exemplo, João diz que Jesus foi sepultado com cem libras, quase cinquenta quilos, de mirra e aloés — citou ele. — Os outros evangelistas afirmam que os aromas funerários não foram usados porque Jesus foi sepultado às pressas.

— Que importância tem isso?

— Os testes químicos que desmentem a datação radiométrica do sudário também não encontraram sinais de mirra e aloés no tecido. E é exatamente isso que obtemos quando excluímos o testemunho de João.

Apoiei a cabeça nas mãos. Não que ele estivesse errado. Só queria ir rápido demais. Os princípios fundamentais de qualquer estudioso da Bíblia são a humildade, a cautela, a paciência. Há sessenta anos, o papa deixou uma pequena equipe escavar embaixo da Basílica de São Pedro para procurar os ossos de Pedro. Hoje, os professores especializados no ensino dos evangelhos são como aqueles homens: incubidos de escavar sob as fundações da Igreja, de explorar o território mais perigoso. Nesse campo, qualquer postura que não seja a de imensa cautela é temerária.

— Ugo, se eu dei a impressão de que podemos usar essas ferramentas de maneira descuidada, foi erro meu.

Ele pousou a mão no meu ombro, como que para me confortar.

— Padre, você não está vendo? Isso é *bom*. Muito bom. Todos os que já estudaram a Bíblia até hoje presumiram que os quatro evangelhos se baseavam nos fatos. Sem perceber, o mundo inteiro vem cometendo o mesmo erro que o Diatessarão: inserimos num mesmo grupo os quatro evangelhos, embora o de João não seja de cunho histórico. Deve haver um monte de absurdos em sua versão do sepultamento: Jesus é sepultado por outro homem, em outro dia, de outra forma. Você mudou o futuro do sudário, padre Alex. Encontrou a chave mestra.

Meus instintos, porém, diziam-me o contrário. Diziam que eu não tinha colocado em suas mãos uma chave mestra, mas um aríete. Ao longo de tantos anos ensinando os evangelhos a estudantes de todas as idades, jamais encontrara uma pessoa tão temerária no que diz respeito à verdade. Sentia uma compulsão heroica, quase militante, de aliar-se a ela, de mandar pelos ares as crenças mais preciosas, se estivessem erradas. Sem dúvida, foi justamente isso que o atraiu com tanta força à causa da defesa do sudário: sua fúria contra a injustiça inerente ao erro.

Eu me preocupava com o bem-estar dele. Às vezes ficava pensando se ele não preferiria fazer um inimigo a confortar um amigo, caso a mais ínfima verdade factual dependesse disso. Ele era implacável, impiedoso, até consigo mesmo. Certa vez, confessou que o entristecia ter de renunciar às histórias dos evangelhos que sempre acreditou terem fundo histórico. Parte de seu coração de menino havia desaparecido para sempre ao saber que a manjedoura e os reis magos existiam mais como partes de presépio do que como elementos reais presentes naquela noite mágica de 2 mil anos atrás. Mas ele sorria orgulhoso e dizia: "Se o papa dá respaldo a isso, quem sou eu para contestar?" E, no início de cada lição, ele insistia em dizer: "Hora de pôr as infantilidades de lado." Ugo ansiava por renunciar à manjedoura e aos reis magos, se isso significasse restituir ao mundo o sudário.

A convicção de que a perda e o sacrifício são nobres está na essência da nossa religião. Abrir mão de algo que ama é a maior das provas de devoção para um cristão. Sempre admirei essa qualidade em Ugo. Ainda assim, não podia deixar de pensar que havia um quê de autoflagelação por trás de sua bravura, o que poderia esclarecer o motivo de ele ter se tornado amigo do meu irmão tão rapidamente.

Capítulo 13

Peter continua dormindo. Geralmente, ele acorda primeiro, entra no quarto e mexe meu braço inerte para a frente e para trás, como o remo de uma trirreme grega. Estou um pouco enferrujado nessa coisa de sair da cama de fininho, mas consigo evitar que ele acorde. Enquanto passo a batina, não resisto ao impulso de entreabrir a porta e dar uma espiada lá fora.

Fontana ainda está de guarda.

Uma hora depois, eu e Peter tomamos o café da manhã no refeitório. Quando o veem entrando, alguns bispos e cardeais idosos param de olhar para seus pratos, levantam a cabeça e sorriem. Há mais homens aqui acima dos 80 anos do que abaixo dos 30. E todos são católicos apostólicos romanos. Eu e Peter escolhemos uma mesa bem visível, onde qualquer católico oriental que ali passasse poderia nos notar e, com isso, decidir não fugir dali. Mas de nada adiantou.

No meio da refeição, meu celular apita. Simon deixou uma mensagem:

Alli, aconteceu uma coisa. Me encontre no salão de exposições assim que receber esta mensagem.

Coloco o guardanapo ao lado do prato e peço a Peter que pegue alguma coisa para continuar comendo no caminho.

UMA ALA INTEIRA dos museus foi fechada para os preparativos da exposição de Ugo. Na entrada, caminhões de serviço esperam como se fossem elefantes de guerra, o motor ligado, fazendo o ar tremer com o vapor quente de seus radiadores. Do lado de dentro, uma procissão de carrinhos e gruas carrega pinturas, vitrines de exposição e tábuas de madeira, todos na mesma velocidade, como os carros de um cortejo fúnebre. Estruturas de madeira são erguidas para compor paredes falsas, as quais escondem afrescos antigos e transformam corredores dourados em tubos brancos vazios. Obras de arte que não saíam do lugar desde que a Itália se tornou um país de repente desaparecem.

Um elevador de serviço se abre. Dele, saem dois restauradores vindos do andar de baixo. Mais ao longe, operários selam as junções das paredes de gesso acartonado. Eletricistas verificam as luzes. Ver tantos profissionais trabalhando juntos em cima da hora causa uma vaga impressão de estado de emergência. Deve ser por isso que Simon me chamou. Ugo parece ter deixado muito por fazer.

Quanto mais percorremos as galerias, mais curioso fico. Na parede foi pregada uma enorme fotografia dos cientistas que anunciaram os resultados da datação por carbono em 1988. Atrás deles na foto, escrita em um quadro-negro, lê-se a data oficial estipulada pela análise radiométrica, seguida de um sarcástico ponto de exclamação: *1260- 1390!* Não compreendo por que Ugo quis montar esse painel aqui, até que vejo uma caixa de vidro com a base forrada de cetim negro. Dentro dela, suspensa em armações douradas, vê-se uma fileira de livros antigos, um deles em posição mais elevada que os outros. É um Missal Húngaro, segundo informa uma plaquinha. Está aberto na página de uma ilustração a nanquim que mostra o corpo de Jesus depositado sobre o manto funerário.

O manto é incrivelmente parecido com o Santo Sudário: tem as mesmas dimensões e envolve da mesma maneira o corpo de Jesus, que está na mesma posição, com as mãos castamente cruzadas sobre a genitália. A coincidência abrange até um raro detalhe que Ugo me explicou certa vez: os polegares não estão visíveis. A medicina moderna descobriu que, quando um prego perfura determinado nervo próximo da mão, os polegares se retraem involuntariamente. Pouquíssimas pinturas ocidentais retratam isso da maneira correta — mas o sudário e esse pequeno desenho retratam. E o mais impressionante de tudo é que o lençol da ilustração apresenta quatro buracos em formato de L. Trata-se dos inexplicáveis "furos de queimadura" do Santo Sudário, logo abaixo do cotovelo de Jesus. O artista que ilustrou esse livro deve ter estudado detidamente o Sudário de Turim. Mas a placa ao lado do missal informa, em letras singelas:

Manuscrito datado de 1192 d.C.

Mil cento e noventa e dois depois de Cristo. Sessenta e oito anos antes do começo do intervalo determinado pela datação por carbono.

Ao examinar todas as plaquinhas na caixa de vidro, tudo fica claro. Ugo está compondo uma argumentação. A fotografia gigante, de um lado da galeria, posiciona-se diante dos manuscritos. Contrapomos nossa biblioteca ao laboratório. A ciência é jovem e não tem memória, mas nossa Igreja é antiga e nada esquece. Esses manuscritos praticamente provam que as análises radiométricas estão erradas: cada livro da vitrine menciona uma relíquia aparentemente idêntica ao sudário, e *todos* foram escritos antes da primeira data possível determinada pelos testes de carbono.

Fico olhando para os nomes estranhos e exóticos de seus autores. Ordericus Vitalis, Gervásio de Tilbury. Esses manuscritos são ecos distantes de um universo extinto. Originais de autores latinos do tempo das Cruzadas. O Cisma entre católicos e ortodoxos geralmente é datado de 1054, quando um raivoso mensageiro do papa na capital ortodoxa de Constantinopla decidiu, por conta própria, excomungar o patriarca. Mas isso jamais teria ocorrido se os ocidentais já não tivessem se distanciado do Oriente e de suas tradições cristãs. Com as Cruzadas, décadas mais tarde, o Ocidente voltou a abrir os olhos — e os manuscritos que estou contemplando, escritos no século XII, retratam esse exato momento. Meu latim enferrujado só me permite distinguir as informações que chegavam da Terra Santa e que parecem ter povoado a imaginação dos católicos: há uma cidade de nome Edessa, onde se conserva um lençol antigo que traz impressa a imagem mística de Jesus.

Eu não tinha noção da quantidade de evidências que Ugo havia encontrado. E o Diatessarão ainda está por vir, provavelmente na última galeria, à frente.

De repente, Peter solta minha mão.

— Simon! — grita.

Levanto a cabeça e vejo meu irmão vindo rapidamente em nossa direção, como uma ave de rapina, magérrimo, a batina esvoaçando.

— O que aconteceu? — pergunto.

Seus olhos azuis se agitam num turbilhão de emoções. Ele ergue Peter com um braço e passa o outro pelos meus ombros, conduzindo-nos para fora pela entrada dos fundos dos museus. Então, em voz baixa, diz:

— Lucio recebeu uma visita em seu apartamento ontem à noite. Um mensageiro da Rota com notícias sobre Ugo.

Espero ansioso por suas próximas palavras. A Rota Romana é a segunda corte mais importante do catolicismo.

— Estão montando um tribunal. — Em seguida, continua em grego, para que Peter não entenda: — *Para julgar o assassino de Ugo.*

— Quem eles prenderam?

Simon me olha impaciente.

— Ninguém. Vão instaurar um processo canônico.

Direito canônico. O código jurídico da Igreja. Mas a Rota passa a maior parte do tempo julgando pedidos de anulação de matrimônio. Nunca lida com homicídios.

— Não pode ser — digo. — Quem decidiu isso?

O Vaticano tem um sistema judiciário à parte para causas civis. Podemos condenar criminosos e enviá-los às prisões italianas. Assim se deveria julgar o assassino de Ugo, não segundo as leis eclesiásticas.

— Não sei — murmura Simon. — Mas um amigo de Lucio vai chegar hoje à noite com mais notícias. Acho que você deveria ir lá.

Aliso a barba. Nosso tribunal penal é gerido por um cidadão leigo, mas nossas cortes canônicas são regidas por padres. No meio de toda essa história, ouço ecoar a advertência de Michael Black. Alguém da Igreja está por trás disso e não vai desistir enquanto não conseguir o que deseja.

— Tudo bem — digo a Simon. — Estarei lá.

Mas a atenção de meu irmão foi desviada para outra coisa. A porta dos fundos do museu está aberta. Dom Diego e o agente Martelli estão de pé no batente.

Ergo a mão e digo em voz alta:

— Estamos bem. Só preciso de um minuto com meu irmão.

Mas Diego diz:

— Padre Simon, os curadores precisam do senhor.

Meu irmão põe Peter no chão e se ajoelha para abraçá-lo. Para mim, murmura:

— Cuide-se. Vejo vocês dois em algumas horas.

O HOTEL TEM uma pequena biblioteca para os hóspedes. Quando eu e Peter voltamos, pego emprestado o livro que contém as leis que se aplicam a todos os católicos romanos — o *Codex Iuris Canonici*, ou Código de Direito Canônico — e seguimos direto para nosso quarto.

O livro, que inclui o código e comentários, é enorme. Faz a Bíblia parecer uma leitura de fim de semana. O que tenho em mãos é uma compilação do conhecimento resultante dos esforços da Igreja para resolver seus problemas cotidianos ao longo de 2 mil anos. Quanto se pode pagar a um padre pela celebração de um funeral? É permitido casar com protestantes? O papa pode se aposentar? O direito canônico determina quem pode ensinar em uma escola católica, vender propriedades da Igreja ou suspender uma excomunhão. O caso de Ugo se refere ao cânone 1397: *Quem perpetrar um homicídio, ou raptar alguém por violência ou fraude ou o retiver, ou mutilar ou ferir gravemente, seja punido.* Mas em nenhum lugar da lista de punições há menção à prisão. Este é o problema mais óbvio de julgar o homicídio de Ugo com base no direito canônico: o assassino não ficará um dia sequer atrás das grades, pois a prisão não é uma pena prevista no direito canônico. Se o assassino for um padre, no entanto, prenuncia-se uma pena mais excruciante — a perda do estado clerical.

Para um cristão leigo, é difícil compreender a gravidade de uma laicização. Dizer que um padre não é mais um padre é algo paradoxal, como dizer que uma mãe não tem filhos ou que uma pessoa não é humana. Aquilo que Deus dá a um homem quando de sua ordenação nenhuma autoridade terrena pode tirar. Portanto, um padre laicizado continua podendo celebrar os sacramentos de forma válida, mas é proibido de fazê-lo. Qualquer missa que celebre deve ser repudiada pelos católicos leigos. Não pode proferir homilias nem ouvir confissões, exceto de fiéis no leito de morte. Não lhe é permitido nem mesmo trabalhar em um seminário ou lecionar teologia em qualquer escola, católica ou não. É isso que dá tanto poder à sentença: ela nos transforma em fantasmas. Obriga o mundo a negar nossa existência. Nenhuma corte secular tem esse poder sobre os leigos. É um veredito que leva muitos padres ao suicídio. Pensando bem, isso pode ser uma pista para o que está acontecendo no julgamento de Ugo. Julgar o processo em um tribunal canônico não é somente um modo de garantir aos padres o controle sobre o desfecho do caso. É também uma forma particularmente terrível de ameaçar um deles.

— Peter, pode pegar minhas fichas de pesquisa na maleta?

— Por quê?

— Tem uma coisa que eu preciso entender.

Ele resmunga. Embora seja ainda muito pequeno para entender termos jurídicos, Peter sabe o que acontece quando o *babbo* precisa entender alguma coisa: ele toma notas.

De início, preciso ser meticuloso. As lacunas em minha educação parecem abissais. Todo padre tem lições básicas de direito canônico no seminário, mas nada muito aprofundado até o quarto ano de curso, quando escolhem entre a teologia e o direito canônico como tema da dissertação final. Ter escolhido a teologia nunca me pareceu tão inoportuno.

— Escreva aí esse número — digo a Peter. — Um-quatro-dois-zero.

Cânone 1420: *Todo Bispo diocesano tem obrigação de constituir Vigário judicial... distinto do Vigário-geral.*

Eu sei como um processo canônico se inicia. Em teoria, um bispo investiga uma acusação. Se considerada procedente, ele convoca um tribunal. Mas a realidade é diferente. Bispos são homens ocupados, de modo que o trabalho deles é realizado por assistentes. Isso é ainda mais comum no caso de João Paulo, responsável não somente pela diocese de Roma, mas pela Igreja inteira. Então, qual dos subalternos de João Paulo tomará essa decisão? A resposta está nesse cânone: o assistente especial encarregado das questões legais, um padre denominado vigário judicial. Agora que já sei seu título, posso usar o Anuário Pontifício para procurar seu nome.

— Agora, escreva um-quatro-dois-cinco — continuo. — E depois uma linha ondulada e o número três.

Peter franze o cenho.

— Para que lado o três é virado mesmo?

Bagunço o cabelo, brincando.

— É igual ao B, só que sem a linha.

O cânone 1425 §3 determina que o vigário judicial também nomeia os juízes. Todo o processo parece agora recair nas mãos desse homem, seja quem for. Fico curioso por saber quem serão esses juízes. Mas estou procurando algo mais: um modo indireto de descobrir quem será acusado do assassinato de Ugo.

Os processos eclesiásticos correm em segredo de justiça. Um pároco pode nunca descobrir que um crime foi cometido em sua paróquia, muito menos que um tribunal eclesiástico proferiu um veredito. Saber o nome do vigário judicial será útil, mas não quer dizer que eu poderei telefonar para o escritório dele e fazer perguntas sobre a investigação. Felizmente, em nossa Igreja, há sempre — *sempre* — registros por escrito. E o direito canônico me indica o que devo procurar.

— Um-sete-dois-um, depois uma estrelinha. Embaixo, um-cinco-zero-sete.

Repito os números, dígito por dígito. O código canônico, como a Bíblia, é cheio de referências cruzadas; cada linha remete a outras que estão a centenas de páginas de distância. O cânone 1721 afirma que, quando o bispo conclui que há provas suficientes para se instaurar um processo, deve pedir a um promotor de justiça que redija uma acusação formal, chamada de libelo, em que constam o nome e o endereço do acusado. Com isso, passa-se ao cânone 1507, segundo o qual o libelo deve ser enviado a todas as partes do julgamento. Em outras palavras, é pelo libelo que as demais pessoas, além do bispo e de seus contatos diretos, ficam sabendo da existência do processo. Se Lucio vai receber a visita de um amigo que lhe dará informações sobre o processo, então suponho que o libelo já tenha sido emitido. Se isso for verdade, já sei para onde deve ter sido enviada uma de suas cópias. Para garantir a segurança do Santo Padre, exige-se que a Guarda Suíça seja notificada da presença de qualquer pessoa perigosa em solo Vaticano.

— Peter, prenda as fichas com um elástico. Acho que já terminamos.

Enquanto falo isso, já digito um número de telefone.

— Alex? — É Leo quem atende. — Tudo bem com você?

Explico-lhe a situação.

— Ficou sabendo de algum nome? — pergunto.

— Não. Nada.

— Mas disseram a você para ficar de olho em alguém?

— Não.

Por essa eu não esperava. Se o libelo está circulando por aí, quem quer que tenha matado Ugo sabe que está sendo processado. No entanto, ninguém parece estar procurando essa pessoa.

— Vou fazer algumas ligações — afirma Leo para me tranquilizar. — Vou verificar de novo com os guardas em serviço no palácio. Talvez tenham recebido ordens diferentes das minhas.

Mas, levando-se em consideração o posto de Leo na Guarda Suíça, é difícil acreditar que alguma ordem não tenha passado por ele. Estou quase voltando ao Código de Direito Canônico para pesquisar mais quando um ruído no corredor chama minha atenção. É o som de algo deslizando por baixo da porta.

— Espere um pouco, Leo.

É um envelope. Meu nome está escrito na parte da frente. A caligrafia parece familiar.

Ao abri-lo, encontro uma única fotografia. A imagem mostra a parte externa da Casa e um padre católico oriental saindo pela porta da frente.

Perco o ar.

— O que foi? — pergunta Leo.

O padre católico oriental sou eu.

A foto foi tirada ontem. A pessoa que a tirou estava logo do outro lado do pátio.

Na parte de trás do envelope, há um bilhete escrito com a mesma caligrafia.

Conte-nos o que Nogara estava escondendo.

Abaixo, há um número de telefone.

Corro para a porta e a abro.

— Agente Martelli!

Escuto um ruído ao longe. Uma porta de elevador que se abre. Viro-me e vejo uma túnica preta entrando nele. Um padre indo embora.

Viro-me para o outro lado.

— *Martelli!*

Mas este lado do corredor está vazio. Martelli sumiu.

Alguns padres orientais que estão em frente ao elevador me encaram com ar preocupado.

Sinto Peter puxar minha batina. Sem dizer uma palavra, tomo-o nos braços e corro para a escada de incêndio mais próxima.

— O que foi? — pergunta ele.

— Nada. Está tudo bem.

Empurro a trava da porta de emergência, mas ela não se mexe. Está trancada.

Voltamos ao quarto, e eu tranco a porta. Ligo para o celular de Simon, mas não deve ter sinal nos museus. Então, decido ligar para o quartel dos gendarmes.

— Pronto. Gendarmaria.

— Policial — digo num rompante —, aqui é o padre Andreou. Destacaram um guarda-costas para me proteger, mas ele desapareceu. Preciso de ajuda.

— Sim, padre. Certamente. Um momento.

Ao retornar, porém, ele informa:

— Lamento, mas não há registro de escolta em seu nome aqui.

— Houve algum erro. Eu... eu preciso encontrar o agente Martelli.

— Martelli está bem aqui. Um momento, por favor.

Estou pasmo. A voz do outro lado da linha é inconfundível.

— Martelli falando.

— Agente — balbucio, meio desajeitado —, aqui é o padre Andreou. Onde você está?

— Na minha mesa — responde ele em tom rude. — Sua escolta foi cancelada.

— Não compreendo. Está acontecendo alguma coisa. Precisamos da sua ajuda. Por favor, volte para a Casa.

— Lamento, padre. O senhor vai ter que chamar a segurança do hotel, como todos os outros hóspedes.

Então a linha fica muda.

EM PÂNICO, PETER me observa recolher nossas coisas.

— *Babbo*, aonde vamos?

— Para a casa do seu *prozio* Lucio.

Telefonei para os aposentos de Lucio. Dom Diego está a caminho. Vai nos acompanhar de volta ao apartamento do meu tio no palácio.

— O que foi? — pergunta Peter, agarrando meu braço.

— Não sei. Me ajude aqui com as malas.

Dez longos minutos depois, ouço baterem à porta. Pelo olho mágico, vejo Diego ao lado de um guarda suíço desconhecido. Destranco a porta.

— Padre Alex, este é o capitão Furrer — diz Diego.
— Padre, o que aconteceu? — pergunta Furrer.
— Alguém passou esta mensagem por baixo da porta.

Ele meneia a cabeça.

— Impossível. O acesso a este andar está restrito.

Mostro-lhe o envelope, mas ele o ignora.

— As escadas de emergência estão trancadas — continua ele —, e os ascensoristas estão instruídos a só trazerem a este andar quem tem a chave de um quarto.

Então foi isso que aquela freira quis dizer ontem quando falou que as irmãs haviam tomado precauções.

— Eu vi um padre de batina entrando no elevador — digo.
— Deve haver outra explicação — retruca Furrer. — Vamos esclarecer isso melhor lá embaixo.

Diego estende as mãos, oferecendo-se para levar nossas bolsas. Peter interpreta errado o gesto e corre para abraçá-lo. Por sobre os ombros dele, Diego me lança um olhar indagador, querendo saber onde está o gendarme encarregado de nos proteger. No final do corredor, os padres orientais continuam olhando para nós.

A FREIRA QUE está no balcão de entrada veste um hábito preto.

— Fui *eu* quem levou o envelope — afirma. — Qual é o problema?
— De onde ele veio? — indago.
— Estava junto com o resto da correspondência.

Mas não há selo nem endereço no envelope. Alguém o deixou aqui. Pergunto-me se não terão feito isso depois de tentarem entregá-lo pessoalmente.

Percebo que o lobby está deserto. O restaurante fechou mais cedo, e uma placa avisa que a capela dos fundos também está fechada. Cordões impedem o acesso.

— O que está acontecendo? — pergunto.

— Manutenção.

Outra placa avisa que o acesso ao último andar, onde eu e Peter estávamos hospedados, só é possível pelo elevador de serviço.

— Irmã, você disse a alguém em que quarto estávamos hospedados?

A freira parece assumir uma expressão preocupada.

— Claro que não. Recebemos ordens estritas. Deve estar havendo algum engano.

Enfio a mão na batina e pego a chave do quarto. O chaveiro traz as iniciais do hotel bem destacadas e, ao lado delas, o número do quarto gravado. Será que o erro foi meu? Será que alguém viu essa chave? Ela denuncia onde eu e Peter nos hospedamos.

— O senhor vai fazer o check-out, padre? — pergunta a freira, estendendo a mão para receber a chave de volta.

— Não — respondo, devolvendo o chaveiro à batina. Duvido que voltaremos, mas não há necessidade de dizer isso.

Diego pega nossas bolsas e aponta na direção da porta.

— Seu carro está esperando — diz.

Nosso carro. Levaria cinco minutos para caminhar até o palácio de Lucio. Mesmo assim, em toda a minha vida, nunca fiquei tão feliz de entrar em um carro como agora.

SOMENTE AS FREIRAS estão em casa quando chegamos.

— Sua Eminência e seu irmão ainda estão trabalhando na exposição — explica Diego. Ele meneia a cabeça, como se ambos estivessem escavando um novo círculo do inferno no museu. — E então, o que aconteceu?

Entrego o envelope com a foto. Ao ler a mensagem, ele franze o cenho.

— E a sua proteção policial?

— O agente dos gendarmes disse que foi cancelada.

— Isso é o que veremos — resmunga Diego.

Antes de ele chegar à mesa e pegar o telefone, eu pergunto:

— Diego, você sabe alguma coisa sobre isso? — Aponto para a mensagem na foto. — Uma descoberta de Ugo?

— O Diatessarão?

— Não. Além dele.

Diego gira a foto entre os dedos.

— É disso que se trata?

— Michael Black também mencionou alguma coisa nesse sentido.

Ele franze a testa. Não reconhece o nome de Michael. Poucos clérigos abaixo do título de bispo conseguem ter acesso ao meu tio.

— É a primeira vez que ouço falar disso. Mas vou ver o que diz o comandante dos gendarmes.

Eu o detenho.

— Deixe eu conversar com Simon e meu tio primeiro.

— Tem certeza?

Não sei se posso confiar nos gendarmes agora.

Diego me encara.

— Alex, você está seguro aqui. Isso é uma promessa.

— Fico agradecido.

— Posso tomar ponche de frutas, Diego? — interrompe Peter.

Diego sorri.

— Três ponches a caminho — diz, piscando para mim. Ele faz um ótimo Negroni. Por um instante, porém, hesita. — Devo avisar que teremos uma visita esta noite — acrescenta em voz baixa.

— Eu sei.

— Vai se juntar a nós?

— Vou.

Ele franze o cenho novamente diante dessa informação e segue em direção à cozinha.

Depois de Peter ter se acomodado, digo a ele que preciso desfazer as malas. Diego entende a deixa e distrai Peter para eu ficar sozinho no quarto.

Retiro a foto do envelope mais uma vez e olho para o número de telefone no verso. É um telefone fixo do Vaticano. Os números daqui têm o mesmo código de área de Roma, mas começam com 698. Por alguns euros, o proprietário dessa linha poderia ter comprado um chip de celular em Roma. Se não o fez, é porque queria me mandar um recado.

Telefono para a central telefônica e peço à freira para pesquisar de onde é o número.

— Padre — responde ela educadamente —, isso é contra o nosso regulamento.

Agradeço a atenção e desligo. Há várias freiras na central telefônica, por isso sei que não serei atendido de novo pela mesma. Quando ligo de novo, digo que sou eletricista do departamento de manutenção e que alguém requisitou um conserto, mas que não tenho o nome nem o endereço da pessoa, apenas o número.

— É uma linha não registrada — diz ela em tom solícito. — Fica no Palácio de Nicolau III, terceiro andar. Isso é tudo o que diz aqui.

— Obrigado, irmã.

Fecho os olhos. O Palácio Apostólico é um complexo de palacetes construídos por diversos papas séculos atrás. O Palácio do Papa Nicolau III é o núcleo do complexo e tem mais de setecentos anos. Dentro dele fica o órgão mais poderoso da Santa Sé. A Secretaria de Estado.

Sinto um embrulho no estômago. A Secretaria de Estado não tem rosto. Seus homens vêm e vão. São recrutados, enviados ao exterior, substituídos. Só há um jeito de saber de quem é esse telefone.

Disco o número, e o telefone chama diversas vezes. Finalmente, uma secretária eletrônica atende, mas não há gravação. Não há mensagem. Apenas o silêncio, seguido de um bipe.

Não preparei nada para dizer de antemão, mas improviso.

— Seja lá o que você quer de mim, eu não posso dar. Não sei de nada. Nogara nunca me contou nenhum segredo. Por favor, deixe a mim e ao meu filho em paz.

Hesito, depois desligo. No quarto ao lado, pela fresta da porta, vejo Peter jogando no computador de Diego. É um jogo de pescaria. Vejo-o lançar a vara e esperar. Lançar a vara e esperar.

A TARDE PASSA. Das janelas dos aposentos de Lucio, posso ver tudo o que acontece no país. Daqui, consigo enxergar qualquer um que venha de qualquer lugar. Nada nos pegaria de surpresa. Isso ajuda a afastar o pânico, que é substituído por uma vigilância exaustiva. Diego encontra um baralho e ensina Peter a jogar escopa, o jogo que eu e Mona jogávamos no hospital depois que ele nasceu. São pouco mais de seis da tarde quando Lucio e Simon voltam da exposição. Meu tio exige saber imediatamente o que aconteceu, por que eu e meu filho não temos mais um guarda-costas. Em vez de entrar em detalhes na frente de Peter, procuro mudar de assunto. As freiras terminaram de preparar o jantar e arrumar a mesa. Assim, com uma pressa que não compreendo muito bem, sentamo-nos para comer. Lucio faz uma oração na cabeceira da mesa, e nós nos unimos a ele. Quatro padres e um menino. Quase nos sentimos parte de uma família normal, se é que algum dia soubemos o que é isso.

Depois do jantar, segue-se uma pausa. Peter assiste ao noticiário da noite com Diego, e eu acabo encontrando o Anuário Pontifício. Depois de quase mil e trezentas páginas, chego à seção intitulada VICARIATO DA CIDADE-ESTADO DO VATICANO, a unidade administrativa especial de nosso pequeno país. O nome do vigário judicial deve estar aqui.

Para a minha surpresa, o posto está vago. Todas as decisões são tomadas pelo vigário-geral, um cardeal de nome Galuppo. E as primeiras palavras do perfil do cardeal Galuppo soam alarmantes.

Nascido na arquidiocese de Turim.

O homem responsável pelo processo de Ugo é da cidade do sudário. Pergunto-me se é possível que isso não passe de coincidência. O outro cardeal de Turim de que tenho notícia é o chefe de Simon, o cardeal-secretário de Estado, e sobre ele também paira a sombra da morte de Ugo: o número no verso da foto que recebi no hotel era de um telefone da Secretaria, e Michael acreditava ter sido agredido por padres da instituição.

Contatos são importantes nesta cidade, e os cardeais são seus pontos nevrálgicos. João Paulo não teria conseguido remover o sudário de sua capela sem o conhecimento do cardeal Poletto, o arcebispo de Turim, e imagino que os primeiros homens que Poletto teria contatado seriam os outros cardeais de sua arquidiocese, seus colegas.

Fico pensando se a morte de Ugo pode realmente se reduzir a algo tão mesquinho quanto os sentimentos de uns poucos poderosos a respeito da transferência de uma relíquia de sua cidade natal para outro lugar. À medida que o sol se põe, as árvores lá embaixo ficam repletas de pássaros empoleirados, ruidosas com o chilrear noturno das aves. Às sete e meia, o telefone toca. Ouço Diego dizer:

— Pode mandar subir.

Lucio sai do quarto com cara de poucos amigos, caminhando com a ajuda de sua bengala de quatro pontas. Enquanto isso, as freiras levam uma jarra de água gelada até uma mesa na sala contígua e se dispersam.

Uma batida forte soa na porta. Diego se adianta para atender, e eu vejo Simon fechar os olhos e respirar fundo.

O homem que entra é um padre católico romano de idade avançada. Não o reconheço.

— Monsenhor, entre, por favor — pede Diego.

O ancião cumprimenta Simon pelo nome, depois se vira para mim e diz:

— É o padre Alexander Andreou? Seu irmão comentou que o senhor estaria aqui.

Depois de apertar minha mão, ele localiza Lucio no fim do corredor e começa a caminhar penosamente em sua direção. Fito Simon, querendo saber se o monsenhor é um amigo seu da Secretaria de Estado, mas ele não me dá nenhum sinal.

Lucio senta-se em sua biblioteca particular, a uma longa mesa forrada de feltro vermelho com barras de seda também vermelhas

— uma versão mais humilde da decoração do Palácio Apostólico. A convite de meu tio, o monsenhor ocupa uma cadeira e pousa sua pasta na mesa. Eu e Simon nos sentamos em seguida.

— Diego, isso é tudo — informa Lucio. — Se alguém ligar, diga que não posso atender.

Sem esperar que eu lhe peça, Diego leva Peter. Agora estamos sós, os quatro.

— Alexander, este é o monsenhor Mignatto, um velho amigo meu do seminário. Ele trabalha na Rota Romana agora. Ontem à noite, recebemos algumas informações importantes, portanto pedi a ele que ponha a família a par dos desdobramentos.

Mignatto inclina a cabeça, fazendo uma mesura. Meu tio sempre está rodeado de padres idosos que procuram fazer-se úteis à nossa família na esperança de que Lucio lhes garanta o ganha-pão. Imediatamente, ponho-me a imaginar as intenções desse homem. O título de *monsenhor* é uma espécie de promoção honorífica recebida pelos padres. Em muitas dioceses, é motivo de orgulho, mas por estas paragens, e para um homem na idade de Mignatto, é um prêmio de consolação por não ter chegado a bispo. Simon se tornará monsenhor ano que vem, pois esta é a promoção de praxe após cinco anos de serviço na Secretaria de Estado.

Com ares de advogado presunçoso, Mignatto posiciona três folhas de papel na mesa, uma de cada vez. Depois tranca a pasta com um clique alto. Um advogado da Rota Romana está muito abaixo de um cardeal, mas a batina de Mignatto, de qualquer modo, parece cara e feita sob medida, bem diferente das que figuram nos catálogos de roupas eclesiásticas das lojas onde costumo comprar. Aos monsenhores da categoria dele é concedida a honra de usar botões e faixas roxas, em vez de pretas, para distinguir-se dos padres comuns. Embora os católicos orientais considerem isso um preciosismo, pois não há fundamentos bíblicos para o título de monsenhor e muito menos para a cor dos botões que eles usam, ainda assim me sinto intimidado por ser o único padre grego em uma sala repleta de padres católicos romanos bem-sucedidos.

— Padre Andreou — diz ele, voltando-se para mim —, comecemos pela *sua* situação.

Fixo os olhos nele.

— Que situação?

— Segundo dom Diego, o senhor perdeu sua proteção policial hoje. Deseja saber por quê?

Dedico a ele toda a minha atenção.

Mignatto empurra uma folha em minha direção. Parece um relatório policial.

— Examinaram seu apartamento duas vezes e não encontraram nenhum sinal de arrombamento — observa ele.

— Não compreendo.

— Eles acham que sua governanta mentiu e que não houve arrombamento algum.

— *O quê?*

Os olhos de Mignatto não se desviam dos meus por um instante sequer.

— Eles acham que os estragos em seu apartamento foram uma encenação.

Volto-me para Simon, mas ele está com sua expressão diplomática, treinada para não manifestar surpresa. Tio Lucio ergue um dedo, pedindo-me que contenha a incredulidade.

— Isso é importante no que se refere ao processo de homicídio de Nogara, porque a acusação depende do que aconteceu em seu apartamento — prossegue Mignatto. — Se tiver havido um arrombamento, então o senhor e seu irmão são vítimas, e nós temos mais de um crime. Sem o arrombamento, temos apenas o que aconteceu em Castel Gandolfo.

— Por que achariam que ela mentiu sobre algo tão grave? — pergunto, tentando parecer tranquilo.

— Porque seu irmão pediu.

— Como é? — questiono, engolindo minha perplexidade.

— Acreditam que ela encenou o arrombamento para desviar a atenção do que aconteceu em Castel Gandolfo.

Lanço outro olhar a Simon. Ele está fitando as próprias mãos. Pela primeira vez, pressinto que este não é o tipo de encontro que eu havia imaginado.

— Simon, o que eles pensam que aconteceu em Castel Gandolfo? — indago.

Passando um dedo pelos lábios, ele responde:

— Alex, eu queria contar tudo a você lá nos museus, mas Peter estava com a gente.

— Contar o quê?

Meu irmão se empertiga na cadeira. Com sua altura, mesmo não estando de pé, sua aparência é majestosa. E a tristeza que traz nos olhos só acentua essa majestade.

— O processo é contra mim. Estão me acusando de ter matado Ugo.

Capítulo 14

Estou aterrorizado. Devastado. A sensação é de que se abriu um buraco dentro de mim, que está sugando tudo ao meu redor. Não consigo impedir nem minha própria queda.

Todos me encaram. Esperam que eu diga alguma coisa. Eu, porém, olho para Simon. Minhas mãos estão pousadas no tampo da mesa. Sinto meu peso pressionando-a em busca de estabilidade.

Simon permanece calado. É Mignatto quem fala:

— Tenho certeza de que isso é um choque para você.

Tudo se move em câmera lenta. Minha visão se distorce, eles parecem mais distantes. Mignatto me olha mudo, com uma expressão cortês de piedade que deveria ser usada em outra situação, em outro planeta. Sinto-me como um rato tentando escapar de uma ratoeira. Os três sabiam daquilo. Todos aceitaram o fato.

— Não — murmuro. — Tio, o senhor tem que detê-los.

Então, os primeiros pensamentos claros penetram a névoa de assombro. As pessoas que atacaram Michael, que mataram Ugo e me ameaçaram: este deve ser o seu modo de atingir Simon.

— O cardeal Galuppo — digo de impulso. — Foi ele.

Mignatto me lança um olhar inquisidor.

— Galuppo — repito. — De Turim.

— Alexander — intervém Lucio —, só ouça.

Mignatto retira outro documento da pasta.

— Padre Andreou — diz ele a Simon —, este é o libelo de acusação. Uma cópia dele foi enviada ao seu endereço em Ancara antes que o mensageiro do tribunal confirmasse sua localização ontem à noite. Antes de deixá-lo ler esse documento, preciso me certificar de que o senhor está ciente de seus direitos nesse processo.

— Não preciso que o senhor me lembre deles.

Então é disso que se trata: de uma reunião estratégica. Uma aceitação da inevitabilidade do julgamento.

— Padre, qualquer um em sua posição precisa ser lembrado do que vou dizer — diz Mignatto gentilmente, então verifica os punhos da camisa e continua: — Este não é um processo comum, à maneira das cortes italianas. A Igreja se atém a um sistema mais antigo, o sistema inquisitorial.

Agora vejo quem é o verdadeiro Mignatto: não o portador de uma notícia ruim, mas o advogado da família. O mensageiro da Rota Romana que veio ao apartamento de Lucio na noite passada deve ter notificado Simon de que ele estava sendo acusado. Meu tio contratou Mignatto para ser o advogado de defesa de meu irmão.

Fixo os olhos em Lucio. Sua calma transcendental começa a parecer reconfortante, uma espécie de reafirmação de que podemos nos preparar para o que quer que Simon esteja prestes a enfrentar.

— Em *nosso* sistema — continua Mignatto —, o processo não consiste em uma acusação e uma defesa que expõem visões conflitantes do ocorrido. São os juízes que chamam as testemunhas, fazem as perguntas e decidem quais especialistas irão depor. A defesa e a acusação podem fazer sugestões, mas os juízes têm autoridade para recusá-las. Isso significa que não poderemos apresentar perguntas diante da corte. Não poderemos forçá-la a considerar uma linha de investigação específica. Poderemos somente ajudar os juízes a buscar a verdade por si próprios. Logo, o senhor não terá alguns dos direitos que talvez acredite ter.

— Compreendo — diz meu irmão.

— Também devo adverti-lo de que, caso o veredito desse processo canônico seja "culpado", o senhor será, com certeza quase absoluta, entregue às autoridades civis para ser julgado por homicídio em uma corte do Estado.

O rosto de Simon não registra sinal algum de mudança. Eis ali a força interior que nossos pais jamais conseguiram compreender. Ele parece ainda mais calmo do que Lucio. Essa paz, no entanto, parece ancorada em uma profunda tristeza. Quero confortá-lo. Mas, se eu lhe estender a mão, sei que ela irá tremer.

Mignatto estende o libelo na direção dele. Quando Simon pega o documento, porém, apenas bate as folhas na mesa para nivelá-las e depois as devolve.

— Por favor — pede Mignatto —, pode analisá-lo agora.

Mas, quando ele oferece a Simon o documento de volta, meu irmão diz, com uma expressão serena:

— Monsenhor, agradeço sua ajuda, mas não preciso ler o libelo.

Faz-se um breve silêncio antes que ele volte a falar. Durante essa pausa, um medo intenso se abate sobre mim. É uma sensação antiga e familiar, como se eu me visse em meio ao mar revolto. Rezo para estar errado e para meu irmão não ser mais o homem que era. Mas pressinto claramente o que ele está prestes a dizer.

Simon se levanta.

— Decidi que não me defenderei da acusação de homicídio.

— Simon! — exclamo.

O rosto de Mignatto aos poucos assume uma expressão tenebrosa. Um sorriso estranho, incrédulo. Meu coração parece uma caverna, por onde ecoa uma dor que pedi a Deus para nunca mais sentir.

— O que o senhor está dizendo? — pergunta o monsenhor. — Está confessando o assassinato de Ugolino Nogara?

— Não — responde Simon enfaticamente.

— Então se explique, por favor.

— Não vou preparar uma defesa.

— Simon, por favor, não faça isso — suplico.

— No âmbito do direito canônico — afirma Mignatto com seriedade —, o senhor é *obrigado* a apresentar defesa.

Palavras de um homem sensato. Sensato, mas simples. E que não compreende meu irmão de maneira alguma. Agarro Simon pelo braço e tento fazê-lo olhar para mim.

— Simon, que absurdo é esse? — sibila Lucio.

Mas meu irmão o ignora e se volta para mim. Seu olhar é quase ausente. Ele se preparou para esse momento. Já sei, de antemão, que nada do que eu diga irá sensibilizá-lo.

— Eu não devia ter envolvido você nisso, Alex — lamenta ele. — Sinto muito. De agora em diante, por favor, fique fora disso.

— Simon, você não pode fazer is...

— Não seja tolo! — vocifera Lucio. — Você vai perder tudo!

Antes que ele possa dizer qualquer outra coisa, porém, Diego aparece à porta e anuncia, com voz tensa:

— Vossa Eminência, há uma visita esperando lá fora.

Simon dá uma olhada no relógio, então se afasta da mesa, dá um passo em direção à porta e troca olhares com o desconhecido no hall de entrada.

— O que você está fazendo? — pergunto.

— Sente-se! — brada Lucio, a voz marcada por um tom histérico.

Mas Simon aproxima a cadeira da mesa e se reclina um pouco.

Meu corpo está entorpecido de tristeza. Ei-lo de volta do reino dos mortos. O Simon que ninguém jamais conseguiu mudar, um homem capaz de renunciar ao mundo num piscar de olhos.

— Tio, me propuseram a prisão domiciliar, e eu consenti.

— Isso é um absurdo! — Meu tio aponta para o desconhecido, visível apenas do batente da porta. — Quem é esse homem? Mande-o embora!

Mas há algo de grandioso na indiferença surda de Simon. Ele se vira e começa a sair da sala. Nada mais pode atingi-lo agora.

Quase nada. Peter sai correndo de trás da mesa de Diego.

— Acabou a reunião? — questiona ele.

Já quase na porta, Simon para.

A expressão de meu filho é angelical.

— Você pode ler uma história pra mim?

Seu olhar é tão inocente, tão esperançoso! Diante dele está o seu herói, o detentor do recorde mundial de dizer sim como resposta.

— Sinto muito — murmura Simon. — Eu tenho que ir.

— Pra onde?

Meu irmão se ajoelha. Seus braços, compridos como as asas de um albatroz, envolvem Peter.

— Não se preocupe com isso. Faz uma coisa para mim?

Peter assente.

— Não importa o que as pessoas digam, acredite em mim. Está bem? — completa Simon. Ele encosta o rosto na bochecha de Peter, para que meu filho não consiga ver a emoção em seus olhos. — E lembre-se: eu amo você.

O HOMEM QUE aguarda junto à porta não diz nada. Não aperta a mão de Simon. Mantém-se indiferente a todos nós. Limita-se a esperar por um sinal de meu irmão; então, leva-o embora.

Lucio põe-se de pé.

— Volte aqui! — grita.

Está arfante. Diego tenta tranquilizá-lo e fazê-lo se sentar de novo, mas Lucio corre cambaleante para a porta e a escancara.

Ao longe, a porta do elevador se fecha.

— Vossa Eminência, posso telefonar para a portaria e pedir aos guardas que os detenham — diz Diego.

Mas Lucio apenas se apoia na parede e resmunga:

— O que é isso? O que ele pensa que está fazendo?

Vou até ele.

— Tio, acho que sei o que está acontecendo.

Começo a explicar-lhe a exposição de Ugo, Turim e as ameaças. Mas Lucio permanece com o olhar fixo na porta por onde meu irmão saiu.

— Aquele homem que veio buscar Simon pode ter sido enviado pelo cardeal Galuppo — sugiro. — Ele é o vigário de João Paulo. E é de Turim.

Da outra sala, porém, Mignatto me corrige:

— Não. O vigário teria expedido uma ordem por escrito. Não havia ordem. Aquele homem provavelmente era um gendarme à paisana.

— Se o cardeal Galuppo está tentando ameaçar Simon, ele evitaria deixar provas escritas — lembro.

Lucio ainda está ofegante.

— Se alguém estivesse ameaçando Simon, ele não teria ido por vontade própria — diz ele.

Mignatto se aproxima.

— Posso resolver isso bem rápido — assegura. Ele pega o celular na pasta e digita um número.

— *Ciao*, Vossa Eminência. Desculpe por interromper seu jantar. O senhor enviou um homem para buscar o padre Andreou? — Ele espera. — Muito obrigado.

Depois de desligar, volta-se para nós.

— O cardeal Galuppo não faz ideia de quem seja esse homem. E devo acrescentar que Sua Eminência é meu amigo há vinte anos. Portanto, considero sua acusação um absurdo.

Volto-me para ele.

— Monsenhor, um padre da Secretaria de Estado foi atacado. Meu apartamento foi invadido. Alguém deixou no meu hotel uma ameaça esta tarde. Eles estão indo atrás de todos os que sabiam sobre a exposição.

Lucio fica ainda mais ofegante.

— Não — diz, quase sem fôlego. — Isso não tem nada a ver com Galuppo.

— Como o senhor sabe?

Só lhe restam forças para me dirigir um olhar fulminante.

— O pessoal de Turim não saiu matando todo mundo depois dos testes radiométricos, portanto não faria isso agora. — Buscando mais um pouco de ar, completa: — Encontre seu irmão. Eu quero respostas.

Ele gesticula para Diego, pedindo-lhe ajuda, depois caminha com dificuldade para a escuridão de seu quarto. A porta se fecha atrás dele.

— Que diabos está acontecendo? — murmura Diego.

— Estão achando que Simon matou Ugo — sussurro.

— Isso eu sei, mas para onde ele foi levado?

— Para uma prisão domiciliar.

— No domicílio de quem?

Eu nem havia me dado conta desse detalhe. Simon não tem casa, não tem um lar. Mora em um país muçulmano a quase 2 mil quilômetros de distância.

— Não sei — respondo, mas Diego já foi atrás do meu tio na escuridão do quarto.

— Venha — diz Mignatto, fechando a porta e voltando para a mesa. Pega o libelo de acusação. — Você realmente acha que isso é outra ameaça?

— Acho.

Ele pigarreia.

— Então, estou disposto a discutir a questão. Para fazer isso, porém, preciso tomar algumas providências. Concorda em ser procurador do seu irmão?

— Ser o quê?

— O procurador recebe documentos da corte e atua em prol dos interesses do réu. — Mignatto gesticula na direção dos papéis na mesa. — Com isso, você adquire o direito de ler o libelo de acusação; caso contrário, eu não posso mostrá-lo.

Como é estranho o mundo do direito canônico. Pôncio Pilatos era o procurador romano. Era esse o cargo do homem que assinou a sentença de morte de Jesus. Só os advogados ressuscitariam uma palavra como essa.

— Meu irmão é quem deveria tomar essas decisões.

— A julgar pelo que acabamos de ver, seu irmão não está interessado em tomar decisões.

Mignatto vasculha sua pasta e encontra um maço de cigarros. Aqui, na residência do cardeal-presidente, no primeiro país do mundo a proibir o fumo, ele acende um cigarro.

— Qual é a sua resposta, padre? — pergunta.
Levanto a página do libelo.
— Eu aceito.
— Muito bem. Agora, leia atentamente os nomes dos juízes listados aí e me diga se algum deles lhe é familiar.
Um fascínio mórbido atrai meu olhar para o texto.

22 de agosto de 2004

Rev. Pe. Simon Andreou
c/o Secretaria de Estado
00120 Cidade do Vaticano

DECRETO DE CITAÇÃO EM JUÍZO

Exmo. Rev. Pe. Andreou,

Pelo presente, vimos informar-lhe que foi instituído formalmente um processo penal eclesiástico contra o senhor na Diocese de Roma. Faz-se necessário que o senhor nomeie um advogado que o representará neste processo. Requisita-se resposta imediata de sua parte à acusação estabelecida no documento anexado.

Cordialmente,
Cardeal Bruno Galuppo
Vigário da Cidade do Vaticano
Diocese de Roma

cc: Juiz-presidente: Rev. Mons. Antonio Passaro, J.C.D.
cc: Juiz adjunto: Rev. Mons. Gabriele Stradella, J.C.D.
cc: Juiz adjunto: Rev. Mons. Sergio Gagliardo, J.C.D.
cc: Promotor de justiça: Rev. Pe. Niccolò Paladino, J.C.D.
cc: Notário: Rev. Pe. Carlo Tarli

Meu batimento cardíaco acelera.

— Conheço o primeiro juiz. E o terceiro. Passaro e Gagliardo. Stradella é o único que eu não reconheço.

Mignatto meneia a cabeça como se já esperasse por isso.

— Os três primeiros são juízes da Rota Romana há quase vinte anos. Portanto, não é de surpreender que seus caminhos tenham se cruzado em Roma. Mas é *bastante* surpreendente que um processo penal contra um padre seja julgado por juízes da Rota Romana. Só bispos e legados devem receber esse tratamento, salvo aprovação em contrário por parte do Santo Padre. Por isso, surge a pergunta: você diria que Passaro e Gagliardo são hostis em relação ao seu irmão?

Agora entendo. Ele está dizendo que essa seria a ameaça. O cardeal Galuppo montaria um colegiado com juízes contrários a Simon.

— Não — respondo. — Passaro foi professor de Simon na Academia Eclesiástica, e Gagliardo é amigo do meu tio. Nenhum dos dois é hostil.

Mignatto sorri.

— Monsenhor Gagliardo era dois anos mais novo que eu no seminário. Seu tio foi tutor dele. Infelizmente, ambos terão que recusar a nomeação. Mas, se o cardeal Galuppo quisesse ameaçar seu irmão, será que escolheria esses juízes?

Hesito.

— Talvez ele saiba que os dois vão recusar a nomeação. Talvez sejam substituídos por juízes hostis.

Mignatto folheia as páginas do documento.

— Então, pode ser que isso o faça mudar de opinião.

Recebo de suas mãos outro papel e fico sem palavras. É a última folha da acusação. O libelo propriamente dito.

Perante o reverendo padre John PASSARO, juiz-presidente

VATICANO

Caso penal

Promotor de justiça vs. Rev. Andreou

Prot. N. 92.004

— LIBELO —

Eu, Niccolò Paladino, promotor de justiça junto a esta corte apostólica, neste ato acuso o reverendo Simon Andreou, padre incardinado na diocese de Roma, de perpetrar o delito de homicídio contra a pessoa de Ugolino Nogara, em violação do cânone 1397 do Código de Direito Canônico. A acusação afirma que, a 21 de agosto de 2004, às cinco horas da tarde, ou por volta deste horário, o Pe. Andreou deliberadamente disparou um tiro contra o Dr. Nogara, matando-o nos jardins da residência pontifícia de Castel Gandolfo. Apresentam-se as seguintes provas:

Testemunhas: o senhor Guido Canali, funcionário de Castel Gandolfo; o Dr. Andreas Bachmeier, curador das seções de arte medieval e bizantina dos Museus do Vaticano; e o inspetor-geral Eugenio Falcone, comandante-chefe da Gendarmaria do Vaticano.

Provas documentais: a ficha pessoal do Pe. Andreou na Secretaria de Estado; uma mensagem de voz deixada pelo Dr. Nogara na Nunciatura Apostólica em Ancara, Turquia; uma gravação em vídeo da câmera de segurança B-E-9 da residência pontifícia de Castel Gandolfo.

Requisito à corte que o réu seja declarado culpado e, em consequência disso, condenado à seguinte pena: perda do estado clerical.

Ao 22º dia de agosto do ano de Nosso Senhor, 2004,

Reverendo Niccolò Paladino
Promotor de Justiça

Detenho-me sobre a punição. A corte tem o poder de exonerar Simon da Secretaria de Estado e até de bani-lo de Roma. Mas o libelo requisita a pena mais severa de todas: a laicização do meu irmão. Eu sabia que isso era possível, mas ver o promotor requisitá-la é algo que me enche de tristeza.

— Dê uma olhada nas provas — diz Mignatto. — Vê algo familiar?

— Guido Canali — respondo, nauseado, apontando para o nome no libelo. — Na noite em que Ugo foi morto, ele abriu os portões de Castel Gandolfo e me levou até Simon.

Mignatto faz uma anotação.

— O que ele viu?

Estou desorientado.

— Eu fiz com que ele parasse, então desci antes de chegarmos perto o suficiente para ver qualquer coisa.

— E isso?

Mignatto aponta para uma linha de texto. A ficha pessoal de Simon na Secretaria de Estado.

— Não sei. Simon foi denunciado por se ausentar do trabalho este verão, mas não vejo que importância isso pode ter.

— Por que foi denunciado?

— Porque foi atrás de Ugo no deserto.

De repente, porém, lembro que, segundo Michael, Simon estava fazendo outra coisa.

Mignatto ergue os olhos.

— Há algo que eu deva saber sobre o relacionamento deles? Seu irmão e Nogara.

Ele nem tenta disfarçar o tom insinuador.

— Não — respondo bruscamente. — Simon só estava tentando ajudá-lo.

Mignatto se recosta na cadeira.

— Então, com exceção da gravação da câmera de segurança, não vejo nenhuma prova concreta aqui. Trata-se de um processo baseado em provas circunstanciais e, portanto, requer um motivo. E, se o motivo não é o relacionamento de seu irmão com Nogara, então qual é?

— Simon não tinha motivo.

Mignatto pousa a caneta na margem superior da folha, como se estabelecesse uma fronteira entre nós.

— Padre Andreou, por que acha que estão processando seu irmão no âmbito do direito canônico, e não no do direito penal?

— O senhor já sabe o que eu penso.

— Em duas décadas de serviço na Rota Romana, nunca vi um processo por homicídio. Absolutamente nenhum. Mas eu acho que sei por que estão fazendo isso. Em um processo canônico, as comunicações são secretas, as atas são confidenciais, e a sentença não é divulgada publicamente. Em todas as etapas, o sigilo impede que descobertas desagradáveis venham a conhecimento público.

Ele fala com uma cadência sutil de afabilidade, oferecendo-me a oportunidade de revelar qualquer informação que eu tenha.

— Não sei de nada — digo.

— Em duas décadas de serviço, também nunca vi uma pessoa se recusar a se defender. Para mim, isso indica que meu cliente já sabe quais são as tais descobertas desagradáveis.

Assinto.

— Eu disse a você. Eles acham que Ugo tinha um segredo e pensam que Simon sabe qual é.

— O que estou perguntando a você é: eles estão enganados?

— Não importa. Você já concordou comigo que esse processo é uma maneira de ameaçar Simon.

— Você entendeu errado. Esse processo é uma maneira de *julgá-lo* sem o risco de que algo confidencial venha à tona durante o processo.

— Meu irmão não matou Ugo.

— Então vamos começar pelo início. Por que ele estava em Castel Gandolfo na noite em que o Dr. Nogara foi morto?

— Ugo telefonou e disse que estava com problemas.

— Eles interagiram de alguma forma naquela tarde, antes do assassinato?

— Acredito que não. Simon disse que chegou lá tarde demais para salvar Ugo.

Mignatto aponta para a parte do libelo em que as provas são descritas. Seu dedo percorre as palavras *gravação em vídeo da câmera de segurança*.

— Então, o que isso vai mostrar?

— Não faço ideia.

Com uma expressão de desgosto, ele faz mais algumas anotações breves em seu caderno.

— Você poderia me explicar uma coisa? — pergunta, erguendo os olhos. — Eu ouvi a conversa entre você e seu tio sobre a exposição do Dr. Nogara. Por que pensa que o cardeal Galuppo ameaçaria seu irmão por causa de uma exposição sobre o Santo Sudário, se já provaram que ele data da Idade Média?

— Ugo iria provar que os testes estavam errados.

Os olhos de Mignatto se arregalaram.

— Também iria mostrar como o sudário chegou até aqui — prossigo. — Como veio parar nas mãos dos católicos.

Ele volta a fazer anotações.

— Continue.

— Antes, o sudário estava em território ortodoxo, na Turquia, onde meu irmão trabalha. E Simon pode ter convidado clérigos ortodoxos para a exposição sem a permissão da Secretaria de Estado.

Mignatto bate a caneta na página.

— E por que isso é importante?

— Porque a exposição de Ugo poderia deixar claro que o sudário não é só nosso, mas pertence aos ortodoxos também. Nós o possuíamos quando éramos uma só Igreja, antes do Cisma de 1054.

Não sei bem como o manto veio para o Ocidente. Mas, independentemente disso, as implicações permanecem as mesmas.

— Essa sugestão é controversa? — pergunta Mignatto.

— Certamente. Poderia abrir caminho para uma batalha pela custódia da relíquia. Ainda mais com essas revelações vindo à tona no museu do papa.

Mignatto volta a escrever.

— E, nessa batalha, você acha que Turim tende a levar a pior.

— Turim tende a levar a pior de qualquer maneira. Mesmo que não houvesse briga pela custódia do sudário, Ugo me disse que o manto poderia ser transferido para um relicário na Basílica de São Pedro. Ou seja, ele não voltará para Turim.

— Então, sua teoria é de que as pessoas que eram contrárias à pesquisa de Nogara queriam impedir a realização da exposição.

— É.

Ele volta a erguer os olhos para mim.

— O que significa que Nogara foi morto para que não divulgasse o que sabia.

Ainda não tinha admitido isso para mim mesmo tão abertamente.

— Creio que sim.

— Mas você disse que as pessoas estão sofrendo ameaças, inclusive *você*, porque alguém acredita que Nogara tinha um segredo e quer saber qual era.

— Sim.

Ele faz uma pausa. Rola a caneta entre as palmas das mãos e, em seguida, modula a voz para que soe ao mesmo tempo gentil e firme.

— Sinto muito, padre Andreou, mas acho que não entendi. Alguém quer impedir que a exposição se realize, quer silenciá-la. No entanto, você está sendo ameaçado para revelar o segredo que ela oculta.

— Se não acredita em mim, posso mostrar a mensagem que chegou ao meu quarto no hotel.

A contragosto, ele assente. Pela primeira vez, porém, percebo que ele está tentando decidir até que ponto pode confiar em mim.

Quando retorno ao quarto, encontro Peter dormindo na cama. Cubro-o e volto com o envelope. Mignatto estuda o texto no verso, mas permanece em silêncio por um longo instante. Finalmente, diz:

— Preciso de um tempo. Posso ficar com isso até amanhã?
— Pode.
— Também preciso pensar em tudo que acabou de dizer. — Ele confere as horas no relógio de pulso. — Podemos nos encontrar no meu escritório pela manhã?
— Claro.

Ele escreve *10:00* em um cartão de visita e o entrega a mim.

— Tenho mais perguntas sobre a exposição de Nogara, portanto vá preparado para respondê-las. Enquanto isso, espero descobrir onde seu irmão está. Se *você* descobrir, por favor, entre em contato comigo imediatamente.

Faço um gesto afirmativo com a cabeça. Ele se levanta e guarda o libelo de volta na pasta.

— Só mais uma coisa — acrescenta, travando os fechos. — Você precisa conversar com sua governanta sobre a invasão do apartamento.

— Ela não mentiu sobre o que aconteceu.

Ele abaixa a voz.

— Padre, o senhor está me pedindo que acredite em uma teoria que considero quase impossível. Em troca, preciso que faça o mesmo. Converse com sua governanta. Preciso saber por que os gendarmes chegaram a essa conclusão.

Capítulo 15

Por algum tempo após a saída de Mignatto, permaneço sentado sozinho à mesa de reunião. Fito a cadeira onde Simon estava e o exato ponto sobre o veludo vermelho em que ele colocou o libelo depois de se recusar a lê-lo. Agora que Mignatto se foi, pondero sobre o que aconteceu. Meu irmão conseguiu. Finalmente se enforcou com a própria corda.

Em nossa religião, somos todos capitães que torcem para afundar com o navio. Embora ensinemos aos nossos filhos que a pior atitude de Judas — pior até que trair Jesus — foi a de cometer suicídio, a verdade é que a força vital de nossa fé é um impulso febril pela autodestruição. *Ninguém tem maior amor do aquele que dá a sua vida por seus amigos,* diz Jesus no evangelho de João. Pergunto-me por que Simon está fazendo isso. Por Ugo? Pela memória de nosso pai?

Ou por mim?

Poucos meses depois da morte de nosso pai, quando Simon tinha 17 anos, ele foi a um bar com alguns de nossos amigos da Guarda Suíça e encontrou um grupo de gendarmes disputando quedas de braço. Nada organizado, apenas policiais descarregando tensão acumulada. Simon nem tinha idade para dirigir, mas já era o homem mais alto do país. Desde a morte do nosso pai, ele também passava todos os dias socando uma *punching ball* da academia da Guarda Suíça. Nessa época, portanto, tinha os antebraços mais musculosos que os bíceps, e quando os gendarmes os viram sob as mangas arregaçadas de sua camisa, quiseram ver do que aqueles músculos eram capazes.

Os guardas suíços sentiam necessidade de proteger meu irmão. Na época, estávamos caindo no abismo provocado pela morte de nosso pai. E ninguém compreendia nossa solidão tão bem quanto aqueles rapazes vindos dos mais longínquos recantos do mundo. Naquele dia, eles decidiram levar Simon embora. Já o conduziam até a porta quando seu próprio oficial ordenou que esperassem. Queria ver no que aquilo ia dar.

Simon perdeu a primeira disputa. Levantou o cotovelo, o que é considerado falta, e o gendarme estatelou o braço dele na mesa. Mas então o oficial da Guarda lhe deu algumas instruções, e então eles recomeçaram. Dessa vez, Simon venceu, quase quebrando o braço do policial. Foi assim que tudo começou.

Na mesma noite, o oficial levou meu irmão ao seu apartamento no alojamento da Guarda Suíça. Fez a ele duas perguntas: era verdade que ele queria ser padre? Não consideraria outra maneira de servir ao Santo Padre?

Simon escutou enquanto o oficial explicava que havia na Igreja uma tradição militar que seguia de mãos dadas com o sacerdócio. Há cinco séculos, a Ordem dos Jesuítas fora fundada por um soldado com base na disciplina militar, e era chegada a hora de reavivar aquele espírito: recrutar homens, treiná-los e alistá-los em uma ordem militar para servirem em um mundo conturbado. Para um homem como Simon, isso significaria aproveitar dotes físicos de que o sacerdócio jamais faria uso. Assim, na noite seguinte, Simon seguiu com o oficial até Roma para o que este descreveu como uma demonstração. Além disso, o oficial aconselhou meu irmão a manter a mente aberta.

Descobri mais tarde que o lugar aonde foram era uma arena que sediava rinhas de cães. A polícia de Roma tinha fechado o local um mês antes, mas ele tinha sido reaberto para promover lutas de rua. Os lutadores eram, em sua maioria, sem-teto e imigrantes. O prêmio para o vencedor era considerável, por isso os confrontos eram sangrentos.

O oficial mostrou a Simon que havia crianças em meio à multidão na plateia. Eram meninos e meninas de 8, 10 e 12 anos, imundos como ratos, gritando o nome de seus lutadores favoritos.

— Essas crianças não vão à missa — disse o oficial. — Se queremos estender as mãos a elas, é aqui que devemos fazer isso.

Mais tarde, Simon me contou o que viu naquela noite. As crianças esticavam os braços para tocar os lutadores que passavam ao lado delas, agarrando a bainhas de seus calções como se fossem uma doença que quisessem pegar. Quem tivesse idade suficiente para apostar nas lutas ficava na frente da multidão. Mas as crianças ficavam atrás. Foi então que o oficial disse as palavras que Simon jamais esqueceria:

— Diga se já viu alguma criança olhar para um padre daquele jeito. — E apontou para um garoto na arquibancada ao lado do ringue, espremido entre os apostadores, erguendo o rosto para assistir à luta. Mais tarde, Simon disse que a cena se parecia com a pintura de um santo sendo martirizado.

— Meu senhor — disse Simon —, eu não sei lutar.

— Mas, se eu o treinasse, poderia — insistiu o oficial. — E, quando vencer, essas crianças vão segui-lo. Até a missa.

Simon não disse nada. Então o oficial explicou:

— É uma dança. Dois homens que concordaram em não oferecer a outra face. Não é pecado. Você seria treinado por uns meses e depois subiria no ringue.

— Uns meses — repetiu Simon.

— Filho, você já é bom na *punching ball*. Se trabalharmos o saco de pancadas e um pouco de defesa, você vai ficar pronto em dez semanas.

E Simon, sem tirar os olhos daquele garoto no meio da multidão, respondeu:

— Se esse lugar ainda estiver de pé daqui a dez semanas, vou colocar fogo nele.

— Não se iluda. Eles vão encontrar outro lugar. Não têm pais nem padres que os orientem. Mas você, com os braços e a força que tem, poderia liderá-los.

— Pensei que o senhor quisesse criar padres militarizados. O que temos aqui são apenas meninos.

— Não eles, filho. *Você*. Sua força é um dom. O que me diz?

Sei bem o que Simon deve ter pensado ao ouvir o oficial chamá-lo de *filho, filho, filho*. Nosso pai estava morto. Os médicos ainda não haviam encontrado sinais de câncer na nossa mãe, mas a doença estava lá, espalhando-se. E Simon, que sempre estivera um ano adiantado no colégio, se encontrava então na faculdade, mergulhado no mundo secular, tirando amigos de brigas de rua e vendo-os beber até não se darem ao trabalho nem de sair da cama para ir ao banheiro: simplesmente urinavam nas calças, e nas garotas que levavam para casa, as quais pareciam mais incomodadas do que aviltadas. Nunca perguntei a Simon por que ele concordou com aquelas lutas. Mas eu o imaginei olhando para aquele menino na multidão e pensando em mim.

Assim, os guardas o treinaram. Levaram-no à academia do alojamento, onde não tínhamos permissão para entrar antes, e Simon aprendeu o *jab*, o gancho e o cruzado. Não aprendeu o *uppercut*, porque havia fixado como limite os golpes que se mantinham no nível da cabeça dos oponentes. Com a força que tinha, porém, esses já bastavam.

Nove semanas depois, ele participou de sua primeira luta. Só mais tarde ouvi falarem dela, assim como de todas as outras, com exceção do último confronto. O oponente era um argelino cabeludo que, segundo se dizia, passava o dia bebendo licor de figo nas horas em que deveria estar descarregando malas no aeroporto. O que se dizia sobre Simon, isso eu nunca soube.

Foi horrível. Simon movimentava o corpo e dava *jabs* até esgotar a paciência do argelino. Quando o sujeito se aproximava para dar um golpe mais forte, Simon emplacava seus socos. Perto do fim do terceiro round, via-se no rosto do sujeito que aquele rapaz grandalhão o estava esgotando, que aqueles antebraços musculosos eram poderosos.

Mas os meninos do fundo odiaram o estilo de Simon. As esquivas e o jogo de pernas. A falta de sangue. Simpatizaram com o argelino, que buscava o confronto direto. Mas, depois da luta, Simon foi até eles e lhes disse que não era lutador, apenas um garoto que sonhava ser padre um dia. Que estava lutando por *eles*, pelos *seus meninos*. E repetiu isso, luta após luta, até que o aceitaram. Simon contou aos garotos como era ter medo dos homens com quem lutava. Como orava antes e depois de cada luta. Logo descobriu como era fácil ganhar a afeição de garotos solitários. Dentro de pouco tempo, já esgoelavam o nome dele, esperavam toda noite por seus golpes característicos, pela maneira como conseguia voltar a agressividade de um homem contra ele mesmo, olho por olho e dente por dente, encaixando ganchos e cruzados como se fossem um incessante castigo divino.

Foi então que, após a sexta ou sétima luta, meu amigo Gianni Nardi ouviu falar das lutas. Não de Simon, mas do ringue de boxe. Então fomos até lá.

Eu deveria ter imaginado que Simon vinha fazendo alguma coisa durante todo aquele tempo. Antes da noite em que derrotou o homem na queda de braço, ele deixava a universidade quase todos os fins de semana para visitar mamãe e me levar ao Pasquino, onde víamos filmes americanos. No entanto, isso passou a acontecer em fins de semana alternados ou ainda mais raros, e aparecia com presentes, como se estivesse se sentindo culpado.

Mas eu tinha 13 anos e era cheio de desejos que não compreendia. Cheio de lacunas que não era capaz de preencher. Estava ficando tão acostumado à extinção gradativa da minha família que o desaparecimento de Simon era apenas mais um. Eu tinha que cuidar da minha vida. O pai de Gianni era um *sampietrino*, um zelador da Basílica de São Pedro, por isso tinha as chaves dos depósitos de ferramentas que ficavam no terraço da basílica. Assim, eu e Gianni nos escondíamos lá em cima e fazíamos piqueniques com nossas namoradas, nos quais bebíamos vinho e contemplávamos a vista de Roma como se fôssemos reis. Na época, Gianni estava saindo com uma garota chamada Bella Costa, e eu saía com Andrea Nofri, depois Cristina Salvani e depois Pia Tizzoni, cujo corpo era tão desenvolvido para uma garota de 14 anos que eu tinha a impressão de que as estátuas do terraço da basílica se virariam para admirá-la. Eu nunca parei para pensar no que Simon vinha aprontando. Mesmo que tivessem me contado o que meu irmão fazia, eu não teria acreditado. Naquela época, *eu* é que era o brigão da família. Simon tinha um corpo tipicamente romano — silhueta esbelta, músculos ágeis —, mas eu havia herdado os genes gregos de papai, o pescoço largo e a costas fortes. Brigava com os outros garotos só para me divertir. Assim, quando Gianni ouviu falar que havia lutas de boxe na antiga arena de rinha de cachorros, fui *eu* quem praticamente o arrastou até lá. Porque uma luta de boxe sem luvas era uma coisa que eu simplesmente precisava ver.

O primeiro confronto foi entre dois vagabundos de rua que brigavam para divertir o público. Prolongaram a coisa por seis rounds, até a turba ficar impaciente, então o apresentador anunciou a segunda disputa, em que um turco baixinho nocauteou um sujeito de macacão que não parava quieto. Finalmente, veio o terceiro combate. Sem motivo aparente, a multidão de garotos que nos cercava de todos os lados se levantou e se pôs em silêncio.

Lá embaixo, um lutador branco, pálido e brilhante como um sabonete molhado entrava no ringue. Andava arrastando as solas, como quem estreia seu melhor calçado. À visão daquele homem, todos os garotos começaram a gritar como se alguém tivesse espetado pregos neles. Urravam de olhos fechados, sedentos de sangue. O lutador estava de costas para nós, mas, quando tirou a camisa — arrancando-a como se fosse uma segunda pele —, eu senti um nó na garganta. Porque eu conhecia aqueles músculos. Reconheci a maneira como se tensionavam, como asas.

— Ei — ouvi Gianni dizer. — Qual é? Só pode ser brincadeira. — Ele me agarrou pela camisa. — Alex, aquele é seu irmão.

Mas eu já estava abrindo caminho no meio da multidão. Os garotos cantavam, batendo com as mãos nas pernas.

Pa-a-a-a-dre, Pa-dre, Padre.

Nas fileiras da frente, homens apostavam, atirando maços de notas em pilhas de dinheiro. Um segundo lutador entrou no ringue. Tinha a pele rosada e era corcunda. Um russo, sussurravam. Pela primeira vez, meu irmão parecia apenas um garoto. Um garoto em uma caixa de areia. Ele era uns vinte e cinco centímetros mais alto que o russo, e seus braços pareciam misturadores de cimento. De resto, porém, era tão delgado que parecia que Deus, para criá-lo, havia esticado seu corpo como se fosse um chiclete.

Alguém bateu com uma chave inglesa em um dos canos do teto, e Simon abandonou primeiro seu canto do ringue. Gritei o nome dele, mas o grito sumiu em meio à balbúrdia. Aos trancos e barrancos, cheguei à beira do ringue e, não sei por quê, fiquei ali de pé. Assisti. Porque o que eu queria, desesperadamente, era ver aquilo acontecer, ver Simon machucar aquele homem.

Nossos pais sempre nos mantiveram longe de lugares como aquele. Quando eu brigava na escola, papai me batia de cinto. *Mas agora que estamos sozinhos, Sy,* pensei, *você pode me mostrar como se faz. Porque tenho isso em mim também. Faça isso por mim esta noite. Acerte o queixo desse sujeito.*

Eu repetia cada passo que Simon dava naquele ringue. O ritmo dos pés, o instinto que lhe dizia por quanto tempo mover o corpo e quando parar — tudo isso também estava dentro de mim. O russo tinha mãos grandes, punhos que devem ter deixado crateras em pesados sacos de pancada, mas eram lentos. Antes que chegassem a Simon, já tínhamos desviado. Os diretos de direita que encaixávamos nele tinham o som de ossos se quebrando. E o russo recuava, ainda cambaleando. Já sangrava no rosto e tinha hematomas ao redor das costelas. Mesmo assim, voltava querendo mais. E nós dávamos a ele.

Os meninos urravam. Os cantos da minha boca racharam de tanto eu gritar.

Vamos lá, Sy!, eu gritei. *Bate nele!*

Mas as palavras saíram diferentes:

— *Vamos lá, Sy! Mata ele!*

E de súbito, lá no ringue, Simon parou. De pés fincados no chão, imóvel, ele encarou a multidão.

O russo arrastou-se ao longo da mureta que cercava o ringue, ganhando espaço.

Senti uma sombra recair sobre mim, tão escura que Simon não teria me visto, mesmo que Roma estivesse em chamas.

Mas ele podia me sentir ali. Eu quis correr, mas seu olhar fixou-se em mim.

O russo avançou e investiu com toda força contra meu irmão. Tudo o que pude fazer foi apontar para ele.

Simon se desviou bem a tempo. O golpe do russo passou raspando em seu peito. Mas, por alguma razão, ele cambaleou. Encarou-me e perdeu o ritmo. Até os garotos mais ao fundo perceberam.

— Padre! — gritou um menino.

Mas Simon não tirava mais os olhos de mim.

Nunca mais vou vir aqui de novo, Sy. Eu juro. Mas, só desta vez, faça isso por mim: acabe com ele. Mostre que você me entende, mesmo que tenham que remendar esse homem todo no hospital.

E, pelo olhar que Simon me lançou, eu soube que ele havia entendido. Ele se virou e fez um sinal com as mãos, convidando o russo para voltar à luta.

Por apenas um instante, o russo olhou para mim em meio à multidão.

Não ele, disse Simon apenas com o movimento dos lábios, sem qualquer som, chamando-o com um gesto. *Eu.*

A turba reanimou-se. As pessoas gritavam como canibais. O russo avançou, deu um *jab* e recuou.

Simon desviou, nada mais.

O russo atacou com uma sequência um-dois, e Simon deixou que os socos o atingissem com tanta força que a garotada silenciou.

— Venha — disse meu irmão, abrindo as mãos. Dessa vez, porém, não fechou os punhos; permaneceu de mãos abertas.

Então o russo encaixou um golpe nas costelas de Simon, que mal se aguentou de pé. Ele estremeceu ao se recompor.

O russo veio com uma sequência um-dois-três: um *jab* que quase errou o ombro de Simon, não fosse pelo cruzado que o sucedeu com a força de uma locomotiva. O golpe fez meu irmão se curvar.

As mãos de Simon se fecharam instintivamente para proteger a cabeça. Mas o sujeito as forçou para baixo. E então um sorriso aflorou no rosto do russo, que encaixou um gancho de esquerda final. Porque se esse garoto estava a fim de tomar uma surra, se o que queria era continuar ali como um joão-bobo, então era isso que ele teria.

Nunca vi, nem antes nem depois daquele dia, um lutador se preparar tanto antes de dar um soco. O russo baixou a direita; ele nem se preocupou em manter a guarda. Em seguida, mandou um gancho de esquerda que esmagou o queixo de Simon como um tiro de escopeta. A cabeça do meu irmão quase pulou do pescoço enquanto seu corpo voava para longe. Depois ele ficou lá, estatelado no chão.

Pulei a mureta do ringue, chorando, gritando, sem saber o que havia feito. Senti mãos me agarrando pelos ombros e me puxando para trás. Eu distribuía socos, mas Simon já se mexia no chão, tentando se levantar. Virou-se em minha direção e me encarou. Golfadas de sangue saíam de sua boca, mas ele focou em mim, como se ali, naquele seminário da vida, só houvesse nós, os dois irmãos, tentando fazer aquela lição entrar em nossas cabeças duras.

E o russo permaneceu lá, segurando os socos, pois sabia o que estava por vir.

Acima de nós, nas arquibancadas mais altas, os garotos estavam inconformados. *Pare!*, gritavam. *Não! Por que ele não luta?* Balancei a cabeça para Simon, a saliva em meus lábios, e gritei:

— *Não faça isso. Por favor.*

Mas ele limpou o sangue da boca com o braço, deu tapinhas nas têmporas e voltou à luta.

O russo encaixou em seu queixo um *uppercut* que teria partido ao meio o tronco de uma árvore. O golpe esmigalhou o que restava da mandíbula de Simon; tudo estava acabado. Antes mesmo de tombar no chão, meu irmão já havia desmaiado.

E depois...

Meu Deus. Aqueles garotos, como eles o amavam. Irromperam arquibancada abaixo como uma barragem rompida. Um exército inteiro não os teria detido. Enquanto eu jazia ali, fixo na primeira fila, ondas e mais ondas de garotos invadiram o ringue e cercaram o corpo de Simon, impedindo o russo de dar outro passo. O que os homens que promoviam a luta teriam feito com meu irmão — se o teriam jogado na sarjeta ou no distrito mais próximo para despistar a polícia —, isso eu não sei, porque aqueles garotos rodearam Simon como se o futuro deles dependesse disso. Carregaram-no sobre suas costas frágeis pela multidão e porta afora. Eu os vi fazer uma vaquinha ali mesmo, enfiando as mãos nos bolsos para levá-lo de táxi ao hospital. Metade deles parecia não comer havia uma semana, mas sacrificavam por Simon suas últimas moedas, as quais tiravam do bolso e poliam com carinho.

Quando eu finalmente os alcancei, Gianni explicava aos garotos quem nós éramos e como levaríamos Simon para casa, onde havia médicos. E eles nos fitavam de olhos arregalados, como se tivéssemos descido do céu numa carruagem de fogo. Porque uma palavra tinha entrado nos ouvidos deles, aquela palavrinha mágica que abria as águas e trazia os mortos de volta à vida: *Vaticano*.

— Salva ele — disse um dos meninos a mim. — Não deixa ele morrer.

— Leva ele para *il papa* — sugeriu outro.

Il papa: João Paulo.

A última coisa que vi naquele lugar, antes de o táxi mergulhar na noite escura, foi aquela multidão de garotos amontoados na calçada vendo Simon partir. Vendo-o desaparecer das ruas deles. E rezando enquanto nos afastávamos.

S̲e̲n̲t̲a̲d̲o̲ ̲a̲q̲u̲i̲ ̲s̲o̲z̲i̲n̲h̲o̲ em frente à mesa onde meu irmão se recusou a apresentar uma defesa, eu penso: *o que Simon está fazendo agora é um ato de bondade cristã*. Ele crê de coração que está fazendo isso pelo bem de outra pessoa. Não sei de quem. Não sei por quê.

Mas sei que preciso detê-lo.

Capítulo 16

Dou uma olhada em Peter antes de sair. Ele estava vendo desenho animado, mas agora a TV está desligada. A nécessaire aberta em cima da cômoda, que está salpicada de gotas d'água, significa que ele escovou os dentes. Chegou até a acender a luz noturna. Beijo sua testa e, enquanto afasto seu corpo adormecido da beirada da cama, pergunto-me se, quando crescer, ele será uma pessoa tão autossuficiente e insensível quanto o tio. Se um dia também deixará meu coração em frangalhos.

Pego uma folha de papel timbrada com o nome de Lucio ao lado do telefone e escrevo:

Diego,

Saí para levar um recado de Mignatto. Volto em uma ou duas horas. Por favor, telefone para o meu celular se Peter acordar.

Alex

Depois ligo para Leo e peço que ele vá comigo visitar a irmã Helena.

O CONVENTO FICA no alto da colina do Vaticano, uma região erma à noite. Lá embaixo, em Roma, o mundo está pontilhado de luz elétrica, mas aqui, nestes jardins, a escuridão é tão densa que parece fluida. Eu e Leo seguimos pelo caminho que conhecemos de cor.

Ele não me pergunta por que estamos aqui. Não diz uma palavra. Quando o silêncio começa a pesar, decido me abrir:

— Estão acusando Simon do assassinato. Acham que ele matou Ugo Nogara.

Leo se detém. Na escuridão, não consigo ver sua expressão.

— O quê? O que diabos Simon fez?

— Nem isso eu sei. Ele se recusa a apresentar defesa.

— Como assim, *se recusa*?

Não há o que responder.

— Simon... é assim.

— Ele vai passar o resto da vida numa cela na prisão de Rebibbia.

— Não. Vão julgá-lo em um tribunal eclesiástico. Mantenha isso em segredo.

Leo passa um longo tempo ruminando o fato.

— Por que fariam isso?

— Não sei.

— Ele não quer falar com você?

— Está em prisão domiciliar.

Mais silêncio.

— Se você conseguisse descobrir para onde o levaram, eu teria por onde começar — digo.

A Guarda Suíça tem sentinelas por todo o Palácio Apostólico.

— Claro, vou encontrá-lo — responde, porém sua voz soa insegura. De pronto, ele acrescenta: — Mas Simon não fez isso, fez?

Eis meu irmão, esse estranho, esse enigma inescrutável. Mesmo para um amigo, Simon parece capaz de qualquer coisa. Só Deus sabe o que um colegiado de três juízes pensará.

FINALMENTE, VEMOS LUZES flutuando acima, no topo da colina. Alcançamos a antiga torre medieval. Em seu topo desponta uma novíssima antena da Rádio Vaticano. Ligado a ela por um muro coberto de antenas parabólicas, vê-se outro dos projetos arquitetônicos de João Paulo: um convento para nossa pequenina comunidade de freiras beneditinas.

— Espero aqui — diz Leo.

Ele não pergunta o que viemos fazer. Sabe que Helena mora aqui.

Toco a campainha do convento. Ninguém atende. Uma luz está acesa em uma das janelas, mas não se ouve nada lá dentro. Mesmo assim, aguardo. Toda casa beneditina do mundo, pelos últimos mil e seiscentos anos, sempre obedeceu a uma regra: os hóspedes têm de ser saudados como se fossem o próprio Cristo.

Enfim, a porta se abre. Diante de mim, surge uma mulher de óculos modestos e rosto arredondado e emoldurado por uma touca de freira branca. Tudo o mais — o véu preto, o hábito preto, o cíngulo preto e o escapular preto — funde-se à escuridão.

— Irmã, eu sou o padre Alex Andreou. A irmã Helena toma conta do meu filho. Será que eu poderia falar com ela?

A irmã me estuda em silêncio. Apenas sete freiras vivem neste convento — o lugar é tão pequeno que nem se classifica como mosteiro —, de modo que todas sabem tudo que as outras fazem. Fico imaginando o quanto sabem sobre mim.

— O senhor se importaria de esperar na capela, padre, enquanto eu vou buscá-la? — pergunta.

Mas na capela as outras irmãs poderiam nos ouvir.

— Se não for incômodo, vou esperar no jardim.

A irmã destranca o portão e age como se eu tivesse todo o direito de estar aqui, ainda que as freiras semeiem e colham e o papa fique com os frutos. Não há beneditinos em minha igreja — os gregos têm uma tradição monástica mais antiga —, mas admiro essas mulheres e sua humildade.

Enquanto espero, caminho pelo jardim. Todo menino do Vaticano rouba frutas destas árvores, e todo papa faz vista grossa para isso. Finalmente, ouço um ruído vindo do portão: o arrastar quase imperceptível de um hábito de freira. Quando eu me viro, vejo a superiora Maria Teresa diante de mim.

— Padre — diz, fazendo um breve gesto de deferência —, seja bem-vindo. Posso ajudá-lo?

Ela tem um rosto sereno, parece mais jovem do que é, exceto pela bolsa sob os olhos. Mas sua expressão é solene. Cheguei ao mosteiro no meio do Grande Silêncio, o período que se inicia após as completas, quando as beneditinas não têm permissão para falar. Somente a regra da hospitalidade pode romper a do silêncio.

— Na verdade, eu queria falar com a irmã Helena — digo.

— Sim. Ela já virá trocar algumas palavras breves com o senhor. — Imagino que a superiora tenha se apresentado a título de cortesia, pois tio Lucio é o cardeal-protetor desse ramo das beneditinas, o homem que representa os interesses coletivos delas junto ao Vaticano. Mas não há deferência alguma em sua voz quando ela acrescenta: — Esta será a única vez em que permitirei que a irmã Helena se envolva, ou envolva nossa comunidade, nesse assunto. Espero que o senhor compreenda.

Ela já deve saber sobre Simon.

— O que quer que a senhora tenha ouvido não é verdade — asseguro.

Suas mãos estão escondidas atrás do escapular, por isso não consigo sequer avaliar sua linguagem corporal.

— Padre, esse é o meu desejo. Por favor, resolva o que tiver de resolver com a irmã Helena o mais brevemente possível. Boa noite.

Ela faz uma ligeira mesura e volta em direção à porta, onde uma silhueta familiar abaixa a cabeça à passagem da superiora. Em seguida, vem como que flutuando no escuro em minha direção.

As rugas desenham uma teia de tristeza no rosto de Helena. Ela nem me olha nos olhos.

— Padre Alex, eu lamento muito.

— Você ouviu falar de Simon?

Ela ergue os olhos para mim.

— O que aconteceu com ele?

Sinto-me aliviado. As notícias da morte de Ugo e da invasão do apartamento se espalharam, mas não a da acusação contra Simon.

— Preciso lhe perguntar sobre o que aconteceu no apartamento.

Ela assente, sem parecer surpresa.

— Simon falou alguma coisa com você antes da invasão? — pergunto.

Suas pálpebras se fecham.

— *Antes* da invasão? Minha memória pode estar me enganando. — Ela suspira frustrada. — Eu falei com o padre Simon antes do que aconteceu?

Mas sua memória não a engana.

— Falou? — pergunto.

Quando ela me olha de novo, a tristeza se foi, dissipada por uma expressão de curiosidade.

— Padre, o que está havendo? O que estão dizendo? Um policial veio aqui há algumas horas, mas foi mandado embora antes de me fazer qualquer pergunta.

— Por favor. Você falou com Simon antes?

— Não.

— De maneira nenhuma?

— Padre Alexander, eu não troco uma palavra com seu irmão desde que fiz o jantar para ele no apartamento de vocês da *última* vez.

— Meses atrás.

— No Natal.

Atrás dela, da porta do convento, a madre superiora chama:

— Irmã Helena, por favor, encerre a visita.

— Diga a verdade: alguém está em perigo? — pergunta ela às pressas.

— Os gendarmes acham que não houve invasão.

Ela solta um grunhido.

— Suponho, então, que os móveis tenham se atirado no chão por conta própria?

Acho melhor não mencionar o que pensam os gendarmes.

— Não encontraram nenhum sinal de arrombamento.

Ela estremece, como se estivesse sendo repreendida.

— Isso é verdade. Ouvi gritos e batidas, e depois parece que a porta simplesmente se abriu.

— Mas eu a tranquei ao sair.

— Sim, eu lembro.

— E você não levou Peter a lugar algum? Ao apartamento do irmão Samuel para comer uma sobremesa?

— Não.

— Será que a porta não poderia ter sido destrancada de outro modo?

— Não. — Ela parece confusa. Lembrou-se de alguma coisa. — Eu agarrei Peter o mais rápido que pude, mas o homem já tinha entrado quando nós nos trancamos no quarto.

— *Irmã Helena...* — chama a madre superiora.

Consternada, Helena leva a mão ao rosto.

— Você fez tudo o que podia fazer — asseguro. — Deixe que eu assumo de agora em diante.

Atrás dela, Maria Teresa já desce até nós. Dou um passo para trás, mas a irmã Helena agarra meu punho e murmura:

— Ela não vai mais me deixar cuidar de Peter.

— Por que não?

— Ficou escandalizada com a visita do gendarme aqui. Estou tentando fazê-la mudar de ideia, mas sinto muito, padre.

Antes que eu possa falar alguma coisa, ela se afasta. A madre superiora me lança um olhar severo e depois conduz a irmã Helena até a porta. Quando volto à rua escura onde Leo está me esperando, vejo seis vultos me espiando das janelas.

Leo toma o caminho para o palácio de Lucio e me lança um olhar de curiosidade, querendo saber o que Helena me disse. Aponto a direção oposta.

— Aonde vamos? — pergunta Leo.

— Ao meu apartamento.

As luzes das janelas do Palácio Belvedere ainda estão acesas. Vê-se o tremeluzir dos aparelhos de TV. A argentina casada com o *signor* Serra dança em sua cozinha, no segundo andar. Antes de Leo e eu chegarmos à porta, dois adolescentes num canto interrompem um abraço. Sinto uma onda de felicidade por estar de volta.

Em casa.

Ao entrarmos pela porta dos fundos do prédio, encontramos um dos meus vizinhos sentado ali, como se fosse um porteiro.

— Padre! — exclama, pulando da cadeira.

— O que está fazendo aqui? — pergunto.

Ambrosio é o técnico de informática do Serviço de Internet da Santa Sé.

Ele abaixa a voz.

— Depois que os gendarmes pararam de vigiar o prédio, começamos a nos revezar em turnos.

Dou um tapinha de agradecimento no braço dele. Pelo menos *eles* acreditam na irmã Helena.

Ambrosio pergunta se fiquei sabendo de mais alguma coisa, mas respondo que não e subo depressa as escadas para não atrair a atenção de mais ninguém. No último andar, alguém substituiu uma lâmpada queimada no caminho até o meu apartamento. Mais segurança. Quando chegamos à porta, ajoelho-me para inspecioná-la. A contra testa parece intacta. Não há sinais de dano no batente. Eu tenho a chave, mas volto-me para Leo.

— Sabe abrir uma fechadura sem chave?

— Melhor que você — responde, sorrindo.

Fazemos uma tentativa, mas o mecanismo está velho e emperrado. Os pinos não colaboram.

— Constrangedor — diz. — Eu era bom nisso.

Vou até a porta do lado, onde moram os irmãos da farmácia. Era isso que eu temia.

— Aonde está indo? — pergunta Leo.

Levanto o capacho da porta.

— Droga — sussurra ele ao ver.

Desde que meus pais se mudaram para este prédio, era aqui que mantínhamos a chave reserva. A nossa ficava embaixo do capacho dos irmãos e a deles, embaixo do nosso capacho. Mas a nossa não está mais aqui.

Viro e levanto meu próprio capacho. A chave dos irmãos da farmácia continua ali. Esfrego as têmporas.

— Como poderiam saber? — questiona Leo.

— Michael — murmuro.

— O quê?

— Michael Black contou a eles.

Contou a eles onde moro e como entrar. Papai sempre esquecia as chaves. Michael sabia da chave reserva.

— Pensei que ele fosse amigo da família.

— Ele foi ameaçado.

Leo abre um sorriso de escárnio.

— Covarde.

Ao ouvir um ruído distante nas escadas, corro de volta ao meu apartamento e destranco a porta. Então, um pensamento me ocorre. Alguém ainda tem nossa chave. Isso significa que pode ter vindo várias vezes ao apartamento nos últimos dois dias. Pode até estar aqui dentro.

— Seus vizinhos estão vigiando o prédio — tranquiliza-me Leo. — Quem quer que tenha invadido sua casa, não vai voltar.

— Certo.

Aqui dentro, nada mudou. Leo procura o interruptor, mas eu afasto sua mão e aponto para as janelas.

— Para o caso de alguém estar nos observando.

Leo não gosta do que ouve.

— Então qual é o plano? — pergunta.

O luar confere aos móveis uma aura sinistra. Sem tocar em nada, tento visualizar o que a irmã Helena me contou sobre a ordem dos acontecimentos daquela noite. Ela estava sentada à mesa quando ouviu uma pancada na porta. Uma voz que chamava por mim e por Simon. Sigo com os olhos o caminho que ela tomou, carregando Peter até o quarto. A porta se abriu antes de ela entrar. A distância é de menos de seis metros.

Deixo escapar um suspiro.

— Leo...

Ele se vira e olha para as escadas, achando que eu ouvi alguma coisa. Fica sem entender.

— Peter viu o homem — concluo.

— O quê?

— Ontem à noite, ele acordou de um pesadelo. Ficou gritando: *Eu vi o rosto dele! Eu vi o rosto dele!*

— Não. Ele teria falado alguma coisa, Alex.

— Irmã Helena o carregou para o quarto. Foi isso que ela me disse: ela o carregou para o quarto.

Irmã Helena sempre o carregou do mesmo jeito: no colo, abraçado a ela, com o rosto voltado para trás, apoiado em seu ombro.

— Acha isso mesmo? — pergunta Leo.

O telefone começa a tocar, mas eu continuo:

— Quando os gendarmes estavam aqui, ele estava perturbado demais para falar. Desde então, não toquei no assunto. Não queria preocupá-lo.

Não vou acordá-lo esta noite, mas terei de encontrar fotos para mostrar a ele. Rostos que talvez reconheça.

A ligação cai na secretária eletrônica, mas não há nenhuma voz do outro lado, apenas um ruído estranho que lembra o clique de uma porta se fechando.

— Venha — digo. — Vamos embora.

Mas, de repente, sinto a mão de Leo me puxar para trás. Está olhando para algo na porta do apartamento. A silhueta grandalhona de um homem.

— *Quem é você?* — pergunta Leo com firmeza. — *Identifique-se!*
Eu recuo.

A silhueta permanece em silêncio. Apenas estende o braço.

A luz se acende.

Um homem idoso entra na sala. Suas pupilas se contraem. Ele ergue o braço diante do rosto para se proteger da luz, ou, talvez, de um ataque de Leo. É o irmão Samuel, um dos farmacêuticos do apartamento ao lado.

— Padre Alex. Você voltou.

— O que está fazendo aqui, irmão?

— Eu telefonei, mas ninguém atendeu.

— O que houve?

Ele está tenso. Sua voz parece estranhamente ensaiada, como se estivesse repassando uma mensagem.

— Uma pessoa veio aqui atrás de você.

— Quando?

— Esta manhã. Ouvi um barulho no corredor e saí para ver o que era.

— E o que aconteceu?

Ele não para de gesticular.

— Padre Alex, não quero me meter nisso. O combinado era que, se eu visse você de novo, daria um telefonema.

— Do que você está falando, Samuel?

— Eu dei o telefonema, Alex.

Estou prestes a falar quando Leo murmura alguma coisa incompreensível. Está olhando para o corredor lá fora, na direção de algo que não consigo ver. Seu rosto está paralisado. Finalmente, os sons que saem de sua boca se transformam em palavras.

— Meu Deus.

Samuel volta depressa para seu apartamento. Ouço o som de sua porta se fechando.

Dou um passo para fora do meu apartamento.

Um vulto está parado no fim do corredor. Ele paira perto das escadas, todo de preto. Quando eu o reconheço, minha pele fica arrepiada.

— *Alex*.

Essa única palavra ecoa do fundo do corredor, e o som de sua voz parte meu coração como um machado.

Ela dá um passo à frente, hesitante.

— Alex, eu sinto muito.

Não consigo nem piscar. Tenho medo de que ela não esteja mais ali quando eu reabri-los.

— Fiquei sabendo de Simon — continua.

Digo a única palavra que minha boca consegue pronunciar. A única palavra que está gravada em cada partícula do meu corpo, como evangelhos em um pergaminho.

— Mona.

É a primeira palavra que digo a minha mulher desde que seu bebê aprendeu a andar.

Capítulo 17

Leo dá um jeito de desaparecer. Os dois trocam um olhar ao se cruzarem no corredor; meu amigo saindo e minha mulher entrando. As lembranças irrompem em minha mente. Vejo-me parado diante dessa porta com ela, carregando compras de supermercado, carregando móveis, carregando nosso filho recém-nascido. Vizinhos se aproximam para bater papo e nos dar os parabéns. O irmão Samuel pendurou tantos balões na porta que nem conseguimos entrar.

Na soleira, ela para. Precisa ser convidada a entrar em sua própria casa.

— Entre — digo.

Quando ela passa por mim, basta eu sentir seu cheiro para restaurar a eletricidade nos recantos mais desgastados do meu coração. Conheço esse perfume. O sabonete que ela sempre comprava na farmácia. Uma fragrância que já identifiquei em cada parte de seu corpo.

Tenho o cuidado de não tocá-la. No entanto, a atmosfera vibra. A reação do meu corpo é violenta, mas minha mente já registra as diferenças. Seu cabelo está mais curto e não está preso para trás, como de costume, mas solto, um pouco abaixo do queixo. Os primeiros sinais de rugas já despontam embaixo dos olhos, mas os braços e o pescoço me parecem mais esbeltos, e a silhueta, mais firme. Ela está com o mesmo vestido preto sem mangas que sempre foi seu preferido, simples, mas que a favorece; o raro tipo de roupa que é, a um só tempo, tradicional e moderna, respeitável e liberal. Ao redor dos ombros, traz o fino cardigã preto que usava quando se exigia que as mulheres cobrissem os braços. Pergunto-me que mensagem desejava transmitir ao escolher essa roupa.

— Posso me sentar? — pergunta.

Indico-lhe uma cadeira e pergunto se ela quer beber algo.

— Água seria bom.

Ela olha em torno, e uma pontada de dor aflora em sua expressão. Nada mudou, nem as fotos nos porta-retratos. Mantive tudo assim para honrar sua memória e esperar seu retorno. Como todo bom romano, eu e Peter construímos nossa vida sobre nossas ruínas.

— Obrigada — diz ela quando volto com os copos. Mais uma vez, certifico-me de que nossas mãos não se toquem.

Mona espera eu me sentar diante dela, então toma coragem e se esforça para me olhar nos olhos. Quando começa a falar, as palavras soam rígidas, como se os muitos ensaios não a tivessem preparado, como se só agora percebesse que seu marido não é apenas uma plateia de uma pessoa só. Todas as horas perdidas, os dias, as semanas e os meses de solidão me cercam, se aglomeram ao meu redor, encarando-a enquanto esperam por respostas. Pelo que conseguirá dizer. Os momentos que não compartilhamos parecem tão distantes no passado que ela se dá conta de que alguns deles jamais ouvirão suas palavras.

— Alex, sei que você deve ter uma infinidade de perguntas sobre o que aconteceu. Sobre por onde eu andei. Vou tentar responder a qualquer coisa que queira perguntar, mas antes há algo que eu preciso dizer.

Ela engole em seco. Seus olhos parecem desesperados para fugir dos meus.

— Quando parti, eu realmente achava que estava fazendo a coisa certa por você e por Peter. Tinha medo do que poderia acontecer se eu ficasse. Minha mente estava cheia de pensamentos horríveis. Mas há algum tempo voltei a me sentir eu mesma. Estou melhor agora. Eu queria telefonar ou vir encontrar vocês dois, mas estava com medo. Meu médico disse que o risco de uma recaída é baixo, mas, mesmo que fosse uma chance em mil, eu não podia fazer vocês passarem por aquilo de novo.

Faço menção de interromper, mas ela levanta a mão, pedindo-me que a deixe terminar enquanto ainda tem forças. Sua boca está retesada. Por um instante, ela parece desolada. Cada músculo de seu pescoço está tenso, o rosto encovado se retrai ainda mais à medida que cerra as mandíbulas. Nesse instante, é como se os anos que ela passou longe de nós a tivessem devastado e o remorso a tivesse devorado por dentro. No pandemônio de minhas emoções, a raiva se atenua. Não posso esquecer como eu e Peter sofremos sem ela. Mas agora vejo que não fomos os únicos.

— Implorei à minha família que descobrisse como você e Peter estavam. Eles perguntaram a algumas pessoas e ficaram sabendo que estavam se virando. Que estavam *bem*. Assim, achei que não era justo virar a vida de vocês de cabeça para baixo só porque eu já estava pronta para voltar.

Pela primeira vez, ela baixa os olhos.

— Mas então eu ouvi falar de Simon — prossegue, hesitante. — E sei o quanto você o ama. Como isso deve ser difícil para você. Por isso, disse a mim mesma que, como as coisas já haviam virado de cabeça para baixo, talvez agora você precisasse de ajuda.

Estas últimas palavras saem débeis, quase como uma pergunta. Como se não estivesse certa de que tem direito a essa esperança. Mona engole em seco. Pousa as mãos na mesa novamente e volta a olhar para mim, preparando-se para o que estava por vir. Ela já disse o que tinha a dizer.

— Teve notícias de Simon? Como? — pergunto, a voz também fraca.

Uma expressão de alívio toma conta de seu rosto. É muito menos doloroso responder a esta pergunta do que a tantas outras que continuam suspensas no ar.

— O namorado novo da Elena trabalha no escritório do vigário — explica ela. — Ele viu os documentos.

Elena. Prima de Mona. Fico imaginando até onde já se espalharam as informações sobre Simon.

— E quem contou a você sobre mim e Peter?

O alívio some. Ela se esforça para me olhar nos olhos novamente, e eu me preparo para ouvir notícias desagradáveis.

— Meus pais — responde. — Voltei a ter contato com eles ano passado.

Isso é um verdadeiro tapa na cara. Por um ano, aquelas pessoas detestáveis a esconderam de mim.

— Eu os fiz jurar que não contariam nada a você — diz, juntando as mãos como se estivesse em oração, suplicando para que eu não os culpe.

Minha raiva cede, mas só porque vejo a aliança em seu dedo. Ela ainda a usa. Ou, pelo menos, está usando esta noite.

— E onde você está morando?

— Num apartamento em Viterbo. Trabalho em um hospital lá.

Viterbo. Fica a duas horas daqui, a última parada da linha norte do trem. Ela foi o mais longe que podia para não nos encontrarmos por acaso, mas não nos abandonou completamente.

Não fugiu para a praia ou para as montanhas. Viterbo é uma austera cidade medieval. Seu marco mais importante, um palácio onde os papas se refugiavam quando saíam de Roma, se destaca na paisagem como a Basílica de São Pedro. Ela foi para lá por um motivo, digo a mim mesmo. Para se impor a tortura da lembrança.

Seus olhos encontram as fotos de Peter. Ao observá-las, ela comprime os lábios. Luta para erguer uma muralha diante de suas emoções, mas de repente fecha os olhos. Lágrimas brotam dos seus cílios e escorrem pelas bochechas como gotas de água em uma chapa quente. Entretanto, ela se recusa a se entregar. Uma autodisciplina implacável é tudo que a mantém equilibrada nessa corda bamba.

Minhas mãos querem segurar as dela. Mas também estou na corda bamba. Abro a carteira, tiro uma foto de Peter e a empurro até o meio da mesa.

Ela a toma nas mãos e, ao ver o garoto em que se transformou nosso bebê, comenta, com voz sufocada:

— É a sua cara.

Primeira mentira do nosso reencontro. Ele não é a minha cara. A suavidade de seus traços é dela. Os cílios escuros. A boca expressiva. Mas talvez ela não esteja se referindo à fotografia. Sua voz é espectral, e seu olhar está distante. Ela está apenas expressando alguma ideia preconcebida do que Peter de fato é. Parece-se comigo porque sou eu quem o veste, quem corta seu cabelo todo mês e o penteia toda manhã. Até nas aquarelas que colocamos nas paredes há uma leve semelhança entre seu esboço de assinatura e a minha. Peter é o dueto que eu e Mona compusemos juntos. Porém, a música soa como minha porque eu a toquei sozinho.

— Mona.

Ela olha para mim, mas seu olhar é vago. Está se retraindo. Sua expressão corporal me pede que vá mais devagar. Ela é forte, mas isso é mais difícil do que ela imaginava.

Esperei anos para lhe fazer essa única pergunta que se agita dentro de mim. Ela me deve uma resposta. Ainda assim, não consigo perguntar. Não depois de vê-la desse jeito.

Seus olhos se fecham.

— Eu sei como você deve estar se sentindo — diz ela. Mona aponta para as fotografias dela nos porta-retratos. — Nada disso faz sentido para mim. — Ela solta um suspiro repentino, profundo. — Eu torci... Sei que isso não faz sentido, mas eu torci para que você tivesse seguido em frente.

Por trás dessas palavras, jaz uma escuridão profunda. É como se ela fosse incapaz de enxergar qualquer traço de felicidade nessa recusa a esquecer. Como se já imaginasse até uma alternativa.

— Mona, você encontrou outra pessoa? — pergunto calmamente.

Ela balança a cabeça angustiada, dando a entender que estou tornando as coisas mais difíceis.

— Então por que você nunca...

Ela agita as mãos diante do rosto. Chega. Agora não.

Somos estranhos. Não temos nada em comum além de destroços. Talvez isso seja o máximo que podemos fazer em uma noite.

— Bom, Simon está bem? — pergunta ela com uma voz sufocada.

Desvio o olhar. Por anos Mona e sua família me esconderam as coisas. Agora, ela vem me perguntar sobre minha vida.

— Ele não matou ninguém — respondo.

Ela assente energicamente com a cabeça, querendo dizer que isso é óbvio. O cunhado que ela antes considerava tão enigmático, tão imprevisível, agora é um verdadeiro santo.

— Não sei por que ele vem sendo atacado — digo.

Por um segundo, sua expressão é de ternura. Como se minha lealdade a Simon fosse algo bonito de rever, algo repleto de novos significados depois desses anos de separação.

— Como posso ajudar? — indaga ela.

Tento evitar que qualquer emoção transpareça em minha voz.

— Não sei. Preciso pensar no que é melhor para Peter.

Ela se recompõe.

— Alex, eu daria tudo para vê-lo.

A resposta me sai de imediato, antes que eu me permita pensar duas vezes:

— Então quero que vocês se encontrem.

— Está bem. — Ela se apruma repentinamente na cadeira. — Eu adoraria.

Mona não tira os olhos do carrinho de controle remoto de Peter, que está no chão, uma Maserati vermelha com um dos eixos quebrados depois de uma batida em um muro medieval. Peter escreveu o nome na porta. Mona não tira os olhos do garrancho.

— Eu *realmente* adoraria vê-lo — repete ela num tom mais fraco.

Descubro o quanto essas palavras significam para mim, e isso é um alerta de que preciso recuar, ir com calma. Se a esperança chega assim tão facilmente, o mesmo vale para a desilusão.

— Mas não posso permitir isso antes que Peter esteja pronto — comento. — E preciso de tempo para prepará-lo. Portanto, não dá para você simplesmente vir bater à nossa porta de novo.

Ela parece arrasada. Presa em seu silêncio.

Por fim, levanto-me.

— Peter está na casa do meu tio neste momento. Preciso voltar para lá.

— Claro.

Ela se levanta. Agora que está de pé novamente, parece mais forte. Ajusta o cardigã e coloca a cadeira de volta no lugar. À porta, faz questão de não se mover, esperando que eu tome a iniciativa da despedida. Mas a ideia de sua partida me preenche com a premonição de uma enorme solidão. Se pela manhã ela já tiver voltado para Viterbo, terei de esconder de Peter meus sentimentos. Não posso permitir que ele saiba sobre esta noite.

Vendo que minha hesitação só aumenta, ela levanta a mão, como se estivesse tocando uma parede de vidro.

— Aqui está meu telefone — diz. Já está escrito em um pedaço de papel em sua mão. — Ligue quando você e Peter estiverem prontos.

DEPOIS QUE ELA se foi, Leo retorna a passos lentos. Permanece calado. Voltamos ao mais antigo terreno da nossa amizade. Em silêncio, ele me leva de volta à casa de Lucio.

À porta do palácio, ele me dá um tapinha no braço e lança um olhar expressivo.

— Se quiser falar sobre isso... — diz, fazendo com a mão o sinal de um telefone.

Mas eu não quero.

Peter dorme. Seu corpo está esparramado na cama, os pés quase encostando no travesseiro. Ajeito-o, e ele abre os olhos.

— *Babbo* — diz, lúcido por um instante, depois apaga novamente. Beijo-o na testa e acaricio seu braço.

As mães aqui da vizinhança me perguntam como um pai solteiro consegue se virar. Ao me verem nas festinhas infantis e nos encontros realizados para as crianças já se familiarizarem umas com as outras antes de começarem o ensino fundamental, elas comentam sobre como Peter é sortudo por me ter como pai. Elas nunca suspeitam de que eu sou um fantasma. Um navio naufragado arrastado de volta à terra firme por aquele garotinho pendurado no trepa-trepa. Deus levou Mona, mas deixou Peter. Agora, ela está a apenas um telefonema de distância. Todavia, não sei se consigo digitar aqueles números.

Faço uma oração para Simon, depois decido dormir no chão. Meu garotinho merece uma cama só para ele. Antes de sair dali, porém, sussurro ao seu ouvido:

— *Peter, ela voltou para casa.*

Capítulo 18

Peter acorda assim que o dia amanhece. Lucio e Diego ainda estão dormindo, mas na cozinha as freiras lavam as frutas e verduras da estação, descascam as cenouras e colocam a alface de molho. Não parecem se importar de dividir seu momento de paz com um pequeno Napoleão que marcha entre elas, afastando seus hábitos como um apresentador de teatro que afasta as cortinas para entrar no palco.

— Cadê os cereais? Quais vocês têm? — pergunta ele. Nenhum italiano que se preze comeria cereais no desjejum, mas Michael Black me apresentou ao café da manhã americano quando eu era garoto, assim como, mais tarde, apresentaria Simon aos cigarros de seu país. Penso no que Mona diria ao descobrir que seu filho herdou o hábito do pai.

Ela está em toda parte nesta manhã luminosa. Sinto sua presença desde que ela nos deixou, principalmente de madrugada, quando o silêncio recobre o mundo e os sonhos pairam nos confins da noite.

— Honey Smacks, por favor — diz Peter, vasculhando a gaveta dos talheres em busca de uma colher. Em seguida, desaba em uma cadeira para esperar alguém lhe servir.

Eu mesmo vou pegar os cereais. Nunca houve alimentos desse tipo aqui antes de Peter nascer. Na idade dele, lembro-me de pedir a Lucio uma fatia de panetone no café da manhã, um dia depois do Natal, e ouvi-lo responder que todos os panetones tinham sido jogados no lixo. Enquanto tomo meu café espresso, observo a caixa de leite ao lado da tigela de Peter. Leite fresco, direto dos pastos do papa em Castel Gandolfo. As primeiras pontadas de realidade voltam à minha mente. Pergunto-me se Leo conseguiu descobrir o paradeiro de Simon. O som distante dos sinos de uma igreja indica que são sete e meia. Faltam duas horas e meia para nosso encontro com Mignatto.

— Posso ir jogar bola com os garotos? — pergunta Peter ao terminar de comer e entregar a tigela para as freiras lavarem.

Geralmente os rapazes do pré-seminário deixam Peter jogar futebol com eles. É umas das vantagens de ser filho do professor. Mas ele parece não se dar conta de que ainda é muito cedo.

— Precisamos ir a um lugar — digo. — Podemos jogar bola juntos no caminho.

AO LADO DO palácio, nos canteiros de flores com o formato do brasão de João Paulo, equipes de jardineiros trabalham desde cedo, tentando terminar o serviço antes do sol do meio-dia. O jardineiro-chefe, que também tem filhos, sorri ao nos ver treinar dribles pelos caminhos íngremes. É cruel ensinar um menino a jogar futebol em um lugar assim. A inclinação é tanta que, nos dias de chuva, as escadas que ligam um caminho ao outro se transformam em cachoeiras. Aprender a dominar uma bola aqui é como aprender a nadar contra a correnteza no rio Tibre. Mas Peter é teimoso e, assim como o tio, parece preferir os inimigos implacáveis. Depois de meses perdendo a guerra contra a gravidade e perseguindo bolas fujonas até o pé da basílica, ele agora consegue descer saltitando num pé só enquanto desacelera a bola com o outro. Diante de tamanha habilidade, outro jardineiro gesticula com a mão como se dissesse "excelente". Futebol é algo que todos aqui temos em comum.

— Aonde a gente vai? — pergunta Peter de bom humor.

Mas quando aponto para o prédio, ele resmunga.

Os museus só abrem às nove, mas, como os gabinetes oficiais abrem às oito para encerrarem o dia de trabalho à uma da tarde, só me resta meia hora para ver a exposição sozinho antes de os curadores chegarem. Preciso desse tempo para me preparar para as perguntas de Mignatto.

A entrada principal está trancada, assim como as portas que dão acesso à ala dos curadores, que, além de trancadas, estão sendo vigiadas. Mas Ugo me ensinou uma forma complicada de entrar pelos fundos, passando pelos laboratórios de restauração no subsolo, seguindo por um corredor em curva e, por fim, voltando ao andar térreo por um elevador de serviço. Logo eu e Peter estamos percorrendo galerias que eu não havia visto ontem. A visão do braço inerte de um guindaste usado para pendurar uma gigantesca pintura da Deposição da Cruz deixa meu filho hipnotizado. Ao lado, vê-se uma tela ainda maior, grande o bastante para bloquear um túnel. A obra retrata os discípulos olhando para o sudário de Jesus no sepulcro vazio. Na parede há passagens dos evangelhos com algumas partes em negrito. Um detalhe me chama atenção.

Marcos 15, 46: Depois de **ter comprado um pano de linho**, José tirou-o da Cruz, **envolveu-o no pano**...

Mateus 27, 59: José tomou o corpo, **envolveu-o num lençol branco**.

Lucas 23, 53: José o desceu da cruz, **envolveu-o num pano de linho**...

Por fim, vejo o extraordinário encerramento da seção. A visão me detém de imediato. Esta é, certamente, a primeira vez que aquilo é apresentado nos museus papais. Do outro lado da galeria, observa-se uma gigantesca reprodução da página do Diatessarão em que são descritos a morte e o sepultamento de Jesus. Os borrões foram removidos, de modo que o texto grego está totalmente visível, mas resta uma leve mancha, mostrando-se, assim, que os alogianos censuraram a versão dos acontecimentos narrada por João. É nesse local, longe das outras citações dos evangelhos, que o texto de João está estampado na parede. Ugo reservou um lugar para a ovelha negra dos evangelhos. E, para deixar bem claro o que queria dizer, marcou em negrito palavras bem diversas:

> João 19, 38-40: Foi, pois, e tirou o corpo de Jesus. Acompanhou-o **Nicodemos**, aquele que anteriormente fora de noite ter com Jesus, levando **umas cem libras de uma mistura de mirra e de aloés**. Tomaram o corpo de Jesus e **envolveram-no em panos** com os aromas, como os judeus costumam sepultar.

Fico surpreso. Ugo reuniu aqui todas as nossas lições sobre os evangelhos, para que o mundo as visse. Tudo o que marcou em negrito na narrativa de João mostra como seu evangelho difere dos demais. Como os outros três possuem uma única voz, enquanto o relato de João não se harmoniza com os demais. Além disso, Ugo foi bem audacioso ao colocar aqui essa imagem do Diatessarão: parece estar dizendo que, mesmo dezenove séculos atrás, no tempo dos alogianos, os cristãos sabiam que João não havia escrito exatamente um livro histórico.

Isso me deixa profundamente incomodado. Ugo deveria estar trabalhando na história do sudário. Pensei que nossas lições sobre os evangelhos apontassem para algo diferente disso, para uma teoria sobre como o sudário saiu de Jerusalém e foi para Edessa. O que vejo aqui é muitíssimo mais controverso. A Igreja considera que muitas pessoas não estão preparadas para serem expostas a certas ideias. O que é bom para o pastor pode não ser o melhor para as ovelhas. Por não dominarem as técnicas de interpretação das Escrituras, os católicos leigos podem sair desta galeria com a impressão de que João é um evangelista de segunda categoria ou que seu evangelho deveria ser totalmente descartado, por ter deturpado os fatos. Tudo o que Ugo expôs aqui está correto do ponto de vista técnico, mas é enorme o risco que ele assumiu ao exibir essas informações tão publicamente e deixar o visitante tirar suas próprias conclusões.

Conduzo Peter rapidamente pelas galerias que vimos ontem. Temos apenas vinte minutos para ver tudo o que Ugo escondia na manga.

Por fim, chegamos a uma área quase no fim dos museus, onde as galerias conduzem à Capela Sistina. Ali paira estendido um grande véu de plástico preto, grosso como lona, diante da próxima entrada. Peter abraça sua bola de futebol, protegendo-a. Espreita a escuridão do outro lado da cortina como se olhasse para o closet onde se escondeu com a irmã Helena.

Afasto o véu. A atmosfera do outro lado cheira a argila. Longas paredes falsas foram erguidas em frente às janelas para bloquear a luz natural. O chão está branco de poeira. Algo está errado. A exposição abre em três dias, mas nada parece pronto aqui.

Ao nosso redor, vejo vitrines que parecem ter sido tratadas como meros cavaletes de apoio. Suas tampas de vidro estão polvilhadas de partículas de gesso das paredes falsas. Estão envoltas em fios elétricos. Limpo a superfície com a mão e vejo um manuscrito de Evágrio Escolástico, historiador cristão que viveu duzentos anos antes de Carlos Magno. Na página diante de mim, conta-se como Edessa foi atacada por um exército persa, mas foi salva pela miraculosa imagem de Jesus. Ao lado, está um escrito de 300 d.C, do bispo Eusébio. Nele, o pai da história eclesiástica relata que esteve pessoalmente nos arquivos de Edessa, onde viu as cartas que Jesus trocou com o rei da cidade. Percebendo que os textos estão em grego, Peter fica mais animado.

— Essas palavras são *grandes*! — diz.

Cada página parece uma sucessão interminável de letras, porque esses manuscritos foram redigidos antes da invenção dos espaços entre as palavras. São documentos místicos, misteriosos. Tão antigos que o mundo relatado neles é estranho ao nosso, uma reminiscência do universo dos evangelhos. O mistério parece rotina. As fronteiras entre história, fantasia e rumores são obscuras. Mas a tese de Ugo é evidente: desde épocas muito remotas, os intelectuais do Oriente cristão já ouviam falar de uma relíquia poderosa guardada em Edessa e cuja origem remontava ao próprio Cristo.

Olho ao redor, buscando indícios do que pode ter acontecido aqui, do motivo de tudo ter ficado por terminar. A impressão é de que a exposição passou por uma mudança repentina de planos. As partes são familiares, mas a ideia principal é diferente e estranha.

— Vem — chamo Peter, indicando-lhe a próxima sala, que espero encontrar em melhor estado.

Mas os funcionários largaram uma vitrine bem à entrada, como se não soubessem a que galeria deviam levá-la. Dentro da caixa, jaz um pequeno e singelo manuscrito que registra um sermão de mil anos atrás. O sermão foi proferido por ocasião de um resgate milagroso: um exército bizantino marchou até os portões de Edessa, tomou das mãos dos muçulmanos a imagem mística de Jesus e a transportou por mais de mil e duzentos quilômetros através das montanhas e dos desertos da Turquia, até chegar de forma triunfal a Constantinopla, a capital ortodoxa.

Paro e olho para o manuscrito com mais atenção. Não era isso que eu achava que Ugo havia descoberto. Esse sermão foi proferido em 944 d.C., muito tempo antes das Cruzadas. Isso significa que nós, católicos, não resgatamos o Sudário de Edessa. Antes de os primeiros cavaleiros cruzados porem os pés na estrada, os ortodoxos já o tinham resgatado e levado para fora daquela cidade. Então como foi que *nós* pusemos as mãos nele?

A galeria seguinte é o fim da linha. As paredes estão pintadas de cinza chumbo. À medida que meus olhos se adaptam, porém, começo a distinguir algumas formas: silhuetas brilhantes de navios e exércitos, cúpulas e campanários. O panorama de uma cidade à noite, pintado em diversos tons de preto. Não há nada aqui além de uma pequena vitrine e, atrás dela, duas portas que levam ao corredor seguinte. Peter corre à frente para testá-las e descobre que estão trancadas. Talvez o Diatessarão esteja guardado ali. Volto, então, para a caixinha de vidro. Dentro dela, vê-se uma folha de pergaminho solitária, escrita em grego, com um selo vermelho aparentemente régio. A data é 1205 d.C.

Sinto um aperto no estômago. Isso está fora de ordem. Os manuscritos latinos de Ugo, duas galerias atrás, são mais antigos que este pergaminho. Os manuscritos gregos que acabei de ver eram *muito mais* antigos. Se este é de 1205, ele inverte a sequência temporal. Provavelmente a intenção de Ugo era apresentar algo novo. Uma linha diferente de argumentação. E o ano de 1205 situa-se bem próximo a um acontecimento da história do Oriente que esta exposição nunca, jamais deveria invocar.

A placa ao lado do pergaminho informa que estou olhando para um documento proveniente dos Arquivos Secretos do Vaticano. Uma carta enviada ao papa pela família imperial bizantina.

Uma dor atravessa meu corpo. Só havia uma razão para que o imperador do Oriente escrevesse ao papa em 1205.

As palavras voam diante dos meus olhos. *Ladrões. Relíquias. Imperdoável.* Uma sensação opressiva me impede de desviar os olhos do documento. Não pode ser.

Por fim, encontro as linhas que devem ter empolgado Ugo ao descobrir esta carta e que provavelmente o deixaram horrorizado quando Simon explicou seu conteúdo.

Eles roubaram a mais sagrada de todas as relíquias, o pano de linho em que Jesus Cristo Nosso Senhor foi envolto após sua morte.

Agora reconheço a imagem na parede. Compreendo por que Ugo mandou pintá-la de preto. Era *este* o motivo da preocupação dele com as Cruzadas. Foi *assim* que pusemos as mãos no sudário. Não o resgatamos de Edessa. Nós o roubamos de Constantinopla.

O ANO DE 1204 é o mais sombrio na história das relações entre as Igrejas Católica e Ortodoxa. Muito mais sombrio que o ano do Cisma, um século e meio antes. Em 1204, um exército de cavaleiros católicos embarcou em uma viagem rumo à Terra Santa por ocasião da Quarta Cruzada. No meio do caminho, porém, pararam em Constantinopla. A intenção era juntar-se aos exércitos cristãos do Oriente, unir forças com os irmãos ortodoxos na maior das batalhas religiosas. Mas o que encontraram na capital ortodoxa foi diferente de tudo que conheciam no Ocidente católico. Constantinopla era, então, o bastião da cristandade. Desde a queda de Roma, ela fora a protetora de toda a Europa. Seus muros jamais haviam sido conquistados pelos invasores bárbaros, de modo que dentro deles havia riquezas inexploradas acumuladas ao longo de mil anos. Tesouros do mundo antigo jaziam ao lado da maior coleção de relíquias cristãs que jamais existira no planeta.

Enquanto isso, no Ocidente, oito séculos haviam transcorrido desde a queda de Roma, oito séculos de invasões bárbaras, conquistadores estrangeiros e caos. Nós, católicos, éramos pobres. Tínhamos fome. Estávamos exauridos. Devíamos dinheiro aos donos dos barcos em que navegávamos e não conseguíamos honrar os compromissos financeiros assumidos em prol de nossa própria guerra santa. Quando viram as riquezas da capital ortodoxa, os cavaleiros católicos cometeram o mais grave erro de toda a história do cisma milenar entre nossas igrejas.

Em vez de continuarem navegando até a Terra Santa, atacaram Constantinopla. Estupraram mulheres ortodoxas e mataram padres ortodoxos. Passaram seus irmãos cristãos a fio de espada e incendiaram regiões inteiras da cidade, apagando da face da Terra a majestosa biblioteca de Constantinopla. Na Hagia Sophia, a Basílica de São Pedro dos orientais, os católicos puseram uma prostituta no trono. E, como o imperador não tinha como pagar o enorme resgate que exigimos pela libertação da cidade — nem mesmo derretendo todo o seu ouro —, invadimos as igrejas ortodoxas e saqueamos suas relíquias.

Os tesouros de todas as igrejas do Ocidente hoje, combinados, formam apenas um pálido reflexo do que jazia naqueles relicários. Por séculos, as mais antigas cidades cristãs orientais enviaram seus mais preciosos objetos a Constantinopla, para protegê-los de nossos inimigos. Os exércitos imperiais os guardavam, e os patriarcas rogavam a Deus que os protegesse. A própria civilização bizantina transformou-se em um sistema de proteção para a enorme quantidade de tesouros religiosos que guardava em seu coração. Os quais nós, católicos, decidimos saquear.

Este é o panorama retratado nas paredes desta galeria. Constantinopla, em meio às trevas infinitas de 1204.

Os católicos ocidentais de hoje não compreendem a permanência dessa ferida, mas há outro momento histórico que ilustra isso muito bem. Dois séculos e meio mais tarde, muito depois de os católicos pilharem Constantinopla e irem embora, foi a vez de os exércitos muçulmanos chegarem. Diante da possibilidade de extinção de sua civilização, os bispos ortodoxos se viram forçados a pedir ajuda. Viajaram ao Ocidente e negociaram um pacto humilhante com o papa. Quando voltaram para casa, porém, seu próprio rebanho os repudiou. Os homens e as mulheres da Igreja Ortodoxa haviam tomado sua decisão. Preferiam morrer nas mãos dos muçulmanos a ficar devendo a vida aos católicos.

Assim, Constantinopla caiu. Em seu lugar, nasceu Istambul. E até hoje, se perguntarmos a um ortodoxo o que selou o cisma entre nossas igrejas, ele cerrará os dentes e responderá, com o punhal ainda enterrado nas costas: 1204.

A carta que tenho diante dos olhos ressuscita o horror daquele ano. Ugo descobriu o fato mais incriminador que se poderia imaginar. Não é mais um mistério a maneira como o sudário chegou à França medieval. Não é mais um mistério o motivo por que ele parecia não ter um passado. Nós, católicos, tínhamos todos os motivos para nos esquecermos de sua origem. Pois nós o roubamos dos ortodoxos.

Fico sem palavras diante da audácia de Ugo. Montar um cenário como esse, embaixo do nariz do papa. É uma confissão chocante de um pecado católico. Embora ninguém possa conhecer mais do que eu a fidelidade de Ugo à verdade e sua insistência em apresentar os fatos a qualquer preço, ainda assim estou perplexo. Nunca houve momento mais oportuno que este para esconder uma descoberta e aderir a um silêncio respeitoso. Gostaria de me sentir tocado com a coragem de Ugo. Em vez disso, estou chocado com sua indiferença às consequências.

Das minhas emoções emerge um único pensamento: interpretei tudo errado até aqui. A Secretaria de Estado não tentaria silenciar uma descoberta como essa. Antes a teria encorajado. Se Simon convidasse padres ortodoxos a visitar esta sala, da mesma forma que papai convidou ortodoxos a ir a Turim há dezesseis anos, sua atitude apenas iria ao encontro do que o cardeal Boia vem tentando fazer desde que se tornou secretário de Estado: retrocederia em meio século nossas relações com a Igreja Ortodoxa. Milhares de cristãos perderam a vida por causa do ódio nascido em 1204. Ugo faria com que esse sentimento ressurgisse.

Eis a razão de Simon se recusar a falar. Aqui está o segredo que ele valoriza mais que seu próprio sacerdócio. As galerias não terminadas contam toda a história. Não é de admirar que o trabalho de Ugo tenha sido interrompido e que ele não tenha dado a Lucio suas anotações finais para que meu tio terminasse de montar a exposição. Mesmo assim, Lucio autorizou Simon a finalizar tudo, a modificar o que estava montado aqui, e eu o vi trabalhando em uma ala completamente diferente do museu. Como pôde permitir que tudo isso permanecesse aqui?

Sinto Peter puxar minha batina, mas não consigo falar. Ajoelho-me e o abraço, tentando me recompor.

— Já é hora de ir? — indaga ele. — A gente pode ir embora?

Assinto e sussurro:

— Sim, já é hora.

Ele então se abaixa e toma minha mão, puxando-a repetidas vezes para que eu me levante.

— O que a gente vai fazer agora?

Não sei. Simplesmente não sei.

Capítulo 19

O escritório de Mignatto fica do outro lado do rio Tibre, na Via di Monserrato, 149. Passamos por mais de dez igrejas, um seminário pontifício e um punhado de edifícios renascentistas identificados com placas que indicam os nomes dos santos que ali viveram. Os apartamentos aqui são de propriedade da Igreja, que os aluga a preços baixos aos funcionários do papa. Portanto, mesmo em Roma, a vizinhança de Mignatto é praticamente uma extensão do Vaticano.

Chegamos antes da hora, mas não tenho para onde ir. Eu e Peter nos sentamos na escadaria de uma igreja. Tento ligar para o celular de Simon, mas a ligação não completa. Se o telefone dele estiver ligado, a bateria acabará até hoje à noite. Se estiver desligado, é porque Simon já fez sua escolha. Seu silêncio é total.

— Quero ir para casa — diz Peter.

Casa. Que casa?

Pego-o no colo.

— Peter, sinto muito.

Ele assente com a cabeça.

— Vai ser um período difícil, mas nós vamos superá-lo — garanto.

A descoberta de Ugo deve ser um dos motivos pelos quais meu irmão está sendo processado. Qualquer padre ortodoxo que ele tenha convidado para a exposição ficará chocado e indignado. Portanto, ninguém está mais sujeito à humilhação que meu irmão. Além disso, as salas não terminadas da mostra dão a impressão de que Ugo foi morto para que o segredo não viesse à tona. As ameaças que eu e Michael recebemos também apontam para essa direção.

Conte-nos o que Nogara estava escondendo.

Sou tomado por estranhas sensações. Penso em Mona. Sinto-me só, como se a experiência de perder minha mulher tivesse se unido ao medo de ficar sem meu irmão.

— O monsenhor Mignatto vai nos ajudar — asseguro a Peter. — Vamos nos encontrar com ele.

Peter faz uma contraproposta.

— A gente pode ver o Simon?

— Talvez amanhã, Pete.

Ele rola a bola de futebol à sua frente pela rua de paralelepípedo e pratica o giro 360, o drible que ele imaginava aperfeiçoar com a ajuda do tio.

— Está bem. — Ele repete o drible várias vezes sem parar. — Talvez amanhã.

Há um leve tom de desapontamento em sua voz. Mas bem leve. A vida ensinou esse menino a ter cautela com suas esperanças.

Quando chegamos ao número 149, Peter aperta o interfone, e Mignatto nos manda subir até o último andar.

— Chegou antes do horário, padre — comenta. Depois, ao ver que estou acompanhado de Peter, acrescenta: — Mas, por favor, entrem.

O escritório, na verdade, é um cômodo de seu pequeno apartamento. Não se ganha muito com o direito canônico. Os homens em sua posição fazem bico como professores nas universidades pontifícias ou como editores de publicações eclesiásticas, integrando com dignidade a classe média sacerdotal.

O escritório propriamente dito é modesto, mas bonito. O tapete persa ainda dá sinais de sua antiga elegância. A atmosfera do ambiente deve-se, principalmente, às prateleiras de livros jurídicos e à mesa de Mignatto, em madeira escura com pés rococó, talvez uma verdadeira antiguidade. Sobre ela, vê-se a fotografia obrigatória dele com João Paulo. Ambos estão muit mais jovens.

— Há algum lugar onde Peter possa brincar enquanto conversamos? — pergunto.

As maçãs do rosto de Mignatto ficam vermelhas.

— Claro — diz ele.

Ao vê-lo conduzir Peter pelo corredor, percebo o quanto o deixei constrangido. A cozinha não é grande o bastante para acomodar uma mesa e uma cadeira, e o único outro aposento é o seu quarto. A decoração é austera: um crucifixo acima da cabeceira da cama e uma TV pequena em uma mesa estreita com um único jogo americano.

— Ele pode ver televisão? — pergunta Mignatto.

— Quantos canais você tem? — pergunta Peter de forma inocente.

O monsenhor lhe entrega o controle remoto.

— Apenas os que a antena pega.

Quando ficamos a sós no escritório, digo a Mignatto:

— Monsenhor, acabo de passar pelos museus. Há algo que o senhor precisa saber sobre a exposição de Ugo.

Explico-lhe tudo: as galerias inacabadas e a descoberta que pode provocar uma reviravolta em toda a questão da posse do sudário.

— Eu estava errado — digo. — A Secretaria de Estado não pode estar tentando impedir a realização da exposição, muito pelo contrário. Eles tentariam fazer com que a exposição acontecesse.

— Então, encontramos o motivo de Simon — conclui Mignatto em tom sombrio.

— Não. Ele jamais mataria Ugo.

O monsenhor balança a cabeça para a frente e para trás, avaliando os fatos contra e a favor.

— Sua Eminência — ele se refere a Lucio — me informou que seu irmão é obcecado pelas relações com os ortodoxos.

— Mas Ugo teria feito qualquer coisa por meu irmão. Bastaria Simon pedir.

Ao dizer essas palavras, penso que talvez tenha sido exatamente isso o que aconteceu. Ugo tentou entrar em contato comigo para contar a descoberta. Mas teria procurado Simon primeiro. E, se Simon tivesse implorado para ele não revelar seus achados, isso poderia ter resultado nas galerias inacabadas e no súbito interesse da Secretaria de Estado pelo motivo de sua mudança de planos.

Mignatto faz uma longa anotação e depois a enfia em uma pasta.

— Teremos que retornar a isso mais tarde. Primeiro, preciso fazer algumas perguntas importantes. Por exemplo, não consegui descobrir nada sobre a localização de seu irmão. E você?

— Também não, mas uma pessoa está me ajudando com isso. Quanto tempo temos?

— Em um julgamento normal, semanas, talvez meses. Mas o processo está correndo com uma rapidez impressionante. Espero termos pelo menos uma semana. — Para a minha surpresa, ele sorri. — Tendo em vista que houve alguns *desdobramentos* desde ontem à noite.

Ele faz uma pausa e vai até uma pilha de papéis, enquanto fico pensando em suas palavras. Anseio por boas notícias, mas temo que aquilo que ontem parecia bom hoje possa se mostrar ruim.

Mignatto me entrega um envelope aberto.

— O libelo menciona a ficha de seu irmão na Secretaria de Estado, mas em meus *acta causae* não havia esse documento. Portanto, requeri uma cópia. Uma hora atrás, um entregador deixou esse envelope. — Com um sinal, ele me pede que o leia. — Vá em frente. Na qualidade de procurador, você pode ler.

Dentro do envelope, há uma única folha de papel timbrado.

Caro e reverendo monsenhor Mignatto,

É com satisfação que confirmo haver recebido seu requerimento de envio da ficha pessoal do Rev. Pe. Simon Andreou. No momento, entretanto, não foi possível encontrar as informações requeridas nos arquivos gerais da Secretaria de Estado. Estão, portanto, indisponíveis.

*Com os mais sinceros votos,
sempre devotado ao Senhor,*

+ Stefano Annibale

— Não entendo — respondo, virando a página em busca de algo mais.

— A ficha desapareceu.

— Como isso é possível?

— Não é. Alguém não quer que seja vista.

Bato a folha na mesa.

— Como pretendem que elaboremos uma defesa sem vermos as provas?

Mignatto levanta o dedo em sinal de advertência.

— Se a ficha sumiu, os juízes também não podem vê-la.

— Mas e se essa ficha pessoal pudesse ajudar Simon?

Mignatto gira uma velha caneta-tinteiro pelos lábios.

— Também me fiz essa mesma pergunta. Até que, vinte minutos atrás, recebi um telefonema de um escriturário do tribunal. Parece que a ficha de seu irmão não é a única prova desaparecida.

Seus olhos brilham enquanto ele empurra uma cópia do libelo em minha direção. Seu dedo médio aponta para um dos itens da lista de provas.

— Está de brincadeira — digo.

Com um floreio da outra mão, Mignatto revela:

— Não há mais vídeo da câmera de segurança.

Meus olhos permanecem fixos nas palavras impressas. Sinto uma vertigem tomar conta de mim.

— Você nem imagina como eu estava preocupado com esse vídeo — continua o monsenhor. — Qualquer detalhe que contradissesse o testemunho de seu irmão seria fatal.

— Então, onde estará essa gravação?

— Estão procurando por ela, obviamente. Ela se extraviou em algum lugar entre Castel Gandolfo e o Vaticano. — Ele ergue as sobrancelhas como se estivesse esperando minha reação.

— Isso é uma boa notícia, certo? — pergunto, hesitante.

— Ah, eu diria que sim — responde, com um sorriso contido. Mas seu sorriso some, e seu olhar se torna mais penetrante. — Padre, quero sugerir uma coisa. E preciso que seja honesto comigo.

— Naturalmente.

— Acho que seu irmão tem um amigo no alto escalão. Um anjo da guarda. Ele está sendo protegido por alguém que tem acesso às provas.

— Quem?

— Diga você. É de extrema importância que eu saiba quem são nossos amigos.

— Não tenho a menor ideia de quem *poderia* fazer algo assim.

Mignatto puxa o lóbulo da orelha, ainda aguardando.

— Acha que meu tio fez isso?

— Ele fez?

Estou sem palavras.

— Os jardineiros de Castel Gandolfo não são subordinados dele? — provoca Mignatto.

— Pode ser, mas ele não conseguiria fazer uma ficha desaparecer da Secretaria de Estado. E o senhor viu as condições dele ontem à noite.

O monsenhor dá de ombros, como se sugerisse que meu tio é um homem esperto.

— Isso nos dá o que pensar.

Olho o libelo de relance. Com a gravação e a ficha pessoal desaparecidas, as chances de Simon ser acusado diminuem drasticamente. Dois terços das provas se evaporaram.

— Ainda há material suficiente para abrir o processo?

Mignatto assume um ar mais solene.

— Infelizmente, nem todos os desdobramentos ocorridos desde ontem à noite são positivos. Você provavelmente lembra que o libelo menciona uma mensagem de voz deixada na nunciatura por Nogara. Eu ainda não a ouvi, mas o promotor de justiça, o responsável pela instauração do processo, a considera uma das provas mais importantes contra seu irmão.

— Por que não ouviu ainda?

— Porque enviei uma petição à corte solicitando uma perícia para confirmar se a mensagem foi mesmo deixada por Nogara.

— O que isso significa?

— Que estou tentando ganhar mais alguns dias para preparar a defesa. A mensagem provavelmente *foi* deixada por Nogara, mas...

— Se a mensagem for mesmo de Ugo, não temos com que nos preocupar. Ugo e Simon eram amigos íntimos.

Mignatto franze o cenho.

— Padre, há algo de errado com essa prova, alguma coisa que sugere cautela.

— O quê, exatamente?

O monsenhor corre os polegares pela borda inferior do tampo da escrivaninha. Por um momento, seu olhar se desvia do meu.

— Nogara deixou a mensagem de voz no aparelho que fica no quarto de seu irmão na embaixada. De algum modo, essa mensagem foi gravada. Parece que alguém havia grampeado o telefone de Simon.

Uma onda de calor percorre meu corpo.

— Monsenhor...

— Reconheço — interrompe Mignatto rapidamente — que isso possa reforçar seu sentimento de que seu irmão estava, de algum modo, marcado. Mas preciso adverti-lo contra conclusões precipitadas. Não sei como funciona a Secretaria de Estado, mas suponho que esses grampos sejam rotineiros. Ambos sabemos que, na prática, os padres de lá raramente se comunicam por linhas abertas e que, de fato, não esperam ter muita privacidade. Não há razão para nos preocuparmos com isso até termos mais informações.

— Monsenhor, o senhor precisa fazer com que os juízes rejeitem essa mensagem de voz. Deve haver alguma norma contra provas obtidas por meio ilícito.

— Talvez ela não tenha sido obtida por meio ilícito. Os telefones da Secretaria de Estado são propriedade da nunciatura, assim como, provavelmente, o sistema de correio de voz ou a secretária eletrônica onde a mensagem foi deixada. De todo modo, o fato é que os juízes já tomaram sua decisão. Vão aceitar a mensagem como prova.

Fico surpreso.

— Por quê?

Mignatto junta as mãos como quem pede trégua.

— Por favor, tente lembrar que não se trata de um processo civil. Em nosso sistema inquisitorial, o bem mais valioso não é a proteção dos direitos do acusado, mas a busca da verdade. Quaisquer informações com valor probatório, mesmo que obtidas ilicitamente, devem ser levadas em consideração pelo tribunal.

— Se é assim, o que mais podem fazer contra Simon? — esbravejo.

— Tudo o que quiserem? Você ainda acha isso justo e normal?

— É justo. E um processo por homicídio em uma corte canônica nunca é normal.

— Então, quem fez a gravação?

— Garanto que estou tentando descobrir.

Segundo Michael, antes de ser agredido, ele foi seguido até o aeroporto por padres vindos da nunciatura. Todos os caminhos levam à Secretaria de Estado.

— Por favor, deixe isso comigo — pede Mignatto. — Por ora, há outro ponto que precisamos discutir. Como eu disse ontem à noite, a defesa pode sugerir depoentes, ainda que o tribunal não seja obrigado a ouvir o testemunho deles. Como o sacerdócio de seu irmão está em risco, espero convencer os juízes a aceitarem testemunhas abonatórias. Se você providenciasse uma lista de candidatos, isso me ajudaria muito. Quanto mais respeitáveis, melhor.

— Michael Black — respondo imediatamente.

— Pode repetir? — diz ele, brandindo uma caneta.

— Padre Michael Black.

— Aconselho que essas testemunhas sejam, no mínimo, bispos.

— Ele não é uma testemunha abonatória. Foi ameaçado pelas mesmas pessoas. Foi espancado por elas.

Tiro a foto da carteira e a entrego a ele.

Mignatto estuda-a com expressão circunspecta.

— Onde está esse homem agora? Preciso falar com ele.

— Trabalha na mesma nunciatura de Simon, mas está tentando se resguardar.

— Como faço para entrar em contato com ele?

Eu tenho o número de celular, mas, se Mignatto telefonar a ele diretamente, Michael considerará isso uma traição.

— Deixe-me conversar com ele primeiro — respondo.

Depois de ter contado aos agressores onde encontrar minha chave reserva, ele me deve muito mais que uma ligação de um telefone público.

— Se Black vai depor, precisamos que esteja em Roma o quanto antes.

— Vou cuidar disso.

Ele meneia a cabeça, e sua anuência me acalma. Ao ver as feridas de Michael, ele parece ter ficado menos hostil às minhas preocupações. Examinamos então uma lista de testemunhas abonatórias que Mignatto parece ter recebido de Diego, mas Michael não me sai da cabeça. Se ele testemunhar, os gendarmes poderão reavaliar a invasão ao meu apartamento. Nesse caso, uma prova a mais pode ser tudo de que a corte precisa.

— Monsenhor, há outra coisa que preciso dizer. Acho que Peter viu o homem que invadiu nosso apartamento.

Sua expressão muda. Os últimos traços de ânimo se esvaem de seu rosto.

— Você conversou com ele sobre isso?

Percebo um leve ar de insinuação de sua parte, quase uma advertência, por Peter ter se lembrado de algo tão conveniente.

— Eu não falei uma palavra sequer sobre esse assunto com ele — respondo. — O senhor me pediu que conversasse com minha governanta, e então isso veio à tona.

Mignatto franze o cenho.

— Seu filho é só um menino. Não devemos fazê-lo recordar a coisa toda. — Ele ensaia um sorriso benevolente. — A defesa está se estruturando bem por enquanto. Mas agradeço por ter mencionado isso.

Sinto-me estranho de repente. O silêncio recai sobre nós.

Mignatto folheia seus papéis.

— Bem, continue tentando localizar seu irmão. E ligue imediatamente se descobrir alguma coisa.

Sou pego desprevenido. Ele já contorna a mesa para me conduzir até a saída.

— Farei isso, monsenhor. Obrigado.

Enquanto vou em busca de Peter, sinto Mignatto me observando, tentando formar um julgamento sobre mim. Então, à porta, ele me diz algo que nenhum ser humano jamais me disse:

— Seu tio era o sujeito mais inteligente do seminário. E você me lembra muito ele.

— É mesmo?

Tomando minhas mãos entre as suas, ele completa:

— Mas me escute, por favor. De agora em diante, vocês dois precisam deixar que eu faça meu trabalho.

Capítulo 20

Levo Peter ao parque, para ele se distrair enquanto tento processar as novas informações. Pergunto-me se Mignatto compreende a importância da descoberta de Ugo. O quanto prejudicará nossas relações com os ortodoxos. Resgato na memória a primeira conversa que eu e Simon tivemos com Lucio depois da morte de Ugo e juro que não consigo entender o comportamento de meu irmão. Ele insistiu em defender que a exposição não fosse alterada, que o Diatessarão não substituísse o sudário na qualidade de atração principal. Essa substituição teria resolvido todos os problemas dele. Manteria oculta a verdade sobre 1204 e, desse modo, multidões inteiras de padres ortodoxos poderiam visitar as galerias sem que nenhum deles se sentisse ofendido. Nem mesmo quando Lucio autorizou Simon a concluir os preparativos da exposição meu irmão desmontou a última galeria. Bastaria ter removido algumas vitrines e caiado as paredes, e tudo estaria resolvido. Todo o final poderia ter sido apagado.

Observo Peter subindo em uma árvore. Ele trepa em um galho e se senta ali. Quando vê que estou olhando, sorri e acena. Pergunto-me o que inspirou Mignatto a dizer que eu me pareço com meu tio. Terá sido minha disposição para pedir a Peter que identificasse o homem que o aterrorizou?

Tomamos outro caminho para voltar ao palácio de Lucio e paramos em frente ao pré-seminário, para que Peter brinque com os garotos que ficaram abandonados ali durante a semana morta entre o fim de um período e o começo do outro. Enquanto jogam bola no terreno de chão batido ao lado do alojamento, deixo um recado ao padre Vitari, o reitor do pré-seminário, explicando-lhe que um problema de família talvez afete minha disponibilidade para dar aulas. Minha relação com os rapazes é boa, por isso os diretores serão tolerantes comigo.

Assim que retorno ao campo, um dos rapazes me aborda. Parece que estava me esperando.

— Padre, temos uma pergunta para o senhor.

Os professores o chamam de Giorgio, o Vaidoso. Seus cabelos pretos e cacheados caem por cima de suas orelhas como um cacho de uvas. É parente de um bispo do Vaticano, por isso se considera superior aos colegas de classe.

— Pois não — respondo.

Os outros garotos ficam tensos. Alguns estão de cabeça baixa. Um deles dá uma cotovelada em Giorgio, mas ele o ignora.

— É verdade, padre Andreou? Sobre o seu irmão?

Cerro os dentes. Minha pele se arrepia de repente.

— Onde você ouviu isso?

Giorgio faz um gesto indicando os outros alunos.

— Todo mundo ouviu falar. Queremos saber se é verdade.

Peter olha em torno, imaginando o que significa o silêncio repentino. Preciso conter a situação antes que saia do controle. Com um olhar, imploro que não digam mais nada. O coração de Peter está nas mãos deles.

O mais alto, um grandalhão gentil chamado Scipio, inclina-se para a frente e encobre Giorgio com sua sombra. Os demais trocam olhares entre si e parecem concordar em permanecer em silêncio. Mas seus olhos demonstram curiosidade. Giorgio não estava mentindo. Eles querem mesmo saber.

Tenho um acordo com meus alunos. Ensino a eles verdades incômodas sobre os textos sagrados, sem adoçá-las ou amenizá-las. A honestidade é a nossa moeda de troca.

Mas são crianças. Não posso conversar com eles sobre Simon.

— Desculpem, não posso falar com vocês sobre isso.

Mesmo assim, eles continuam esperando. Eu sou o padre com quem eles conversam sobre videogames e namoradas. Sobre a irmã mais velha que quase morreu em um acidente de carro na primavera passada e o priminho que está morrendo de uma doença congênita. Se eles podem me perguntar se Jesus de fato andou sobre as águas ou se o papa é de fato infalível, então certamente também podem me perguntar isso.

— É um assunto muito pessoal — digo. — Não é apropriado falar disso aqui.

Giorgio bufa.

— Então deve ser verdade.

Percebo o impasse a que chegamos. Esses garotos vêm de todos os recantos da Itália para viver dentro dos muros do Vaticano, para servir na missa na basílica do papa. Mas o que eu disser agora, nesse terreno ao lado do alojamento, pode ser a recordação mais intensa que eles terão daqui.

— Sente-se — peço a Giorgio.

Ele hesita.

— Por favor — acrescento.

Ele se senta no chão.

— Todos vocês. Sentem-se.

Meus pensamentos estão acelerados, estruturando-se em minha mente, assumindo a forma do que vou dizer. Já sei que mensagem passar. Quero muito transmiti-la. O problema é como fazer isso.

— Um homem está sob julgamento — começo. — Ele foi acusado de uma coisa horrível. Há testemunhas que afirmam que ele fez aquilo de que está sendo acusado, mas o homem não diz nada. Não levanta um dedo para se defender. Então, seus amigos mais próximos perdem a fé nele. Eles o abandonam.

Deixo as palavras se assentarem.

— Todos vocês conhecem essa história. É a história do julgamento de Jesus.

Alguns meneiam a cabeça.

— Naquele julgamento, o acusado era inocente? — pergunto.

— Sim — responde a garotada.

— E, independentemente do que qualquer um me disser sobre esse homem, eu sei a verdade. Sei o que sinto por ele. E nada jamais vai mudar, sejam quais forem as provas que as pessoas afirmam ter.

Essa é a minha resposta mais franca. Sempre acreditarei em Simon. Até o fim e contra todas as provas e todos os vereditos.

Entretanto, tenho uma responsabilidade para com esses garotos. Contar aquilo em que *eu* acredito não basta.

— No entanto, será que foi para isso que os seus pais enviaram vocês a este seminário? Para descobrir o que *eu* penso? Ou será que foi para vocês aprenderem a pensar por si próprios?

Sentimentos profundos afloram das minhas palavras.

— Se quiserem acreditar no que as outras pessoas dizem — continuo —, então não se tornem padres. Ninguém precisa de padres desse tipo. *Vocês* têm que ser os juízes. As pessoas mentem. As pessoas discordam umas das outras. Cometem erros. Para descobrir a verdade, vocês têm que saber como procurar por ela.

Meu frágil discurso, que mal esconde minhas emoções, cativou a todos. Agora prestam toda a atenção em mim. Sei bem que direção preciso tomar. Penso nisso há dias. Mas só agora vejo tudo com clareza.

— Muito tempo atrás — prossigo —, a Igreja tinha um quinto evangelho. O Diatessarão. Seu nome vem do grego e significa "feito de quatro partes", pois foi escrito dessa forma. O autor misturou os quatro evangelhos em uma única história. E, por isso, o Diatessarão tem um grande ponto fraco. Sabem qual é?

Posso sentir a presença de Ugo ao meu lado. Estamos olhando para as páginas do antigo manuscrito.

— O ponto fraco dele é que os quatro evangelhos nem sempre concordam entre si. Mateus nos diz que Jesus realizou dez feitos extraordinários. Dez milagres, um logo após o outro. No entanto, Marcos diz que Jesus não fez essas dez coisas em sequência, mas em momentos e lugares diferentes. Então, em que evangelho devemos acreditar?

Nenhum dos meninos ousa levantar a mão.

— Quero que parem e pensem por si mesmos — provoco. — Quero que *vocês* respondam a isso, mas vou ajudá-los nessa tarefa. Digam o nome de outro líder judeu famoso que fez dez milagres de uma vez, um logo após o outro.

Um garoto à minha frente — Bruno, que um dia dará um ótimo padre — murmura:

— Moisés invocou as dez pragas.

— Correto. Agora, o que Moisés tem a ver com Jesus? Por que o evangelho de Mateus mudaria a ordem dos fatos para que Jesus nos lembrasse Moisés?

Ninguém se arrisca. Não conseguiram entender tudo ainda, mas estão quase lá.

— Então, lembrem-se de que um dos dez milagres de Jesus foi acalmar uma tempestade no mar, e de que seus discípulos perguntaram: "Quem é este homem a quem até os ventos e o mar obedecem?" Isso faz vocês se recordarem de alguma coisa que Moisés fez?

— Ele abriu as águas do Mar Vermelho — responde Giorgio, preocupado em não parecer menos esperto que Bruno.

— Agora estamos chegando lá. Estamos deixando de lado *o que* Mateus diz para nos perguntar *por que* ele diz. Vou dar outra pista. Mateus também nos fala que, quando Jesus era bebê, um rei chamado Herodes tentou matá-lo ordenando que todos os recém-nascidos de Belém fossem mortos. Ora, onde já ouvimos uma história como essa? Um rei que mata todos os bebês judeus?

A conexão começa a se formar na cabeça deles. À medida que compreendem o que quero dizer, tomam coragem e me olham nos olhos.

— O faraó fez isso na história de Moisés — diz um aluno novo.

Assinto com a cabeça.

— Portanto, mais uma vez, vemos que Mateus faz a vida de Jesus se parecer com a de Moisés. Algum dos outros evangelhos coincide com Mateus nesses pontos? Não. Mas Mateus quer nos ensinar uma coisa. Pensem em quem era Moisés: um líder judeu muito especial que viu Deus face a face no Monte Sinai e desceu de lá com os Dez Mandamentos. Foi o homem que nos deu as tábuas da lei.

Com isso, a represa se rompe. Ao mesmo tempo, dois ou três garotos fazem a conexão.

— Moisés trouxe a *antiga* lei. Jesus trouxe a *nova* lei — conclui um deles.

— Essa é uma das coisas mais importantes que Mateus nos ensina sobre Jesus: que Jesus é o novo Moisés, aquele que é ainda maior que Moisés. Quando e onde Jesus nos entrega a nova lei? Onde Jesus diz "Bem-aventurados os mansos", "Bem-aventurados os misericordiosos", "Bem-aventurados os pacíficos"? Onde ele diz "Oferece a outra face", "Amai vossos inimigos" e "Não vim para abolir a lei ou os profetas, mas para levá-los à perfeição"? Tudo isso está em um único sermão, que conhecemos como o Sermão da Montanha, porque Mateus diz que Jesus o proferiu em uma montanha. *O mesmo lugar onde Deus deu as tábuas da antiga lei a Moisés.* Nenhum outro evangelho coincide com Mateus. Lucas diz que Jesus deu esse mesmo sermão em uma planície. Mas Mateus tinha suas razões. Cada um dos evangelhos tem suas razões.

"Isso nos traz de volta ao problema inicial. O que vocês fariam se estivessem escrevendo o Diatessarão? Se tivessem que combinar os quatro evangelhos em uma única narrativa, qual versão da história escolheriam? Diriam que Jesus realmente realizou os dez milagres em sequência? Ou em épocas diferentes e em lugares diferentes? Diriam que ele proferiu o sermão em uma montanha ou em uma planície?"

Seus olhos parecem brilhar diante dessas ideias tão novas. Por esse breve momento, eu sou um mágico. Mas poremos isso à prova.

— Foi por isso que o Diatessarão falhou: porque, quando mesclamos os quatro evangelhos, criamos algo diferente. Perdemos a verdade que existe separadamente em cada testemunho evangélico. Em outras palavras, cada testemunha tem suas ideias. Seus motivos. E nem tudo o que escutamos ou lemos é verdade factual. A Igreja também tem algo a dizer sobre isso. Segundo o direito canônico, vocês sabem o que um juiz deve fazer quando os depoimentos das testemunhas discordam entre si? Acham que ele deve mesclar os depoimentos?

Sem pensar, a garotada toda, absorta na lógica da argumentação, balança a cabeça em sinal negativo.

— Claro que não — digo. — Isso, obviamente, seria um erro. Então, o que o direito canônico ordena que o juiz faça? Que considere cada informação e use seu discernimento para descobrir onde está a verdade. Não devemos tomar como verdade absoluta tudo aquilo que escutamos. — Evito ao máximo lançar um olhar duro a Giorgio. — E nunca devemos acreditar em boatos que digam coisas ruins de uma boa pessoa. Porque, conforme nos ensinam os evangelhos, assim poderíamos condenar um homem inocente.

Enfatizo esta frase com um olhar expressivo. Pode ser que alguns dos meninos mais novos não compreendam o que estou falando, mas os mais velhos entendem. Alguns parecem mortificados. Outros meneiam a cabeça como quem aceita um argumento. Então, de repente, Peter começa a chorar.

Giorgio está sentado ao lado dele, e minha primeira reação é achar que o menino lhe disse algo que o aborreceu.

Quando Peter vem em minha direção aos prantos, eu o tomo nos braços e digo:

— O que ele disse a você? O que foi?

Quando estou prestes a repreender Giorgio, vejo algo a distância. Bem ao longe, no caminho por onde viemos, vejo uma figura solitária. Está imóvel, quase oculta atrás de uma estátua no jardim. E nos observa.

Fico paralisado. Enquanto abraço Peter, vejo-a cobrir a boca com as mãos.

Ela nos seguiu até aqui. Não conseguiu se conter. Estava tão perto do filho que precisava vê-lo, nem que fosse de longe.

— Já chega, pessoal — digo, com a voz fraca. — Por favor, voltem para os seus quartos agora.

Alguns deles se viram para olhar, querendo saber o que chamou minha atenção. Mas Bruno os leva embora. Um por um, retornam ao dormitório.

Procuro entender o que Mona acabou de fazer. O que fez para Peter chorar. Estou perplexo por ela ter quebrado nosso acordo.

Os olhos de Peter estão arregalados e cheios de lágrimas. Ele sussurra algo em meu ouvido. A princípio, não capto suas palavras.

— O que foi? — pergunto. — O que aconteceu?

Está respirando forte. As palavras saem entrecortadas.

— *Giorgio disse que Simon está na cadeia.*

Olho em torno. Giorgio já foi embora.

— Não é verdade. — Abraço Peter mais forte, como se isso fizesse o veneno sair de dentro dele. — Giorgio não sabe do que está falando.

Mas Peter acrescenta, aos prantos:

— *Giorgio disse que o tio Simon é um assassino.*

— É mentira, Peter. Você sabe que isso não é verdade.

Mona se aproxima à medida que os rapazes vão para o alojamento. Parece angustiada. Pode ver que Peter está chorando.

Gesticulo para que ela se afaste, mas ela já parou. Ela sabe.

— Deixe Giorgio para lá — sussurro. — Ele só estava tentando chatear você.

— Eu quero ver o tio Simon.

Encostei minha testa na dele.

— Não dá.

— Por quê?

— Você se lembra do que ele disse antes de ir embora? Do que você prometeu a ele?

Peter assente, mas está arrasado.

Enquanto eu o abraço, imagino meus coroinhas no alojamento espalhando a notícia. Pergunto-me quantas pessoas no Vaticano já a ouviram.

Mona permanece a uns trinta metros de distância, assistindo. Eu deveria estar com raiva. Ela não deveria estar aqui. Por um instante, olhamos um para o outro por sobre o ombro de Peter. Ela paira ali, no topo da ladeira, como uma visão. Então, ergue a mão, sinalizando que vai embora.

Ponho Peter de pé e o chamo para tomar uma Fanta Laranja. É mais seguro ir a algum lugar do lado de fora dos muros do Vaticano do que se arriscar a ficar aqui. Qualquer um com quem nos encontrarmos pode saber sobre Simon.

Mas Peter diz:

— O *prozio* tem Fanta. Quero voltar para o palácio.

Os aposentos de Lucio. Na idade dele, o lugar que eu mais temia no mundo.

— Tem certeza? Não quer ir a outro lugar?

Ele balança a cabeça.

— Quero jogar baralho com Diego. — Em seguida, se agarra à minha perna.

— Está bem. Então é para lá que nós vamos.

Peter busca a bola debaixo de uma moita para levá-la de volta. Como faz com todos os seus brinquedos, ele escreveu seu nome nela, por medo de perdê-la. Nem faz ideia de como meus sentimentos estão confusos. De como meu mundo está de cabeça para baixo. Mona tão perto, e Simon tão longe.

— Vamos. — Aponto para o palácio de Lucio na colina. — Quero ver quem chega primeiro!

Capítulo 21

Que maravilha é a mente de uma criança. Assim que Peter começa a jogar escopa com Diego, Giorgio torna-se uma lembrança distante.

— Onde está Simon de verdade, *babbo*? — pergunta ele uma única vez, sem tirar os olhos das cartas.

— Conversando com umas pessoas sobre a exposição do Sr. Nogara — respondo.

Peter meneia a cabeça como que admitindo que isso parece importante.

— Diego, você pode dar as cartas de novo? — pede ele.

Enquanto jogam, telefono para Leo, querendo saber se ele descobriu alguma coisa a respeito de Simon. Há algo de estranho em sua voz quando ele atende.

— Me dê mais uma hora. Acho que descobrimos alguma coisa.

Enquanto espero, tenho uma ideia. Decido entrar no quarto de Simon e ver o que ele deixou para trás.

Não há quase nada no quarto. A cômoda e a escrivaninha estão vazias. Provavelmente ele estava com a carteira e o celular quando foi levado. A velha bolsa porta-terno de nosso pai está sozinha no armário. Uma nota pregada a ela, com a letra de Diego, avisa a Simon que ele a esqueceu no carro que o trouxe do aeroporto. Meu irmão parece não ter tocado nela, mas em um dos bolsinhos externos encontro um livreto marrom com o emblema dourado da tiara papal e das chaves do céu. Abaixo, leem-se as palavras PASSEPORT DIPLOMATIQUE. Abro-o na primeira página.

À direita, vê-se a foto de Simon de batina. As seguintes palavras estão carimbadas em vermelho: SEGRETERIA DI STATO — RAPPORTI CON GLI STATI. *Secretaria de Estado — Relações com os Estados.* Meu olhar salta para a caligrafia manuscrita em latim.

Reverendo Simon Andreou, Secretário de Segunda Classe, Secretaria de Estado. Este passaporte é válido por cinco anos, até a data de 1º de junho de 2005.

Ao pé da página, vem a assinatura do Secretário de Estado: *Card. D. Boia.*

Passo as páginas até a seção dos vistos, onde ficam os carimbos de entrada e saída. Sem surpresas. Bulgária, Turquia e Itália. Nenhum outro lugar. Até as datas batem com as visitas de que me recordo.

Continuo vasculhando. A agenda de Simon está dentro de um compartimento interno de plástico da bolsa, fechado com um zíper. Dentro dela, encontro um envelope endereçado a Simon e cuja letra é familiar. O selo é de três semanas atrás. Ugo o enviou a meu irmão da nunciatura poucos dias antes de me escrever seu último e-mail.

A carta foi escrita no papel que os padres geralmente usam para redigir suas homilias — uma folha timbrada com uma coluna vazia à esquerda onde o sacerdote pode anotar as passagens dos evangelhos a que alude no sermão. Dei a Ugo um maço de folhas como essa, as quais ele poderia usar para comparar versículos, e esta folha, especificamente, parece ter sido usada com essa finalidade. Isso me dá a impressão de que Ugo estava com pressa e pegou a primeira folha que estava à mão. Pergunto-me por quê.

3 de agosto de 2004

Caro Simon,

Marcos 14, 44-46	*Há algumas semanas você me disse que*
João 18, 4-6	*esse encontro não seria adiado — embora eu achasse que*
Mateus 27, 32	*você estava fora, a trabalho. Agora percebo que você estava*
João 19, 17	*falando sério. Eu poderia dizer que estou pronto, mas estaria*
Lucas 19, 35	*mentindo. Há mais de um mês que você quer me privar de*
João 12, 14-15	*sua presença por causa dessas viagens — sei que é difícil para você —, mas precisa compreender que também tive os meus fardos. Tenho me virado para montar*
Mateus 26, 17	*minha exposição. Mudar tudo para*
João 19, 14	*que você possa ter sucesso nesse encontro na Casina. Sim, ainda quero mostrar ao público a atração principal. Mas também sinto que, ao fazê-lo, serei obrigado a*
Marcos 15, 40-41	*demonstrar boa vontade para com os ortodoxos por meio de algum grande gesto pessoal. Pelos últimos dois anos, dediquei minha existência a essa exposição. Agora, você acabou com*
João 19, 25-27	*meus problemas e deu a meu trabalho um público muito maior. Isso é maravilhoso, claro, e dá a esse evento uma importância enorme. Esse será o momento em que entregarei minha cria ao mundo. O momento em que, com um grande floreio, darei sentido a*
Mateus 27, 48	*minha vida. Portanto, preciso compartilhar com você o que <u>eu</u> fiz enquanto você estava viajando. Espero que*
João 19, 28-29	*coincida com sua agenda para o encontro. Em primeiro lugar, levei muito a sério as lições sobre os evangelhos com Alex. Tenho estudado as Escrituras dia e noite. Também continuei trabalhando no Diatessarão. Essas duas frentes de investigação, juntas, foram muito recompensadoras. Prepare-se, porque vou usar uma palavra que, nessa etapa tardia do processo, espero que*

Marcos 15, 45-46	*o deixe assombrado. Eu fiz uma <u>descoberta</u>. Sim.*
	O que descobri invalida tudo o que eu acreditava saber
	sobre o Santo Sudário. Põe abaixo o que ambos esperá-
	vamos que seria a mensagem central de minha
João 19, 38-40	*apresentação. Poderá surpreender — e até chocar*
	— as pessoas que você convidou para a
Lucas 24, 36-40	*exposição. Pois prova que o Santo Sudário*
João 20, 19-20	*tem um passado sombrio. O resultado das análises ra-*
	diométricas acabou com os estudos sobre a história do
	sudário antes de 1300 d.C. Agora, porém, à medida que
	esse passado vem à tona, acredito que uma pequena mi-
	noria do nosso público poderá considerar a verdade mais
	difícil de aceitar do que a antiga ideia de que o sudário
Lucas 23, 46-47	*é falso. O estudo do Diatessarão me fez compreender o gi-*
	gantesco equívoco de que somos culpados. O mesmo
	equívoco, na realidade, que revela a verdade sobre o sudário.

Minha descoberta está assinalada nas provas anexadas a esta carta. Por favor, leia-as com atenção, porque é isso que direi aos seus amigos na Casina. Mande lembranças a Michael, que se tornou seu seguidor mais próximo, pelo que fiquei sabendo.

João 19, 34   *Seu amigo,*

Ugo

O eco da voz de Ugo me deixa com um nó na garganta. Ele está vivo nesta carta. Emotivo, ávido, cheio de expectativas. O último e-mail que me enviou era cheio de urgência e preocupação, mas quase nada disso está presente aqui. Simon parece ter removido do envelope as provas que Ugo menciona, mas o que deixou para trás é suficiente.

Então é verdade: Ugo fez uma enorme descoberta. Estranhamente, nesta carta ele a atribui a nossas lições e ao seu trabalho com o Diatessarão, muito embora eu não tenha notado o surgimento de nada parecido em nenhuma dessas fontes. Certamente, o que ele descobriu foi o roubo do sudário pelos católicos em 1204 — ainda que eu não consiga imaginar como ele descobriu isso comparando versículos bíblicos em uma folha de papel. Além disso, Ugo parece não perceber o quanto a lembrança de 1204 poderia ser avassaladora para seu público, nem que seu entusiasmo por provar que o sudário datava de uma época anterior à estipulada pela análise radiométrica resultaria na ressurreição de um ódio antigo e pernicioso. Não preciso imaginar como meu irmão reagiu à notícia. Não é de estranhar que as provas de Ugo não estejam mais neste envelope. No lugar de Simon, talvez eu também me sentisse tentado a me desfazer delas. Talvez por isso Ugo tenha soado tão contrariado no último e-mail para mim, enviado apenas quatro dias depois: Simon provavelmente havia acabado de explicar o quanto essa informação sobre 1204 era bombástica e a tempestade que se sucederia caso fosse apresentada na exposição. Talvez Ugo quisesse uma segunda opinião, de um padre cristão oriental como eu.

Há outras surpresas na carta, e ainda maiores. Michael Black estava certo: Simon convidou clérigos ortodoxos a Roma. Ugo parecia estar bem ciente disso, pois refere-se às viagens de Simon e à boa vontade que deveria dedicar aos ortodoxos em um encontro iminente. Porém, o mais estranho de tudo é a indicação, nas linhas finais, de que Michael Black se juntara a ele e Simon. O único colaborador da exposição de Ugo que parece não ter sabido desses arranjos fui eu.

Abro a porta do quarto e pergunto a Diego se ele pode procurar uma coisa para mim.

— A agenda das últimas semanas da Casina.

A Casina mencionada na carta, onde Ugo se preparava para realizar uma apresentação a convidados ortodoxos, é uma residência de veraneio no meio dos jardins do Vaticano que fica a dez minutos de caminhada do meu apartamento. Foi construída na Renascença como um retiro para o papa, mas João Paulo raramente a usa. Assim, a casa permanece vaga, exceto quando dos encontros ocasionais da Pontifícia Academia de Ciências. Essa conexão pode ser uma pista acerca do encontro que Ugo menciona na carta. A Pontifícia Academia é um grupo de oitenta pesquisadores e teóricos internacionais que conta com vários ganhadores do Prêmio Nobel. Se a instituição aprovasse a exposição de Ugo, poderia apagar para sempre o estigma da datação por carbono-14. Nenhum grupo de cientistas estaria mais qualificado para dizer ao mundo que a ciência de hoje refutou a de ontem. Posso imaginar meu irmão convidando padres ortodoxos a um encontro da Academia, apenas para se certificar de que o fiasco de meu pai em Turim não se repetisse.

Enquanto espero Diego voltar, folheio a agenda de Simon. Quase tudo o que vejo é familiar. As viagens dele a Roma estão marcadas com xis pretos, sobre os quais se lê *Alex e Peter!* em vermelho. Michael chamou atenção para o hábito de Simon de desaparecer nos fins de semana, e de fato há reuniões marcadas nesses dias aqui. Mas essas anotações não me dizem nada. No terceiro sábado de julho, vê-se uma anotação escrita a lápis descuidadamente: *RM — 10 DA MANHÃ*. Suponho que *RM* signifique *"Reverendissimo"*. Mas não há nome algum, nenhum local. Na semana seguinte, lê-se *SER 8:45 DA MANHÃ*, que provavelmente significa "Sua *Eccellenza Reverendissima*" — um bispo ou arcebispo—, mas novamente sem nome nem lugar.

Uma coisa, porém, chama minha atenção. No início da agenda, na lista de contatos, encontro o arcebispo anônimo: o *RM* está lá mais uma vez. Seu número de telefone é esquisito. Tem dígitos demais para ser da Turquia.

Telefono para ele do meu celular e espero que atendam.

— *Buna ziua* — diz uma voz masculina. — *Palatul Patriarhiei*.

Já conversei com muitos turcos por telefone. Isso não é turco.

— *Parla italiano?* — pergunto.

Nenhuma resposta.

— Fala inglês?

— Pequeno. Pouco.

— De que país o senhor está falando? Pode me dizer onde o senhor está?

Ele faz uma pausa e parece prestes a desligar, quando pergunto:

— *Onde você está?*

— Bucureşti.

— Obrigado — respondo, sem graça.

Olho para as letras que Simon escreveu na agenda: *RM*. Não significam *"Reverendissimo"*, mas *"Romênia"*. Meu irmão andou falando com alguém em Bucareste.

Portanto, *SER* não pode ser "Sua *Eccellenza Reverendissima"*. Deve ser...

— Belgrado — diz o homem que atende no segundo número para o qual telefono.

Sérvia.

Não acredito no que ouvi. Romênia e Sérvia são países ortodoxos. Simon contatou clérigos ortodoxos em uma escala muito mais ampla do que eu imaginava. Da Turquia à Bulgária, da Romênia à Sérvia, ele pavimentou um longo caminho em direção à Itália, passando por metade do Leste Europeu ortodoxo. Se tiver convidado alguns poucos padres de cada um desses países, então terá começado a construir uma ponte simbólica entre as capitais de nossas duas Igrejas.

Tiro a carteira do bolso e olho a foto de Michael ensanguentado. Atrás dele, vejo a placa do aeroporto que eu tinha percebido antes. PRELUARE BAGAJE. Reflito.

Telefono à sede da Rádio Vaticano e peço o auxílio de um tradutor de línguas eslavas. Um jesuíta de voz idosa me atende. Quando lhe explico a situação, ele solta uma gargalhada estridente.

— Essas palavras estão em romeno, padre. Significam "retirada de bagagem".

Michael, portanto, estava na Romênia. Parece impossível que ele estivesse ajudando Simon, mas a maneira informal com que Ugo cita seu nome nas últimas linhas da carta — *mande lembranças a Michael* — indica que os três eram mais íntimos do que eu pensava. *Seu seguidor mais próximo*, foi como Ugo o chamou. Nunca passei do campo das suposições no que dizia respeito aos motivos concretos para o distanciamento de Michael Black. Pergunto-me se a pesquisa de Ugo sobre o sudário teria sido o suficiente para sua reaproximação.

Encontro o número dele na lista de chamadas do meu celular, mas, quando telefono, ninguém atende.

— Michael — digo ansioso à sua secretária eletrônica. — É Alex Andreou. Por favor, ligue para mim. Preciso falar com você sobre a Romênia. — E, lembrando-me do pedido de Mignatto, acrescento: — Simon está com problemas. Precisamos da sua ajuda. Por favor, ligue o quanto antes.

Deixo meu número de telefone, mas não menciono que preciso que ele venha a Roma. É cedo demais para isso; a situação é mais delicada do que eu pensava. Se Michael estava trabalhando amigavelmente com meu irmão há apenas algumas semanas, então o que aconteceu no aeroporto deve ter mudado tudo. Michael parecia muito hostil ao telefone, responsabilizando Simon pelo que todos nós sofremos desde então.

Diego retorna, segurando seu laptop como se fosse um livro aberto.

— Agenda chegando.

— Isso é tudo? Tem certeza? — pergunto depois de analisar a tela. Ele faz que sim com a cabeça.

Estranho: a Casina esteve livre durante todo o verão.

— Quando é a próxima reunião da Pontifícia Academia? — pergunto.

— Um grupo chega no mês que vem para discutir conflitos hídricos internacionais.

Isso é muito depois da noite de abertura da exposição de Ugo.

— Você tem a lista dos participantes? — pergunto, para me certificar.

— Posso consegui-la para amanhã.

— Obrigado, Diego.

Assim que ele sai, meu telefone toca.

Michael, penso.

Mas o número é local.

— Padre Andreou?

É Mignatto. Parece abalado.

— Está tudo bem? — pergunto.

— Acabo de saber. Vão instaurar o processo amanhã.

— *O quê?*

— Não sei de onde estão vindo essas ordens. Mas preciso que você encontre seu irmão imediatamente.

Capítulo 22

Diego concorda em tomar conta de Peter enquanto corro até o alojamento da Guarda Suíça. Mas eu e Leo quase trombamos um no outro na escadaria do palácio de Lucio.

— Vem — diz ele. — Tenho uma coisa para você. Vem comigo.

Do lado de fora, a tarde cai. O calor opressivo do verão romano me faz cozinhar na batina. Não sei como Leo correu até aqui de uniforme completo, a boina na mão e quase quatro quilos de fitas atadas ao corpo com faixas e cordões. Ainda assim, não para de me apressar.

— Está quase na hora da mudança de turno — diz. — Precisamos chegar lá antes que ele vá embora.

— Quem?

— Vem logo.

Atravessamos metade do país até chegarmos perto da Porta Sant'Anna, a entrada pela qual os funcionários e residentes cruzam a fronteira vindos de Roma. Aqui, na extremidade leste do Palácio Apostólico, ergue-se a torre corpulenta do Banco do Vaticano, a qual projeta uma grande sombra a esta hora da tarde. Pouco antes de alcançá-la, paramos.

Do outro lado desse imenso muro está um dos lugares mais estranhos de nosso país. Logo atrás dele, há uma parte do palácio que é tão reservada que mesmo os habitantes da cidade nunca a veem. Lá em cima, em uma ala particular, vive João Paulo. Qualquer veículo que se dirija à sua residência tem de entrar por um portão fortemente vigiado, duzentos metros a oeste daqui. Depois, precisa passar por túneis e postos de controle, cruzar o pátio patrulhado da Secretaria de Estado e entrar em mais um pátio privativo do outro lado de onde eu e Leo estamos agora, o qual se mantém fechado atrás de portas de madeira trancadas. Dali em diante, não conheço o procedimento, já que nunca nem vi o interior desse pátio. Ainda assim, há cem anos, parte do Vaticano próxima à saída do palácio foi ocupada por soldados inimigos, o que levou o papa Pio X a mandar abrir um buraco no muro do pátio que dava exatamente onde eu e Leo estamos agora. Não sei se fez isso para fornecer aos funcionários de seu palácio uma rota de fuga ou para dar a seu jardim uma porta dos fundos, mas hoje esse túnel é o ponto mais vulnerável na bolha de proteção em que vive o papa. Construiu-se um portão de ferro ali, e sentinelas da Guarda Suíça ficam no local dia e noite. Provavelmente viemos ver um desses guardas.

— Por aqui — diz Leo, indicando-me o interior do túnel.

Está escuro e frio do lado de dentro. Espreito escada acima. As silhuetas de quatro homens se perfilam contra as grades do portão de ferro. Leo estende a mão para me impedir de dar outro passo. Esperamos na escuridão.

Lá em cima, os guardas trocam de posição. O segundo turno está começando. Quando um dos soldados substituídos desce a escada, Leo diz:

— Permita-me uma palavra, cabo Egger?

Os dois vultos se detêm.

— Sobre o quê? — pergunta um deles em tom áspero.

— Este é o padre Andreou — informa Leo.

Ouço o clique de uma lanterna. O feixe de luz brinca sobre o meu rosto. O vulto que presumo ser o do cabo Egger vira-se para Leo.

— Não, não é.

À luz da lanterna, vejo seu rosto por uns instantes. Agora eu me lembro do nome do guarda e compreendo por que Leo me trouxe aqui.

— Você deve estar se referindo ao meu irmão — digo. — Simon. Eu sou Alex Andreou.

Percebo uma longa hesitação.

— Simon é seu irmão?

Há seis anos, quando um soldado usou a própria arma para se matar no alojamento, Simon se ofereceu para aconselhar outros homens considerados em situação de risco. O imediato de Egger o identificou como uma dessas pessoas. Meu irmão o atendeu por mais de um ano e, de acordo com Leo, Simon é a única pessoa neste país que Egger defenderia, além do papa.

— Está bem — concorda Egger.

A voz dele é inexpressiva. Os outros guardas têm um jeito claro, militar de falar. Egger, por outro lado, soa impassível, quase ausente.

— Ontem à noite um gendarme alocado no posto de serviço ferroviário viu o padre Andreou entrando em um carro do lado de fora do Palácio do Governo — relata Leo. — Disse que o carro seguiu em direção à basílica. Não virou à direita, em direção ao portão. Ele acha que o veículo foi para a esquerda, rumo à Piazza del Forno.

Esse deve ser o carro que levou Simon à prisão domiciliar. Leo andou investigando aonde o veículo o levou.

— O capitão Lustenberger me disse que você estava de guarda no primeiro portão ontem à noite — continua Leo. — Isso é verdade?

Egger coça o canto do lábio e assente com a cabeça.

Leo pigarreia.

— Portanto, se o carro veio pela Piazza del Forno e você estava no primeiro portão, ele deve ter passado bem na sua frente.

Egger vira-se para mim.

— Eu não conheço você. E não vi o padre Simon em carro nenhum.

— Ei — Leo bate no peito dele —, estou *dizendo* a você que Simon estava naquele veículo. Então, você o viu ou não? Isso deve ter sido lá pelas... — Meu amigo tira do bolso um pedaço de papel e aponta sua lanterna para ele. — Oito e dez da noite.

— Vi um carro às oito e sete — retruca Egger.

Leo olha para mim.

— Muito bem, então onde ele parou?

Sei o que Leo está pensando. Portanto, resolvo perguntar logo.

— Estava indo para a prisão velha?

Quando o Vaticano tornou-se um país independente, o papa construiu uma prisão de três celas no pátio que Leo mencionou. Costumava abrigar um ou outro ladrão ou prisioneiro de guerra nazista, mas hoje é usada como armazém. Ninguém procuraria Simon ali.

— Basta você olhar o registro — sugere Egger.

Leo cerra os dentes.

— Já olhei, Egger. E, como você não registrou a passagem de um sedan *pelo* portão, estamos perguntando se o carro parou no pátio ao lado da prisão.

— Cabo, Simon ajudou você — intervenho. — Por favor, ajude-o.

— Eu o encaro. Seus olhos são negros e vazios. Simon sempre escolhe as ovelhas desgarradas.

— O carro não parou no pátio — murmura Egger. — Entrou pelo portão.

— Entrou no *palácio*? — Leo demonstra sua cólera. — Então por que diabos não consta nada nos registros?

Egger faz um leve movimento com a cabeça.

— Porque eu cumpri ordens.

Leo agarra Egger pelo uniforme, mas eu o puxo para trás e sussurro:

— Então, deve haver registro disso em outros lugares, certo?

Leo não tira os olhos do guarda.

— Errado. Eu verifiquei todos os registros da noite passada, e não há carro algum em nenhum deles. Então, o que está nos dizendo, cabo?

Posso ver nos olhos de Egger: ele já nos disse tudo que estava disposto a dizer.

— Leo, eu acredito nele — murmuro.

Meu amigo, porém, agarra o queixo de Egger.

— Me diga como pode um carro passar por três postos de guarda e não ser registrado uma vez sequer.

Pela primeira vez, o colega de Egger se manifesta:

— Você está passando dos limites, cabo Keller.

Ele solta a mão de Leo e afasta o parceiro. Leo se põe no meio do caminho, bloqueando a saída do túnel, mas sinto que não vamos conseguir mais informações. Provavelmente nos deparamos com algo que vai muito além de Egger.

— Deixe eles irem — sussurro. — Você já conseguiu o que eu queria. Daqui em diante, eu assumo.

Após deixar Leo em seu posto ao lado da Praça de São Pedro, sigo por um caminho que conheço desde menino. Entre a praça e a área residencial da cidade há um terreno estreito, uma espécie de terra de ninguém onde muros foram construídos e demolidos por séculos, à medida que se alteravam os limites entre público e privado. Na escuridão inexplorada atrás da Colunata de Bernini, existem pequenos vãos nos lugares onde os muros se encontram. Esgueiro-me por um deles para retornar à área residencial e sigo para um lugar esquecido.

Há anos tem sido função do tio Lucio demolir, sem muito alarde, os sítios históricos do Vaticano. Nosso país de quinhentos habitantes recebe mil e quinhentos trabalhadores e dez mil turistas todos os dias. Infelizmente, portanto, precisamos mais de estacionamentos do que de ruínas antigas. O primeiro lugar a sofrer esse tipo de transformação foi o Pátio do Belvedere. No lugar onde os papas da Renascença promoviam justas de cavaleiros e touradas, os funcionários do palácio hoje estacionam Fiats e Vespas. Depois, foi a vez de um templo romano ao lado de nossa igreja mais antiga. Lucio converteu-o em um estacionamento subterrâneo para duzentos e cinquenta veículos. Mais recentemente, ele mandou escavar uma mansão do século II para abrir espaço para mais oitocentos carros e cem ônibus de turismo. Quando as pessoas viram caminhões deixando o país carregados de mosaicos antiquíssimos arrancados das paredes como lascas de parmesão, o protesto foi geral. Mas o pioneiro entre todos esses lugares é a garagem a que me dirijo agora.

Na década de 1950, uma faixa de terra situada entre os Museus do Vaticano e o prédio onde moro foi escavada para a construção de uma garagem coberta para os carros do papa. Poucos metros abaixo da superfície, os trabalhadores descobriram o cadáver do secretário de um imperador romano, com sua caneta e seu pote de tinta. Sua tumba virou nossa garagem, que abriga a oficina do Vaticano e os veículos que servem o papa. O lugar parece um abrigo antibombas: é escuro, baixo, e sobre sua laje plantaram-se árvores. A única maneira de entrar é pelos portões semelhantes aos de hangar que se abrem por alguns segundos quando um carro entra ou sai. O sol ainda não se pôs, mas a rua é tão abaixo do nível da calçada que tudo parece imerso em sombras. Por baixo do portão escapa uma mancha de óleo que brilha tal cromo sob luz elétrica.

— Posso ajudar, padre? — pergunta o homem que atende quando bato à porta. Ele veste o uniforme de motorista do Vaticano: calças pretas, camisa branca e gravata preta.

— Estou procurando pelo *signor* Nardi — digo.

Ele esfrega a nuca, como se estivesse ocupado no momento. Como se os prelados que ligam pedindo condução não estivessem todos indo dormir agora, enquanto o fim de tarde dá lugar ao começo de noite. O turno da noite parece existir apenas para o atendimento das emergências patológicas da terceira idade eclesiástica.

— Desculpe, padre. O senhor pode voltar depois?

— É importante. Por favor, peça a ele para vir aqui.

Ele olha por sobre o ombro. Pergunto-me se não está recebendo uma visita. Os motoristas costumam se encontrar com as namoradas no turno da noite.

— Aguenta aí. Vou ver se ele está.

Espero um momento. A porta volta a se abrir, e Gianni Nardi aparece.

— Alex?

A última vez que vi Gianni foi há mais de um ano. Meu velho amigo engordou. Sua camisa está amarrotada, e o cabelo, muito comprido. Saudamo-nos com um aperto de mãos e um beijo no rosto, por mais tempo do que o normal, porque com a distância aumenta também o entusiasmo dos cumprimentos. Um dia seremos completos estranhos um para o outro.

— O que aconteceu? — pergunta, olhando em volta como que procurando por um desfile nas ruas. *Alex Andreou, vindo atrás de* mim. Ele sempre faz esse tipo de brincadeira.

— Tem algum lugar onde a gente possa conversar em particular?

— Com certeza. Vem comigo.

Ao ver que ele sequer perguntou o motivo da conversa, tiro minha primeira conclusão. Gianni já deve ter ouvido falar do que aconteceu com Simon.

Subimos um lanço de escadas até o terraço arborizado da garagem.

— Sinto muito, Alex — diz ele antes de eu falar qualquer coisa. — Eu deveria ter ligado. Como você e Peter estão se virando?

— Bem. Como você ficou sabendo?

— Está brincando? Os gendarmes não nos deixam em paz. — Ele aponta um dedo para baixo, em direção ao estacionamento cavernoso sob nós. — Três deles estão na minha garagem agora mesmo, fazendo perguntas.

Então foi por isso que não me deixaram entrar.

— Perguntas sobre o quê?

— Sobre um Alfa que eles rebocaram de Castel Gandolfo. Está no pátio deles.

Ugo dirigia um Alfa Romeo.

— Gianni, preciso da sua ajuda.

Na infância éramos melhores amigos. E foi neste edifício que nossa amizade se consolidou. Um dia, no verão, ouvimos boatos de que, na época em que a garagem estava sendo construída, os operários haviam descoberto uma necrópole inteira lá embaixo, túneis e mais túneis de antigas tumbas romanas. Isso queria dizer que nós, moradores do Vaticano, vivíamos sobre um cemitério, em cima dos cadáveres dos pagãos que um dia juraram que os cristãos jamais os substituiriam. Eu e Gianni tínhamos de ver aquilo com nossos próprios olhos.

Descer até os túneis não era difícil. Uma rede de esgoto subterrânea pode levar a quase qualquer lugar. Uma noite, porém, nós ziguezagueamos por todo um labirinto de túneis de pedra até que chegamos a uma grade de metal. Atrás dela havia um depósito de ferramentas cujas portas se abriam para a garagem, bem ao lado da limusine do papa.

A idade mínima para dirigir na Itália era 18 anos. Tínhamos 13. E as chaves de oitenta automóveis de luxo pendiam de um quadro na parede. Um ano antes, meu pai tinha ensinado Simon a dirigir nosso velho Fiat 500. Naquele verão, eu aprendi sozinho, em uma Mercedes 500 blindada e personalizada com um trono para o papa na parte de trás.

De imediato, quis convidar garotas para irem conosco. Gianni disse não. Cogitei me esconder no porta-malas e, assim, pegar uma carona com João Paulo. Gianni disse não. *Não seja ambicioso*, disse ele quando eu falei que queria dirigir uma limusine até os jardins. *Você sempre quer demais*. Essa foi minha primeira amostra do verdadeiro Gianni. Por anos e anos depois, ele sempre fez dessa falta de ambição uma religião. A religião do não querer demais. Quando nos formamos no ensino médio, eu fui para a faculdade, mas Gianni disse que queria ser surfista. Foi para Santa Marinella com a mesma determinação com que os cegos vão a Lourdes. Um ano depois, seu pai lhe arranjou um emprego como *sampietrino*. Mas há muitos metros quadrados na Basílica de São Pedro, e os *sampietrini* têm de limpá-los. Assim, quando perdeu o interesse por arrancar gomas de mascar das paredes e polir pisos de mármore com enceradeiras, Gianni refletiu a sério sobre o que realmente queria fazer na vida e concluiu que queria ser motorista do serviço de automóveis do Vaticano.

Não por acaso ele acabou vindo parar aqui. Ao buscar na memória uma época em que a vida lhe parecia verdadeiramente grandiosa, duvido que tenha encontrado algo que se aproximasse daquele nosso verão na garagem. E, desde que Gianni fez essa escolha, basta eu ver meu amigo para me perguntar se algum de nós, garotos do Vaticano que não Simon, já teve um dia coragem de verdade para vivenciar o mundo além destes muros.

— Levaram Simon em prisão domiciliar — digo. — Os guardas suíços viram o carro dele entrando no complexo do palácio. Preciso descobrir para onde ele foi.

A Guarda Suíça pode não saber, mas o motorista do carro sabe.

— Alex, recebemos ordens para não falar sobre isso.

Era isso que eu temia. Egger nos disse a mesma coisa: estava obedecendo ordens de permanecer em silêncio.

— Tem alguma coisa que você possa me dizer?

Gianni abaixa o tom de voz.

— As coisas andam bem estranhas por aqui desde que aquele homem foi morto. Não podemos falar *nada*. — Ele sorri daquele jeito jocoso. — Então, tudo o que eu disser fica entre nós.

Eu assinto.

— Ontem à noite, ligaram pedindo uma picape. Não sei de quem veio o pedido, mas nosso coordenador mandou meu amigo Mario para atendê-lo, e ele dirigiu até o palácio do seu tio para pegar Simon.

— Onde ele deixou meu irmão?

— No elevador.

— Que elevador?

— *O* elevador.

O palácio pontifício é tão antigo que tem poucas instalações modernas. Gianni deve estar se referindo ao velho elevador do pátio da Secretaria de Estado, originalmente projetado para funcionar movido por energia hidráulica. É esse elevador que os presidentes e primeiros-ministros usam quando visitam o Vaticano.

Mas, quando eu pergunto isso a Gianni, ele balança a cabeça. Depois desenha, com a ponta do sapato, um grande quadrado no chão de terra.

— Pátio de São Damásio.

Gianni se refere ao pátio em frente à Secretaria de Estado, ao que faço um gesto afirmativo com a cabeça.

Então, ele desenha um quadrado menor imediatamente ao lado do primeiro.

— Palácio de Nicolau V.

Essa é a última ala do palácio, a mais famosa e que dá para a Praça de São Pedro. Por fim, traça uma linha ligando os dois quadrados.

— Entre eles, existe uma ligação. Uma passagem arcada no térreo. Nela, há uma porta oculta que leva ao elevador privativo. Foi aí que o carro de Mario deixou Simon. Entendeu, agora?

Entendi. Isso explica tudo. Pergunto-me como Simon permitiu que o deixassem em prisão domiciliar nesse lugar. Pergunto-me se ele sequer sabia para onde o levariam.

— Qual é o problema? — pergunta Gianni.

O Palácio de Nicolau V tem quatro andares. O térreo, a exemplo de muitos outros palácios renascentistas, foi projetado para os servos ou os cavalos. Os dois andares mais altos pertencem ao Santo Padre, que não teria motivos para apagar seus próprios rastros se desejasse ver Simon sob prisão domiciliar. O único andar que resta é o da residência particular do cardeal-secretário de Estado.

— Gian — murmuro, levando as mãos à cabeça —, ele foi levado para o apartamento de Boia.

Isso é um contratempo gigantesco. Ninguém conseguirá falar com Simon ali. Nem mesmo Lucio. Quando se submeteu à prisão domiciliar, meu irmão certamente supôs que a ordem vinha do gabinete do vicariato, e não de seu próprio chefe.

— E depois disso? — pergunto. — Mario levou Simon a algum outro lugar?

Ele balança a cabeça vagarosamente.

— Al, até onde sei, nenhum motorista viu Simon desde então. Se ele tiver ido a outro lugar, foi a pé.

Mas aquela parte do palácio é repleta de guardas suíços. Se Simon fosse escoltado a outro lugar, Leo ficaria sabendo.

— Não entendo — divaga Gianni, meio que para si mesmo. — Por que o levariam para lá?

Digo que não sei. Mas posso imaginar uma resposta. A prisão domiciliar seria o pretexto perfeito para garantir que Simon não pudesse retornar ao museu para desmontar a parte condenatória da exposição de Ugo: aquela relativa ao ano de 1204.

— Algum outro telefonema estranho? — pergunto.

Gianni esboça um sorriso.

— Quanto tempo você tem? — E abaixa o tom de voz de novo. — O dia em que aquele homem foi morto... Nunca vi nada parecido. Às cinco horas da manhã, recebi uma ligação em casa. Queriam que eu fizesse outro turno, de meio-dia às oito. Respondi a eles que tinha uma consulta marcada com o médico às duas da tarde. Caramba, meu turno tinha terminado havia só cinco horas. Mandaram que eu desmarcasse a consulta. Agora preste atenção: quando eu cheguei, estavam *todos* presentes. Todos os funcionários receberam o mesmo telefonema.

— Por quê?

— O coordenador só nos disse que alguém no palácio precisava de carros fazendo traslados de ida e volta. De acordo com o cronograma, devíamos fazer pequenos percursos por conta de um evento nos jardins. Mas, de repente, houve uma mudança de local. Dois novatos ficaram cuidando das chamadas normais enquanto o restante dos motoristas dirigiu picapes até Castel Gandolfo totalmente sem registro.

— O que isso quer dizer?

— Nada de bater ponto na entrada e na saída, nada de registrar as chamadas. Eles queriam que, no papel, esse dia fosse como qualquer outro.

O céu assoma, vertiginosamente alto. O que ele disse parece com o que o cabo Egger comentou sobre as folhas de registro dos postos da Guarda Suíça: carros indo e vindo sem deixar registros. Os fatores desconhecidos começam a se multiplicar.

— E a coisa ainda fica mais estranha — prossegue Gianni. — Eles disseram que não podíamos sair do carro, exceto para abrir a porta para o passageiro. Nem cumprimentar ninguém pelo nome. E devíamos ficar calados durantes as viagens: quarenta e cinco minutos sem dizer uma palavra sequer ao passageiro.

— Por quê?

— Porque os caras aparentemente não falam italiano, não conhecem Roma e não gostam de papo furado.

— Quem eram?

Gianni cofia uma barba imaginária no queixo e então aponta para mim.

— Padres. Como você.

Minha pulsação acelera. São os padres ortodoxos que Simon convidou para a exposição.

— Quantos?

— Não sei. Vinte? Trinta?

Só consigo olhar para ele. Papai convidou nove padres ortodoxos a Turim para o anúncio da datação por carbono-14. Quatro deles vieram.

Gianni meneia a cabeça.

— Você sabe me dizer exatamente como estavam vestidos? Usavam cruzes?

Os detalhes poderiam me ajudar a identificar a origem deles. A árvore genealógica dos ortodoxos se divide em gregos e eslavos. Os padres eslavos usam uma cruz no pescoço, mas aos gregos isso não é permitido.

— O padre que foi comigo usava, com certeza — responde Gianni.

Isso indica se tratar de um padre de tradição eslava, na qual estão incluídas a Sérvia e a Romênia.

— No chapéu — acrescenta Gianni.

A afirmação me pega de surpresa.

— Tem certeza?

Gianni aproxima o indicador do polegar.

— Bem pequena. Do tamanho de uma unha.

Esse é o símbolo de um bispo eslavo. Ou mesmo de um metropolita, segundo título mais importante na hierarquia de qualquer igreja oriental. São membros do primeiro escalão ortodoxo, cuja importância é superada apenas pelos velhos bispos-irmãos do papa: os patriarcas.

— Alguns usavam correntes no pescoço? — pergunto. — Com pequenas pinturas?

Gianni assente.

— Como um medalhão com a imagem de Nossa Senhora? Sim, um dos meus passageiros usava isso.

Portanto, ele estava certo sobre as pequenas cruzes. Esses medalhões são outro símbolo que distingue os bispos ortodoxos. Tento esconder minha perplexidade. O fato de um bispo ter aceitado o convite de Simon é um triunfo. Não acredito que meu irmão conseguiu negociar uma coisa dessas.

Entretanto, quanto maior seu êxito diplomático, mais devastadora se torna a descoberta de Ugo sobre 1204. Começo a vislumbrar os argumentos da promotoria.

— Volte um pouco no tempo — peço a ele. — Você disse que eles transferiram o evento para Castel Gandolfo. Onde deveria ser, inicialmente?

— Nos jardins.

— Em que lugar dos jardins?

Se eu estiver certo, tudo começa a fazer sentido.

— Na Casina — responde Gianni.

É isso. A carta de Ugo era sobre um encontro na Casina. Deve ser o mesmo: o evento em Castel Gandolfo era aquele que Ugo e Simon haviam discutido semanas antes, no qual Ugo revelaria sua descoberta. O lugar deve ter sido mudado na última hora, mas o evento havia sido planejado com muita antecedência.

— Todos os passageiros levados a Castel Gandolfo eram sacerdotes? — pergunto.

Gianni assente.

Então, a agenda de Diego estava certa: a coisa não tinha nada a ver com um encontro da Pontifícia Academia de Ciências. Os cientistas da academia são leigos. Esse evento parece ter envolvido unicamente ortodoxos.

Mas isso ainda não explica a mudança de local.

— A Casina não comporta vinte ou trinta pessoas? — pergunto.

— Sem dúvida.

Portanto, o tamanho do público não pode ter sido a razão. E em um país repleto de salões imponentes, por que escolher um novo local a quarenta e cinco minutos de distância? A única vantagem de Castel Gandolfo era a privacidade.

— Por que ordenaram a vocês que não registrassem nada? — pergunto. — Alguém em particular não deveria ficar sabendo?

Parece-me uma precaução excessiva. Pouquíssimas pessoas saberiam da existência desses registros, e quase ninguém seria poderoso o suficiente para requisitá-los e consultá-los em busca do local do encontro.

Gianni faz um gesto com a mão, cortando o ar acima de sua cabeça para demonstrar que a resposta está além de seu cargo. Mas a cronologia dos acontecimentos me incomoda. À medida que tento organizar a sequência de eventos em minha mente, parece-me cada vez mais claro que Michael foi atacado mais ou menos na mesma hora que Ugo escreveu aquela carta. E tudo desde então — a transferência secreta do sudário, a mudança furtiva do local do encontro, o silêncio absoluto de Simon antes mesmo de ser acusado do assassinato de Ugo — pode ser uma reação à agressão a Michael. O que aconteceu com o padre americano pode ter sido um aviso de que as manobras de Simon haviam sido descobertas. E, diante disso, é inevitável recordar a afirmação de Mignatto de que o telefone de meu irmão estava grampeado. Se houve vazamento de informações, tudo pode ter começado daí: Ugo e Simon discutindo o encontro na Casina sem muita preocupação com o sigilo das conversas.

Meu silêncio parece deixar Gianni nervoso.

— Simon vai ficar bem? — indaga, jogando uma bala de menta na boca.

Sou pego desprevenido.

— Claro. Você sabe que ele não matou ninguém.

— Nem em mil anos. Eu disse aos outros motoristas que ele teria se colocado na frente daquela bala, se pudesse.

Fico aliviado ao ouvi-lo dizer isso. Pelo menos alguém neste país se lembra do verdadeiro Simon. Ambos assistimos àquela luta de boxe entre meu irmão e o russo. Portanto, Gianni sabe do que meu irmão é capaz, mas também conhece os limites que ele impõe a si mesmo.

— Então — digo, mudando de assunto —, me conte sobre o Alfa que eles trouxeram de Castel Gandolfo.

— Alguma coisa deve ter acontecido lá. Os gendarmes estavam fazendo perguntas aos mecânicos sobre algum problema com o banco do motorista.

Mignatto não aprovaria o que vou perguntar, mas não me contenho:

— Você poderia ir lá embaixo dar uma olhada nele? Qualquer coisa que descobrir já vai ajudar.

— O Alfa não está aqui. Está em outra garagem que eles transformaram em pátio para carros apreendidos.

Estão escondendo até o carro de Ugo. Começo a acreditar que Castel Gandolfo é uma caixa-preta. Será impossível responder às acusações contra Simon sem saber o que aconteceu naquela encosta.

— Vou sondar por aí — dispõe-se Gianni. — Tenho certeza de que algum dos outros motoristas já foi ao pátio depois que levaram o Alfa para lá.

Mas não posso arcar com os riscos de deixar que Gianni faça perguntas por aí. Além disso, não me agrada a ideia de ver as coisas pelos olhos de outras pessoas.

— Gian, preciso pedir um favor ainda maior a você. Tenho que ver o carro pessoalmente.

Ele me olha como se eu estivesse brincando.

— Por favor — imploro.

— Posso me dar mal por causa disso.

Olho-o nos olhos.

— Eu sei.

Aguardo ele me pedir algo. Uma promessa. Um favor do tio Lucio.

Mas eu o julguei mal. Ele despeja a última bala da caixa na palma da mão e fica olhando para ela.

— Droga, Simon pode perder o colarinho, e aqui estou eu preocupado com meu empreguinho de araque. — Ele joga a bala na escuridão, depois se levanta e ajeita a camisa dentro da calça. — Espere aqui. Assim que eu encostar o carro, entre.

Capítulo 23

Quando ele sai do meu campo de visão, telefono imediatamente para Mignatto.

— Monsenhor, descobri o paradeiro de Simon. Ele foi levado para o apartamento de Boia.

— Droga — resmunga ele. — Estão fechando o cerco. O secretário do cardeal Boia me telefonou há uma hora para dizer que não teremos acesso à ficha pessoal do padre Black.

— Do padre Black?

— Para vermos as conclusões da Secretaria de Estado sobre a agressão que ele sofreu.

Enquanto perscruto a escuridão em busca de um sinal de Gianni e seu carro, escuto a respiração de Mignatto no telefone. Pergunto-me novamente por que Simon aceitou a prisão domiciliar, se para manter o sigilo do encontro em Castel Gandolfo ou para proteger Peter e eu. Depois do que aconteceu com Michael, talvez ele não visse mais diferença entre as duas coisas.

— O depoimento do seu irmão está marcado para amanhã de manhã, depois das testemunhas abonatórias — informa Mignatto finalmente.

— O senhor pode protocolar uma petição junto à corte para que ele seja libertado?

— Não adiantaria nada.

— Então, o que fazemos?

Ele solta um longo grunhido, depois diz:

— Esperamos para ver se o anjo da guarda do seu irmão é poderoso. — Depois de pensar mais um pouco, acrescenta: — Muito bem, esteja no Palácio do Tribunal às oito amanhã.

Hesito.

— Vou testemunhar também?

— Padre, você é procurador de seu irmão. Ficará sentado ao meu lado no banco da defesa.

Escuto o portão da garagem se abrindo embaixo do terraço. Escondo-me instintivamente, temendo que outro carro que não o de Gianni surja na curva. Mas é Gianni quem aparece, ruidoso, ao pé das escadas. Não consigo acreditar no que vejo.

— Monsenhor, tenho que ir — digo.

— Se descobrir mais alguma coisa, a qualquer hora...

— Eu telefono para o senhor.

Desligo e desço lentamente a escadaria do terraço, tentando conter minha enorme vontade de rir. O carro que Gianni conduz é um Fiat Campagnola, o jipe militar branco que o resto do mundo conhece como papamóvel.

— Entre — ordena Gianni, aflito. — Antes que alguém o veja.

Conheço bem o veículo. Quando tínhamos 13 anos, eu e Gianni passamos uma noite inteira procurando marcas do sangue de João Paulo na carroceria, pois foi na parte de trás desse automóvel que o papa foi baleado na Praça de São Pedro.

— Entrar *onde*? — pergunto.

Não há lugar na parte de trás, onde foi instalada uma poltrona para João Paulo. O banco do carona está ocupado por uma proteção plástica removível que serve de cobertura para o papamóvel em caso de chuva.

— Aqui embaixo — diz Gianni depois de mexer no plástico.

Levo um momento para entender. Ele quer que eu me sente no chão do carro, na frente do banco do passageiro.

— E não importa o que aconteça — acrescenta, murmurando em tom hesitante —, não diga uma palavra, está bem? Vai ter um gendarme no portão, mas, assim que passarmos por ele, a garagem deve estar vazia. Acho que consigo uns cinco ou dez minutos para você lá dentro.

Obedeço e entro no carro, e Gianni cobre com o plástico o banco do passageiro e o espaço à frente. O jipe começa a andar.

A viagem é desconfortável. O papamóvel é quase tão velho quanto eu. João Paulo o recebeu de presente há vinte e cinco anos, durante uma visita a Turim, cidade-sede da Fiat, para venerar o sudário. Treze meses depois, no dia em que ele foi baleado, um grupo de cientistas que estudava o manto estava na Praça de São Pedro, aguardando para apresentar suas primeiras descobertas. Um dos mistérios de se viver dentro destes muros é que parece não haver pontas soltas em nossas vidas.

— Fique quieto — pede Gianni. — Estamos chegando.

Com uma pancada forte, passamos pela lombada na entrada do bairro industrial, uma área suja repleta de oficinas e galpões. Vejo apenas o clarão das luzes elétricas à medida que adentramos a região. Então, o jipe desacelera, e escuto a primeira voz.

— *Signore!* Pare!

Gianni para o Fiat e arrasta o pé para me alertar.

— O acesso está proibido esta noite — anuncia o gendarme.

Ele está se aproximando. A voz fica mais alta.

— Tenho ordens do padre Antoni — alega Gianni.

É assim que chamamos o arcebispo Nowak na cidade.

— Que ordens?

Espero que Gianni saiba o que está fazendo. Quando João Paulo anda neste jipe, sempre é escoltado por gendarmes. Um simples telefonema ao comando da polícia pode desmenti-lo.

Mas ele bate no plástico.

— Possibilidade de chuva amanhã.

— Tudo bem. Quanto tempo vai levar?

— Dez minutos. Preciso verificar a cobertura reserva.

Agora entendo seu plano. Amanhã é quarta-feira, dia da audiência semanal de João Paulo. É a única ocasião em que ainda se usa esse Fiat Campagnola descoberto.

— Está completamente deserto aqui esta noite — comenta o gendarme. — Vamos, eu o ajudo lá dentro.

Gianni fica tenso. Seu pé afunda um pouco no acelerador, e o motor ronca mais alto. Antes que possa recusar, porém, ouço o gendarme abrir o portão de aço, arrastando-o sobre os trilhos. Gianni dá meia-volta com o jipe e estaciona-o devagar na vaga.

— De quem é esse Alfa?

Encontramos o carro de Ugo.

— Não é da sua conta — diz o gendarme em tom seco. — Onde está a peça de que você precisa?

Gianni hesita. Meu coração está quase parando. Ele nunca foi bom em mentir.

— Dentro de uma daquelas caixas lá atrás — responde.

Ele tira a chave da ignição e se abaixa como que para pegar algo que deixou cair. Com a mão diante do meu rosto, aponta na direção da porta. Deve haver algo do outro lado do jipe.

Depois vai embora. As vozes se distanciam.

Cautelosamente, ergo a cabeça por sobre as portas baixas do papamóvel. A garagem é comprida e estreita, com largura suficiente apenas para dois carros lado a lado. Gianni estacionou bem ao lado do Alfa Romeo, que está de portas abertas, como se alguém estivesse inspecionando seu interior.

Agora entendo por que os gendarmes o trouxeram para cá. A janela do motorista está toda trincada, e, no meio, há um buraco maior que a cabeça de um homem. Há estilhaços de vidro no banco.

Meu coração começa a acelerar. Não vou conseguir sair pela porta do Fiat sem que o gendarme me veja. Portanto, empurro totalmente o para-brisa, que pode ser rebaixado, e rastejo pelo capô em silêncio.

O carro de Ugo está encharcado. Cheira a mofo. No piso diante do banco, os gendarmes deixaram um marcador de provas vermelho em forma de seta. Ela aponta para trás, para baixo do banco do motorista. Mas não há nada ali, somente uma marca retangular no forro, como se um objeto *tivesse estado* ali. Preciso olhar mais de perto.

Atrás de mim, Gianni e o gendarme começaram a montar a cobertura para chuva. Meus cinco ou dez minutos já começaram.

Eu me abaixo e examino a parte de baixo do banco de Ugo com minha pequena lanterna de chaveiro. Segundo Gianni, os gendarmes estavam fazendo perguntas sobre o banco do motorista. Trilhos de metal o ligam à carroceria, e uma parte deles está muito desgastada. O que quer que estivesse no chão, devia estar encaixado ali.

Movimento o feixe de luz, e algo brilha. Uma lasca de metal sobressai do tapete, do tamanho da borda branca de uma unha, se tanto. Abaixo-me para pegá-la, mas lembro que preciso tomar o cuidado de não deixar impressões digitais. Faço parte de um grupo de auxílio a presidiários, e um dos detentos de nosso círculo bíblico foi pego escondendo uma seringa usada. Tiveram de colher impressões digitais e amostras de sangue de todos os membros. Envolvo a mão no tecido da batina antes de pegar a pequena lasca acobreada com formato de arco.

A parte externa parece lisa, mas a interna é áspera e curva. Há algo de familiar no objeto, mas não sei bem o que é.

Ouço um ruído ao longe. É Gianni, me alertando. Ponho no bolso a peça de metal e começo a rastejar de volta ao papamóvel.

No caminho, entretanto, passo por um carrinho de limpeza. Sobre ele, guardados em sacos plásticos, estão os objetos que devem ter sido removidos do carro de Ugo: um carregador automotivo para celular, um frasco com as iniciais de Ugo gravadas, um pedaço de papel timbrado. Há muitos outros objetos na parte de baixo do carrinho. Então paro.

Os sacos plásticos têm, de um lado, etiquetas vermelhas onde se lê EVIDÊNCIA. Do outro, estão indicados a hora e o lugar em que o objeto foi recolhido, o número do processo, a cadeia de custódia. É estranho que essas provas ainda estejam aqui. Deveriam ter sido levadas para apresentação no tribunal. Em uma folha de papel solta em cima do carrinho, lê-se RETER ATÉ SEGUNDA ORDEM. Pergunto-me se Mignatto sabe que esses objetos foram encontrados.

Outra coisa me chama atenção. Nenhum deles coincide com a marca deixada no forro embaixo do banco do motorista. Não há nada aqui do tamanho de um pequeno laptop, nada que se possa encaixar nos trilhos do banco. Talvez por isso a janela tenha sido quebrada: alguém pode ter roubado o que havia ali embaixo.

Tento alcançar, no fundo do carrinho, os sacos cujo conteúdo não consigo ver, quando meus olhos se detêm no pedaço de papel timbrado.

Há um número escrito nele. Um número de telefone.

Olho mais de perto e por um instante fico sem ar.

É o *meu* número. Do telefone fixo do meu apartamento.

Ouço outro barulho vindo dos fundos da garagem — dessa vez, um estampido seco. É Gianni derrubando a estrutura de metal da cobertura para me avisar que o tempo está se esgotando.

Saio em disparada na direção do Fiat.

Gianni nem verifica se estou no chão do carro. Dá a partida e engata a primeira. O trajeto é curto. No mesmo canto escuro da garagem de onde partimos, ele encosta para me deixar.

Quero lhe agradecer, mas seus olhos estão arregalados, aflitos, fixos no retrovisor. Distraidamente, ele pergunta:

— Então? Encontrou algo de útil?

— Sim.

— Que bom. Muito bom — diz, meneando a cabeça.

Saio do jipe. Meu amigo está ofegante.

— Se precisar de mais alguma coisa... — diz.

— Você já fez o bastante. — Só consigo pensar no meu número naquele pedaço de papel. — Muito obrigado, Gian. Muito obrigado mesmo.

Ele acena discretamente e faz o sinal de um telefone, para me dizer que posso telefonar se precisar de mais alguma coisa. Está tremendo. O Fiat se afasta em direção aos portões da garagem.

Fico pensando em todas as vezes que vi a letra de Ugo. Em todas as folhas rabiscadas com versículos dos evangelhos que corrigi, quando ele insistia em levar dever de casa. Eu reconheceria sua caligrafia em qualquer lugar. Mas a letra naquele pedaço de papel timbrado não era a dele.

As provas naqueles sacos plásticos não deveriam estar naquele pátio. Se os gendarmes estão esperando que alguém vá recolhê-las, então esse alguém decidiu mantê-las escondidas.

O último gesto de Gianni fica na minha memória. O gesto de um telefone. Isso me dá uma ideia.

Capítulo 24

O Palácio Belvedere fica atrás da garagem. Subo correndo as escadas que levam ao meu apartamento. Tento escutar algo lá dentro. Até eu trocar a fechadura, terei que fazer isso todas as vezes que vier aqui. Mas vejo que Leo deixou algo para trás em nossa última visita: a lingueta de uma caixa de fósforos, enfiada entre o batente e a porta. É um truque que ele usa no alojamento para se certificar de que os cadetes não saiam escondidos para ir a Roma. Lingueta no chão significa que alguém entrou e saiu. Lingueta na porta significa que o lacre está intacto. Sinto-me aliviado.

Entro e me dirijo ao telefone na cozinha. Acho estranho que Ugo quisesse o número desse telefone fixo. Sempre que ele queria conversar comigo sobre o Diatessarão, telefonava para o meu celular. Pode ser que, dessa vez, estivesse tentando falar com Simon, não comigo. A pergunta é: quando?

Vejo a lista de chamadas recebidas no telefone, e não há sinal do número de Ugo. Há três chamadas de um telefone desconhecido — um número do Vaticano — em intervalos de quarenta minutos na noite anterior à morte de Ugo. Eu e Peter ficamos fora até tarde, pois tínhamos ido ao cinema. Só agora fiquei sabendo dessas chamadas.

Fragmentos de informação povoam meus pensamentos. Confiro a data das chamadas novamente, apenas para me certificar. É como se alguém estivesse verificando se realmente havíamos saído. Sondando o apartamento antes de invadi-lo. Entretanto, na noite seguinte, quando a invasão realmente se deu, não houve nenhuma chamada desconhecida.

Perdendo a paciência, volto ao número desconhecido e o digito no celular. Depois de apenas um toque, uma mulher atende.

— Pronto. Casa Santa Marta, em que posso ajudar?

É uma freira. Do balcão da Casa.

— Olá. Estou tentando entrar em contato com alguém que me telefonou de uma linha desse hotel. Você pode me repassar?

— Qual o nome da pessoa, senhor?

— Não tenho o nome. Só um número de telefone.

— Senhor para garantir a privacidade dos nossos hóspedes, não podemos atender ao seu pedido.

— É importante, irmã. Por favor.

— Sinto muitíssimo.

Penso rápido e digo:

— Ugolino Nogara, então. Pode procurar por um hóspede chamado Ugolino Nogara?

Ugo não tinha motivos para se hospedar na Casa. Teria ficado em seu apartamento no andar acima dos museus. Mas qualquer informação que eu consiga já ajuda.

Escuto-a digitando no computador.

— Nenhum hóspede com esse nome, senhor. Tem certeza de que ele ainda se encontra hospedado aqui? O nome dos hóspedes sai do sistema quando eles entregam as chaves.

As chaves. Compreendo tudo de repente. A lasca de metal que encontrei no tapete do carro de Ugo.

— Obrigado, irmã. — Desligo o telefone e enfio as mãos nos bolsos da batina. De um deles, retiro a pequena peça arqueada que eu trouxe do carro de Ugo e, do outro, a chave do meu quarto no hotel.

Presa à chave há uma plaquinha oval com o número do quarto. A cor e a espessura coincidem perfeitamente. A lasca de metal é um pedaço do chaveiro da Casa.

Ao observá-lo melhor, vejo marcas de pressão. A plaquinha deve ter sido usada para abrir algo à força. Seja lá o que for, não funcionou.

Sento-me à mesa da cozinha, tentando ordenar todas essas informações segundo um padrão inteligível. Os telefonemas para o meu apartamento levam ao hotel. O roubo do carro de Ugo também. Esse pode ser o primeiro indício de que a invasão e o assassinato realmente estão ligados. Mas também estou assombrado com o fato de que eu e Peter estávamos na Casa, dormindo sob o mesmo teto que a pessoa responsável por esses atos.

Esfrego a lasca de metal na palma de mão. A Casa. O hotel foi construído para hospedar visitantes de fora da cidade, mas é também onde ficam os padres da Secretaria de Estado quando passam pelo Vaticano. Ao telefone, Mignatto me disse que o cardeal Boia não quer que saibamos quem espancou Michael. Recusa-se a liberar essa informação. Desde a época da morte de meu pai, Boia foi o inimigo número um da reunificação de católicos e ortodoxos. Foi o homem que usou a Secretaria de Estado como instrumento para sabotar as boas intenções de João Paulo para com nossa Igreja irmã.

Simon provavelmente sabia que estava brincando com a sorte ao convidar clérigos ortodoxos para a exposição. Provavelmente tentou se manter fora do radar de Boia pelo máximo de tempo possível. Isso explicaria por que em seu passaporte diplomático não havia sinal algum das viagens à Sérvia e à Romênia. Ele pode ter solicitado um passaporte italiano comum para esconder o que estava fazendo. Mas, a partir do momento em que um bispo ou um metropolita ortodoxo concordou em vir a Roma, a tática parou de funcionar. Bispos são personalidades públicas. Viajam acompanhados de uma comitiva. Seus compromissos são divulgados por meio de comunicados e em calendários diocesanos. Era impossível Boia não descobrir.

Todavia, nessa mesma época, Simon deve ter sofrido um choque ainda maior. Foi no auge das negociações de meu irmão com os ortodoxos que Ugo descobriu que o sudário havia sido roubado de Constantinopla.

A descoberta deve ter desencadeado os acontecimentos subsequentes. Michael foi atacado por homens que queriam descobrir o segredo de Ugo. A mesma ameaça veio escrita na foto que recebi. O cardeal Boia parece saber que Ugo desvendou *alguma coisa*, mas não o quê. Talvez ele espere arrancar essa informação de Simon submetendo-o à prisão domiciliar.

Ironicamente, entretanto, tudo que precisa fazer é andar pelas galerias da exposição de Ugo. Muito embora elas estejam inacabadas, as respostas estão bem à vista. Se Sua Eminência se dispusesse a aprender algumas palavras de grego, perceberia que a verdade está impressa nas paredes.

Levanto-me e atravesso a escuridão de volta ao meu quarto. Talvez meu irmão ponha essa exposição acima de sua própria carreira, mas eu não. Simon nasceu para propósitos mais grandiosos do que convidar alguns sacerdotes ortodoxos a Roma. Quando ele der seu depoimento amanhã, os juízes precisarão ouvir o que está realmente em jogo.

Procuro algo em minha cômoda, mas não encontro. Então cruzo a linha imaginária entre o meu lado do quarto e o de Mona e abro a caixa de joias que o pai dela fez e lhe deu quando ficamos noivos. Ela desapareceu sem levar nada além de uma pequena mala com roupas, e, uma vez que a mulher de um padre raramente usa joias, tudo permanece aqui: os brincos cravejados de diamantes, os saudosos anéis da época da adolescência e o colar de ouro com a cruz latina, substituída pela grega, que ela devia estar usando no dia em que partiu. Abro o pequeno compartimento inferior. Dentro dele há uma chave. Coloco-a no meu chaveiro.

A caminho da porta, paro e abro o aparador derrubado durante a invasão. É onde fica o saco plástico em que eu e Peter guardamos nosso ninho de cabos, carregadores e adaptadores. Pego tudo o que parece capaz de carregar a bateria de um celular e enfio na batina.

Antes de voltar para o térreo, tento me preparar para o que estou prestes a ver.

O TÉRREO DE nosso prédio residencial abriga o Serviço de Saúde do Vaticano. Quando eu e Simon éramos garotos, os padres americanos preferiam pegar um avião até Nova York para fazer o check-up a correr o risco de se consultar com os médicos do Vaticano. Por meio século, histórias de terror marcaram todos os pontificados. Há cinquenta anos, Pio XII veio aqui acometido por soluços persistentes, e seu médico receitou-lhe injeções de cérebro de cordeiro moído. Outro profissional, por sua vez, vendeu a ficha médica de Pio à imprensa e, depois da morte do pontífice, embalsamou-o utilizando uma técnica experimental que fez com que irrompessem do cadáver bolhas e gases como se ele fosse uma poça de piche, enquanto os peregrinos se enfileiravam para vê-lo. Dez anos depois, a próstata de Paulo VI precisou ser removida, e os médicos do Vaticano decidiram operá-lo em sua biblioteca. O sucessor dele, João Paulo I, morreu com trinta e três dias de pontificado porque nossos médicos ainda não sabiam que ele tomava remédio para a circulação. Seria de se pensar, portanto, que os agentes funerários do Vaticano estivessem entre os melhores do mundo, considerando-se toda a experiência prática de que se beneficiam. Mas a verdade é que esse tipo de profissional não existe no Vaticano, e também não há necrotério aqui. Os papas são embalsamados em seu próprio apartamento por agentes funerários voluntários vindos de Roma, enquanto o resto de nós se contenta com a sala dos fundos do Serviço de Saúde. É a essa sala que me dirijo neste momento.

A clínica tem duas portas de entrada. Uma para os bispos e outra para os demais pacientes. Mesmo nesse momento, uso a porta correspondente ao meu posto. A chave de Mona abre a fechadura sem problemas. Assim como todo o restante da equipe médica, antes do nascimento de Peter ela trabalhou aqui como voluntária quando não estava em seu emprego na cidade.

Desde o infarto de papai, nunca mais estive nesta sala de espera. As janelas dão para a garagem e os museus mais ao longe, portanto não ouso acender as luzes. Mas não preciso delas, porque me lembro perfeitamente deste lugar. O piso e as paredes brancas, as palhetas brancas das persianas de plástico. Os médicos e as enfermeiras de jaleco branco que caminhavam devagar quando entramos com papai, como se já tivessem decidido que este lugar seria sua porta de entrada para o céu. Quando Mona se ofereceu como voluntária aqui, não vim encontrá-la nem uma única vez depois do trabalho, e ela nunca me perguntou por quê.

Percorro o corredor abrindo as portas das salas uma a uma. Como eu previa, a que eu procuro é a última delas. Mesmo antes de abri-la, já sinto o cheiro do fluido embalsamador. Dentro da sala, não há macas reclináveis cobertas de lençol descartável de papel, apenas uma mesa de aço forrada com um lençol branco. Por baixo, veem-se os contornos de um corpo.

Desvio os olhos de Ugo, sentindo-me como se houvesse invadido sua privacidade. Esse homem trancava a porta de casa com dois cadeados e mantinha um cofre chumbado no seu escritório. Um homem que, durante todo o tempo em que trabalhamos juntos, nunca me mostrou uma foto de sua família, se é que tinha uma. Talvez por isso seu corpo ainda esteja aqui, três dias depois, decompondo-se numa sala nos fundos, sem ninguém para velá-lo e sem qualquer indício de um funeral.

— Ugo, sinto muito — digo em voz alta.

Por estar aqui. Por interromper sua paz. Por ignorá-lo quando me pediu ajuda.

Desvio o olhar e analiso o carrinho diante de mim em busca de seus pertences. Em vez deles, encontro uma pasta de fichário etiquetada com o nome NOGARA, UGOLINO L. A primeira página traz o esboço de um crânio humano repleto de notas escritas à mão. Atento às minhas impressões digitais, tiro um par de luvas de látex de um dispenser na parede para tocá-la.

No lado direito do esboço do crânio está desenhado um buraco preto. Ao lado do buraco, as medidas. À esquerda do crânio, o desenho do ferimento de saída da bala, também com as medidas. Na página seguinte, vê-se um perfil de corpo inteiro, onde estão listadas as cicatrizes e manchas de pele de Ugo. De passagem, vejo a palavra *icterícia*, seguida de uma referência à página onze do histórico do paciente.

Avanço. O histórico aborda sobretudo os últimos dezoito meses, começando pouco antes da primeira viagem de Ugo a Edessa, quando ele foi vacinado contra febre tifoide e tétano. Nesta primavera, exames constataram que ele tinha uma doença no fígado. Depois disso, faltou a um exame de vista. Em seguida, os registros tornam-se mais frequentes. Ugo parece ter ido ao médico todas as vezes que vinha à cidade. A página onze, mencionada no relatório da necropsia, foi redigida há menos de um mês.

> O paciente manifesta delírios típicos de alcoolismo. Tem medo de perder o emprego. Tem medo de ser seguido e agredido. Possíveis indícios de confabulação. Fez exames para verificar possível síndrome de Wernicke-Korsakoff, mas não há indícios de amnésia. Refazer exame de perda de memória daqui a seis meses. Prescrição de tiamina; foi aconselhado a procurar um especialista.

A consulta data de pouco antes do dia em que ele me enviou o último e-mail. Ao verem que ele era alcoólatra, os médicos o ignoraram. Sinto-me culpado pela segunda vez.

De volta ao relatório da necropsia, finalmente encontro o inventário dos pertences pessoais. Menciona-se a ausência de carteira e de relógio. Nada é dito sobre a chave da Casa — com ou sem um chaveiro lascado. Isso reforça minha desconfiança de que o objeto que encontrei no tapete do carro não era dele.

No inventário também se diz que os bolsos da calça, da camisa e do paletó de Ugo estavam vazios. Minha suspeita, porém, se confirma. O celular de Ugo foi encontrado no bolso interno de seu casaco impermeável.

Na lista de provas que Mignatto recebeu, não constava nenhum telefone celular. Começo a procurar nas bandejas de metal outro saco plástico de prova pericial com etiqueta vermelha, quando meus olhos passam de relance por uma linha no relatório.

Mãos manchadas.

Paro e olho de novo. Em seguida, folheio as páginas em busca de outra referência. Ao lado do esboço do corpo, uma linha menciona o resíduo de pólvora encontrado na mão com que Ugo se defendeu do tiro. Mas isso não coincide com a outra anotação, que dizia que as *duas* mãos estavam manchadas.

Lembro-me do que o guarda suíço disse a mim e a Simon sobre o corpo de Ugo, na cantina, poucas horas depois de sua morte.

Ouvi falar que tinha algo errado com o corpo. Alguma coisa nas mãos ou nos pés.

Fixo os olhos no volume sob o lençol na mesa metálica e me apavoro com o que tenho de fazer em seguida.

SOMENTE SIMON FOI autorizado a ver o corpo do nosso pai nesta sala. Dois dias depois, quando me inclinei sobre o caixão aberto para beijar o ícone sagrado no peito dele, senti o cheiro da colônia que o preparador tinha usado e soube que meu pai havia partido para sempre. O corpo diante de mim era o de um estranho. Nenhum padre grego usa colônia. Mas aquele cheiro permaneceu comigo, entrelaçado às lembranças sepultadas nos recantos da minha mente, e volta agora à medida que me aproximo da mesa.

Olho para o lençol branco. Para o relevo irregular do cadáver de Ugo. Depois visto a armadura com que todo padre se defende da morte. Não há o que temer aqui. A alma não morre. Ugo ainda vive como antes, apenas fora do corpo.

Mesmo assim, há algo assustador em ver seu cadáver coberto, sem rosto. É como se a morte, em sua totalidade, residisse aqui. Apenas este fino lençol me separa dela. Por algum motivo, penso em Ugo à mesa de jantar mostrando-me sua réplica do sudário, as mãos suspensas respeitosamente sobre o manto, sem tocá-lo.

O lençol parece-me empoeirado quando eu o puxo apenas o suficiente para ver o braço de Ugo.

A mancha na mão é de um tom forte de ferrugem. Espalha-se na pele seguindo um padrão familiar, mais escura nas pontas dos dedos e no polegar, quase imperceptível na palma.

Meu coração bate forte, e o sangue lateja e faz meus braços tremerem.

Abaixo o lençol e dirijo-me ao outro lado da mesa. Na mão esquerda, há uma mancha idêntica. Ugo segurava o Diatessarão até pouco antes de morrer. Mas por quê? Os restauradores já deviam ter terminado o trabalho muito antes disso. Enormes ampliações das páginas do manuscrito já estão montadas para a exposição. Presumi que a última porta da galeria — aquela que eu e Peter não conseguimos abrir — estava trancada porque o Diatessarão já se encontrava no lugar, cuidadosamente disposto naquela última sala. Ugo não tinha motivos para tirá-lo de lá.

A menos que o tenha levado a Castel Gandolfo. A menos que o tenha mostrado aos ortodoxos por algum motivo. Nesse caso, o objeto roubado de seu carro poderia ser o Diatessarão. As dimensões do manuscrito são muito semelhantes às da marca que vi embaixo do banco do carro.

Vasculho impacientemente as bandejas metálicas. Por fim, sob uma pequena pilha de documentos, encontro uma sacola plástica sem etiqueta nem qualquer tipo de identificação policial. Dentro dela está o celular de Ugo. Depois de três dias ligado, a bateria descarregou. Portanto, puxo da batina os carregadores que trouxe e encontro um que serve no aparelho. Então, começo a examinar as listas de chamadas.

As últimas quatro ligações recebidas são de Simon. Às três e vinte e seis, três e cinquenta e três e quatro e doze; Ugo não as atendeu. Depois disso, passou-se mais meia hora sem que houvesse contato. Por fim, às quatro e quarenta e seis, meu irmão telefonou a Ugo pela última vez. A ligação durou um minuto e meio. Menos de noventa minutos depois, Ugo estava morto, uma vez que Simon telefonou para o meu apartamento pouco antes das seis para pedir que o encontrasse em Castel Gandolfo.

Acesso a secretária eletrônica de Ugo. Certamente, Simon deixou mensagens. A voz automática diz *três e vinte e seis da tarde*. Depois:

> *Ugo, sou eu. Só queria repassar o roteiro. Alguns lembretes: o italiano não é a língua nativa deles, portanto fale devagar. Vou apresentá-lo, e você só precisa falar por vinte minutos, então não se preocupe. Por favor, só não mencione aquilo de que falamos.*

Aqui há uma pausa.

> *Além disso, quero que saiba que o número de pessoas será maior do que o esperado. Falávamos de um grupo pequeno, mas o Santo Padre tem nos apoiado bastante, portanto não se surpreenda. Esse é mais um motivo para seguir o roteiro. Não queremos decepcioná-lo.*

Uma última pausa.

> *Sei que isso é difícil para você, mas vai conseguir. Se ficar tentado a beber, seja forte e resista. Estarei com você o tempo todo.*

Salvo a mensagem. Às sete para as quatro, Simon deixa outro recado. Dessa vez, sua voz está mais tensa.

> *Onde você está? O porteiro disse que o viu sair para fumar um cigarro. Devemos começar em poucos minutos. Preciso muito de você aqui.*

Vinte minutos depois, vem a última mensagem de voz.

> *Não posso obrigá-los a esperar mais. Terei de fazer eu mesmo a apresentação. Ugo, se estiver bebendo, nem precisa vir. Ligo para você quando terminar.*

Não há mais nada. A voz automática retorna. Depois da última chamada — por volta de quinze para as cinco, quando Simon e Ugo finalmente fizeram contato —, não foi deixada nenhuma mensagem.

Sinto uma amarga sensação de alívio. Simon não sabia onde Ugo estava. Falava a um grupo de padres ortodoxos enquanto Ugo estava sozinho no jardim. Talvez até no momento do ataque.

Os juízes têm de ouvir essas mensagens. Têm de tirar suas próprias conclusões sobre por que essa prova não foi recolhida. Mignatto ficará furioso com o que fiz, mas desconecto o telefone e ponho-o no bolso. Examino a sala para ver se não deixei nada para trás, faço o sinal da cruz sobre o corpo de Ugo e retorno ao saguão.

Do lado de fora, no pequeno estacionamento que me separa da garagem, um carro para. As luzes do farol atravessam as persianas verticais, mas quem sai de dentro é apenas um dos meus vizinhos, bocejando, a caminho de casa. Espero até que ele desapareça dentro do prédio, saio silenciosamente e tranco a porta com a chave de Mona.

É meia-noite. Penso em telefonar a Mignatto, mas decido esperar até de manhã. Vamos nos encontrar no tribunal dentro de oito horas. Então ele poderá brigar comigo por causa do que fiz. Quando a raiva passar, porém, verá o quanto seu trabalho se tornou mais fácil.

Capítulo 25

Um telefonema de Michael Black me acorda às cinco e meia.

— Onde você está? — pergunta ele.

— Michael, ainda nem amanheceu aqui — respondo, ainda grogue de sono. — Não vou correr até um telefone público.

— Você deixou uma mensagem dizendo que precisava falar comigo?

— Você tem que pegar um avião para cá. Precisamos que você deponha.

— Como é?

— A Secretaria de Estado não quer liberar o acesso à sua ficha pessoal. Não há outra maneira de provar que você foi agredido.

Seu tom de voz já está mudando.

— Quer que eu arrisque meu pescoço pelo seu irmão?

— Michael...

— Para começo de conversa, o que eu poderia dizer? Ele nunca me contou nada.

Sento-me na cama, acendo a luz e esfrego os olhos. Meu cérebro está lento, mas sei que preciso ter cuidado. *Ele nunca me contou nada*: certamente isso é mentira. Na carta que escreveu a Simon, Ugo se referia a Michael como "seguidor" de meu irmão. Além disso, Michael provavelmente foi espancado naquele aeroporto na Romênia porque estava ajudando Simon a convidar ortodoxos para a exposição de

Ugo. O fato de ele não admitir isso para mim indica que será difícil convencê-lo a depor no tribunal.

Mesmo assim, ele me telefonou. Uma parte dele ainda quer ajudar.

— Assim que você chegar a Roma, vou contar tudo que sei — prometo. — Mas não quero fazer isso por telefone.

— Quer saber? Eu não devo nada a você.

— Michael, você me deve, *sim* — retruco em um tom de voz mais duro. — Você não só disse àquelas pessoas onde era meu apartamento. Você disse onde ficava a chave reserva.

Silêncio.

— A polícia não vai nos ajudar, pois não acredita que meu apartamento de fato foi invadido — prossigo.

— Já pedi desculpas por isso.

— Não quero suas desculpas! Quero que embarque no próximo avião para Roma. Me ligue quando chegar.

Antes que ele possa dizer qualquer outra coisa, eu desligo. E rezo para tê-lo convencido.

DUAS HORAS DEPOIS, de improviso, levo Peter para ficar brincando com Allegra Costa, a neta de 6 anos de dois moradores do Vaticano. À porta da casa dela, nossa despedida demora um pouco mais do que o habitual. Temos o hábito de dizer "até logo" em vez de "tchau", mais um efeito colateral do desaparecimento de Mona. Ela está sempre por perto, sempre surgindo em nossa vida, como os cacos de cerâmica que os fazendeiros romanos encontram quando aram a terra. Pelo bem de Peter, preciso ligar para ela logo. Mas esse pensamento desaparece quando olho para meu relógio de pulso. Fico completamente tenso. Preciso ir a outro lugar.

O Palácio do Tribunal fica na esquina oposta à Casa, com a qual compartilha a vista para o posto de gasolina do Vaticano. No entanto, o palácio fica de frente para o escapamento dos carros, o que confere uma tonalidade acinzentada à sua fachada bege e lascada, típica dos edifícios do Vaticano. Normalmente, a Rota Romana funciona em um palácio histórico renascentista do outro lado do rio, mais perto do escritório de Mignatto. Hoje, porém, três de seus juízes tiveram de vir até aqui. No passado, os julgamentos canônicos se davam fora dos muros do Vaticano, e este palácio abrigava somente os julgamentos civis. Mas João Paulo, o único papa da história a revisar ambos os códigos de direito canônico — o dos católicos ocidentais e o dos católicos orientais —, decidiu mudar também a localização da sede do tribunal.

Muitas vezes, o palácio parece permeado de uma atmosfera lânguida de subutilização. Os juízes passam o tempo nos corredores, entre uma sessão e outra, encostados à parede de peruca na mão. A exemplo dos médicos e das enfermeiras, os magistrados civis do Vaticano são também voluntários importados do mundo exterior, representantes da lei em regime de meio período com um emprego de verdade em Roma. Os juízes de hoje, porém, serão diferentes. O antigo Tribunal Apostólico da Rota Romana é a segunda maior autoridade jurídica da Igreja. Somente o papa pode contestar sua autoridade quanto aos méritos de um caso. A Rota é a mais alta corte a que qualquer diocese católica do mundo pode apelar, e todo ano seus juízes julgam centenas de casos, chegando a anular um casamento católico praticamente todo dia útil. Essa rotina agitada tem seu preço. Conheço monsenhores da Rota que envelheceram mais rápido que cães. O trabalho os tornou austeros, metódicos, impacientes. Nas salas deste tribunal, a justiça apática ao estilo italiano não terá vez.

Mignatto está esperando do lado de fora da sala de audiência quando chego. Está especialmente elegante, a batina de monsenhor ajustada na cintura por uma faixa com dois pompons pendendo nas extremidades, os quais lembram os incensórios que os padres e diáconos seguram pelas correntes e balançam de um lado para o outro para espalhar a fumaça do incenso pela igreja. Esse tipo de borda foi proibido há trinta anos, quando o papa simplificou as vestimentas dos padres católicos romanos. Ou Mignatto foi isento da proibição, ou acredita que esse aceno sutil ao tradicionalismo angariará a simpatia de alguns membros do tribunal. Sendo um padre grego, sou alheio a nuances desse tipo.

— Simon virá? — pergunto.

Seu tom de voz é estritamente profissional. Não expressa emoção alguma.

— Está na lista de depoentes. Se o cardeal Boia o deixará vir, isso é outra questão.

— Não há nada que possamos fazer?

— Estou fazendo tudo o que posso. Enquanto isso, por favor me explique a decisão de seu tio.

— Que decisão?

Mignatto aguarda, como se ainda esperasse pela resposta. Por fim, diz:

— Sua Eminência já está na sala de audiência. Informou-me, uma hora atrás, que se sentará à mesa hoje como procurador.

Fixo os olhos arregalados na porta da sala e me forço a permanecer em silêncio.

Mignatto está se esforçando ao máximo para não parecer exasperado. O juízo que faz de nossa família não está melhorando.

— Pensei que talvez ele tivesse conversado com você sobre isso. Em todo caso, expedi um mandado para qualificá-lo como *locum tenens*. Na sua ausência, infelizmente.

Locum tenens. "Substituto" em latim.

— Não posso entrar?

— Hoje não.

— Por que ele está fazendo isso?

Mignatto abaixa a voz.

— Ele me disse que era para encorajar seu irmão a depor. Acha que duas noites de prisão domiciliar podem tê-lo feito mudar de atitude.

Estou com raiva de Lucio por me fazer passar por tolo. Mas, se ele acha que é capaz de fazer Simon falar, deve ter lá suas razões. Além do mais, sua decisão me proporciona a oportunidade de que eu precisava.

Levo a mão ao bolso da batina e digo:

— Antes de o senhor entrar, preciso contar uma coisa.

Ao ouvir minha explicação, Mignatto fica pálido.

— Mas eu pedi expressamente que você não fizesse nada desse tipo. Que não interferisse.

— O senhor também me disse que os juízes aceitariam qualquer prova, não importa de onde venha e como foi obtida.

— Do que você está falando?

— Eles grampearam o telefone de Simon para roubar suas mensagens de voz.

Mignatto arregala os olhos.

— O que eu disse foi que os juízes têm o direito de basear sua opinião em qualquer elemento probatório. Isso inclui nossa *conduta*. Assim, quando a Secretaria de Estado se nega a fornecer provas ou grampeia o telefone de seus próprios funcionários, isso favorece seu irmão. E, quando a defesa *rouba* provas, isso gera uma impressão que só pode ser prejudicial a ele

— Monsenhor, o senhor não está compreendendo. Os gendarmes encontraram coisas que podem ajudar Simon, mas ninguém está fazendo nada com essas provas. Nem sequer as recolheram.

— Do que raios você está falando?

Quero contar a Mignatto sobre as chamadas telefônicas ao meu apartamento na noite anterior à invasão, sobre o pedaço de papel no carro de Ugo em que constava meu número de telefone. Mas para isso teria de relatar o que fiz na noite passada, e ele está nervoso demais para ver as coisas por uma perspectiva mais abrangente.

Em vez disso, pergunto:

— Por que os juízes não viram este telefone? Por que não o incluíram como prova no processo? As mensagens de voz mostram que Simon não sabia em que lugar de Castel Gandolfo Ugo estava. Isso deveria ter sido uma das primeiras coisas examinadas pela promotoria.

No pescoço do monsenhor surge uma mancha rosada.

— Devo adverti-lo mais uma vez de que *não* se trata de um processo penal no âmbito do direito civil. Os gendarmes *não* trabalham em colaboração direta com a acusação, mas fazem sua própria investigação. Se a corte requisita sua opinião, eles a fornecem. O problema aqui, portanto, não consiste em nenhuma intriga perversa e invisível contra seu irmão, mas no fato de que nenhum dos envolvidos neste processo, nem os juízes, nem o promotor de justiça, nem a defesa, nem mesmo o vigário que conduziu a investigação inicial, jamais julgou um homicídio em uma corte canônica. Não estamos acostumados a requerer relatórios policiais. Não sabemos que tipos de relatórios policiais estão disponíveis e, embora estejamos fazendo de tudo para superar essas deficiências, é extremamente difícil quando um processo corre tão rapidamente como este.

— Por que então a corte está sendo obrigada a fazer uma coisa que não é capaz de fazer? A pressão está vindo de *algum lugar*.

Mignatto faz uma careta.

— Padre, alguém obviamente acredita que a morte de Nogara é um escândalo que ameaça os preparativos da exposição. A melhor maneira de resolver o problema, na cabeça dessa pessoa, é através de um julgamento rápido. Não vejo nada que indique outra intenção além dessa.

As portas da sala de audiência se abrem. A discussão não está nos levando a lugar algum. Antes que Mignatto se vá, preciso ter certeza de que ele entendeu a importância do telefone de Ugo.

— Quando Simon estiver depondo, por favor, pergunte a ele sobre as ligações que fez a Ugo. E, se ele não responder, reproduza as mensagens no correio de voz.

Mignatto cerra os dentes, pega o telefone e me dá as costas. A última coisa que o ouço dizer enquanto se distancia é:

— Padre, você não está me ouvindo. Eu não faço as perguntas. Apenas os juízes as fazem.

Estou ansioso demais para ir embora, portanto decido ficar do lado de fora. Minutos depois, a primeira testemunha chega a pé.

É o velho bispo Pacomio, ex-reitor do seminário de Simon, o Capranica. É um homem obeso e calvo, de testa grande e olhar sério. Embora vista um simples terno clerical, sua grande cruz peitoral de ouro revela que ele é mais que um padre: há quase uma década, ele é bispo da arquidiocese de Turim. Para os juízes, deve ser também uma pequena celebridade, pois é escritor e apresentador de TV. Mignatto inicia o julgamento em grande estilo: o bispo Pacomio viajou mais de seiscentos quilômetros para interceder por meu irmão.

Os gendarmes abrem a porta da sala de audiência para ele, e eu aproveito para espiar lá dentro. Os três juízes estão sentados no banco com ares de quem carrega o caixão num cortejo fúnebre. Atrás deles, vê-se um painel de madeira semelhante à entrada de um mausoléu, sobre o qual pende um crucifixo de ferro negro.

Então a porta se fecha e não vejo mais nada. Começa a espera. Pelos cinquenta minutos seguintes, passeio pelo pátio poeirento, sem saber ao certo como ajudar. Finalmente, o bispo Pacomio ressurge, com uma expressão plácida. Quero perguntar a ele como foi, mas ele não poderia responder. O juramento feito à corte o proíbe. Então, observo-o ir embora a passos miúdos e verifico em meu celular se há alguma mensagem de Mignatto.

Nada.

Logo depois, vejo chegar um modesto Volkswagen Golf com as janelas abaixadas. De dentro, salta um homem que não vejo há uma década: padre Stransky, que trabalhou com meu pai no Conselho Pontifício para a Promoção da Unidade dos Cristãos, nos tempos em que a sede não passava de um apartamento de propriedade do Vaticano com uma banheira que servia de arquivo. O tempo branqueou seu cabelo e alargou seu rosto, mas ele para diante de mim, lança um olhar indagador e então liga os pontos.

— Céus, você é o pequeno Alex Andreou!

— Padre Tom.

Ele me abraça como a um filho, e eu me pergunto como Mignatto conseguiu localizá-lo. Da última vez em que ouvi falar dele, estava trabalhando como reitor de um instituto em Jerusalém.

— Coincidiu de eu estar em Roma — explica, dando uma piscadela. — Obra do acaso, eu diria.

Lucio. Somente Lucio poderia ter ressuscitado esses homens. Pergunto-me se ele pagou a passagem deles do próprio bolso.

Padre Tom abaixa a voz.

— Em que foi que seu irmão se meteu?

— Padre, ele não fez nada de errado. Apenas se recusa a dizer aos juízes que é inocente.

Stransky balança a cabeça. Típico de Simon. Ele aponta para a porta e pergunta:

— Vem comigo?

Quando explico por que não posso ir, ele sorri e diz:

— Bem, oremos para eu não fazer papel de bobo. Meu direito canônico está enferrujado há pelo menos uma década.

São palavras humildes para uma lenda viva. Juntamente com dois cardeais, o padre Tom redigiu um documento histórico sobre o futuro das nossas relações com os não cristãos. Embora ele não esteja apto a testemunhar sobre nada além do comportamento de Simon na juventude, a estratégia de Mignatto parece clara: deslumbrar os juízes com as testemunhas abonatórias.

Uma hora se passa. Padre Tom vai embora. Chega a terceira testemunha — e é uma verdadeira atração.

O arcebispo Collaço é o ex-núncio da Bulgária, onde Simon recebeu seu primeiro posto de trabalho. Nascido na Índia e educado em Roma, Collaço é um dos diplomatas mais experientes do Vaticano, a própria encarnação da Secretaria de Estado. Ao longo de vinte e cinco anos de carreira, foi núncio em mais de dez países. Hoje, veste batina branca e faixa roxa, o traje usado pelos padres nos trópicos, o que confere ainda mais dignidade a sua chegada. Compreendo facilmente o motivo de ele estar aqui. Mignatto e Lucio querem dar um recado importante: a Secretaria de Estado apoia Simon, ainda que seu chefe não o apoie.

Outra hora se passa e, finalmente, às duas da tarde, ao arcebispo Collaço segue-se a última das testemunhas abonatórias convocadas pela defesa. Desta vez, não consigo acreditar no que vejo.

Até Lucio deve ter tido dificuldades para obter a ajuda de alguém tão importante. O cardeal Tauran é um gigante da Secretaria de Estado. Houve um tempo em que diziam que ele se tornaria o novo cardeal-secretário, substituindo Boia e revolucionando nossas relações com os ortodoxos. Mas Tauran foi diagnosticado como portador do mal de Parkinson, assim como João Paulo. Então, como medida de precaução por causa de sua saúde, foi transferido para um cargo menos exigente, o de bibliotecário da Santa Igreja Romana. Mas não antes de conhecer Simon, que frequentava o curso de relações exteriores que Sua Eminência ministrava na Academia. O bibliotecário do papa está prestes a apontar meu irmão como um de seus alunos prediletos.

Tauran avança discretamente, cabisbaixo e com um sorriso contido. Com isso, completam-se as manobras da defesa. Queria estar lá dentro para ver a expressão dos juízes diante desse desfile de celebridades eclesiásticas. Não me admira que Lucio quisesse assistir a tudo com os próprios olhos.

Às três, Tauran sai da sala. Agora, o palco está montado para Simon. Uma vez que a maioria das instituições do Vaticano fecha à uma da tarde e que os funcionários contam pelo menos com uma pausa vespertina durante os turnos mais longos, suponho que os juízes declarem recesso. Assim, espero por Mignatto à porta, preparando-me para comemorar com ele essa abertura triunfal.

Mas ninguém aparece. Quanto mais o silêncio se prolonga, maior se torna o mal-estar que sinto no peito. Estão esperando por Simon. E meu irmão não vem.

Vinte minutos depois, um carro estaciona. O motorista desce do veículo e aguarda. As portas da sala de audiência se abrem, e logo meu tio sai com ar irritado.

— O que está acontecendo? — pergunto.

Mas Lucio passa direto e entra no carro. Um instante depois, o veículo parte. Viro-me para trás, e Mignatto está de pé diante de mim.

— Aconteceu alguma coisa? — insisto.

— Nenhum sinal do cardeal Boia — resmunga Mignatto.

— Como podem tratar Simon desse jeito?

O monsenhor não responde.

— Meu tio vai voltar?

— Não.

Pigarreio.

— Então, posso entrar na sala?

Ele se vira para mim.

— Você precisa entender uma coisa. Não posso defender seu irmão se sua família continuar tentando resolver tudo por conta própria.

— Monsenhor, desculpe-me, mas o telefone de Ugo servirá...

— Eu sei para que servirá o telefone. Se você não concordar com o que estou pedindo, então não vou poder concordar em defender seu irmão.

— Compreendo.

— Antes de fazer qualquer outra coisa, fale comigo.

— Tudo bem.

Minha aquiescência parece acalmá-lo.

— Muito bem — diz ele. — O último depoimento é dentro de uma hora. Vá comer alguma coisa e me encontre aqui de novo em cinquenta minutos.

Dentro de uma hora eu deveria buscar Peter, mas isso terá de esperar.

— Quem vai depor?

— O Dr. Bachmeier.

O curador-assistente de Ugo. Provavelmente os juízes vão pedir a ele informações sobre a exposição.

— Estarei aqui — garanto a Mignatto.

ÀS QUATRO E MEIA, as portas se abrem. Mignatto me conduz a uma mesa à direita na sala de audiência. Vejo uma mesa idêntica para a acusação no lado oposto da sala, a qual é ocupada por um padre que é chamado de promotor de justiça. Ao lado dele está o notário; sem ele os procedimentos realizados na sessão não teriam validade. Na parte de trás está a galeria, fileiras e fileiras de cadeiras vazias. Por fim, há uma terceira mesa, menor que as outras, entre a defesa e a acusação. Sobre ela, vê-se um jarro de água, um copo e um microfone. Não preciso adivinhar quem se sentará ali.

Mignatto sussurra:

— Não cabe a nós fazer perguntas. Se discordar de alguma coisa, anote no papel. Se eu considerar as perguntas úteis, posso submetê-las aos juízes.

— Sentem-se, por favor — diz o presidente da sessão.

Então, os gendarmes fazem entrar o Dr. Bachmeier, um leigo vestido de tweed, com a barba encrespada e o cabelo despenteado. Encontrei-o duas vezes quando Ugo e eu trabalhávamos juntos, e sei que Ugo não lhe contava tudo. Duvido que saiba muita coisa sobre a exposição.

O notário se levanta para que ele preste seus juramentos. São dois: um juramento de sigilo e outro de veracidade. Bachmeier parece levemente intimidado ao concordar com ambos.

— Por favor, identifique-se — pede o presidente, um monsenhor de expressão cordial e aspecto antiquado, com óculos grandes de armação preta e cabelo grisalho penteado para trás e besuntado de gel num topete pompadour. Não conheço nem ele nem os outros dois monsenhores que o acompanham, de modo que Mignatto deve estar certo: qualquer juiz que conhecesse Simon teria de declarar-se impedido de participar. Esse monsenhor, por sua vez, tem sotaque polonês. Deve ser, portanto, um dos juízes nomeados para a Rota durante o início do pontificado de João Paulo. Porém, mesmo com toda a sua experiência, ele ainda parece desconfortável em seu papel. Sua voz não é imponente, e sua linguagem corporal é hesitante. É difícil imaginá-lo convencendo os outros juízes a seguir seu voto quando eles se reunirem para deliberar sobre a sentença.

À esquerda dele, vê-se um juiz muito mais jovem, ainda na casa dos 40. É um homem de aparência amigável e cabelos bem curtos. Tem ares de estudante novato, ansioso por agradar. O terceiro, e último, é um buldogue grisalho de testa encarquilhada e olhos acusadores. É mais velho que os outros e manifesta abertamente sua irritação. Meus instintos me dizem que dele dependerá o caso.

— Meu nome é Andreas Bachmeier. Sou o curador das seções de arte medieval e bizantina dos Museus do Vaticano.

— Pode sentar-se — diz o presidente. — Dr. Bachmeier, estamos aqui para determinar o possível motivo da morte do Dr. Ugolino Nogara. O senhor trabalhava com o Dr. Nogara?

— Até certo ponto, sim.

— Conte-nos o que o senhor sabe sobre a exposição dele.

Bachmeier alisa as sobrancelhas, amargo e queixoso. Parece considerar a pergunta vaga demais.

— Ugolino não falava muito de seu trabalho — responde.

— A despeito disso — acrescenta o juiz.

Bachmeier abaixa os olhos para organizar seus pensamentos e, finalmente, diz:

— A exposição mostra que as análises de datação por radiocarbono do Santo Sudário estavam erradas. O sudário aparece no Oriente cristão durante a maior parte do primeiro milênio, onde era conhecido como uma relíquia mística chamada de Imagem de Edessa.

Os juízes se entreolham. Um deles murmura algo inaudível. Já sentindo os músculos tensos, aguardo para ver se Bachmeier será capaz de estabelecer os fundamentos de que a acusação necessita. Somente um fato poderia ser alegado como razão para Simon matar Ugo: o de que este estava prestes a revelar que roubamos o sudário de Constantinopla em 1204. Se Bachmeier não souber nada sobre 1204, então a audiência de hoje se revelará um triunfo para a defesa.

— Essas informações são surpreendentes e magníficas. Mas em que medida o padre Andreou estava inteirado delas? — pergunta o juiz mais jovem.

— Não sei. Nós nos encontramos apenas algumas vezes, e eu nunca perguntei isso a ele. Mas o padre Andreou era muito íntimo de Ugolino. Portanto, tenho certeza de que sabia muito mais do que eu sobre a exposição.

— O senhor consegue imaginar algum motivo que poderia ter levado o réu a matar o Dr. Nogara por causa de seus conhecimentos? — pergunta o juiz-presidente.

Antes mesmo de Bachmeier responder, já estou radiante. Estão lhe pedindo mais informações do que ele seria capaz de fornecer. Ainda que ele saiba sobre 1204, quase ninguém tem conhecimento de que Simon convidou clérigos ortodoxos para a exposição. Lanço um olhar a Mignatto e percebo um brilho em seus olhos. Talvez essa pergunta tenha vindo de uma lista de sugestões dada por ele aos juízes.

Bachmeier, entretanto, nos pega de surpresa.

— Sim, posso imaginar um motivo. Recentemente, descobrimos que um dos objetos mais importantes da exposição desapareceu. Alguém levou o manuscrito do Diatessarão de uma vitrine de exposição trancada a chave.

Incrédulo, levanto-me da cadeira imediatamente. Antes que eu consiga falar, porém, a mão de Mignatto já está sobre meu braço, me detendo. Detrás de sua mesa, o promotor fixa os olhos em nós.

— Está sugerindo que o padre Andreou roubou o livro? — pergunta o juiz-presidente.

— Tudo o que sei é que, no dia seguinte à morte de Ugolino, o padre Andreou foi ao museu e fez uma mudança na exposição. Ele removeu uma ampliação fotográfica que reproduzia uma página do Diatessarão, e, quando perguntei o motivo disso, ele não apresentou nenhuma explicação.

Às pressas, faço uma anotação e a entrego a Mignatto.

Ele não sabe o que está falando. Ainda há fotos do Diatessarão nas paredes.

Apenas mexendo os lábios, Mignatto pergunta:

— *Tem certeza?*

Quando assinto com a cabeça, ele se levanta e se dirige aos juízes.

— Peço permissão para me aproximar.

A permissão é concedida. Segue-se um burburinho. Por fim, Mignatto retorna à nossa mesa com ar grave.

O juiz mais jovem pergunta:

— Dr. Bachmeier, o padre Andreou removeu *todas* as ampliações fotográficas?

— Depois que eu o questionei, ele não tocou nas outras.

Mignatto franze as sobrancelhas. Não era essa a impressão que ele queria dar aos juízes. De todo modo, trata-se de um beco sem saída. O que mais me preocupa é o Diatessarão. Pergunto-me o que significam as manchas nas mãos de Ugo. Se é possível que ele tenha levado o manuscrito a Castel Gandolfo e que o livro esteja desaparecido.

— Dr. Bachmeier, o senhor consegue pensar em alguma razão pela qual... — recomeça o juiz-presidente, mas a pergunta é interrompida pelo ruído da porta dos fundos se abrindo. O barulho invade o manso murmúrio da sessão. Viro-me para trás.

Vejo entrar um homem alto, de rosto pálido e olhar cabisbaixo, vestindo uma batina preta simples. Em silêncio, ele se senta no último banco da sala, esforçando-se para não chamar atenção. Nenhum dos gendarmes o detém. Sua presença causa rebuliço quase imediato. Até os juízes olham fixamente para ele.

— Por favor, continuem — diz o homem de rosto flácido, em um italiano com sotaque polonês.

Ele vive aqui há vinte e seis anos e nunca perdeu o sotaque.

— Vossa Excelência Reverendíssima — diz o bispo-presidente —, podemos ajudá-lo?

— Não, não — responde o arcebispo Nowak, com ar contrito devido ao rebuliço que provocou. — Estou aqui apenas como observador.

Os juízes ficam inquietos. Uma coisa é ser observado, outra é ser observado pelos olhos e ouvidos do papa.

— Dr. Bachmeier, o senhor consegue pensar em alguma razão pela qual o acusado iria querer roubar o manuscrito? — conclui o juiz-presidente.

Acho essas perguntas absurdas. Não há nenhum indício de que Simon tenha sequer tocado no livro.

— Perdão — interrompe uma voz atrás de nós. Nowak, mais uma vez. — Que pergunta é essa?

O juiz explica o que Bachmeier revelou sobre o roubo do Diatessarão.

— Desculpe, pode fazer outra pergunta, por favor — diz Nowak.

O juiz tenta desvendar o que o arcebispo quis dizer. Hesitante, decide repetir a pergunta a Bachmeier, mas Nowak o interrompe novamente:

— Desculpe, sem mais perguntas sobre isso, por favor. O tópico não é mais pertinente ao *dubium*.

Dois juízes se entreolham. Sussurro a Mignatto:

— O que é *dubium*?

Mignatto não responde. Fixa os olhos no arcebispo Nowak, aparentemente chocado.

O juiz-presidente folheia os papéis diante de si e ergue um deles para lê-lo.

— Vossa Excelência Reverendíssima, eu tenho aqui diante de mim o texto da cumulação de pedidos, e nele consta que o *dubium* consiste em saber se o padre...

Nowak ergue a mão e diz em um tom de voz brando:

— Sua Santidade ordena uma mudança no *dubium*. Sem mais perguntas a esse respeito, por favor.

Mecanicamente, Mignatto escreve algo no bloco de notas entre nós. *Dubium: aquilo que deve ser provado. O objetivo do processo.*

O juiz-presidente fica tão surpreso que diz algo em polonês ao arcebispo Nowak. O juiz mais velho pergunta:

— A que tópico Sua Santidade se refere, Vossa Excelência Reverendíssima?

— À exposição do Dr. Nogara — responde Nowak.

Mignatto parece paralisado. Não tira os olhos de Nowak. Por baixo da mesa, porém, aperta meu antebraço. Se a corte não pode fazer perguntas sobre a exposição, fica impossível atribuir alguma motivação ao suposto ato de Simon. O julgamento está praticamente acabado.

— Tem certeza, Vossa Excelência Reverendíssima? — pergunta o juiz-presidente.

Do outro lado da sala, o promotor parece ansioso.

O arcebispo Nowak meneia a cabeça.

— Os senhores podem continuar, se desejarem, com outro tópico.

No banco das testemunhas, Bachmeier pigarreia. Ele não tem competência para depor sobre nenhum outro tópico.

Os juízes conferenciam, e, por fim, o presidente diz:

— Dr. Bachmeier, o senhor está dispensado. A sessão está suspensa até amanhã.

Nowak se levanta. Os gendarmes abrem a porta, e ele se retira discretamente.

Mignatto abre calmamente sua valise, guarda o bloco de anotações e, depois, ao se lembrar de mais alguma coisa, acrescenta-lhe mais uma nota breve. O promotor já se aproxima da mesa da defesa e da dos juízes, esperando para conferenciar.

— Ligo para você mais tarde — diz Mignatto. Antes de fechar a valise, ele arranca a primeira folha, dobra-a e a entrega a mim. Finalmente, junta-se ao promotor, e os dois vão ao encontro dos juízes.

O arcebispo Nowak já se foi quando chego ao pátio do lado de fora. Sento-me no banco vizinho ao posto de gasolina e fecho os olhos para me recompor. Poucas vezes na vida senti com mais clareza que minhas preces foram atendidas. Então, desdobro a folha de papel. Nela, Mignatto escreveu uma única frase:

Acho que acabamos de descobrir quem é o anjo da guarda de seu irmão.

Capítulo 26

Enquanto caminho para buscar Peter, observo o Palácio Apostólico ao longe e reflito sobre o que acabei de ver. Boia está tentando forçar Simon a falar, enquanto Nowak tenta proteger o segredo da exposição. Ao que parece, o palácio é a frente de batalha. Se João Paulo apoia a exposição, se apoia Simon, nada disso deveria estar acontecendo. O Santo Padre tem o poder de interromper o processo; de subjugar o cardeal Boia. Mas, quando um pontífice se aproxima da morte, começa a achar, às vezes, que os velhos amigos são lobos de batina. O arcebispo Nowak foi forçado a desempenhar o papel de ilusionista, criando a miragem de um papa forte para preencher um vácuo de poder. Mas a miragem não deve durar muito tempo.

O que mais me intriga é o desaparecimento do Diatessarão e onde ele pode estar agora. Por que Ugo o teria levado do museu? Para distrair os ortodoxos em Castel Gandolfo, desviando a atenção deles dos acontecimentos de 1204? Ou para provar alguma coisa? Na última vez em que eu e Ugo trabalhamos no Diatessarão, ele propôs uma teoria que poderia ter preenchido a única lacuna em sua pesquisa. Se a teoria estiver certa, ele comprovará que o sudário foi levado para Edessa por um dos discípulos de Jesus. E a prova disso estaria nas próprias Escrituras.

APRENDER A INTERPRETAR os evangelhos tornou-se uma obsessão para Ugo nas últimas semanas em que trabalhamos juntos. Ele os estudava tanto quanto bebia. Às vezes eu estava lendo na cama depois de Peter dormir, e meu celular tocava: Ugo, querendo saber se Jesus realmente havia transformado água em vinho, uma vez que o evangelho de João é o único a afirmar isso. Durante o café da manhã, batidas na porta: Ugo, questionando se Jesus realmente havia ressuscitado Lázaro, uma vez que o evangelho de João é o único que afirma isso. Um recado deixado no pré-seminário: Ugo, tentando entender por que João tinha omitido vinte milagres realizados por Jesus e todos os seus sete exorcismos.

Para conseguir um pouco de descanso, dei-lhe um maço de folhas do velho papel que Simon usava para suas homilias — o mesmo em que, mais tarde, ele escreveria a carta que encontrei na bolsa de Simon —, e inventamos um exercício para ele: capítulo por capítulo, ele começou a listar lado a lado vários versículos dos evangelhos, comparando-os palavra por palavra e riscando os trechos que provavelmente foram adicionados ou modificados pelos evangelistas. Isso entusiasmava Ugo, pois ele acreditava que, ao descartar a teologia, estaria se aproximando dos fatos históricos da vida de Jesus. E, ainda que eu me sentisse triste ao vê-lo chegar todos os dias com outro punhado de páginas onde frases e linhas inteiras dos evangelhos — sobretudo o de João — haviam sido riscadas, seu domínio das Escrituras aperfeiçoava-se tanto, e seus erros tornavam-se tão raros, que decidi deixá-lo continuar até o fim.

Nesse meio-tempo, segundo acreditavam os restauradores, Ugo às vezes passava a noite no laboratório. Sentiam-se ofendidos por ele nunca permitir que o Diatessarão saísse de sua vista, como se não confiasse neles. Essas preocupações me deixavam mais seguro quanto às verdadeiras intenções de Ugo. Ele não acreditava realmente que, reduzindo os evangelhos a seu cerne factual, revelaria alguma informação nova sobre como o sudário deixou Jerusalém. Ao contrário, todo o nosso trabalho conjunto era uma preparação para a leitura do Diatessarão, e suas expectativas em relação a *este* evangelho eram bem fundamentadas.

O homem que escreveu o Diatessarão, Taciano, pertencia à seita cristã dos encratitas. *Enkratitēs* é uma palavra grega que significa "autodisciplina", e eles mereciam o título: eram abstêmios, vegetarianos e proibidos de se casar. Como um dos primeiros milagres de Jesus consistiu em transformar água em vinho durante uma festa de casamento, somos tentados a nos perguntar se os encratitas conheciam bem seus evangelhos. Mas Taciano os sabia de cor.

Reunir Mateus, Marcos, Lucas e João em um único evangelho é um feito ousado. Mas Taciano complicou ainda mais a própria vida. Sua meta era criar uma versão definitiva da vida de Jesus, desmentir os pagãos que afirmavam que os livros sagrados do cristianismo se contradiziam. Um século antes, o evangelho de Marcos fora editado e dera origem aos de Mateus e Lucas. Taciano pretendia revisar *todos* os evangelhos. Um Deus, uma verdade, um evangelho. E, para quem desejasse provar que o sudário tinha estado em Edessa, as mudanças por ele introduzidas valiam ouro.

Ao unir os evangelhos, Taciano deixou para trás uma trilha de pistas sobre si e sobre o mundo em que vivia. Por exemplo, no evangelho de Mateus, diz-se que Jesus foi batizado por um homem conhecido como João Batista, que se alimentava somente de gafanhotos e mel. Mas Taciano, um encratita, era vegetariano e considerava os gafanhotos um tipo de carne. Logo, alterou o texto do evangelho: no Diatessarão, João Batista vive de *leite* e mel.

Da mesma forma, bastaria uma palavra para provar que Taciano tinha visto o sudário ou que a relíquia esteve em Edessa. O indício poderia ser evidente no texto, mas também poderia estar quase invisível. Se em *qualquer* parte do Diatessarão Taciano descrevesse a aparência física de Jesus, essa poderia ser a pista que esperávamos. Nos quatro evangelhos, nunca se diz como Jesus Cristo era fisicamente, de modo que uma descrição física no Diatessarão indicaria que Taciano vira uma imagem que considerava autêntica. Diante disso, cada página do Diatessarão revelava-se prenhe de possibilidades. Eu e Ugo nos debruçávamos atentamente sobre os trechos que os restauradores recuperavam todos os dias.

O processo era lento. Convenci Ugo a não deixar os técnicos removerem a encadernação do Diatessarão, ainda que isso fosse permitir que trabalhassem mais rápido. A mais antiga Bíblia do papa, o *Codex Vaticanus*, hoje não passa de uma coleção de folhas soltas sob um display de vidro, tudo porque alguém deixou que os restauradores a desmontassem. Mas, com o Diatessarão ainda encadernado, só era possível restaurar duas páginas por vez. Por isso, Ugo os forçou a começar pelas páginas que lhe interessavam mais — aquelas que descreviam a morte de Jesus. Certa manhã, um dos técnicos veio sorrateiramente até nós e disse:

— Doutor, a seção pela qual o senhor perguntou está pronta.

A OFICINA DO laboratório de restauração de manuscritos era repleta de maravilhosas engenhocas. Havia objetos semelhantes a bigornas com válvulas do tamanho de pneus de bicicleta. Do teto pendiam varais com tecidos que lembravam guardanapos gigantes. Os restauradores trabalhavam com frascos de substâncias químicas e se amontoavam em torno do pequeno manuscrito portando objetos que se pareciam com pinças e escovas pequenas. A remoção das manchas era um trabalho árduo, e o manuscrito tinha de descansar aberto sobre um aparato próprio para se recuperar ao longo da noite. Ugo mantinha os olhos fixos no restaurador enquanto ele apresentava o resultado de seu trabalho. Havia começado a frequentar aulas de grego em uma universidade pontifícia, mas era impaciente demais para usar seus conhecimentos em um momento como esse.

— Padre, diga o que tenho diante de mim — sussurrou.

A página estava povoada de marcas esfumadas nos pontos em que os restauradores haviam removido as marcas de censura. Diante de nossos olhos, encontrava-se o versículo que mais atormentara Ugo. O que ele morria de vontade de desvendar.

— Aqui se diz *pano* — eu disse. — Singular.

— Rá! Isso sustenta o sudário!

Ele estava entusiasmado, mas não exultante. A essa altura, já havia tido aulas suficientes para compreender que Taciano poderia ter escolhido aquela palavra por outras razões. Na verdade, a palavra usada por Taciano — οθονίο, ou "tira de pano" — era a mesma empregada por João, mas Taciano a mudou do plural para o singular em vez de usar o vocábulo totalmente diferente encontrado nos outros evangelhos. Ao se ver diante dessa discrepância entre os testemunhos evangélicos, recorreu a um meio-termo, e os alogianos, muito ciosos de seu dever, cobriram o trecho com tinta. Enfim, tudo isso não provava nada.

Porém, havia mais.

— Veja. — Apontei para uma palavra na página.

De acordo com Marcos e Mateus, alguém ofereceu a Jesus uma mistura de vinho e fel para anestesiar a dor da crucificação. Mas Taciano era abstêmio. Não queria ver o Messias bebendo vinho. Portanto, na página que tínhamos diante de nós, a palavra *vinho* fora mudada para *vinagre*.

— Está acontecendo de novo — alertei. — Ele está alterando o texto.

Ugo fez um gesto para um dos técnicos.

— Traga as fotos das outras páginas desta seção.

Vasculhei as imagens em busca de outros exemplos.

ΚΑΙΠΛΕΞΑΝΤΕΣΣΤΕΦΑΝΟΝΕΞΑΚΑΝΘΩΝΕΠΕΘΗΚΑΝΕΠΙΤΗΝΚΕΦΑΛΗΝ.

— *E tecendo uma coroa de espinhos, puseram-na sobre sua cabeça* — li.

Ugo observava sem dizer nada.

ΚΑΙΕΤΥΠΤΟΝΑΥΤΟΥΤΗΝΚΕΦΑΛΗΝΚΑΛΑΜΩΙ.

— *E batiam em sua cabeça com uma vara.*

ΚΑΙΠΑΡΕΔΩΚΕΝΤΟΝΙΗΣΟΥΝΦΡΑΓΕΛΛΩΣΑΣΙΝΑΣΤΑΥΡΩΘΗ.

— *E depois de mandar açoitar Jesus, entregou-o para que o crucificassem.*

— O que você está procurando? — perguntou Ugo.

Essas foram as feridas que produziram marcas visíveis no sudário. Logo, se Taciano tinha visto o manto, poderia ter sido tentado a enriquecer esses versículos com seus próprios conhecimentos, a exemplo do que fizera em outras passagens. Os evangelhos não dizem o quanto Jesus foi açoitado nem o quanto suas feridas sangraram. Tampouco mencionam de que lado ele foi transpassado por uma lança ou o lugar exato em que foram cravados cada um dos pregos da crucificação. Somente o sudário mapeia essa carnificina. E, para Taciano, que escreveu o Diatessarão em uma época na qual os cristãos sofriam uma perseguição sangrenta por todo o Império Romano, poderia ser importante expressar nos evangelhos o horror da tortura de Jesus.

— Qualquer coisa diferente — respondi. — Acrescentada ou retirada.

— Arranjem uma Bíblia para o padre Alex — pediu Ugo em voz alta. Mas eu o detive.

— Não precisa. Conheço esses versículos.

Parecia não haver nenhuma alteração. Nem uma única palavra acrescentada ou retirada.

— O que você está vendo? — perguntou Ugo.

— Nada.

— Tem certeza? Procure de novo.

Mas não era preciso procurar de novo. Desde a primeira tortura sofrida por Jesus até a última menção ao manto funerário, o relato apresentado nos evangelhos tem no máximo mil palavras. E eu as conhecia de cor.

— Talvez não estejamos procurando nos lugares certos — sugeri. Ugo passou a mão no cabelo, ansioso. — Ainda falta restaurar um monte de páginas. Pode estar em qualquer lugar. Vamos ter de ser pacientes.

Ugo coçou o nariz, refletiu por um instante e então murmurou:

— Talvez não. Venha comigo. Quero que veja uma coisa.

Segui-o até seu apartamento.

— Isso é confidencial — disse ele, apertando as mãos ansiosamente. — Entendeu?

Assenti com a cabeça. Desde nosso primeiro encontro, nesse mesmo apartamento, eu não o via tão entusiasmado.

— Sempre acreditei que o sudário havia sido levado para Edessa depois da crucificação. Por volta de 33 d.C., concorda?

Assenti.

— Não precisamos ter uma data exata, uma vez que o Diatessarão só foi escrito em 180 d.C. — continuou. — A questão é: em primeiro lugar, o sudário; em segundo, o Diatessarão. Quando o livro foi escrito em Edessa, o sudário já estava lá.

— Certo.

— Porém, o que acontece se aplicarmos a mesma lógica a *João*? — acrescentou Ugo, com um brilho nos olhos.

— Como assim?

— O evangelho de João foi escrito aproximadamente em 90 d.C. Portanto, a mesma ideia se aplica a ele. Sudário em primeiro lugar, livro em segundo. O manto estava em Edessa antes de o evangelho de João ter sido escrito.

— Mas Ugo...

— Continue escutando. Como você me mostrou, João acrescenta e subtrai informações conforme lhe parece adequado. E se João estiver nos contando alguma novidade sobre o sudário em seu evangelho?

Ergui uma das mãos para detê-lo.

— Ugo, você não pode dar esse salto interpretativo. Existe um problema geográfico. Taciano escreveu o livro em Edessa. Se o sudário estivesse lá, ele o teria visto. Mas João não escreveu o evangelho em Edessa. Logo, como poderia ter visto o sudário?

Antes de responder, Ugo deu um passo para trás, na direção de uma estante, e desenrolou um mapa que estava ali, dentro de um pergaminho. Mostrava a Síria antiga, da costa do Mediterrâneo à bacia dos rios Tigre e Eufrates, ao leste. Seu indicador pousou sobre um ponto familiar.

— A cidade de Antioquia — anunciou ele. — Um dos lugares mais prováveis para a escrita do evangelho de João. — Depois, movendo o dedo dois centímetros para baixo, continuou: — A cidade de Edessa, onde estava o sudário. — Ergueu os olhos para mim. — Cidades-irmãs. Se o sudário tiver chegado a Edessa por volta de 30 d.C., a notícia teria chegado a Antioquia muito antes de 90.

Balancei a cabeça.

— Ugo, acho que você está pressupondo coisas demais.

— Por quê? Não faltam relatos históricos de que as notícias viajavam de uma cidade a outra.

Eu me remexi na cadeira, perturbado. Era verdade que João havia acrescentado informações novas ao conteúdo do evangelho — indícios de ideias gnósticas e filosofias pagãs, além das novas atitudes dos cristãos em relação aos judeus —, mas o que Ugo propunha era diferente. Era pior: que o evangelho de João estava tão maculado de preconceitos pessoais e do imaginário local quanto o Diatessarão. O verdadeiro problema não era a geografia, mas a personalidade. Taciano era solitário, excêntrico, ainda que brilhante. Um homem que se distanciou cada vez mais das linhas mestras do cristianismo. Alterou os evangelhos para que coincidissem com suas crenças sectárias. O autor do evangelho de João, quem quer que tenha sido, era um gênio filosófico que tinha como objetivo algo diferente e de caráter muito mais elevado. Algo essencial para todos os cristãos. A verdade invisível sobre Deus.

Ugo, porém, insistia:

— Por favor, tente compreender que eu não estou sugerindo isso de forma leviana. Procure pôr de lado suas emoções. É uma hipótese verificável: tanto o autor do evangelho de João quanto o do Diatessarão *sabiam* que um discípulo tinha levado o sudário para Edessa e indicaram isso em seus escritos.

— Então, vamos testar essa hipótese. João diz que o manto funerário trazia em si uma imagem impressa? Não. O Diatessarão diz isso? Não. Em João ou no Diatessarão, diz-se que o sudário foi levado de Jerusalém a Edessa? Não. A hipótese é falha.

— Padre — disse Ugo em tom de reprovação —, você sabe que não é bem assim. Esses autores não estavam tentando nos persuadir, a *nós*, que vivemos 2 mil anos depois deles, de algo que consideravam óbvio. Seria ridículo se fizessem alarde em torno do sudário, quando todos sabiam que ele estava em Edessa. Tão ridículo quanto se eu e você fizéssemos alarde sobre a existência da Basílica de São Pedro.

— Então, o que você quer dizer?

— Quero dizer que temos que procurar por uma alusão. Alguns detalhes acrescentados para fazer os evangelhos reconhecerem o que todos em Edessa e Antioquia já sabiam.

— E onde estão essas alusões?

— Antes de eu responder, me diga uma coisa: depois que os discípulos encontraram o sudário, quem você supõe ter sido encarregado de guardá-lo?

— Não sei. Teria se tornado propriedade comum, suponho.

— Mas os discípulos se espalharam pelo mundo para disseminar a Boa-Nova. Com qual deles terá ficado o sudário?

— Eu estaria especulando. Os evangelhos não dizem nada sobre isso.

— Será que não? Eu diria a você que João nos dá uma dica.

Ugo esperou por um instante, como se eu fosse tentar adivinhar.

— Você se lembra bem da história da incredulidade de São Tomé? — perguntou.

Recitei a história:

— "Tomé, um dos doze, chamado Dídimo, não estava com eles quando veio Jesus. Os outros discípulos disseram-lhe: Vimos o Senhor. Mas ele replicou-lhes: Se não vir nas suas mãos o sinal dos pregos, e não puser o meu dedo no lugar dos pregos, e não introduzir a minha mão no seu lado, não acreditarei! Oito dias depois, estavam os discípulos outra vez no mesmo lugar e Tomé com eles. Estando trancadas as portas, veio Jesus e pôs-se no meio deles e disse: A paz seja convosco! Depois disse a Tomé: Introduz aqui o teu dedo e vê as minhas mãos. Põe a tua mão no meu lado. Não sejas incrédulo, mas homem de fé. Respondeu-lhe Tomé: Meu Senhor e meu Deus! Disse-lhe Jesus: Creste, porque me viste. Felizes aqueles que creem sem ter visto!"

— Excelente — disse Ugo. — Agora eu pergunto: algum outro evangelho relata a história da incredulidade de Tomé?

— Não. Há uma história semelhante em Lucas, mas os detalhes divergem.

— Correto. Lucas diz que Jesus apareceu depois de morrer e que os discípulos ficaram com medo, mas não menciona Tomé. Tampouco dá destaque à atitude peculiar de Jesus de provar a Tomé sua identidade mostrando as marcas dos pregos e a ferida da lança. Ora, por que João acrescentaria esses detalhes? É quase como se ele pegasse o relato de Lucas e depois adicionasse especificamente Tomé e as feridas.

Eis o monstro que eu havia criado. Um homem capaz de dissecar os evangelhos como um padre e analisá-los como um cientista. Estas eram, exatamente, as perguntas corretas: de que maneira os relatos evangélicos diferem entre si? Qual o significado dessas diferenças? Se uma história qualquer não se baseia em fatos reais, por que está ali? No entanto, em vez de encorajar Ugo a seguir em frente, eu lhe disse:

— Não sei.

Ugo aproximou-se.

— Você se lembra da pergunta que eu fiz antes? Sobre qual dos discípulos ficou com o sudário? Acho que a resposta está nessa história.

— Você acha que Tomé ficou com o sudário?

Ele se levantou e apontou para um mapa da antiga cidade de Edessa emoldurado na parede.

— Este edifício era a igreja mais famosa de Edessa — disse ele, indicando um ponto sob o vidro. — Foi construída para abrigar os ossos de São Tomé após sua morte. Tomé estava *lá*, padre Alex. Registros posteriores indicam que ele enviou a imagem ao rei. Só estou sugerindo que o evangelho de João confirma isso. Seu autor conhecia a história e a adicionou ao evangelho.

Semicerrei os olhos.

— Ugo, João poderia ter outras razões para incluir Tomé na história.

— Isso é verdade. Mas recite de novo o início da história da incredulidade de Tomé.

— "Tomé, um dos doze, chamado Dídimo, não estava..."

— Pare aí! É isso. Está bem aqui. *Tomé, chamado Dídimo*. Vamos relembrar o que significa isso.

— *Dídimo* é uma palavra grega que significa "gêmeo".

— Sim. E por quê?

— Eles o chamavam de Gêmeo. Era o apelido dele.

— De quem ele era gêmeo?

— Os evangelhos não revelam.

— Ainda assim, no evangelho de João, esse homem é sempre identificado como "Tomé, chamado Dídimo". Não é estranho ficar chamando alguém de "Gêmeo" sem nunca explicar de quem esse alguém é gêmeo?

Dei de ombros. Jesus inventava muitos apelidos. Simão tornou-se Pedro, "a Pedra". João e Tiago se tornaram Boanerges, "Filhos do Trovão".

— Mas a história fica ainda mais estranha — continuou Ugo. — Como você certamente sabe, o apelido *Dídimo* não é a única peculiaridade referente a Tomé. O próprio nome *Tomé* é estranho.

— Significa "gêmeo" também.

Ugo animou-se.

— Sim! *T'oma* é uma palavra em aramaico que significa "gêmeo", assim como *Dídimo* é uma palavra grega que quer dizer "gêmeo". Portanto, "Tomé, chamado Dídimo" significa, na verdade, "Gêmeo, chamado Gêmeo"! Você não acha isso bizarro? Por que João se referiria a ele assim?

Sorri por dentro. Se Ugo não fosse curador, teria dado um professor muito popular no pré-seminário.

— Às vezes João nos dá o aramaico e depois sua explicação em grego. Não quer dizer necessariamente...

— Padre, nas outras vezes em que João se repete dessa maneira, está se referindo a Jesus. "O Messias, o Ungido." "Rabi, Mestre." Logo, por que faz isso com Tomé?

— Por que você não me diz?

— Você sabe quem *dizem ser* o gêmeo de Tomé?

— Sei. A lenda diz que era Jesus.

Ugo sorriu.

— Mas isso é *apenas* uma lenda — acrescentei.

No evangelho de Marcos, diz-se que Jesus tinha irmãos e irmãs. Inevitavelmente, alguns intérpretes imaginaram que o misterioso "gêmeo" chamado Tomé poderia ter sido um desses familiares.

Ugo me ignorou.

— *Um gêmeo de Jesus.* Um fac-símile. Uma cópia fiel. — Ele abaixou o tom de voz. — O que isso lembra?

Finalmente entendi.

— Você acha que as pessoas relacionavam Tomé ao sudário. Acredita que seu apelido vem daí.

— Não. Mais que isso: acredito que "Tomé" e "Dídimo" *são* o sudário. Acredito que os discípulos nunca tinham visto nada parecido e, portanto, chamaram a imagem daquilo que ela parecia ser: reflexo, duplicata, gêmeo. Somente depois o nome foi associado ao homem que levou o sudário de Jerusalém. Na época em que o primeiro evangelho foi escrito, os cristãos, em sua maioria, falavam grego ou latim. Logo, não faziam ideia do que significava *Tomé* em aramaico. Provavelmente pensaram que era de fato o nome do sujeito. É por essa razão que João, em seu evangelho, procura lembrar isso adicionando a palavra *grega* para gêmeo: *Dídimo*.

Sem saber o que dizer, reclinei-me no encosto da cadeira. Eu já tinha lido centenas de livros sobre a vida de Jesus e nunca havia encontrado nenhuma ideia parecida com essa. Há outros motivos pelos quais João poderia ter criado a história de Tomé — mesmo assim, a ideia de Ugo tinha algo de magnético. Algo simples, elegante, realista. Por um momento, o autor do evangelho de João deixou de ser um filósofo inacessível. Tornou-se um cristão comum tentando impedir que nossa maior relíquia se apagasse da memória de nossa religião.

— Suponho que isso seja possível — eu disse. — Coisas mais estranhas que isso já se provaram verdadeiras.

— Então concordamos!

— Mas, Ugo, essa teoria não é suficientemente convincente, a menos que encontremos provas que a corroborem no Diatessarão.

Ele abriu seu diário de pesquisa em uma página que tinha marcado com uma caneta.

— O que me traz ao nosso plano de ataque. Há três passagens em que se menciona Tomé no evangelho de João: 11, 16; 14, 5; e a história da incredulidade de Tomé em 20, 24. Mandei os restauradores trabalharem nesses versículos antes de passarem para os outros.

Tomei dele a caneta e tirei a tampa.

— Há uma quarta referência nos outros evangelhos. Tomé aparece na relação dos doze discípulos.

— Onde?

— Marcos 3, 14. Que Mateus reproduz em 10, 2 e Lucas em 6, 13. Todas as três versões mencionam Tomé, de modo que o Diatessarão também deve mencioná-lo. Se encontrarmos algo além de seu nome lá, um adjetivo, outro apelido, qualquer coisa, pode ser a prova que você deseja.

— Excelente. — Ugo juntou as mãos. — Agora, outra coisa enquanto esperamos os restauradores terminarem. Qual é o melhor livro sobre a incredulidade de Tomé?

Escrevi um título em seu diário: *O simbolismo na narrativa da Paixão segundo João*.

— Você possui um exemplar? — perguntou ele, timidamente. — Prefiro não procurar na biblioteca.

— Por que não?

— Colocaram aqueles novos rastreadores nas estantes do acervo geral. Provavelmente conseguem rastrear os livros que retiramos.

— Minha biblioteca está à sua disposição. Vou trazer o livro amanhã.

Ele sorriu.

— Padre Alex, estamos perto. Muito perto. Espero que você também esteja sentindo isso.

Naquela tarde, voltei para casa tão desnorteado quanto Ugo. Em minhas orações, naquela noite, pedi a Deus que me desse sabedoria e entendimento. Na manhã seguinte, tirei o livro da estante, deixei um bilhete dentro dele para Ugo e o coloquei na caixa de correio de seu escritório antes de ir para a escola. Naquele dia, sonhei com Tomé. Com o Gêmeo. Jamais suspeitei de que aquela tinha sido a última vez em que eu e Ugo nos falamos como amigos.

DA NOITE PARA o dia, Ugo mudou. Certa manhã, ele foi convidado para um encontro importante — ele nunca me disse com quem —, e depois disso nunca mais foi o mesmo.

Em retrospecto, percebo o que aconteceu. Duas semanas antes, Simon reapareceu em Roma pela última vez naquele verão. Passou apenas um dia na cidade. À tarde, foi cortar o cabelo e fazer a barba. Antes de dormir, escovou sua melhor batina. Na manhã seguinte, sumiu antes do amanhecer e reapareceu horas depois com um rosário branco de contas de plástico para Peter. Esses rosários são oferecidos de presente nos vários escritórios da Santa Sé, não só pelo Santo Padre. Mas nenhum escritório do Vaticano promove reuniões às sete e meia da manhã — e nenhum diplomata da Secretaria de Estado atravessaria um continente de avião para comparecer a uma delas. Simon foi à missa com o papa. Ele nunca se gabou disso, sequer mencionou o fato. Mas não havia outra explicação. E, se João Paulo foi atrás de Simon, deve ter feito o mesmo com Ugo.

No dia seguinte à reunião, Ugo suspendeu os trabalhos no laboratório de restauração até segunda ordem. Passou um cadeado na porta, como se estivesse fugindo, como se soubesse que contava com o apoio do mais alto escalão. Depois, telefonou a mim.

— Padre, precisamos conversar. Pessoalmente. Vamos tomar café da manhã no Bar Jona.

Bar Jona é o apelido do café que Lucio tinha acabado de inaugurar no terraço da Basílica de São Pedro. Um local público. Hoje percebo que o encontro tinha todas as características de um rompimento.

Quando cheguei, Ugo me esperava com uma valise em uma das mãos e um copo na outra. Um jeito elegante de evitar apertos de mão e abraços fraternos.

— O que aconteceu na sua reunião? — perguntei.

Ninguém poderia me ouvir — um moedor de café zunia atrás do balcão e o ar-condicionado gemia na parede —, mas ele me afastou do balcão como se estivéssemos trocando segredos.

Bar Jona é um trocadilho: uma referência a São Pedro em hebraico. Mas, como todas as criações de Lucio, o lugar era totalmente desprovido de senso de humor. Cartazes pregados às paredes, lixeiras cheias até a metade com copos descartáveis de refrigerante. À porta, a importantíssima caixa de correio do Vaticano parecia uma caixa de doações convocando os turistas a escrever cartões-postais e estampá-los com os lucrativos selos do Vaticano.

— Eu sei o que você andou fazendo — disse Ugo, inclinando a cabeça em minha direção e sussurrando. — E não tenho palavras para dizer o quanto me sinto traído.

Pestanejei, confuso.

— Como pôde fazer uma coisa dessas? — acrescentou. — Como pôde abusar da minha confiança?

— Ugo, do que você está falando?

Ele arregalou os olhos.

— Você *sabia* que seu irmão visitaria o Santo Padre. E *sabia* que era por causa do meu trabalho.

Assenti.

— E daí?

— Não vou deixar que roubem meu trabalho. Essa exposição é *minha*, padre Alex. Não do seu irmão. Não sua. Como vocês ousam transformá-la em uma simples moeda de troca sem o meu conhecimento? Você sabe que eu não dou a mínima para a politicagem de vocês com os orientais. Acabou. É o fim da linha para nós dois.

Fiquei paralisado.

— Não sei do que você está falando.

— Vá para o inferno.

— O que o Santo Padre disse a você?

Ugo se levantou da mesa.

— O Santo Padre? Rá! Graças a Deus que *ele* não é o único a se importar com o meu trabalho.

Nunca entendi completamente o significado daquelas palavras. Pensando bem, revelavam tudo o que eu precisava saber sobre com quem ele de fato tinha se encontrado. Entretanto, as palavras que ficaram em minha memória foram as que doeram mais:

— Alex, não diga mais nada. Não quero ouvir suas mentiras. Respeite minha vontade e fique longe da minha exposição. Adeus.

LIGUEI PARA ELE um monte de vezes naquela tarde, e tentei novamente ao longo da semana seguinte. Ele nunca respondeu às minhas mensagens. Fui ao laboratório de restauração, mas os guardas me impediram de entrar. Então, uma noite, esperei do lado de fora do museu e o confrontei quando ele apareceu na porta. Por mais que eu o seguisse, porém, ele se negava a falar. Nunca entendi o motivo do seu afastamento, e ele nunca me deu qualquer explicação. Nunca mais nos falamos.

Na manhã seguinte ao encontro no Bar Jona, telefonei à nunciatura na Turquia para falar com Simon. Ele estava viajando a trabalho e só retornou minha ligação três dias depois. Quando lhe contei a novidade, ele ficou tão chateado quanto eu. Meus sentimentos, porém, haviam se transformado em raiva.

— Ele não disse mais nada? — perguntou Simon. — Não disse o que contaram a ele?

— Nada.

— Ele ainda está em Roma? Você pode tentar falar com ele sobre isso?

— Eu já tentei, Simon.

— Alex, por favor. É muito importante. Ele... é uma pessoa muito importante para mim.

— Sinto muito. Acabou.

Não sei por que o silêncio de Ugo me magoava tanto. Talvez porque sua última acusação tenha me soado verdadeira. Eu havia me considerado autor de um trabalho que não era meu. Tinha me gabado de que aquela era a *nossa* exposição, e ele me havia desmascarado.

Mas havia outra razão. O trabalho que eu realizava com Ugo me fez sentir, por um breve momento, parte de algo útil. O mais estimulante não era o fato de eu considerar nosso trabalho algo tão urgente e sério, mas de que *nós* o considerávamos como tal. Nunca tive inveja de Simon por suas viagens e negociações. Ser pai e professor sempre me deixou feliz. Mas ter como companheiro de vida alguém que se senta em uma cadeira de criança e mal abandonou o babador faz uma pessoa ansiar pela companhia de um adulto e sentir um alívio patético ao trocar breves palavras com o caixa do banco ou com o balconista do açougue. Entrar naquele laboratório de restauração com Ugo todas as manhãs imaginando que surpresa o manuscrito reservava para nós — ou trocar telefonemas com ele ao final do dia sem qualquer outro objetivo além de verbalizar as frustrações cotidianas e nos maravilharmos com aquele livro que tanto nos atraía — era a experiência mais próxima que eu havia tido, em anos, daquela de entrar com Mona no quarto de Peter imaginando o que nosso bebê nos ensinaria sobre sermos pais. Sem perceber, eu tinha permitido que Ugo entrasse na minha vida pela porta que minha mulher havia deixado aberta. E, quando ele me abandonou sem qualquer explicação, tudo voltou. Os antigos sonhos. As estranhas ondas de solidão ao caminhar até o trabalho, digitar um número no telefone ou ler sozinho depois de Peter ir para a cama. A sensação de ter uma âncora presa ao pescoço, pendendo em um vazio aparentemente sem fim.

Pior ainda, era como se o desaparecimento de Ugo confirmasse o veredito dado pelo sumiço de Mona: de que a culpa, de algum modo, era minha. A vida tinha me concedido a possibilidade de uma liberdade condicional, mas, na audiência, não fui considerado apto a recebê-la. A última notícia que tive de Ugolino Nogara foi aquele e-mail. E, ao ignorá-lo, pensei ter aprendido a lição.

Capítulo 27

Quando busco Peter no apartamento dos Costa, a primeira coisa que ele diz é:

— Não quero voltar ao palácio do meu *prozio*. Quero ir para casa.

— Allegra disse alguma coisa a você? — pergunto.

— Só quero brincar com meus carrinhos.

— Podemos buscar alguns dos seus brinquedos, mas não podemos ficar lá.

— Posso ir ao banheiro também? Eu não gosto dos banheiros do *prozio*.

Sua insistência parece menos estranha agora.

— Vou te dar uma carona nas costas. Assim chegamos lá mais rápido.

LAR, DOCE LAR. Quando eu tinha 7 anos, eu e Simon contávamos os degraus até o nosso andar e os passos até o nosso apartamento. O número de passos diminuiu com o tempo, mas não o hábito de contá-los. Eu e Peter contamos em voz alta. Ele diz que vai subir as escadas mais rápido que eu quando voltar a morar aqui, um dia, quando for um jogador de futebol famoso no mundo inteiro.

Do lado de dentro, as plantas estão murchando. O filé de pescada que a irmã Helena fez para a chegada de Simon e que está guardado na geladeira em um prato solitário já começa a cheirar mal.

Aproveito que Peter foi ao banheiro e limpo o resto da bagunça que ficou. O lugar volta a se parecer com um lar.

— Estou com fome — anuncia Peter ao voltar.

Pego uma caixa de cereais no armário, o recurso de emergência dos pais solteiros. Enquanto espero Peter terminar de comer, telefono para o zelador.

— Mario, quem fala é o padre Alex, do quarto andar. Preciso mudar a fechadura. Você tem como fazer isso para mim?

Mario não é conhecido pela prontidão, mas fomos amigos de escola. Portanto, sei que posso confiar nele.

— Padre, que bom que está de volta. Já estou subindo.

Quando Peter termina a segunda tigela, já temos uma fechadura e uma maçaneta novinhas em folha. Mario inclusive insistiu em instalá-las pessoalmente.

— Se precisar de mais alguma coisa, é só me chamar.

E bagunça o cabelo de Peter. Já deve saber sobre Simon; essa é sua reação à notícia. Sinto falta deste lugar. Não dava o devido valor à família que formamos aqui neste prédio.

Quando Mario vai embora, Peter deixa a tigela na pia e vai brincar com a nova maçaneta.

— Eu rezei pelo tio Simon — diz, sem mais nem menos.

Tento parecer surpreso.

— Eu também, mocinho.

— Quando você reza pelo tio Simon, pede a quem?

Certa vez, meu filho disse que rezar é como ser técnico de futebol e chamar os santos do banco de reservas.

— À Theotokos — respondo.

Maria, a mãe de Deus. A mais poderosa intercessora.

Peter assente com a cabeça de forma solene.

— Eu também. — Ele pega um carrinho e o faz voar pelos ares, imitando sons de artilharia.

— Por que você perguntou?

Peter faz uma careta.

— Não sei, mas acho que a pilha desse carrinho acabou.

Ele abre a gaveta de pilhas, ao lado do telefone, e decide apertar o botão da secretária eletrônica.

— Simon vai ficar bem, Pet... — começo a dizer.

Mas, quando ouço as palavras que saem da secretária, corro para desligá-la.

Alex, sou eu. Sinto muito. Não devia ter ido ver Peter enquanto você estava dando aula. Por favor, ligue para...

Consigo parar a mensagem antes do final.

— Quem era? — pergunta Peter.

— Ninguém — respondo, com o coração partido.

Mas Peter sabe que eu raramente recebo ligações de mulheres. Então, vai até o aparelho e vê a lista das ligações recebidas.

— Quem é Vi-ter-bo?

— Não seja enxerido — digo com os olhos fixos nele.

Ele resmunga, aborrecido, e começa a remexer nas pilhas.

Então é assim que vou me sentir de agora em diante, toda vez que o telefone tocar. É assim que meu coração vai reagir toda vez que alguém bater à porta.

— Quando a irmã Helena vai voltar? — pergunta Peter.

— Não sei. — Estou cansado de tantas mentiras inocentes. — Mas ainda vai demorar.

Ele desiste de procurar pilhas, suspira e volta a fazer o carro voar pelos ares, agora na direção de seu quarto.

— Peter — chamo.

Ele volta segurando um velho coelhinho de pelúcia com o qual dormia quando era mais novo, inspecionando-o como se o visse pela primeira vez. Onde antes ficavam os bonecos de pelúcia e as mantas, hoje há figurinhas e pôsteres de futebol. Vou sentir falta do meu pequeno. Ele está quase virando um rapazinho.

— Hã, *babbo*? — diz ele, vindo em minha direção.

O urso do desenho animado diz algo parecido com isso. Talvez ele já esteja esquecendo a voz na secretária eletrônica.

Mas eu não. Até resolver isso, vou ouvir aquela voz ressoando em todos os cantos silenciosos da casa.

Abro os braços e o pego no colo. Quero me lembrar desse momento. Correndo os dedos por seu cabelo, digo:

— Peter, quero te contar uma coisa.

Ele para de esfregar as orelhas do coelho uma na outra.

— Boa ou ruim?

Quem me dera saber. A esperança me diz que é boa. A experiência me diz que é ruim.

— Boa — digo a ele. Então pronuncio as palavras que ele esperou ouvir quase desde o dia em que nasceu. — Aquela mulher no telefone era a mamãe.

Ele para. Seus olhos estão confusos.

— Ela voltou há dois dias — continuo. — Quando você estava no palácio do seu *prozio*.

Ele balança a cabeça. A princípio, duvida. Depois faz cara de desgosto. Eu escondi essa notícia dele. Esse milagre, essa aparição divina.

— Ela está aqui? — pergunta ele, olhando para os quartos.

— Aqui em casa, não, mas podemos telefonar para ela se você quiser.

Sua perplexidade é extraordinária.

— Quando?

— A hora que quisermos, acho.

Ele olha para o telefone com ar de expectativa. Mas há uma distância que temos de percorrer primeiro.

— Eu e você esperamos muito tempo por isso — digo.

Peter meneia a cabeça.

— Super muito tempo.

Desde quando ele não tinha qualquer lembrança dela.

— O que você acha disso?

Peter dá tapinhas na mesa. Os pés balançam.

— Muito bom — diz ele. Mas o que quer dizer é: *anda logo, por favor*.

— Você se lembra da história de quando Jesus voltou?

Esse é o único modo de explicar que me vem à mente. Retornar à história mais conhecida de todas.

— Lembro.

— O que aconteceu quando ele voltou? Os discípulos o reconheceram?

Peter faz que não com a cabeça.

Trata-se de um dos momentos mais misteriosos e comoventes da narrativa evangélica.

— Dois homens viajavam para uma aldeia chamada Emaús — digo. — Jesus se aproximou e se pôs a caminhar com eles, mas eles não o reconheceram.

Eu sempre imaginava esses dois homens como irmãos, um deles mais alto que o outro. Hoje em dia, porém, visualizo pai e filho.

— Quando a mamãe voltar — continuo —, talvez esteja diferente. Ela não vai estar exatamente como nas fotos que a gente tem dela. Talvez ela não se comporte como nas histórias que a gente conta sobre ela. Pode ser até que a gente não a reconheça no início. Mesmo assim, ela continua sendo sua mãe, está bem?

Ele assente, mas está começando a ficar angustiado.

— E o que mais Jesus fez depois de voltar?

Que péssimo professor eu sou. Há mil respostas possíveis a essa pergunta, e ainda espero que ele me diga a correta.

De algum modo, porém, Peter sabe. Leva um tempo até ele se sintonizar comigo, até nossas mentes se alinharem, mas sempre nos entendemos.

— Depois que Jesus voltou, ele foi embora de novo — responde ele com uma leve falta de esperança.

— E, se a mamãe for embora de novo, a gente vai ficar triste, mas vai entender, não vai?

Ele então vira a cabeça de súbito e escapa do meu colo. Seca as lágrimas impetuosamente com as mãos, querendo que eu veja o quanto ele ficou perturbado.

— Peter.

Ajoelho-me ao seu lado. Fazer com que ele tema a volta de Mona seria compartilhar com ele o pior de mim. A parte de mim incapaz de ter esperança. É pelo bem dele que meu coração mergulha nessas preocupações. É pelo bem dele que preciso fazer melhor.

— Peter, eu acho que ela *não* vai embora. Acredito que ela não teria voltado se pretendesse fazer isso. Sua mãe ama você. E, não importa o que aconteça, ela sempre vai amar você. Ela nunca iria querer magoá-lo. Por nada neste mundo.

Ele assente outra vez. Seus cílios estão molhados de lágrimas, mas os olhos já estão secando. Isso é o que ele quer ouvir.

Minhas mãos envolvem Peter. Suas costelas são mais finas que os meus dedos.

— Quando vocês se encontrarem, ela vai sentir uma coisa maravilhosa. Não existe nenhum amor no mundo como o de uma mamãe por seu garotinho.

O veredito maior de nossa religião. O amor mais puro de toda a criação é o que une mãe e filho.

Ainda assim, não quero que ele tenha falsas esperanças. Não sabemos as razões de Mona. Não conheço nem as minhas próprias motivações. Construímos uma vida frágil aqui, e a confusão que pode causar é total. Por enquanto, temos que concentrar nossas energias em Simon, mas não posso negar a Peter esse momento. Ele esperou muito por isso.

— Ela pode vir aqui em casa? — indaga ele, estendendo um braço na direção do telefone. — *Por favor?*

Essas últimas palavras são tão insondáveis que me sinto devastado.

— Podemos ligar para ela. Está bem?

Seu dedo paira sobre o telefone. Está tremendo de vontade de apertar os botões.

— Espere — peço. — Já pensou no que vai dizer a ela?

Sem hesitar, ele faz que sim com a cabeça.

Sinto um aperto no coração. Nunca pensei que ele tivesse um roteiro preparado para essa conversa.

— Está bem, então. Vá em frente.

Para a minha surpresa, porém, ele me entrega o telefone.

— Vamos fazer isso juntos?

Então, com os dedos juntos, apertamos as teclas.

— Está pronto? — pergunto num sussurro.

Ele não consegue responder. Está hipnotizado pelo som de chamada do telefone.

Mona atende quase de imediato. É como se a tivéssemos chamado por telepatia, como fazem os super-heróis. Peter está em transe.

— Alex? — diz ela.

Os olhos azuis do meu filho estão abertos como o céu. Coloco a chamada em viva voz. Agora, sou apenas uma testemunha.

— Alô? — insiste Mona.

Peter está assustado. Não reconhece a voz da mãe. Em algum lugar bem lá no fundo, ele descobre que está pisando em ovos.

Seus lábios formam um sorriso. Numa voz bem baixa, ele diz:

— Mamãe?

Queria poder ver o rosto dela.

Um ruído sai do alto-falante. Peter arregala os olhos, alarmado. Não reconhece o som de sua mãe chorando.

— *Peter* — diz ela.

Ele olha para mim de novo. Não em busca de confiança desta vez, mas de palavras para dizer. Percebo, então, que ele nunca chegou a ter um roteiro para essa conversa.

— Peter, estou tão feliz por você ter ligado — continua Mona.

Ela também está procurando as palavras. Mona não tem experiência alguma neste que é o mais trivial dos atos da minha vida cotidiana: conversar com nosso filho.

— Eu... você... o que você fez hoje? Você se divertiu com o *babbo*?

Ela fala devagar, e seu tom de voz transborda uma alegria descomedida, como se conversasse com alguém que tivesse metade da idade de Peter. Mas meu filho já se recuperou. Sem responder à pergunta dela, ele se concentra em seus próprios planos.

— Você pode vir aqui em casa?
Somos ambos pegos de surpresa. Mona diz:
— Bem, não sei se...
— Você pode vir agora mesmo. Estamos jantando cereais.
A reação dela é cair na gargalhada, e Peter fica surpreso. Não sabia que a mãe emitia esses sons.
— Peter, querido, nós temos que conversar com seu pai sobre isso. — Ela continua rindo.
Que ingenuidade. Caiu como um peixe na rede do filho.
Peter empurra o telefone na mesa até mim.
— Está bem, o papai está bem aqui.

MONA CHEGA VINTE minutos depois. Eu poderia tê-la impedido de vir, mas nunca vi Peter tão feliz. Eu jamais seria tão cruel.

Ele corre para abrir a porta, e é como assistir a um trem rumo a um túnel escuro. Ele nem hesita.

Mona veste uma roupa que nunca vi antes. Nada de cardigãs conservadores esta noite, mas um vestido azul-marinho leve, que revela os ombros. Está linda. Porém, conforme se agacha e oferece um abraço que não tem certeza se o filho aceitará, seu sorriso parece forçado. Sentindo o terror da mãe, Peter de repente também é tomado de hesitação e avança aos solavancos, de um jeito esquisito, para receber o abraço. Nenhum dos dois diz uma palavra.

Sinto-me aliviado. Peter é jovem demais para entender o remorso, mas meu corpo vibra quando percebo que é com esse tipo de sentimento obscuro que estamos lidando agora.

Mona pega uma sacola plástica no chão a seus pés e diz:
— Eu trouxe o jantar.
Tupperware. Sua resposta para nosso patético jantar de cereais.
— É um presente da vovó — explica.
A avó materna de Peter. Já sinto o estômago embrulhar.
Peter olha para a Tupperware e diz, como se ainda estivesse em tempo de mudar o pedido:

— Minha pizza favorita é a marguerita.

— Desculpe. — Mona parece desapontada. — Só trouxe *cacio* e *pepe*.

Espaguete ao molho de queijo. O diabinho dentro de mim sorri. A versão da mãe dela para esse prato é apimentada demais para Peter. Uma apresentação adequada para a sogra que eu tive que suportar.

— A gente já comeu cereais — explica Peter, ao mesmo tempo que a toma pela mão e a traz para dentro. — Quanto tempo você pode ficar? Pode passar a noite aqui?

Mona me olha em busca de ajuda.

— Peter — acaricio o cabelo dele —, esta noite, não.

Ele franze o cenho. Se essa é uma amostra da cadeia de comando por aqui, ele não gostou.

— Por quê? — pergunta.

Surpreendentemente, é este o momento que Mona escolhe para se reafirmar.

— Peter, ainda não estamos prontos para isso. Você precisa ser paciente com a gente.

A raiva que desponta no rosto de Peter é de uma pureza magnífica. Como somos hipócritas. Amai-vos uns aos outros, mas ainda não.

— Mas eu trouxe uma coisa para você — diz ela, enfiando a mão na sacola.

Peter espera ansioso, mas recebe apenas uma fotografia num porta-retratos. A foto mostra nós dois assistindo futebol na TV. Estou erguendo os braços dele para comemorar um gol. Preciso me conter diante da emoção que toma conta de mim quando vejo que ela guardou a foto todos esses anos. Peter, porém, arranca o porta--retratos da mão dela.

— Está bem. Obrigado. — E planta-o sobre a mesa mais próxima.

Ofereço ajuda à minha mulher.

— Deixe-me colocar a comida na geladeira.

E, pela primeira vez, quando ela me passa a sacola, nossos dedos se tocam.

A HORA QUE passamos juntos é dolorosa, em parte por Peter obviamente considerá-la incrível. Mona parece sem jeito com ele, mas para nosso filho não há transição alguma. Ele não precisa de tempo para se acostumar com a presença de um adulto que não conhecia. Ele a leva para o quarto, se senta no chão e pede que ela se sente a seu lado. Conta histórias detalhadas sobre meninos que ela não conhece e cujas travessuras é incapaz de entender, sobretudo por ele falar seguindo seu fluxo de pensamento.

— O Tino, do andar de baixo? Era quinta, mas não esta quinta? Ele disse para Giada que, se ela mostrasse a calcinha, ele dava toda a mesada para ela. E ela disse não, mas ele tentou mesmo assim, *e ela quebrou os dedos dele.*

Ao mesmo tempo, ele brinca com seus carrinhos ou mostra a ela a nova chuteira que Simon comprou para ele usando todas as suas economias. Parece possível colocar em dia as novidades de uma vida inteira antes do pôr do sol.

É doloroso assistir à fúria da mente de Peter. Revela uma espécie de existência dupla, como se ele não estivesse simplesmente vivendo, mas também fazendo a curadoria da própria vida, preparando o museu de si mesmo para quando a mãe voltasse. Mais triste ainda é sua insistência em mostrar a exposição inteira em uma só noite, como se não tivesse outra chance. Simon desapareceu da vida dele há duas noites. A possibilidade da perda está fresca em sua memória. Fico imaginando como será sua noite de sono depois dessa performance. Se vai conseguir pensar em algo além da possibilidade de haver uma próxima vez.

Por ora, no entanto, ele está nas nuvens. Determinado a esvaziar-se até a última gota. Acompanhar seu ritmo deixa Mona exaurida. Ela tenta entender tudo o que ele diz, até que, bem mais tarde, finalmente se rende e resolve apenas desfrutar o momento.

Por fim, quando Peter termina seu segundo discurso sobre girinos, vejo-me forçado a dizer:

— Peter, já está quase na hora de ir para a cama.

Eu não pretendia passar a noite aqui. Mas temos uma fechadura nova na porta e a proteção de vizinhos que nos amam. Acima de tudo, temos a chance de substituir lembranças ruins por lembranças boas.

— *Não* — reclama Peter.

— Posso ler uma história para ele? — intervém Mona.

Ele se joga na cama, cheio de expectativa. Foi neste quarto que ele e a irmã Helena se esconderam temerosos enquanto um estranho revirava a casa. Mas agora parece ignorar qualquer coisa que não seja a mãe.

— E o pijama? — pergunto. — E que tal escovarmos os dentes?

Peter arrasta Mona até o banheiro, onde uma escova de cabelo velha e duas tampas perdidas de pasta de dentes jazem sobre a bancada. Não há copos, porque lavamos a boca diretamente na torneira. Nossas escovas de dentes estão na casa de Lucio, então, corajosamente, Peter lava na pia uma escova antiga que pegou em uma gaveta. Esses indícios de nossa condição masculina inspiram em Mona um sorriso irônico.

— Isso aqui está precisando de um toque feminino — comenta ela.

A hora que passou com Peter a deixou mais à vontade.

— Pasta de dentes — pede Peter, como um cirurgião requisitando o bisturi.

— Pasta de dentes — retruca Mona, apresentando-lhe a bisnaga.

Meus olhos se detêm nos objetos que Simon deixou espalhados pelo balcão desde a noite da morte de Ugo, quando tomou uma chuveirada às pressas aqui. Ele é o fantasma desta visita. A sombra que paira sobre nossa felicidade familiar. Ao ver meu filho sorrir, lembro-me de que meu irmão está sozinho esta noite.

Mona e Peter leem alguns capítulos de *Pinóquio*, e, em seguida, anuncio que chegou a hora das orações. Ele se ajoelha ao lado da cama e junta as mãos, enquanto Mona olha para mim, inquisitiva.

— Claro — digo, baixinho. — Juntos.

O mundo se aquieta. A noite cai. *Porque onde dois ou três estão reunidos em meu nome, aí estou eu no meio deles.*

— Deus onipotente e misericordioso, agradecemos a Ti por nos ter reunido neste lar esta noite. Com essa bênção, Tu nos recordas de que todas as coisas são possíveis em Ti. Ainda que não possamos conhecer nosso futuro nem mudar nosso passado, humildemente pedimos que nos guies segundo Tua vontade e que proteja nosso amado Simon. Amém.

Mentalmente, acrescento: *Senhor, lembra-Te de meu irmão que está sozinho esta noite. Ele não precisa da Tua misericórdia, mas somente da Tua justiça. Por favor, Senhor, concede-lhe justiça.*

Já na porta, antes de ir embora, Mona me diz:

— Obrigada.

Meneio a cabeça.

— Significou muito para ele.

Não me permito dizer mais nada.

Mona, porém, é menos inibida.

— Adoraria voltar para ver vocês dois de novo. Quer que eu traga alguma coisa para jantar amanhã?

Amanhã. Tão cedo. Tenho de estar no tribunal pela manhã. Tenho de estar preparado para o que quer que Mignatto me peça ao longo do dia.

Começo a responder, mas ela vê minha expressão e me dissuade.

— Não precisa ser amanhã. Ligue quando estiver pronto. Quero ajudar, Alex, não atrapalhar. — Ela hesita. — Posso até ficar com ele se você for...

— Amanhã está bem. Jantar amanhã, então.

Ela sorri.

— Me ligue de manhã se não tiver mudado de ideia.

Fico esperando. Se ela me beijar, saberei que fomos longe demais, rápido demais. Terei de rever o que aconteceu esta noite.

Mas ela apoia a mão em meu braço e o aperta de leve. E só. Seus dedos deslizam, tocando os meus no caminho. Depois ela ergue a mão e me dá boa-noite.

Amanhã, penso.

Tão cedo

Capítulo 28

Às sete e meia da manhã, chego ao Palácio do Tribunal. Pedi ao irmão Samuel e aos outros farmacêuticos que cuidassem de Peter, pois Mignatto marcou um encontro bem cedo. Quando chego, ele já está me esperando sentado em um banco do pátio, segurando um papel com a lista dos depoentes do dia. Sem dizer nada, ele me mostra os nomes. O primeiro será Guido Canali; depois, dois homens que não conheço. O último nome da lista é o de Simon.

— Ele vai vir mesmo? — pergunto.

— Não sei, mas essa pode ser a última chance do tribunal. — E vira-se para mim, como se fosse esse o motivo do nosso encontro. — Alex, é possível que o julgamento termine hoje.

— Como assim?

— A partir do momento que o arcebispo Nowak proibiu os juízes de ouvir testemunhas que falem sobre a exposição, tornou-se impossível para eles estabelecer um motivo para o crime. E, sem a gravação da câmera de segurança, é possível que também não consigam estabelecer a oportunidade.

— Você está dizendo que Simon pode ser libertado?

— Os juízes estão dando autonomia ao promotor de justiça para chamar novas testemunhas. Mas, se nada mudar, o tribunal pode considerar que não há fundamentos suficientes para dar prosseguimento ao processo. Nesse caso, a acusação seria retirada.

— Isso é fantástico.

Ele pousa a mão no meu braço.

— A razão por que estou dizendo isso a você é que eu decidi apresentar o celular de Nogara como prova. O tribunal precisava de uma amostra da voz de Ugo para compará-la com a mensagem deixada na secretária eletrônica de seu irmão na embaixada, e a saudação de Ugo na secretária eletrônica do celular me deu a oportunidade de que eu precisava. Minha esperança é que os juízes tenham resolvido ouvir também as mensagens que Simon deixou para Nogara em Castel Gandolfo. Ainda assim, condeno veementemente os meios que você utilizou para obter essas provas. Temos sorte de a lei proibir os procuradores de darem depoimento, do contrário você teria de responder a perguntas bastante difíceis. Não sei quem lhe deu o telefone, mas preciso destacar novamente que, pelo bem de seu irmão, você não pode deixar isso se repetir, se o julgamento não terminar hoje.

— Sim, monsenhor.

Ele se acalma.

— Protocolei um pedido para que Simon seja posto sob a custódia do seu tio. Não sei se o atenderão. De todo modo, não vejo que benefício a promotoria pode extrair do depoimento de Simon, uma vez que ele se recusa a falar.

Mignatto pega a lista de volta e se atrapalha com o fecho da pasta antes de recolocar o papel lá dentro.

Eu lhe dou um abraço.

— Monsenhor, obrigado.

Ele me dá um tapinha cauteloso nas costas e responde:

— Não agradeça a mim. Agradeça a *ele*.

Ao longe, vejo o arcebispo Nowak aproximando-se do Palácio do Tribunal. Assistimos em silêncio enquanto os gendarmes o deixam entrar e, em seguida, fecham a porta.

Pouco antes das oito, as portas da sala de audiência se abrem novamente para nos receber. Às oito em ponto, os juízes entram juntos pela porta lateral. Imediatamente, um deles diz:

— Oficial, por favor, chame a primeira testemunha.

Guido entra no tribunal. Aparece de terno preto, camisa cinza, gravata prateada e um enorme relógio dourado no pulso. Somente a pele áspera revela sua condição de trabalhador do campo. O notário se levanta para lhe tomar os dois juramentos, e, em seguida, ele se identifica como Guido Francesco Andreo Donato Canali, o único habitante de Roma com mais nomes que o papa.

— O senhor estava presente em Castel Gandolfo na noite em que Ugolino Nogara foi morto? — pergunta o juiz-presidente.

— Correto.

— Por favor, diga-nos o que viu.

— Durante o meu turno, recebi um telefonema do padre Alex Andreou, irmão do acusado, pedindo que eu abrisse os portões para ele.

O juiz mais velho se inclina para a frente. O discurso de Guido não tem nada da aspereza e da arrogância usuais. Ele sequer aponta para mim ao mencionar meu nome.

— Eu o levei em minha caminhonete — continua. — Chegamos quase a...

O juiz dá um murro no tampo da mesa.

— Pare! O senhor está dizendo que abriu os portões porque um amigo pediu?

Guido se encolhe.

— Monsenhor, o que eu fiz foi errado. Sei disso agora. Peço desculpas.

— E aonde, exatamente, o senhor levou seu amigo, o irmão do acusado? — resmunga o juiz-presidente.

— Ao deixar o portão, só existe um caminho a seguir. E foi o que tomamos. Quando viu o irmão, o padre Alex saiu da caminhonete.

Mignatto levanta a mão.

Antecipando-se à objeção, o juiz mais jovem acrescenta:

— Sr. Canali, o senhor viu o acusado? Tem certeza de que o irmão dele o viu?

Guido bebe um pouco de água. Sacode o pulso para equilibrar o peso do relógio e prossegue:

— Eu sei onde o corpo de Nogara foi encontrado. É bem perto de onde o padre Alex desceu da minha caminhonete. Logo...

O juiz-presidente ergue a mão.

— Sobre a cronologia: a que horas o irmão do réu ligou para o senhor?

— Uns quinze minutos antes de aparecer no portão. Eu olhei no meu celular. Eram seis e quarenta e dois.

— E de onde ele estava telefonando?

— De um estacionamento no pé da colina, segundo ele.

O juiz escreve alguma coisa.

— Qual é a distância de carro daqui até Castel Gandolfo?

— Vinte e sete quilômetros. Quarenta e cinco minutos.

— Tem certeza?

— Percorro o caminho de carro todos os domingos para visitar minha mãe.

O juiz faz outra anotação.

— Mas choveu na noite em que o Dr. Nogara foi morto, não?

— Como se fosse o Grande Dilúvio.

— Portanto, a viagem teria levado mais tempo?

Guido dá de ombros.

— Basta o tempo piorar um pouco, e as pessoas já vão encostando o carro. O tráfego diminui. Depende.

Começo a entender aonde o juiz quer chegar. Ele percebe que Guido não viu nada em Castel Gandolfo, mas está calculando a que horas Simon me telefonou. Recriando a cronologia da morte de Ugo. Mignatto aparenta preocupação.

O juiz-presidente meneia a cabeça.

— Obrigado, *signore*.

Ele parece disposto a liberar Guido, mas Mignatto faz-lhe um sinal e recebe autorização para se aproximar. Todos os presentes observam Mignatto entregar uma folha de papel ao juiz-presidente, que a lê em silêncio e depois assente com a cabeça.

— Só mais uma coisa — diz ele.

Pela primeira vez, Guido olha para mim. Seus olhos estão cheios de ódio. Percebo que está aterrorizado. Tudo o que quer é voltar para casa.

— Claro — responde ele.

— Por que o senhor abriu o portão para o irmão do acusado?

Compreendo o que Mignatto está fazendo e, por um instante, sinto pena de Guido. Essa questão já foi explicada. Mas, se é disso que depende a liberdade de Simon, então que assim seja.

Guido se anima. Ele não entendeu.

— Fiz isso porque eu e o padre Alex crescemos juntos. Somos velhos amigos.

— Você pediu a ele algo em troca? Duas entradas para a exposição do Dr. Nogara? — pergunta o juiz-presidente, seco.

O juiz mais velho espreita Guido com um olhar cruel. Guido se contorce como um filhotinho ferido.

— Bem... Quer dizer... — Ele se volta para mim, como que pedindo ajuda. — Não foi bem assim. Eu só disse...

Mignatto escreve algo em seu bloco. São só rabiscos. Só não quer que o vejam se regozijando da situação.

— Sr. Canali, o senhor está dispensado — diz o presidente em tom de repulsa. — O tribunal já está satisfeito com seu testemunho.

Guido se levanta da cadeira com olhar estupefato, ajusta o cinto e alisa a gravata na altura da barriga. Vai embora sem dizer uma palavra.

— OFICIAL, A PRÓXIMA testemunha. — O juiz confere a lista à sua frente. — Por favor, chame o *signor* Pei.

Este é um dos depoentes que não conheço da lista de Mignatto.

Quem é este?, escrevo no bloco sobre a mesa.

Mignatto me ignora.

O sujeito se identifica como Gino Pei, motorista do serviço pontifício de automóveis. Suponho que seja uma testemunha de última hora, pois Gianni não me falou de nenhum colega seu que seria chamado para depor. Mignatto observa com atenção.

— *Signore*, consta aqui que seu trabalho é o de coordenador de turnos. O que quer dizer isso? — pergunta o juiz-presidente logo após os juramentos.

— Não é um trabalho, monsenhor, é apenas um benefício adicional por tempo de serviço. Significa que eu sou o motorista responsável por dizer aos meus colegas quem devem ir buscar, à medida que recebemos as solicitações.

— Em outras palavras, o senhor tem conhecimento de todos os pedidos que chegam.

— No meu turno, sim.

— E há quanto tempo o senhor trabalha como motorista no serviço de automóveis?

— Doze anos.

— Quantos passageiros o senhor conduziu nesses 12 anos?

— Centenas. Milhares.

— Então, se perguntássemos ao senhor sobre um passageiro em particular, o senhor se lembraria dele?

— Monsenhor, não preciso lembrar. Mantemos tudo registrado. Hora de partida, hora de chegada, passageiro, locais.

O juiz passa os olhos por uma folha de perguntas provavelmente apresentadas pelo promotor de justiça.

— Muito bem. Gostaria de perguntar sobre o dia da morte de Ugolino Nogara.

Pergunto-me se mais alguém percebeu que essa abordagem se tornou um beco sem saída.

— Desculpe-me, monsenhor — diz Gino, nitidamente tenso. E, acenando na direção do promotor, completa: — Mas, como eu disse a ele ontem à noite, não posso responder a essa pergunta.

— Por que não?

— Não há registros daquele dia.

— Como assim?

— Recebemos ordens de não registrar nada.

— Ordens de quem? — protesta o juiz mais velho.

Gino Pei hesita.

— Monsenhores, não posso responder.

O promotor de justiça observa os juízes. Parece estar ponderando a reação do tribunal.

O juiz-presidente é o primeiro a perceber com o que a corte acaba de se defrontar.

— O senhor está impedido de falar por ter prestado um juramento anterior ao que prestou diante desta corte?

— Correto.

Ao ouvir isso, o juiz-presidente tira os óculos pretos e coça a parte de cima do nariz. O promotor de justiça está tenso em sua cadeira. Os juízes não têm autoridade para revogar juramentos. O rol de perguntas possíveis acaba de se evaporar.

— Que disparate é esse? — sussurra o juiz mais velho. — Quem submete *motoristas* a juramentos?

O promotor de justiça balança a cabeça, como se dissesse que essa é a pergunta certa. Olho para Mignatto, que está tenso, observando o promotor.

— Há alguma coisa que o senhor *possa* nos dizer sobre o acusado? — pergunta o presidente.

— Não — responde Gino.

— Então, o senhor pode nos falar sobre o que viu em Castel Gandolfo?

— Não, monsenhor. Não posso.

O único ruído que rompe o silêncio é o do notário datilografando o depoimento.

Os juízes conferenciam por um momento. Em seguida, o juiz-presidente diz:

— O senhor está dispensado. A corte ouvirá a próxima testemunha.

ENQUANTO PEI DEIXA a sala, fito Mignatto entusiasmado, prevendo que o julgamento ruma para a absolvição de Simon. O clima na sala de audiência mudou. Os juízes parecem impacientes. Um deles gira uma caneta entre as mãos para a frente e para trás repetidas vezes.

Um leigo de ar sonolento adentra a sala a passos largos. Tem bolsas sob os olhos tristes e um nariz fino e comprido. Faz uma reverência para os juízes antes de pronunciar os juramentos e em seguida se identifica como Vincenzo Corvi, analista forense da polícia de Roma. Ao ouvir seu cargo, Mignatto franze o cenho.

O juiz mais jovem pergunta:

— *Signor* Corvi, seu departamento foi consultado pela polícia do Vaticano a respeito deste caso. Por quê?

— Para pedir a análise profissional de dois objetos encontrados na cena do crime, assim como a verificação de uma gravação de voz.

— O senhor poderia identificar essas provas?

— Os dois objetos da cena do crime são uma bala de 6.35 milímetros e uma amostra de cabelo humano. A gravação é uma mensagem de correio de voz.

— Comecemos pelas provas encontradas em Castel Gandolfo. A bala e a amostra de cabelo humano foram encontradas juntas?

— Não. Separadamente.

— O senhor poderia explicar ao tribunal quais foram as suas constatações?

Corvi põe os óculos e prepara-se para ler um relatório.

— A bala estava localizada perto do corpo e apresenta deformações compatíveis com as feridas de entrada e saída no crânio do falecido.

— O senhor quer dizer que essa foi a bala que matou o Dr. Nogara?

— Com certeza quase absoluta. É do mesmo calibre da arma em questão, uma Beretta 950.

Mignatto arregala os olhos. Ele olha para Corvi, para os juízes e, por fim, para o promotor de justiça. Então se levanta e interrompe:

— A defesa não estava ciente de que a arma do crime tinha sido encontrada.

Os juízes parecem igualmente surpresos.

— O tribunal tampouco — acrescenta um deles em tom austero.

Corvi evita olhar para eles. Folheia seus documentos e finge procurar alguma coisa. Está mortificado. Nenhum bom católico deseja desapontar uma corte eclesiástica dentro dos limites destes muros.

O juiz-presidente muda seu tom de voz.

— *Signore* — continua ele em tom apaziguador —, se nossos gendarmes estão nos ocultando informações, agradeceríamos se o senhor nos dissesse do que se trata.

Essas palavras me deixam radiante. Se a versão dos fatos apresentada pelos gendarmes está sendo questionada, então estamos ainda mais próximos da liberdade de Simon.

Por quase um minuto, Corvi nada diz. Demora-se sobre as páginas que tem à frente. Durante esse longo silêncio, Mignatto fixa os olhos no promotor de justiça.

Por fim, Corvi separa uma folha do meio das outras.

— Ah! — exclama ele. — Aqui está. Sim, eu estava certo. A arma era uma Beretta 950.

Um som de incredulidade vem da mesa dos juízes.

— Quando os gendarmes a encontraram? — pergunta o juiz-presidente.

Corvi ergue os olhos.

— Que eu saiba, não a encontraram. Isso aqui não é um inventário de provas. É um registro de armas de fogo. — Ele ergue a folha. — Uma Beretta 950 era a arma oficialmente registrada por Ugolino Nogara.

Mignatto vira para mim, quase sem fôlego.

— *Nogara tinha uma arma?*

— Não que eu saiba — balbucio.

— *Signore,* está nos dizendo que esse homem foi atingido por um tiro de seu próprio rifle? — questiona o juiz mais velho com voz rouca.

— Não é um rifle — corrige Corvi. — É uma pistola.

— O senhor quer dizer uma pistola de uso militar?

Corvi folheia os papéis novamente e ergue uma fotografia de um catálogo de armas. A imagem mostra uma pequena arma preta na palma da mão de um homem. A Beretta é menor que a mão.

— Como isso é possível? — pergunta o juiz-presidente.

Pouquíssimos italianos possuem armas desse tipo.

— A maioria esmagadora dos portes de armas na Itália são para caça — explica Corvi, levantando outra folha. — Mas o porte de Nogara era de um revólver para defesa pessoal. Este é outro motivo que torna a identificação bastante exata.

Penso na observação que vi na ficha médica de Ugo. *Tem medo de ser seguido e agredido.* Escrevo uma anotação no bloco diante de Mignatto: *você pode perguntar quando ele requisitou o porte?*

Antes de Mignatto ter tempo de reagir, o juiz-presidente adivinha meus pensamentos e faz a pergunta.

— A data da requisição é 25 de julho — responde Corvi.

Michael foi espancado no aeroporto apenas uma semana antes. Ugo deve ter decidido andar armado depois de receber a foto dele pelo correio.

— Então, o senhor está sugerindo que alguém pegou a arma de Nogara e o matou com ela — conclui o juiz mais jovem. — Depois disso, o que ele fez com o revólver?

Corvi ergue as mãos.

— Isso cabe à polícia do Vaticano determinar. Tudo o que posso fazer é apresentar a análise forense e os resultados da busca em nosso banco de dados.

Mignatto remexe nas folhas de papel sobre a mesa. Quando encontra a lista de depoentes, examina a coluna dos nomes mais uma vez, provavelmente para se certificar de que nenhum gendarme será chamado hoje.

— O senhor mencionou que pediram a análise de uma segunda prova — diz o juiz-presidente, verificando suas anotações pessoais. — Do que se tratava?

— A polícia do Vaticano encontrou cabelo humano no carro do falecido e o enviou para fazermos a identificação.

Mignatto faz menção de protestar. Simon esteve no carro de Ugo muitas vezes. O cabelo não prova nada. Desta vez, no entanto, os juízes o ignoram. O carro atiça a imaginação deles. Ugo não teria levado uma arma a um encontro com padres em Castel Gandolfo. Portanto, a janela quebrada do carro adquire mais importância.

— Onde o fio de cabelo foi encontrado? — pergunta o juiz.

— No banco do motorista.

Estranho. Ugo não deixava ninguém dirigir seu carro.

— O cabelo era do padre Andreou?

— Era.

Todavia, há uma estranha hesitação em sua voz, um gaguejar que desperta em mim uma intuição sombria. Cometi um enorme erro.

Corvi observa o relatório laboratorial.

— Os dados apresentaram correspondência com uma amostra de sangue fornecida há três anos na prisão de Rebibbia.

O medo me cobre como uma sombra.

— O nome que consta na amostra é o de Alexander Andreou — finaliza Corvi.

Mignatto levanta uma sobrancelha. Ergue os olhos pensando tratar-se de um equívoco. Depois, volta-se para mim, pálido.

Permaneço mudo. Os juízes me olham fixamente.

— Um recesso — diz Mignatto, tossindo. Virando-se para os juízes, insiste: — Por favor, monsenhores. Preciso de um breve recesso.

No pátio, Mignatto anda de um lado para o outro silenciosamente. Dos nichos da basílica, estátuas de santos mais altas que prédios de dois andares parecem olhar para nós, interessados.

— Monsenhor, eu precisava ver o carro — justifico-me. — Não sabia...

— Você invadiu a garagem da polícia? — diz ele, ainda caminhando.

— Invadi.

— Sozinho?

Não vou meter Gianni nisso.

— Sim.

Mignatto fatia o ar com as mãos, dividindo cada momento em partículas de tempo.

— Quando estava lá, você pegou o telefone de Nogara dentro do carro?

— Não.

Ele para.

— Então, onde o pegou?

— No prédio do Serviço de Saúde.

Sua voz quase some.

— O que você fez?

— Eu pensei...

— Pensou o quê? Que ninguém descobriria?

— Estava tentando ajudar Simon.

— Chega! Era esse o plano de vocês o tempo todo? Seu e de seu tio? Decidir o resultado do julgamento por conta própria?

— Claro que não.

Ele se aproxima.

— Você percebe o que o promotor de justiça está fazendo com a gente lá dentro?

Não sei o que ele quer dizer. A acusação não conseguiu obter nenhuma informação com os testemunhos de Guido e Gino Pei.

Quando digo isso, entretanto, Mignatto explode.

— Não seja ingênuo! Ele conseguiu exatamente o que queria de Canali. E o que fez com o motorista foi engenhoso.

— Do que o senhor está falando?

— *Quem ordenou que os motoristas não registrassem suas ações? Quem teria submetido os motoristas a juramento?* Bem, quem mais? O serviço de automóveis é de responsabilidade do seu tio.

— O senhor está deduzindo coisas demais.

— Então me diga: que sentido fazia chamar Guido Canali como testemunha? Canali não viu nada. Nunca pôs os olhos em Nogara, nem na cena do crime. Então, por que chamá-lo para depor?

— Não sei.

— Porque ele viu *você*, Alex. Porque ele estava apto a testemunhar que a primeira reação do seu irmão não foi chamar a polícia, mas a família. No boletim de ocorrência, os gendarmes afirmam acreditar que o chamado partiu de *vocês dois*, porque você chegou antes deles. Você subornou Canali com entradas para a exposição obtidas pelo seu tio. Não está vendo o cenário que o promotor começou a montar?

Fico sem palavras.

— Qual é a única pergunta que os juízes estão se fazendo? A gravação da câmera de segurança está desaparecida. Os registros do serviço de automóveis não existem. As testemunhas estão sob juramento e não podem falar sobre o assunto. O fato mais notório desse julgamento é o *silêncio*. Os juízes querem saber de onde vem essa pressão, e é exatamente isso que o promotor de justiça está respondendo. Seu irmão telefonou a você pedindo ajuda. Seu cabelo no carro sugere que você o ajudou a limpar o veículo. Seu tio, por sua vez, submeteu todos os motoristas a juramento e depois deixou que seu irmão fizesse as alterações que julgasse necessárias na exposição de Nogara. Que não pode mais ser abordada como tópico nos depoimentos. Para onde os silêncios apontam, Alex? Que mensagem seu irmão transmite quando se recusa a depor? O fato de estarmos com o celular de Nogara somente confirma tudo aquilo que a acusação está insinuando.

— Monsenhor... Desculpe-me.

Ele estende o braço.

— Já chega. Vá embora.

— Para onde?

— Acha mesmo que eu vou deixar você se sentar ao meu lado enquanto o tribunal discute as provas da sua própria cumplicidade? — pergunta ele num rompante. — Você me deixou numa posição em que sou obrigado a dizer à corte, de má-fé, que o cabelo deve ter caído no carro de Nogara em outra ocasião. Eu vou ter de inventar justificativas para o telefonema, o suborno, a exposição e o celular. Saia já da minha frente! Só vou deixá-lo continuar na condição de procurador porque não posso correr o risco de você ser convocado para depor.

— Monsenhor, não sei o que dizer. Eu...

Mas Mignatto pega a pasta, me dá as costas e vai embora.

O promotor de justiça está à entrada do palácio. Ele se encontra longe demais para ter ouvido alguma coisa, mas me observa. Mignatto passa por ele, e os dois não trocam nem uma palavra. O promotor, no entanto, continua com os olhos fixos em mim.

Capítulo 29

Espero. Permaneço no pátio muito depois de Mignatto e o promotor voltarem para o palácio, vagando, sem perder de vista as portas da sala de audiência. Ninguém sai. Não espero que isso aconteça, mas a ilusão de estar esperando por alguma coisa é só o que controla minha impulsividade. Essa tensão colérica e angustiante que me conclama a *fazer* algo.

Começo a fazer ligações telefônicas. Michael Black não atende. Tento de novo, e uma terceira vez. Está me evitando, mas vou vencê--lo pelo cansaço.

Na sexta vez, deixo uma mensagem confusa.

— Michael, atenda o telefone. *Atenda o telefone.* Se você estiver com medo demais para vir a Roma, ao menos fale com o advogado de Simon. Ele precisa saber o que aconteceu naquele aeroporto.

Enquanto falo, percorro com os olhos a rua que leva ao Palácio Apostólico, à procura de Simon. Em vão.

Vinte minutos depois, aparece Corvi, o analista forense. Um gendarme o acompanha até a fronteira, o portão que leva a Roma. Nenhum sinal de Simon ainda.

Então, um sedã com vidros escuros nas janelas estaciona diante do tribunal. Levanto-me rapidamente. Quando o motorista sai para abrir a porta de trás, eu corro até lá.

O banco traseiro está vazio. O motorista faz sinal para que eu me afaste, mas consigo me desviar dele e ver o banco do passageiro. Vazio também.

Segundos depois, as portas do tribunal se abrem. O arcebispo Nowak sai do palácio e se aproxima da porta aberta do carro. Dou um passo para trás.

Ele mantém os olhos baixos. Sequer me encara. Mas estende um braço, indicando-me que devo passar primeiro.

— Por gentileza — diz.

— Vossa Excelência Reverendíssima.

Ele repete o gesto, aguardando que eu passe.

— Vossa Excelência Reverendíssima, posso falar com o senhor?

É um homem grande e corcunda, muitos centímetros mais alto que eu. Sua batina não é feita sob medida. Seu rosto transparece uma tristeza distante, um alheamento que o impede de erguer os olhos e me reconhecer como um rosto familiar visto na sala de audiência. Dizem que seu pai, um policial na Polônia, foi morto por um caminhão cujo motorista havia se recusado a parar em uma barreira, quando ele ainda era criança. Agora está prestes a voltar de carro para casa, onde seu segundo pai, João Paulo, está prestes a morrer. Parece impossível interceder por Simon junto a um homem para quem o sofrimento faz parte da vida, mas preciso fazer alguma coisa.

— Por favor, Vossa Excelência Reverendíssima. É importante.

Sem se mover, Nowak retruca:

— Sim, eu sei, padre Andreou.

E, pela última vez, estende o braço.

Finalmente compreendo. Ele está me convidando para entrar no carro.

MEU CORAÇÃO BATE forte quando entro no carro. Minha batina não é fácil de ser manejada. Seguro-a bem junto de mim e deslizo até a outra extremidade do banco de trás para deixar espaço para Sua Excelência Reverendíssima. O motorista lhe oferece ajuda. Lembro-me de quando papai cutucava meu ombro e apontava para Nowak passando por nós nas ruas do Vaticano. Na época, o arcebispo devia ter a idade de Simon. Hoje, tem 65 anos. Ele é tão robusto e compacto quanto João Paulo, o pescoço largo como um barril, o rosto volumoso, os olhos que não se renderam, mas de algum modo recuaram. Ele ainda sorri, mas até seus sorrisos carregam um ar de tristeza.

Ele nada diz depois que o motorista fecha a porta. Nem quando o carro começa a andar. Por um instante, vejo Mignatto saindo da sala de audiência. Nossos olhos se encontram através do vidro traseiro do veículo, com o sedã já em movimento, e consigo ver seu queixo caindo.

— Eu me lembro de você — diz Nowak finalmente, num tom de voz paternal. — Quando era criança.

Esforço-me ao máximo para não parecer maravilhado, para não me sentir uma criança de novo.

— Obrigado, Vossa Excelência Reverendíssima.

— Também me lembro de seu irmão.

— Por que o senhor o está ajudando?

Nowak se inclina levemente em minha direção, diminuindo a distância que nos separa. Seus olhos caídos buscam os meus enquanto falo, para me mostrar que ele está me dedicando toda sua atenção.

— Seu irmão fez uma coisa extraordinária — responde o arcebispo Nowak, carregando essa última palavra, essa palavra tão pouco polonesa, com seu sotaque. — O Santo Padre está muito grato.

Portanto, Nowak sabe sobre a exposição. Sobre os ortodoxos.

— Vossa Excelência Reverendíssima, o senhor sabe onde meu irmão está?

Eu não queria fazer uma pergunta tão emotiva, mas ele parece tão solícito, tão interessado em meus sentimentos...

— Sei — responde Nowak, ao mesmo tempo que baixa o olhar, reconhecendo que o assunto deve ser difícil para mim.

— O senhor não pode libertá-lo? Não pode interromper o processo?

Ao passarmos pela primeira entrada do Palácio Apostólico, os guardas suíços se levantam e nos saúdam.

— O processo tem um objetivo — diz Nowak. — Descobrir a verdade.

— Mas o senhor *sabe* a verdade. Sabe que ele convidou ortodoxos a virem aqui e sabe o motivo. O processo é apenas um instrumento de que o cardeal Boia está se valendo para pressionar Simon a fornecer informações sobre a exposição.

Um por um, passamos pelos postos de segurança. O sedã nunca reduz a velocidade.

— Padre — diz Nowak calmamente —, antes de a exposição ser inaugurada amanhã, é importante sabermos por que o Dr. Nogara foi morto.

Como se quisesse destacar a importância dessa questão, ele pede ao motorista que pare o carro. A última ala do palácio — a de João Paulo e de Boia — está diante de nós. Paramos no pátio da Secretaria de Estado, de motor ligado.

— Meu irmão não matou ninguém, Vossa Excelência Reverendíssima.

— Você tem certeza disso porque estava em Castel Gandolfo?

— Porque conheço meu irmão.

Dois guardas suíços vêm marchando, pressentindo que há algo errado, mas o motorista faz um gesto para que eles se afastem.

— Se eu conseguisse libertá-lo da prisão domiciliar, você me diria por que o Dr. Nogara foi morto? — pergunta o arcebispo Nowak.

Agora compreendo. Nowak proibiu que se falasse sobre a exposição porque não queria que Boia soubesse da visita dos ortodoxos. Porém, sem os depoimentos sobre o assunto, o arcebispo tampouco poderia ter ideia do motivo do assassinato de Ugo, e lhe resta tentar adivinhar quem teria razões para matá-lo. Simon deixou todo mundo no escuro sobre o acontecimento de 1204. Até o homem que assinou os papéis para autorizar o transporte do Sudário de Turim até aqui.

— Vossa Excelência Reverendíssima, Ugo Nogara descobriu que os cavaleiros católicos roubaram o sudário em Constantinopla durante a Quarta Cruzada. O sudário não pertence a nós. Pertence aos ortodoxos.

Nowak me avalia. Algo surge em seus olhos. Surpresa. Talvez decepção.

— Sim — diz ele. — Isso está correto.

— O senhor já sabia?

— Mas há algo mais? Algo além disso?

— Não. Claro que não.

O arcebispo toma minha mão.

— Você é bem diferente do seu irmão.

Sem tirar os olhos de mim, ele bate duas vezes no banco da frente. O motorista abre sua porta e sai do carro. Um instante depois, minha porta se abre.

— Não estou entendendo. O senhor vai fazer com que o cardeal Boia liberte Simon? — indago.

Sinto a mão do motorista em meu ombro, instruindo-me para sair do carro.

— Padre, sinto muito — lamenta Nowak. — Não é tão simples quanto você acredita. Seu irmão não contou a você toda a verdade.

Ele se aproxima e aperta minha mão, da mesma maneira que João Paulo fazia na Praça de São Pedro quando cumprimentava pessoas totalmente desconhecidas. Como se eu tivesse percorrido todo o caminho até aqui em busca de algo que, na verdade, não compreendo.

Um guarda suíço atrás de mim diz:

— Padre. — E nada mais.

Nowak solta a minha mão, e eu saio do carro. Mesmo nesse momento, ele não tira os olhos de mim.

MIGNATTO JÁ DEIXOU três mensagens na secretária do meu celular, intimando-me a voltar urgentemente ao Palácio do Tribunal. Eu as ignoro.

Caminho até o guarda suíço de sentinela no portão leste. Ele me viu saindo do carro do arcebispo Nowak.

— David? — digo.

— Denis, padre.

— Denis, preciso ver meu irmão.

O apartamento do cardeal Boia está logo acima de nós. Simon está bem ali.

— Vou ligar para anunciá-lo.

— Não há necessidade. Eu vou subir.

Dou um passo em direção à porta, mas o guarda bloqueia minha passagem.

— Padre, vou ter de anunciá-lo antes.

Empurro-o para o lado.

— Diga ao cardeal Boia que o irmão de Simon Andreou está subindo para vê-lo.

Um segundo guarda surge do nada.

— Loris, deixe-me passar — digo ao reconhecê-lo.

Ele me detém com um braço e me conduz escada abaixo. No pé da escadaria, ele me pergunta:

— Padre Alex, o que está havendo?

— Vou ver Simon — respondo, libertando-me de seu braço.

— O senhor sabe que não tem permissão para isso.

— Ele está lá em cima.

— Eu sei.

Eu me detenho.

— Você o viu?

— Não temos permissão para entrar no apartamento.

— Diga a verdade.

Ele hesita.

— Uma vez só.

Sinto como se tivesse levado um soco no estômago.

— Ele está bem?

— Não sei.
— Deixe-me entrar.
— É melhor o senhor ir para casa agora.

Sinto a mão dele me tocar novamente e afasto-a. Ao ver meu gesto, o outro guarda suíço pede reforço pelo rádio.

— Padre Alex, vá embora — pede Loris. — Agora.

Dou alguns passos para trás. Com toda a força dos pulmões, solto um grito na direção das janelas do segundo andar:

— Cardeal Boia!

Mais dois guardas suíços chegam correndo pelo caminho que leva à sede da Secretaria de Estado.

Dou outro passo para trás e grito novamente:

— Vossa Eminência, eu quero ver meu irmão! — Os guardas começam a me conduzir à força rumo à saída do pátio. — Eu conto qualquer coisa que o senhor quiser saber! Só me deixe ver meu irmão!

Luto para me libertar, mas eles me arrastam pelo pavimento de pedra.

— *Por favor* — imploro. — *Eu tenho que vê-lo.*

Mas, quando chegamos do outro lado do pátio, os dois guardas de sentinela ali fecham o portão de metal.

— Vá embora, padre — ordena Loris, apontando para o caminho que conduz ao lado de fora do complexo do palácio. — Enquanto ainda pode.

Cambaleio para trás, sentindo as pernas dormentes.

Seu irmão não contou a você toda a verdade.

Olho pelas grades do portão de ferro, apoiando-me nelas para não cair. Do outro lado do pátio, vejo uma coisa. Lá er cima, em uma das janelas do segundo andar, as cortinas se abriram. Entre elas, apenas por um instante, vejo o cardeal Boia.

Vou embora cambaleando. Chego ao portão externo do palácio, e Mignatto está ali me esperando. Ao ver minha expressão, ele passa o braço pelos meus ombros e diz aos guardas:

— Eu o levo daqui.

Caminhamos em silêncio de volta ao tribunal. Não sei se ele me ouviu gritando. Não me importo.

Ao lado da sala de audiência, há um gabinete. Mignatto continua trabalhando em sua incumbência sem me dizer uma palavra. Uma funcionária do arquivo lhe entrega uma pasta com papéis para ele assinar. Novas provas. Novas testemunhas.

— A gravação da câmera de segurança ainda não apareceu? — pergunta Mignatto à funcionária.

Ela balança a cabeça negativamente.

Pergunto-me como ele consegue prosseguir com isso. Como consegue fingir que isso não é uma farsa.

— Essas são as que eu requisitei? — pergunta, indicando um punhado de fotos.

A funcionária examina as fotos uma a uma para confirmar. Vejo imagens familiares de sacos plásticos contendo provas. Os objetos encontrados no carro de Ugo. Mignatto me repreendeu por ter invadido a garagem da polícia, mas depois requisitou as provas que descobri lá. Olho fixamente para ele, mas o silêncio continua.

— Exatamente, monsenhor — confirma a funcionária.

— Obrigado, *signora*.

Ele pousa a mão nas minhas costas e me conduz para fora do prédio. Por fim, vira-se para mim.

— Vamos jantar juntos, padre.

A tarde já está quase no fim. Ele ergue a mão para proteger os olhos do sol poente.

— Não.

— Peter pode ir com a gente. É importante discutirmos a mensagem de voz que Nogara deixou para o seu irmão na nunciatura. A corte a aceitou como elemento de prova.

— Não.

Mignatto abaixa a mão com que protegia o rosto do sol e olha para os próprios pés.

— Entendo o que está sentindo, padre Alex, mas talvez seja melhor você se afastar do julgamento por um tempo.

— Vou fazer o que for preciso.

Mignatto semicerra os olhos.

— O que, exatamente, o arcebispo Nowak disse?

— Que meu irmão vem mentindo para mim.

— Sobre o quê?

Não sei. Se o motivo for forte o bastante, pode ser sobre qualquer coisa.

— Padre Andreou, diga.

Nesse momento, porém, meu telefone toca. E eu reconheço o número.

— Michael? — pergunto, atendendo imediatamente.

— Alex, eu estava no avião. Por isso não pude atender.

— O quê?

— Estou no aeroporto agora.

— Que aeroporto?

— O de Tombuctu... O que você acha? Estarei no centro da cidade dentro de uma hora. Se o advogado de Simon quiser conversar comigo, é bom que esteja pronto.

— *É ele?* — pergunta Mignatto sem emitir qualquer som, apenas com o movimento dos lábios.

Assinto com a cabeça.

— Deixe-me falar com ele.

Entrego-lhe o telefone.

— Padre Black? — pergunta Mignatto.

Ele puxa uma caneta do punho da batina e abre a pasta com as fotos para escrever no verso dela. Atrás dele, caminhões entram e saem dos museus. Penso novamente no que o arcebispo Nowak falou. A noite de abertura. Só faltam vinte e quatro horas.

— O senhor testemunhará? — pergunta Mignatto ao telefone. — De quanto tempo precisa para se preparar?

Olho para a pasta em sua mão. Para as fotos que pediu à funcionária do tribunal. Uma delas é do carregador de celular de Ugo. Outra é do pedaço de papel com meu número de telefone.

— Precisamos conversar sobre o que aconteceu com o senhor. Podemos nos encontrar no meu escritório esta noite?

Ao lado, vejo as fotos dos sacos plásticos que não pude examinar porque tive de sair às pressas com Gianni da garagem da polícia. Um maço de cigarros. O documento de identidade desbotado emitido pelo Vaticano que Ugo provavelmente apresentava aos guardas suíços toda vez que entrava de carro no país. Um chaveiro. Nenhum objeto grande o suficiente para corresponder à marca deixada embaixo do banco do motorista do carro de Ugo.

— Ele não pode estar presente quando nos encontrarmos. Isso não faz parte da função do procurador.

Fico boquiaberto. O chaveiro é oval e está gravado com três letras e três números: DSM 328.

Puxo a pasta da mão de Mignatto. O telefone quase cai de sua mão, e ele me olha com raiva.

DSM. *Domus Sanctae Marthae.* O nome da Casa em latim. Os três dígitos correspondem ao número do quarto. No chaveiro de metal, falta uma lasca.

A chave não pode ser de Ugo. Ele não precisava de um quarto de hotel. Portanto, ela deve pertencer à mesma pessoa que entrou no Alfa Romeo.

— Não escutei. A ligação está ruim. Pode repetir?

Fecho os olhos. Estou enganado. O assassino não teria deixado a própria chave para trás. Então, de quem é?

Mignatto pega a pasta de volta para fazer mais anotações no verso da capa. Pergunto-me por que Michael está se mostrando tão disponível. Não é da índole dele.

A resposta vem segundos depois, quando Mignatto me devolve o telefone.

— O padre Black quer falar com você de novo.

— Escute — começa Michael. — O advogado me disse que você não pode participar de nosso encontro hoje à noite. Portanto, tem uma coisa sobre a qual precisamos conversar a sós. Me encontre na Basílica de São Pedro depois.

— Na praça?

— Não. No transepto da direita. Vou deixar a porta norte aberta. Sabe de qual delas estou falando?

Mignatto tenta ouvir a conversa. Eu me afasto.

— A que horas?

— Pode ser às oito. E, se eu não estiver lá, você vai ter que arranjar outra testemunha amanhã.

— Amanhã?

— Às oito. Entendeu?

Desligo o telefone.

— Você não deve se encontrar com ele, entendeu? — adverte Mignatto. — Não sem a minha presença.

Eu o ignoro.

— Boa noite, monsenhor. Nos vemos pela manhã.

Telefono para o apartamento do irmão Samuel e peço-lhe que cuide de Peter por mais um tempo. Depois ligo para Mona.

— Não vou poder jantar com vocês hoje à noite — digo.

Ela deve ter percebido algo de errado em meu tom de voz.

— Está tudo bem? Quer conversar?

Não quero, mas as palavras escapam da minha boca.

— Estou com raiva. Simon mentiu para mim.

Agora o silêncio. O silêncio que revela que, no fundo de seu coração, ela ainda duvida dele.

— Mentiu sobre o quê? — pergunta ela finalmente.

— Deixa pra lá.

Mais silêncio.

Por fim, ela diz:

— Estou na casa dos meus pais. Podemos nos encontrar a hora que você quiser, basta dizer onde.

— Não posso. Só... converse comigo.

— Como está Peter? — pergunta ela.

Fecho os olhos.

— Passei o dia inteiro no tribunal. O irmão Samuel disse que ele está bem.

— Alex, você não me parece bem. Deixe-me ajudá-lo.

Estou sentado no banco do pátio do tribunal. Os funcionários que ainda não voltaram para casa formam uma fila no posto de gasolina. Por sobre os tetos de seus carros, vejo a Casa.

— Só preciso de um tempo para pensar. Ligo para você amanhã. — Hesito. — Sinto muito por hoje à noite.

Desligo antes de ela responder. A dor que vem crescendo dentro de mim há horas se tornou desesperadora. Depois da morte da nossa mãe, quando eu e Simon nos sentíamos assim, atravessávamos correndo todo o Vaticano. Passávamos pelas ladeiras. Pelas escadarias. Pelas sombras dos muros. Corríamos até ficarmos acabados, atirados no chão, respirando com dificuldade, e nos refrescávamos nas fontes.

Fecho os olhos. *Traga-o de volta para mim, Senhor. Eu preciso do meu irmão.*

Conto as janelas do hotel. Sei qual é o quarto 328. É apenas um andar abaixo de onde eu e Peter nos hospedamos, mas na extremidade do edifício. Pelas minhas contas, o quarto fica bem na esquina do prédio. Olho para suas janelas que dão para o oeste.

Talvez amanhã seja o dia decisivo. Talvez seja este o plano de Boia: manter Simon preso até o término da exposição.

As janelas viradas para o oeste estão com as venezianas fechadas. Em outros quartos, as cortinas estão abertas, mas o hóspede deste quarto, justamente ele, não quer ar fresco. Não quer ver o pôr do sol de Roma. Pego o celular e ligo para a recepção.

— Irmã, por favor, passe-me para o quarto 328.

— Um momento.

O telefone toca sem parar. Quem quer que esteja lá em cima não quer falar.

Desligo. O último carro deixa o posto de gasolina. O silêncio se instala outra vez. Uma brisa agita a bandeira do Vaticano em cima da entrada da Casa.

Levanto-me. Com uma sensação de leveza no peito, começo a caminhar na direção do hotel.

No balcão, a freira da recepção me surpreende.

— Seja bem-vindo, padre. Como está o senhor? — cumprimenta-me ela em grego.

Meus instintos me dizem que devo responder na mesma língua.

— Estou bem, irmã. Obrigado.

— Está gostando de sua estada em nosso país?

— Muito.

— Como posso ajudá-lo?

— Só estou voltando ao meu quarto. — Mostro-lhe a chave do quarto que guardei e sigo em frente.

Mas a segurança foi reforçada desde que deixei o hotel. Um aviso no lobby informa que cada elevador, agora, para apenas em um andar específico. Ouço os ascensoristas pedindo aos hóspedes que mostrem suas chaves antes de entrar.

Decido subir de escada. No entanto, quando estou prestes a abrir a porta do terceiro andar, ouço uma voz do andar de cima.

— Padre, o senhor se equivocou. É aqui em cima.

Um guarda suíço vem descendo do quarto andar de dois em dois degraus. Felizmente, não nos conhecemos.

— Posso ver sua chave? — pergunta ele.

Ele parece estar de guarda bem do outro lado da porta corta-fogo.

Quando eu lhe mostro a chave, ele faz que sim com a cabeça. O quarto em que eu e Peter nos hospedamos é o 435.

— Siga-me, padre — pede, em um italiano vagaroso. Com um aceno exagerado, ele me conduz ao andar de cima.

No QUARTO ANDAR, a atividade é intensa. Há padres por toda a parte. Estou perplexo. Todos vestem trajes de sacerdotes orientais. Devem ser os ortodoxos de Simon. Apenas no corredor, conto onze deles. Um décimo segundo abre a porta do quarto, diz alguma coisa a um colega que está do lado de fora e volta a fechá-la. Não reconheço o idioma. *Sérvio?*, penso. *Búlgaro?*

Então atino: pelo menos alguns desses padres devem ser gregos. A freira da recepção, sem saber de que país eu era, cumprimentou-me em grego. Portanto, Simon deve ter viajado até a Grécia também. Deve ter espalhado seus convites pela terra natal de nosso pai.

Pergunto-me quantos países ele teria visitado no total. Quantos padres, de quantas nações, devem estar aqui. Ninguém nunca tentou algo parecido com isso.

Olho novamente para o guarda suíço ao lado da porta corta-fogo. Outro pensamento me vem à cabeça. Somente o papa comanda a Guarda Suíça. Só João Paulo e Nowak poderiam ter enviado esses homens para cá. Devem estar cientes do alcance das ações de Simon.

Por um momento, só consigo observar. Os grupos de padres se aglomeram, se dispersam e se reúnem novamente. Os ortodoxos não têm um poder central. Não possuem um papa, como os católicos. O patriarca de Constantinopla é seu líder honorário, mas na prática a Igreja Ortodoxa é uma federação de igrejas nacionais, muitas delas com seus próprios patriarcas. A mera ideia desse tipo de democracia eclesiástica, sem bispos subordinados a outros bispos, é um pesadelo para os católicos, uma receita para o caos. Não obstante, há quase 2 mil anos, os laços da tradição e da comunhão vêm unindo os padres ortodoxos de todos os cantos da cristandade, transformando-os em irmãos. Mesmo na atmosfera nervosa deste corredor, em meio ao ar saturado de expectativa, os homens cruzam fronteiras e se cumprimentam. Conversam, às vezes fluentemente, às vezes hesitantes, na língua do outro. Os sorrisos são quase tão numerosos quanto as barbas. Tenho a sensação de estar testemunhando a Igreja primitiva, o mundo dos apóstolos, que deixamos para trás. Sinto-me estranha e profundamente em casa.

Um grupo vem em minha direção. Percebo que estou parado diante do elevador. As portas se abrem, e eu dou passagem. Três deles entram, falando uma língua que não reconheço. Penso ter ouvido a palavra correspondente às orações da noite. Provavelmente é por isso que estão descendo. Mas um deles, em italiano, pede ao ascensorista que espere um pouco. Está vindo mais gente.

Nesse instante, abre-se a porta de um quarto no fim do corredor. De lá surge um padre jovem. Sua barba é rala. Permanece parado ali, olhando para dentro do quarto. Sinto um frio na barriga. Sei o que isso significa. Ele está esperando seu superior.

Tento não encarar o bispo que se aproxima a passos largos. Tem uns 50 ou 60 anos, uma barriga respeitável e veste uma bela batina larga. Exatamente como disse Gianni, ele usa o chapéu ortodoxo semelhante a uma cartola, mas sem aba. Os padres que ainda estão no corredor abrem passagem, e ele caminha até o elevador. O ascensorista faz menção de fechar a porta do elevador, mas o bispo meneia a cabeça. Outro padre diz:

— Espere, por favor. Vem mais gente aí.

Espio o fundo do corredor. Da mesma porta surge outro bispo. Este traz no pescoço uma corrente dourada com um retrato pintado da Theotokos, a Virgem Maria. Mesmo a distância, consigo ver algo brilhando em sua cartola: a pequenina cruz que distingue os bispos do alto escalão ou um metropolita. Esse bispo é mais velho, tem pelo menos 70 anos. Caminha com o auxílio de uma bengala. Seus assistentes andam ao seu lado e cuidam para que a batina não fique presa sob seus pés.

Todavia, nem agora a porta do elevador se fecha. E, de súbito, há uma comoção generalizada. Por algum motivo, os padres no corredor começam a cochichar. Alguns deles se reúnem em frente à porta aberta do quarto e espiam lá dentro. Os demais ocupam o corredor, encostando-se nas paredes. Estão abrindo caminho, como se fossem as águas do Mar Vermelho, porque alguém está prestes a surgir.

Um homem de branco.

Capítulo 30

Sinto um calafrio. Por todo o corredor, os padres fazem reverência. Mal acredito no que meus olhos estão vendo.

À medida que o homem se aproxima, consigo focalizá-lo. Não é João Paulo. É uma pessoa ainda mais idosa. Seus olhos são duas manchas negras. E ele tem uma barba.

A barba emoldura seu rosto alongado e abatido como névoa branca. Ela se estende até o meio do peito, mais ou menos na altura em que ele segura um objeto: um chapéu branco, semelhante a uma cartola sem aba, decorado com uma pequena cruz cravejada de brilhantes. À medida que passa pelos outros padres, ele ergue a mão para abençoá-los.

Estou paralisado. Sei de quem se trata.

Em um italiano ruim, carregado de sotaque, o homem me diz:

— Deus o abençoe.

— O senhor também — murmuro, enquanto dois padres saem do elevador para ceder seus lugares.

Simon conseguiu o impossível. Na tradição ortodoxa romena, é permitido ao líder supremo usar vestes brancas. O que tenho diante dos olhos é um dos nove patriarcas da Igreja Ortodoxa.

Desço a escadaria correndo. O elevador deve estar indo para o térreo, onde fica a capela particular anexa à Casa.

Então me dou conta de que não posso segui-los até lá. Eu mal conseguiria me comunicar com esses homens. Eles podem ter me confundido com um irmão seu porque minha batina e minha barba parecem ortodoxas. Entretanto, devido ao Cisma, a Igreja Ortodoxa me proíbe, por ser católico, de receber a Santa Eucaristia deles. O simples fato de me unir a eles para recitar as orações da noite sem lhes revelar quem sou seria um ato de má-fé.

Diante disso, desço as escadas apenas até o terceiro andar e entro sorrateiramente. Meus nervos estão à flor da pele. Encosto-me na parede, tentando imaginar como tudo isso pode ter dado tão errado. Como algo tão belo, tão histórico, pode ter custado a vida de Ugo. Como Simon pode perder o sacerdócio por causa disso.

Aqui, no terceiro andar, uma porta se abre. Um padre católico romano sai de seu quarto e caminha até o elevador. Ao apertar o botão, olha para mim novamente.

Conheço bem essa expressão. Embora eu tenha muito mais em comum com ele do que com os ortodoxos do andar de cima — sou católico, sigo o papa, podemos receber juntos a Santa Eucaristia —, ele parece achar que estou no lugar errado.

— Boa noite, padre — cumprimento-o em italiano para aplacar seus temores. Ou talvez, de algum modo sombrio, os meus. E continuo seguindo até o quarto 328.

À porta do quarto, recito a Oração de Jesus para me acalmar.
Senhor Jesus Cristo, Filho de Deus, tende piedade de mim, pecador.
Senhor Jesus Cristo, Filho de Deus, tende piedade de mim, pecador.

Nada de ruim pode acontecer comigo aqui. Este corredor, este prédio, estão repletos de guardas que viriam correndo assim que eu gritasse por ajuda. Vou pedir a quem quer que esteja neste quarto que saia para conversarmos. Que venha para fora.

Bato à porta.

Sem resposta.

Olho pelo olho mágico, perguntando-me se estou sendo observado. Dou um passo à frente e bato outra vez.

Ainda sem resposta.

Pego o celular e ligo para a recepção.

— Irmã, eu gostaria de falar com o quarto 328.

Escuto o telefone tocar do outro lado da porta. De pé, em frente ao olho mágico, mostro o telefone. Podemos conversar dessa maneira também. Não faz diferença para mim.

Mas ninguém atende.

Lá fora, do outro lado da grande janela ao fim do corredor, o sol se põe. Tenho uma ideia. Olho para baixo.

Não há luz passando pela fresta da porta. É por isso que as venezianas estão fechadas. Não há ninguém aqui.

Ligo para a recepção mais uma vez e digo:

— Irmã, estou descendo para me encontrar com um visitante no refeitório. Será que alguém poderia arrumar meu quarto enquanto eu estiver fora? É o 328.

— Padre, creio que o seu amigo acabou de telefonar. Vou enviar a camareira imediatamente. Eu diria que o quarto já está precisando ser arrumado há um tempo.

Agradeço-lhe e aguardo perto do elevador. Logo surge a freira com o carrinho da limpeza. Quando ela abre a porta, eu a sigo até o interior do quarto.

— Ó céus! — exclama ela, alarmada.

Por um momento, tudo está escuro. Uma tênue luz artificial chega do pátio externo, penetrando pelas palhetas da veneziana. Até que a freira acende a luz.

Não há mais ninguém no quarto.

— Irmã, não se preocupe comigo — murmuro em tom distraído ao sondar o ambiente. — Esqueci uma coisa aqui.

O quarto é quase idêntico àquele em que eu e Peter ficamos hospedados. A cama estreita, modesta, de cabeceira curva. Um criado-mudo. Um crucifixo.

Sento-me à escrivaninha e finjo tomar notas para esperar que a irmã vá embora. Ela fecha o armário e apanha um jogo de lençóis no chão ao lado da cama. O padre hospedado aqui talvez tenha o hábito de dormir no chão, como Simon. Mas parece que alguém também dormiu na cama.

Deve haver duas pessoas hospedadas aqui. E deve haver um motivo para o quarto estar precisando de arrumação há dias.

Enquanto a camareira faz a cama e esvazia as latas de lixo, eu examino o chão. Ao lado do abajur há uma mala velha, aparentemente sem etiqueta de identificação. Sobre o criado-mudo, vê-se uma nécessaire, uma câmera fotográfica e um livro. A freira olha para uma pilha de papéis embaixo da nécessaire, depois para o armário.

— Padre, quem está hospedado com o senhor?

— Só um colega — improviso.

Algo chama minha atenção. O livro sobre o criado-mudo. É sobre o sudário.

Sinto um aperto no peito. Já li esse livro. Possuo um exemplar dessa mesma edição. Foi roubado do meu apartamento no dia da invasão.

Sinto-me angustiado. Meus olhos percorrem o quarto. Há uma garrafa de vidro na lixeira que a freira está esvaziando. Grapa Julia. A bebida favorita de Ugo. Mas não vejo copos de vidro, nenhum sinal de que ela tenha sido consumida aqui. Garrafas como essa se acumulavam aos montes na lixeira do apartamento de Ugo. Que também tinha sido invadido. O que mais, neste quarto, terá sido roubado da casa dele ou da minha?

A freira olha de novo para a pilha de papéis no criado-mudo e, por alguma razão, parece ter pressa para terminar o serviço. Enquanto ela limpa o banheiro, caminho até os papéis para olhá-los. Então, fico petrificado.

As rodas do carrinho da freira rangem. A última coisa que a escuto dizer antes de fechar a porta é:

— Padre, terei de mandar alguém vir aqui. Acho que este não é realmente o seu quarto.

Não se trata de uma pilha de papéis, afinal. É uma pilha de fotografias.

Fotografias minhas.

Minha mão treme quando pego a câmera. Navego pelas fotos. Eu, andando pelos jardins. Eu, parado do lado de fora do Palácio do Tribunal. Eu, de mãos dadas com Peter no pátio do hotel. Perto do fim, encontro a imagem que procurava. Eu, saindo da Casa. A mesma foto deixada debaixo da minha porta com a ameaça escrita no verso.

Tento pensar, mas o medo toma conta de mim.

Um nome. Um rosto. Preciso de alguma coisa.

Escancaro a porta do armário. Em um cabide, está pendurada uma túnica preta com botões. Uma batina católica romana. A freira deve ter percebido que não podia ser minha.

Verifico a etiqueta. Em um país onde todos se vestem igual, temos como hábito escrever o nome em nossas roupas. Mas não há nada aqui, apenas a marca desbotada de uma alfaiataria próxima ao Panteão. No cabide ao lado encontro um *ferraiolone*, a capa longa que os padres ocidentais vestem em eventos formais. Finalmente me dou conta de que estou olhando para a melhor batina e o melhor traje de gala de um padre. Esse homem está se preparando para ir à abertura da exposição de Ugo, amanhã à noite.

Preciso descobrir sua identidade de algum modo. Estiro a batina na cama e abro o canivete do meu chaveiro. Faço um corte no tecido bem atrás do colarinho. É praticamente invisível. Mas, quando a batina estiver esticada pelos ombros de seu dono, o colarinho vai se dobrar um pouco, e será possível enxergar, nas costas de seu dono, a camisa branca por trás do furo no tecido preto.

Ouço um barulho no corredor. Penduro a batina de volta e começo a me dirigir à porta quando uma ideia me vem à cabeça.

Recuo até a escrivaninha e confiro as gavetas. Deve estar aqui em algum lugar. Encontro um recibo de almoço e o que parece ser uma notificação de multa por estacionamento em local indevido. Meto-os nos bolsos da batina. Então, sobre o criado-mudo, encontro o que estava procurando. Embaixo de uma folha solta de papel está o bloco de anotações personalizado do hotel. Abro as venezianas e ergo-o contra a luz do crepúsculo. Consigo distinguir as débeis marcas de alguns números escritos à mão. Os cinco dígitos do meu número de telefone.

Daqui veio o pedaço de papel encontrado no carro de Ugo. Deste quarto devem ter vindo as três ligações que recebi na noite do assassinato.

Dois padres estão dormindo aqui. Um deles invadiu meu apartamento, enquanto o outro arrombava o carro de Ugo em Castel Gandolfo. Tudo converge para este quarto. Uma pena que não detive a camareira antes de ela jogar fora o conteúdo do cesto de lixo. Ali dentro devia haver mais do que apenas uma garrafa de grapa Julia.

De súbito, a porta se abre. Entra uma freira. Atrás dela, a camareira.

— Padre! Explique-se.

Dou um passo para trás.

— Este não é o seu quarto! — exclama. — Venha comigo agora mesmo.

Não me mexo.

Atrás dela, um guarda suíço aparece. O mesmo que encontrei na escadaria.

— Faça o que ela está dizendo, padre — ordena ele.

Ocorre-me uma ideia.

— *Den katalavaino italika* — digo ao guarda. — *Eimai Ellinas.*
Não entendo italiano. Sou grego.

Ele franze o cenho quando a ficha cai.

— É um dos que estão hospedados no andar de cima — diz o guarda. — Toda hora se engana de andar.

Pisco os olhos, fingindo não entender. A freira estala a língua e faz sinal para que eu a acompanhe. Aliviado, obedeço.

Mas a camareira se manifesta:

— Não, ele está mentindo. Conversei com ele em italiano.

Sou levado até o lobby. Um gendarme me aguarda ali. Ele me conduz pelo pátio até o posto da Gendarmaria dentro do Palácio do

Tribunal, onde há uma cela. Em vez de me colocar dentro dela, o policial me manda sentar em um banco na recepção e esvaziar os bolsos.

E lá se vão o recibo de almoço, a notificação de multa, meu telefone, o conteúdo da minha carteira.

Ao ver a identidade do Vaticano, ele olha com mais atenção. Quando lê o nome no documento, volta-se para mim.

— Eu me lembro de você.

Também me lembro dele. É um dos gendarmes que foram até Castel Gandolfo na noite do assassinato de Ugo.

— Que diabos o senhor estava fazendo na Casa, padre?

O linguajar sacrílego é um sinal de que perdi seu respeito. De que não sou mais digno de ser tratado como um padre.

— Quero dar um telefonema — afirmo.

Olho fixo para a notificação e tento memorizar o número da placa do carro.

Ele reflete um pouco e depois balança a cabeça.

— Preciso falar com meu capitão.

Para os diabos com o meu capitão.

— Sou sobrinho do cardeal Ciferri. Me dê o telefone.

O policial se acovarda ao ouvir o nome de Lucio, mas meu sobrenome é diferente do de meu tio, e ele duvida de mim.

— Não saia daí, padre. Já volto.

O CAPITÃO CONFIRMA as informações para o gendarme. Vinte minutos depois, chega dom Diego para me buscar. Espero vê-lo furioso, e ele realmente está, mas não comigo.

— Você tem sorte de não perder o emprego por isso — diz ele ao gendarme. — Nunca mais humilhe um integrante dessa família.

A reação do policial talvez diga algo sobre nosso país, porque, mesmo sabendo que está certo, ele parece amedrontado.

Caminhamos até o palácio de Lucio. O sol está bem baixo no horizonte. Diego não diz uma só palavra. Seu silêncio indica que eu me encontro em uma situação tão complicada que não compete a alguém do seu cargo tecer qualquer comentário a respeito, mas não consigo prestar atenção nele. Tudo o que visualizo em minha mente é o cardeal Boia me espiando por trás daquelas cortinas.

À porta do palácio, digo:

— Obrigado, Diego, mas não vou entrar.

— Como assim?

— Preciso ir a outro lugar.

São oito e cinco. Tenho um encontro marcado com Michael Black.

— Mas seu tio...

— Eu sei.

— As ordens dele foram bem claras.

— Pedirei desculpas a ele em outra ocasião.

Ao me afastar, posso sentir seus olhos fixos em mim.

O SOL NUNCA brilha na fachada norte da Basílica de São Pedro. Nos dias quentes, é ali que os padres se reúnem, como musgo, para fumar escondidos sob a sombra fresca. As paredes de pedra têm doze metros de espessura ali e são mais altas que os penhascos brancos de Dover. Nem o fogo do inferno conseguiria aquecê-las.

A essa hora, todas as outras portas estão trancadas. Os *sampietrini* fiscalizam a basílica no escuro, conferindo cada escadaria, cada recanto. Mas atrás desta porta lateral brilha um pálido feixe de luz. Provavelmente algum *sampietrino* deve um favor a Michael.

Eu me esgueiro para dentro, percorrendo a atmosfera fresca do ambiente como um grão de areia no fundo do mar. Os turistas que vêm aqui de dia apreciam o piso de mármore e a abóbada altíssima, mas esta igreja tem mais recônditos do que a maioria dos padres pode imaginar. Há escadarias ocultas que conduzem a capelas construídas dentro dos próprios pilares, onde os clérigos podem se preparar para a missa e orar longe dos olhos dos leigos. Há sacristias onde os coroinhas ajudam os padres a se vestir para as celebrações. No alto, escondidas pela iluminação, estão as sacadas inalcançáveis que nem os *sampietrini* conseguem limpar, exceto suspensos em cordas presas com ganchos de metal fixados às paredes. E uma rede de passagens ocultas conecta tudo, como se fosse um sistema circulatório. Entre as paredes interna e externa da basílica há túneis pelos quais é possível circular por toda a igreja sem nunca ser visto. Por esses motivos, nenhum padre acredita estar sozinho aqui. Então, nenhum padre vem aqui em busca de sigilo.

Michael sabe disso. É justamente com isso que deve estar contando. Este é o último lugar aonde alguém viria em busca de dois padres que estão se encontrando à noite.

Saio de um corredor que passa por baixo de uma antiga tumba papal e conduz ao piso principal da basílica. A escuridão ao redor de mim é cintilante, imponderável. Ouço um ruído vindo de um canto. Um clique metálico, como o de uma fechadura sendo aberta.

— Alex? — ouço-o dizer. — É você?

Sigo o som que cruza o transepto norte. Quando projetou a Basílica de São Pedro, Michelangelo planejava dar-lhe a forma de uma cruz grega, com as quatro alas do mesmo tamanho. Mas depois se acrescentou uma nave, e a cruz grega tornou-se uma cruz latina, com a parte mais comprida voltada para o leste. O ponto onde estou agora fica na ala direita, a única parte do salão principal fechada com um cordão para impedir a entrada dos turistas. O lugar é pouco familiar para a maioria dos católicos orientais. Ao longo das paredes, veem-se os confessionários, onde os peregrinos vêm contar seus pecados e receber o perdão por eles. São construídos em três partes, com a cabine do padre no meio e um compartimento aberto de cada lado. Os católicos orientais, no entanto, se confessam em locais abertos. Somente por ter frequentado esta basílica por muitos anos é que sou capaz de reconhecer o som da pesada porta de madeira da cabine destinada ao padre sendo destrancada.

— Michael — sussurro. — Sou eu.

A porta se abre.

Pela primeira vez em anos, vejo Michael Black pessoalmente.

FAZ DEZESSEIS ANOS que ele desapareceu. Logo depois do resultado das análises radiométricas do sudário, papai voltou para o quarto de hotel que estavam dividindo e descobriu que Michael tinha ido embora. Ele não estava no trem que voltava para Roma nem apareceu no trabalho na segunda-feira seguinte. Meu pai tentou localizá-lo, mas pouco depois também caiu na depressão que seria sua sentença de morte. As buscas foram cessando, e nunca mais vimos Michael.

Só mais tarde fiquei sabendo o que tinha acontecido. Ao sair de Turim, um repórter ortodoxo havia confrontado Michael, culpando-o por ter atraído alguns poucos padres ortodoxos ingênuos para serem humilhados pelos católicos. Michael tomou o gravador dele e o espancou. O jornalista foi parar no hospital. Ele só escapou da prisão porque a polícia de Turim não queria processar um padre católico que estava defendendo a relíquia da cidade. Assim, chegou-se a um acordo judicial, e Michael foi enviado a uma clínica para se tratar. Ninguém, nos dias de hoje, teria sido ingênuo a ponto de acreditar que alguns meses numa clínica nas montanhas o curariam de qualquer doença grave. Mas talvez ninguém realmente acreditasse que o caso dele fosse grave. Na época.

Michael sempre foi rebelde. Sempre falou de forma agressiva. Para os italianos, porém, ele era um americano, um caubói. O problema só começou quando ele voltou das montanhas. Foi então que a Secretaria de Estado o admitiu como funcionário.

Em alguns lugares do mundo, a Igreja tem de lutar para sobreviver. Neles, padres são presos, sequestrados, até assassinados no meio da rua. A Secretaria de Estado recruta um tipo específico de padre para enviar a esses lugares. O arcebispo norte-americano que precedeu Lucio no Palácio do Governo era quase tão alto quanto Simon e duas vezes mais robusto. Em uma viagem do papa a Manila, um homem com uma baioneta tentou atacar o Santo Padre, e esse arcebispo o agarrou e o arremessou pelos ares. Michael tinha metade do tamanho do arcebispo, mas havia quem pensasse que eles possuíam as mesmas qualidades.

O cardeal Boia deve ter visto potencial em Michael. Toda vez que João Paulo tentava se aproximar dos ortodoxos, Boia enviava um de seus capangas para se certificar de que as negociações não dariam em nada. Alguns bons insultos, talvez um ou outro empurrão, e anos de trabalho diplomático eram sabotados em questão de horas. Simon culpava Michael por ele ter se tornado o capanga favorito de Boia na Turquia. Eu, de minha parte, culpo os protetores de Michael, que recrutaram um padre jovem e instável, convencendo-o, em seu momento mais vulnerável, de que estava certo ao atacar um repórter ortodoxo. De que poderia construir toda uma carreira brigando daquela forma. Os padres são homens institucionais, argila nas mãos da Igreja. Somente alguém dotado de uma força insólita teria conseguido se manter indiferente à influência da Secretaria de Estado. Alguém como Simon. Não um homem como este que tenho diante de mim.

Em minhas lembranças, Michael parecia mais alto. Sua respiração é ruidosa, quase ofegante. Centenas de coquetéis e jantares de gala o engordaram. Parece estar desconfortável, porque ajusta a faixa e emite um som gutural indistinto, como se estivesse fazendo muito esforço. Tem a aparência ainda mais truculenta do que me recordo. Não faz a barba há dias, e o motivo é óbvio: deve ser difícil manejar a lâmina com as crateras em seu rosto.

As feridas ainda estão visíveis. Uma delas desce do olho esquerdo como se fosse uma costura. O nariz ainda está deformado, torto. Ele estende o braço para oferecer um aperto de mão tipicamente americano, em vez de me abraçar à moda italiana. As primeiras palavras que me diz pessoalmente, depois de mais de uma década, são:

— Droga, Alex. Não me disseram que você tinha continuado católico oriental. Achava que você tinha mudado de barco, como Simon.

Por trás dessas palavras, entretanto, o que vejo é culpa. Sua presença neste lugar revela que ele está aqui porque se arrepende do que fez a mim e a Peter.

— Você se encontrou com o monsenhor Mignatto?

— Advogados — diz Michael, enojado. — Sim. Nós nos encontramos.

— E então?

— Vai me chamar como testemunha amanhã.

Amanhã. Mignatto não perde tempo.

— Mas eu disse a ele que não vou mentir — continua Michael. — Não acredito nessa porcaria. Reunificar as igrejas. Fazer reverência para os barbudos. E, se me perguntarem, é isso que vou dizer.

— Michael, no telefone você disse que, antes de baterem em você, essas pessoas queriam saber sobre a pesquisa de Ugo.

Ele assente.

— Queriam saber o quê?

Olhando para as articulações dos dedos, ele responde:

— Achavam que ele tinha descoberto alguma coisa. Algo ruim para as relações com os ortodoxos. Achavam que Simon havia aconselhado Ugo a esconder isso. Queriam saber o que era.

Estou farto de segredos.

— A Quarta Cruzada. Nós roubamos o sudário dos ortodoxos em 1204.

— Não. Não era isso.

Fico surpreso.

— Michael, eu tenho certeza disso.

Michael é católico apostólico romano. Mesmo tendo trabalhado durante anos com meu pai, pode ser que não compreenda a importância de 1204 para o Oriente.

Mas ele balança a cabeça.

— Foi alguma coisa que Nogara encontrou no Diatessarão.

— Impossível. Eu trabalhei com Ugo no Diatessarão por um mês inteiro.

— Você tem sorte, então — retruca ele, depois de reagir ao meu comentário com um assobio.

— Sorte?

— Que o cardeal Boia não encontrou você antes. Era você que ele deveria estar procurando desde o início.

Talvez ele se sinta traído por Boia. Atacado por seu próprio mestre. Pergunto-me o motivo de isso ter acontecido.

— Por que você estava naquele aeroporto? — pergunto. — Estava ajudando Simon?

Michael se irrita.

— Eu já disse.

— Disse o quê?

— Que não posso falar sobre o que aconteceu.

Jogo a cabeça para trás. Havia esquecido. Outro juramento.

— Eu disse isso ao advogado também — continua. — Não vou responder a perguntas sobre esse assunto no tribunal.

— Quebre o juramento. Conte a verdade aos juízes.

De repente sua voz transborda raiva.

— Eu e o seu advogado já definimos isso. Não estou aqui para repassar tudo com você.

— Então, por que está aqui?

— Porque recebi ordens para vir.

Sinto um calafrio.

— Do que você está falando?

— O cardeal Boia me telefonou hoje. Ele sabe que estou na cidade.

— Como isso é possível?

— Seu advogado pôs meu nome num documento qualquer.

— Sua Eminência ameaçou você?

— Não. Só me advertiu. E depois me perguntou como poderia chegar a *você*.

Sinto a pulsação acelerada.

— Como assim, chegar a mim?

— Ele disse que você ficou gritando embaixo da janela dele hoje.

— Eu só estava tentando...

— Chamar a atenção dele? Bem, funcionou.

— O que você quer dizer?

— Sua Eminência quer se encontrar com você.

Olho em torno, nervoso.

— Agora?

Michael bufa.

— Amanhã de manhã, antes da reabertura do julgamento. Às sete e meia nos aposentos dele.

— Por quê?

— Não sei. Mas, para o seu bem, espero que as coisas corram melhor do que no meu encontro no aeroporto.

Capítulo 31

Balbucio mais algumas perguntas, mas Michael não me dá as respostas. O nome do cardeal Boia exerce um estranho efeito sobre ele. Ele começa a preencher os silêncios com elogios ao chefe. Boia, o grande homem. O defensor da tradição. E depois, à sua política: a reunificação com os ortodoxos enfraqueceria nossa Igreja, diluiria o significado do que é ser católico, faria do papa apenas mais um dos patriarcas deles. A irracionalidade de Michael está de volta.

Sinto o corpo suado. A friagem penetra minha pele. Finalmente, digo:

— Já ouvi o bastante, Michael. Vou embora.

Sinto que ele me observa enquanto me afasto. Se conhecesse qualquer outro caminho para sair desta basílica à noite, eu o escolheria. Volto para casa sem tirar a mão do celular. Mais de uma vez, penso em telefonar a Mignatto, mas sei o que ele diria: para não dar ouvidos a Michael e não me encontrar com Boia.

Busco Peter no apartamento do farmacêutico. Ainda está completamente acordado. Raras vezes eu o vi tão ansioso por deixar a companhia do irmão Samuel.

— Em que você está pensando?

Ele mal espera eu terminar a pergunta.

— A gente pode ligar para a mamãe?

— Peter, hoje não.

Ele faz uma cara emburrada. Deve achar que eu o estou provocando. Depois de um dia inteiro separados, não é possível que eu lhe negue justamente o que ele mais esperava.

— Precisamos conversar sobre uma coisa — digo.

Mando Peter ir ao banheiro lavar o rosto e escovar os dentes e depois me encontrar na cama. Ele parece angustiado, mas obedece.

Abro a Bíblia que mantemos ao lado de um ícone da Theotokos. Com serenidade, ela me observa virar as páginas. Quem me dera compartilhar de sua tranquilidade.

Peter volta cheirando à pasta de dentes de gengibre com menta que ele adora. Fica só de cueca, sobe na cama e puxa o lençol até o pescoço.

— Peter, eu quero falar com você sobre o que está acontecendo com o tio Simon.

Ele olha fixo para mim. Seus olhos, de repente, se enchem de inocência, da coragem trêmula que só uma criança pode sentir diante da impotência para deter as coisas que teme.

— Você se lembra do Sr. Nogara? — pergunto.

Ele assente.

— Há cinco dias, o Sr. Nogara morreu.

Na testa de Peter forma-se uma ruga. Espero-o dizer algo.

— Por quê? — diz ele.

Por quê. A pergunta que estou tão longe de conseguir responder.

— Não há razão para ficar com medo. Você sabe o que acontece quando morremos.

— Vamos para casa.

Assinto com a cabeça, e preciso fazer um esforço colossal para esconder minha comoção.

— Agora você precisa saber uma coisa sobre a morte dele. — Passo a mão no cabelo de Peter. — Não sabemos o motivo. Algumas pessoas estão dizendo que foi culpa do Simon. Acham que ele machucou o Sr. Nogara.

Um a um, sinto seus músculos ficarem tensos. Sinto que ele começa a tremer.

— Não tenha medo — repito. — Nós conhecemos Simon, certo?
Ele assente, mas seu corpo continua tenso.

— Na verdade, sabe aonde eu fui hoje? A um lugar onde ouvi pessoas que vieram de todas as partes da Itália só para falar do Simon. E sabe o que algumas falaram?

— Qual é o nome desse lugar?

Hesito em dizer.

— Era um dos palácios. — Faço um gesto. — Fica naquela direção.

— O palácio do *prozio*?

— Não, é outro. Vieram bispos e arcebispos, até cardeais, e sabe o que eles disseram? Que Simon é uma pessoa muito boa. Que eles sabem tanto quanto nós que ele *nunca* machucaria ninguém. Muito menos o próprio amigo.

Peter assente com mais veemência, mas só porque quer atender às minhas expectativas. Quer mostrar que é forte o bastante para suportar essa notícia horrível. Abraço-o e o aperto contra o peito para mostrar que ele não precisa ser adulto esta noite. O alívio é tão instantâneo que meu filho irrompe em lágrimas.

— Eu sei — digo, acariciando seu cabelo e sentindo suas lágrimas quentes molharem minha batina. — Eu sei.

Inconscientemente, Peter chora como uma criança muito mais nova.

— Ah, meu garoto — digo, sentindo a estranha plenitude que só existe nesses momentos de pura dependência. Eu sou dele. Deus me fez para essa criança.

Do criado-mudo, a Theotokos lança seu olhar protetor sobre a Bíblia aberta. O título do capítulo é: δίκη του Ιησού. *O julgamento de Jesus.* Já o lemos muitas vezes. Mas, quando o lermos esta noite, espero que Peter comece a compreender a situação. Não há como saber o que acontecerá em meu encontro com o cardeal Boia amanhã. Assumirei um risco de que ambos podemos nos arrepender, mas esta noite tenho a oportunidade de lhe explicar, de um jeito que ele um dia entenderá, por que preciso fazer isso.

É pelo exemplo dos discípulos que se vive uma vida cristã. Imitando as virtudes deles, mas também aprendendo com seus defeitos. Quando se confrontaram com a prisão e o julgamento do homem em que acreditavam, os discípulos o abandonaram, temerosos. Puseram a própria segurança e o veredito de seus sacerdotes acima da própria consciência.

Acredito em meu irmão mais do que em qualquer outra coisa neste mundo, exceto o amor deste garotinho. E jamais abandonarei nenhum dos dois.

Então, que seja esta a lição que fica entre nós. O que eu estou fazendo por Simon, também o faria por você. Há uma única lei em Deus: o amor.

Isto é o amor.

Peter chora, e eu o abraço. E só o soltarei quando ele dormir.

PARA MIM, o sono não chega. No meio da noite, caminho até a sala e me sento no sofá. Observo a lua pela janela. E rezo.

Antes do amanhecer, ponho a cafeteira italiana no fogo. No apartamento ao lado, os irmãos já estão de banho tomado às quinze para as sete, quando peço que fiquem com Peter novamente. Deixo seu copo favorito de super-herói sobre a mesa da cozinha, ao lado da garrafa de plástico com o resto de Fanta. Escrevo um recado, escolhendo as palavras que sei que ele entenderá facilmente.

Peter,

Fui ajudar Simon. Volto assim que puder. Se você precisar falar comigo, o irmão Samuel pode emprestar o telefone dele. Quando eu chegar em casa, vamos ligar para a mamãe. Prometo.

Com amor,
Babbo

Olho de novo para essas palavras e sinto um aperto no peito. *Quando eu chegar em casa...* Estou tão contente de estar de volta. Minha família mora neste apartamento há mais de vinte anos. É o único lugar onde ainda sinto a presença de meus pais. Todavia, sei que Boia encontraria um jeito de tirá-lo de nós, se assim desejasse. Poderia cedê-lo a outra família. Nem Lucio conseguiria impedi-lo. Boia poderia fazer o pré-seminário me despedir, o que me forçaria a ir embora do Vaticano para economizar dinheiro. Eu e Peter perderíamos o direito de comprar alimentos com isenção de impostos, de abastecer o carro no Vaticano por metade do preço da gasolina de Roma e de usar o estacionamento grátis, de modo que não poderíamos continuar tendo um carro. João Paulo paga uma pequena quantia extra a todos os trabalhadores que têm filhos. Se eu perdesse essa pensão também, juntamente com meu trabalho, eu e Peter não teríamos nada. Minhas economias durariam apenas alguns meses. O que estou prestes a fazer é o certo. Sei disso, mas imploro a Deus que não deixe Peter sofrer por minha decisão.

A caminho do palácio, vejo arcebispos passarem dentro de sedãs com motoristas. Trabalhadores leigos pilotam suas Vespas a toda a velocidade. Freiras pedalam bicicletas. Ando apressado pela calçada, tentando não pensar em minha própria insignificância. No primeiro posto de segurança, os gendarmes sorriem desdenhosos quando digo:

— Tenho um encontro com o cardeal Boia.

Mas eles fazem uma ligação, e eu estou na lista. Sem uma palavra, deixam-me passar.

Meu coração acelera quando chego ao pátio da Secretaria de Estado. Não sei que caminho seguir daqui em diante. Gianni me disse que havia uma arcada que conduzia ao pátio privativo e ao elevador, mas ela está fechada por portas enormes. Sou obrigado a voltar pelo caminho de onde vim e tomar o único elevador que conheço, o dos escritórios da Secretaria.

As portas se abrem para um mundo diferente. Estes corredores têm quinhentos anos. Foram construídos em escala colossal: têm sessenta metros de comprimento por oito de altura. Os tetos foram pintados por Rafael. Os padres que circulam por aqui trabalham para a Secretaria de Estado. Foram os melhores alunos da turma nos seminários onde estudaram, celebridades em suas dioceses de origem, homens para quem as aulas de idiomas na Academia não eram mais difíceis que as de etiqueta. Mesmo assim, muitos deles não vão chegar a lugar algum. O lema aqui é que uma nova porta se abre toda vez que se empurra alguém da janela. Fico pensando que este lugar nunca foi para meu irmão. Esses padres não valem o chão que ele pisa. Simon já provou que tem vocação para coisas maiores. Todavia, eles o empurrarão da janela ao primeiro sinal de fraqueza.

Chego à última ala do palácio. No último posto de controle, os guardas suíços fazem uma ligação. Agora estou perto de ver Simon. Mantenho-o em meus pensamentos a cada passo que dou. Caso contrário, o que estou prestes a fazer me deixaria aterrorizado.

Um secretário me saúda à porta. É magro como um cajado, e sua batina é tão cara que cintila como seda. Tem as mãos unidas em uma postura meio de súplica, meio de oração, da qual os padres da Secretaria se valem para impedir as pessoas de abraçá-los. Depois de me saudar com uma reverência quase imperceptível, ele me conduz até uma biblioteca. Nada, nem mesmo o palácio de Lucio, havia me preparado para algo como aquilo.

Sobre o chão, estira-se um tapete persa vermelho do tamanho de um pequeno pátio. As paredes são cobertas de damasco dourado, assim como as portas, cujo acabamento, tão perfeito que lembra o das tampas das caixas de joias, faz com que elas se confundam com a parede quando fechadas. As cadeiras, os tamboretes e os candelabros são banhados a ouro. Simon me falou de lugares na Secretaria de Estado onde a tapeçaria foi presente de reis da Renascença, e o ouro, trazido da América por Colombo. Mas o secretário não se dá ao trabalho de me deslumbrar com os fatos. Limita-se a me conduzir até uma mesa de reuniões no meio da biblioteca e me instrui a esperar sentado ali, a um braço de distância da cadeira posicionada à cabeceira. Em seguida, vai embora.

Segundos depois, abre-se uma porta no fundo da biblioteca. E um grande vulto negro adentra a sala.

Capítulo 32

Assistir à aproximação do cardeal Boia é como ficar no caminho de um rolo compressor. Seu corpo preenche todo o vão da porta, impedindo que a luz entre na sala. "Prepotente", é como as pessoas o chamam: despótico, arrogante, ameaçador. Um homem do tamanho de dois homens e com o ego de três.

Levanto-me. Um cardeal sempre espera que seus inferiores se curvem diante dele ou beijem seu anel. Não quero iniciar essa conversa com um gesto de submissão, mas seria pior se eu ignorasse o protocolo.

Boia, no entanto, não se dá ao trabalho. Vai direto para a mesa, pousa nela um maço de papéis e um gravador, e diz:

— A exposição começa em doze horas. Se seu irmão deseja minha ajuda, o tempo está se esgotando.

— Vossa Eminência, eu não vou ajudá-lo se não puder ver Simon primeiro.

Boia faz um gesto abrupto com a mão, como que para afastar minhas palavras.

— Minha oferta é esta. Me dê o que quero, e protegerei seu irmão do julgamento. Do contrário, cuidarei para que ele perca o sacerdócio.

Não sei o que dizer. Todo mundo sabe que tipo de homem é o cardeal Boia. Seu primo foi preso por envolvimento em um esquema de sonegação de impostos em Nápoles. Seu irmão, um bispo da Sicília, foi condenado por enriquecer os parentes dando-lhes propriedades que pertenciam à Igreja. O próprio Boia usa de sua influência para apoiar projetos patrocinados por ricos grupos religiosos, que lhe agradecem com envelopes de dinheiro. Ele é a imagem do velho Vaticano. Por mais de uma década, destruiu todos os cardeais que ambicionaram seu cargo por um minuto sequer.

Ele põe de lado o gravador, como se tivesse decidido não registrar a conversa. Seus dedos começam a passear pelo maço de papéis. Gordos como salsichas, erguem folhas e mais folhas até ele encontrar o que procura. Por fim, ele empurra duas pastas na minha direção. Nas etiquetas, lê-se: ANDREOU, S. e BLACK, M.

Sinto que já estou perdendo terreno. Mignatto tenta pôr as mãos nessas fichas pessoais há dias.

Então, Boia empurra um papel branco quadrado até o centro da mesa. Um envelope com um DVD. No disco está escrito CÂMERA DE SEGURANÇA B-E-9.

Sinto os olhos dele fixos em mim enquanto fito o disco. Quer ver a fraqueza em meu rosto. Esta é a prova crucial que nunca veio à tona. Eu presumia que essa gravação de Castel Gandolfo estava nas mãos do anjo da guarda de Simon.

— São cópias — explica ele. — Os originais estão a caminho do tribunal e entrarão como provas no processo se eu não tiver o que quero até o fim deste encontro.

Minha força de vontade está se esvaindo.

— Eu sei que meu irmão está aqui. Quero vê-lo.

— Seu irmão *não* está aqui — resmunga o cardeal Boia.

No tom de voz mais frio possível, retruco:

— Os guardas suíços dos postos de controle viram o carro que o levava entrando neste palácio. Eu sei que ele está aqui.

Boia vocifera uma palavra. Com muita dificuldade, percebo que ele pronunciou um nome: Testa. Imediatamente, seu secretário aparece à porta.

— O padre Andreou quer ver o irmão — ordena Boia.

O monsenhor hesita.

— Mas Vossa Eminência...

— Mostre-o. Agora.

Testa põe-se a abrir as cortinas. A luz do sol penetra no ambiente. De repente, as janelas da fachada norte revelam pequenas sacadas que dão para o pátio privativo lá embaixo.

— Siga-me, padre — pede ele.

O monsenhor me leva até um corredor repleto de portas que dão para outros corredores e abre-as uma a uma. Cada corredor leva a outro, que se ramifica em outra direção. A planta do lugar é tão confusa que Simon pode estar em um quarto que me passou despercebido.

— Onde ele está? — pergunto.

Testa me mostra a sala de jantar e a cozinha. A capela e a sacristia. Até seu próprio quarto. Quer deixar claro que Simon não está aqui.

Exijo, então, que ele me mostre o quarto do cardeal Boia.

— Isso está fora de cogitação — responde Testa.

Mas sinto a presença de Boia no vão da porta novamente.

— Faça o que o padre Andreou está pedindo — ordena ele.

Não adianta. Simon não vai estar em nenhum lugar que eles estejam dispostos a me mostrar.

— Sei que ele está aqui — insisto. — Conversei com o motorista que o trouxe até o elevador privativo.

Boia se vira de repente. Pela primeira vez, seus olhos revelam uma aspereza feroz. Cometi um erro. Só não sei qual foi.

— Venha até aqui, padre — ordena, indo até uma das sacadas acima do pátio interno. Apontando, continua: — Está vendo aquilo lá?

Do outro lado do pátio, perto da arcada de entrada, vejo o que parece ser uma chaminé que vai do chão até o telhado.

— Aquilo é o fosso do elevador — explica Boia. — Agora venha comigo.

Damos uma volta pelos corredores até nos reaproximarmos da entrada.

— Percebeu alguma coisa? — pergunta ele, indicando a parede interna.

Não há nenhuma porta. Nenhum elevador.

Boia resfolega como um touro.

— O elevador conduz a um único lugar. Muito bem, agora você sabe quem está com seu irmão.

QUANDO ELE ME conduz de volta à mesa de negociação, ouço-o pedir a Testa que instrua as freiras a trazerem algo para bebermos. E para comermos. Vejo-o pousar a mão na minha cadeira, não exatamente puxando-a para mim, mas fazendo um pequeno gesto de hospitalidade. Percebo que sua voz se abranda quando ele me diz que entendi tudo errado. Agora sabe que não precisa mais me pressionar. Os fatos já cuidaram disso.

— Você realmente acreditava que ele era inocente? — pergunta Boia.

— Eu *sei* que ele é inocente.

Sua Eminência esboça um sorriso.

— Não me referi ao seu irmão. — E aponta para cima. — Eu me referi a *ele*.

— Por que o Santo Padre submeteria meu irmão à prisão domiciliar?

— Porque não pode correr o risco de um escândalo com tantos convidados importantes na cidade, e tenho certeza de que ele pensou que seu irmão sucumbiria e contaria a verdade a ele.

Balanço a cabeça.

— O Santo Padre deve ter prendido Simon para mantê-lo longe do *senhor*. Do processo que o senhor abriu contra ele.

— Se *eu* tivesse aberto esse processo, pode ter certeza de que as testemunhas não seriam proibidas de falar sobre a exposição — retruca

Boia em tom ácido. — Punir seu irmão é muito menos importante para mim do que saber o que Nogara escondia.

Olho para ele, boquiaberto.

— Como sabe que as testemunhas foram proibidas de falar sobre a exposição?

Ele ignora minha pergunta.

— O Santo Padre abriu o processo porque quer saber se seu irmão matou Nogara, mas não permite que falem da exposição porque não quer que eu saiba de seus planos para hoje à noite. Ele está tão ocupado escondendo esse segredo de mim que não percebe que Nogara estava escondendo um segredo *dele*.

— Foi por isso que o senhor me convidou para vir aqui? — pergunto, enojado.

Sua Eminência junta as mãos.

— Você e seu irmão têm algo que eu quero: sabem o que Nogara descobriu. E, em troca, tenho algo que *vocês* querem.

Olho para as provas sobre a mesa. Então é assim que o anjo da guarda de Simon atende às preces.

— Muitas semanas atrás — prossegue o cardeal Boia —, quando fiquei sabendo o que seu irmão tinha começado a fazer junto aos ortodoxos, pedi ao Santo Padre que o chamasse de volta a Roma para responder por suas ações. Pensei que o problema estava resolvido, mas dez dias depois fui informado de que seu irmão continuava fazendo viagens, então tive de encontrar uma solução por conta própria.

A última frase sai em um tom de voz irritado, como se João Paulo tivesse tornado a questão pessoal. Pergunto-me se a solução mencionada por Boia não terá sido uma alusão ao ataque a Michael Black.

— Por que o senhor está lutando contra o Santo Padre? Ele quer os ortodoxos aqui.

Sua Eminência ergue a mão e flexiona um dedo. Não entendo o significado do gesto. Então vejo duas freiras esperando junto à porta atrás de mim. Com a permissão do cardeal, elas entram trazendo xícaras pequenas e um prato com chocolates. Logo se retiram, e Boia toma o espresso e limpa a boca com um guardanapo. Depois, afasta a cadeira e reclina seu corpo volumoso.

— A ideia parece linda, não? — pergunta ele, unindo as mãos carnudas. — Duas igrejas reunificadas mil anos depois? — Ele sorri.

— Mas você dá aulas sobre os evangelhos. É o professor de quem Nogara falava. Você sabe que não é isso que dizem as Escrituras.

Cerro os punhos por debaixo da mesa.

— O que as Escrituras dizem é: "Todo o reino dividido contra si mesmo é devastado; e toda a cidade, ou casa, dividida contra si mesma não subsistirá." — Por um momento, o cardeal Boia sorri inconscientemente. Em seguida, diz algo inesperado: — Diga-me uma coisa: o que faz o "discípulo que Jesus amava"? No quarto evangelho, o que o distingue dos outros?

Não consigo imaginar o que ele quer dizer. O "discípulo que Jesus amava" é um personagem misterioso que aparece somente no evangelho de João. Nunca se diz seu nome, apenas esse título.

Sem esperar resposta, Boia continua:

— Quando Jesus é preso e levado diante do sumo sacerdote, o discípulo que Ele ama o acompanha, embora o próprio Pedro não vá. Quando Jesus é crucificado, o discípulo amado permanece ao pé da cruz, embora Pedro não esteja ali. Quando Pedro corre para ver o sepulcro de Jesus vazio, o discípulo amado corre mais rápido e chega antes dele. Os outros evangelhos nunca mencionam esse sujeito. Dizem que somente Pedro seguiu Jesus até o sumo sacerdote. Somente Pedro correu até o sepulcro vazio. Havia apenas um líder dos discípulos: Pedro. Portanto, como pode o evangelho de João atribuir-se a condição de testemunha desse homem, o discípulo amado, se ele parece sequer ter existido?

Começo a responder o que ele já sabe — que o discípulo amado é uma criação literária, uma tentativa de explicar por que o evangelho de João é tão diferente —, mas Sua Eminência me interrompe.

— Ele é uma ficção, uma forma que algum outro grupo de cristãos encontrou para dizer: "Nós somos importantes também. O que dizemos é digno de atenção. Somos tão importantes quanto Pedro." Mas a verdade é que eles *não eram* tão importantes quanto Pedro. Nosso Senhor fundou a Igreja com Pedro como líder. Os outros evangelhos são claros quanto a isso. Entretanto, esses patriarcas ortodoxos dizem a mesma coisa: "Nós descendemos de apóstolos também. Somos tão importantes quanto o papa." Mas não são. Houve apenas um Pedro, e Pedro tem apenas um sucessor: o papa. Ninguém se senta à mesa com ele. Essa era a vontade de Nosso Senhor, e eu vou fazer tudo ao meu alcance para manter as coisas como são.

Fico sem palavras. Em nenhum lugar dos evangelhos se menciona nada do que vejo ao meu redor. Palácios. Cardeais. Secretários de Estado. Nada. Boia é a ficção. O homem que se apropria do poder, um personagem que não tem raízes nas Escrituras.

— Muito bem — prossegue ele, debruçando-se na mesa outra vez —, seu irmão precisa da minha ajuda. Conte o que quero saber, e eu deixarei em suas mãos os originais dessas provas. — Ele ergue o canto do lábio superior. — Você pode queimá-las aqui mesmo em minha lareira.

Ele está certo. Sem essas provas, o tribunal não conseguirá condenar Simon. Mas não tenho nada para lhe oferecer em troca. Apenas a verdade.

Quando eu hesito, os olhos de Boia brilham como se eu estivesse prestes a lhe dar a informação que João Paulo não conseguiu tirar de Simon. E eu daria, se tivesse as respostas que ele deseja.

— Nogara nunca me contou o que descobriu — confesso. — E acho que não contou a Simon.

O cardeal semicerra os olhos.

— Na verdade — continuo —, até onde sei, a única descoberta controversa que Ugo fez foi sobre a Quarta Cruzada.

Boia ergue o dedo.

— Não minta para mim! *Você* dá aula sobre os evangelhos. Foi *você* quem ensinou tudo a Nogara. Você sabe a verdade.

Fito-o com olhar de negação.

Sem tirar os olhos de mim por um segundo sequer, Boia pousa a mão sobre o gravador, cobrindo-o por completo. Seu polegar pressiona um botão, e, de repente, ouço uma voz mecânica.

Terça-feira, três de agosto. Dezesseis horas e dezessete minutos.

Uma pausa, e depois:

Simon, é o Ugo de novo. Onde diabos você está? Por que não atende o telefone?

Sua voz é quase irreconhecível, tão abalada e cheia de ódio que parece trêmula.

Não vou modificar as galerias. Você e seu tio não têm minha permissão para alterar uma única vírgula da exposição. O objetivo do meu trabalho é mostrar a verdade. Não satisfazer a agendas políticas.

Segue-se um longo silêncio. Minhas mãos agarram a batina. Este é o mesmo Ugo de que me lembro, destemido em busca da verdade, mas com uma ferocidade assustadora, insólita. Sua voz está ainda mais agressiva do que na ocasião em que nos encontramos no terraço da Basílica de São Pedro e ele me disse que não me deixaria mais participar do trabalho. Mas isso não é nada comparado ao que se segue.

Quando ele volta a falar, sua voz está transfigurada. A ferocidade desapareceu. É como se não restasse nele praticamente nenhum sinal de vida.

Esqueça. Não importa. A única razão por que estou telefonando é para dizer que acabou, Simon. A data de 1204 é irrelevante. A exposição não pode prosseguir. Vou enviar uma coisa para você pelo correio, uma coisa que explica o que eu descobri. Leia atentamente e... e me ligue, Simon. Pelo amor de Deus, me ligue.

O cardeal Boia interrompe a reprodução. Só consigo olhar para ele, aterrorizado. Então foi isso que a corte reconheceu como prova ontem, depois que Corvi confirmou que a voz era realmente de Ugo.

— O senhor grampeou o telefone do Simon — constato.

Ainda não consigo acreditar no que ouvi. Ugo parecia tão enraivecido.

— Essa mensagem de voz chegou até mim quase imediatamente. Assim, pude ordenar que a correspondência de seu irmão na nunciatura fosse aberta e copiada antes de ser entregue.

Ele tira outra folha do maço e a empurra sobre a mesa na minha direção. Sinto um aperto no peito.

— Sua reação indica que você a reconhece — diz o cardeal.

É uma fotocópia da carta que encontrei na agenda de Simon. A carta que Ugo escreveu sobre o encontro na Casina.

O dedo de Boia indica uma linha em particular.

Levei muito a sério as lições sobre os evangelhos com Alex.

Provavelmente, foi assim que Boia ficou sabendo quem eu era.

— A carta é bem clara — comenta Sua Eminência. — Nogara disse que havia anexado uma prova. Então, onde está ela?

— Não sei.

— Você e seu irmão estão brincando comigo. Não havia nada no envelope, exceto esta folha. Nem sei por que me dei ao trabalho de fechá-lo novamente.

— Não tenho a mínima ideia do que Ugo encontrou.

— *Pare de mentir.*

Fito a carta com um olhar ausente. Aos poucos me dou conta de que ela não é o que parece ser.

— Testa! — vocifera Boia.

O monsenhor aparece de pronto.

— Tire esse homem daqui.

— Por favor, não faça isso. O senhor está condenando um padre inocente.

Mas ele se vira para mim e aponta para a carta em minha mão.

— Vou descobrir o que Nogara sabia. Você acaba de pôr fim ao futuro do seu irmão na Igreja.

Capítulo 33

A carta. Assim que me vejo sozinho, abro-a novamente. Na colina acima dos museus, onde carros e caminhões entram e saem em meio aos preparativos para a exposição de Ugo, eu a releio.

> 3 de agosto de 2004
>
> Caro Simon,

Marcos 14, 44-46	*Há algumas semanas você me disse que*
João 18, 4-6	*esse encontro não seria adiado — embora eu achasse que*
Mateus 27, 32	*você estava fora, a trabalho. Agora percebo que você estava*
João 19, 17	*falando sério. Eu poderia dizer que estou pronto, mas estaria*
Lucas 19, 35	*mentindo. Há mais de um mês que você quer me privar de*
João 12, 14-15	*sua presença por causa dessas viagens — sei que é difícil para você —, mas precisa compreender que também tive os meus fardos. Tenho me virado para montar*
Mateus 26, 17	*minha exposição. Mudar tudo para*
João 19, 14	*que você possa ter sucesso nesse encontro na Casina. Sim, ainda quero mostrar ao público a atração principal. Mas também sinto que, ao fazê-lo, serei obrigado a*
Marcos 15, 40-41	*demonstrar boa vontade para com os ortodoxos por meio de algum grande gesto pessoal. Pelos últimos dois anos, dediquei minha existência a essa exposição. Agora, você acabou com*

João 19, 25-27	meus problemas e deu a meu trabalho um público muito maior. Isso é maravilhoso, claro, e dá a esse evento uma importância enorme. Esse será o momento em que entregarei minha cria ao mundo. O momento em que, com um grande floreio, darei sentido a
Mateus 27, 48	minha vida. Portanto, preciso compartilhar com você o que <u>eu</u> fiz enquanto você estava viajando. Espero que
João 19, 28-29	coincida com sua agenda para o encontro. Em primeiro lugar, levei muito a sério as lições sobre os evangelhos com Alex. Tenho estudado as Escrituras dia e noite. Também continuei trabalhando no Diatessarão. Essas duas frentes de investigação, juntas, foram muito recompensadoras. Prepare-se, porque vou usar uma palavra que, nessa etapa tardia do processo, espero que
Marcos 15, 45-46	o deixe assombrado. Eu fiz uma <u>descoberta</u>. Sim. O que descobri invalida tudo o que eu acreditava saber sobre o Santo Sudário. Põe abaixo o que ambos esperávamos que seria a mensagem central de minha
João 19, 38-40	apresentação. Poderá surpreender — e até chocar — as pessoas que você convidou para a
Lucas 24, 36-40	exposição. Pois prova que o Santo Sudário
João 20, 19-20	tem um passado sombrio. O resultado das análises radiométricas acabou com os estudos sobre a história do sudário antes de 1300 d.C. Agora, porém, à medida que esse passado vem à tona, acredito que uma pequena minoria do nosso público poderá considerar a verdade mais difícil de aceitar do que a antiga ideia de que o sudário
Lucas 23, 46-47	é falso. O estudo do Diatessarão me fez compreender o gigantesco equívoco de que somos culpados. O mesmo equívoco, na realidade, que revela a verdade sobre o sudário.

> *Minha descoberta está assinalada nas provas anexadas a esta carta. Por favor, leia-as com atenção, porque é isso que direi aos seus amigos na Casina. Mande lembranças a Michael, que se tornou seu seguidor mais próximo, pelo que fiquei sabendo.*

João 19, 34   Seu amigo,

                Ugo

Desta vez, a leitura me deixa ansioso e angustiado. Algo aqui não está certo. Quatro dias depois de escrever a carta, Ugo me enviou aquele último e-mail desesperado. No mesmo dia em que a escreveu, deixou uma mensagem de voz colérica na secretária de Simon. O Ugo calmo e entusiasmado dessa carta é uma fachada. Uma ilusão.

Por que enviar uma mensagem como essa pelo correio? Por que discutir abertamente o encontro com os ortodoxos na Casina? Parece um ato quase proposital para atrair as atenções para o encontro. E, se foi Ugo quem fez com que o evento acabasse no radar do cardeal Boia, provocando de uma hora para outra a intensificação da segurança e, depois, a transferência do local para Castel Gandolfo, então das duas uma: ou o fez por descuido, ou por malícia.

Segundo Ugo, havia uma prova naquele envelope, mas Boia disse que nada foi encontrado em seu interior além da carta. *Leia atentamente*, disse Ugo na mensagem de voz. E repetiu praticamente as mesmas palavras na carta. Algo me diz que, se eu fizer isso, de algum modo encontrarei a verdade bem diante de meus olhos.

Analiso os versículos dos evangelhos listados na coluna da esquerda, perguntando-me o que posso ter deixado passar. Eu e Ugo usávamos esse tipo de papel durante as lições. Quando dois evangelhos contavam a mesma história de maneiras diferentes, Ugo anotava no papel os versículos e os comparava. Isso me faz pensar se o corpo da carta não passa de uma distração, uma ferramenta para desviar a atenção. Se não é a sucessão de versículos o que realmente importa.

Então passo a sondar a coluna da esquerda. A primeira anotação é Marcos 14, 44-46, que descreve como Jesus foi preso antes do julgamento. Surgiu um grupo de pessoas armadas, e Judas identificou Jesus para as autoridades mediante o infame beijo da traição. Os relatos de Mateus e Lucas sobre esses acontecimentos coincidem com o de Marcos, mas a escolha imediatamente posterior de Ugo é a versão de João. Nesta, Judas não beija ninguém. Jesus dá um passo à frente por vontade própria, e o grupo exige saber quem é Jesus de Nazaré. Em uma reviravolta reveladora, a resposta dele em duas palavras — SOU EU — surpreende a todos.

João está afirmando uma verdade teológica: "SOU EU" é o nome místico do próprio Deus. No Antigo Testamento, Moisés ouve a sarça ardente ordenar: "Eis como responderás aos israelitas: EU SOU enviou-me junto de vós." Jesus é esse mesmo Deus. Mas Ugo também deve estar fazendo uma afirmação importante: o versículo de Marcos comprova que o versículo de João é teológico. Expressa uma verdade espiritual, mas o fato nunca aconteceu.

Os dois versículos seguintes funcionam do mesmo modo. Jesus é conduzido ao local da crucificação, mas, depois de ser açoitado e espancado, está fraco demais para carregar a cruz, e ela tem de ser levada por um transeunte, um homem chamado Simão de Cirene. O relato de Lucas coincide com o de Mateus e também com o de Marcos, que chega a nomear dois dos filhos de Simão para não restarem dúvidas sobre quem ele era. Outra vez, porém, Ugo escolheu o versículo equivalente de João, também de cunho teológico. Uma vez que Jesus está carregando sobre os ombros o fardo de todos nós — uma vez que ele está prestes a morrer pelo bem de toda a humanidade —, João não abre espaço para um personagem que carregue a cruz para ele. Assim, Simão de Cirene desaparece do texto. Em vez de contar a mesma história, João diz: "Levaram então consigo Jesus. Ele próprio carregava a sua cruz..." Ugo está defendendo a mesma tese de antes: João alterou os fatos para passar uma mensagem espiritual.

À medida que examino a coluna dos versículos, percebo que esse padrão se repete sistematicamente. Percebo também que muitos dos versículos anotados aqui são os mesmos do diagrama que Ugo tinha feito com o desenho de um caduceu. Giram em torno de dois poderosos símbolos do Antigo Testamento — o Bom Pastor e o Cordeiro de Deus —, os quais João evoca para responder à mais difícil das perguntas do cristianismo: por que Jesus, sendo todo-poderoso, deixou que o crucificássemos? Esses símbolos parecem acompanhar Jesus até os últimos dias de sua vida. Segundo João, Jesus entra em Jerusalém montando um jumentinho, exatamente como o Bom Pastor do Antigo Testamento. Ainda segundo João, quando Jesus está morrendo na cruz, oferecem a ele uma esponja embebida em vinagre e atada a uma vara de hissopo, uma plantinha muito delicada que jamais teria suportado o peso de uma esponja. Nos outros evangelhos, diz-se que a esponja foi erguida sobre uma vara, mas João está mais interessado no simbolismo, e o hissopo era a planta que os antigos judeus usavam para marcar o batente das portas com sangue de cordeiro durante a Páscoa. João altera até o dia da morte de Jesus, para que o Cordeiro de Deus seja crucificado no mesmo dia em que os cordeiros da Páscoa são sacrificados.

Essa obsessão com o Bom Pastor e o Cordeiro de Deus é tão evidente nas escolhas de Ugo que isso só pode ter um significado. Mesmo assim, ainda não consigo enxergar como esses versículos podem mostrar algo que ele tenha descoberto. De qualquer modo, sinto-me muito próximo de entender algo que não havia percebido, e isso me deixa desconfortável.

No primeiro dia do julgamento, o assistente de Ugo, Bachmeier, relatou perante a corte que Simon havia feito uma coisa estranha ao receber a incumbência de supervisionar a exposição: removeu uma das ampliações fotográficas do Diatessarão que Ugo mandara fazer.

Na hora, a acusação pareceu absurda. Agora, porém, fico imaginando se os versículos que figuravam naquela página não têm alguma relação com os anotados nesta carta. Se a prova de Ugo, seja qual for, depende da combinação desses *dois* elementos.

O tempo está contra mim. O julgamento já começou há meia hora. Preciso voltar correndo ao Palácio do Tribunal.

Capítulo 34

Quando chego, encontro Mignatto andando em círculos no pátio.
— Por que se atrasou? — reclama ele.
— Por que o senhor está aqui fora?
— A sessão está em recesso — responde, com raiva. — Para os juízes poderem examinar as novas provas.
Boia.
— A carta — digo.
— E o vídeo da câmera de segurança. E as fichas pessoais.
— Monsenhor, precisamos conversar.
Nesse momento, porém, os gendarmes abrem as portas.
— Não. Você precisa entrar — retruca Mignatto. — A sessão vai recomeçar.

DEPOIS QUE TODOS estão sentados, os gendarmes trazem Michael Black, que se senta à mesa das testemunhas no centro da sala e toma um gole d'água de um copo que já está pela metade. Seu depoimento deve ter sido interrompido pela chegada das provas.

Tento sussurrar para Michael, mas Mignatto aperta meu braço. Dou outra olhada na fotocópia da carta de Ugo, e um pensamento passa pela minha cabeça.

O cardeal Boia comparou os patriarcas ortodoxos ao "discípulo que Jesus amava". Tinha em mente o evangelho de João. Talvez estivesse tentando desvendar a carta de Ugo também.

Escrevo uma anotação no bloco à minha frente — *Preciso ligar para o meu tio* — e deslizo-o até Mignatto.

Lucio estava nos museus com Simon naquele dia. Se meu irmão removeu a ampliação fotográfica, Lucio deve saber onde ele a colocou.

Mignatto cochicha algo que soa como um "tarde demais". Meus olhos percorrem a sala de audiência para ver se Lucio se encontra entre os presentes, mas o único espectador é o arcebispo Nowak.

Ficamos de pé para a entrada dos três juízes. Em seguida, o notário se aproxima para os juramentos. Michael os pronuncia em tom autoritário e displicente, como se todos nós fôssemos amadores nesse esporte e só ele fosse um profissional.

— Por favor, identifique-se perante o tribunal — solicita o presidente.

— Padre Michael Black, auditor de primeira classe na Segunda Seção.

A corte o trata com deferência.

— Obrigado, padre, por consentir em vir da Turquia até aqui — diz o juiz-presidente. — A corte reconhece seus esforços.

Michael assente. Em seu rosto, transparece a cordialidade reservada típica dos padres da Secretaria de Estado. Imperturbável e aristocrático, ele se revela uma testemunha surpreendentemente eficaz.

— Padre, o senhor conhecia o falecido Dr. Nogara? — pergunta o juiz-presidente.

— Conhecia.

— Mantinha contato pessoal com ele?

Michael assente.

— Por duas vezes, Nogara viajou dez horas de carro de Edessa até Ankara para se encontrar com o padre Andreou na nunciatura. Ambas as vezes, Andreou estava em viagem, de modo que achei por bem estabelecer relações com o Dr. Nogara pessoalmente.

Ao ouvir isso, Mignatto vira-se e fita Nowak, esperando para ver se ele proibirá essa menção às viagens de Simon. Até agora, nada.

— Nogara e o padre Andreou mantinham boas relações?
Michael exibe um semblante azedo.
— Isso é complicado, monsenhor.
— Por quê?
— Vou ser honesto com o senhor. Nogara era um chato. Ele se agarrou ao padre Andreou como um carrapato. Tenho a impressão de que, quando Simon o salvou de...
— Padre Andreou — corrigiu o juiz.
— Quando o *padre Andreou* o salvou de beber até morrer, Nogara ficou muito dependente dele.
— O senhor parece ter uma visão positiva do padre Andreou.
— Eu não diria isso. Minhas opiniões sobre ele são contraditórias, mas ele é um tipo especial de sacerdote. E, quando as pessoas veem o que ele consegue fazer, criam certas expectativas em cima dele. Ele, por sua vez, infelizmente as encoraja. Na minha opinião, isso é muito perigoso.

Os juízes farejam algo suspeito. Michael está escondendo alguma coisa, tentando passar batido por um assunto que não quer abordar. Mignatto escreve um bilhete e o entrega a um dos juízes, que o lê em voz alta imediatamente.

— Quais eram as expectativas em cima do padre Andreou nessa situação?

Antes de responder, Michael vira a cabeça de leve e olha de esguelha para o arcebispo Nowak.

— Bem, o padre Andreou estava trabalhando para alguém que...
Nowak ergue a mão.
— Não — diz ele.
Michael silencia.

Os juízes parecem se sentir rebaixados. Após um momento de silêncio, um deles pergunta:

— Alguma vez o Dr. Nogara disse algo ao senhor que sugeria que o padre Simon Andreou o estivesse pressionando a não falar sobre uma descoberta que ele, Nogara, havia feito?

— Sim.

— Quando?

— Duas vezes. Uma delas um dia antes de morrer.

Volto-me para Mignatto. Não sabia que Ugo tinha telefonado para Michael naquele dia. Mas Mignatto não parece surpreso. Apenas fita um dos juízes, que de vez em quando faz contato visual com ele.

— Pode explicar melhor? — diz o juiz.

— Temo que não. Como o senhor disse, Nogara acreditava ter feito uma descoberta importante. O padre Andreou pediu a ele que não se empolgasse demais com isso. Eu perguntei a Ugo de que se tratava, mas ele disse que estava esperando para discutir a questão com o padre Andreou.

O juiz se inclina para a frente.

— Eu entendi bem? No dia em que morreu, o Dr. Nogara esperava discutir essa divergência com o padre Andreou?

Michael parece impaciente.

— Pelo menos foi isso que ele me disse.

Segue-se um silêncio, durante o qual o juiz-presidente ergue uma pasta. Reconheço-a: é uma ficha pessoal da Secretaria de Estado. Deve ter acabado de chegar do apartamento do cardeal Boia.

— Padre Black, o senhor poderia explicar à corte como sofreu os ferimentos no rosto? — indaga.

Michael comprime os lábios.

— Não, não posso.

— Por que não?

— Por que fiz um juramento que me proíbe de falar sobre isso.

O arcebispo Nowak parece acompanhar tudo com atenção.

— Pode dizer à corte *onde* os sofreu?

— Não, não posso.

— Foi em um aeroporto, não foi?

— Sem comentários.

— Em Bucareste?

— Eu disse sem comentários.

O juiz tira uma foto da pasta e a ergue. É uma cópia da imagem que encontrei no cofre de Ugo e que está em minha carteira neste exato momento.

— Esse é o senhor, não é, padre Black?

Michael se irrita.

O juiz coloca a foto sobre a bancada e pega outra, que nunca vi. Mostra o setor de retirada de bagagens onde Michael foi espancado.

— O que o senhor estava fazendo lá? — pergunta o juiz.

Pela primeira vez, Mignatto parece preocupado. O aparecimento da ficha pessoal torna as coisas imprevisíveis.

— Se os senhores já têm todas as respostas, por que eu preciso ficar aqui? — protesta Michael, com os dentes cerrados.

— O relatório de investigação afirma que outro padre da Secretaria de Estado estava em Bucareste com o senhor — continua o juiz. — Quem era?

Vejo os músculos do pescoço de Michael se retesarem. Ele esfrega a quina da mesa com a mão direita. O juiz está provocando-o. O tribunal está farto de silêncios.

— O senhor estava lá com o padre Andreou, não estava? — insiste o juiz.

— Sim. Isso mesmo. Estava.

Faz-se um súbito silêncio. Michael quebrou o juramento. Está perdendo a calma.

— Então, o que o réu estava fazendo na Romênia, padre Black?

O arcebispo Nowak levanta a mão novamente.

— Não.

Mas Michael o ignora.

— Vou dizer o que ele estava fazendo. A mesma coisa que *eu*. Cumprindo ordens.

Nowak se levanta. Ignorando Michael e com os olhos fixos nos juízes, diz:

— Os senhores podem fazer perguntas sobre a agressão sofrida pelo padre Black, mas não sobre as viagens do padre Andreou. Obrigado.

— Sim, Vossa Excelência Reverendíssima — acata o juiz-presidente. Em seguida, provavelmente temendo que esta seja sua última chance, ele pergunta: — Padre Black, quem o agrediu?

Michael se remexe na cadeira. A interrupção lhe deu tempo de refletir melhor.

— Sem comentários.

Sem dizer uma palavra, o juiz ergue uma foto retirada da ficha pessoal.

— Tirada por uma câmera de segurança do aeroporto — anuncia ele.

Eu e Mignatto esticamos o pescoço para ver o que a foto mostra. Uma figura de batina preta está curvada sobre Michael, olhando para ele no chão. A imagem é pequena e granulada. Mesmo assim, da mesa das testemunhas, Michael volta-se rapidamente para Nowak.

Mignatto não tira os olhos da foto um só instante. Ouço-o murmurar:

— Meu Deus.

— Quem é? — pergunto, sussurrando.

— Diga o que aconteceu, padre Black — insiste o juiz sem perder tempo, provavelmente tentando aproveitar ao máximo o silêncio de Nowak.

Olho novamente para a foto. Ainda não consigo discernir o rosto da pessoa, mas tenho a sensação de ter levado um soco no estômago. O padre inclinado sobre o corpo de Michael tem a postura de um boxeador que ataca seu oponente.

— Como eu disse, ele estava cumprindo ordens, e eu também — retruca Michael.

O choque me entorpece. Não consigo respirar direito.

O juiz ergue de novo a foto do rosto de Michael.

— O senhor está sugerindo que alguém mandou o réu fazer isso?

— Andreou recebeu ordens de se encontrar com o patriarca ortodoxo. O cardeal Boia queria saber aonde ele estava indo e, portanto, me mandou segui-lo. O padre Simon me viu, e passamos às vias de fato.

— Ele quase matou você.

— Não. Nós discutimos. Fui eu quem deu o primeiro soco. Ele só reagiu. E ele só estava lá porque recebeu *ordens*.

— O senhor o está defendendo? — pergunta o juiz-presidente, semicerrando os olhos.

Michael dá um murro na mesa.

— Só me faltava essa! Eu tive que passar por uma cirurgia! Até hoje não pude voltar ao trabalho!

— Então, o que quer dizer?

— Quero dizer que *os senhores* aí em cima — ele aponta para os três juízes diante dele, vestidos com suas togas de seda e arminho — não entendem. Tudo para vocês é certo ou errado, preto ou branco, mas não é assim que funciona. Aqui embaixo, você luta por aquilo em que acredita. Você *luta*.

— Do que o senhor está...

Nesse momento, Michael se volta para mim com um olhar totalmente perturbado.

— Alex, desculpe por ter mentido sobre o que aconteceu naquele aeroporto, mas você tem que entender uma coisa. Simon está errado. Ele está errado.

Não entendo o que quer dizer. Tudo me parece tão nebuloso e distante. Meus olhos se fixam no rosto de Michael. Nas feridas que ainda não cicatrizaram. Simon não pode ter feito aquilo. Não pode.

Os juízes interrompem Michael. Dizem que está dispensado. Observo aturdido enquanto ele deixa a sala de audiência. Em seguida, ouço o juiz chamar a próxima testemunha. Aquela que mais temo.

— Oficial, mande entrar seu comandante.

UMA FIGURA SOTURNA entra na sala vestindo seu famoso paletó azul-marinho e a gravata com padrões em tom grafite. Visto de longe, seu rosto é uma teia de rugas de onde desponta um nariz aquilino. À medida que se aproxima, porém, é possível notar seus olhos pequeninos e pretos. Eis o homem que tudo vê, que grava cada rosto boquiaberto que se detém para admirar o papa. Ele trabalha dentro destes muros há quase sessenta anos, quarenta deles como chefe da segurança do papa. No dia em que João Paulo quase morreu, na Praça de São Pedro, ele perseguiu a pé o homem que havia atirado duas vezes no pontífice. Ao pronunciar os juramentos no tribunal, ele murmura as palavras de modo incompreensível. E os juízes, por conhecerem sua reputação, lhe concedem essa liberdade. Segundo o jornal do Vaticano, ele jamais se deixou entrevistar. Nem uma única vez, em seis décadas.

— Comandante — diz o juiz-presidente —, o senhor poderia se identificar perante o tribunal, por favor?

Ele estuda todos os monsenhores, um a um. Em seguida, com voz cavernosa, diz:

— Eugenio Falcone. Inspetor-geral da Gendarmaria do Vaticano.

De repente, enfia a mão no bolso do paletó e tira dali um bloco. São suas anotações.

A visão do bloco traz Mignatto de volta à ação. Ele ergue a mão e escreve alguma coisa. Mal consigo ler antes de ele entregar o papel aos juízes.

Cânone 1566: As testemunhas prestem oralmente o seu depoimento, e não leiam nada escrito.

Os juízes o ignoram. A corte vai ouvi-lo.

— A vítima — lê Falcone em voz alta — foi morta por um único tiro de pistola na têmpora direita, a qual foi perfurada por um projétil de calibre 6.35 milímetros descarregado à queima-roupa. A vítima possuía o registro de uma arma desse calibre, e temos razões para acreditar que a mantinha guardada em um estojo, dentro de seu automóvel, pouco antes do assassinato.

A declaração choca os juízes, mas contém a peça que faltava no quebra-cabeça: o objeto embaixo do banco do motorista do carro de Ugo era o estojo da pistola.

— A janela do automóvel da vítima encontrava-se estilhaçada, e o estojo não estava mais presente no interior do veículo — continua Falcone. — Concluímos que o réu arrombou o carro e pegou a arma para cometer o homicídio.

Sem pressa, o presidente apresenta sua primeira pergunta:

— Um especialista forense, o Dr. Corvi, nos declarou que o senhor esperava encontrar um modelo específico de pistola. Sua previsão se confirmou?

Falcone afasta suas anotações.

— Ainda estamos procurando o estojo e a arma — responde ele, praticamente sem mover os lábios.

— E quanto à constatação do legista de que não havia carteira nem relógio de pulso junto ao corpo da vítima? O senhor poderia nos falar sobre isso? Esses objetos foram recuperados em Castel Gandolfo?

— Não.

— Mesmo assim, isso não o leva a crer que foi um assalto?

— Isso me leva a crer que houve uma tentativa de encenar um assalto.

— Por quê?

— O carro da vítima foi arrombado, mas o porta-luvas permaneceu intacto.

Mignatto rabisca outra anotação às pressas e a entrega ao juiz mais jovem.

— Humm, inspetor — intervém o juiz —, o senhor poderia nos dizer há quantos dias vocês vêm procurando esses objetos? A arma, o estojo, a carteira e o relógio?

— Seis dias.

— E quantos homens o senhor destacou para a busca?

A voz de Falcone assume um tom defensivo.

— Doze por turno. Três turnos por dia.

Quase um terço da força policial do país.

— O senhor também contou com ajuda de outras instituições?

— Dos *carabinieri*, sim.

A polícia militar italiana.

— Então, onde poderiam estar esses objetos?

Falcone encara o juiz. Dizem que ele é capaz de arremessar um homem longe como quem joga fora um lenço de papel. Ele não responde.

— Tenho em mãos a transcrição do seu relatório policial — prossegue o juiz mais jovem. — Um de seus agentes, Bracco, interrogou o padre Andreou em Castel Gandolfo. Correto?

— Correto.

— A que distância estavam um do outro durante o interrogatório?

Falcone faz cara feia. Não entende a pergunta.

— À distância de um braço? — esclarece o juiz. — À distância de duas pessoas sentadas nas cabeceiras opostas de uma mesa de reunião, por exemplo?

— De um braço.

— Portanto, Bracco pôde ver bem o padre Andreou?

— Sim.

— O senhor nos disse que o assassino descartou as provas que o incriminariam. Uma vez que esses objetos não foram encontrados mesmo após uma busca exaustiva, o senhor considera a possibilidade de que possam ter sido removidos da cena do crime?

— Essa é a teoria com que estamos trabalhando nesse momento. Sim.

— Mas como o padre Andreou poderia ter removido esses objetos da cena do crime, se Bracco o interrogou à distância de apenas um braço?

A expressão de Falcone se torna dura. Então, tira um lenço do bolso e coça a base do nariz.

— Andreou poderia tê-los escondido.

O juiz ergue uma foto.

— Essa fotografia foi tirada em Castel Gandolfo por um de seus homens, certo?

— Certo.

— Nela vemos o padre Andreou na noite do assassinato de Nogara. O senhor está vendo a vestimenta dele?

— Um batina.

— Comandante, o senhor sabe o que os padres usam sob a batina?

Falcone pigarreia.

— Calças.

— Correto. É por isso que as batinas, muitas vezes, não têm bolsos, apenas fendas. O senhor sabe por que estou mencionando esse fato?

Falcone olha fixo para a frente, irritadíssimo.

— Não.

— Não quero parecer indecoroso, mas é muito desconfortável usar calças por baixo de uma batina de lã no verão. Portanto, alguns padres simplesmente não as usam.

O juiz ergue uma segunda foto, que mostra Simon agachado próximo ao corpo de Ugo. A barra inferior da batina está ligeiramente levantada, e é possível ver alguns centímetros de suas meias, na altura da panturrilha. Ele não está usando calças sob a batina.

— Comandante, o senhor compreende o problema que estou abordando? — pergunta o juiz.

Sinto um grande alívio. Simon não tinha onde esconder nada. Foi por isso que, ao tirar o próprio celular e o passaporte de dentro de sua greca, que estava jogada na lama, ele os carregou nas mãos até em casa. Não tinha onde guardá-los.

Falcone continua olhando fixo para o juiz. Desta vez, porém, o juiz se recusa a ceder. O chefe dos gendarmes terá de responder.

— Esse problema é discutível — diz Falcone, por fim.

— Por quê?

Falcone acena a um dos gendarmes, que sai da sala e retorna com um carrinho de TV.

— Por causa da gravação da câmera de segurança — justifica Falcone.

Mignatto se levanta.

— Protesto. A defesa ainda não viu a prova. Ela foi apresentada há apenas uma hora.

O juiz-presidente faz um movimento com a cabeça em sinal de assentimento.

— Protesto aceito. A sessão está suspensa por...

Mas ele para na metade da frase e olha para algo atrás de mim.

Eu me viro. Na primeira fileira de cadeiras, o arcebispo Nowak se levantou. Com sua voz pausada e tranquila, diz:

— Deixe que mostrem a gravação.

— Vossa Excelência Reverendíssima, por favor — pede Mignatto em tom humilde.

Mas Nowak insiste:

— Isso é importante. Deixe que mostrem.

O policial insere um DVD no aparelho. Por um momento, o único som na sala de audiência é o do disco girando furiosamente no leitor. Em seguida, reproduz-se uma gravação de vídeo.

A imagem é granulada e não há som. Nada se move no vídeo. Mas reconheço a paisagem imediatamente.

— Este vídeo foi gravado pela câmera de segurança mais próxima do carro da vítima — explica Falcone. — A menos de trinta metros de onde o corpo foi encontrado.

No vídeo, um carro passa em uma estrada. Um único galho de árvore oscila em ritmo constante. Nuvens negras se movem ao longe. A tempestade se aproxima. Enquanto assisto à cena, sou tomado por um péssimo pressentimento.

De repente, surge uma figura. Falcone pressiona um botão no controle remoto, e a imagem é pausada.

É Ugo. Está vivo. Caminha da esquerda para a direita, bem próximo ao portão, do lado de dentro. Fico abalado ao vê-lo. Parece tão sozinho.

— Nogara está caminhando na direção sul — diz Falcone. — Afasta-se do castelo e segue para seu carro. — Ele aponta para uma legenda no canto inferior direito da tela. — Por favor, observem aqui.

16:48. Doze minutos para as cinco.

Tento me orientar. Ugo está se afastando de Simon e dos ortodoxos, aparentemente planejando ir embora de Castel Gandolfo em seu carro. Isso deve ser pouco depois que ele e Simon conversaram ao telefone pela última vez.

Falcone aperta o play novamente. Ugo continua a caminhar pela tela. Se a reprodução estiver na velocidade normal, seu passo é rápido. No momento em que Ugo sai da tela, Falcone indica a hora novamente. Doze para as cinco, ainda.

Falcone avança o vídeo. O galho balança descontroladamente. As folhas esvoaçam.

— Observem — diz ele, fazendo o vídeo voltar à velocidade normal.

Uma nova figura entra na tela. É muito maior que Nogara. Por um momento, à luz fraca, não passa de uma silhueta. Mas todos nesta sala conseguem identificá-lo.

— *Dez* minutos para as cinco — diz Falcone.

Simon está correndo atrás de Ugo. Em poucos segundos, desaparece da tela.

Falcone pausa o DVD novamente. Sem sequer olhar para o bloco, Mignatto escreve em letras garrafais:

Dois minutos.

É o intervalo de tempo que separa Ugo e Simon no vídeo.

Falcone volta às suas anotações.

— O que se segue foi retirado de nosso boletim de ocorrência. "Bracco: Padre, quando o senhor encontrou o Dr. Nogara, em que condição ele estava? Andreou: Ele não se mexia. Bracco: Atingido por um tiro? Andreou: Sim. Bracco: O senhor viu ou ouviu algo antes de chegar? Andreou: Não. Nada.

Falcone olha para cima. Indica a tela, sem dizer nada.

Simon mentiu para a polícia.

Os juízes reproduzem a gravação outra vez. E mais outra. Mignatto insiste: quer assistir ao vídeo com som. Na velocidade normal, sem avanços. Quer ver o que se passa imediatamente antes e depois. Talvez acredite que isso diminua a perplexidade dos juízes. Talvez queira anestesiá-los com a repetição. Mas eles enxergam a verdade: a defesa está às cegas. Mignatto quer ganhar tempo para pensar. Olho para ele e vejo a mim mesmo. Um náufrago que se debate, tentando não afundar.

Cada reprodução do vídeo revela algo novo. Algo pior. Com o áudio, é possível ouvir o tiro. Sem dúvida, Simon o ouviu. Está tudo ali. O cardeal Boia sabia que esse era seu trunfo.

— Monsenhores, podemos ver o filme apenas mais uma vez? — pergunta Mignatto em estado de transe.

— Não, já o vimos o bastante — retruca o presidente.

— Mas, monsenhor...

— Não.

Para a surpresa dos juízes, Mignatto aborda Falcone diretamente. Com a voz débil, pede:

— Comandante, explique o que o senhor julga ter acontecido depois que o padre Andreou passou pela câmera.

— Monsenhor! Permaneça sentado! — vocifera o juiz mais velho.

Mas o juiz-presidente faz um gesto para seu colega e permite que Mignatto continue.

— O senhor está sugerindo que o padre Andreou seguiu Nogara até o carro dele? Em seguida quebrou a janela para pegar a arma e matá-lo?

Falcone permanece sentado e impassível. Não responde a perguntas de advogados.

— Inspetor, o senhor pode responder — diz o juiz-presidente.

Falcone pigarreia.

— O padre Andreou sabia que Nogara tinha uma arma. Sabia onde ela ficava. É razoável...

Mignatto levanta a mão e interrompe.

— Não. Isso é uma pressuposição. O senhor *pressupõe* que o padre Andreou sabia sobre a arma. Mas isso é extremamente importante, inspetor. O sacerdócio desse homem está em jogo. Se o padre Andreou não soubesse que Nogara tinha uma arma, então ele certamente não teria notado um estojo embaixo do banco do carro. E não teria quebrado a janela para tirar de lá algo que não sabia que existia. Portanto, por favor, seja claro. O senhor está apresentando uma suposição.

Sem qualquer alteração no tom de voz, Falcone retruca:

— Não estou. Um guarda suíço admitiu ter dado conselhos a Nogara sobre que modelo de arma e de estojo deveria comprar. Foi o padre Andreou quem solicitou essa ajuda.

Sinto-me pregado na cadeira. Sei a qual guarda suíço Simon teria pedido conselhos sobre isso.

Mignatto dá um passo para a frente, cambaleante.

— Não obstante, a questão... a questão é a sequência dos acontecimentos: o senhor está sugerindo que o padre Andreou quebrou a janela, em seguida pegou a arma e, por fim, atirou no Dr. Nogara?

— Correto.

Com a mão tremendo, Mignatto completa:

— Então, monsenhores, eu insisto que reproduzam o vídeo novamente. Desta vez, entretanto, em vez de assistirem às imagens, fechem os olhos, por favor.

OUVE-SE UM SOM. Mais no fim da gravação, há um ruído abafado, diferente do estrondo do tiro. Um estampido agudo. Não sei dizer o que é. Poderia ser o som distante da freada de um carro na auto-estrada. Talvez algum objeto se chocando contra uma das cercas de arame que demarcam a fronteira. Mas, de olhos fechados, pareceu-me muito semelhante ao estilhaçar de um vidro.

Instantaneamente compreendo aonde Mignatto quer chegar. Se esse ruído for o da janela do carro se estilhaçando, então a ordem dos sons está errada. Primeiro vem o tiro. Depois, o vidro se quebrando.

Mignatto pede a Falcone que pare a reprodução. O silêncio na sala de audiência inunda-se de incerteza.

— O que isso significa, monsenhor? — resmunga o juiz mais velho. Todos os olhos se fixam em Mignatto.

— Não sei — confessa ele.

— O som poderia ser qualquer coisa — dispara o juiz.

— Inclusive uma prova da inocência do padre Andreou — completa Mignatto.

— A evidência é clara — resmunga Falcone, desdenhoso.

Ainda assim, ele pode estar errado.

— Não — intervém o arcebispo Nowak com voz mansa. — Não é.

Mignatto dá uma olhada no relógio.

— Monsenhores, solicito um recesso.

— Por quê? — pergunta o presidente.

— Porque está ficando tarde, e nossa próxima testemunha talvez não possa depor, uma vez que a exposição está prestes a começar.

Não consigo captar a lógica dessa afirmação, mas o tribunal, sim. Os juízes consentem.

— Quinze minutos — diz o juiz-presidente.

Mignatto se levanta da mesa e faz menção de caminhar até a porta, mas eu ponho a mão em seu braço para detê-lo.

— Precisamos conversar sobre a carta de Ugo — sussurro em tom de urgência.

Ele está pálido. Posso sentir seu braço tremendo.

— Não — diz ele. — Tudo o mais terá de esperar.

Sigo-o até o corredor, onde encontro o tio Lucio. Em vez de perguntar sobre os procedimentos realizados na sessão, Lucio se afasta com Mignatto.

— Tio, preciso saber o que Simon fez com a ampliação fotográfica que ele tirou da exposição — comento, aproveitando a oportunidade. — O senhor estava lá quando ele...

— Não sei nada sobre isso, Alexander — interrompe-me Lucio. — Agora, deixe-nos.

Ele conduz Mignatto até um gabinete vazio. A última coisa que escuto antes de a porta se fechar é a voz do monsenhor implorando:

— Vossa Eminência, eu dei a eles algo em que pensar. Mais um dia. Por favor. O senhor tem de reconsiderar.

Viro-me e saio correndo. Tenho quinze minutos. Preciso encontrar Leo.

Quando chego ao alojamento e peço-lhe para descer, ele surge do pátio vestindo uma calça jeans e uma camisa de seu time, o Grasshopper Club Zürich. Traz nas mãos um baralho.

Tento me controlar, manter a voz baixa.

— Por que você não me disse que Simon o procurou para perguntar sobre a arma que Nogara queria comprar?

Ele leva as mãos à cabeça.

— Me fale tudo — digo. — Você tem dez minutos.

— Alex, não fui eu. Foi Roger. Você sabe que eu não...

Elevo o tom de voz.

— Dez minutos! Me fale sobre a arma.

Ele coça o antebraço.

— Venha comigo — diz.

Adentramos o pátio coberto por sombras frescas. Os outros participantes do jogo de baralho estão sentados a uma mesa de piquenique. Alguns ainda vestem parte de seus uniformes, as fitas coloridas caídas como num macacão desprendido.

— Roger, venha aqui um minuto — pede Leo, dirigindo-se a um deles.

O homem é um gigante de cabeça estreita como uma haste de cachimbo. Suas mãos enormes ocultam as cartas por completo.

— Estou ocupado — responde ele.

Dou um passo à frente.

— Roger, eu sou o padre Andreou.

O homem então se vira. Imediatamente põe as cartas viradas para baixo na mesa, em seguida se levanta. O respeito pelo sacerdócio está arraigado nesses homens.

— Padre, como posso ajudá-lo?

As palavras são em italiano, mas o sotaque é alemão.

— Ele precisa ver a sua maleta — diz Leo.

Por um breve momento, os outros homens da mesa erguem os olhos.

Roger fita Leo com um olhar inquisitivo. Não gostou do pedido.

— Rog, apenas mostre — pede Leo.

O gigante beemote resmunga e prende as fitas sobre o ombro.

Nós seguimos até a pequena torre do Banco do Vaticano, a uma área que os guardas suíços usam como estacionamento temporário nas noites em que querem ir de carro a Roma. O carro de Roger é um Ford Escort cinza, projetado para homens menores que ele. Ele se ajoelha no calçamento de pedra e se debruça sobre o chão do veículo, do lado do motorista. Ouço um clique e, em seguida, o som suave da abertura do zíper. Roger se levanta, mostrando-nos toda a sua altura. Sem dizer uma palavra, vira-se e entrega o estojo a Leo.

É um estojo preto de borracha, retangular e com as bordas arredondadas, de dimensões suficientes para acomodar três baralhos lado a lado. Quando Leo o passa para mim, surpreendo-me com o peso. Embaixo da camada de borracha, há uma sólida estrutura metálica. E, no interior, algo muito denso.

— Simon me procurou — explica Leo, hesitante. — Disse que Nogara havia comprado uma arma na Turquia ilegalmente porque tinha sido ameaçado.

— Como você pôde esconder isso de mim?

— Escute. Era uma espingarda. Simon me implorou que a tirasse dele. Então, eu disse a Nogara que o melhor no seu caso era uma subcompacta, essa Beretta quase de brinquedo. Eu sabia que ela não explodiria a perna dele por acidente. Registramos a arma. Eu juro a você: prolongamos cada etapa o quanto pudemos, tentando mantê-la longe dele o máximo possível. Por fim, Simon acabou pedindo que arranjasse um meio seguro de transportá-la, um estojo que Nogara tivesse dificuldades de abrir quando estivesse bêbado. Foram essas as palavras dele. Foi quando eu o passei ao Roger.

Ele devolve o estojo ao parceiro.

— Rog, mostre a ele como funciona.

— Leo... — digo, perguntando-me como ele pôde se sentar ao meu lado no hotel e ouvir tudo o que eu dizia sobre a morte de Ugo sem mencionar isso. Como ele pôde manter essa informação em segredo, ainda que Simon tenha lhe pedido discrição.

Mas seus olhos me imploram que espere, que não faça a pergunta na frente do colega da Guarda Suíça.

Com má vontade, Roger indica os cilindros numerados no fecho do estojo.

— Trava com senha — explica ele.

Em seguida, vira o estojo e indica um tubo de aço reforçado na parte de trás.

— É para a corrente — acrescenta.

— Que corrente?

Ele aponta para baixo, na direção do piso do carro. Ali, sob o estofado esgarçado, estão os trilhos de metal que prendem o banco à carroceria do carro. Preso neles há um cabo preto liso, mais fino que uma corrente de bicicleta. O cabo tem seu próprio cadeado, que abre com chave.

— O cabo prende o estojo ao banco — explica Leo.

Roger faz uma demonstração prendendo o estojo ao cabo.

— A chave remove a corrente — continua Leo. — Mas a única maneira de abrir o estojo é sabendo a combinação. E, se você não o abre com muita frequência, é fácil esquecê-la. Sobretudo depois de beber.

Estudo as dimensões do estojo.

— Tem certeza de que uma 6.35 milímetros caberia aqui?

Roger bufa.

— A arma que usamos em serviço é uma 9 milímetros e cabe direitinho nesse modelo de estojo — comenta Leo. — Além disso, sei que este é o mesmo estojo que Simon comprou para Nogara.

Abaixo a voz.

— Digamos, então, que um desconhecido não saiba a combinação. Ele poderia abrir o estojo à força?

Roger sorri.

— Tente, padre.

Faço uma tentativa hesitante de forçar a abertura com os dedos, ciente de que é isso que ele quer ver. Em seguida, tiro da batina minha chave de hotel. Tento enfiar o chaveiro de metal na fenda estreita entre as metades do estojo. Cabe perfeitamente, mas a tampa não se move um milímetro. Quando pressiono o metal para baixo com força, o chaveiro começa a se esbranquiçar e entortar. Se eu continuasse forçando, ele se quebraria, formando uma lasca exatamente como a que encontrei sob o banco do carro de Ugo.

— Sem a combinação é impossível — conclui Roger.

Eis, portanto, outra singularidade envolvendo a morte de Ugo. Ele foi morto por uma arma que, a julgar pelo pedaço de metal que encontrei no chão do carro, jamais chegou a ser tirada do estojo.

Leo faz um gesto para Roger, indicando que sua ajuda não é mais necessária. O gigante tranca o carro e afasta-se a passos pesados.

— Escute — sussurra Leo. — Desculpe. Eu repeti para mim mesmo, ou melhor, eu sei *com certeza* que não foi essa arma que matou Ugo. Alex, entenda: esse calibre é um dos menores que existem. Foi exatamente por isso que o recomendei. E, sem a combinação, uma pessoa precisaria de um pé de cabra para abrir um estojo como esse do Roger. Ninguém teria conseguido essa proeza. Continuo duvidando.

Reconheço seu tom de voz. Ele não está fazendo um relato, mas uma confissão.

— Eu e Simon estávamos tentando salvar a vida dele com aquela arma — prossegue Leo.

Não consigo digerir a informação nesse momento.

— Simon sabia a combinação?

— Não sei. — Ele hesita um momento, depois repete: — Alex, desculpe.

O tempo está acabando. O recesso termina em três minutos.

— Você devia ter me contado, mas o que aconteceu com Ugo não foi culpa sua.

CHEGO À SALA de audiência no exato instante em que os gendarmes começam a fechar as portas. Na mesa da defesa, Mignatto não abriu sua valise. Não há caneta ou bloco de anotações sobre a mesa. Com o olhar distante, ele fita a fotografia de João Paulo na parede.

O banco das testemunhas está vazio. O móvel de rodinhas com a TV não está mais ali. O inspetor Falcone deve ter sido chamado em outro lugar, pois a exposição contará com um forte esquema de segurança. Quando pergunto a Mignatto se terminamos por hoje, ele continua olhando para a foto do papa e me diz:

— Logo saberemos.

As portas se abrem para a entrada do arcebispo Nowak. Por um segundo, imagino que ele será a última testemunha, mas logo ele ocupa sua cadeira de costume.

Pergunto-me por que ele está aqui. Se Simon está preso nos aposentos de João Paulo, por que Nowak se dá ao trabalho de vir e ouvir as testemunhas, se ele sabe o que aconteceu tanto quanto elas? Simon ainda deve estar se recusando a falar. João Paulo poderia ter interrompido este julgamento com uma só palavra — poderia ter impedido até a instauração do processo —, mas, dentro de duas horas, os ortodoxos estarão nos museus, esperando para ver a descoberta de Ugo, e o Santo Padre precisa de respostas. Se é assim, então a próxima testemunha é nossa última chance.

Puxo da batina a carta de Ugo e examino novamente o padrão sequencial dos versículos dos evangelhos. Tento imaginar o que terá desencadeado sua descoberta. Apenas três semanas antes, ele seguia a trilha do sudário, que teria saído de Jerusalém nas mãos do incrédulo São Tomé. O que poderia ter mudado?

Mas não consigo manter os olhos na folha. No fundo, estou mais intrigado com os quinze últimos minutos da vida de Ugo. Meus instintos me dizem que Simon está escondendo mais do que a descoberta de seu amigo. Deve haver uma razão para ele ter mentido ao dizer que não escutou o tiro.

Os gendarmes abrem a porta da sala de audiência. Mignatto se volta para olhar. Seu rosto assume um ar de apreensão, e sua inquietude faz com que eu também me vire.

Os juízes já ocupam suas cadeiras. Atrás de nós, escuto um deles dizer:

— A próxima testemunha pode entrar.

O gendarme faz posição de sentido e anuncia:

— Sua Eminência, o cardeal Lucio Ciferri.

Vejo meu tio entrar na sala de audiência.

Capítulo 35

Os três juízes se põem de pé em sinal de deferência. Todos os gendarmes fazem uma mesura. O promotor de justiça e o notário se levantam. Mignatto também e acena para que eu faça o mesmo. Até o arcebispo Nowak está de pé.

Lucio não está mais de preto, como de costume. Trocou seu terno de sacerdote por uma samarra, a batina de cardeal. E, assim como o solidéu que traz na cabeça, os botões, os adornos e a faixa da batina são escarlate, uma cor que nem os bispos e arcebispos podem usar. Sobre a batina, ele veste uma murça escarlate reservada a ocasiões de grande formalidade, e, na altura do coração, uma cruz peitoral barroca. No quarto dedo de sua mão direita brilha o enorme anel dourado com que o papa presenteia os cardeais. O que se vê é a demonstração de um poder eclesiástico a que ninguém aqui, nem mesmo o arcebispo Nowak, pode se equiparar.

À porta, um gendarme se curva e se oferece para conduzir Lucio até a mesa. Meu tio recusa a oferta. Recusa também a ajuda do arcebispo Nowak, que lhe oferece o mesmo braço que ampara o papa. Fico impressionado ao ver que ele fita Nowak com um olhar carrancudo e ameaçador, evidenciando total superioridade. Não há sinal algum da debilidade física de meu tio, que anda com uma dignidade antiquada, ereto, o queixo erguido e os olhos voltados para baixo. Perco o fôlego, porque essa silhueta alta e delgada parece-se muito com Simon.

Lucio se senta na cadeira, mas todos os demais presentes permanecem de pé.

— Os senhores podem se sentar — diz meu tio.

— Vossa Eminência, de acordo com a lei, o senhor tem o direito de escolher o lugar onde quer depor — lembra o juiz. — Se preferir não dar seu testemunho neste tribunal, diga-nos qual é o seu desejo.

Meu tio balança a mão.

— Os senhores podem começar.

O juiz pigarreia.

— O senhor está ciente, Vossa Eminência, de que pode se recusar a responder a nossas perguntas? Caso tema que o seu testemunho possa prejudicar o senhor ou a sua família, tem o direito de se recusar a responder.

— Não tenho temor algum.

— Então, pedimos ao senhor que se submeta a dois juramentos. Um de veracidade e o outro de sigilo.

— Vou prestar o primeiro juramento, mas não o segundo — diz Lucio.

Olho para Mignatto, questionando o que isso significa, mas ele observa Lucio com extrema atenção.

— Em conformidade com a lei, ouviremos seu testemunho assim mesmo — garante o presidente em tom de preocupação. — E, uma vez que foi o senhor mesmo quem requisitou o depoimento, Vossa Eminência poderia, por favor, dizer ao tribunal que tópico deseja discutir?

— É verdade que as testemunhas foram proibidas de mencionar as viagens que meu sobrinho realizou neste verão?

— Sim, Vossa Eminência.

— Esse é o tópico que irei discutir.

Enrijeço-me na cadeira. Os juízes trocam olhares.

— Vossa Eminência... — diz o juiz-presidente.

— Falarei mais especificamente sobre como a prisão de meu sobrinho me parece um gesto de ingratidão, uma vez que ele arriscou a própria carreira, assim como seu sacerdócio, e se recusou a falar em defesa própria, tudo para servir ao Santo Padre, que, em troca, o trata como um criminoso.

Estou paralisado. Mignatto olha para a mesa, incapaz de assistir à cena. Isso é suicídio. Lucio veio declarar guerra ao papa.

Em voz tranquila, mas firme, Nowak retruca:

— Vossa Eminência, por favor, reconsidere suas palavras.

Lucio reage com um gesto extraordinariamente insultuoso: dirige-se ao arcebispo Nowak mantendo-se de costas para ele.

— O senhor nega isso?

— Vossa Eminência, não estaríamos aqui se seu sobrinho nos contasse a verdade — retruca Nowak.

Por fim, Lucio se vira. Os dois estão quase cara a cara — o cardeal, no banco das testemunhas, e o arcebispo, na primeira fileira. Com a magnificência de seu traje escarlate e de sua postura ereta, Lucio deixa claro quem canta de galo ali.

— Os senhores o nomearam emissário papal — continua meu tio. — Os senhores o consagraram bispo em segredo. E agora permitem que ele seja tratado dessa forma? Os senhores o abandonam diante *disso*?

Sinto um nó na garganta. Um bispo. Em segredo. Meu irmão: um bispo.

— Meu sobrinho sozinho conseguiu fazer o que sua Secretaria de Estado nunca conseguiu. E em troca, os senhores o processam? — continua Lucio.

A voz do arcebispo Nowak não se altera. Não muda de tom nem de volume. Já teve de lidar com todos os cardeais do mundo. Sua resposta se resume a quatro palavras:

— Seu sobrinho matou Nogara?

— Não — responde Lucio com a voz rouca.

— Tem certeza?

Meu tio ergue a mão, exibindo um dedo acusador. Endurece o tom de voz. De súbito, compreendo que nada é tão evidente quanto eu imaginava.

— Se *tiver* matado, foi por *vocês* — retruca ele, fervendo de cólera.

Atrás de mim, Mignatto emite um som de descrença.

Nowak permanece calmo como um padre que ouve uma confissão.

— Para esconder o que Nogara descobriu?

Lucio está tão exaltado que não consegue encontrar as palavras certas para responder.

— Por favor, conte-me sobre o sudário — pede Nowak.

Lucio balança a cabeça.

— Não até que meu sobrinho esteja livre e as acusações contra ele sejam retiradas.

— Vossa Eminência, o senhor sabe que isso é impossível. O Santo Padre precisa saber a verdade.

— *A verdade?* — vocifera Lucio, levantando as mãos. — Os senhores põem meus motoristas sob juramento. Proíbem testemunhos. Permitem a supressão de um monte de provas. Isso é o que chamam de busca pela verdade?

Impassível, Nowak retruca:

— Sem essas precauções, a exposição desta noite seria impossível. O senhor sabe da difícil situação em que nos encontramos.

— Por causa dos ortodoxos que *vocês* convidaram!

Pela primeira vez, uma onda de aflição cruza o semblante do arcebispo Nowak.

— Esse é o último desejo do Santo Padre. Ele tem as melhores intenções.

Lucio abaixa a voz até ela se tornar quase um rosnado, um som frio, ameaçador. Nunca o vi falar dessa forma antes.

— Se Simon matou aquele homem, *se* o matou, foi porque os senhores sempre ordenaram que ele mantivesse seu trabalho em sigilo. Os senhores silenciaram todas as pessoas que poderiam comprometer o sigilo da exposição de Nogara. E agora agem como se não conseguissem enxergar nisso o reflexo de suas ações. Simon é acusado de fazer apenas aquilo que viu os senhores fazerem, aquilo que os senhores o treinaram para fazer.

Lucio se recompõe. Parece mais forte. Fará tudo o que for preciso, até destruir a própria carreira, para salvar Simon. Nunca, em toda a minha vida, senti-me tão grato a ele.

— Portanto, ofereço aos senhores uma escolha — prossegue Lucio. — Libertem meu sobrinho e retirem as acusações, e eu contarei aos senhores em particular o que desejam saber. Se, no entanto, continuarem tratando-o como um criminoso, então irromperá uma guerra entre nós. Eu farei com que o segredo que os senhores não querem que ninguém conheça seja estampado na primeira página de todos os jornais de Roma. Reunirei os ortodoxos esta noite e direi tudo a eles pessoalmente. Punirei *os senhores* por punirem Simon.

O silêncio agora é inigualável. Ninguém nesta sala jamais viu alguém falar assim com um papa ou seu representante. Ninguém, exceto eu. Foi assim que os ortodoxos falaram com João Paulo quando ele visitou a Grécia. Foi essa a fúria que João Paulo aceitou carregar sobre os ombros como um fardo pessoal. Enquanto aguardo o arcebispo Nowak dizer alguma coisa, peço a Deus que ele demonstre a mesma sabedoria que seu mestre demonstrou.

Vossa Excelência Reverendíssima se levanta. Estende o braço direito à frente e mantém a mão suspensa. Sua voz não se eleva nem fraqueja, mas em seus olhos tristes, sombrios, enxergo algo novo. Algo que não sei dizer o que é.

— Pela autoridade a mim investida pelo Santo Padre, declaro concluído este depoimento — anuncia Nowak. — Suspendo o julgamento do padre Andreou e transfiro essa matéria ao juízo do Santo Padre. — Por fim, curvando-se diante dos juízes, completa: — Agradece-se ao tribunal pelos esforços despendidos. Essa corte está dispensada.

Capítulo 36

A atmosfera no tribunal está tensa. Todos os sons da sala foram abafados, e o silêncio é total. Os juízes se levantam. Andam de um lado a outro por um tempo; depois, como fantasmas, deixam a sala de audiência. O notário se levanta, então se senta de novo e começa a brincar com o teclado, aparentemente aguardando novas ordens. Depois de fitar Mignatto com olhar incrédulo, o promotor de justiça fecha a valise. Por fim, os gendarmes instruem todos a irem embora, por ordem do Santo Padre.

Mignatto se debruça sobre a mesa, exaurido. Apenas Lucio permanece ereto na cadeira, ignorando tudo ao seu redor — gendarmes, notário, os escombros da ordem. Ele fita o crucifixo acima do banco dos juízes, faz o sinal da cruz e murmura:

— *Grazie, Dio.*

Ouço uma voz familiar atrás de mim.

— Vossa Eminência, seu carro está à espera.

Dom Diego passa por mim indiferente.

— Tio, o que vai acontecer com Simon? — pergunto. — O que vai acontecer na exposição?

Mas a atenção de Lucio está em outro lugar. Quando Diego se oferece para conduzi-lo para fora do palácio, meu tio aponta para Mignatto.

— Ajude o monsenhor a ir até o nosso carro. Dê a ele tudo de que precisar.

A última coisa que Mignatto diz a Lucio antes de os dois saírem é:

— Vossa Eminência, o senhor tem de estar preparado. O Santo Padre pode reinstaurar o processo assim que a exposição terminar.

Lucio limita-se a menear a cabeça. Amanhã é amanhã. Hoje ele saiu vitorioso.

— Por favor, tio — insisto, depois que Diego e Mignatto já se foram. — O que vai acontecer?

Ele pousa a mão em minha cabeça. A debilidade física está voltando. Sua mão treme.

— Saberemos ainda esta noite. Depois da exposição.

Em seguida, ele se vira e sai. Chego a abrir a boca para fazer outra pergunta, mas ele não olha para trás.

DEPOIS QUE O carro de Lucio deixa o tribunal, permaneço no pátio externo, tentando me orientar em um mundo que mudou desde que me ausentei dele. Por todo lado, leigos passam caminhando, dispensados do serviço mais cedo para que as ruas do país fiquem vazias antes da mostra de Ugo. Nos portões da fronteira, carros se alinham em fila para sair. Sedãs pretos esperam próximo à entrada da Casa. Através das portas de vidro do hotel, vejo padres ortodoxos circulando pelo lobby. Ouço o som distante das freiras em polvorosa falando em diversas línguas. Os clérigos ortodoxos retiram seus objetos de valor do cofre do hotel — cruzes cravejadas de pedras preciosas, anéis de ouro, medalhões ornados de diamantes —, e eu me sinto como um coroinha observando os padres se vestirem na sacristia, testemunhando a presença do mistério da Igreja em seus símbolos. Meu corpo vibra com uma energia ansiosa. Tento me manter neste mundo exterior, mas dentro de mim há apenas confusão.

Sempre imaginei que papai sofreu muito na hora da morte. Quando seu coração parou, a dor o matou antes da falta de oxigênio. Ele não foi encontrado em sua cadeira ou na cama, mas no chão do quarto, e havia arrancado a cruz grega que usava junto ao peito. Mona me dizia que eu estava enganado. Que ele sofreu, mas não do jeito que eu pensava. No entanto, ainda guardo aquela cruz dentro de uma caixa no fundo do meu armário, para nunca ser tocada. E, até hoje, nenhuma imagem me assusta mais do que a de meu pai caído naquele chão.

Segundo o evangelho de João, as últimas palavras de Jesus na cruz foram triunfantes: *Está consumado.* Sua missão estava completa. Mas somente o Jesus teológico poderia ter pronunciado tais palavras. O Jesus de carne e osso sofreu horrivelmente. A descrição de Marcos sempre me abalou: *Jesus bradou em alta voz: "Elói, Elói, lammá sabactáni", que quer dizer: Meu Deus, meu Deus, por que me abandonaste?* Os estudiosos dos evangelhos o chamaram de "grito de abandono". Expressa um sofrimento tão absoluto que o Deus Filho sentiu-se abandonado pelo Deus Pai. Ugo me disse, certa vez, que a crucificação é como um infarto prolongado por horas ou dias. O coração vai falhando lentamente. Os pulmões sucumbem aos poucos. Os antigos romanos ateavam fogo aos cristãos e os usavam como tochas e os levavam às arenas em carroças para vê-los sendo devorados por animais selvagens, mas consideravam a crucificação a pior de todas as punições.

Essas são as duas mortes que Simon conhece melhor: a de nosso pai e a de Nosso Senhor. Portanto, dizer que ele matou um homem é dizer que ele quis infligir a uma criatura viva uma experiência que, para ele, era a soma de todos os tormentos. Isso vindo de um garoto que encontrou seu pai morto no chão do quarto. Do fundo do meu coração, jamais acreditarei numa coisa dessas.

Todavia, por um breve momento, sentado no banco das testemunhas, Lucio pareceu considerar essa possibilidade. E, mesmo agora, o sentimento de dúvida invade minha mente. Ugo parecia tão enraivecido na mensagem de voz que deixou a Simon. Tão magoado. Provavelmente estava bebendo até pouco antes de morrer, já que um homem disposto a levar do museu o Diatessarão para mostrá-lo aos ortodoxos não podia estar em pleno domínio de sua razão. Não sei o que aconteceu naqueles minutos finais, somente Deus os presenciou. E, embora eu ache que alguém mais devia estar em Castel Gandolfo além de Simon e Ugo — pois havia dois homens dormindo naquele quarto de hotel, e só um invadiu meu apartamento —, a verdade é que a dúvida de Lucio me impressionou profundamente.

A caminho de casa, vejo que o Pátio do Belvedere está praticamente vazio. Não há mais caminhões de serviço ou carros de funcionários. Até os jipes e caminhões do corpo de bombeiros estão cuidadosamente estacionados, abrindo mais espaço para os visitantes desta noite. Está chegando a hora. Falta pouco para descobrirmos o que Simon orquestrou para esta noite.

Peter fica exultante ao me ver. Bate palmas alegre, como se tivesse esperado pacientemente por todo esse longo dia em cinco atos, apenas para ver seu ator favorito subir ao palco. Já estou mais do que tarimbado em esconder meus sentimentos mais obscuros de meu filho. Curvo-me para receber os aplausos. O irmão Samuel parece aliviado. Para um homem da sua idade, ele é um santo por cuidar durante onze horas de um menino de 5 anos. Ele terá de ficar com Peter novamente dentro de uma hora, quando eu for à exposição. Mas até os santos merecem uma pausa.

— Ele perguntou o dia inteiro a que horas você iria voltar — sussurra Samuel. — Disse que pode ver a mãe agora.

Samuel sorri, mas o sorriso se esvai quando ele vê a expressão em meu rosto.

— Peter, por favor, agradeça ao irmão Samuel, e vamos para casa.

Peter ergue o punho cerrado repetidas vezes, em sinal de comemoração. Em seguida, abre um enorme sorriso a Samuel, que me lança um olhar de comiseração extrema, como se dissesse: *você vai realmente ter coragem de privá-lo disso?*

De volta ao apartamento, eu me pego conferindo as horas no relógio de pulso. Sem esperar que eu mande, Peter começa a arrumar o quarto e a organizar seus brinquedos cuidadosamente. Em seguida, aparece com a escova e a pasta de dentes. Por fim, vai buscar *Pinóquio* e o abre na última página que Mona leu para ele. Preciso detê-lo.

— Peter, venha aqui. Preciso dizer uma coisa.

Ele se senta na cadeira, depois se levanta. Tira o telefone da base no balcão e o põe na mesa diante de si. Finalmente, senta-se e espera.

— Não podemos ligar para a mamãe hoje à noite — digo.

Ele fica imóvel.

— Quando eu prometi que a gente ligaria para ela, tinha esquecido que precisava ir a um lugar importante hoje à noite.

Seus olhos se arregalam, vermelhos e perolados. As lágrimas estão chegando.

— Não! — diz ele.

— Desculpe.

— Mentiroso!

— A gente pode ligar para ela amanhã. Eu prometo...

— Não, você prometeu *hoje* à noite!

— Hoje à noite é impossível.

Ele se entrega aos soluços, e as lágrimas inundam seu rosto.

Mas uma hora elas acabam. Como todas as birras até hoje. Dentro desse menino de 5 anos há uma alma mais velha, transigente, que não se deixa surpreender pela decepção.

— A gente pode pensar em uma coisa especial para você fazer com o irmão Samuel — digo. — O que você sugere?

Com alguma coisa ele vai se contentar. Tenho certeza disso. Sorvete. Ir para a cama mais tarde. Um filme.

Desta vez, porém, ele recusa tudo.

— Não quero nada disso! Quero a mamãe!

Talvez eu tenha subestimado a gravidade do problema. Talvez esta ocasião não seja como as outras. Pego a carteira e começo a contar as notas. Na outra colina, ao lado do Vaticano, há um parque com fliperama, teatro de marionetes e carrossel. Se eu não fizer algo para cessar esse choro, sei que acabarei dizendo algo de que me arrependerei. Algo que reflita o que de fato está passando pela minha cabeça.

— Você pode ir ao Gianicolo. Jogar videogame. Brincar no carrossel.

Para mostrar que estou falando sério, tiro da carteira um grosso maço de notas e guardo apenas cinco euros para mim. Quando fecho a carteira, porém, alguma coisa escapole dela e cai no chão.

Peter olha fixo para o objeto. Seu rosto muda de expressão. Os lábios se comprimem.

Olho para baixo e vejo a foto de Michael de nariz quebrado e olho roxo. A visão faz Peter voltar a chorar. Cerro os dentes e ponho a fotografia de volta na carteira.

— Está tudo bem. — Puxo Peter para perto de mim e olho o relógio por sobre seu ombro. A exposição começa em quarenta minutos. Mentindo, acrescento: — Esse moço está com sangramento no nariz, só isso.

Mas o corpo de Peter treme sem parar.

— *Babbo* — sussurra, abraçando-me ainda mais forte. — É *ele*.

— O quê?

Ele enterra o rosto em meu ombro, tentando se proteger com meu corpo. Escuto-o gritar, a voz abafada:

— Esse é o moço que entrou aqui em casa.

Sinto lágrimas quentes molhando minha batina. Sinto Peter tentando subir no meu colo, se esconder em minhas vestes, mas só consigo pensar em uma coisa: *Michael*.

Preciso contar isso a alguém. Preciso fazer alguma coisa.

Ponho-me de pé, mas Peter não me larga. Está agarrado à minha roupa. Não me deixa colocá-lo no chão.

Pego o telefone sobre a mesa e telefono a Mignatto e, em seguida, a Lucio. Ninguém atende.

— Peter, me larga. Preciso levar você de volta ao irmão Samuel.

Ele grita histericamente e, quando o afasto de mim, luta contra meus braços esticados, querendo me agarrar de novo. Sua expressão é de pânico absoluto. Estou abandonando-o.

Fecho os olhos. Procuro me acalmar e me ajoelho.

— Venha aqui — peço.

Ele corre para os meus braços e se joga com tanta força que quase caio para trás.

— Você está seguro. O *babbo* está aqui. Nada de mau vai acontecer.

Bagunço seu cabelo. Aperto-o. Deixo-o chorar. Mas não passa. Ele nunca esteve tão inconsolável. No instante em que eu o abraço, sinto minha pulsação acelerada. A cada minuto que passa, a abertura da exposição se aproxima. Michael estará lá. Não posso ficar aqui. Se não me apressar, vou chegar atrasado.

Baixo os olhos e vejo o telefone em minhas mãos. Só consigo pensar em uma solução.

MONA CHEGA VINTE minutos depois. Peter continua ofegante. A promessa de vê-la foi a única coisa que o fez se acalmar.

— Mamãe — diz ele com a voz aguda, correndo para abraçá-la.

O primeiro instinto dela é o correto: sentar-se no chão e deixar que ele se jogue em seu colo.

— O irmão Samuel também está vindo — digo.

Ela assente.

— Vocês podem ir à casa dele se quiserem, mas, por favor, não saiam para nenhum outro lugar.

Ela assente mais uma vez.

Só de vê-lo nos braços dela, já me sinto culpado, mas Mona não me pergunta por que vou abandonar nosso filho assim, chorando. Não lhe resta dúvida.

— Não sei a que horas vou voltar — digo.

— Alex, está tudo bem — assegura ela em tom sereno. — Eu e Samuel vamos cuidar bem dele. Pode ir.

MEU CORAÇÃO BATE forte. O tempo está se esgotando, e eu estou atrasado.

Na entrada do Pátio do Belvedere, alguns gendarmes estão de guarda. Por sobre os ombros deles, vejo dezenas de sedãs pretos estacionados lá dentro.

— Para que lado é? — pergunto.

Os gendarmes indicam a direção norte, rumo ao antigo escritório de Ugo.

— Vá naquela direção, padre. Quando chegar, o senhor vai ver.

Se Michael invadiu meu apartamento, então ele não tomou um voo até aqui para comparecer ao julgamento. Era tudo mentira. Ele já estava em Roma todo esse tempo.

Telefono a Leo, mas ele não atende. Deixo uma mensagem advertindo-o sobre Michael. Finalmente, vejo uma entrada privativa para o museu. Lá dentro, programas da mostra foram deixados no chão, enrolados.

Provavelmente foi ele quem telefonou ao apartamento na noite anterior à invasão. O que significa que ele era um dos homens hospedados na Casa.

Pego um programa. Na primeira página, está escrito em grandes letras vermelhas:

PEDIMOS AOS CONVIDADOS QUE ACOMPANHEM
A VISITA GUIADA DA MOSTRA

Um mapa exibe o percurso: daqui até a Capela Sistina, foi liberado um corredor de quatrocentos metros para a exposição. À medida que sigo o trajeto indicado, a história do sudário vai surgindo de trás para a frente. 2004: a datação por carbono-14 é refutada. 1983: a família real italiana doa o sudário a João Paulo. 1814: o sudário é exposto para celebrar a queda de Napoleão. 1578: O sudário chega a Turim pela primeira vez. 1355: primeira exposição católica do Santo Sudário de que se tem notícia. Depois disso, o caminho segue sem interrupções até a Quarta Cruzada. Até 1204.

Foi por isso que Michael me mandou ir até o telefone público atrás da Casa: para poder me observar da janela do seu quarto.

Ao chegar à galeria onde Constantinopla está pintada na parede, paro, surpreso. Não há ninguém aqui também. E nenhuma parte da exposição foi removida desde a última vez em que estive aqui, há três dias.

Hesito, incrédulo. Então, já aconteceu. Os ortodoxos já sabem que roubamos o sudário deles.

Há marcas de sapatos no chão de mármore. Ainda posso sentir o calor humano. Então, vejo-os. Do outro lado de uma vitrine da exposição, quase invisíveis na escuridão, há dois ortodoxos de batina preta. Estão de pé a um canto, chorando. Através do vidro, um deles vê que estou olhando. Sua barba está pontilhada de lágrimas.

Do outro lado da porta, porém, vem uma voz. É grave e gentil, como a de um pai consolando o filho. Dou um passo à frente, reconhecendo o sotaque.

Atravesso as portas que estavam trancadas no dia em que estive aqui e chego a um corredor amplo e escuro. De início, tudo que consigo enxergar são as cabeças flutuando na escuridão — rostos sem corpo esgueirando-se no breu. Só quando meus olhos se acostumam é que vejo as batinas, os smokings e os hábitos negros. Há centenas de pessoas no ambiente. Começo a procurar por Michael, mas é difícil circular pela multidão.

As paredes se tornam mais claras à medida que sigo pelo corredor. O preto se transforma em cinza. O cinza se transforma em branco. Na outra extremidade, ao longe, a sala parece resplandecer. Há pinturas em suas paredes. Aqui, no entanto, as paredes estão quase vazias, cobertas apenas de palavras e alguns artefatos antigos — moedas e tijolos — que parecem recolhidos de uma rede de pesca.

— Agora os senhores conhecem a história do Santo Sudário — diz Nowak, em uma plataforma no fim do corredor. — Sabem que os cruzados do Ocidente o roubaram de Constantinopla e o entregaram nas mãos da Igreja Católica.

Sua voz silencia. A multidão o observa fixamente. Levanto a cabeça. O arcebispo Nowak está de olhos fechados e punho erguido. Ele o abaixa, e abaixa, e abaixa até chegar ao peito.

Mea culpa, mea culpa, mea maxima culpa.

Minha culpa, minha culpa, minha grande culpa.

Caminho por intuição. Os ortodoxos reúnem-se em grupos coesos, mas os padres ocidentais, como Michael, estão dispersos pela multidão.

— Perdoa-nos, Senhor por fazer de Teu Sudário um símbolo de nossa separação — prossegue Nowak. — Perdoa-nos pelos pecados que cometemos contra nossos irmãos.

Segue-se um silêncio sepulcral. Alguns cardeais mais velhos misturados à multidão parecem petrificados, provavelmente por considerarem que Nowak está amolecendo. Mas Sua Excelência Reverendíssima continua determinado.

— Felizmente, o Dr. Nogara realizou uma última descoberta ainda mais importante que tudo aquilo que os senhores viram até aqui.

Interrompo minha busca por Michael. Sou pego de surpresa. O arcebispo está prestes a revelar o que Ugo descobriu.

— Conforme verão os senhores em seguida — continua Nowak —, o Santo Sudário solucionou nossa maior crise teológica, em um dos períodos mais difíceis de nossa história conjunta. Sem ele, não poderíamos estar aqui hoje, pois os Museus do Vaticano não existiriam.

Não me parece o que Ugo descrevia em sua carta.

— Esta é a última galeria da exposição — explica Nowak. — Portanto, antes de entrarmos na Capela Sistina, gostaria de apresentar o Sr. Andreas Bachmeier, assistente do Dr. Nogara, que explicará aos senhores a descoberta.

Todas as atenções se voltam para Bachmeier. Enquanto ele sobe na plataforma, volto a abrir caminho na multidão. Então, por um breve instante, vejo algo de passagem em meio à multidão. Uma batina com um longo rasgo atrás do colarinho.

É a batina em que fiz um corte no quarto da Casa.

Viro-me, mas já não a vejo mais.

Ao andar em meio à multidão, tento me concentrar nos rostos ao meu redor, sem me deixar distrair pelo pensamento que cada vez mais ocupa minha mente. Bachmeier faz uma reverência ao arcebispo Nowak e, em seguida, começa sua explicação:

— Por décadas, o mundo fez apenas uma pergunta sobre o sudário: ele é autêntico? Mas o Dr. Nogara fez uma pergunta melhor: por que Cristo o deixou para nós? A resposta está nesta galeria.

Por todo o ambiente, uma estranha energia começa a tomar conta das pessoas. Até os ortodoxos olham ao redor, tentando decifrar o que Bachmeier quis dizer. Passo rapidamente por um grupo deles, pedindo-lhes desculpas em grego. E é então que vejo de novo: o rasgo branco nas costas de uma batina romana. Tomo a direção dela, procurando enxergar o rosto de seu dono.

Mas ele também está andando. Esgueirando-se pela multidão. Aguardo para ver aonde ele vai.

— Os senhores podem estar se perguntando por que as paredes à entrada desta galeria não exibem obras de arte. Por que há nelas somente palavras. É porque foi esse o mundo em que o sudário surgiu.

Bachmeier desce da plataforma e aponta para as citações na parede. Um microfone de lapela capta sua voz e a distribui pelo ambiente.

— O Primeiro Mandamento da Lei de Moisés diz: *Eu sou o Senhor teu Deus. Não terás outros deuses diante de minha face. Não farás para ti escultura, nem figura alguma do que está em cima, nos céus, ou embaixo, sobre a terra, ou nas águas, debaixo da terra.* O antigo povo judeu observava essa proibição com muita seriedade. Vejamos o que nos diz Josefo, um historiador judeu.

Ainda na plataforma, Nowak declama uma citação com sua voz grave e retumbante:

— *A Assembleia de Jerusalém enviou-me para destruir o palácio do rei Herodes, pois este era decorado com imagens de animais. Todavia, outro homem chegou lá antes de mim e ateou fogo ao palácio.*

Quando os pescoços se erguem para ver as letras impressas na parede, o padre da batina rasgada se detém e vira-se para fitar Nowak. Desse ângulo, consigo ver seu rosto. Meu corpo fica tenso. É Michael.

Avanço para alcançá-lo, mas ele volta a se afastar de mim, agora rumo ao arcebispo Nowak.

— As pessoas costumam perguntar por que os evangelhos nunca mencionam a presença de uma imagem impressa no sudário — continua Bachmeier. — Mas imaginem como a comunidade judaica teria reagido à imagem de um homem nu e crucificado.

De repente, Michael dá um passo à frente. Prepara-se para confrontar Nowak, mas, por acaso, outro padre bloqueia seu caminho. Michael desvia, e eu disparo em sua direção. Meus dedos alcançam a manga de sua batina. Eu o agarro.

— Foi por isso que os discípulos levaram o sudário para Edessa — prossegue Bachmeier. — Era uma cidade pagã onde não havia proibição ao culto de imagens. Além disso, seu rei era um seguidor de Jesus.

Michael vira para trás. Ele me vê, mas não há sinal de reconhecimento em seus olhos. As pupilas estão pequenas e tensas. Sua fronte está molhada de suor.

— Seu filho da mãe — digo.

Ele se livra de mim, rasgando ainda mais a batina e sobe na plataforma onde está Nowak. De início, Vossa Excelência Reverendíssima não detecta sua presença.

— Nossa Igreja Cristã primitiva, entretanto, ainda era hostil às imagens — diz Bachmeier.

Discretamente, o arcebispo Nowak começa a ler uma citação, mas Michael põe-se diante deles. Inclino-me para a frente para agarrá-lo, mas ele me empurra e se livra de mim.

Nesse momento, algo surge de repente diante de meus olhos. Um festival de cores. Guardas suíços se aproximam de todos os cantos da sala. Logo Michael desaparece, engolido por uma muralha formada por eles.

Nos rostos dos ortodoxos, a expressão é de choque. Abro caminho na multidão. Por um segundo, através do muro de soldados, vejo os olhos de Michael quase saltando das órbitas, os braços se debatendo. Ele tenta gritar, mas o som é incompreensível. Enfiaram alguma coisa em sua boca. Ele tenta chutá-los, mas os soldados nem se mexem.

Uma mão forte segura meu ombro e me empurra.

— Para trás, padre — diz uma voz.

Mas permaneço firme no lugar. Michael urra e tenta arrancar a mordaça. Dois oficiais da Guarda Suíça gesticulam, pedindo que a multidão abra caminho para que o levem embora.

— Amigos! — exclama Nowak, erguendo as mãos. — Por favor, perdoem esse homem. Está perturbado.

Começo a seguir Michael até a saída, mas outros soldados chegam e bloqueiam minha passagem.

— Tenho que falar com ele — digo.

Mas eles me afastam.

— Aonde ele está sendo levado? — pergunto.

Então uma voz surge atrás de mim.

— Padre.

Viro-me e, surpreso, dou um passo para trás.

— Vossa Excelência Reverendíssima.

Toda a multidão nos assiste.

Sem saber o que fazer, eu me curvo diante do arcebispo Nowak. Ele me toma pelo braço e me conduz até a plataforma.

— Meus amigos, muitos de vocês conhecem o bispo Andreou. Ele visitou seus países. Seus esforços foram fundamentais para o que estamos fazendo aqui hoje. Este homem é irmão dele.

Nowak permite que eles olhem para mim de cima a baixo. Que vejam minha barba. Minha batina folgada. Não é preciso ser um gênio para compreender o argumento. Uma família mista. Ocidente e Oriente. Podemos sobreviver sob o mesmo teto.

— Obrigado, padre Andreou, por sua ajuda agora há pouco — diz Nowak.

O público aplaude educadamente. Mantenho os olhos baixos. Não fui eu quem deteve Michael, foram os guardas suíços. Isso não passa de teatro.

Ao fim da inspeção, faço menção de descer da plataforma, mas Nowak não tira a mão de mim. Não me deixa descer.

— Dr. Bachmeier, por favor, continue — pede ele, em voz alta. E, quando Bachmeier retoma sua apresentação, o arcebispo sussurra:
— Padre, seu irmão gostaria que você visse o que vem em seguida.

Assim, permaneço de pé ao seu lado, o representante simbólico do catolicismo grego, o antídoto para o rompante colérico de Michael, enquanto Bachmeier guia o público pelas citações nas paredes. São palavras antigas proferidas pelos Padres da Igreja e por santos, bem como em concílios de bispos.

Deus, que proibiu a confecção de imagens esculpidas, jamais teria, Ele próprio, feito uma imagem de si.

As igrejas não deveriam abrigar imagens. O que é venerado e adorado não deve estar pintado em paredes.

Os nomes abaixo dessas citações são os mesmos que figuram nos livros didáticos que utilizo em minhas aulas no pré-seminário. Santo Ireneu, do século II d.C. Tertuliano e Orígenes, do século III. Eusébio, pai dos historiadores cristãos, que viveu no século IV. Epifânio, paladino da ortodoxia, que viveu por volta do século V. O público avança lentamente pela galeria, assistindo aos antigos líderes da Igreja abrirem fogo contra as imagens. Observando nossa religião posicionar-se contra o paganismo ao rechaçar as pinturas e estátuas que adornam os templos pagãos de Júpiter, Apolo e Vênus.

Somente quando o paganismo desaparece é que a Igreja atenua sua posição. Nas paredes, uma miríade de imagens ilustra esse fato: por todo o Império Romano, os cristãos, ao entrarem em suas igrejas, são recebidos por pinturas e mosaicos de Jesus, de seus milagres e de seus discípulos. Há algo de milagroso na velocidade com que o fenômeno se propaga. É como se uma civilização inteira acordasse de um sonho compartilhado, uma revelação da forma divina: Deus é beleza, e a beleza move a alma. De repente, o rosto atemporal de Jesus surge em toda parte. E, todavia, no próprio momento em que a arte cristã desabrocha, um perigo existencial nasce no horizonte. Quando a linha do tempo na parede chega ao século VII, as letras, que eram brancas, tornam-se vermelhas. Estão escritas em árabe.

Bachmeier indica as palavras.

— Agora, chegamos ao acontecimento histórico mais fascinante desde a queda de Roma. Em sua marcha inexorável da África em direção à Europa, uma nova religião, o islã, ameaça não apenas a Terra Santa, mas toda a postura dos cristãos com relação às imagens. Diante dos senhores, estão as palavras de Maomé, tal como registradas pelo imame Muslim. Como me pediram que eu não as lesse em voz alta aqui dentro dos museus, os senhores podem lê-las por conta própria.

À medida que o público absorve as traduções das frases, o burburinho aumenta.

As pessoas mais gravemente atormentadas no Dia da Ressurreição serão os pintores de imagens.

Todos os pintores de imagens arderão no fogo do inferno.

Não abandoneis uma imagem sem destruí-la.

— Nas fronteiras entre a cristandade e o islã, os cristãos tiveram contato com essas ideias — explica Bachmeier, voltando a conduzir o público adiante —, e alguns de nossos fiéis começaram a absorvê-las. Esses cristãos caíram na heresia de acreditar que qualquer forma de arte que retratasse Nosso Senhor era maligna e deveria ser destruída. Um desses hereges tornou-se o imperador cristão de Constantinopla, e, no nefasto ano de 726, lançou uma campanha que hoje conhecemos como Iconoclastia, uma tragédia que ofuscou até a Quarta Cruzada.

No teto da sala, uma luz se acende. Letras aparecem na escuridão, como se o demônio as tivesse escrito em fumaça. Nowak as lê, desta vez com um tom de voz pesaroso.

— *As igrejas foram raspadas e cobertas de cinzas porque continham imagens sacras. Onde quer que houvesse imagens de Cristo, da Mãe de Deus ou dos santos, estas eram queimadas, arrancadas ou raspadas.*

— A quantidade de obras de arte bizantina que sobreviveram a esse período é extremamente reduzida — prossegue Bachmeier. — A maior coleção de arte cristã de todo o mundo desapareceu quase por completo. O imperador era um homem impiedoso e revelou-se quase incontrolável.

Chegamos ao fim do corredor. Bachmeier indica a última parede, a que nos separa da Capela Sistina. Está pintada de um branco sinistro, assustador. Sua voz estremece quando ele acrescenta:

— *Quase*.

A parede é tão clara que preciso desviar os olhos. Então percebo que a porta que leva à Capela Sistina é guardada por soldados da Guarda Suíça.

— Uma das perguntas mais importantes que o Dr. Nogara se fez foi por que Jesus nos deixou o Santo Sudário. Por setecentos anos, ninguém soube responder, mas, em pleno período iconoclasta, um monge cristão de nome João lembrou-se de um fato espantoso: na cidade de Edessa, havia uma imagem que não tinha sido confeccionada por mãos humanas. Uma imagem *de* Cristo, feita *por* Cristo. Ela provava que a nova aliança de Nosso Senhor viera acompanhada de uma nova forma de arte. Quando Deus tornou-se humano, Ele fez uma imagem de *Si*. Com Sua encarnação, Ele aboliu a proibição contra a arte. E, como prova de Suas intenções, assim como as tábuas que deu a Moisés, Ele nos deixou o Santo Sudário.

"Inspirados por João, um pequeno grupo de anciãos se rebelou contra o imperador. E, juntos, esses homens salvaram a história do cristianismo. Apresento aos senhores as palavras deles."

A voz do arcebispo Nowak retorna carregada de sentimento, reverberando pelo ambiente:

— *Ó imperador protegido por Deus, Cristo enviou Sua imagem ao rei Abgar de Edessa, e até hoje muitos povos do Oriente se reúnem junto a essa imagem para orar. Exortamo-vos, portanto, a que retorneis para a verdade. Teria sido melhor Vossa Majestade Imperial ser um herege que um destruidor de imagens.*

— Essas palavras foram escritas pelo papa Gregório, patriarca do Ocidente, mas ele não estava sozinho — explica Bachmeier. — Eis as palavras de Nicéforo, patriarca de Constantinopla.

— *Por que puniríeis aqueles que pintam o retrato de Cristo, se o próprio Cristo deixou a imagem de seu semblante divino em um lençol? Foi Ele quem imprimiu Sua própria réplica quando permitiu que o cobrissem com um pano.*

— Em Jerusalém, mais três patriarcas enviaram uma carta ao imperador — continua Bachmeier. — Depois disso, convocou-se um concílio ecumênico. Neste, pela última vez em nossa história conjunta, os bispos da cristandade foram unânimes. À toda a posteridade, declararam que o cristianismo é uma religião, *a* religião, da arte.

"Portanto, é com muita alegria que peço a Vossa Excelência Reverendíssima a gentileza de abrir as portas que estão à nossa frente, e a todos vocês o obséquio de segui-lo. Pois, atrás destas portas, os senhores verão o que nossa unidade e o exemplo de Nosso Senhor tornaram possível."

Enquanto Bachmeier fala, Nowak dá um passo adiante e faz um sinal com a mão. Os guardas suíços junto às portas se afastam. Como num passe de mágica, a Capela Sistina se abre.

O público sente um arrepio. Porque, daqui em diante, terminam os Museus do Vaticano e começa a capela do papa. E no teto dela está o milagre supremo da arte.

À medida que entramos, porém, nem um único olhar espreita o teto. Meu coração bate forte. Ouço o sangue pulsando. Porque, no interior desta capela, Michelangelo não está só. Ao lado do altar, jaz uma cadeira alta e dourada. E, na cadeira, sozinha, está sentada a figura diminuta e curvada do papa João Paulo.

Capítulo 37

De repente, um enxame de guardas suíços surge ao nosso redor e conduz os bispos ortodoxos para a frente da multidão. Os bispos não demonstram surpresa nem confusão, como se soubessem por que estão aqui.

Na porta, cria-se um impasse. Uma centena de batinas e smokings tenta avançar e ver o que há lá dentro, enquanto outra centena permanece imóvel à porta. Os que já entraram são conduzidos pelos soldados até as cadeiras de assento estofado vermelho dispostas pela capela, de frente para os degraus que levam ao lugar onde está João Paulo, ao lado do altar. A atmosfera é quente e rarefeita. Por toda parte, cardeais e dignitários tentam entender o que está acontecendo. Mulheres de aspecto distinto se abanam com encartes de papel e esticam seus pescoços elegantes.

Diante de nós, todavia, João Paulo não se move. Assusto-me ao ver que ele parece mais decrépito e dolorido do que nunca. A densa máscara de seu rosto exibe um ar de severidade permanente. Anos de enfermidade deram ao seu corpo um aspecto retorcido, disforme. Seu tronco é largo, chapado e arqueado. A murça branca pende de seus ombros desajeitada, como uma toalha de mesa cobrindo um toco de árvore. Ele está afundado em sua cadeira personalizada, que seus assistentes carregam agora por toda parte e que foi projetada para evitar que ele escorregue para a frente. Vindo de trás da cadeira, ouve-se um zumbido grave e desagradável. Um motor. Todos os olhares estão voltados para o trono, todos querem saber o que ele fará.

Mas é algo atrás do Santo Padre que começa a se mover: uma estrutura de vidro montada sobre trilhos de aço atrás do altar. Ergue-se lentamente junto à parede do altar até pairar sete metros acima da cabeça do papa, quase encobrindo o Cristo colossal do *Juízo Final* de Michelangelo.

A multidão se sobressalta ao ver o que há nessa estrutura. Os católicos fazem genuflexão, alguns colocam o joelho direito no chão, outros o esquerdo, incertos quanto ao protocolo a ser seguido diante desta visão sem precedentes. Os ortodoxos fazem metanoias, os russos e os eslavos fazem o sinal da cruz antes de se curvar, enquanto os gregos e os árabes se curvam antes de fazer o sinal da cruz. Os bispos ortodoxos, no entanto, fazem algo totalmente diverso. Em sincronia, como se tivessem ensaiado para este momento, deitam-se no chão, em posição de prostração completa, para venerar o mais grandioso dos ícones de Deus.

Nunca senti nada semelhante ao silêncio deste ambiente. A atmosfera é tão densa que todos os sons se elevam rumo à escuridão lá fora, como se fosse a fumaça de um conclave. Na parede atrás do sudário, o Jesus de Michelangelo ergue a mão, como se mandasse o tempo parar. No teto da capela, a tensão se concentra no filete de vazio entre os dedos esticados de Deus e Adão. Toda a Criação, envolta na escuridão da noite lá fora, parece pressionar o ouvido contra as paredes da capela para escutar.

Eu daria tudo para que Simon estivesse aqui. Para que ele visse o que quer que eu esteja prestes a ver. Lucio apostou todas as cartas nessa noite, como se essa fosse a última esperança de Simon. Agora, o silêncio ao meu redor é prova de que essa esperança não era infundada.

Uma voz se eleva. De pé à frente da capela, o arcebispo Nowak fala em nome de nosso pobre papa, que se encontra incapaz de fazê-lo.

— Esta noite, conhecemos os textos notáveis que documentam a história do Santo Sudário. Agora retornamos, como sempre, ao texto que está acima de todos os outros. O manto sagrado guarda uma profunda semelhança com o que se descreve nos relatos evangélicos da paixão e morte de Nosso Senhor. O Santo Padre acredita que a cristandade deve voltar a respirar com dois pulmões, Oriente e Ocidente, ortodoxos e católicos, e aqui está Jesus Cristo diante de nós, ferido por uma lança entre as costelas. Essa ferida foi infligida por um soldado romano, como numa antecipação daqueles cavaleiros católicos que, um dia, roubariam o sudário de Constantinopla.

"A Quarta Cruzada é uma mancha na história da Igreja cristã. O Santo Padre pediu desculpas por esse acontecimento e expressou o perpétuo sentimento de vergonha da parte dos católicos pelo papel que desempenhamos. Todavia, esta noite, ele me pediu que lesse em voz alta uma mensagem nova e especial a todos os presentes nesta capela. Especialmente aos seus irmãos patriarcas, e ao primeiro entre eles, Sua Santidade Bartolomeu I, patriarca ecumênico."

Estupefato, fico na ponta dos pés e tento enxergar os homens a quem o arcebispo se refere. É quase impossível acreditar em suas palavras.

Seus irmãos patriarcas.

O primeiro entre eles, Sua Santidade.

Eu sabia que Simon havia convidado o patriarca da Romênia, mas Sua Santidade, o patriarca ecumênico de Constantinopla, está muito acima dele na antiga hierarquia de patriarcas, abaixo apenas do papa. Isso vai além do que eu pensei que Simon fosse capaz de fazer.

Nowak abre um documento de aspecto formidável. Parece estar selado com cera vermelha. Ele lê:

— Caros irmãos e caras irmãs, como sabeis, o Santo Sudário vem sendo venerado há muitos séculos nas igrejas católicas. Mesmo assim, até duas décadas atrás, era de propriedade da família real italiana. Somente com a morte do último rei, no início do meu pontificado, o Santo Sudário foi legado à Santa Sé. Não menciono este fato para diminuir a cumplicidade da Igreja Católica nos pecados de 1204.

Menciono-o por causa de um detalhe que figura no testamento do rei Umberto. Esse documento, em vez de legar o sudário à arquidiocese de Turim ou à Igreja Católica, lega-o à pessoa do Supremo Pontífice. O que significa dizer que Sua Alteza Real deixou o Santo Sudário para mim.

"Na qualidade de papa, detenho poder pleno, supremo e universal sobre todas as instâncias de nossa Igreja, e por isso meus irmãos católicos podem não enxergar a necessidade de fazer essa distinção. Todavia, uma das diferenças que nos separam de nossos preciosos convidados ortodoxos reside no fato de que a Igreja Ortodoxa não reconhece a jurisdição do papa sobre seus bispos-irmãos. Sendo assim, gostaria de deixar claro que, com o que direi em seguida, não desejo impor minha vontade a outros bispos que devam obedecer às minhas ordens.

"A exposição hoje inaugurada demonstrou que a relíquia conhecida no Ocidente como Sudário de Turim foi, na verdade, roubada pelos cruzados latinos em 1204. Esta noite, portanto, no ano do octingentésimo aniversário dessa ofensa, reconheço o roubo e, neste ato, restituo o Santo Sudário ao seu legítimo guardião, a Igreja Ortodoxa."

O silêncio na capela é absoluto. Na segunda fileira, o cardeal Boia se remexe na cadeira. Mas quem se levanta é outro homem. Os olhos da cristandade recaem sobre o cardeal Poletto, arcebispo de Turim.

Sem emitir qualquer som, Poletto se vira na direção dos ortodoxos. Ele ergue as mãos. E começa a aplaudir.

Todos observam incrédulos, mas compreendo o que ele está fazendo. Levanto-me e também me ponho a aplaudir. Um bispo turco segue meu exemplo. Por fim, a represa se rompe. Os leigos começam a bater palmas. Os arcebispos. O som reverbera nas paredes. João Paulo ergue a mão trêmula para tapar o ouvido.

— Por favor — diz Nowak, levantando as mãos para silenciar a multidão —, o Santo Padre me pediu que lesse a todos uma última mensagem.

Pela primeira vez, sua voz está carregada de emoção.

— Meus caros irmãos patriarcas, por favor, desculpai-me por não poder me levantar para saudar-vos e por não dizer estas palavras com minha própria voz. Como sabeis aproximo-me do fim do meu pontificado. O Santo Sudário nos inspira a meditar sobre nossa mortalidade, e sinto-me humildemente honrado por Nosso Senhor ter me concedido um pontificado de vinte e seis anos, quando a si mesmo concedeu somente três anos de ministério. Não obstante, o exemplo de Cristo me faz lembrar o quanto se pode fazer em um brevíssimo período de tempo. Isso foi provado por nossos predecessores quando se sublevaram juntos contra a Iconoclastia. E é isso o que espero que façamos juntos esta noite.

"Uma vez que não me encontro mais em condições de viajar, esta será a última vez que estaremos juntos. Assim sendo, é conveniente que eu aproveite esta oportunidade para expressar a seguinte esperança. Nunca, nesses vinte e seis anos, pude unir-me a todos vocês. Portanto, pergunto: vocês se levantarão e se unirão a mim, em sinal de fraternidade?"

O arcebispo Nowak cessa a leitura e olha para a frente. Todos os leigos da capela exibem um olhar de expectativa. Ninguém recusaria o convite de um papa. Ninguém recusaria um convite *deste* papa.

No rosto dos clérigos, porém, a expressão que vejo é diferente. Passamos a vida protegendo este homem, apoiando-o enquanto ele carregava o fardo de seu ofício. Apagar mil anos de ódio com um único gesto é pedir demais, mesmo para João Paulo. Nenhum de nós pode suportar a tristeza de assistir ao seu fracasso.

Mesmo assim, é o que acontece. Nem um único patriarca faz menção de juntar-se a ele. O único que pelo menos se levanta da cadeira em sinal de respeito é Bartolomeu, Sua Santidade.

O golpe atinge João Paulo como um soco. Quando ele vê que ninguém está se movendo, sua mão boa cai de volta ao braço da cadeira. Seu corpo se curva para a frente, como se fosse cair. Do nada, dois auxiliares se materializam, um de cada lado. Pousam as mãos sobre ele e sussurram palavras ao seu ouvido tentando, delicadamente, fazê--lo voltar à cadeira, mas João Paulo os afasta. Eles fitam o arcebispo Nowak em busca de apoio, mas ele os dispensa.

Agora estão somente os dois lá em cima: Nowak e João Paulo. Eles trocam olhares, debatendo algo imperceptível aos demais, falando na língua dos quarenta anos que passaram juntos. Talvez Nowak esteja implorando ao papa que disfarce a humilhação. Porém, se é esse o caso, João Paulo o ignora. Ele retoma o esforço de sair da cadeira, buscando levantar-se, mas em vão. Então, como um bom filho, o arcebispo Nowak o ajuda.

Mais de um ano se passou desde a última vez em que João Paulo deu um passo com as próprias pernas. Dizem que ele não consegue mais ficar de pé. Ainda assim, ele olha para os patriarcas da Igreja Ortodoxa reunidos ali abaixo dos degraus de mármore do altar como se estivesse disposto a descê-los, se fosse preciso.

De súbito, compreendo o que ele está fazendo. O problema que está tentando resolver. Antigamente, apenas um homem podia se sentar em uma cadeira dourada, e esse homem era o imperador. Por mais razões que os ortodoxos tenham para não se juntar a ele naquele altar, a mais óbvia delas é que nenhum ortodoxo jamais honrará um papa em um trono. Nem mesmo sendo esse trono uma cadeira de rodas dourada.

Usando o braço bom, João Paulo agarra a batina de Nowak e a puxa para se equilibrar. Depois, flexiona cada músculo que ainda reage ao seu comando. E, embora somem juntos 150 anos, esses dois homens descem os degraus em segurança e dirigem-se à cadeira do patriarca ecumênico.

Bartolomeu está visivelmente preocupado. Dá um passo à frente para ajudar o papa a manter-se de pé, mas João Paulo está prestes a ficar de joelhos, as pernas quase dobradas. Com a ajuda do arcebispo Nowak, ele se prostra dolorosamente de joelhos.

Sua Santidade toma as mãos de João Paulo, tentando fazer com que se levante.

— Por favor, Santo Padre — ouço-o dizer com voz de surpresa. — Não.

Contudo, João Paulo aperta a mão direita do patriarca, curva a cabeça e aproxima os lábios para beijá-la.

É então que algo acontece.

À esquerda de Bartolomeu, encontram-se os outros patriarcas da antiga tetrarquia: Inácio de Antioquia, Teodoro de Alexandria, Irenaios de Jerusalém. Todos têm barbas brancas e vestem batinas negras. Todos têm uma expressão dura e resoluta, como a dos santos nos ícones sagrados. Mas também são mais novos que João Paulo. E, quando o veem curvado a seus pés, o mais antigo patriarca, da mais honorável Sé Apostólica, ficam sem reação.

À esquerda de Bartolomeu, do outro lado do corredor, estão os patriarcas das capitais ortodoxas mais recentes: Máximo da Bulgária, Elias da Geórgia, Pavle da Sérvia. Aleixo de Moscou enviou um representante, o segundo homem mais importante da Igreja Ortodoxa Russa. Mas, lá no canto, bem no fim da fileira, está o homem que mudará tudo: o patriarca Teoctisto da Romênia.

É um homem de quase 90 anos. Cinco anos mais velho que João Paulo. Há pouco tempo, tornou-se o primeiro patriarca ortodoxo, em um milênio, a convidar um papa a visitar seu país, oferta que João Paulo aceitou com alegria. Agora, Teoctisto se prepara para realizar um gesto ainda mais grandioso.

O velho patriarca ergue-se da cadeira com as pernas trêmulas e se posiciona ao lado de João Paulo.

Os olhos do papa o acompanham. Quando Teoctisto estende a mão para ajudar o Santo Padre, a máscara de João Paulo cai, e seus olhos se enchem de lágrimas.

Em seguida, é a vez dos outros anciãos de barba branca: Máximo e Pavle, mais velhos que o próprio tempo. Eles se levantam da cadeira como se algo estivesse em jogo aqui, algo mais importante que o protocolo e a história. O princípio cristão do amor. Respeito pela Sé de São Pedro. Os dois também se põem ao lado do papa. Entre eles, está sentado o patriarca Elias da Geórgia, que tem pouco mais de 70 anos, quase um garoto. Para honrar os mais antigos de sua tradição, ele também se levanta.

O primeiro passo foi dado. Um a um, à esquerda de Bartolomeu, os outros patriarcas se levantam. A multidão presente na capela comemora. A cada vez que um novo bispo põe-se de pé, o oceano de vestes negras vibra em aprovação.

Silenciosa e lentamente, Nowak recua. Faz-se quase invisível e desaparece a passos curtos, reconhecendo que os homens de pé nesta capela pertencem a um mundo que o restante de nós não habita, nem mesmo ele. São os gigantes que pedimos a Deus para encontrar no Paraíso, quando oramos. Puxo a cruz do meu colarinho e a aperto. Quero transmitir este momento aos meus pais, que estão no céu. E a Simon, em seu cativeiro.

Os patriarcas reúnem-se e abaixam a cabeça. E, em um milênio da nossa religião dividida, não há precedentes para o que acontece em seguida.

Uma voz se ergue no meio deles. Não consigo distinguir a quem pertence, mas começa a entoar uma oração. Não em italiano ou latim, mas em grego. Um a um, os outros patriarcas põem-se a cantar também. Em uníssono, entoam a profissão de fé oficializada há dezessete séculos, no primeiro concílio de todos os bispos cristãos.

Πιστεύομεν εἰς ἕνα Θεόν, Πατέρα, Παντοκράτορα, ποιητὴν οὐρανοῦ καὶ γῆς, ὁρατῶν τε πάντων καὶ ἀοράτων...

Cremos em um só Deus, Pai Todo-Poderoso, Criador do céu e da terra, de todas as coisas visíveis e invisíveis...

Sinto um arrepio. Está acontecendo. Diante dos meus olhos; estou vivo para ver isso. E meu irmão não está aqui para ver.

Mas outra pessoa está: um dos guardas suíços deixou seu posto à porta da capela para se unir a mim na multidão. Leo não diz uma palavra, mas pousa a mão em meu braço. Ele sabe o que este momento significa para mim.

Ao fim da profissão de fé, segue-se um silêncio hesitante. A multidão espera, curiosa para saber o que acontecerá em seguida. Entre os patriarcas, trocam-se olhares inquisitivos. Nem mesmo esses anciãos — que juntos somam idade quase suficiente para remontar à Quarta Cruzada — sabem a resposta. Mas, em silêncio, estão negociando algo. Não o que farão em seguida, mas quem o fará. Qual dos líderes falará por todos.

Não há dúvidas quanto a quem deve assumir essa atribuição. Os ortodoxos também sabem disso. São Pedro era o líder dos apóstolos; portanto, a honra maior deve ser dada ao sucessor de Pedro: o papa. Estão esperando que João Paulo fale.

Mas o pontífice não trouxe esses homens aqui para eclipsá-los. Em vez de falar, então, ele se volta ao patriarca ecumênico e sussurra algo em seu ouvido.

Os olhos claros do patriarca se iluminam, e ele sorri. Virando-se para João Paulo sussurra em seu ouvido uma palavra de assentimento. Por fim, a todos os presentes na capela, o patriarca diz:

— Em honra a este momento, oremos em silêncio.

Assim que ele termina de pronunciar a frase, volto a sentir a mão de Leo em meu braço. Desta vez, o gesto é mais insistente. Ele estava esperando o momento certo para me dizer uma coisa. Sigo-o rapidamente até a saída.

— O padre Black está sob custódia. Ele disse que precisa falar com você.

Enquanto eu o acompanho, vivo um sonho. Sinto que estou caminhando, mas meu coração permanece lá atrás, na capela. Mil anos: estamos nos reunindo depois de mil anos. Esta noite, o céu está em festa. Os papas do passado erguem as mãos para nos abençoar. Os santos sorriem. Os anjos batem as asas. De hoje em diante, quando falarem sobre a capela que Michelangelo pintou, as pessoas se lembrarão de João Paulo e do lugar onde ele reconstruiu nossa Igreja.

Mesmo que Mignatto esteja certo — mesmo que o julgamento de Simon ainda não tenha terminado —, esta noite meu irmão deixou sua marca na história.

MICHAEL ESTÁ CONFINADO em uma cela no quartel.

— Por que ele quer conversar comigo? — pergunto a Leo.

— Disse que é sobre Simon. — Ele ergue a mão em sinal de advertência. — Mas, Alex, tem algo de errado com aquele sujeito. Já o prendemos no início da semana por ter começado uma briga por causa de uma multa de estacionamento. Tenha cuidado.

Uma multa de estacionamento. Provavelmente a mesma que encontrei no quarto do hotel junto com os livros roubados de meu apartamento.

Leo me conduz por um corredor úmido. Perto do fim, paramos.

— Quer que eu entre com você? — pergunta ele.

Respondo que preciso fazer isso sozinho.

Ele destranca a porta e a deixa entreaberta.

A cela é do tamanho de um closet. Michael está sentado em um colchão sem lençóis. Mantenho-me a distância.

— Então, devo dar os parabéns? — pergunta ele, sem erguer os olhos.

Não digo nada.

— Isso não é bom para nossa Igreja — continua. — Você vai ver. A reunificação é um erro.

— Você o matou, Michael?

Ele bufa.

Minha vontade é agarrá-lo pela batina e sacudi-lo. Simon estava certo sobre ele desde o começo.

— Com quem você estava dividindo aquele quarto na Casa? — pergunto.

Ele me ignora.

— Sabe, Nogara me disse que você o abandonou, assim como Simon. Você e seu irmão são iguaizinhos. Têm muitos interesses e nenhuma lealdade, exceto um com o outro.

Viro-me para ir embora.

— Vocês dois não atendiam aos telefonemas dele — diz Michael rapidamente —, então ele teve que se contentar comigo. Foi com *ele* que eu dividi o quarto.

A garrafa de grapa Julia no cesto de lixo. As chamadas para o meu apartamento de um número de telefone do hotel. Quem dormiu no chão do quarto de Michael naquela noite foi Ugo.

Ele puxa um cigarro do maço, mas se dá conta de que não tem isqueiro. Então rasga o cigarro no meio e o atira do outro lado da cela.

— Droga!

Sinto um calafrio percorrer meu corpo. Então, Michael não tinha nenhum parceiro. Fez tudo sozinho.

— Por que você invadiu meu apartamento?

— Você sabe o motivo.

— Mas Simon estava em Castel Gandolfo. Você provavelmente o viu lá.

— Definitivamente, não.

De repente eu me dou conta dos fatos. Parece tão óbvio. O motivo de Simon se recusar a dizer uma só palavra sobre o que aconteceu. O motivo de Michael ter vindo atrás de meu irmão assim que voltou de Castel Gandolfo.

— Meu irmão viu *você* lá, não viu?

Michael belisca o nariz.

— Eu não estava em Castel Gandolfo.

— Você estava dentro do carro de Ugo. Tentando pegar a arma dele.

— Não sei do que está falando.

— Encontrei uma lasca do seu chaveiro do hotel no carro dele. Ele se quebrou quando você tentou abrir o estojo da arma.

— Nogara deve ter feito isso. Eu nem estava lá.
— Você foi ao nosso apartamento porque percebeu que ele o viu.
Ele pula da cama e grita:
— O que quer que ele tenha dito a você, estava mentindo!
Michael aperta os punhos contra as têmporas. Dou um passo para trás.
Leo entra na cela imediatamente. Michael recua e se dirige a um canto, onde permanece virado para a parede. Passa as mãos pelo cabelo repetidas vezes.
— Você deixou Ugo ficar no seu quarto para poder segui-lo até Castel Gandolfo — constato.
Michael não diz nada.
— O que você estava pensando em fazer?
Ele se vira para mim e berra:
— Você acha que eu planejava *matar* Ugo? Vá para o inferno, Alex!
Leo dá um passo na direção dele, mas eu o detenho com um gesto.
— Por que Simon está protegendo você? Porque foi um acidente?
O rosto de Michael está vermelho. Ele agarra com força a estrutura de metal da cama. Em seguida, voltando-se para Leo, desabafa:
— Eu não matei ninguém. Foi o *irmão* dele quem matou Nogara. Eu nem estava lá.
— Já chega por hoje — diz Leo, abrindo a porta.
Mas Michael ergue a mão.
— Por favor. Me dê mais um minuto com ele. A sós.
Leo balança a cabeça, mas eu peço para ele esperar do lado de fora.
Michael permanece no canto, com as costas apoiadas na parede. Seus olhos passeiam pela cela, um canto de cada vez, enquanto ele tenta se recompor. Este foi o melhor assistente que meu pai conseguiu encontrar. Devia ser óbvio, para qualquer um que não fosse uma criança, o quanto ele era perturbado. Se isso foi o melhor que meu pai pôde fazer, provavelmente estava mesmo muito desesperado.

Talvez Simon fosse maduro o bastante para enxergar essas coisas. Eu, porém, ainda era uma criança.

— Sabe o que estão dizendo sobre a acusação? — indaga ele num tom de voz visivelmente emocionado.

— Do que você está falando?

— Do que aconteceu esta noite. Estão dizendo que vou ser acusado de atacar o Santo Padre. — Seus olhos estão inundados de lágrimas. Ele tenta fazer sua voz parecer enraivecida, mas não consegue disfarçar o medo. — Sabe que pena eu posso pegar por uma acusação dessas?

Sim. Eis, finalmente, a justiça. A pena por atacar um papa é a excomunhão e a perda do sacerdócio.

— Eu fui justo com Simon em meu depoimento — continua ele. — Tudo o que peço é que seu tio interceda por mim.

Ele diz isso com tanta seriedade que me pergunto o que estará pensando, exceto que não pode mais contar com a ajuda do cardeal Boia.

— Explique uma coisa — peço. Ele assente, pensando erroneamente que estou lhe dando uma chance de negociar. — Como você abriu o estojo de Ugo? Ele disse a combinação a você?

Michael solta uma gargalhada débil, nervosa.

— Aquele lunático era tão paranoico que trancava a porta do próprio apartamento com três cadeados. Acha mesmo que ele me contou a combinação?

Meu Deus. Foi ele quem fez tudo. Tudo. Quando eu e Peter fomos ao apartamento de Ugo, encontramos cacos de vidro no chão. Michael não conseguiu arrombar a porta, então escalou pelo lado de fora e entrou pela janela.

Bato na porta.

— Leo, já terminamos aqui. Estou saindo.

Michael me fita, sem compreender.

— E então? Você vai me ajudar?

Quem o enviou àquela clínica de tratamento nas montanhas há dezesseis anos tinha razão, sabia de que tipo de ajuda ele realmente precisava.

Leo abre a porta e me espera sair.

— Reze, Michael. Peça perdão. E depois você precisa se confessar.

Capítulo 38

Tenho que encontrar Lucio e Mignatto. Podemos pôr um fim ao julgamento de Simon ainda esta noite.

As ruas do Vaticano estão tranquilas quando caminho de volta para casa. A notícia sobre o que aconteceu na exposição ainda não vazou. Ou talvez esses bons católicos apostólicos romanos, depois de se darem conta de que doaram o sudário, estejam esperando para ver o que o dia de amanhã lhes reserva.

Quando retorno, escuto as gargalhadas de Mona e Peter atrás da porta do irmão Samuel. Resolvo deixá-los ali e entro em meu apartamento. Está tudo escuro. Mignatto e Lucio não atendem às minhas ligações. Nem Diego atende ao telefone no palácio.

Sento-me à mesa da cozinha e espero. Desaboto minha batina externa. Respiro. Fecho os olhos por um breve instante e, na escuridão, sou tomado por pensamentos sobre Ugo. Recordações dele. Gratidão por aquilo que ele possibilitou esta noite. Amanhã, milhões de pessoas que nunca souberam da existência dele ouvirão que o curador da exposição de João Paulo foi morto enquanto transformava em realidade o desejo do papa. Pensarão nele como um mártir. Um herói. Ugo nunca desejou participar da reunificação das Igrejas. Mas, se houvesse estado lá esta noite, talvez tivesse compreendido.

Tiro minha batina interna suada. Dentro de mim, começa a surgir uma esperança. Tento ignorá-la, mas ela cresce à medida que meu telefone permanece em silêncio. Talvez Simon esteja livre. Agora que a exposição cumpriu seu objetivo, talvez Lucio e Mignatto tenham ido buscá-lo.

Para afastar essa ideia, busco me ocupar com as coisas da casa. Mas Mona lavou a louça, e o quarto de Peter já está limpo. Então, tomo uma chuveirada rápida para me livrar dos resíduos do meu encontro com Michael. Assim que termino de me vestir, ouço batidas na porta. Corro para deixar Peter e Mona entrarem.

À soleira da porta, porém, está um homem de cabelos grisalhos. Um leigo de terno preto e gravata. Não é um vizinho. Nunca o vi antes. Mas ele me olha como se meu rosto lhe fosse familiar.

— Posso ajudá-lo? — pergunto.

— Padre Andreou?

Sinto uma centelha de pânico.

— Alexandros Andreou? — repete ele.

Alexandros. O nome que consta em meus documentos. Há algo em sua mão. Um envelope.

— Sim, sou eu. Por favor, diga o que houve.

Ele me entrega o envelope. Está gravado com as palavras PREFEITURA DA CASA PONTIFÍCIA. Mais acima, vejo o brasão de João Paulo. Este homem é um *cursore*, um dos mensageiros particulares do papa.

— O que é isso? — murmuro.

Mas o *cursore* diz apenas:

— Um carro estará esperando pelo senhor em frente ao prédio trinta minutos antes da audiência. — Ele faz uma breve mesura. — Boa noite, padre.

Em seguida, dá meia-volta e vai embora.

Rasgo o envelope e leio o cartão contido nele:

O SENHOR ESTÁ CONVOCADO A DEPOR NOS APOSENTOS PARTICULARES DE SUA SANTIDADE ÀS DEZ HORAS.

Meu coração bate forte. Não entendo. Na qualidade de procurador de Simon, não posso ser testemunha em seu julgamento.

Mas as regras mudaram. O papa está acima da lei.

Entorpecido, caminho até o meu closet. Procuro minha melhor batina que esteja limpa. E meu ferro de passar roupas. No corredor, porém, me detenho. Pela janela do quarto de Peter, consigo ver o palácio. As janelas do cardeal Boia estão escuras. Em todo o andar de cima, no entanto, as luzes estão acesas.

Pensar naqueles apartamentos me dá um nó no estômago. Terei de preparar tudo que for dizer. Se Michael não tiver confessado até amanhã de manhã, vou precisar da ajuda de Mignatto.

Estou pegando a tábua de passar roupa quando escuto o som da chave na fechadura. A porta se abre, e ouço a voz de Peter.

— E quase sempre na floresta, sabe? Eles têm um veneno que pode matar a gente, mas só é veneno porque eles comem uns insetos que têm veneno, então, no zoológico, eles não comem os insetos, sabe? Então não são supervenenosos. Ou nem têm veneno.

Respiro fundo e saio do closet. Piso em alguma coisa pontiaguda e tenho de sufocar um palavrão. Mona me vê quando apareço no corredor. E sorri.

— Rãs arborícolas — explica ela.

Em seguida, percebe a expressão em meu rosto.

— *Babbo!* — exclama Peter, correndo em minha direção.

Dou um passo à frente e pego-o no colo para que ele não veja a hesitação em meus olhos. Entrego a Mona o cartão trazido pelo *cursore*.

— Isso é bom? — sussurra ela.

— Não sei.

Peter parece extasiado. O relato de suas aventuras desde que o deixei sai de sua boca como um rio de frases incompreensíveis. Seguro-o nos braços e sinto vontade de lhe contar que o homem que invadiu nosso apartamento nunca mais vai voltar. Nosso lar é realmente nosso de novo. Mas algumas horas com a mãe já expulsaram toda a escuridão de sua vida.

— Obrigado — digo a Mona.

Mas ela já está se afastando.

— Você já vai embora? — pergunto.

Ela continua até a cozinha e pega um kit de primeiros socorros no armário.

— Seu pé está sangrando — diz.

Peter olha para baixo e indica um rastro de pontos vermelhos.

— Mona, você ficaria mais um pouco? — pergunto, quando ela volta. — Preciso me encontrar com uma pessoa para preparar meu depoimento.

— Em que você pisou? — Ela se ajoelha e tira alguma coisa do meu calcanhar. Em seguida, põe algo que parece uma pedrinha vermelha na minha mão.

Espero pela resposta.

— Eu fico o tempo que for necessário — diz Mona, sem me olhar nos olhos.

Ela começa a enfaixar meu pé, mas eu me agacho e assumo a tarefa sozinho. Ela então afasta as mãos e não me segue quando caminho até a pia.

Lavo com água a pedrinha vermelha. É um caco de vidro.

Quando eu me viro, no entanto, Mona já está ali. Em voz baixa para que Peter não ouça, ela diz:

— Você fez um ótimo trabalho com ele. É tão criativo. Tão curioso com tudo. Estar com ele me faz desejar... — Olho para o vidro. — Me faz desejar não ter perdido tanto tempo da vida dele. Nem sei dizer o quanto me arrependo disso.

Dou um passo para trás. Olho para as manchas de sangue que formam um caminho até o quarto. Sinto a primeira pontada de medo.

— Sei que não tenho o direito de pedir isso, mas eu adoraria vê-lo com mais frequência — continua ela.

Sem pensar, sigo até o fim do corredor. A voz de Mona fica para trás. As manchas levam até o meu closet.

Tenho uma péssima sensação, que me envolve como se fosse um tentáculo. Ajoelho-me e examino o carpete.

— O que foi? — pergunta Mona atrás de mim.

Não há mais nada aqui. Nenhum outro estilhaço. No canto do closet, porém, vejo o brilho de pó de vidro. Havia algo escondido atrás da tábua de passar roupa.

— Mona, preciso que você leve Peter de volta para a casa do irmão Samuel.

Ela não me pergunta por quê. Ao perceber meu tom de voz, limita-se a mandar que Peter pegue seu pijama.

O vidro poderia ser do apartamento de Ugo. Da janela quebrada que Peter encontrou.

Mas chapas de vidro velhas não se quebram assim, em caquinhos minúsculos. Esse vidro é mais novo. Vidro temperado. Do tipo usado para fazer janelas de carro.

Espero até escutar a porta se fechando atrás deles. Então, tiro tudo do closet. Cada par de sapatos, cada batina, cada caixa de sapatos da prateleira mais alta. Nada.

Ao esvaziar o cesto de roupas sujas, encontro uma toalha com cheiro de mofo que deve ser a que Simon usou no dia em que tomou banho ao voltar de Castel Gandolfo. Mas a batina que ele usou naquela noite não está aqui.

Repasso todos os acontecimentos de que consigo me lembrar. Depois de tomar banho, Simon caminhou mancando até aqui para se vestir, trazendo nas mãos a batina suja de barro. Mas não o vi colocá-la no cesto em momento algum. Depois saímos e passamos a noite com Leo e Sofia, no alojamento. Não voltamos aqui até o outro dia de manhã.

Mas Simon voltou.

Naquela noite, ele disse que não conseguia dormir. Voltou e começou a limpar tudo.

Por favor, Senhor, que isso não seja verdade.

Verifico as lixeiras. Estão todas vazias, mas na lixeirinha de plástico do banheiro, que está lotada, encontro o mesmo pó de vidro.

Sinto-me entorpecido. Passo os olhos pelo banheiro todo. Este foi o primeiro lugar onde Simon pôde ficar sozinho. Entrou aqui para tomar uma ducha e saiu apenas de toalha.

Não há muitos esconderijos por aqui. Uma gaveta embaixo da pia. A caixa d'água do vaso sanitário. A saída de ventilação. Todos vazios.

Mas estou procurando nos lugares errados. Um homem do tamanho de Simon não esconderia nada embaixo. Esconderia em cima.

De pé sobre a bancada, empurro as placas do teto uma a uma. Todas se levantam com a mesma facilidade.

Exceto uma.

Minhas mãos tremem ao puxar a batina e pô-la no chão. É a melhor batina de Simon. A que Lucio comprou para ele ir à cerimônia de formatura na Academia. Está enlameada na altura dos joelhos. Não vejo sinal de cacos de vidro.

Tenso, agacho-me e desviro as bainhas dos punhos. A parte de dentro do punho direito está repleta de pó de vidro.

Fecho os olhos. Simon está de pé na chuva ao lado do carro de Ugo. Desdobra as bainhas dos punhos franceses. Protege os dedos cobrindo-os com o tecido, que é de qualidade, grosso. Como qualquer boxeador, ele sabe proteger as mãos. Só precisa de um soco para quebrar o vidro.

Respiro fundo, ofegante. Olho para o teto. Sei que há mais alguma coisa lá em cima, mas não quero tocá-la.

Da abertura no teto pende alguma coisa. É um fio negro espiralado. Quando o juiz perguntou a Falcone como a arma do crime desapareceu bem embaixo de seu nariz, o comandante ficou sem resposta. Porque nenhum gendarme ousaria olhar embaixo da batina de um padre.

Eu achava que o hematoma na coxa de Simon fosse devido ao cilício. Agora percebo que meu irmão atou o estojo da arma à perna.

Encosto na parede e deixo-me deslizar até o chão. Pego o telefone no bolso e ligo para Leo, que atende quase de imediato.

— Você me disse que prendeu Michael no início da semana — murmuro. — Uma briga por causa de uma multa de estacionamento.

— Isso mesmo.

— Diga-me o que aconteceu.

— Não sei. Foi só isso que o coronel Huber me contou.

Eu nem estava lá, insistiu Michael.

— Preciso que você descubra.

Ele folheia uns papéis e depois volta ao telefone.

— Aqui diz que Black brigou com dois oficiais porque a polícia tinha lacrado o carro dele. Não sei bem por que fizemos isso, mas o relatório diz que ele reagiu com violência.

Posso imaginar o porquê. Para impedi-lo de deixar o Vaticano. Para mantê-lo longe do encontro com os ortodoxos em Castel Gandolfo.

— Foi sábado à tarde? — pergunto.

— Como você sabe?

Sábado foi o dia em que Ugo morreu.

— Depois que vocês o prenderam, a que horas ele foi solto?

— Logo depois das seis, é o que diz aqui.

A essa hora, Ugo já estava morto. Eu estava a caminho de Castel Gandolfo. E a única coisa que passava pela mente de Michael era acertar as contas com Simon.

Foi por *isso* que ele veio ao nosso apartamento.

ESTICO-ME ATÉ o teto novamente. Apalpo a corrente preta até sua extremidade, em meio à escuridão. No fim dela, sinto a superfície emborrachada do estojo. Não consigo olhar para ele, mas o peso me diz que a arma ainda está lá dentro.

Você não pode ter feito isso. Não há nada mais terrível no mundo.

Sento-me no chão com a testa apoiada nos joelhos. Meu corpo se retrai; minhas mãos ficam pálidas sobre a batina, os punhos cerrados. Os nós dos dedos afundam-se em minhas bochechas.

Ugo era um homem bom. Um homem inocente. Você não pode ter matado um cordeiro.

Afasto os tremores violentos que me afligem. Meus dentes estão tão cerrados que meus olhos doem quando as lágrimas começam a cair.

Tento rezar, mas as preces se esvaem como fumaça, se dissipam e se transformam em nada. Olho para o fim do corredor e vejo a mesa de centro onde eu e Ugo revisávamos seu trabalho com os evangelhos. Ouço sua voz ao telefone, me ligando a qualquer hora do dia com perguntas. Seus resquícios me cercam de todos os lados — a carta que trago na batina; o diário que peguei em seu apartamento; os maços de papel para homilia em meu quarto, repletos de versículos que ele anotava e marcava, insistindo em que eu corrigisse suas anotações —, como se as horas e os dias de vida gastos para produzi-los se condensassem e se tornassem algo pesado e acusador. Eu me levanto e me dirijo à porta do banheiro. É a única coisa que consigo pensar em fazer. O único lugar do mundo onde sinto que posso buscar ajuda.

De pé sobre a bancada, pego novamente a placa do teto e ponho de volta no lugar a batina e o estojo com a arma. Em seguida, limpo o pó de vidro no chão e sigo em direção à porta.

Capítulo 39

No apartamento de Lucio, dom Diego atende à porta e diz que meu tio não está. Foi se encontrar com Mignatto. Entro sem pedir licença e digo que vou esperar.

Mas a espera é interminável. Diego me observa andar de um lado a outro.

— Seu tio me contou o que aconteceu no julgamento hoje — diz ele finalmente. — É por isso que está aqui?

Tento manter a calma, mas nem consigo encará-lo.

Diego olha para as próprias mãos.

— Venha comigo — pede calmamente.

Ele me leva para fora do escritório de Lucio, até um cômodo do qual não tenho quase nenhuma recordação: o quarto do meu tio.

— Talvez seja melhor você esperar por Sua Eminência aqui.

Ele fecha a porta ao sair. E levo um tempo para entender o que estou vendo.

A cama hospitalar está reclinada para cima e cercada de aparelhos médicos e bandejas com frascos de remédio. A decoração se resume a três grandes vasos de flores e um guarda-roupa. Salvo esses objetos, neste amplo quarto, quase do tamanho do meu apartamento, não há absolutamente mais nada, exceto o que está pregado às paredes. Cada centímetro delas está preenchido de recordações, como ícones nas paredes de uma igreja grega. Vejo uma foto de Lucio no dia em que foi consagrado. Um artigo de jornal sobre um recital de piano do qual ele participou quando jovem. Mas todas as outras imagens emolduradas são de *nós*.

Minha mãe quando era jovem. Meus pais no dia em que se casaram. Levo as mãos à boca ao ver duas fileiras inteiras de fotos de Peter. Ao lado delas, imagens minhas: no batismo, no Dia do Nome, nos braços da minha mãe. Na minha ordenação. Recebendo o prêmio do seminário por meus estudos evangélicos. Somos metade do mundo do meu tio. Nós, que aparentemente nunca significamos nada para ele.

A outra metade é Simon. Duas paredes inteiras, do chão ao teto, cheias de fotografias. Quando criança, andando de mãos dadas com meu tio nos jardins do Vaticano. Pedalando um velocípede na sala de jantar de Lucio. Nos braços do tio orgulhoso, quando era bebê. Essa foto, particularmente, mostra algo que nunca vi: meu tio sorrindo de verdade. Em seguida, cada fase do sacerdócio de Simon. Acontecimentos importantes dos anos em que estava na Academia. Nunciaturas onde trabalhou. E, por fim, uma moldura apenas com um solidéu de seda. É vermelho-amaranto. A cor dos bispos.

Meus olhos retornam à cama hospitalar. Às travessas com frascos de plástico e aos aparelhos de respiração. Só me viro quando escuto a porta se abrir atrás de mim.

Lucio entra claudicante com sua bengala. Não guarda semelhança alguma com o cardeal que tentou salvar a vida de Simon no banco das testemunhas. Esforça-se para chegar à cama. Mesmo assim, faz sinal para que Diego saia do quarto.

— Tio, encontrei a batina dele em meu apartamento — murmuro.
— E o estojo com a arma.

Seus olhos desabam. Parecem exaustos.

— Você sabia? — pergunto.

Ele não responde.

— Há quanto tempo? — pergunto novamente.
— Dois dias.
— Ele contou a você? Mesmo não tendo contado a mim?

Todavia, depois de ver todas essas fotos nas paredes, começo a entender por que fez isso.

Lucio retira a cruz peitoral e a guarda em uma caixinha de joias ao lado da cama.

— Alexander, você não devia pensar uma coisa dessas. Seu irmão nunca me confia seus segredos. A única família dele é você.

Andando com a ajuda de sua bengala de quatro pés, ele consegue pegar uma bisnaga de pomada em uma gaveta. Com esforço, esfrega o creme nas articulações atrofiadas das mãos.

— Como ficou sabendo, então?

— Você se importaria de abrir para mim? — Ele aponta para o guarda-roupa.

Está cheio de batinas velhas e exala um cheiro de naftalina.

— Está vendo ali? — pergunta meu tio.

— Qual delas?

Então, percebo que ele não está falando das batinas, mas, sim, do que está atrás delas.

No fundo do guarda-roupa, junto ao forro, há uma enorme ampliação fotográfica do Diatessarão. Aquela que Simon retirou da exposição de Ugo.

— Quando eu estava no seminário, era um estudioso dos evangelhos, como você — comenta Lucio, rouco.

Afasto os cabides e puxo a ampliação para fora do guarda-roupa. Sinto o corpo enrijecer.

— Não sei o que ele fez com o Diatessarão — continua Lucio. — Eu teria vendido muitos ingressos para uma exposição sobre esse manuscrito. Depois que ele desapareceu, porém, meus temores se confirmaram.

A ampliação tem quase a minha altura. Apoio-a contra à parede, sobre as fotos da minha infância. Quase instantaneamente, sinto como se algo se partisse em meu coração. Porque, ao ver as marcas das antigas manchas removidas pelos restauradores, eu compreendo.

Vasculho os bolsos em busca da carta que Ugo enviou a Simon pelo correio.

— Se estiver procurando uma Bíblia, tenho uma aqui — avisa Lucio, retirando uma de baixo do travesseiro. — Ignore minhas anotações. Tenho certeza de que você vai desvendar isso antes de mim.

Mas tudo o que sinto é uma dor lancinante no peito.

— Uma caneta — sussurro. — Me dê uma caneta.

Ele me entrega uma que estava sobre o criado-mudo.

Ajoelho-me e desdobro a carta sobre o frio piso de mármore. Em seguida, faço exatamente o que os alogianos fizeram há quase 2 mil anos. Na carta de Ugo, risco o texto ao lado de todos os versículos de João.

3 de agosto de 2004

Caro Simon,

Marcos 14, 44-46	Há algumas semanas você me disse que
~~João 18, 4-6~~	~~esse encontro não seria adiado — embora eu achasse que~~
Mateus 27, 32	você estava fora, a trabalho. Agora percebo que você estava
~~João 19, 17~~	~~falando sério. Eu poderia dizer que estou pronto, mas estaria~~
Lucas 19, 35	mentindo. Há mais de um mês que você quer me privar de
~~João 12, 14-15~~	~~sua presença por causa dessas viagens — sei que é~~
	~~difícil para você —, mas precisa compreender que também~~
	~~tive os meus fardos. Tenho me virado para montar~~
Mateus 26, 17	minha exposição. Mudar tudo para
~~João 19, 14~~	~~que você possa ter sucesso nesse encontro na Casina.~~
	~~Sim, ainda quero mostrar ao público a atração principal.~~
	~~Mas também sinto que, ao fazê-lo, serei obrigado a~~
Marcos 15, 40-41	demonstrar boa vontade para com os ortodoxos por meio de
	algum grande gesto pessoal. Pelos últimos dois anos, dediquei
	minha existência a essa exposição. Agora, você acabou com
~~João 19, 25-27~~	~~meus problemas e deu a meu trabalho um público muito~~
	~~maior. Isso é maravilhoso, claro, e dá a esse evento~~
	~~uma importância enorme. Esse será o momento~~
	~~em que entregarei minha cria ao mundo. O momento~~
	~~em que, com um grande floreio, darei sentido a~~
Mateus 27, 48	minha vida. Portanto, preciso compartilhar com você o
	que <u>eu</u> fiz enquanto você estava viajando. Espero que

~~João 19, 28-29~~	~~coincida com sua agenda para o encontro. Em primeiro lugar, levei muito a sério as lições sobre os evangelhos com Alex. Tenho estudado as Escrituras dia e noite. Também continuei trabalhando no Diatessarão. Essas duas frentes de investigação, juntas, foram muito recompensadoras. Prepare-se, porque vou usar uma palavra que, nessa etapa tardia do processo, espero que~~
Marcos 15, 45-46	o deixe assombrado. Eu fiz uma *descoberta*. Sim. O que descobri invalida tudo o que eu acreditava saber sobre o Santo Sudário. Põe abaixo o que ambos esperávamos que seria a mensagem central de minha
~~João 19, 38-40~~	~~apresentação. Poderá surpreender — e até chocar — as pessoas que você convidou para a~~
Lucas 24, 36-40	exposição. Pois prova que o Santo Sudário
~~João 20, 19-20~~	~~tem um passado sombrio. O resultado das análises radiométricas acabou com os estudos sobre a história do sudário antes de 1300 d.C. Agora, porém, à medida que esse passado vem à tona, acredito que uma pequena minoria do nosso público poderá considerar a verdade mais difícil de aceitar do que a antiga ideia de que o sudário~~
Lucas 23, 46-47	é falso. O estudo do Diatessarão me fez compreender o gigantesco equívoco de que somos culpados. O mesmo equívoco, na realidade, que revela a verdade sobre o sudário.

Minha descoberta está assinalada nas provas anexadas a esta carta. Por favor, leia-as com atenção, porque é isso que direi aos seus amigos na Casina. Mande lembranças a Michael, que se tornou seu seguidor mais próximo, pelo que fiquei sabendo.

~~João 19, 34~~	~~Seu amigo,~~
	Ugo

Ouço minha voz estremecer quando pronuncio estas duas palavras:
— É falso?

Lucio permanece em silêncio. No entanto, ao olhar para as linhas em grego na ampliação fotográfica, percebo que não preciso de sua resposta. Meu coração fica gélido. Sinto o corpo petrificado. Era *isso* o que Ugo queria dizer. Era *isso* que ele tinha descoberto.

A página do Diatessarão à minha frente mescla os testemunhos dos quatro evangelhos a respeito do fim da vida de Jesus. De seus últimos instantes na cruz. Mas não de seu sepultamento. Nem sobre o sudário. Não ainda. Ugo passou semanas estudando cada detalhe dos relatos sobre o sepultamento, e, no fim, fez sua descoberta onde menos esperava.

O que define a questão não é o que os evangelhos dizem sobre o manto, mas o que dizem sobre as *feridas* impressas nele.

Nove linhas de texto se destacam nesta página do Diatessarão. O motivo disso é que os restauradores removeram os borrões de censura deixados pelos alogianos, mas não completamente. Permanece um resquício das manchas, o que torna essas nove linhas mais escuras que as demais. Logo, qualquer um percebe que elas devem pertencer ao único evangelho ao qual os alogianos faziam objeções: o de João. E é essa simples observação que condenará o sudário.

As nove linhas incluem João 19,34, o último dos versículos citados por Ugo na carta. É difícil enxergar a importância de João 19,34 logo de início. Mas a tarefa se torna bem mais fácil quando se analisa o tópico que Ugo estava estudando na última vez em que trabalhamos juntos: a história da incredulidade de São Tomé.

A incredulidade de São Tomé é uma criação de João. Nenhum outro evangelho alega que Tomé precisou ver e tocar as chagas de Cristo. Mas a história de São Tomé apresenta uma peculiaridade que Ugo já havia detectado na última vez que nos encontramos: Lucas conta uma história muito semelhante. Segundo a versão de Lucas, após a ressurreição, Cristo apareceu aos discípulos, que estavam muito amedrontados. Assim, para provar que era um homem ressuscitado, e não um espírito, Ele lhes mostrou Suas chagas. Diante disso, Ugo percebeu que uma comparação entre a história de Lucas e a de João revelaria os detalhes que João havia alterado. E a diferença mais visível era que João tinha concentrado a história em Tomé — logo, foi também sobre ele que Ugo se concentrou. Mais tarde, entretanto, ele deve ter notado uma outra diferença, muito menor, porém muito mais destrutiva: as chagas mencionadas em Lucas não são as mesmas mencionadas em João.

Na história de Lucas, Cristo exibe as mãos e os pés aos discípulos. São as feridas da crucificação. Mas João acrescenta uma coisa. Uma novidade. Diz que Tomé tocou com o dedo a ferida da lança na lateral do corpo de Jesus.

De onde veio a ferida da lança? Nenhum outro evangelho a menciona. Somente o próprio João o faz em um trecho anterior de sua narrativa, num momento simbólico crucial: o instante em que o Bom Pastor e o Cordeiro de Deus se fundem. São justamente esses os versículos exibidos nesta ampliação do Diatessarão, isto é, João 19, 32-37:

> Vieram os soldados e quebraram as pernas do primeiro e do outro, que com ele foram crucificados. Chegando, porém, a Jesus, como o vissem já morto, não lhe quebraram as pernas, mas um dos soldados abriu-lhe o lado com uma lança e, imediatamente, saiu sangue e água. O que foi testemunha desse fato o atesta {e o seu testemunho é digno de fé, e ele sabe que diz a verdade}, a fim de que vós creiais. Assim se cumpriu a Escritura: nenhum dos seus ossos será quebrado. E em outra parte a Escritura diz: Olharão para aquele que transpassaram.

Nenhum dos outros evangelhos afirma que esses dois incidentes aconteceram. Portanto, de onde João os tirou?

Nenhum dos seus ossos será quebrado: isso é o que se diz sobre o cordeiro da Páscoa no Antigo Testamento.

Olharão para aquele que transpassaram: isso é o que se diz do Bom Pastor no Antigo Testamento.

A teologia de João atinge aqui seu ápice. No instante da morte de Jesus, Pastor e Cordeiro se unem. As duas cobras do caduceu de Ugo se encontram. O evangelista interrompe a narrativa para destacar que se trata de símbolos que vêm do Antigo Testamento. João está dizendo, enfaticamente: *foi por isso que Jesus morreu. Tal como o pastor, Ele deu a vida por seu rebanho. E, tal como o cordeiro, salvou-nos com Seu sangue.* João chega a dizer que esses acontecimentos vieram diretamente do testemunho do "discípulo que Jesus amava". Em outras palavras, expressam uma verdade simbólica essencial à compreensão de Jesus Cristo, mas no mundo, na história, *esses fatos não aconteceram.*

De todas as chagas impressas no Sudário de Turim, a mais sangrenta é a que foi impingida por uma lança na lateral do corpo de Jesus. Essa chaga é tão histórica quanto o grupo armado que Jesus, de forma mágica, fez cair a seus pés quando disse: "SOU EU." Tão histórica quanto a esponja erguida em um ramo de hissopo. Todos esses episódios pertencem ao mesmo conjunto de símbolos, pois o autor do evangelho de João realizou essas alterações pela mesma razão: defender sua tese sobre o Pastor e o Cordeiro.

O que significa que a pessoa que forjou o sudário — quem quer que tenha sido e independentemente da época em que isso foi feito — cometeu o mesmo erro que o autor do Diatessarão. Ao mesclar os testemunhos dos quatro evangelhos, ela apagou a diferença entre teologia e história. Criou uma mistura confusa e terrível, desoladora. Incluir a ferida da lança no manto funerário é o mesmo que pôr um cajado na mão de Jesus porque Ele é o Bom Pastor, ou um pelego de lã sobre Seus ombros porque Ele é o Cordeiro de Deus. Quando o discípulo que Jesus amava afirma que seu testemunho é "verdadeiro", ele o faz do mesmo modo que João quando chama Jesus de "a luz verdadeira", ou que o próprio Jesus, quando diz, somente no evangelho de João, "Eu sou a videira verdadeira" e "Eu sou o pão verdadeiro". Interpretar literalmente esses símbolos é deixar escapar sua beleza e sua força. A genialidade do evangelho de João está em se recusar a aceitar a camisa de força deste mundo terreno. A ferida de lança relatada por ele aponta a verdade que jaz por trás dos meros fatos. O sudário, portanto, faz o mesmo. É um símbolo poderoso, porém nunca foi uma relíquia.

    Passei a vida estudando esses versículos em busca de sentidos. Ainda assim, quando Ugo veio a mim querendo me mostrar o que havia descoberto, eu fechei os olhos. E Simon fez algo infinitamente pior. Então, foi por isso que meu amigo morreu. Porque eu ensinei a ele como ler os evangelhos. E porque ele teve a coragem de dizer em alto e bom som aquilo que os textos lhe revelaram.

Capítulo 40

Meus joelhos fraquejam. Nunca fui pego tão de surpresa pelo meu próprio fracasso. A angústia é uma corda amarrada em torno do peito, apertando-o cada vez mais. Sinto o corpo trêmulo, mas meus olhos se fixam nas letras gregas da ampliação do Diatessarão. Elas me acusam de ter sido um hipócrita. Um tolo. Aconselho meus estudantes a lerem com atenção, a procurarem por complexidade e sentido nas evidências que Deus nos oferece, e eis-me aqui, tão ignorante acerca dos evangelhos que estudo quanto do que se passava com Ugo. Guardar esse segredo teria torturado qualquer devoto do sudário, mas para Ugo deve ter sido um inferno indescritível, que salgou todo o terreno fértil de sua vida, assolando-o antes mesmo de chegar a Castel Gandolfo. E, ainda que consciente de como Ugo sofria, Simon aparentemente escolheu pôr fim à vida dele acrescentando-lhe ainda mais sofrimento. Se isso é verdade, então meu próprio irmão, cujo coração eu acreditava compreender tão bem quanto o meu, é para mim um estranho, tanto quanto o homem do sudário.

As palavras ressoam na quietude do quarto de Lucio.

— O que faremos, tio? Querem que eu deponha amanhã.

Ele se levanta da cama, apoiando-se na bengala. Não me toca, mas caminha até mim e permanece ao meu lado, sem se mover, como que para me dizer que não estou só.

— A batina dele ainda está com você?

— Está.

— E o estojo com a arma?

Assinto.

Ele larga a bengala. Por um momento, equilibra-se sobre as próprias pernas. Ao fitar os versículos dos evangelhos, comprime os olhos da mesma forma que quando lê os obituários no jornal. Estes velhos amigos. Estas recordações de dias mais felizes.

— Se você trouxer esses objetos para cá, poderei providenciar para que os caminhões de lixo venham assim que o dia amanhecer.

— Ele matou Ugo! Como o senhor não se importa com isso?

— Simon sacrificou um peixe para, com ele, alimentar uma multidão. Você acha que ele deveria renunciar ao seu futuro por isso?

Aponto para a reprodução do manuscrito.

— Ele matou Ugo para esconder a verdade sobre o que estávamos doando aos ortodoxos!

Lucio balança a cabeça sem dizer nada.

— O Santo Padre sabe? — pergunto.

— Claro que não.

— E o arcebispo Nowak?

— Não.

O ar está parado. Nada se move, exceto um ponto vermelho em um dos equipamentos médicos, que corre sem parar.

— Sua mãe alguma vez contou a você que seu tio-bisavô chegou a liderar a oitava rodada das votações no conclave de 1922? Ele quase se tornou papa. — Lucio dá um sorriso contido. — E aquele homem não chegava aos pés de Simon.

— Não faça isso, tio.

— Ele pode vestir a batina branca um dia.

— Não mais.

Lucio ergue uma sobrancelha, como se eu não estivesse entendendo.

— Acho que você não tem escolha — diz ele.

Eu o encaro. Talvez ele esteja certo. Traduziu em palavras esse sentimento de impotência. Tudo o que resta agora são diferentes maneiras de aceitarmos o que deve vir em seguida.

— Nós daremos a eles o que desejam — diz Lucio, apontando para a página do Diatessarão. — Explicaremos o enorme erro que cometeram ao entregar o sudário aos ortodoxos. E, quando nos pedirem para guardar segredo, concordaremos. Desde que Simon não seja punido.

Balanço a cabeça.

— Alexander, mesmo sem a batina e o estojo com a arma, eles já têm provas suficientes para condená-lo. Não há alternativa.

— Ele *matou* por isso. Ugo *morreu* por isso. Simon preferia ser condenado a permitir que a reunificação com os ortodoxos fracassasse.

Lucio funga.

— Seria ingenuidade presumir que o Santo Padre contará a verdade aos ortodoxos só porque nós a contamos a ele. Os ortodoxos sequer leem a Bíblia da mesma forma que nós a lemos. Para eles, é tudo verdade concreta.

Lanço-lhe um olhar furioso.

— O sudário é falso! O papa não vai dar aos ortodoxos uma relíquia falsificada.

Lucio me dá um tapinha nas costas.

— Traga-me a batina e o estojo com a arma. Cuidarei de tudo.

Por sobre seu ombro, vejo uma foto na parede. É Simon, mais ou menos com a idade de Peter. Está sentado no colo do papai, olhando para ele. Seu olhar é de total admiração. Bem ao lado deles, nossa mãe olha para a câmera e sorri. Há algo de indefinível em seus olhos — injúria, sabedoria e paz —, como se ela soubesse de alguma coisa que ninguém mais sabe. Suas mãos pousam sobre a barriga levemente saliente.

— Não — digo. — Não posso fazer isso. Encontrarei outra saída.

— *Não há* outra saída.

No entanto, ao olhar para aquela foto, meu coração começa a se despedaçar. Porque sei, melhor do que jamais soube qualquer outra coisa na vida, que ele está errado.

Lá fora, é noite de lua cheia. Sopra uma brisa suave sob a luz polvorosa. Caminho até o jardim do convento da irmã Helena e então me detenho, buscando apoio na cerca metálica. Fecho os olhos e respiro fundo. Meu peito se expande e se contrai, sobe e desce.

Eu amo meu irmão. Sempre o amarei. Ele nunca planejou isso. Não entrou armado em Castel Gandolfo. Poderia ter fugido, mas em vez disso chamou a polícia. E, enquanto esperava sua chegada, retirou a capa de chuva e ajoelhou-se ao lado do amigo para cobri-lo com ela.

Um vento atravessa o jardim, apressado, e a vegetação se verga na direção oposta à cerca. As plantas fustigam o solo, como se quisessem fugir de suas raízes.

Imagino o tamanho da mão de Simon. O tamanho da arma na mão dele. Leo se referiu a ela como "quase de brinquedo". A menor arma que conseguiu arranjar, a de calibre mais baixo. Seu dedo gigante ocuparia todo o espaço daquele gatilho. Bastaria pressioná-lo levemente.

Eu faria de tudo para acreditar que foi um acidente. Mas, se tivesse sido assim, a arma não poderia ter parado na mão de Simon.

Sento-me e enterro os dedos no chão quente. Meu irmão poderia ter confessado. Perguntariam a ele por que cometeu o crime, e, nessa hora, ele poderia se calar para proteger o sudário. Em vez disso, deixou que o silêncio o protegesse também. Essa decisão, até mais do que ele fez com Ugo, torna-o um estranho para mim.

Eu tinha 14 anos quando Simon me contou que não queria mais ser um católico grego. Ele me explicou que continuaria me levando à nossa igreja aos domingos e voltaria depois para me pegar, mas, daquele momento em diante, passaria a ir à missa, não à divina liturgia. Nunca entendi por que ele quis abandonar o catolicismo grego. Ambos amávamos nossa igreja. Ver nosso pai surgir, reluzente em suas túnicas douradas, de trás da iconóstase, vindo do altar — onde nenhum leigo tinha permissão para ficar —, tinha sido uma das poucas oportunidades de acreditarmos que ele era um homem importante. Naquele dia, porém, eu disse a Simon que também deixaria nossa igreja, porque não importava aonde fôssemos aos domingos, eu queria que fôssemos juntos.

Mas ele se recusou. Forçou-me a ficar. Arranjou para que eu me tornasse coroinha na nossa igreja. Certificou-se de que os padres de lá dessem prosseguimento às minhas lições de grego. Daquele dia em diante, sempre que ele me perguntava sobre as garotas por quem eu estava interessado, as primeiras que eu mencionava eram as filhas das famílias da minha congregação grega.

Simon não deveria ter recebido permissão para se tornar católico apostólico romano. Segundo o direito canônico, o rito seguido pelos filhos tem de ser o mesmo do pai. Mas Simon pediu ajuda a Lucio. E meu tio, que mais do que tudo sempre desejou que um sobrinho desse continuidade à nossa linhagem familiar, finalmente se deu conta do que Simon poderia se tornar. Foi nesse momento que ele começou a roubar meu irmão de mim e a colocá-lo no caminho que até eu sabia que ele deveria seguir.

Assim, todo domingo de manhã, eu polia os sapatos enquanto Simon passava as roupas. Nós nos barbeávamos juntos em frente ao espelho. Em seguida, ele me levava a pé até minha igreja e me deixava sob a responsabilidade dos paroquianos de lá. E me deixava para trás.

Ele me preparou para esse momento durante toda a minha vida. E por toda a minha vida eu resisti. Tornou-se católico apostólico romano porque seu trabalho comigo finalmente havia terminado. Deve ter sido penoso para ele desempenhar o papel de pai de seu irmão mais novo. Ele sabia que seu destino era sair dos limites da nossa cidade, do nosso lar, do provincianismo do nosso pai. Mas ficou comigo o máximo de tempo possível. Como disse Lucio, não havia alternativa. Na vida de um cristão, talvez nunca haja. Simon renunciou a si mesmo para me criar. A marca dessa decisão transparece em todos os feitos que ele já realizou. A disposição para abrir mão de tudo. Para sacrificar tudo. O futuro, o sacerdócio e até a vida de um amigo.

Se você ama uma coisa, morra por ela. Esta é a mensagem dos evangelhos. *Quem sacrificar a sua vida por amor de mim salvá-la-á,* disse

Jesus. Odeio meu irmão pelo que ele fez. Odeio-o ainda mais pelo que terei de fazer amanhã. Mas, quando penso nas contas que estamos prestes a acertar, também me sinto aliviado. Acabou. A odisseia de ser seu irmão. O medo do destino. A dívida a ser paga. A dúvida a respeito de nossa missão. Amanhã, tudo isso acabará.

Era *esta* a nossa missão.

CONTO OS PASSOS. Toco a fechadura nova da porta velha. Observo a chave nova girando. Quando entro no apartamento, Mona e Peter erguem os olhos com a mesma expressão: de que cheguei cedo demais. De que os despertei de um sonho maravilhoso. Peter deixa lentamente o colo da mãe e vem me cumprimentar. Ver meu filho me faz querer esconder o rosto e chorar.

— Peter, é hora de ir para a cama — consigo dizer. — Por favor, vá escovar os dentes e lavar as mãos.

Ele me olha e não questiona. Nunca lutei tanto para esconder meus sentimentos de meu filho. Ainda assim, ele percebe. Seu coração sente automaticamente a mesma tristeza.

— Ande, vamos — repito.

Vou atrás dele e, inerte, observo-o abrir a torneira. Ele deixa o sabonete escorregar, e eu o ponho entre suas mãos e as fecho entre as minhas.

— *Babbo*, por que você está tão triste? — sussurra ele.

— Acho que ele não quer falar sobre isso agora, Peter — responde Mona atrás de mim, com delicadeza.

Porém, no mesmo espelho diante do qual eu e Simon nos barbeávamos juntos, ele me observa. Esses olhos azuis. São os olhos do meu irmão. Os olhos da minha mãe. Nas fotos penduradas nas paredes do quarto de Lucio, pude ver que até meu tio tinha esses mesmos olhos.

— Vá vestir o pijama — peço a ele.

Por um momento, ao trocar de roupa, ele fica quase nu diante de nós. E a mãe, que nunca o viu de cueca, desvia os olhos. Enquanto

Peter se contorce para vestir as calças do pijama, entrevejo em suas coxas as marcas do elástico da cueca, que formaram anéis nos pontos em que ela se ajusta confortavelmente à perna. Penso nos hematomas de Simon.

Ele corre para a cama e vira-se para mim.

— Simon está bem? — pergunta ele.

Mas eu lhe digo que não vamos para a cama ainda.

— Venha comigo.

Ao chegarmos à porta do apartamento, ele pergunta:

— Aonde a gente vai?

Faço sinal a Mona para que nos acompanhe. Em seguida, eu os guio escada acima até o terraço.

É como estar no convés de um navio à noite. O oceano cintila lá embaixo. Em um varal, peças de roupa recém-lavadas tremulam como bandeiras. O palácio de João Paulo está do outro lado do canal. Os demais edifícios da cidadela são como barcos de pesca. O supermercado e a agência dos correios. A garagem e os museus. Erguendo-se acima de tudo, branca como as vestes do batismo, está a Basílica de São Pedro.

Com meu filho no colo, avanço quase até a beirada do terraço, para ele poder ver toda a paisagem. Então, pergunto:

— Peter, qual é a sua lembrança mais feliz deste lugar?

Ele sorri e olha para Mona.

— Ver a mamãe — responde ele.

Ela acaricia a bochecha dele e murmura:

— Alex, por que está fazendo isso?

— Peter, abra os olhos o máximo que puder e olhe bem tudo isso. Depois, feche os olhos bem fechadinhos e grave essa imagem na sua cabeça como se fosse um cartão-postal.

— Por quê?

Ajoelho-me para ficarmos da mesma altura.

— Quero que você se lembre de tudo que vir esta noite.

E penso: *Porque talvez não vejamos mais nada disso. Porque este não é um daqueles momentos em que se diz até logo. Este é um momento em que se diz adeus.*

— O que foi que aconteceu, *babbo*? — pergunta ele com a voz trêmula.

— Aconteça o que acontecer, nós sempre vamos ter um ao outro, eu e você — sussurro. — Sempre.

Na vida desta criança, Deus pôs apenas um exemplo de amor infalível. Eu. Digo estas palavras do fundo do coração. *Aconteça o que acontecer.*

— A gente vai morar na casa da mamãe? — pergunta ele.

Sinto um nó na garganta.

— Não, meu amor.

Estou arrasado. Ergo-o nos braços e lhe dou o abraço mais apertado que consigo.

— Por que a gente veio aqui, então?

Ele não entenderia nenhuma das respostas que eu posso dar. Portanto, tudo o que faço é erguê-lo bem alto e apontar para todos os nossos lugares favoritos. Lembro-o das coisas que fizemos aqui, das nossas aventuras. De como nos sentávamos à sombra das árvores lá embaixo e atirávamos pedaços de pão velho aos passarinhos, enquanto víamos as pessoas deixarem cartas na grande caixa amarela da agência dos correios e imaginávamos os países a que se destinavam. Da noite em que subimos ao topo da Basílica de São Pedro para assistir aos fogos de artifício do jubileu de prata de João Paulo e vimos o papa sentado à sua própria janela, assistindo ao espetáculo também. Da manhã de inverno em que saímos do Annona — o supermercado da cidade — e a sacola de plástico se rasgou, e os ovos se estatelaram na rua, o que o fez começar a chorar, até que, por milagre, nevasse pela única vez em sua vida. Lembre-se, Peter, dessa sensação mágica. De como, em um piscar de olhos, a menor das provas do amor de Deus pode expulsar do coração cada partícula de tristeza. Ele nos observa. Cuida de nós. E nunca, nunca nos abandona.

Graças a Deus Mona vem em meu auxílio. Quando já me sinto vazio e exausto, quando Peter quer ouvir mais histórias, mas minhas recordações vão ficando cada vez mais sombrias, ela começa a falar de quando éramos jovens. De como eu era quando criança.

— Mamãe, o *babbo* era bom no futebol? — pergunta Peter.

Mona sorri.

— Ah, era *muito* bom.

— Igual o tio Simon?

Ele estreita os olhos.

— Peter, ele era melhor em tudo.

Levo meu filho no colo de volta para casa. Ele franze o cenho ao entrar no apartamento de novo. Então, joga-se na cama, mas em seguida se levanta. Fecha a porta do closet e confere para ver se está mesmo fechada. Rezamos. Mona segura sua mão e, de algum modo, isso é o suficiente para acalmá-lo. Ao apagar a luz, vejo pequeninos reflexos do luar no brilho úmido de seus olhos.

— Eu amo você — digo.

— Eu também amo você.

E, por um instante, sinto meu coração pleno de novo. Aonde quer que eu vá com meu filho, é lá que estarei em casa.

MONA ME SEGUE de volta à cozinha. Passa a mão pelos cabelos. Levanta-se, pega um copo no armário e o enche de água. Permanece em silêncio todo o tempo.

Por fim, ela pousa o copo e se senta ao meu lado, depois arranca da minha mão uma Bíblia aberta que peguei distraidamente. Uma Bíblia que ela leu para o nosso filho.

— Alex, o que você está pensando em fazer?

— Não posso falar sobre isso.

— Não cabe a você salvar Simon. Você sabe disso, não sabe?

— Por favor, não faça isso.

Ela empurra a Bíblia de volta para mim.

— Procure aí e me diga uma coisa. Quem salvou Jesus?

Eu a encaro, tentando imaginar que raios ela está querendo dizer.

— Me mostre a página onde ele vence o julgamento — insiste ela.

— Você sabe que ele não v....

Minhas palavras se esvaem, mas ela espera. Nada diz. Quer me ouvir pronunciá-las.

— Jesus não vence o julgamento — concluo.

— Então me mostre onde está escrito que todos são felizes para sempre porque o irmão dele aparece para salvá-lo — pede, com a voz mais serena.

Então eu devo abandonar meu irmão? Simplesmente fugir?

Sua expressão se fecha. Ela compreende que isso é uma acusação. Seus olhos se desviam dos meus.

— Não importa o que você faça, ninguém jamais conseguiu controlar Simon. Ninguém jamais conseguiu fazê-lo mudar de ideia. Se ele quiser ser condenado nesse processo...

Levanto-me da cadeira.

— Não teremos essa conversa.

Mas, pela primeira vez desde que voltou, ela não cede nem se esquiva.

— Só existe uma vida em suas mãos, Alex. E é a dele. — Ela aponta na direção do quarto. — Mas você encheu a cabeça dele de histórias sobre duas pessoas que ele nunca vê. Você o fez acreditar que as duas pessoas mais importantes da vida dele nunca estão por perto, embora a pessoa mais importante esteja *sempre* com ele.

— Mona, eu tenho a chance de devolver a Simon a vida dele. Eu devo isso ao meu irmão.

Seus lábios se comprimem.

— Não deve, não.

Mas ela não compreende.

— O que quer que aconteça a mim, eu sempre terei Peter. Quanto a Simon, se ele perder o sacerdócio, ficará sem nada.

Ela está prestes a dizer alguma coisa horrível, mas não lhe darei essa chance.

— Quando eu tiver terminado amanhã, vai haver consequências. Uma delas talvez seja a de que eu e Peter não possamos mais ficar aqui.

Ela começa a perguntar por quê, mas eu continuo:

— Antes que aconteça qualquer coisa desse tipo, é importante que eu seja honesto com você. Desde que você se foi, tudo o que eu mais quis na vida foi ver nossa família reunida novamente.

Ela já começa a balançar a cabeça, tentando rebobinar a fita, tentando me fazer parar.

— Eu sonhava com nós três vivendo juntos neste apartamento — continuo. — Desejei isso mais do que qualquer outra coisa na minha vida.

De repente, ela começa a chorar. Tenho de desviar os olhos.

— Mas, quando você voltou, tudo havia mudado. Você não fez nada de errado. Você fez tudo certo. Eu amo você. Sempre vou amar. Mas todas as outras coisas mudaram.

Mona olha para o teto, tentando secar as lágrimas.

— Você não me deve explicações. Não me deve *nada*. — Ela baixa os olhos e fita os meus. — Mas estou implorando: ponha a si mesmo e a Peter em primeiro lugar. Só desta vez. Esqueça Simon. Você trabalhou tanto para dar ao nosso filho uma vida boa e feliz aqui. Seja lá o que for fazer, lembre-se de que toda a vida de Peter está neste lugar.

Eu a amo por dizer essas palavras. Por defender com tanto ardor o marido e o filho. Mas não aguento mais isso. Preciso pôr um fim a essa conversa.

— Mona, não sei onde eu e Peter vamos morar se tivermos que nos mudar. Tudo o que sei é que viveríamos fora destes muros. — Hesito. — E, se você quiser, poderá se juntar a nós.

Ela me fita em silêncio.

— Não estou perguntando a você quais são seus planos — explico. — Mas esta noite percebi quais são os meus. Quero minha família reunida.

Ela se aproxima e me abraça. Começa a soluçar, enterrando os dedos em minha pele.

— Não responda — peço. — Não esta noite. Espere até ter certeza.

Ela me abraça com mais força. Então, fecho os olhos e retribuo o abraço.

Está feito.

Amo a vida que vivi. No futuro, seja lá o que ele me reserve, olharei para os muros deste país e agradecerei a Deus pelos anos que Ele me concedeu aqui dentro. Quando criança, vi o sol nascer sobre Roma. Como adulto, hei de vê-lo se pôr atrás da Basílica de São Pedro.

Capítulo 41

Por uma hora, ela me observa perambular pela sala, ciente dos pensamentos que estou repassando. Finalmente, diz:

— Alex, você precisa dormir.

E, antes que eu possa recusar, ela pega minha mão e me leva para o quarto. Espera eu entrar e tranca a porta

Quase cinco anos se passaram desde a última vez em que dormi com minha mulher. O velho colchão suspira ao receber de volta o peso do corpo dela, há muito esquecido. Ela não se despe. Apenas tira os sapatos e me faz deitar ao seu lado. Apaga as luzes. No escuro, sinto seus dedos percorrerem meu cabelo delicadamente. Sinto a respiração dela em minha nuca. Mas sua mão nunca se desvia. Sua boca nunca se aproxima.

Durante toda a noite, meus sonhos são terríveis. Levanto-me duas vezes na escuridão para rezar. O sono de Mona é tão leve que ela também se levanta e se junta a mim. Depois, na calada da noite, sou acometido por uma solidão tão avassaladora que desejo desesperadamente acordá-la para dizer o que estou prestes a fazer. No entanto, quando penso em todo o esforço que Simon despendeu para guardar esse segredo, viro-me de lado e não digo nada. Reviro-me nos lençóis e, quando a ouço perguntar se estou bem, finjo estar dormindo.

Antes do amanhecer, esgueiro-me para fora da cama e começo a me preparar. Tranco-me no banheiro e subo na bancada. Enrolo a batina de Simon em uma toalha e coloco tudo em um saco de lixo. Ponho o estojo com a arma em uma pequena sacola plástica do mercado. Ao voltar à cozinha, pouso a sacola ao meu lado sobre a mesa.

Em seguida, repasso a história que vou contar enquanto bebo xícaras e xícaras de café e folheio as páginas da Bíblia que ficou sobre a mesa, para me certificar de que saiba tão bem os versículos que ninguém tenha a oportunidade de duvidar de mim. Forço-me a pensar na noite da morte de Ugo e procuro por detalhes que possa ter esquecido. Não precisa ser um depoimento perfeito. Só precisa ser convincente.

Mona aparece meia hora mais tarde. Em silêncio, inspeciona minhas batinas e meu melhor par de sapatos. Em seguida, deixa sobre a mesa as minhas chaves e a intimação trazida pelo *cursore*. Não faz perguntas sobre a sacola de plástico. Deve estar vendo que contém algo duro e escuro enrolado em um cabo, mas não diz uma palavra. Toda vez que ela olha o relógio, eu faço o mesmo.

Peter ainda dorme quando lhe dou um beijo na testa. Sento-me na beirada do colchão e fito, do outro lado do quarto, a cama em que Simon dormia muito tempo atrás e que agora está vazia. Era ao lado dessa cama que eu rezava com meu irmão. Na escuridão da noite, nossos sussurros viajavam pelo espaço que separa as duas camas. Antes que as recordações me façam voltar atrás, saio do quarto.

Às oito e meia já estou na rua, com a pequena sacola escondida sob a batina. Joguei o saco de lixo com as vestes de Simon em uma lixeira do outro lado da fronteira, em Roma. Tenho tempo suficiente para dar uma última volta pelo meu país. No entanto, eu me afasto dos portões e adentro a Praça de São Pedro para passear junto à multidão de turistas das primeiras horas do dia e sentir os borrifos de água vindos das fontes. Observo os ambulantes judeus montarem suas barracas e os *sampietrini* instalarem cadeiras, provavelmente para um evento a céu aberto que deve acontecer mais no fim da tarde. Acima de tudo, porém, observo os leigos. Peregrinos e turistas. Quero experimentar este lugar como eles o experimentam.

O sedã chega às nove e meia em ponto, dirigido pelo mordomo do papa, Angelo Gugel. O *signor* Gugel mora em nosso prédio. Uma de suas três filhas era minha babá e de Simon, quando nossa mãe ainda era viva. Mas não recebo cumprimentos afetuosos, apenas um polido "bom dia, padre". E então nos dirigimos à rua do palácio, passando pela Capela Sistina. Os guardas suíços nos cumprimentam ao passarmos. Quando chegamos à Secretaria de Estado, um portão de madeira se abre, revelando uma arcada. Do outro lado há um local totalmente desconhecido para mim. Trata-se dos aposentos privativos de João Paulo.

O pátio é pequeno. Os muros parecem muitíssimo altos, e tenho a impressão de estar no fundo de um poço. O solo está entrecortado por sombras. Do lado oposto, dois soldados sentados em uma guarita de vidro nos observam. Mas Gugel dá meia-volta e retorna à arcada, estacionando de modo que minha porta fique de frente para a entrada.

— Por aqui, padre — instrui ele depois de abrir a porta do carro para mim.

O elevador privativo.

Ele insere uma chave e o opera pessoalmente. Quando o elevador para, o *signor* Gugel arrasta a grade de metal e abre uma porta. Sinto um arrepio na nuca.

Chegamos. Estou nos aposentos do Santo Padre. Diante de mim há uma sala de estar decorada com móveis esquisitos e alguns vasos de plantas. Nada de guardas suíços. Segundo Leo, eles não têm permissão para entrar aqui. Gugel me faz prosseguir.

Entramos em uma biblioteca cujas paredes são forradas de damasco dourado. Embaixo de uma gigantesca pintura de Jesus, vejo uma escrivaninha, sobre a qual não há nada além de um relógio de ouro e um telefone branco.

Gugel indica uma longa mesa no centro do aposento.

— Por favor, espere aqui.

Em seguida, para a minha surpresa, ele se retira.

Meus olhos percorrem todo o ambiente; sou dominado por sentimentos que me deixam tenso. Quando eu era criança, todas as noites olhava para as janelas deste último andar, imaginando o que haveria nestas salas. Como seria para o filho de um soldado pobre da Polônia, que cresceu morando num quartinho alugado da casa de outra família, viver na cobertura do palácio mais famoso do mundo. João Paulo habitava muitos pensamentos meus naquela época. Fortaleceu-me diante de meus medos. Ele também perdeu os pais quando jovem. Também se sentiu um estranho nesta cidade, um dia. O que estou prestes a fazer me torna um traidor do meu próprio anjo da guarda.

Outros homens são trazidos até à biblioteca. Primeiro entra Falcone, o comandante dos gendarmes. Em seguida, o promotor de justiça. Lucio chega com Mignatto em seu encalço.

Por fim, de outra porta, Simon.

Todos o observamos fixamente. Lucio estende os braços. Avança até ele arrastando os pés e ergue as mãos até as bochechas do sobrinho.

Mas os olhos de Simon estão fixos nos meus.

Estou paralisado. Sua aparência é cadavérica. Tem os olhos fundos. Seus braços, compridos e finos como uma corda, poderiam dar duas voltas em seu tronco. Sinto o estojo contra minhas costelas. Simon faz sinal para que eu me aproxime, mas eu me armo de coragem e não atendo seu pedido. Eu me preparei para este momento. Agora é importante que haja uma distância entre nós.

Instantes depois, o arcebispo Nowak aparece à porta.

— Padre Alexandros Andreou, Sua Santidade o receberá agora.

EU O SIGO até uma sala menor, mais reservada. Reconheço o lugar: é o gabinete particular de onde João Paulo faz suas aparições públicas para a multidão na Praça de São Pedro. A janela, enorme, é protegida por uma vidraça à prova de balas. Atrás dela, porém, há apenas uma escrivaninha modesta coberta de pastas e papéis a assinar, dossiês que chegam a todo instante da Secretaria de Estado. Ultrapassaram tanto a capacidade de trabalho do papa que se acumulam em pilhas ao redor da escrivaninha, tornando a sala um lugar sufocante. As montanhas de papel são tão altas que, de início, não vejo que há alguém sentado atrás delas.

Fico paralisado. Ele está a apenas um braço de distância. Não se parece em nada com aquele homem que, na Capela Sistina, encontrou forças para ajoelhar-se aos pés dos patriarcas. Este homem é frágil e abatido. Os olhos miúdos, quase cerrados, mal ocultam a dor que sente. Seu único movimento é o da respiração. Ele me fita, mas não há qualquer intenção em nossa troca de olhares. Nenhuma conexão, nenhum cumprimento. Seres humanos aparecem e desaparecem diante dele com a máxima rapidez. Se eu fosse um manequim, daria no mesmo.

— Por favor, sente-se, padre — diz Nowak, indicando uma cadeira do outro lado da escrivaninha. Em seguida, senta-se ao lado do papa, desempenhando um papel que não consigo compreender. — Sua Santidade estudou as provas que o tribunal reuniu. Ele deseja fazer algumas poucas perguntas ao senhor.

Em sua cadeira, o Santo Padre nem se mexe. Pergunto-me se ele chegará a falar alguma coisa.

— Sim, Vossa Excelência Reverendíssima.

— Muito bem. Por favor, comece explicando como o senhor conheceu o Dr. Nogara.

— Vossa Excelência Reverendíssima, eu o conheci...

O arcebispo Nowak me corrige com um gesto polido.

Forço-me a fitar o olhar imperturbável de João Paulo.

— Vossa Santidade, conheci o Dr. Nogara por intermédio de meu irmão. O Dr. Nogara encontrou um manuscrito perdido na biblioteca e eu o ajudei a lê-lo.

A explicação não provoca qualquer impacto. Nowak não dá continuidade ao assunto. Em vez disso, pergunta:

— Como o senhor caracterizaria as relações de trabalho entre seu irmão e o Dr. Nogara?

— Eram bons amigos. Meu irmão salvou a vida dele.

— No entanto, eu ouvi a mensagem de voz do Dr. Nogara. Ela indica que os dois não estavam em boas relações.

Escolho as palavras com cautela.

— Quando meu irmão começou a viajar para se encontrar com os ortodoxos, não pôde mais dedicar tanto tempo a Nogara. Isso desagradou a ambos.

Observo a expressão de Nowak. Preciso me certificar de que ele se lembre da sobrecarga de trabalho imposta a Simon. Da origem de suas obrigações. A apenas alguns metros daqui está a capela onde o Santo Padre deve ter celebrado a cerimônia de consagração de Simon como bispo.

— Mas a mensagem de voz indica que Nogara fez uma descoberta que tornou a relação de trabalho deles mais complicada. O senhor sabia disso?

Preparo-me para o que está por vir.

— Sim, sabia.

— Qual era essa descoberta?

— Ele encontrou um manuscrito de um antigo evangelho chamado Diatessarão.

Nowak meneia a cabeça.

— Aquele que agora está desaparecido.

— Eu o ajudei a ler o Diatessarão. Até então, o Dr. Nogara não tinha percebido que os evangelhos contêm testemunhos diferentes sobre o Santo Sudário. Na opinião dele, essa era a origem do problema.

— Prossiga.

É agora que começo o meu próprio trabalho de combinação de versículos. Preciso realizá-lo à perfeição.

— A mais detalhada das descrições do sepultamento de Jesus é a do evangelho de João. Os outros evangelhos afirmam que Jesus foi sepultado em um σινδόνι, ou seja, "sudário", mas João usa a palavra ὀθονίοις, que significa "panos". João também nos fornece a mais específica das descrições do sepulcro vazio, e ela corrobora sua escolha de palavras anterior: os discípulos não encontraram apenas os ὀθονίοις, "panos funerários"; também encontraram o σουδάριον, ou seja, o lenço da cabeça ou do nariz, que foi enrolado em torno da cabeça de Jesus. Isso, obviamente, seria problemático para a imagem que consta no Santo Sudário.

Nowak franze as sobrancelhas. Parece prestes a fazer outra pergunta, mas eu prossigo com a explicação, amontoando provas, afogando-o num mar de palavras gregas. Custe o que custar, tenho que mantê-lo bem longe da ferida da lança. Preciso fazê-lo continuar olhando para outra direção, para os detalhes insignificantes de João que não combinam com a imagem do sudário, pois Nowak sabe que Ugo deve tê-las tirado do caminho. Ninguém recorre ao evangelho de João quando quer encontrar fatos concretos.

— Esses problemas se aprofundam com o testemunho de João acerca dos ἀρωμάτων, ou "aromas". Os outros evangelhos indicam que Jesus *não foi* sepultado com aromas, pois o *shabat* judaico já havia começado e o sepultamento foi feito às pressas. Porém, segundo João, empregou-se uma grande quantidade de aromas: μίγμα σμύρνης καί ἀλόης ὡς λίτρας ἑκατόν, ou "umas cem libras de uma mistura de mirra e aloés". E isso é um problema, pois as análises científicas do sudário não encontraram nenhum vestígio de aromas. Sem insistir demais no assunto, Vossa Santidade, Nogara descobriu que o testemunho mais detalhado que tínhamos sobre o sepultamento de Jesus era o de João e que esse testemunho não corrobora a existência do sudário. Nogara foi a Castel Gandolfo com a intenção de dizer isso aos ortodoxos.

A expressão do arcebispo Nowak, antes serena, agora está carregada de preocupação. As sobrancelhas parecem pesadas. Sua mão apoia o queixo, em sinal de reflexão.

— Mas padre, o senhor não deu a ele explicações sobre o evangelho de João?

— Dei. Expliquei que João é o mais teológico. O menos histórico. Que foi escrito décadas depois dos outros. Mas ele sabia que os ortodoxos não se mostrariam propensos a fazer uma leitura científica do evangelho. Sabia que eles tenderiam a achar que o evangelho de João deveria ser interpretado literalmente.

Nowak massageia as têmporas. Parece aflito.

— Foi isso que Nogara descobriu? Um equívoco?

Assinto.

Ele faz uma careta. Quando volta a falar, detecto uma mudança em seu tom de voz. A pergunta que está por fazer não é mais jurídica nem bíblica. É mais profunda que isso: é humana. O pior, espero, já passou.

— Então, por que o Dr. Nogara foi morto?

Chegou a hora de cutucar as velhas feridas. Elas sangram com muita facilidade.

— Meu pai passou trinta anos aqui tentando reunificar nossa Igreja com a Ortodoxa. — Eu me curvo na direção de João Paulo. — Santo Padre, sei que é impossível lembrar-se de cada padre que trabalha neste país, mas ele dedicou a vida à reunificação. O senhor o convidou a vir aqui uma vez, antes do anúncio da datação por carbono, e ele se sentiu muito honrado. Ficou arrasado quando ouviu os resultados dos estudos.

Pela primeira vez, detecto uma pequena fisgada na boca de João Paulo. Ele fica mais carrancudo.

— Eu e meu irmão fomos criados para acreditar nesse trabalho — continuo. — Era desnorteante pensar que os ortodoxos, em sua histórica visita, ouviriam algo perturbador. Meu irmão tentou explicar isso ao Dr. Nogara, mas não adiantou.

O arcebispo Nowak franze o cenho, projetando sombras em seus olhos.

— Eu gostaria, então, de entender os acontecimentos daquela noite. O senhor chegou depois das seis e meia, quando o Dr. Nogara já estava morto. Correto?

Agora vem a parte difícil.

— Não exatamente, Vossa Excelência Reverendíssima.

Ele remexe os papéis sobre a escrivaninha, tentando recorrer aos fatos a partir das transcrições dos depoimentos.

— Não foi nesse horário que o *signor* Canali abriu o portão do jardim para o senhor?

Estou tenso na cadeira.

— Foi quando ele abriu o portão, mas não foi quando eu cheguei.

Ele ergue os olhos com uma expressão sombria.

— Por favor, explique.

Meu coração está com Simon. Sempre esteve com ele.

— Vossa Excelência Reverendíssima, eu telefonei a Guido Canali para fazer parecer que eu tinha chegado a Castel Gandolfo mais tarde do que de fato cheguei.

O papa tenta girar a cabeça para fitar Nowak, mas não consegue. Sua mão permanece agarrada ao braço da cadeira. Somente seus olhos espreitam o velho secretário.

— O que o senhor está dizendo? — pergunta o arcebispo.

— Eu cheguei lá antes das cinco da tarde.

A hora que consta no vídeo da câmera de segurança.

Nowak espera.

— Encontrei o Dr. Nogara em seu carro — continuo. — Começamos uma discussão.

Eis a escuridão que tentei arrancar de mim durante toda a minha vida de sacerdote. As emoções que nenhum homem de bem deveria sequer fingir. Minha performance não precisa ser perfeita. Nowak conhece esses sentimentos bem menos que eu.

Ele ergue a mão e me interrompe.

— Espere, padre. Precisamos da presença de outra pessoa aqui.

Minha respiração está entrecortada. Sinto meu peito retesado. Com a transcrição de um notário, meu relato se tornará oficial.

O arcebispo Nowak tira o fone do gancho e diz algo em polonês a alguém do outro lado da linha. Instantes depois, o segundo secretário, monsenhor Mietek, abre a porta. Mas o homem cuja entrada ele anuncia é a última pessoa que eu gostaria de ver nesse momento.

— Inspetor Falcone, o Santo Padre gostaria que o senhor escutasse esse depoimento — diz Nowak. — Ao que parece, o padre Andreou vai confessar o assassinato do Dr. Nogara.

Capítulo 42

Nowak oferece uma cadeira ao comandante dos gendarmes e lhe explica o que acabei de dizer. Em seguida, instrui-me a prosseguir.

Não sei por onde recomeçar. Com Falcone aqui, tenho que atentar para cada detalhe.

— Meu irmão deve ter saído do palácio procurando por Nogara e por mim. Ele nos viu parados ao lado do carro de Nogara.

Às 16:50, no vídeo da câmera de segurança. Simon passa.

— Onde o carro estava estacionado? — pergunta Falcone.

Ele está me testando.

— No pequeno estacionamento ao sul do palácio, quase junto ao portão, do lado de dentro.

— Mas *por quê?* — pergunta o arcebispo Nowak, impaciente com a interrupção.

As mentiras saem com facilidade cada vez maior.

— Eu só conseguia pensar em meu pai — explico. — Ele nunca mais se recuperou da humilhação por que passou diante dos ortodoxos. Eu não podia deixar isso acontecer a Simon.

Falcone interrompe novamente.

— Como sabia que a arma estava no carro?

Eu tinha esperado passar rapidamente por essa parte da história. Mesmo agora, não consigo fazer com que todos os detalhes se encaixem. Simon devia ter as chaves da corrente que prendia o estojo. No entanto, não tinha a chave do carro. Ele devia saber o segredo da tranca, mas teve que quebrar a janela com um soco. Há algo aqui que ainda não compreendo.

— Nogara voltou ao carro para pegar as anotações que usaria no evento. Enquanto ele as retirava do porta-luvas, eu vi o estojo embaixo do banco. Não parecia estar totalmente fechado. Não sei por que fiz isso. A visão daquele estojo provocou alguma mudança em mim.

Os lábios de João Paulo estão separados. Ele está respirando pela boca. Tenho nojo de mim mesmo.

Mas Falcone é implacável.

— Então, o senhor pegou a pistola com o carro aberto?

— Não. Ugo fechou a porta e foi embora. Estávamos discutindo. Ele não se importava com o que aconteceria quando os ortodoxos descobrissem tudo. Para ele, a exposição estava arruinada. Eu... eu disse a ele que não o deixaria fazer aquilo. Fiz uma ameaça. Foi então que voltei ao carro dele para buscar a arma.

O arcebispo Nowak faz um gesto afirmativo com a cabeça. Deve estar vendo isso em alguma das folhas que tem diante de si: a amostra do meu cabelo encontrada no piso do carro de Ugo.

Mas Falcone não se deixa distrair por nada. O conflito humano é irrelevante. Tudo o que importa para ele é a arma.

— O senhor sabia a combinação para abrir o estojo?

— Não. Como disse, não estava totalmente fechado.

— Então, como removeu a corrente?

— Não removi. Não até precisar esconder o estojo, mais tarde. Então usei as chaves de Nogara.

Falcone me olha com uma expressão carrancuda.

— E pegou as chaves do cadáver?

Não consigo encará-lo. Apenas assinto com a cabeça.

— Prossiga — pede Nowak.

— Alcancei Ugo quando ele estava voltando ao jardim. Só queria assustá-lo. Mas ele não queria se virar, então tive de correr em sua direção. Ele viu a arma e levantou a mão para se proteger. Quando a mão dele esbarrou na arma, ela disparou.

Observo Falcone, certo de que ele se lembrará de que a necropsia encontrou resíduos de pólvora em uma das mãos de Ugo. A ferida de uma única bala à queima-roupa.

— Onde estava o seu irmão quando isso aconteceu? — pergunta Falcone.

— Quando ouviu o tiro, Simon veio correndo. Ajoelhou-se e tentou reanimar o Dr. Nogara, mas era tarde demais.

Não inventei esse último detalhe. Creio que seja a explicação para o barro na batina de Simon.

— Eu não sabia o que fazer — continuo. — Implorei a ele que me ajudasse.

O arcebispo Nowak ergue os olhos da página.

— Vossa Excelência Reverendíssima, meu irmão faria qualquer coisa por mim.

João Paulo oscila de repente e quase tomba para o lado, trêmulo, como se estas últimas palavras tivessem lhe infligido um golpe. Nowak se levanta para ajudá-lo.

Mas Falcone não tira os olhos de mim um instante sequer. Com sua voz baixa, quase inaudível, ele pergunta:

— O que exatamente seu irmão fez pelo senhor?

Ele não percebe que, desse ponto em diante, minha história é praticamente irrefutável.

— Ele se livrou da carteira e do relógio, e eu me livrei da arma.

— De quem foi a ideia de forjar um assalto?

— Minha. Só mais tarde descobri qual era a ideia de meu irmão.

Falcone está esperando para dar o bote, mas não consegue enxergar uma oportunidade.

— A última coisa que ele me mandou fazer foi pegar meu carro, dirigir até o pé da montanha e esperar todos os participantes do encontro irem embora. Em seguida, eu deveria telefonar a Guido e dizer a ele que tinha acabado de chegar de Roma. Simon disse que precisava voltar à reunião, mas que depois me encontraria de novo no jardim.

— Não há provas de que seu irmão tenha voltado ao encontro — lembra Falcone.

Ele não vê que este é o ponto crucial da minha história.

— Ele mentiu para mim. Nunca teve a intenção de voltar lá para dentro.

Falcone se mostra desorientado.

Mas aparentemente o arcebispo Nowak compreende tudo. Ele pensa como um padre. Enfim deve ter percebido o motivo para o silêncio de meu irmão. Eu.

Seus melancólicos olhos eslavos me estudam sem repulsa nem compaixão. Transmitem apenas aquela familiaridade com a tragédia típica dos habitantes do Leste Europeu. Organiza os papéis sobre a escrivaninha de seu mestre.

Falcone, porém, não está satisfeito.

— O que o senhor fez com a arma? — pergunta.

Como a serpente, sinto-me vitorioso. Enfio a mão na batina e pego a sacola plástica com o estojo. A prova que silencia todas as dúvidas.

Enquanto Falcone a observa, percebo em seus olhos uma lenta transformação. As peças do quebra-cabeça finalmente estão se encaixando. O único fato com que ele se importa veio à tona.

— Seu irmão protegeu o senhor esse tempo todo? — pergunta ele, impassível.

Antes que eu possa responder, porém, Falcone vira a cabeça de repente. Parece em estado de alerta, como se tivesse visto algo de canto de olho.

E é então que eu também vejo

O Santo Padre está se mexendo. A mão direita — sua mão boa — agita-se, acenando para o arcebispo Nowak.

Sua Excelência Reverendíssima aproxima o ouvido de João Paulo, e o ancião fala. Uma voz grave, débil, rouca demais para que eu possa entender o que ele diz.

Nowak me fita. Sua expressão muda. Algo perpassa seus olhos. Ele sussurra algo em resposta a João Paulo, mas não entendo o polonês. Por fim, o papa assente com a cabeça. Estou paralisado.

Circunspecto, Falcone observa Nowak empurrar a cadeira de rodas. A cadeira avança. Passa pelo inspetor. Chega até mim.

Os olhos se fixam nos meus. São de uma cor mediterrânea hipnótica, um azul pelágico. Esbanjam vitalidade. Nada lhe passou despercebido.

Meu corpo se enrijece. Eu me curvo. Ele vê através de mim. Para ele, sou um padre sem rosto, mais um entre dezenas de milhares, mas ele é capaz de reconhecer uma mentira com a mesma facilidade que sente nos ossos as mudanças de temperatura. A dor em seus olhos me diz que ele *sente* a mentira.

A centímetros de mim, ele sinaliza para que o arcebispo pare.

Não sei o que fazer. Saio da cadeira e me ajoelho. É costume beijar o anel do papa ou prostrar-se para beijar seu sapato, um gesto de submissão. Eu me tornaria invisível se pudesse, apenas para me esconder dele. Não sou digno disso.

Nowak se inclina e toca a lateral do meu corpo.

— Sua Santidade quer falar com você.

João Paulo mexe o braço. Por um breve instante, a manga branca da batina esbarra na carne nua da minha mão. Em seguida, ele se estica e pousa a palma da mão pesada em minha bochecha. Em minha barba.

Sinto-o tremer. De forma rítmica, incessante. A cadência de sua doença. Sob suas mãos trêmulas, ele transmite um calor puro e úmido. Com esse único gesto, indica-me que já viu o bastante. Está prestes a dizer o que pensa. Abre a boca e murmura alguma coisa.

Não consigo discernir as palavras. Ergo os olhos ao arcebispo Nowak.

Mas João Paulo se esforça e fala mais alto.

— Ioannis — diz ele, afundando ainda mais a mão em minha barba.

Fito-o, petrificado, perguntando-me se escutei corretamente. Mas Nowak me orienta a não dizer uma palavra. O Santo Padre não deve ser interrompido.

— Ioannis Andreou — completa João Paulo.

Ele está confuso. Na escuridão de sua mente, ele olha para mim e vê o homem que lembra ter conhecido há mais de quinze anos.

Então, encontra forças para concluir.

— Era seu pai.

Respiro fundo. Enterro os dedos nas palmas das mãos, tentando não exibir nenhuma emoção.

— Você... é o padre que tem um filho — prossegue, em uma voz quase indistinguível.

Ele me fita com os oceanos de seus olhos, e de repente me vejo reduzido a um átomo.

— Sim — respondo, lutando contra o nó na garganta.

João Paulo olha para o arcebispo Nowak, pedindo-lhe que conclua a ideia. Seu esforço foi excessivo.

— Sua Santidade às vezes vê o senhor com seus alunos quando é levado para os jardins — explica Nowak.

Sinto uma dor profunda. A vergonha embrulha meu estômago.

João Paulo agita as mãos no ar, gesticulando.

— Eu — diz ele e, em seguida, estende a mão, indicando Nowak. — E ele.

— Sua Santidade também era professor em um seminário — traduz Nowak. — Foi meu professor de teologia moral.

Olhar para ele é angustiante. E, mais uma vez, João Paulo gesticula, levando as mãos ao peito.

— E eu tive um irmão — murmura, estertorante.

Finalmente sou obrigado a fechar os olhos. Sei sobre seu irmão. Edmund. Quatorze anos mais velho. Um jovem médico na Polônia. Morreu de uma febre que pegou de um paciente no hospital.

A voz do Santo Padre irrompe cheia de sentimento.

— Faríamos qualquer coisa. Um pelo outro.

Há apenas duas razões para ele me dizer isso. Uma delas seria por acreditar em meu depoimento. A outra, por saber por que estou mentindo. Quando eu abrir os olhos, saberei a resposta. Por um instante, não consigo fazer isso.

Então o silêncio me enerva. Eu abro os olhos.

A cadeira de rodas está se afastando. O arcebispo Nowak a empurra para a porta, na direção da biblioteca. Sua Excelência Reverendíssima se vira e acena, indicando que devo segui-lo. A última coisa que vejo antes de acompanhá-lo para fora do escritório é a expressão de Falcone. Não consigo decifrá-la. O velho policial está em silêncio, mas toca o estojo e digita um número no celular.

— A ACUSAÇÃO FOI retirada — anuncia o arcebispo Nowak ao grupo reunido na biblioteca. — Ouvimos uma confissão.

Por toda parte, os olhares são de choque. Observo a incredulidade se disseminar pelo aposento.

Mas Simon se levanta.

Todos os olhos se voltam para ele, uma presença grandiosa, de dez côvados de altura. Sua figura vestida com o hábito negro atrai a tensão no ar como um para-raios. Nowak se detém, surpreendido por sua força. É durante essa pausa que meu irmão declara:

— Ele está mentindo.

Mignatto e Lucio fazem objeções. O promotor de justiça assiste incrédulo à cena.

— Ele está *mentindo* — repete Simon. — E posso provar. Perguntem a ele o que fez com a arma.

— Ele apresentou o estojo com a arma — explica o arcebispo Nowak.

Simon hesita. Não é capaz de imaginar a teia de mentiras que teci. Mas resta-lhe uma última esperança. Virando-se para mim, ele diz:

— Então abra o estojo para eles.

Nowak parece prestes a mandar que Simon se cale, mas João Paulo acena com a mão, permitindo que ele prossiga.

Todos os presentes observam, aguardam.

— Não sei a combinação — repito a Nowak. — Ugo nunca a revelou.

Simon olha para mim com atenção. E há tanto amor em seu olhar que fico de coração partido. Tanto assombro. Como se eu devesse saber que seria impossível obter êxito nisso. Mas ele está impressionado, arrasado com o fato de eu ter tentado mesmo assim.

Sua voz é vagarosa e entrecortada.

— Santo Padre, o senhor não vai encontrar a arma no estojo. Eu a enterrei em um dos canteiros de flores no jardim, no mesmo lugar onde enterrei a carteira, o relógio e a chave de hotel de Ugo. Posso mostrar o local exato aos gendarmes.

Estou paralisado. Antes que eu possa dizer qualquer coisa, Falcone entra na sala. Carrega o estojo. E a tampa está aberta.

— Sua Santidade — murmura ele em tom de preocupação.

Quando ele mostra a João Paulo o interior do estojo, sinto os olhos de Mignatto sobre mim, mas não consigo tirar os meus do objeto.

Simon está certo. No lugar onde a arma deveria estar, encontra-se apenas aquele objeto amaldiçoado, deteriorado. Imortal. Invencível. Seu cordão umbilical de couro retorcido não amarra mais o manuscrito com firmeza. A costura que une a capa à quarta capa, tornando o Diatessarão praticamente à prova d'água, está desfeita. Se tivesse caído em uma poça de água da chuva naquela noite em Castel Gandolfo — assim como um dia caiu no Nilo —, poderia ter se encharcado completamente. Mas o estojo cumpriu sua função de maneira impecável. Enfiada entre as páginas como um marcador, há uma folha de papel branco em que consigo ver a caligrafia de Ugo. São as anotações que redigiu para a apresentação aos ortodoxos.

O arcebispo Nowak retira o manuscrito cuidadosamente do estojo. João Paulo levanta a mão boa e a abana em direção às anotações de Ugo. Nowak as entrega a ele. Por alguns instantes, a sala permanece em silêncio enquanto ele as lê.

Centímetro por centímetro, a máscara de seu rosto desmorona. Ele está angustiado. Lentamente, Nowak tira a folha de sua mão. Em vez de lê-la, porém, vira-se para mim e pergunta:

— O que significa isso?

Simon intervém.

— Meu irmão não sabia que o livro estava aí dentro. A confissão dele foi uma mentira.

Falcone tira um lenço do bolso. Em seguida, abre-o sobre a palma da mão e, delicadamente, retira o estojo das mãos do Santo Padre.

Procuro as palavras, tentando improvisar alguma explicação que alterasse o rumo que as coisas estavam tomando. Que mitigasse a culpa de Simon. Mas a expressão de meu irmão ao olhar para o estojo é tão apavorada que nem consigo pensar. Ele se esquiva do olhar frio e avaliador de Falcone. Nem consegue olhar para mim.

O comandante fecha o estojo, mas não o afasta da vista de Simon. A visão do objeto deixa Simon agoniado, e Falcone sabe disso.

— Pegue o estojo, padre — ordena ele.

Simon recua.

Não há sinal de compaixão nos olhos do comandante dos gendarmes.

— *Pegue o estojo* — repete.

— Não.

— Abra.

— Não vou tocar nessa coisa de novo.

— Então me diga a combinação.

Inerte, Simon diz:

— Um, dezesseis, dezoito.

A mesma combinação do cofre do apartamento de Ugo. O versículo de Mateus que institui o papado.

Falcone testa os números. Antes de abrir o fecho, olha de novo para Simon. Há algo entre os dois que não compreendo.

— Seu irmão o pegou de surpresa, não pegou? — pergunta Falcone.

Simon está impassível.

— O senhor não sabe do que está falando.

Os dedos de Falcone puxam a tampa. A trava não abre.

Simon está paralisado. Ele me encara como se eu e Falcone estivéssemos tramando algo.

O velho chefe de polícia vira o estojo e o analisa sob todos os ângulos. Então, pela primeira vez, dá as costas para Simon e se afasta. Dirige-se a João Paulo.

— Vossa Santidade, uma das razões por que os guardas suíços recomendaram este estojo é que seu segredo é configurado pelo fabricante. Não pode ser alterado. — Ele pega um pedaço de papel. — Acabei de telefonar para a fábrica. E "um, dezesseis, dezoito" não é a combinação.

Consultando o pedaço de papel, ele gira os mecanismos um de cada vez. A trava clica e abre. Perco o fôlego.

— Padre, eu vi nos seus olhos — diz Falcone a Simon.

— Viu o quê, inspetor? O que isso significa? — murmura o arcebispo Nowak.

Falcone olha fixo para o estojo, como se estivesse encantado. Em tom sombrio, conclui:

— Havia resíduos de pólvora na mão direita do Dr. Nogara. — Ele estende um dedo indicador sobre a beirada do estojo, imitando uma pistola. — A mão com que atirou.

Seu tom de voz diz tudo.

E a expressão no rosto de Simon me confirma que é verdade.

Capítulo 43

— Simon... — Balbucio.

Ele não responde. Fita o estojo com ar sombrio.

Enquanto isso, o arcebispo Nowak me observa com os olhos semicerrados, tentando conciliar minha confissão com a demonstração de Falcone.

Mas eu sei. Finalmente compreendo. O alívio é tanto que não sinto, de início, a tristeza avassaladora pela maneira como Ugo morreu.

— A única pessoa que sabia o segredo da trava era Nogara — informa Falcone. — Foi ele quem a abriu.

Simon nada diz. Manterá silêncio até o fim.

— Mas ele não precisaria ter quebrado a janela para entrar no próprio carro — continua Falcone. — Então, o que aconteceu, padre?

É Mignatto quem diz, quase num sussurro:

— O vídeo da câmera de segurança.

Os dois minutos entre a chegada de Ugo e a de Simon. Foi uma das primeiras coisas que Simon me contou quando cheguei a Castel Gandolfo.

Ele me telefonou. Eu sabia que ele estava em apuros e vim o mais rápido que pude.

— Mas por que o senhor quebrou a janela do carro dele? — pergunta Falcone.

Isso explica a sequência de sons que Mignatto ouviu na gravação. Primeiro, o tiro. *Depois*, o vidro se quebrando.

Mesmo assim, Simon não fala. Não precisa.

— Porque o estojo com a arma estava dentro do carro — respondo.

— Mas Nogara já tinha aberto o estojo — protesta o promotor de justiça. — Ele estava vazio.

Na verdade, não estava vazio. Simon não o teria trancado se não fosse capaz de reabri-lo. O estojo deve ter sido trancado antes de Simon ter tido acesso a ele.

— Foi *Ugo* quem guardou o manuscrito aí dentro — digo.

Chovia a cântaros naquela noite. Ele estava protegendo o Diatessarão.

— Como você sabia? — pergunto a Simon num sussurro.

Meu irmão não teria salvado o estojo, a menos que soubesse o que havia dentro dele. E isso só teria sido possível se Ugo tivesse lhe contado.

Meu irmão continua calado, mas penso novamente naqueles dois minutos que o separaram de Ugo.

— Você o alcançou antes de ele morrer? — pergunto.

Simon ergue a mão para me silenciar. Em seguida, aproxima o polegar do indicador até quase se juntarem. Quase. E, através daquele minúsculo espaço entre os dedos, ele me observa com olhos insondáveis.

Estou emudecido. Se suas passadas gigantescas fossem um pouco maiores. Um pouco mais rápidas. Em minha mente, vejo Simon com apenas 15 anos, de pé sobre a estreita sacada da Basílica de São Pedro, esticando os braços para tentar impedir aquele desconhecido de pular. Fico imaginando o quão perto ele chegou desta vez. Quais terão sido as últimas palavras trocadas entre ele e o amigo cuja vida pensava já ter salvado.

Da boca de meu irmão, porém, não sai sequer um esboço de explicação. A sala está em silêncio. Por fim, o arcebispo Nowak se pronuncia com voz débil. Tem nas mãos as anotações de Ugo.

— Por que o senhor esconderia isso de nós? — pergunta ele.

Fito Simon. Ele não quer olhar para Nowak, mas não pode desrespeitá-lo e continuar desviando os olhos. Os músculos de seu pescoço se contraem. As narinas se expandem.

— Por que o senhor esconderia isso de nós? — **repete o arcebispo**.

Mesmo assim, Simon não emite um único som. Mas uma voz ainda mais débil se pronuncia e faz a pergunta que está presa na garganta de todos nós. O silêncio na sala é total.

— Por que esse... pobre homem... tirou a própria vida? — indaga João Paulo.

O maior dos crimes de Judas foi o suicídio. Até pouco tempo, a Igreja ainda se recusava a celebrar o funeral de um suicida. Recusava até um lugar para ele no cemitério. A vergonha, entretanto, não foi o motivo de Simon ter escondido a verdade.

João Paulo golpeia o ar. E, com voz arrastada, brada:

— Responda!

Finalmente, Simon fraqueja. Cai o manto de silêncio.

— Vossa Santidade, Ugo nunca soube o quanto essa exposição era importante para o senhor, até ver os patriarcas em Castel Gandolfo.

João Paulo franze o cenho.

— O senhor não disse ao Dr. Nogara que ele iria falar aos ortodoxos? — pergunta o arcebispo Nowak a Simon.

Meu irmão permanece em silêncio. Recusa-se a culpar outra pessoa.

— O senhor fez o que eu pedi — murmura o papa.

Meu irmão não colocará no Santo Padre a responsabilidade por nada do que aconteceu. Em vez disso, diz:

— Supliquei a ele que não contasse a ninguém o que tinha descoberto sobre o Santo Sudário. Implorei por isso, mas Ugo insistia em dizer a verdade. Ele foi a Castel Gandolfo para contar sua descoberta aos ortodoxos, então viu as pessoas a quem falaria. Até aquele momento, Ugo não sabia o que sua exposição tornaria possível. Ele não conseguiria lidar com o peso na consciência se mentisse para o senhor sobre o sudário, mas também não se perdoaria se destruísse o seu sonho de se aproximar dos ortodoxos.

A expressão de meu irmão é o retrato do sofrimento. Ele se ajoelha.

— Santo Padre, sinto muito. Por favor, perdoe-me.

Penso em Ugo, sozinho, chegando a Castel Gandolfo com as anotações e o manuscrito, preparado para o ato mais corajoso de sua vida. Para renegar o sudário que sempre havia considerado tão precioso quanto a vida de uma criança. Para sacrificá-lo em nome da verdade. Meu bravo amigo. Destemido até o fim. Mesmo naquele terrível ato derradeiro.

— Por que você não me contou? — murmura o papa a Simon.

Meu irmão luta para se recompor. Por fim, responde:

— Porque, se Vossa Santidade soubesse, jamais teria oferecido o sudário aos ortodoxos. E, se não tivéssemos nada a oferecer a eles, não haveria esperança de reunificação. Ugo estava disposto a morrer por esse segredo. A escolha dele foi a minha também.

Eu já vi milhares de fotos de João Paulo. É um dos homens mais fotografados da história. Mas nunca o vi assim. As linhas de seu rosto evidenciam uma expressão de dor. Os olhos se comprimem, quase fechados. A cabeça está inclinada para trás, contraindo os músculos de seu pescoço largo. O arcebispo Nowak se abaixa e sussurra palavras em polonês, demonstrando preocupação.

As luzes se refletem no rosto de Simon. Nem um só fio de cabelo dele se mexe.

De pronto, Nowak anuncia:

— Faremos uma pausa até que o Santo Padre deseje reconvocá-los.

Em seguida, empurra a cadeira de rodas de João Paulo até o escritório adjacente e fecha a porta.

Alguns instantes depois, abre-se outra porta. Monsenhor Mietek, o segundo secretário, entra abruptamente. Com aparência pálida, ele diz:

— Conduzirei todos até o térreo pelo elevador de serviço.

Somos guiados para fora em rebanho. Enquanto esperamos no corredor, Mietek fica com o dedo no botão do elevador. Quando ele chega, o monsenhor nos pastoreia para dentro e aperta o botão no painel. Somente no último instante, pousa a mão no antebraço de Simon e diz:

— O senhor, não, Vossa Excelência Reverendíssima. O senhor tem de ficar.

Tudo se passa tão rapidamente que mal vejo Simon lá fora enquanto a porta se fecha. Ele também me olha. Não para outra pessoa ou outra coisa qualquer. Atrás dele, porém, a distância, abriu-se uma porta. Posso distinguir o arcebispo Nowak parado no batente, observando meu irmão, que não vê nada além de mim.

Capítulo 44

Espero por ele pelo resto da manhã. E depois tarde adentro. Do meu apartamento, observo as copas das árvores começarem a balançar. A poeira nas ruelas pavimentadas começaram a se revirar e se espalhar com a ventania crescente. A chuva está chegando. Pouco depois das cinco, alguém bate à porta apressado. Corro para atender.

É o irmão Samuel. Tem a expressão atormentada.

— Rápido, padre Alex, o senhor tem que descer — diz ele, com a voz agitada.

Desço as escadas correndo, mas, em vez de Simon, o que encontro é um pequeno cortejo. Dois diáconos deixam o Serviço de Saúde portando velas e liderados por outro homem, que leva a cruz. Depois deles, vem um padre cantando serenamente, seguido pelo caixão de Ugo.

Nenhum carro fúnebre espera no estacionamento. Em vez disso, o cortejo segue pelas ruas da cidadela sob os pingos esparsos de chuva. Em seguida vira à esquerda, pouco antes do portão da fronteira, e entra na igreja paroquial do Vaticano.

Um esquife de metal está à espera na nave vazia da igreja. O caixão é posto sobre ele, com os pés de Ugo voltados para o altar. Todos os movimentos são delicados, estudados, silenciosos. Fico sem fôlego. Saio e telefono a Simon, mas ele não atende.

Logo à entrada, o padre coloca um comunicado de falecimento em um quadro. CHAMADO À VIDA ETERNA. UGOLINO LUCA NOGARA. O velório será esta noite. A missa, pela manhã, seguida pela cerimônia de sepultamento.

Enquanto eu o vejo escrever as informações do funeral no quadro, sinto a chuva nas costas, respingando nos degraus da escadaria e salpicando minha batina. Quando ele se afasta, pego o quadro e ponho-o do lado de fora, ao ar livre, onde os passantes possam vê-lo. Mas não há ninguém nas ruas. Ao longe, trovões ribombam.

Da porta da igreja, olho para o palácio pontifício do outro lado da rua, esperando que Simon apareça na arcada. Esse breve período de vigília será o único momento para fazer o discurso funerário em homenagem a Ugo. Uma vez iniciada a missa, isso não será mais permitido. Mas não se vê vivalma por aqui.

Finalmente, aproximo-me do caixão e rezo. O fato de ele estar fechado parece uma acusação. Certamente, quem preparou o corpo poderia ter maquiado as feridas de Ugo, mas há uma mensagem sendo passada aqui, na maneira apressada como o trouxeram até esta igreja, na forma como o comunicado de falecimento foi colocado nesse quadro praticamente escondido, no fato de que nenhum morador veio acompanhar o cortejo ou velar o corpo ao ver o caixão passar por estas ruas. Dirão que estava chovendo. Que não conheciam Ugo. Dirão qualquer coisa, exceto que não vieram por tratar-se de um suicida.

Sento-me no primeiro banco e rezo. Em seguida, para preencher o silêncio, converso com ele. Falo da exposição. Conto a ele o sucesso da noite passada. Olho para o caixão ao falar, mas em minha mente estou falando com o Ugo ainda vivo, onde quer que esteja agora.

Pouco antes do anoitecer, ouço alguém entrar na igreja. Viro-me e vejo o assistente de Ugo, Bachmeier. Ele se senta em um banco no meio da nave e reza por quase quinze minutos. Ao terminar suas orações, vem à frente e pousa a mão sobre meu ombro, como se eu fosse um familiar de luto. Ugo pensava que esse homem não se importava com ele em absoluto. Antes de Bachmeier partir, agradeço-lhe.

Em seguida, o padre da paróquia se aproxima de mim.

— Padre, o senhor sabe que pode ficar o tempo que quiser. Mas, se está esperando a chuva passar, fico feliz de emprestar meu guarda--chuva.

Explico-lhe que não vou embora. Que meu irmão chegará em breve. Ele me faz companhia por um tempo. Pergunta-me como conheci Ugo e admite que não o conhecia bem. O silêncio de um funeral é tão diferente daquele de um batismo ou de um casamento, tão diferente do silêncio decorrente da esperança e da expectativa. Para preenchê-lo, o padre me faz perguntas sobre o rito grego, sobre o anel que uso na mão direita. E, embora eu não queira falar disso agora, somos todos embaixadores de nossas igrejas e tradições. Casado há seis anos, digo a ele. Sou da oitava geração de uma família de padres do Vaticano, e a única coisa com que meu filho sonha é ser um jogador de futebol profissional. Ele sorri.

— Sua batina ainda está úmida — diz. — Quer que eu a seque para você?

Recuso sua oferta, e ele vai embora.

Meia-noite. As velas em torno do caixão resplandecem como nunca. De repente, sinto o ar se deslocar atrás de mim. O ruído da chuva diminui. Alguma coisa de grandes dimensões está bloqueando o som. Reconheço os longos intervalos das passadas silenciosas à medida que elas se aproximam.

Ele se ajoelha ao meu lado. À luz de velas, sua silhueta parece feita de ouro. Meus dedos se agarram às barras do caixão. Com a respiração entrecortada, ele ergue os braços, como se fosse abraçar Ugo. Em seguida, reclina a cabeça contra a madeira e chora.

Vejo-o enfiar a mão sob o colarinho e remover um cordão do pescoço. Ao lado da cruz latina, há um anel. Um anel de bispo. Ele o fecha na palma da mão e o põe sobre o caixão. Em seguida, vira-se e pousa as mãos em meus ombros. Abraçamo-nos com força.

— O que eles fizeram com você? — murmuro.

Ele não me ouve. Sua única resposta é:

— Eu sinto muito.

— Eles o dispensaram?

Do sacerdócio. Da única vida que conhecemos. Ele responde com outra pergunta:

— Quem proclamou o discurso funerário de Ugo?

— Ninguém. Ninguém sequer sabe que o corpo está aqui.

Ele junta os punhos e os pressiona contra o queixo. Depois se levanta e espreita a madeira do caixão. Seu olhar parece atravessá-la.

— Ugo — sussurra.

Sua voz é fraca, como se ele estivesse fazendo uma oração, não uma eulogia. Dou um passo para trás e lhe dou espaço. O silêncio é tão absoluto que posso ouvir até sua fraca respiração, até o chiado seco que antecede as palavras.

— Você estava errado. Deus não o abandonou. Deus não o deixou fracassar.

Ele se inclina, quase se curva, da mesma maneira que, imagino, fez tanto tempo atrás, no dia em que encontrou nosso pai caído no chão depois do infarto. Desejando embalá-lo, confortá-lo, mesmo após a morte. Suas palavras são austeras, mas as mãos se estendem na penumbra, vacilantes, ternas. Parecem achar essa caixa de madeira algo muito hostil e cruel. Poderosos são os limites que nem estas mãos poderosas são capazes de transpor. Ao ver esta enorme figura curvar-se até o caixão para sussurrar palavras de conforto a seu amigo, penso em como amo meu irmão. Em como será impossível pensar nele como qualquer outra coisa que não um padre.

— Ugo — diz ele, em tom tão rígido que sei que ele cerrou os dentes e mal contém sua emoção. — Deus *me* incumbiu de ajudá-lo. Fui *eu* que fracassei.

— Não. Simon, isso não é verdade.

— Perdoe-me — murmura ele. — Meu Deus, me perdoe.

Trêmulo, ele faz o sinal da cruz. Em seguida, esconde o rosto com as mãos.

Passo o braço em torno dele. Puxo-o de encontro a mim e o abraço firme. Seu corpo enorme treme. As chamas das velas quase se apagam, mas logo ganham novo vigor. Olho para aquelas mãos gigantes, agora fechadas, mergulhadas entre as coxas, e em silêncio me junto a ele em suas orações. Rogo a Deus que perdoe a todos nós.

Por dois dias esperamos pelo anúncio da punição. E mais quatro. Uma semana. Nenhum telefonema. Nenhuma carta na caixa de correio. Não consigo mais deixar Peter na escola pontualmente. Queimo o jantar. Meu nível de distração está chegando ao limite. Cada dia de espera altera a dimensão da espera que ainda está por vir. Pode durar semanas. Com a chegada de outubro, percebo que podem ser meses.

Visito o túmulo de Ugo com frequência, mantendo-me longe dos olhos dos outros visitantes do cemitério, por não querer escandalizá-los com a minha presença, ou a de Simon, diante da lápide de Ugo, pois não sei o que podem ter ouvido por aí. Depois de tantos dias de oração ao longe, a distância começa a parecer simbólica. Quando Ugo me abandonou, eu o mantive longe de mim. Nunca deixei que ele entrasse em minha vida novamente. E, embora este seja um pecado aparentemente insignificante no mundo dos leigos, é bastante grave para um sacerdote. A Igreja é eterna, à prova de todos os contratempos. Portanto, o que quer que aconteça ao Santo Sudário, sei, do fundo do coração, que católicos e ortodoxos se reunificarão algum dia. Por outro lado, a vida de um único homem é preciosa e breve. Guido Canali, certa vez, falou-me de um homem que vive em Castel Gandolfo e cujo único serviço consiste em pegar os ovos dos galinheiros sem quebrá-los. *Um serviço*, dizia Guido, *que aparentemen-*

te qualquer um poderia fazer, exceto pelo fato de que exige mãos especiais. Não raro penso nessas palavras quando estou no cemitério. Parecem igualmente verdadeiras se aplicadas aos padres.

Nos intervalos do trabalho, visito a exposição. Isso satisfaz um desejo que, gradualmente, tem se tornado quase um vício: a necessidade de ver as pessoas interagirem com Ugo. Ele permanece aqui, um pedaço dele ainda intacto. Estas galerias são um relicário, que contêm o melhor de um homem bom. Por outro lado, provoca-me uma inquietude avassaladora ver milhares de inocentes olhando as paredes, lendo as placas e as letras impressas, acompanhando a cronologia da arte cristã feita por Ugo. A relíquia que vieram ver não é a recordação de um amigo falecido, mas o manto de Cristo, ainda exposto na Capela Sistina. Aos olhos delas, portanto, esta exposição é um tipo diferente de relicário. Um receptáculo decorado de forma tão impressionante — com pinturas tão grandiosas, manuscritos tão antigos, uma confissão tão franca de que roubamos o sudário dos ortodoxos — que as convence de que a relíquia é autêntica. Os visitantes reagem da mesma forma: meneando a cabeça em sinal de compreensão e assentimento, e em seguida estalando a língua e espalmando as mãos no peito, como quem diz: *eu sabia*. A exposição concedeu ao mundo permissão para acreditar novamente. O mesmo fez a notícia de que o Santo Padre devolverá o sudário aos ortodoxos, que a maior parte dos romanos parece ter interpretado não como um marco nas relações entre as duas Igrejas, mas como prova de que a mostra de Ugo é a revelação da verdade sobre o manto. Se o papa ao menos pudesse ver as pessoas caminhando por estas galerias, saberia o que eu sei. Vou sentir falta de ter Ugo tão próximo de mim. Mas este show não pode continuar.

No décimo segundo dia de outubro, sou chamado ao gabinete do reitor do pré-seminário, o padre Vitari, para a única reunião sem hora marcada que já tive com meu chefe. Vitari é um homem de bem. Raramente se queixa quando tenho de trazer meu filho para o trabalho ou pedir dispensa quando Peter está doente. Ainda assim, há algo de estranho na hospitalidade que demonstra ao me oferecer uma cadeira e ao perguntar, logo de cara, se desejo beber alguma coisa. Percebo que minha ficha pessoal está sobre a mesa. A tristeza me invade. Os pequenos mas insistentes medos que zumbiam ao meu redor como moscas agora se aquietam em expectativa. Então é assim que vai ser. Segundo Mignatto, o veredito viria na forma de um documento judicial, mas agora vejo que seria mais fácil varrer o problema discretamente para baixo do tapete. Em um país de padres, não deve ser difícil encontrar substituto para um professor de estudos evangélicos.

Todavia, Vitari ergue a ficha e me pergunta se tenho consciência de que trabalho no pré-seminário há cinco anos.

— Cinco anos — repete ele, sorrindo em seguida. — Isso significa que você merece um aumento.

Saio do gabinete com um aperto de mão e uma carta assinada por todos os meus alunos. Mas saio também tremendo e quase com náuseas. À noite, começam os sonhos. Sou um menino de novo e vejo a caixa de laranjas-de-sangue caindo sobre Guido na estação de trem. Vejo o suicida despencando na Basílica de São Pedro. Sinto uma fisgada no peito, como se alguém enterrasse uma flecha em meu coração. Em pouco tempo, mesmo durante o dia, passo a sentir uma agitação dentro de mim, uma angústia, como se sentisse a vibração de um trem que se aproxima. Tenho medo. O que quer que esteja por vir, tenho medo.

CERTA MANHÃ, o diretor dos museus anuncia que a exposição terminará antes do planejado. Alguém, talvez Lucio, deixa vazar para a imprensa que a culpa é da politicagem dentro da Igreja. Com base nisso, um jornalista do *l'Espresso* escreve um artigo afirmando que João Paulo encerrou tudo por temer que os ortodoxos ficassem ressentidos. Afinal, não podemos continuar ganhando dinheiro com a relíquia que prometemos devolver a eles. Assim, no último dia da mostra, volto para dizer adeus. A quantidade de gente é impressionante. A exposição baterá recordes que nem mesmo seu criador poderia ter imaginado. Mal consigo ver as paredes através do oceano de pessoas. Ugo está desaparecendo.

À noite, o sudário deixa a Capela Sistina. O porta-voz de João Paulo anuncia que, por motivos de segurança, a localização do manto não será mais revelada. Isso parece significar que estamos nos preparando para enviá-lo ao Oriente. Quando, porém, pergunto a Leo se ele ou algum dos guardas suíços viram um grande carregamento saindo por algum dos portões, a resposta é não. Continuo repetindo a pergunta todos os dias, até que Leo fica tão intrigado quanto eu pelo fato de a resposta nunca mudar. Tempos depois, em uma coletiva de imprensa, um repórter pede novidades sobre o assunto, e o porta-voz do papa explica que a logística é complicada, e as negociações, privadas. Em outras palavras, não esperem notícias sobre o sudário ou os ortodoxos por um bom tempo.

Logo os outros padres da minha paróquia grega começam a me perguntar se os rumores são verdadeiros. Se a saúde de João Paulo tornou-se um obstáculo. Se está seguindo a passos rápidos em direção à morte, o que o impediria de coordenar os próximos esforços junto aos ortodoxos. Respondo que não sei. Mas, na verdade, sei. Os rumores são verdadeiros, mas meus amigos não compreenderiam: para o papa, assim como um dia o foi para Ugo, o problema se transformou em uma questão de consciência. O papa preferiria morrer a fundamentar a reunificação em uma mentira. Portanto, com o tempo a seu favor, é justamente isso que ele planeja fazer.

No evangelho de Mateus, há uma parábola sobre um inimigo que chega na calada da noite e semeia joio no campo de trigo de um homem. Os servos desse homem lhe perguntam se devem arrancar o joio, mas o senhor diz para esperarem, do contrário o trigo bom pode se perder. Deixem-nos crescer juntos até o dia da colheita, é o que ele diz; então o trigo será recolhido, e o joio, queimado.

Não era minha intenção semear o joio. Nem na vida de Ugo nem na de João Paulo. Porém, no silêncio que cerca o sudário agora, ouço o senhor dizendo aos servos que esperem. Que não ceifem o trigo ainda. E espero o dia da colheita.

Mona me surpreende ao pedir para se juntar a mim e a Peter novamente na divina liturgia. Dois dias mais tarde, propõe uma nova ida à igreja. Da terceira vez, ela encontra um jeito de me perguntar quando me confessei pela última vez. Acha que uma confissão me fará bem.

Minha mulher não compreende: eu tentei. Nunca antes na minha vida, porém, eu me senti tão imune ao poder do perdão. As enfermeiras sempre acreditam na possibilidade da cura. Mas, ao contrário dos pacientes de Mona, eu mesmo busquei a doença, e não há remédio para ela.

Aos poucos, no entanto, descubro que a mulher que vem em meu socorro não é mais aquela com quem me casei. Em vez disso, é a mulher e mãe que abandonou o marido e o filho, viveu quatro anos na mais torturante solidão e agora se apresenta diante de mim como especialista em um tipo de autorrecriminação no qual sou apenas um iniciante. Ela está me ajudando porque me ama, porque conhece esse pântano escuro e tem um mapa para sair dele. De fato, não há remédio. Mas há uma jornada que não preciso mais realizar sozinho.

Em meados de novembro, os *sampietrini* começam a montar andaimes no meio da Praça de São Pedro. Todo ano, eles constroem um presépio maior que o do ano anterior e o deixam atrás de uma cortina de mais de quatro metros de altura que só se abre na noite de Natal. Peter anda pela área como um detetive, inspecionando os restos de material, bisbilhotando as conversas dos operários e vasculhando a lona em busca de buracos por onde possa espiar. Quando começa o jejum de quarenta dias que os católicos orientais fazem até o Natal, os católicos romanos já encheram as lojas de doces, queijos e carnes defumadas, todas aquelas coisas que não podemos comer nesse período. Este ano o tempo do jejum chega como um alívio para mim. Enquanto Mona e Peter vão às compras na Piazza Navona, vou visitar Simon sozinho.

Ele está em uma pequena igreja logo na saída de Roma. O padre o acolheu como um gato de rua. A Secretaria de Estado deu-lhe licença temporária, e o sentimento de culpa o levou para fora dos muros do Vaticano, de modo que ele agora serve comida em um restaurante comunitário no fim da tarde e presta auxílio em um abrigo católico na maioria das noites. Às vezes, eu o ajudo, e nas primeiras horas da madrugada, quando os bares já fecharam e Roma está quase dormindo, voltamos juntos para a igrejinha e nos sentamos lado a lado em um dos bancos.

De início, nós nos detivemos aos assuntos familiares. Porém, noite após noite, a torneira foi se abrindo. Ao que parece, ele está passando por uma segunda formação sacerdotal aqui, removendo as camadas de verniz que adquiriu na Secretaria de Estado e peneirando a areia bruta das antigas ambições de nosso pai para ver o que restará no fim. Na maior parte do tempo, limito-me a escutar. Percebo que ele está me preparando para algum tipo de conclusão a que chegou sobre a própria vida. Neste local, muito tempo atrás, São Pedro, que fugia da perseguição do imperador Nero, teve uma visão de Jesus. *Domine, quo vadis?*, perguntou Pedro. "Senhor, aonde vais?" E a visão respondeu: *Romam vado iterum crucifigi*. "Vou a Roma, para ser crucificado de novo." Naquele momento, Pedro compreendeu os planos de Deus para ele. Aceitou, então, o martírio e deixou o imperador Nero crucificá-lo na colina do Vaticano. Em Roma, há uma Igreja para cada etapa da vida de um homem, e esta é a igreja dos momentos decisivos. Uma noite dessas — continuo repetindo isso para mim mesmo — também contarei uma novidade ao meu irmão.

Da igreja de Simon até o Vaticano, são pouco mais de seis quilômetros. É uma distância grande para percorrer a pé, mas peregrinações não são feitas de carro. A caminho de casa, passo pelo Panteão, pela Fontana di Trevi, pelas escadarias da Piazza di Spagna, tudo isso no meio da madrugada. Ainda há alguns turistas e casais jovens nas *piazzas*, mas eles são tão invisíveis para mim quanto os pombos e o trânsito noturno. O que vejo é a Academia onde Simon um dia estudou, a praça onde eu e Mona tivemos nosso primeiro encontro e, a distância, o hospital onde Peter nasceu. A cada marco, faço uma pequena oração. Em cada bairro do caminho, meus olhos se demoram sobre as roupas penduradas nos varais que atravessam os becos, as bolas deixadas nos degraus das portas e as luzes de Natal com as formas da *Befana* ou do *Babbo Natale* e suas renas.

Caminhar seis quilômetros no frio de uma noite de dezembro é como navegar por um rio de penitência e oração, e, quando chego em casa, meus maus pressentimentos estão mais anestesiados. Verifico a secretária eletrônica para o caso de terem anunciado um veredito. Mas o veredito é sempre o mesmo: Peter está dormindo e mal se mexe quando beijo sua testa, e, quando vou para a cama, Mona sussurra:

— Você está gelado. Nem pense em encostar esses pés em mim. — Depois sorri, se aproxima de mim e se aninha junto ao meu peito, encaixando-se perfeitamente no vazio que só ela pode preencher. Às vezes, durante a noite, volto a me sentir tenso, consternado, e me aproximo para abraçá-la. — Ele está melhor? — murmura ela, pois encontrou, em seu coração, um novo lugar para o cunhado que antes só lhe inspirava desconfiança. Então, beijo sua nuca e minto. Digo que Simon parece melhor a cada visita. — Ele precisa saber que está perdoado — diz ela. E está certa. Mas fazê-lo acreditar nessas palavras é uma proeza que demanda uma capacidade maior do que a minha.

A última coisa que Mona sempre pergunta antes de cair no sono é:

— Você contou a Simon a novidade?

Toco suas costas nuas. O declive suave e desprotegido de seu ombro. Por anos, vivi com um pé no ontem. Agora, mal consigo dormir, de tanto pensar no amanhã. Se contei a ele novidade? Não, não contei. Porque acredito que terei mais tempo.

— Ainda não. Mas será logo.

No DIA 20 de dezembro, pouco antes do amanhecer, recebo uma mensagem de texto no celular. Leo.

Meu menino nasceu às 4:17. Saudável, 3,260kg. Alessandro Matteo Keller. Louvamos a Deus com o coração cheio de gratidão.

Fico olhando para a tela na escuridão. Alessandro. Deram o meu nome ao menino.

Em seguida, aparece outra mensagem.

Queremos que você seja o padrinho. Venha nos visitar. Estamos aqui embaixo.

Aqui embaixo. Sofia deu à luz no Serviço de Saúde. Eles têm um legítimo filho do Vaticano.

Quando eu, Peter e Mona chegamos, Simon já está lá. Segura o recém-nascido nos braços, envolve-o em suas mãos imensas, da mesma maneira que fazia com Peter. Seus olhos expressam aquela vigilância frágil de que me lembro tão bem, uma vontade de proteger soterrada pela perplexidade. Ele se parece com o irmão mais velho que um dia me criou, o garoto disfarçado em corpo de homem. Quando Mona se aproxima para afagar ternamente a cabecinha do bebê sob o gorro azul, perco o ar diante da visão dos dois. Simon se inclina para entregar Alessandro com delicadeza a Mona. Antes disso, porém, ela estende a mão e toca o peito de Simon, na área sobre o coração, onde deveria estar a cruz peitoral de bispo. Ele abaixa os olhos, arregalados e penetrantes, e fita a mão dela. Ouço Mona dizer:

— O que quer que você tenha feito, sei que Ugo o perdoa.

Essas palavras o devastam. Assim que ela pega o bebê nos braços, Simon murmura a Leo e Sofia suas felicitações e ruma para a porta.

Vou encontrá-lo no andar de cima, no corredor do nosso apartamento, sentado entre as caixas da mudança, aturdido. Eu devia ter contado a ele. Devia mesmo, mas sabia que ele não estava pronto.

Simon se levanta e diz:

— Não podem fazer isso com você. Não podem obrigá-lo a se mudar.

Eu explico. Ninguém está nos forçando a sair dali. Queremos ser uma família de novo. Este lugar tem fantasmas demais.

Ele fita a porta do apartamento, a porta que sua chave não abre mais, e me ouve descrever o novo lugar que encontramos. Eu conto que, no caminho de volta das visitas que eu lhe fazia na Domine Quo Vadis, me apaixonei por um bairro. Dois dos amigos de Peter na escola moram no mesmo prédio. É propriedade da Igreja, o que significa que o preço do aluguel é tabelado. E, com duas rendas agora, eu e Mona conseguiremos pagá-lo.

Simon pisca. Diz algo que não entendo sobre uma conta-poupança que abriu para Peter. Não é muito, explica, mas eu e Mona podemos usá-la para cobrir o seguro-fiança.

Sou obrigado a desviar os olhos. Ele parece atormentado. Digo-lhe que sinto muito, que pretendia lhe contar, mas Simon me interrompe e diz:

— Alex, eu me candidatei a um novo posto de serviço.

Nossos olhos se encontram. Parecemos muito distantes.

Um novo posto: de volta ao serviço na Secretaria de Estado. *Domine, quo vadis?* A Roma, para ser crucificado de novo.

Quando pergunto o destino ao qual pediu para ser enviado, Simon responde que não se trata de nenhum lugar específico. Qualquer lugar longe do mundo ortodoxo. Subitamente tomado de fervor, ele me diz que há cristãos sendo mortos no Oriente Médio e católicos sendo perseguidos na China. Sempre existe uma causa pela qual lutar, e a causa ainda é tudo. Olho para a caixa aberta a seu lado, onde Peter tentou escrever a palavra *cozinha*. Nossa louça simples, embrulhada em folhas de jornal. Ofereço-lhe a mão para ajudá-lo a se levantar e o convido a juntar-se a nós na ceia de Natal.

As CORTINAS SE abrem na noite de Natal. O presépio da Praça de São Pedro é maior que todos os anteriores, um estábulo do tamanho de uma estalagem. Peter se delicia com a vaca e o carneiro em tamanho real próximos da manjedoura. Mona e eu o levamos para patinar no gelo no Castelo de Sant'Angelo. Só voltamos na hora da ceia.

A tradição oriental manda que a criança mais nova da casa fique de vigília na noite de Natal até que a primeira estrela apareça no céu. Assim, Peter fica de sentinela na janela de seu quarto enquanto eu decoro a mesa com palha e Mona estende a toalha branca, ambos símbolos da manjedoura onde o menino Jesus foi colocado. Simon põe uma vela acesa no pão ao centro da mesa, símbolo de Cristo, a luz do mundo. Ao nos sentarmos à mesa para comer, deixamos a porta entreaberta e uma cadeira vaga à mesa para relembrar que os pais de Jesus eram viajantes nessa ocasião e dependiam da hospitalidade dos outros. Nos anos anteriores, este era um momento de melancolia, pois olhávamos para a cadeira vazia e a porta entreaberta e nos lembrávamos de Mona, lamentosos. Esta noite, porém, meu coração transborda alegria. Se ao menos Simon pudesse experimentar a mesma paz...

Quando estamos prestes a comer, um som nos interrompe. Uma batida na porta seguida do ranger das dobradiças.

Ergo os olhos. Minhas mãos soltam o pedaço de pão. Monsenhor Mignatto está de pé à soleira da porta.

Levanto-me, cambaleante.

— Por favor, entre.

Mignatto está nervoso.

— *Buon Natale* — diz. — Minhas desculpas pela intromissão.

Aparentemente sem perceber, Simon murmura:

— Essa não. Justo hoje.

A expressão do monsenhor está lívida. Seus olhos percorrem o ambiente, enquanto ele se dá conta da ausência de móveis, exceto a mesa e as cadeiras. Os quadros também foram removidos, e as paredes agora parecem uma colcha de retalhos fantasmagórica.

— Este é nosso último jantar aqui — digo, quase cochichando.

— Sim, seu tio me contou.

Parece receoso. Procuro algum sinal que explique sua vinda, mas não vejo pasta nem documentos judiciais.

Mignatto pigarreia e diz:

— A decisão do Santo Padre sairá esta noite. — Simon olha fixo para ele. — Pediram-me que confirmasse para onde a notificação deve ser enviada.

— Aqui mesmo — digo.

— Gostaria de estar presente quando ela chegar — acrescenta Mignatto. Faço menção de concordar, mas ele continua: — Entretanto, fui instruído a não fazer isso. Portanto, seja qual for a decisão, espero que me telefone, padre Andreou.

Em voz quase inaudível, meu irmão responde:

— Obrigado, monsenhor. Mas não há necessidade. Sei que não cabe apelação.

Mignatto baixa os olhos.

— Ainda assim, talvez eu possa dar minha opinião. Ou confortá-lo.

Simon assente, mas dando a entender que não haverá telefonema. Não veremos mais o monsenhor.

Por alguns instantes, o silêncio é quebrado apenas pela cantoria natalina dos vizinhos, pelo som das crianças gritando animadas na escadaria. Em outros lugares, hoje a noite é de alegria.

— Monsenhor, sou grato por tudo que fez por mim — diz meu irmão.

Mignatto curva a cabeça gentilmente, dá um passo à frente e aperta a mão de Simon. Depois repete:

— *Buon Natale*. A todos.

Uma por uma, as velas se apagam. Eu e Mona lemos para Peter as histórias do nascimento de Jesus: a história de Lucas sobre a manjedoura, a de Mateus sobre os três reis magos. Mas Simon apenas olha para o nada. Seus olhos estão vazios. A luz deles está morrendo. Pouco depois das onze, Peter cai no sono. Nós o colocamos sobre um lençol no chão. As camas e os colchões já estão no caminhão da mudança.

Mona liga a televisão para assistir à transmissão da missa do galo na Praça de São Pedro. Sempre foi um evento tradicional para Simon e para nós, até que a chegada de um bebê tornou o programa impossível. As pessoas se enfileiram na *piazza*, milhares delas, silhuetas negras que parecem minúsculas perto do abeto centenário colocado ali como árvore de Natal para João Paulo. Mona entrelaça seus dedos nos meus. Beijo-a na testa. Seus olhos não se desviam da TV, os ouvidos atentos a cada palavra da transmissão. Vou à cozinha e sirvo bebidas. Simon já brindou a cardeais e embaixadores, mas, ao erguer a taça, não consegue pensar em nada para dizer. Aproximo-me dele.

— Aconteça o que acontecer — digo, tocando sua taça com a minha. Ele assente. E sorri.

— Vamos superar tudo isso — acrescento.

Meu irmão pousa a mão em meu ombro. Do outro lado da janela, bem alto na escuridão acima do palácio de João Paulo, brilha uma estrela ao leste. O olhar de Simon está fixo nela. Fecho os olhos. De algum modo, sei que é este o momento. Meu irmão se foi. Seu corpo está aqui, mas tudo o mais debandou. Ele está aqui apenas por nossa causa, para nos fazer acreditar que estamos salvando-o.

— Nós amamos você — digo.

Seus olhos parecem uma folha em branco.

— Obrigado por sempre ter feito com que me sentisse parte da sua família — retruca ele.

Ao terminar sua bebida, ele se levanta para lavar a taça. Penso comigo: *onze anos*. Esse é o tempo em que o sacerdócio é sua única família. Desde seu primeiro ano de seminário. Um terço de sua vida. O que significa que esta noite Simon talvez experimente algo que ninguém jamais deveria experimentar: tornar-se órfão pela segunda vez. Ele pega o maço de cigarros, mas uma batida na porta o interrompe.

O barulho acorda Peter.

Olho para Simon. O brilho em seus olhos desaparece por completo.

Dou um passo à frente.

— Padres Andreou? — questiona o homem à porta.

Um leigo de terno preto. Reconheço-o. É o mensageiro particular do papa. O *cursore*.

Ele nos entrega dois envelopes. Um com o meu nome, outro com o de Simon.

Entrego o de Simon a ele e vejo-o fechar os olhos. Mona se levanta e caminha até nós.

Sonhei com esse momento, e ao mesmo tempo o temi, mas agora meus medos se silenciaram. Sou tomado por uma calma que não me é familiar.

Que teu coração deposite toda a sua confiança no Senhor! Sejam quais forem os teus caminhos, pensa nele, e ele aplainará tuas sendas.

Meu irmão, no entanto, nunca aparentou tanto medo. Mona estende o braço e diz:

— Simon...

Peter olha fixo para o mensageiro. Em seguida, levanta-se, caminha até Simon e apoia a cabeça no quadril do tio, cingindo-lhe a cintura com os braços, apertando-a com a força de Sansão.

Abro meu envelope primeiro. As palavras que contém não são as que eu havia imaginado. Viro-me para o *cursore*.

Ele aguarda.

— Simon, abra — sussurra Mona.

Suas mãos tremem ao abrirem o envelope. Observo-o correr os olhos pelas linhas. Em seguida, ele ergue os olhos até o *cursore* e diz, com voz fraca:

— Agora?

O *cursore* assente.

— Sim, padres. Venham comigo. O carro está à espera.

Simon balança a cabeça. E recua.

Mona espia o papel por sobre o ombro de Simon, e algo lampeja em seus olhos.

— Simon, vá — diz ela.

Fito-a.

— Confiem em mim — murmura ela. Sua expressão é vibrante. — Vão.

É O MESMO sedã preto da vez anterior. O *signor* Gugel abre a porta traseira com a mesma expressão impessoal. O *cursore* senta-se no banco do carona. Posso ouvir a respiração de Simon a meu lado.

Gugel e o mensageiro não falam. Lá no alto, na janela do último andar do Palácio Belvedere, Peter olha para baixo. Observo-o até a janela sair do meu campo de visão.

As ruas estão vazias. Os escritórios, no escuro. Mais cedo, quando eu, Mona e Peter voltávamos para casa depois da patinação, grandes revoadas de estorninhos atravessavam o céu como uma rede sendo lançada sobre Roma. Era recolhida e, em seguida, atirada novamente. Agora, porém, há apenas as estrelas. Simon toca o pescoço e puxa o colarinho da batina.

O carro chega à entrada do palácio. E prossegue.

— Aonde estamos indo? — pergunta Simon.

Em silêncio, percorremos rapidamente a rua que passa por trás da basílica. O Palácio do Tribunal surge diante dos nossos olhos. E também desaparece na escuridão.

O pátio de pedras úmidas parece feito de vidro escuro, como o rio Tibre nas noites em que está agitado. Simon está inclinado para a frente, as mãos apoiadas no banco. Meu celular vibra. Uma mensagem de texto de Mona.

Você está na BSP?

Digito: *Quase. Por quê?*

O carro para. Gugel desliga o motor, desce e abre um guarda-chuva.

— Padres, venham comigo — pede o *cursore*.

Ao sul está o portão que nos separa da Praça de São Pedro. Lá fora, na chuva, estão as centenas de fiéis que estariam aqui na noite de Natal mesmo que o céu estivesse caindo e o mundo, acabando.

O *cursore* nos conduz pela entrada lateral. Na sacristia, alguns velhos padres se vestem freneticamente. Meus alunos do pré-seminário também estão aqui, de batina vermelha e sobrepeliz branca, ajudando os idosos a se vestir. Dois deles correm em nossa direção empurrando araras sobre rodas.

— Para você — diz um deles a Simon.

É uma batina de coral, do tipo que um sacerdote usa durante uma missa celebrada por outro sacerdote.

Simon fita a batina.

— Não.

Meu coração está a mil. A batina é púrpura. É a veste de coral de um bispo.

Meu celular vibra. É a resposta de Mona. *Homilia especial esta noite.*

Faço sinal aos meus alunos para que não deem ouvidos a Simon e façam seu trabalho. São capazes de vestir um padre mais rápido que qualquer coroinha do mundo. E embora proteste, de início, Simon deve estar pressentindo o que vai acontecer. Se continuar de batina preta, será confundido com um bispo em luto. E neste dia, o dia do nascimento de Nosso Senhor, não pode haver luto.

Simon abaixa a cabeça, respira fundo e, por fim, estende os braços. Os garotos arrancam sua batina preta e enfiam nele a de cor púrpura, o roquete branco e a murça também púrpura. Em cima de tudo, vem a cruz peitoral.

— Por aqui — diz o *cursore*, que agora caminha mais rápido.

A passagem parece a entrada marmorizada de um sepulcro. Espio por cima do ombro. Um de meus alunos acena para nós em sinal de despedida.

Dentro do túnel, o ar muda. Torna-se mais quente. Vibra com os ruídos que vêm do outro lado. Minha pele formiga. Atravessamos outra entrada... e de repente chegamos.

O teto do túnel desaparece. As paredes se erguem a perder de vista. A vibração tornou-se um murmúrio profundo, cósmico.

— Por aqui — indica novamente o *cursore*.

A visão me deixa paralisado. Durante toda minha vida, frequentei uma igreja com capacidade para duzentas pessoas. Esta noite, do altar principal que guarda os ossos de São Pedro até o disco de pedra próximo à entrada onde Carlos Magno um dia foi coroado, esta basílica abriga dez mil almas cristãs. A nave está tão cheia de gente que os leigos já desistiram de procurar por cadeiras e começaram a acumular-se nas naves laterais. A aglomeração se agita, estendendo-se até onde a vista alcança e além.

O *cursore* nos conduz. O altar é circundado por fiéis — quanto mais próximos se encontram dele, mais elevadas são suas posições. Primeiro, os leigos, depois as freiras e os seminaristas. Alcançamos os monges e padres e eu paro, ciente da minha posição. Vejo outros padres católicos orientais, e alguns deles, ao me verem, abrem espaço.

Mas Simon não quer sair de perto de mim. O *cursore* acena para que continue, mas ele para também.

— Alex, não posso — sussurra Simon.

— Não é mais escolha sua — digo, forçando-o a ir em frente.

O *cursore* o conduz através de fileiras de embaixadores e membros da realeza, com medalhas brilhando no peito. Alcançam o lugar onde estão os padres da Secretaria de Estado, e vejo Simon hesitar antes de se juntar a eles. Mas o *cursore* o toca gentilmente nas costas. Aqui não. Continue andando.

Eles chegam às fileiras dos bispos. Homens muitíssimo mais velhos que Simon, alguns deles com o dobro de sua idade. O *cursore* se detém, como se aquele local fosse o mais longe que alguém de sua classe poderia ir, e Simon observa tudo como um coroinha. Os bispos, vendo um semelhante, começam a dar passagem. Dois deles se aproximam e lhe dão tapinhas nas costas. Meu irmão dá um passo adiante. Para além deles, no círculo mais central, um cardeal de branco e dourado — as cores da noite de hoje, de esperança e exultação — vira-se para olhar. Posso ver a emoção nos olhos do tio Lucio.

O mestre do coro começa a cantar. A missa começou. Simon se mantém de cabeça baixa, sem olhar para João Paulo II. Parece imerso em algum tipo de conflito interior. Seu corpo treme. Vejo-o cobrir o rosto com as mãos. Então, um lindo som se eleva. Vozes. O coro da Capela Sistina.

Senhor Jesus Cristo, Filho Unigênito, Senhor Deus, Cordeiro de Deus, Filho de Deus Pai: Vós que tirais o pecado do mundo, tende piedade de nós.

Uma procissão de crianças leva flores até uma estátua do menino Jesus. Eles se alegram e dão risadinhas. O som faz Simon erguer a cabeça. À medida que a hora da homilia se aproxima, rezo para que Mona esteja certa.

João Paulo II recebe o evangeliário, beija-o e faz o sinal da cruz. Dez mil pessoas põem-se em completo silêncio. Os cliques das câmeras cessam. Não se houve uma tosse sequer. Eis o único papa que muitos de nós conhecemos. Todos sabemos com certeza que esta será a última vez que o veremos neste altar. Deus operou milagres através deste homem. E rezo para que opere mais um esta noite.

João Paulo II fala baixo e arrasta as palavras.

— Esta noite, uma criança nasceu para nós. O menino Jesus, que nos oferece um novo começo.

Observo Simon. Seus olhos estão fixos no Santo Padre.

— João, o evangelista, diz-nos que "a todos aqueles que o receberam, aos que creem no seu nome, deu-lhes o poder de se tornarem filhos de Deus". Mas o que isso significa? Como nos tornaremos crianças como o menino Jesus? *Nós*, que estamos carregados de pecados?

Simon se retrai. Seus ombros vergam e ele se inclina, como se buscasse apoio na balaustrada à sua frente.

— Isso é possível somente porque a criança que vem em época de trevas traz consigo uma mensagem de esperança: por mais pecados que tenhamos cometido, nosso Redentor vem ao mundo para carregá-los. Ele vem para *nos perdoar.*

Por um instante, meu olhar se vê atraído para cima, onde são mantidas as relíquias da basílica. Penso no sudário. Pergunto-me se não estará escondido nessas paredes de pedra. Se, por ora, Ugo não estava certo, e a Basílica de São Pedro é o novo lar do manto.

— Não podemos servir ao Senhor, sem antes acolher Seu perdão. Hoje à noite, o menino Jesus nos oferece um novo começo. Aceitemo-lo.

O microfone é afastado da boca do papa. O mesmo silêncio perfeito retorna. Algo mudou na postura de Simon. Não tem mais a cabeça baixa. Vem o Credo e, em seguida, as preces da comunidade. Quando, mais tarde, o Santo Padre ergue o santíssimo para a consagração, um sino dobra e dez mil vozes põem-se a cantar: *Cordeiro de Deus que tirais o pecado do mundo, tende piedade de nós.*

Por toda a parte, os sacerdotes oferecem a comunhão. As cadeiras ficam vazias e formam-se filas para recebê-la. *Adeste fideles,* canta o coro da Capela Sistina. *Cristãos, vinde todos.* Simon observa os outros bispos. Suas fileiras se esvaziam, mas ele não consegue largar as mãos da balaustrada. Não consegue dar um passo. Diante dele, um arcebispo balança a cabeça, querendo dizer que meu irmão não deve receber a comunhão ali.

Nowak.

Vossa Excelência Reverendíssima toma a mão de Simon e o leva dali. Os dois abrem caminho por entre os outros bispos na direção do corredor que leva até o lugar onde estou. Mas em vez de virar na minha direção, Nowak leva Simon rumo ao altar.

Meu irmão balança a cabeça. Eles param. Por um instante, ao pé das duas escadarias, a que desce até onde estão os ossos de São Pedro e a que sobe até o papa João Paulo II, os dois permanecem estáticos.

Nowak diz alguma coisa a meu irmão. Jamais saberei o quê. Prefiro que este momento permaneça para sempre um mistério.

Enquanto fala, Vossa Excelência pousa as mãos nos ombros de Simon, e meu irmão se empertiga em toda a sua altura. Em seguida, olha para o alto da escadaria. Lá, com a hóstia na mão, está o Santo Padre. Muito acima de nós, nas janelas da cúpula, paira o véu do firmamento, repleto de estrelas. Simon faz uma pequena prece, o sinal da cruz e dá o primeiro passo.

Vejo meu irmão ressuscitar.

Agradecimentos

ESTE LIVRO LEVOU dez anos para ser escrito. As seguintes pessoas me ajudaram a acabá-lo e a evitar que ele acabasse comigo.

Ninguém compreende melhor o padre Alex e seu mundo do que minha pobre agente literária, Jennifer Joel, da ICM, que não apenas leu, mas também revisou quatro mil páginas de rascunho de *O quinto evangelho* ao longo de uma década, incluindo quase uma dúzia de versões antes da final. Bem no meio desse processo, ocorreu uma catástrofe, e meu contrato com a editora foi rompido. Assim, Jenn teve de abrir caminho em meio ao pior cenário editorial dos últimos tempos, de posse apenas do manuscrito do livro pela metade e da determinação de lutar pela minha sobrevivência. Ela adiou viagens de negócios e cancelou férias com a família. Além disso, viajou centenas de quilômetros para me visitar em minha casa porque recusou-se a desistir deste romance e de seu autor irritantemente lento. Desafio qualquer pessoa a encontrar uma agente literária que tenha se dedicado mais a um livro, em toda a história da humanidade.

Jofie Ferrari-Adler, da Simon & Schuster, fechou contrato comigo quando eu me encontrava dilacerado e incrédulo, depois de oito anos dedicados a um romance e sem tê-lo completado. Sem dar uma de bonzinho, ele me deu exatamente o que eu precisava: a liberdade para fazer aquilo que faço melhor, a sabedoria para consertar o que não sei fazer direito, tudo isso sem enrolações ou evasivas no processo. Seu amor contagioso por esse trabalho até me convenceu, mais uma vez, de que o mundo dos livros é um lugar agradável para chamar de "lar".

Muitos padres, professores e especialistas em direito canônico prestaram contribuições cruciais. Certamente, nenhuma outra instituição do mundo tem mais motivos que a Igreja Católica para duvidar das intenções dos romancistas. Para a minha surpresa, porém, recebi, em todas as etapas do meu trabalho, a ajuda generosa de seus integrantes: professores de seminário, advogados eclesiásticos e eminentes estudiosos católicos não apenas responderam às minhas perguntas detalhadamente, mas também falaram com franqueza, em certos momentos, sobre sua experiência no Vaticano. Gostaria de agradecer em especial ao padre John Custer pelas muitas horas generosamente dedicadas a me ajudar na compreensão do catolicismo oriental e da vida de um padre católico oriental em Roma; a Margaret Chalmers e ao padre Jon Chalmers, por me orientar no estudo dos processos penais no âmbito do direito canônico, um tema que não recebeu o destaque que merecia nestas páginas, mas que teria sido retratado de maneira muito equivocada, não fosse a ajuda irrestrita que deles recebi; e a John Byron Kuhner, que já havia estudado com o latinista do papa à época em que nós dois líamos Santo Agostinho e Santo Inácio na faculdade, e que desincumbiu-se facilmente da tarefa de corrigir meu grego e meu latim.

Diversas tecnologias que surgiram ao longo do percurso impediram que minha longa pesquisa durasse décadas em vez de anos. O Google, em particular, merece reconhecimento pela prodigalidade de ferramentas que colocou nas mãos dos pesquisadores. Como meu domínio efetivo de línguas se restringe ao inglês e ao francês, apelei ao expediente de digitalizar os livros da minha própria biblioteca escritos em outras línguas e lê-los através do Google Tradutor. Fiz uso quase diário do Google Livros, explorando as pilhas e pilhas de material sobre o cristianismo primitivo ali disponível, os velhos guias Baedeker da Itália e dos Estados Pontifícios, bem como diversos textos sobre as vestes clericais, muito difíceis de se encontrar. O Google Maps me ajudou a desenhar a planta da Cidade do Vaticano com um grau muito maior de detalhamento que os vários livros que possuo sobre o assunto, ao mesmo tempo em que me permitiu supervisionar o progresso dos intermináveis projetos de construção daquela cidade-Estado. Mais recentemente, graças ao Google Street View, pude realizar excursões em alta definição pelos arredores tanto do Vaticano quanto de Castel Gandolfo. Também merecem meus sinceros agradecimentos os muitos jornais — acima de todos o *The New York Times* — que, durante os últimos dez anos, digitalizaram seus arquivos com competência inegável. Descobri coisas maravilhosas, e às vezes surpreendentes, sobre o Vaticano nessas velhas páginas.

Jonathan Tze, que, há dezessete anos, ajudou-me a conceber a ideia do livro *O enigma do quatro*, tornou-se uma das primeiras vítimas do interminável trabalho de parto deste romance. Depois de passar meses me auxiliando na pesquisa em torno de um determinado enredo, ele via o material me conduzir a outra direção. Mesmo assim, anos depois, ele repetiu generosamente seu papel ajudando-me a imaginar as cenas finais deste *O quinto evangelho*. Há poucas coisas melhores para um escritor que uma companhia criativa, mas uma delas é a amizade duradoura.

Dusty Thomason é o padrinho deste livro. Antes mesmo da publicação de *O enigma do quatro*, eu e ele passamos uma semana juntos na Grécia realizando pesquisas para uma continuação que pretendíamos escrever juntos e para a qual nenhum de nós vislumbrava o Vaticano como cenário. Mas então, a vida interveio e nos vimos trabalhando em projetos diferentes, em continentes diferentes. Mesmo assim, Dusty me guiou por entre infinitos rascunhos deste livro — e através da *selva oscura* a que conduziam. E o que é mais importante: no oitavo ano deste processo, quando o livro parecia à beira do fracasso e minha família, à beira da escuridão, Dusty se recusou a deixar-nos sofrer. Ele salvou as pessoas que amo, simplesmente por amor a mim. Nem mesmo uma amizade de trinta anos repleta de atos de inexplicável gentileza preparou-me para receber um presente como o que recebi. Minha gratidão jamais será suficiente. Só escrever estas palavras já me leva quase às lagrimas.

O último destes agradecimentos é também o mais difícil. O mundo está cheio de escritores que pensam que estão fazendo grandes sacrifícios por sua arte. Mas um homem que é marido e pai e obriga a família a sacrificar-se junto com ele ou é um indivíduo sem coração, ou um tolo. A partir de 2006 e, depois, quase todo ano, acreditei continuamente que estava próximo de terminar este livro. Qualquer que fosse o problema — as pesquisas intermináveis, o entrelaçamento das linhas do enredo, o trabalho para dar a Alex a voz adequada —, a solução estava sempre logo ali. Por nove anos, foi a isso que submeti minha família. Minha esposa jamais roubaria de mim o otimismo que me permitia sobreviver, mas ela sabia a verdade. E quando o pior finalmente aconteceu e me pegou desprevenido, foi ela quem me levantou e me carregou até a linha de chegada. Jamais conheci alguém que se importasse menos do que ela com os bens materiais e a possibilidade de perdê-los. E nunca conheci ninguém que, como ela, demonstrasse diariamente e com provas concretas que o amor é tudo. Dei a este romance tudo o que tinha, mas ela lhe deu ainda mais. Este livro começa e termina em Meredith.

Este livro foi composto na tipologia Palatino Lt Std,
em corpo 11/16, e impresso em papel off-white
no Sistema Cameron da Divisão Gráfica
da Distribuidora Record.